# Ranjeni orao

# Ranjeni orao

Milica Jakovljević Mir-Jam

Globland Books

# Jedan dan pod okupacijom

— Bato! Bato! — čuo se tepajući glasić četvorogodišnje devojčice, priljubljene kovrdžave glavice uz plot, koja je plavim očicama zavirivala i gledala mladog gimnazijalca drugog razreda, koji je nešto pisao, okrenut leđima, i nije hteo ni da se okrene na umiljato dozivanje. Glasić je postajao sve tužniji, dok se iza plota najzad ne razleže plač.

Dve mlade žene pojaviše se na pragovima susednih kuća.

— Neće bata da dođe!

— Anđelka! Šta je, srce? Zašto plačeš?

— Nenade, što ne ideš kad te zove? Ona voli da joj pucaš ladolež — grdila ga je majka. Mali gimnazijalac napravi grimasu. Zar on da se igra s bebama! A mati ga je terala: — Idi! Ispucaj joj nekoliko ladoleža!

— Ostavite ga, gospa-Ružo. Neka uči. Hajde, Anđelka, da jedeš pogaču, umesila mama. Daću ti i sira.

Devojčica se još više rasplakala. Mati je uze u naručje. Izdignuta sad preko plota, gledala je nevaljalog batu koji nije hteo da dođe.

— Crče za njim! Čekaj, čekaj, dok dođe tvoj tatica. Veliku lutku će da ti kupi. Piše pre u pismu, pa mi poručuje: „Čuvaj moje Anđelče!" Kad bi tata video kako je ona lepa... Poljubi mamicu! — Ona pritisnu vlažni obraščić uz majčino lice i poljubi je mekim detinjim usnicama.

Mati Nenadova priđe plotu. Ladolež beše izrastao, pa se previo s obe strane.

— Jeste li čuli štogod?

— Ništa... sem ono što su juče đaci radili u gimnaziji. Iskopali oči na slici Franjinoj. Ako!

— Živa sam umrla za tu decu. I ove male su ispitivali, pa ih juče držali u zatvoru, u školi. Ali nijedan da kaže ko je to učinio!

— I deca osećaju za svoju zemlju, mrze neprijatelja!

— Kako da ne! Ja ovog mog Nenada sve grdim. Otela sam mu juče praćku i bacila u vatru. Uzeo, metnuo kamičak, pa nanišanio na stražara. „Crni sine, grdim ga, pa da si mu razbio glavu, mene bi oterali u policiju!"

— Joj, gospa-Ružo! — šapnu mama Anđelkina, mlada gospođa Jelka — juče sam prošla pokraj policije, prokleta da je, kad su tukli neke žene u podrumu. Vriskale su da se čulo čak na ulicu. Svet se užasava, a stražari teraju. Bože, dokle ćemo trpeti?! A onoj dole opet sinoć svetleli prozori! Lako je njoj! Stanuje kod nje šef policije. Ali kad naši dođu, prva ću je raščupati nasred ulice!

— Razračunaćemo se s mnogima! Jadna gospa Lepa, priča mi žena, išla da zamoli onog Glišu da joj spase sina internacije, jer je on dobar sa šefom, a on joj kaže: „Donesite dve hiljade, pa da vam spasem sina!" Vala, ako naši ne pomlate i ne kazne ove što su ostali, mi ćemo ih žene premlatiti. Nije trebalo nijedan čovek da ostane. Neka idu na front kao svi!

Kapija škripnu i pojavi se jedna starija gospođa. Nije bila po godinama toliko stara, ali je prerano ostarila od briga, oskudice i teške žalosti. Dva sina su joj poginula na Ceru: jedan učitelj, rezervni oficir, drugi aktivni potporučnik. To je bila Stana Todorović, patrijarhalna žena i nesrećna mati. Ostale su joj još dve kćeri: Jelka, udata za sudskog pisara i rezervnog oficira, koji je bio na Solunskom frontu, i Nadežda, nastavnica.

— Jesi li dobila šećer, mama?

— Jesam. Kilo i po.

— Mogla sam ja da idem, nisi morala ti.

— Što da ne idem. Valjda da čuvam sebe. Najsrećnija bih bila da umrem! Sinovi mi trunu, a ja živim...

— Nano! Nano! — zvala je Anđelka. — Šta si mi donela?

— Evo, dušo, kruške sam ti donela. Jadno moje dete, svega mi je željno... Gospa-Ružo, dođite na kafu. Jutros sam ispržila ječam. Nismo imali ni trunke šećera.

— Hoću, gospa-Stano, vaša ječmenica je kao kafa.

— Kažu i Jelka i Nadežda. Kad nema kafe i to je dobro. Hajde s nanom! — pozva unuku.

— Mnogo se promenila gospa Stana — uzviknu Ruža.

— Zar je lako i njoj i nama? Ne smemo ni samu da je ostavimo. Uzme Milanove i Vojine halje pa ljubi i plače. Joj, da li će se ovo ikad svršiti?! Bože, kad će naši doći?

Kapija opet škripnu i u dvorište ulete Vida, mlada žena, čiji je muž takođe bio na Solunskom frontu.

— Radosnu vest da vam javim! Pismonoša nosi novac iz Švaj-carske! Puno čekova.

— Da l' ima i za nas?

— Kaže, ima za sve. Srela sam ga čak dole.

— To će Nadežda dobiti platu, a mama penziju! Meni je Ljubiša sigurno poslao. Baš smo bili bez para.

— Ćutite, vi ipak nešto imate. Gospođica Nada daje časove pa zaradi štogod. A ja ako ne dobijem, gladujem s detetom... Da nije vas, ne znam kako bih izdržala. Sigurno će sad i meni doći novac. Moj Dobrivoje šalje, jadan, sve. Istina, on je major, ima lepu platu. Kako bismo živeli da je ovde!

— A ti neprestano uzdišeš za mužem! — nasmeja se gospa Ruža i pogleda Vidu.

— Jadna ja, pa koliko sam bila u braku! Mesec dana! More, zaboravila sam i kakve su mu oči. Ostavio me lepu i mladu, a kad se vrati imaće čudo da vidi. Sve smo poružnele.

— Ćuti, popravićemo se.

— Deco, haj'te na kafu — zovnu ih gospa Stana.

Stražar s bajonetom zastade ispred kuće.

— Vidite, odmah se prikrada da čuje. Joj, doći će dan kad ćete se i vi otornjati!

Dve mlade žene pođoše u kuću, a požuri i gospa Ruža.

— Ne mogu dugo, hleb mi već narastao. Al' neka ga još malo, pa posle da umetnem i da se peče. Uvek mislim: hoćemo li dočekati dan da vidimo hlebove u pekarnici! Ta mi slika uvek pred očima: veliki, narasli, beli i rumeni hlebovi. Dodija mi ovo mešenje. Ali niko ne umesi pogaču kao tetka Stana. Gde je gospođica Nadežda?

— Sad će da završi čas. Nado, jesi li gotova?

— Za pet minuta, mama.

Mlade žene sedele su u starinskoj sobi, s gvozdenim krevetima i jastucima unaokolo. Crveni ćilim čupavac bio je na krevetu, još očuvan, a lepe šarene krpare na podu. Drugi punjeni krevet bio je s jastucima i jorganima. Na stolu čaršav od štofa, milje „broderi anglez" i vaza s cvećem.

— Što volim da sednem na ovaj vaš minderluk! Tako je ugodno.

— Da nisam ostala, sve bi mi razgrabile Švabe. Vukla sam i otimala jastuke i dušeke od švapskih vojnika. I Jelkinu spavaću sobu sačuvasmo. Imaće gde da joj legne muž kad se vrati.

— Bolje što ste ostali. Mi smo najveću glupost učinili što smo bežali — jadala se Vida. — Ja sam jedva pronašla neke stvari. Imam jedan dušek, a gde je drugi, ne znam!

— Razvlačili su oni stvari, nešto pokrali nešto odneli u druge kuće. A ko sme to da mi dirne! Spavaju njihovi oficiri na dušecima a mi na slamaricama. Neka ih, presešće im jednog dana...

Kapija opet škripnu.

— Ko li je to?

— Prija Draga! Ona uvek donosi najviše vesti. Kod nje stanuje jedan Čeh, pa joj sve priča.

— Čujemo, obradujemo se, pa opet ništa. Ali ih po selima mlate. Odmetnuli se ljudi u šumi, pa ih malo-pomalo smačinju!

— Šta ima novo, prije? — upita Jelka.

Dotrča i nastavnica Nadežda, lepa, plava i visoka devojka.

— Jeste li čuli nešto?

— Pošlo im naopako! Izvlače iz zemlje, odnesoše sve živo. Izdato je naređenje da se po selima vrši rekvizicija.

— Mislite da će da idu?

— Ima nešto... Nikad nisu ovoliko nosili!

— Joj, nose oni već dve godine. Prosto sam izgubila nadu — uzdahnu Ruža. — Onaj oficir što stanuje kod Barićke pet koža lisičjih poslao kući. Hoće ljudi da snabdu svoje žene i krznom. A svakog meseca šalje posilnog da nosi namirnice. Šta je samo jaja odneo za Uskrs! Pa masti, jabuka, oraha. Sve požderaše!

— Pa vidite kako su se užirili.

Kapija opet škripnu.

— Zato je i ne podmazujem. Da čujem kad neko dolazi. Može se prišunjati stražar da sluša šta govorimo.

— A zaključavate li noću?

— Kako da ne!

— More, mi uveče preletimo preko ulice pa posedimo malo kod gospođe Stošić.

— Nemojte, deco, više da idete. Zašto da vas presreću stražari noću.

— Kako smete!

— Šta mi može! — nasmeja se nastavnica.

— Može da te otera u policiju.

— Jest! Izlazimo mi, onomad, bilo oko pola jedanaest, taman da pređemo ulicu, a stražar banu ispred nas kao iz zemlje. Jelka sva premre, a ja ti mu kuražno odgovorim: „Bolesna nam je majka... išle smo po lek.”

— Bože, kad se setim onih naših lepih dana pre rata. Šetaš noću dokle god hoćeš. A uveče u park, pa sedimo i pevamo. Ovo sad, čim se smrkne kao da je sva varoš izumrla.

— More, da mi je bar da imam u kući lampu ili „milikerc” sveću. Nego žižak! A nekad sam imala polijelej od dvadeset sveća, pa kad je slava sve zapalim. Bože, zašto ja stara živim! Teško meni, šta sam dočekala!

— Ćuti, prija-Stano, ne znamo ni mi šta će nas snaći. Moj Dragan se ne javlja već nekoliko meseci... Pa neke strašne snove snevam. Prosto ću izludeti. Znam ga kako je hrabar, lud, na bajonet će da naleti. Uvek mi je govorio: „Ništa za mene, mama, nije ako poginem!” „Za tebe nije, sine, a šta bi bilo sa mnom?”

Gospa Stana briznu u plač.

— Nemoj, mama. Nemoj, molim te!

— Pustite me, deco, hoće srce da mi prepukne ako se ne isplačem. Ni mrtve nisam mogla da ih poljubim, kuku meni!

Sve zasuziše... Svakoga dana suze i patnje. Strašna je okupacija, strašan rat i strašan život bez slobode.

— Ćutite, sad ćemo se malo opariti! Što li nema tog pismonoše? A ja sedim kod vas da ga što pre dočekam. Vala, baš ću kupiti nešto za haljinu — govorila je Vida, mlada i lepa zaljubljena ženica, željna ljubavi. — Imam jednu spavaću košulju s vezom, pa je čuvam kad mi muž dođe... jelte, gospa-Ružo, šta mislite, da li su nas oni varali?

— I ne mislim o tome, samo neka mi se živ vrati.

— Ko to škripi kapijom? Pogledaj, Jelka!

— Gle, gospa Persa! Otkud ona u ovo doba?

Gospa Persa uđe sva prebledela:

— Gospođa Stano, uhvatili mi brata! Vi i ne znate da su na vašarištu jurili i hvatali ljude. Sve hoće da interniraju. Jao, što nije i on otišao s našima!

— A ti s njim držala piljarnicu?

— Šta ćemo! Piljari smo morali da postanemo. Ali više ja radim nego on. Petoro dece treba hraniti. Svi goli i bosi, nemaju ni cipele ni čarape, samo nanule, pa na bose noge!

Prija Draga poče da objašnjava:

— To što interniraju znači da idu. Kažem ja vama. Sve iznose iz zemlje i sve će da interniraju.

— Jelte, žene, kad će ovo da se svrši? Šta mislite vi, gospođice Nadežda? Vi ste školovana devojka, vi ćete umeti da nam kažete kad će ove nesreće da odu iz naše zemlje.

— Ne znamo to mi nijedna. Dve godine se nadamo a ko zna koliko će još proći!

— Da mi je neko na početku kazao da će oni ovde sedeti dve godine, ja bih izvršila samoubistvo! — uzviknu Vida.

— A meni uvek u sećanju kad smo videli poslednje naše vojnike... Mi u Vrnjcima, pa čujemo da izdaju platu u Trsteniku, i to po dve plate. Krenemo volovskim kolima. Poslednje smo bile na šalteru u poreskoj upravi kad nam isplatiše. Dve nastavnice i ja. A posle se vraćamo, jesen je bila, sećam se kao sada: lišće požutelo, a u daljini se čuju topovi... Sve tako tužno, i ono jesenje lišće i seljaci u bežaniji, žene, deca, starci. I tada sam poslednji put videla nekoliko naših vojnika.

— Joj, ja sedim, a zaboravila na hleb! — uzviknu gospa Ruža. — Sigurno mi prekisnuo! Samo da ga stavim, pa me eto opet. Lakše mi je kad progovorim.

— A gde je Anđelka?

— Eno je u bašti, igra se... Kako je njen tata voli. Nisam ti, Vido, pročitala pismo. Da čuješ samo: „Moju Anđelku mi čuvaj. To je tatino Anđelče. Ona je sada sigurno prava lutkica. Zato će veliku, veliku, lutku da dobije. Njenu sliku gledam i ljubim svakog dana.”

— I njima je tužno, naročito roditeljima. Neće poznati rođenu decu kad se vrate.

— Pa Anđelki je bilo dve godine! A da je vidi sada! Liči na Nadu. Iste oči i kosa. Srce moje, kako će nju tata da voli. Anđelka, Anđelka! — vikala je. — Hodi ovamo. — Plavooka devojčica uđe u sobu.

— Je li, sine, gde je tvoj tata?

— U ratu.

— Jadno moje, i ono već zna za rat.

— A šta će tata da ti donese kad dođe iz rata?

— Veliku lutku.

— A kakav je tvoj tata?

— Lep!

— Voliš li ti tatu?

— Volim!

Mati je pritisnu na grudi, uplakanih očiju... Svaka reč je rastuživala nesrećne žene pod okupacijom. Svakoga dana se prolivale suze, plakalo se za slobodom, za izgnanim narodom, za milim koji su izginuli, za opustelim poljima i domovima.

Toga dana pojavio se zračak radosti: stizao je novac od naših, preko Švajcarske. Deca i žene su se malo bolje prihranjivali, sve se delilo. Skuvalo bi se koje kilo slatkog, koji put umesili kolači, nabavile cipele, jeftina haljina. U tuzi se podizala duša i telo... Ali ono što je bilo staro i iznemoglo, venulo je i gasilo se, kao sirota gospođa Stana.

— Eno ga! Izađe pismonoša. Ide ovamo.

Kapija škripnu. Dotrča i gospođa Ruža.

— Ima li i za mene? — pitala je Vida.

— Ima za sve.

U ushićenju, ona poljubi Nadeždu.

— Ima za gospođu Stanu Todorović i za gospojicu Nadeždu Todorović.

Kći se obradova, a mati je tužno ćutala.

— Ima i jedno pismo.

— Za koga?

— Za gospođu Jelku Bojanić.

— To je od Ljubiše! — uzviknu ona sva srećna. — Moram da vas častim. Ali nije od njega, ovo je drugi rukopis. Od koga li je?

Brzo je otvorila pismo i počela da čita, a onda se strahoviti krik razleže po sobi. Bledilo se preli preko svih lica.

— Šta je? — zajauka majka.

— Šta se desilo? — vrisnuše žene.

— Ljubiša poginuo!

Jauci i vrisak ispuniše sobu... Mlada žena je čupala kosu, gruvala se u prsa, vriskala. Iz okolnih kuća dojuriše žene. Lelek se prenosio i na ulicu. Žene su se tresle u užasu: zar svaku ne očekuje isto?! Majka jauče, a Anđelka vrišti pokraj nje. Dotrča i mali Nenad.

— Nosi Anđelku! — viknu mu mati. On je uze u naručje. Dete plače, jer čuje vrisku majčinu. Strašni su ti jauci u zemlji bez slobode. Poginuo daleko, u tuđini, neoplakan, neožaljen. Umirao, a oni nisu znali. On izdisao, a žena snevala o sreći i ljubavi kad se vrati. Njega sahranjivali, a ona spokojno sedala za sto i legala u postelju. I još maločas pita kćerkicu za tatu. Jauci se kidaju iz grudi kao da kidaju komade srca. Zar da ga nikad više ne vidi?! Zar nije dosta tuge i stradanja? Mati nariče za zetom, nariče za sinovima. Sve su izgubili. Svi su dali živote za otadžbinu. Majci je srce iščupano, ženi posečeno.

— Hajd'mo! Hajd'mo da ti pucam — mali gimnazijalac je nosio Anđelku. — Vidi! — stezao je pupoljke ladoleža, a oni su pucali. Plave očice, pune suza, nasmešiše se. Dečko je bio tužan i raznežen. On je već shvatao šta je rat i šta smrt. Tužno je gledao malu Anđelku, koja se smejala. Kako bolno odudara njen dečji kikot od vriske njene majke.

Stražar s bajonetom priđe kapiji i otvori je. Čuo je kuknjavu i hoće da zna šta je. Prilazi vratima... dečko ga gleda s mržnjom.

— 'Oću kod mame!

— Nemoj kod mame. Hajde da ti pokažem slike. — Nenad je uze za ručicu i odvede u njihovu baštu...

A vriska je odjekivala, strašna i razdiruća... tog nesrećnog dana i još mnogih drugih dana, sedmica i meseci...

# PRVI DEO

# Posle dvadeset godina

Uza stepenice lepe višespratne zgrade u Beogradu, čiji su zidovi bili obloženi crnim keramičkim pločicama, pela se jedna zgodna devojčica krojački šegrt, noseći pažljivo veliku kutiju. Zastajkivala je pred svakim vratima i čitala mesingane pločice...

— Sigurno je na trećem — prošaputa i ubrza lakim, mladim nožicama. Pročitala je ime i zazvonila.

Vrata otvori kućna pomoćnica.

— Gospođice, evo venčanice! — pozva devojka jednu sredovečnu ženu prosede kose, ali još lepu i oblu.

— A, donela si. Vrlo dobro... Bojala sam se da ne ostaviš za sutra. Bolje ranije. Da vidimo!

Devojčica otvori kutiju i izvadi divnu belu haljinu, meku kao od pene, s dugim šlepom, i izdiže je... Haljina je bila krojena za visoku vitku osobu.

— Oh, što će biti lepa gospođica! — uzviknu devojka zadivljeno gledajući venčanicu.

— Baš ste lepo izradili. Čekajte da je stavim na vešalicu — uzdiže je na vešalicu i zakači na orman. Haljina se izduži, lepa u svojoj mekoti i belini. — Jesi li donela račun?

— Jesam.

— Koliko? Dvesta dinara. Evo i tebi dvadeset. Venčanice se ne šiju svakog dana!

Devojčica uze dvadeseticu, sva srećna. Retko je dobijala tako veliki bakšiš. Neka gospođa ništa ne da, nego je još i izgrdi kad joj se ne dopadne haljina. Ova je baš dobra. Strčala je niza stepenice, stiskajući u ruci dvadeseticu. Baš će pojesti jedan fišek sladoleda! Vrućina je. Jun upekao, a ona svuda pešice. I sad će pešice da ne troši za tramvaj. Eno ga sladoledžija!

Držala je blistavu dvadeseticu u ruci. Ali šta se to najednom dogodi?! Jedna ruka pljesnu njenu, dvadesetica odlete, nije imala vremena ni da krikne, toliko se prepala, kad se taj isti bezobrazni dečko saže, dohvati i pruži joj novac uz osmeh.

— Lepi ste, gospođice.

Njoj jurnu krv u lice, gnev joj rasplamte obraze, pa mu se okrete besna kao ljuto štene:

— Životinjo!

Kikot dočeka njene reči, bezobrazan i nestašan, kikot koji je ona često slušala na ulici, s kojim su je dočekivali i ispraćali muškarci, kikot beogradskih dečaka i mladića na koji se morala navići, ali i braniti se od njega. Pogledala je novac, okrenula se i ugledala onog mangupa. On je stajao i smešio se. Crna talasasta kosa, crnpurasto lice, crne oči... sve što ona voli. Gnev joj uminu, rasplinu se, ali se ne osmehnu. Tobož ljutito okrete mu leđa i priđe sladoledžiji.

Lizuckala je sladoled i osećala želju da se opet okrene. To je najzad i učinila, ali dečka više nije bilo. Eto, tako joj oni svakoga dana dobacuju, vređaju je i uzbuđuju, pa nestanu. Bila je lepa, razvijena petnaestogodišnja devojčica, probuđenih čula, s puno saznanja o tajnama života. Doznala ih je od drugarica, od uličnih nasrtljivaca, od gospođa u čije je kuće nosila skupocene toalete. A sve to uzbuđivalo ju je i želela je da ima dečka, ali ga još ne beše stekla.

Spustila se Ulicom cara Nikole i sišla u Kralja Milana, dovršivši sladoled i noseći praznu kutiju. Zastala je opet ispred poslastičarnice, opčinjena kolačima, ali dosta je jedan sladoled. Zagledala je izloge i finu svilu u njima, pošla dalje, a onda se trže spazivši kako iz trgovine izlazi jedan lep par.

„Ah, to je gospođica za koju sam odnela venčanicu i njen verenik!"

Išla je za njima korak po korak, posmatrajući ih kao one koji se vole, koji će se za dva meseca venčati, grliti, ljubiti. Obuzimalo je i nju uzbuđenje, doživljavala je njihovu ljubav. Zagledala ih je s leđa: ona lepo razvijena, divnih bedara i vitka stasa... crna kosa spuštala joj se ispod vrata, a na glavi koketan šeširić. Okrenula mu se i ona ugleda njen lepi profil, usne i oči, plave, divno plave i meke kao somot. Nisu svetle kao osunčano nebo, već tamnije.

Mala krojačica uzdahnu.

On je sad uhvati ispod ruke. Baš onakav muškarac kakvog ona voli. Visok, a ramena široka. Prosto je osećala kako su snažne ruke na tako širokim ramenima. Nije ono vata, poznaje ona. I on je crn i kosa mu crna, a tako je blizu, sasvim uz nju, rame uz rame, bedro uz bedro, neprestano joj se okreće, gleda je, priča.

Maloj krojačici je vrućina od sunca, junske toplote i njihove ljubavi. Ništa je sladoled nije rashladio! Treba da skrene u svoju ulicu, ali i dalje ide za njima, kao očarana. Ah, kako je to velika sreća kad se dvoje vole! U njihovom salonu sve su radnice zaljubljene, ali se ni-jedna nije udala. Dolaze na posao više tužne nego raspoložene. Jedna voli studenta, a svi znaju da je on neće uzeti. Čim završi dobiće mesto i otići od nje. Druga čeka jednog avijatičarskog podoficira. Videla je njegovu sliku: baš zgodan i sladak! I ona bi volela da se uda za avijatičara, ali ko zna da li bi je takav uzeo! Treća se zaljubila u jednog oženjenog. On joj obećava da će se razvesti, a drugarice je grde.

Lepi verenici zastadoše kraj cveća na Cvetnom trgu. On joj kupuje ruže, crvene, na dugim drškama. Kako ih ona uzima nežno i nosi u naručju! A on je opet hvata ispod ruke.

Mora da im priđe. Prešla ih je, okrenula se i osmehnula:

— Gospođice, ja sam vam malopre odnela venčanicu!

— Je li? E, dobro. Jesi li dobila bakšiš?

— Jesam.

— Je li lepa venčanica? — upita verenik.

— Savršena! — odgovara devojčica, sva crvena u licu što je to pita ovaj lepi crnomanjasti muškarac, koji je zaljubljen i dobar, koji nije kao oni mangupi na ulici što neprestano dobacuju. Zadivljeno ga je gledala svojim naivnim, velikim i lepim očima.

Profesorka Nadežda Todorović je razgovarala sa svojom kućnom pomoćnicom Katom. Gledale su venčanicu.

— U šifonjer ne može da se stavi, dugačka je, izgužvaće se šlep. Neka je na vratima. Ima ovde jedno ekserče. Tako! E, dođe dan da ja moju Anđelku udam — govorila je Kati. — Sad ostajemo ti i ja same. Hoće li ti biti neobično bez Anđelke?

— Hoće, ona je bila tako dobra! A zašto se vi niste udali, gospođice?

— Eto, nisam... Bolje je ovako. Niko mi ne sudi!

— Lepo je imati muža — uzdahnu Kata. I ona je mislila da se uda. Volela je jednog dečka. I on nju, ali je mnogo ljubomoran. Na jednoj igranci hteo je nožem da udari nekog mladića koji je obilazio oko nje i dobacivao joj.

Profesorka Nadežda je s tugom posmatrala lepu venčanu haljinu. Odlazi Anđelka i ona ostaje sama. Celog života sama!

Jedan auto se zaustavi pred kućom. Posle nekoliko trenutaka ču se zvonce na vratima.

— Kato, trči otvori!

Čula je ženski glas: — Je li gospođica Todorović kod kuće?

— Ko li je to? — trže se profesorka i izađe u predsoblje, a tada uzviknu:

— Vido! Otkud ti? Kakvo iznenađenje!

Prijateljice padoše jedna drugoj u zagrljaj.

— Sećaš li se da sam ti kazala: kad se Anđelka bude udavala, sigurno dolazim na svadbu. Pročitala sam u novinama dan venčanja i odmah se spremila. Zar naše Anđelče da ne vidim kao mladu?!

— O, Vido, mnogo ti hvala što si došla! Mi smo bile kao rod, iako nismo familija, odrasle smo zajedno. Znaš da nas dve nikoga više nemamo i nisi zaboravila Anđelkinu svadbu!

— Ne znam, samo, da li imate mesta u kući za mene. Imam ovde neku rođaku, mogu i kod nje, ali pravo da ti kažem, hoću s tobom da podelim tvoju radost kao što sam i sve tvoje žalosti delila.

— Kod mene ćeš, dabome! Imamo dve sobe. Ne dam ja tebi nikud! Ti si sa mnom delila moje žalosti, a bilo ih je i suviše. Nego, hajde u sobu. Kato, unesi kofer. I taj drugi paket.

— Ovo je poklon za moju Anđelku. Veliki pirotski ćilim.

— Kako si pažljiva! Ništa joj lepše nisi mogla kupiti.

— Mislila sam i rešavala se šta da uzmem: htela sam srebrni servis za slatko, ali to ću za mladence. A ćilim je potreban u kući. Ovi pirotski, izdera im nema! Hajde da ga razvijemo. Jel' ti se dopada?

— Izvanredan! Što će se Anđelka obradovati! Nego, sedi. Kato, daj slatko! Pristavi kafu.

— Čekaj da vidim tvoj stan. O, kako ste se lepo smestile. Sve s ukusom, sve ručni rad.

— To je Anđelka radila.

— Lepo bogami, ti si uvek sama išla kroz život, pa si postala profesor i vaspitala lepo Anđelku, svršila je i ona univerzitet. Jel' prava završila?

— Jeste. To je volela, a ja sam je pustila da bira šta hoće. Nisam htela da utičem na nju.

— E, moja Nado! Mnogo si ti prepatila.

— Ne pitaj. Baš maločas doneli Anđelkinu venčanicu, a ja pogledah sliku moje jadne Jelkice. Čini mi se kao da me gleda i raduje se što sam joj kćer očuvala. Nikad neću zaboraviti njene reči na samrti: „Nado, čuvaj mi Anđelku! Ona nikog više u životu nema osim tebe!” Naše nesreće nigde nema. Dva brata u ratu poginuše, pa za njima i zet. Devetsto osamnaeste dođe ta nesrećna groznica. Mama i Jelka odoše za deset dana. Tek što smo maju sahranili, a Jelkica umre. A ta kuga, taj grip, kosio nas je onako izgladnele! Zašto mi bar Jelkica ne ostade!

Plakala je ona, plakala i Vida.

— Pet grobova! Posle rata nisam više mogla da živim u unutrašnjosti. Sve me podseća na njih. Tražila sam Beograd, dobila premeštaj i sva se posvetila školi i Anđelki. O svom životu nisam ni mislila.

— A mogla si dobro da se udaš. Kako si bila lepa!

— Mogla sam kad mi je bilo vreme, a posle se navikneš da živiš bez muža. Tražili su me i u Beogradu, ali... ako nađem sebi muža, hoće li on voleti Anđelku. Ja sam joj bila i otac i mati. Doživela sam materinsko osećanje vaspitajući nju. To je bila radost moga života.

— Divna ti je Anđelka. Moja Zorica mi je pričala o njoj, bile su jednom zajedno na letovanju. Kaže: „Mama, to je najlepša i najinteligentnija studentkinja.”

— Kad je ja profesorka ne bih dobro vaspitavala, ko bi onda! Nisam htela da ostane zatucana kao naše majke.

— Joj, kad se setim! Ne smeš ni na sokak! Sećaš se kad smo ono šetale pored crkve, pa nam prišli oni đaci, a majke nas posle izudarale. Bila sam devojka, al’ mi majka svejedno opali šamar.

— Zato se nisam ni udala. Zatucavale nas te starinske majke. Te ovo ne smeš, te ono ne smeš... pa mi to ušlo u krv. Onda iznalaziš mane svakome. Ako se našalio s tobom drzak; ako hoće da te pipne upropastiće te. Tražile sveca od muškaraca! A oni kad vide tako ozbiljne devojke ratosiljaju ih se! Često me stid da kažem, moja Vido, ostarih u devičanstvu!

— More, ti se još možeš udati, kad udaš Anđelku. Zašto da sediš sama? Nađi nekog pa dovedi. Vidi, kako ti je lepa kuća. Svaki bi potrčao.

— Potrčao bi da me iskorišćava! Nema više ljubavi za mene. Znaš li koliko mi je godina? Još jedna pa pedeset!

— A niko ne bi kazao da imaš toliko. Bogami, ne bi ti čovek dao više od trideset pet do trideset osam. Zašto ne ofarbaš kosu? Šta će ti te sede? Danas se i devojčice farbaju.

— Neću! Vidim neke nastavnice u školi, farbaju se, ali čim poodraste kosa izbiju sede. A učenice su špiclovčići, sve vide, pa ismevaju nastavnice. Prošlo je moje! Kad sam bila mlada kad je trebalo da živim, ja sam samo plakala. Da mi ovog deteta nije bilo, izvršila bih samoubistvo!

— Jedva čekam da je vidim. Gde je?

— Izašla s verenikom da kupi nešto.

— On je sudija? Lep položaj. Odakle je?

— Crnogorac. Fin mladić. Volim što je ozbiljan i patrijarhalan. Podseća me na one naše predratne momke. Ima pojmove o životu kao ja. To su sinovi onih viteških porodica iz Crne Gore.

— Bolje što si takvog našla nego da si je udala za nekog vetropira. Kao što se ja sekiram s mojom Verom. Ti znaš da sam je lepo udala. Inženjer, a ne mogu da se slože. On ima gadnu majku, sve ga podbada protiv snahe. Neće oni moći da nastave život. I to ti je sekiracija. Udali je, miraz dali, a sad da mi se vrati. Podviknem i njoj: „Trpi, i ja sam mnogo štošta pretrpela!" A ona kaže da će da bude činovnica. „To ćeš i biti velim ako ostaviš muža!"

— Ona je svršila trgovačku akademiju?

— Jeste. Bila je činovnik u Vladinoj banci.

— Tvoj Vlada je vicedirektor? Sigurno mu je dobro.

— Kako da ne. Lepa plata, imamo i veliku kuću, ali me sekira Verin brak. A ova druga je srećna. Zorica se udala za poručnika. I tu smo dali kauciju, ali taj mi je zet mnogo dobar i vole se. Ni Verin muž ne bi bio rđav da nije njegove majke. Jednom sam se i s njom dohvatila: „Što se ti, prijo, mešaš u njihov brak? Zašto ga tutkaš: te nije vredna, nije domaćica, rasipa. Mlada je pa će naučiti. Ti, kao svekrva, treba da je poučiš, a ne da je klevetaš kod sina!" A ima li tvoj zet koga od familije?

— Samo jednog strica, strinu i braću od strica. Ali, oni su dobrog stanja.

— I bolje što nema nikog. Meni je dozlogrdila familija moga zeta. Kako se zove?

— Toma Đurović.

— Jesu li se uzeli iz ljubavi?

— On je ludo zaljubljen u nju. Upoznali su se pre godinu dana kod jedne njene drugarice. On je sudija u unutrašnjosti. Dopisivali su se, pa se razvila ljubav, on je dolazio u Beograd i jednog dana je zaprosio.

— Jel' ona radila u sudu?

— Bila je nekoliko meseci pisar kod jednog advokata, ali će sad tražiti sreski sud u kome je i on. Istina, Toma ne želi da ona bude u službi, malo je ljubomoran, ali ona voli. Zašto da i žena ne privredi dok je u mogućnosti. A kad dođu deca, ne mora.

— Samo neka se lepo slažu.

— Sama ga je izabrala i kaže da ga voli. Ona je zatvorena priroda, kao i ja, pa se teško zaljubljivala. Mnogo razmišlja. Nije kod nje ona luda ljubav, ume ona pametno da voli. To je bolje.

— Dobra je Anđelka.

— Ja sam joj pružila sve što sam mogla. Lepo govori francuski. Još od osnovne škole išla je u ritmičku školu gospođe Mage Magazinović. Htela sam da joj dam i dobro fizičko vaspitanje, iako je lepo razvijena. Vodila sam je i na putovanja. Njenu invalidu nisam htela da trošim, to joj je mala ušteđevina za nameštaj. Kad se vrate sa svadbenog puta kupićemo sve. Živele smo od moje plate. Bogu hvala, nismo se mučile. I ona je davala instrukcije kao i ja. U stanu sam dugo držala dve učenice iz unutrašnjosti. Šta ćeš, dovijala sam se. Ni s koje druge strane nisam ništa imala. Ali nas dve duše, pa nam bilo dosta. Nisam se nikad bacala u luksuz, a takva je i Anđelka. Kao drugarice smo. Sve mi poverava. Nije što je moja sestričina, nego je baš idealna devojka. Ono što vidiš u Beogradu, da se zgraneš. Bar ja znam. Uči školu, a ima ljubavnika. Nekad osuđujem ono starinsko, a nekad i odobravam.

— Jedva čekam da ti vidim zeta. I ti još malo pa baba.

— Šta sam drugo nego baba!

— Kakva baba!

— Istina, ovde u Beogradu i babe se podurjasile. Sve se to dalo na modu, ondulaciju, farbanje, peglanje lica.

— Ti, Nado, nemaš bora na licu, bogami.

— Nisam imala ni života, pa nemam ni bora!

— Ćuti, bar nisi imala sekiracije s mužem. Znaš kako sam ja volela Vladu! Pa ga očekivala iz rata, nikog ni da pogledam tri godine. Sećaš se kako sam čuvala onu spavaću košulju zbog njega. Kad je došao iz rata, on besan, pa strastan... a ja najsrećnija žena. Nije prošla godina dana, kad on poče druge da gleda. Ali ja sam bila energična. E, nećeš ti mene varati! Izudaram jednu, raščerupam drugu... Jedna se uvrtela oko njega, pa on čisto poludeo, hoće razvod! Ja podgovorim momka i on je dobro isprebija. A njemu očitam: „Eto, kakva ti je! Tuku je ljubavnici, a ti misliš da si jedini!" Bruka je to bila! A ja drž', ne dam ga, neću razvod. I doteram ga. Brak ti je čitava borba! Sad lepo živimo. Ostao je lolčina, ali vidi da od dobre žene i domaćice nema ništa bolje. Ni ja više nisam ljubomorna... ostario je i smirio se. Pedeset pet mu je. Mi, predratne devojke, borile smo se za muževe. A moja Verica odmah hoće razvod. Istrošiš se za udaju, a ona traži razvod. Jel' tvoj zet nije tražio miraz?

— On zna da ona nema ni oca, ni miraza. Čini mi se, koliko je voli, uzeo bi je i bez košulje. A ima i ušteđevine, štedljiv je. Reče da će kupiti sebi herncimer, a ja ću spavaću sobu i trpezariju... Evo ih!

Vrata se otvoriše i pojavi se visoka lepa devojka, plavih očiju i crne kose.

— Anđelka, znaš li ko je ovo?

— Tetka Vida! Kad ste došli? — uzviknu devojka, sva srećna.

— Maločas sam doputovala, tebi na svadbu.

— Kako ste dobri! Da vam predstavim svog verenika.

Visok i snažan Crnogorac, orlovskih crnih očiju, rukova se s Vidom. Bio je to čovek oko trideset godina, ozbiljna i inteligentna lica.

— Bogami, imaš lepog verenika.

— Ona je lepša od mene! — izgovori on vatreno i obgrli joj ramena.

— Baš liči na tebe, Nado. Takva si bila u njenim godinama. Oči plave, a kosa crna.

— Ja sam htela da oksidišem kosu, ali teta mi ne da.

— Ako ti Toma dopusti, ti oksidiši. Ali plave oči i crna kosa je retkost.

— Ja sam se zato i zaljubio u nju. Neću da čujem za oksidisanje.

— I ne daj. Vidi, kako joj je lepa kosa. Ja seda, pa se ne farbam.

— Ti ćeš, teto, biti najlepša kad budeš sasvim bela.

— Da li ću to doživeti? Nego, da vidiš poklon koji ti je Vida donela. Pirotski ćilim.

— Jao, ala je divan! Baš sam želela da imam pirotski ćilim.

— Trajaće ti bar dvadeset godina.

— Da vas poljubim, tetka Vido.

— Moje Anđelče! I kao mala bila si slatka. Sećaš li se ti štogod okupacije?

— Sećam se da smo imali ladolež i onog Nenada koji mi je pucao ladolež.

— Bože, šta li je s gospa-Ružom?

— Njen muž je umro kao pukovnik, kad je došao iz rata. Imao je reumatizam i bolesne bubrege. Za Nenada znam da je svršio maturu i posle nešto studirao. Ona je otišla i nisam više nikad ništa čula o njoj.

— Ni ja je nisam videla. Davno, jednom, kad je njen Nenad bio u šestom razredu.

— A gde je moja venčanica? — upita Anđelka.

— Eno je u sobi.

— Hodi, Tomo, da vidimo.

Ušli su u sobu i Anđelka skide čaršav s haljine.

— Da znaš kako mi divno stoji!

— Znam — prošaputa strasno mladi čovek i pritisnu je na grudi. Vrelim usnama tražio je njena ustašca, a jedna ruka mu se spusti na čvrstu dojku i steže je. Ona mu se povi na rame kao cvet, a on je i dalje ljubio i zavlačio joj ruku u nedra, nestrpljiv, strastan i pomućen od ljubavi. A onda je upita:

— Je li, zašto si tužna? Zar nisi srećna što se udaješ za mene?

— Kako da nisam! Zar možeš u to da sumnjaš?

— Ne znam... ali mi dolaze sumnje. Ta tvoja tuga me muči.

— Pa... rastajem se s tetkom. Kako će ona sama? I ona je tužna, ali krije.

— Je li, voliš li me mnogo? — šaputao je, privlačeći je uz svoje telo, stežući i milujući je po obrazu, rukama, grudima.

— Volim... — malaksalo je šaputala, grleći ga.

— Za dva dana bićeš moja ženica, samo moja! Ne mogu da sačekam... da mi je da je to već sad, večeras!

Otrgla se i pobegla u sobu, a on pođe za njom.

„Da li da mu priznam?", šaputala je, dok su joj ruke i telo hladneli, a strava obuzimala pri jednoj pomisli.

Ispraćali su mladence na stanicu. Bilo je nekoliko Anđelkinih drugarica i mladoženjinih drugova. Putovali su večernjim vozom. Anđelka je bila slatka i uzbuđena. Drugarice su je zavidljivo posmatrale, obuzimalo ih je uzbuđenje pri pomisli na njihove prve nežne i strasne časove. Anđelka je bila lepa, vrlo lepa. Mora je voleti. A dobra je. Moderna ali skromna devojka. Nijedna drugarica nije mogla reći ružnu reč za nju. Muškarci, bezobrazniji, smeštaju se i dvosmisleno dobacuju mladoženji. Kao da i njih obuzimaju žmarci pokraj ovog lepog i bujno razvijenog devojčeta. Dvadeset četvrta godina joj, a ljupka kao devojčica. Oči čiste, nežne, duboko plave. Kao da se u njima ogleda nebo u sutonu. Sad su vlažne. Ne sme svoju tetu da pogleda. Jecaj je guši. Zaridala bi i pala joj na grudi. Tetka se uzdržava, a srce joj iščupano iz grudi. Rastaje se od Anđelke. Ona njoj nije bila samo sestričina već kći... vidi je malu, nejaku petogodišnju devojčicu bez oca, majke, staramajke... A danas njena Anđelka odlazi zauvek. Opet će ostati sama... iz njenog života otkidaju se najlepše stranice.

— Teto, da se oprostimo — prošaputa Anđelka i pade joj oko vrata. Guše se obe u suzama, zaplaka i Vida, zaplakaše drugarice. Samo je mladoženja nasmejan, srećan, nestrpljiv... da se samo već jednom nađu sami u sobi. Obgrlio je oko stasa i pomaže joj da se popne u voz. Oseća pod rukama njeno mlado vitko telo ispod lakog letnjeg kostima od svile. Stoje na prozoru i smeše se. Anđelka gleda svoju tetu. U njenim očima je zahvalnost. Kao da lepe oči govore:

hvala, teto, na svemu što si učinila za mene. Ali, još je nešto teško u njoj, strahovito bolno. Šta će biti kad on dozna? Šta će reći teta ako čuje? Ne, mora mu priznati sad, u kupeu.

Već mesec dana muči se da li da mu kaže. To bi bilo pošteno. Da li bi joj oprostio, razumeo? Muškarac je mužjak, a mužjak je sebičan! Svaki put kad je htela reći, nešto ju je zadržalo. On je, ipak, dosad mogao nju da oceni. Obožava je, idealizuje. Zar ona to ne zaslužuje? Ničeg više nema u njenom životu čime bi mogla sebe da prekori. Sve je drugo lepo i čisto. O, on će joj oprostiti, on je toliko voli...

U kupe je ušao još jedan stariji par i devojčica. Mladoženji bi neprijatno. Neće moći ni da je zagrli! Cele noći da sede tako jedno pokraj drugog! Zašto nisu uzeli kola za spavanje. Ali, to mu je odvratno. U vagonu! Njihova prva bračna noć biće na Sušaku, na obali plavog Jadrana, uz slatki šum talasa. Da se kupaju, da uživa u njenom telu, zagrejanom suncem i poljupcima...

Ona je skinula žaketić nežne boje kao zrelo klasje i ostala u haljini s plavim ukrasima. Buketić veštačkog spomenka krasi joj haljinu i plavi cvetići bacaju odsjaj na njene lepe plave oči. On joj steže mišicu, miluje, hteo bi da je poljubi. Sva slatka očiju vlažnih od suza, rumenih usnica, nežnog belog vrata i čistog devojačkog lica. Tako bi ljubio i udisao njenu finu nežnu kožu, koja mu raspaljuje strast.

„Da li da mu priznam?", misli Anđelka. „Kako da počnem?"

Plaši se i tuga joj se ogleda u očima. Muž opazi to, naginje se i gleda je. On misli da je to zbog tete i zato što polazi u novi život. Ona će tek videti koliko će on biti nežan. Sve je našao što je želeo. Nije tražio nikakav miraz, već samo jedno biće kao što je ona, blago, nežno i plemenito. Mrzeo je raskalašne devojke, a mnoge su ga hvatale. Nju je zavoleo od prvog dana i zaljubljivao se sve više posle svakog njenog pisma.

— Hoćeš da izađemo u hodnik? — šapuće joj. Samo da je izvede, da je prigrli uza se, da joj usnama omiluje obraze, da oseti miris njenih devojačkih usana.

Stoje u hodniku. Sreća te nikog više nema. Samo u dnu, na koferu, sedi jedan mladić. Puši i ne gleda ih.

— Srećo moja! — šapuće joj. — Jesi li i ti srećna kao ja?

— Jesam — odgovara malaksalo i oseća kako se njegova topla muška ruka spušta do bedara. Sva mu je opuštena na grudima, uzbuđena i milovanjem i strahom.

„Da li da mu priznam?”

Bolje sada nego u sobi. Ovde neće praviti scenu. Kako li će primiti? I kako da počne? Htede da zausti: „Tomo, nešto ću ti reći...”, ali njegove usne pokriše njena usta i reči ustuknuše. Zadrhtala je uplašeno, pokajnički i bolno.

„Zašto je ono moralo biti?”

Htede da zaplače i suza joj okvasi obraz, pa sakri lice u njegove grudi, a on joj pronađe oči, poljubi ih i oseti da su vlažne.

— Plačeš za tetom, je li? Ti nju više voliš nego mene? — upita sumnjičavo.

— To je druga ljubav. Ona mi je bila sve u životu.

— A sad ću biti ja! — nežno je privuče sebi i njegov zagrljaj je bio tako zaštitnički, a on snažan i visok prema njoj maloj i nežnoj, pravoj devojčici.

— Oh, znam! Ti ćeš me mnogo voleti. Hoćeš li se kadgod i naljutiti? Uopšte te nisam videla ljutog ni namrgođenog.

— Zar na tebe može čovek uopšte da se naljuti? Ti me nikad nisi razočarala.

Ona zadrhta i privi mu se jače na grudi.

„Da li da mu priznam? On je pošten i patrijarhalan, za njega će biti strašno. Neće mi oprostiti!”

Vratili su se u kupe i on je ogrnu. Spustila mu je glavu na rame, a oči joj se sklapaju. Njemu je slatko od njene nežne glavice i toplote njenog tela. Gleda je i uzdiše od sreće i ljubavi. Nikoga u životu nije voleo kao nju... Svidelo mu se što je živela s tetkom i što je i tetka bila devojka, ali ozbiljna, s tragičnim uspomenama na svoje umrle i žrtve u ratu, pa time još uzvišenija u njegovim očima. A on je bio Crnogorac, gorštak, sin heroja i guslara. Odrastao na kršu, ali bliže moru, on je bio gorštak i primorac, i vitez i pesnik. A to lepo plavooko devojče opilo ga je kao pesma njegovih plavih krševa, kao topao vazduh južnog Jadrana, kao priče u noći pokraj vatre. Tako je zamišljao vile kad je bio dete i slušao u narodnim pesmama o dobrim vilama junaka. Ona je njegova mala vila, koja će ga hrabriti kroz život. Nikoga ni on nije imao, ni sestrinsku ni bratovljevu ljubav. Našli su se da uteše jedno drugo i izliju sva osećanja koja su se godinama gomilala.

Da li ona njega voli kao on nju? Gleda je i ljubi očima. On će imati svu tu lepotu, prvi on, gladan njene ljubavi i njena tela.

Pogleda ono troje na drugoj klupi. Zaspali su. Stari gospodin hrče otvorenih usta, žena iskrivila glavu i stegla usne. Sasvim drugi lik su dobili. Starost nije lepa kad spava. A devojčica se uvila kao klube, skupila kolena na trećinu klupe, spustila glavicu na krilo starmajkino i spava. Svi spavaju, samo je on budan, jer u njemu budna strast, budan mužjak, lomi ga, rasplamsava, muči... Niko ne vidi, svi su zatvorili oči, pa on, nestrpljiv i vreo, spušta ruku u njena nedra, miluje grudi. Ona otvori sanjive oči, zadrhta, privi se uz njega i pruži mu usne.

Noć prolazi... lampa svetluca obavijena plavičastom navlakom. Lokomotiva baca varnice, a seoske kućice počinju da se naziru, dok sve ono sivo, fantomsko u noći, probeljuje, osvetljava se, plavi i rumeni.

Zora se pomalja. Stigli su u Zagreb. Posle nastaje romantika, lepa kao ljubav. Planine i šume Gorskog kotara. Čitavi bregovi pokriveni visokom paprati i četinarima, plavkaste stene, retka naselja, male i posne njivice i gradine, ogromni zidovi burjana, podignuti da zaštite od vetrova.

Primorsko sunce je toplo, ali se oseća vetrić s mora, koji rasteruje vrelinu na kopnu.

Nosač je skinuo dva velika elegantna kofera i spustio ispred Anđelke i njenog muža.

— Možete pešice! Hotel *Jadran* nije daleko.

— Tata, eno gospodina Đurovića — začuše ženski glasić. Oboje se okretoše i spaziše jednu lepu crnpurastu devojčicu, duge kose, i njene roditelje.

— Dobar dan, gospodine Nešiću — ljubazno ih pozdravi sudija.

— Je li to vaša mlada?

— Jeste, to je moja Anđelka, ovo je gospodin Nešić, hirurg i upravnik bolnice, gospođa Nešić i njihova kći, učenica sedmog razreda.

— Vi zaboravljate da sam sada maturantkinja! — uzviknu prekorno devojčica i upravi dva crna oka na mladog sudiju. Zatim pogleda njegovu ženu i oči joj ostadoše na njoj.

Roditelji su razgovarali, Toma je pričao, a maturantkinja je ćutala i gledala čas Anđelku čas njenog muža. Kao da je ispitivala tu mladu ženu, iznenađena njenom lepotom, ali je tog trenutka u njenim očima bilo i nečeg bolnog.

— Mi smo dobri prijatelji — govorio je lekar. — Dobili ste krasnog muža, gospođo. Nisam jednom kazao: da sam imao kćer udavaču, od sveg srca bih je dao za njega. Bolje što ste otišli u sudije, nego da ste bili advokat. Napravićete lepu karijeru, ako vas politika ne odvuče. Ja sam od početka gledao svoj poziv i uvek bio po strani od svih partija.

— On nam je mnogo hvalio vas — okrete se lekareva žena Anđelki. — Zbilja, gospodine Tomo, imali ste ukusa. Gospođa je tako lepa. Završili ste prava?

— Jesam — osmehnu se Anđelka.

— Ova moja hoće medicinu, ali ja mislim biće bolje da je udam odmah posle mature.

— Bogami, neću! Studiraću medicinu — odgovori prkosno devojče. Pogledala je Tomu i osmehnula mu se. Anđelka je zapazila, ali nije pridavala značaj tome.

— Jeste li srećni? — obrati se maturantkinja sudiji, gledajući ga pravo u oči.

— Jesam, gospođice. Vrlo sam srećan — odgovori mladi čovek ubedljivo.

— Eno našeg šofera! — uzviknu devojčica i okrete se brzo od njih.

— A kuda idete? — upita Toma.

— Mi smo u Crkvenici — odgovori Nešić — pa smo došli da sačekamo njenu sestru iz Novog Sada. Ali nje nema.

— Mi ćemo ostati nekoliko dana na Sušaku. Bićemo u hotelu *Jadran*. Odavde ćemo praviti izlete. Idemo do Abacije, možda u Veneciju, na Rab. Ako nam se gde više dopadne, ostaćemo duže.

— Vama će sada svuda biti lepo.

— Zaljubljeni i mladi pa im sve milo — nasmeja se doktorova žena. Maturantkinja opet upravi oči na Tomu. On spazi njen uporni pogled pa okrete glavu i uhvati Anđelku ispod ruke.

Oprostiše se. Anđelka nije ništa govorila. Došlo joj je da zaplače od očajanja. Svi ga hvale, svi kažu da je divan... zar je smela ono da uradi! Zašto je krila? Kako će on primiti njenu prevaru? Oseća da će se dogoditi nešto strašno. Ne može to olako proći. On je bujan, temperamentan, strastan, patrijarhalan.

— Anđelče, što si se uozbiljila? — upita je bojažljivo, strepeći da nije opazila vrele poglede one razmažene devojčice.

— Gledam kako je lepo ovde. Mene priroda rastužuje.

— Neću da budeš tužna kad sam ja veseo! — on joj poljubi ruku, misleći: „Otkuda baš da sretnemo onu malu!" Bila je ludo zaljubljena u njega, pisala mu pisma, iako on njoj nikad nije pisao. Vatreno mu je izjavljivala ljubav i tvrdila da će se ubiti kad se on verio... Morao joj je reći da ne pravi gluposti, molio je da bude pametna. Nije nikad ozbiljno ni pomišljao na nju, a razočarala ga je što mu je prva izjavila ljubav. Time je sve pokvarila. On nije voleo da se zabavlja s balavicama. Koliko je ta mala bila luda! Uveravala ga je da bi se udala za njega, da ima miraz, da će roditelji dati, samo nek je zaprosi. A on je prešao preko svega. Zar bi inače ikada našao Anđelku, milu i nežnu, idealnu devojku? Ako, ova mala je sad sve videla i umiriće se.

— Evo *Jadrana*! Vidi kako je lep hotel. Sad ćemo se umiti i presvući... jesi li ti moja slatka ženica?

Ona mu se osmehnu, zaustavljajući uzdah u grlu. „Slatka ženica!" A šta će reći kad sazna?! Samo ne kad uđu u sobu. Ne! Sada ne! Kazaće da je umorna. Bolje kad dođe noć. Možda neće primetiti!

Soba je bila lepa i elegantna, s pogledom na more, koje se plavilo, zelenilo i prelivalo u bezbroj boja. On je uhvati oko stasa, uzvitlan kao vihor. Hteo ju je svu, odmah, ovog časa.

— Lepa si kao more — šapuće joj i nema više snage da se odupre strasti. Ona se otima, brani, bar malo da odloži čas kad će se saznati gorka istina.

— Nemoj, idi na terasu, a ja ću se presvući, eto me odmah! Da prošetamo. Hoću prvo da se nagledam mora.

— A ja hoću tebe, samo tebe. Ljubavi, živote moj!

Ona ga moli:

— Idi da se obučem.

— Zašto se preda mnom ne oblačiš?

— Stid me...

— Zar od mene? — skida joj žaketić, hteo bi sve da skine s nje, a ona se brani i slatka mu je što je stidljiva. To je čednost, prvi dodiri muške ruke. O, kako je srećan, kako će je ludo voleti.

— Da obučem onu plavu haljinu? Kako ti se dopada?

— Sve mi se dopada na tebi, sve! — uzima je u naručje i izdiže, nosi kao dete, snažan i rasplamteo. A ona pada u zanos, ali se vraća, miluje ga po licu i tepa mu:

— Ti idi, a ja ću sve haljine okačiti u šifonjer da se ne gužvaju.

„Oh, da li sada da mu priznam?" Ne, ne! To bi bilo strašno! Nema hrabrosti, volja joj je smrvljena. Ah, on je voli, oprostiće joj... Kako će mu ona biti zahvalna, kako će ga nagraditi ljubavlju! Nikoga neće voleti kao njega.

Izašao je iz sobe pijan od sreće. Čekaće noć! Noć je lepa za ljubav, tiha, mirisna, puna tajni i čežnje. Oseća je na svojim rukama, na usnama, na telu. Drhti za njom. Hteo bi natrag u sobu da je iznenadi dok se svlači, da je on svuče, da je prigrli sebi svu, nagu.

Sedi na terasi, a vetrić s mora ga umiruje. Konobar prilazi.

— Što želi gospodin?

— Pričekajte malo, dok moja supruga dođe.

Smeši se u sebi na to „moja supruga". Nije mogao reći „moja žena". To je isuviše intimno. Ona je samo njegova žena, njegova ženica, mala, slatka.

Ona se pojavljuje... plava kao nebo, plava kao more. Srećan je što je baš on dobio takvo blago. Svet na terasi zagleda je, mladići se okreću, a ona vidi samo njega.

— Šta bi ti, Anđelče?

— Sladoled.

— I ja ću.

Gledaju se i utapaju oči jedne u druge, plave i crne.

Izašli su iz hotela, šetali, peli se na Trsat, prešli na Rijeku, pošto su imali pasoše. Bilo je devet kad su ušli u sobu. More tamno, a nebo se spojilo s njim. Kao da se i oni ljube. Zlatni venčići sijalica trepere u moru kao rese. Kako je divno voleti se uz šum talasa.

# Izgubljena nevinost

Kročio na nekoliko koračaja, pa se vratio, ukočena lica, gnevnih očiju, prigušena glasa. Stao je ispred mlade žene koja je sedela na ivici postelje, još u spavaćoj košulji, bosih belih nožica koje su provirivale ispod duge noćne košulje.

Gledala je tupo preda se, krijući pogled, uništena i tužna, strepeći od svakog pitanja, izmučena njegovom jarošću, uvredama...

— Ko je bio taj? Zašto mi ne kažeš?!

— Rekla sam ti da je umro! Bilo je samo jednom. Veruj mi, nemoj da me mučiš. Jao, koliko si me izvređao!

— A ti mene nisi uvredila? Zar treba da budem srećan što sam te dobio takvu. Podla ženo! Krila si sve vreme. Zašto mi nisi kazala? Od prvog dana izigravala si idealnu devojku, a ko zna koliko si ljubavnika imala?

— Ne vređaj me. Nisam imala nikog više. Zaklinjem ti se u život moje tete. Patila sam što ne mogu da ti kažem. Zar me nisi stalno pitao zašto sam tužna. Eto, sad znaš! Zbog toga sam bila tužna! Suviše sam osetljiva!

— A nisi mislila na moju osetljivost?

— Znala sam tvoje poglede na život, cenila sam te, bojala se... razočaraćeš se. A nisam htela da te izgubim. Verovala sam da ćeš me razumeti i oprostiti mi.

— Mislila si: ta dobričina i budala preći će preko svega. Ili, možda, još gore: neće taj ništa ni saznati! Podvaliću ja njemu!

— Ne govori tako! Svaka tvoja reč me ubada. O, kako si jutros drukčiji! Zašto me tako gledaš. Zar sam zlo učinila tebi? Ako sam kome učinila zlo sebi sam učinila!

— Nisi ti mislila da je to zlo! Uživala si, jurila i provodila se.

Mlada žena podiže glavu i pogleda ga oštro:

— Nisam jurila! Ne dopuštam da me vređaš. Bila sam celog života skromna. Ako sam učinila pogrešku u jednom trenutku slabosti, pokajala sam se! Ne ljuti se na mene, oprosti... davno je bilo... izbrisala sam to iz svog života.

Pošla je prema njemu, lepa i umiljata, opruženih belih ruku, da ga zagrli, da mu položi glavu na grudi, ali on je odgurnu i ona se povede, pade na krevet.

— Mrzim te! — jeknu muškarac. — Koliko je onih koje si grlila i ljubila? Ne mogu ti oprostiti! Prevarila si me. I zato ćemo raskinuti. Nemoj misliti da ću te trpeti zato što smo venčani... mi ne možemo živeti zajedno. Ti za mene više nisi ono što si bila. Tvoja laž je gnusna! Čekala si venčanje i prvu bračnu noć, mislila si: „Ne može me ostaviti kad se venčamo!" Zaboravila si da je i zakon na mojoj strani! Ljudi su se postarali da nas sačuvaju takvih žena. Jednog si imala i taj je umro, kažeš, ali će se posle povampiriti! — Stao je ispred nje, dočepao je za ruku i uzdigao s postelje, sikćući: — Znala si da prezirem takve žene! Zašto si me obmanula? Bila si zaljubljena u mene? Jesi li tako svakog uveravala? Reci! Koliko si ih imala?

Anđelka jauknu i pade na postelju. Disala je teško, ali se ubrzo umiri, izdiže se s postelje i pođe da se obuče. Stidela se svoje nagote. Ovaj čovek bio joj je u ovom času tuđin, vređao ju je kao prostitutku. I lik mu se izobličio. Pogledala ga je i izgovorila tiho:

— Nisam ni sanjala da ću ikad videti takvo lice na tebi. Da li je to tvoja prava priroda? Da li je sva tvoja dosadašnja nežnost bila pritvorna?

— Ti si uništila moju ljubav! Ista si kao i stotine drugih devojaka koje sam prezirao! Lepotom si htela da me osvojiš, telom — stegao je zube i prišao joj: — Da, znala si da imaš lepo telo. I drugi su ti to kazali.

Povukao joj je snažno košulju s ramena, a čipka se rascepi, skliznu i ukaza se divna dojka... U besu i ludilu, rastrzan ljubomorom, on je odgurnu. Mlada žena se sva strese, htede da cikne, ali se pribra, podiže pocepanu košulju i sakri grudi. Nešto se prekida u njoj, izgubi... Zar je ovog čoveka ona volela? Šta je očekuje u budućnosti s njim? Zar mu je toliko zla učinila?

Čuje ga kako teško diše, sedeći u fotelji. Da li pati? Zar je za njega tako strašno što je ona izgubila nevinost? Je li to jecaj i plač ožalošćenog i uvređenog srca? Da, on plače!

Jurnula je k njemu, spustila se na koleno, zagnjurila mu glavu u krilo:

— Mili moj, nemoj plakati. O, kako te volim! Još više ću te voleti... oprosti mi! Bila sam mlada, neiskusna, samo jednom se dogodilo! Nisam ja rđava. Oh, ti još ne znaš kakva je moja duša. Nijednom reči nisam te slagala, uvek sam bila iskrena. Zar ne možeš da pobediš sebe i odbaciš sve to, da me vidiš onakvu kakva sam uvek bila za tebe? Poljubi me, ako si me vređao, razumem te. Ti me voliš, ti ćeš me voleti!

Muškarac riknu i gurnu je silovito.

— Ne govori više! Ti nisi moja! Zauvek ćeš biti svačija kao što si oduvek bila! Među nama nema više života. Odmah se vraćamo u Beograd. Odvešću te tetki i kazati kako te vaspitala. Posle ću tražiti razvod braka.

Mlada žena je ćutala, naslonjena na postelju. Zatim ustade, ne govoreći ništa više, priđe šifonjeru i uze haljinu. Obučena, približi se umivaoniku. Čulo se samo pljuskanje vode i osećao se miris duvana.

Čovek je pušio, hladan kao čelik, bez trunke nežnosti i ljubavi. Izbrisala se ubrusom, začešljala kosu i okrenula mu se.

— Dobro. Razvešćemo se. I ja imam dostojanstva. Neću da trpim tvoje uvrede. Ako sam izgubila nevinost, nisam izgubila dušu! — Ućutala je, a muž je pušio i dalje namrgođen. Onda joj se okrete, zajedljiv i željan da joj zada bol.

— Videla si onu devojčicu juče, na stanici. Eto, ta mala me ludo voli. Roditelji njeni ništa ne bi imali protiv. I bogata je, a ja sam je odbio zbog tebe, jer sam u tebi video bogatstvo i savršenstvo. Kako se muškarci varaju! A ja, koji sam kao sudija imao toliko slučajeva na sudu i upoznao sva ženska lukavstva ja sam prevaren!

Govorio je mirno, kao da se u njemu stišala ona strašna olujna ljubomora koja ga je do maločas kidala, spreman da ostvari ono što je naumio.

— Oženi se tom devojčicom, lepa je... želim ti da budeš srećniji — u njoj beše prestala borba da ga sačuva. Nema života s njim!

— Jesi li gotova? — upita on.

— Jesam.

Pošla je ćutke i izašli su na terasu. More je bilo čisto a nebo blistavo plavo, nasmejano i nestašno. Kupači su se već gnjurali u talase, na terasi je vladao tihi žagor. Krk se video u daljini kao zelena bordura mora. Lađice su plovile, a jedra na barkama se lako klobušala.

Usta su joj bila gorka. On je pio crnu kafu, a ona lagano prinosila usnama kašičicu s mlekom. Osećala se kao u nekoj sivoj magli. Gušilo ju je nešto, a onda oseti kako joj jedna suza skliznu niz obraz, pa brzo pokri lice rukom da neko ne spazi. On je pogleda i odmahnu glavom, okrete se da je ne vidi. Odvratne su mu bile i njene suze. Ništa lepo više nije video u njoj. Ovo je gluma, jer treba da ga pridobije! Ruka mu je ležala opuštena na stolu, lepa bela muška ruka. Na njoj je blistala burma.

Anđelka je gledala tu ruku koja ju je dosad uvek nežno milovala. „On pati", zadrhta. „Mora da je to strašan bol. Zašto mu nisam priznala? Ja sam uvek bila pažljiva prema svakome, zašto njega ovako da razočaram?"

Nije nalazila odgovora, jer je bujica njegovih uvreda zamutila sva njena osećanja. Kao da joj je još nož u grudima, pa će bol osetiti tek kad se oštrica izvuče iz mesa. Stresla se kao da ju je groznica uhvatila, a onda je nežnost zapljusnu. Pogleda mu markantan profil, bujnu crnu kosu, veliko čelo... Ona ga voli! Njena ruka nesvesno se spusti i preklopi njegovu, ali on se trže, pogleda je i izvuče lagano ruku.

„Zašto je toliko sebičan?", zavapi u sebi. „Zašto uništava i gazi ceo moj život zbog jednog jedinog dana, jednog sutona, tamo na moru, još prve godine studija?"

Zar je zato završila univerzitet? Ah, ništa to nije za muškarca. Ona za njega nije akademski obrazovana žena, već ženka koju je oskrnavio jedan muškarac pre njega i time mu oduzeo osveštano pravo! Dakle, žena je pre svega ženka pa tek onda intelektualac... Šta će reći tetka ako se vrate? Zar ona uopšte sme da izađe pred nju?! Da, to je najstrašnije... da je odvede teti i kaže: „Evo vam vaše sestričine! Trebalo je bolje da je vaspitavate, ona nije nevina!"

Ne, to neće dopustiti. Razbijena volja se prikupi u njoj i revolt se podiže kao vihor. Da, zašto je ovako namrgođen? Mogao je biti malo ljubazniji. On je nevaspitan! Pred svetom ne treba praviti takvo lice.

— Ti si tako ozbiljan i namrgođen — reče mu sa osmehom — kao da celom svetu pokazuješ kako si nesrećan muž. Možda nisu svi ovi muškarci srećni, pa ipak razgovaraju sa svojim ženama.

— Izvini, zaboravio sam da treba da izigravam kavaljera i zaljubljenog muža!

Njegova ironija ožari je kao kopriva.

— U mojoj prirodi nije da se pretvaram. Ali, pokušaću... ti si me naučila.

Kako je sve to cinično, a ona se i dalje smeši, ali suza joj se kupi u oku i gleda ga kao kroz maglu. Okrenu glavu i reče tek da bi nešto rekla:

— Jutros je more divno. Hoćemo li se kupati?

— A šta bismo drugo?

— Možemo da razgovaramo.

— O čemu?

— Zar smo ti i ja malo tema imali za razgovor? Pravnik si ti, pravnik sam i ja... Zbilja, zašto žene ne postavljaju za sudije?

— One nisu sposobne ni sebi da sude, a nekmoli drugima!

— Žene su sposobne da praštaju. U tome je veličina ženskog srca.

— Mi ne praštamo i nikad nećemo oprostiti!

— Znam... i ne tražim milostinju!

— Verujem! Postigla si cilj i sad možeš mirno da očekuješ dalji razvoj događaja.

— Kakav cilj?

— Zašto me pitaš kad je kod tebe sve sračunato unapred?

— Ne, zaista ne znam. Molim te, objasni mi. Ja sam očekivala scenu, ali nisam videla rasplet.

— Bićeš raspuštenica. Time si zbrisala svoju prošlost.

Ona uzdahnu, ućuta i pogleda prema moru. Nije se dalje objašnjavala. Što god počne da govori doći će do istog.

On se podlakti, pogleda je i zapita sasvim mirno, kao da razgovaraju o najobičnijim stvarima:

— Šta je bio onaj prvi? Za drugog i trećeg ne pitam, samo hoću da znam šta je bio prvi.

Govorila je tiho, a oči pune suza smešile su se na njega:

— Znaš, ja sam tebe veoma cenila. I moja tetka te obožavala. Ono što je bilo najlepše u tebi to je tvoja duša i osećajnost. Kad sam pomišljala na to da će doći do ovog saznanja, nikad nisam pretpostavljala da ćeš me grubo vređati... Zar ako izgubi nevinost žena gubi i karakter i svoju vrednost? Zamisli da imaš ovakav slučaj na sudu, zar ne bi našao opravdanje za ženu koja bi, inače, u svakom pogledu bila ispravna?

— Čednost je sinteza devojačkog života... ne možeš tražiti da svoj slučaj posmatram očima sudije. Uostalom, ja imam svoja ubeđenja i ništa ih neće pokolebati.

— A kad bismo nastavili život radi sveta, radi moje tetke? Ti si, ipak, dobar čovek. Iako mene sve ovo strašno boli, miliji si mi što nisi ostao ravnodušan. To je dokaz da me voliš. Reci, voliš li me makar malo? Nije mogućno istisnuti iz srca za jednu noć što se dve godine taložilo kao biser u školjci!

— Konobar, da platim! — zovnu muž. Osećao je kako u njemu kipi nešto i bojao se da ne ispadne netaktičan. Ona ga zavodi! Zavodi kao nimfa svojim lepim očima, belim vratom i čvrstim grudima, vitkim i mladim nogama. Zadrhtao je. Nije to gnev nego strast!

Ustade, a ona pođe za njim.

— Da prošetamo — reče. Osećao je potrebu da korača, da se umiri. — Da pređemo na Rijeku.

Sunce beše rasulo svu svoju svetlost i toplotu, a nebo se raznežilo safirnim plavetnilom. Mladi ljudi zagledali su Anđelku, okretali se za njom, ogledavali je, a njega je vređao svaki taj pogled. Svi je žele, ona to zna, i tako je uvek bilo, laskalo joj je i prihvatala je njihove ponude. Ona je znala da je lepa i verovala je da će njena lepota i nad njim odneti pobedu. Škripnuo je zubima i uhvatio je pod ruku, zarivajući prste u njenu meku i oblu mišicu. Ona zadrhta. Ipak je voli, zaboraviće, nastaviće oni život! Opusti se na njegovoj mišici, ali je njegove reči slediše:

— Ko je bio prvi? Zašto ga kriješ?

Htede da se otrgne, ali je njegova ruka stezala kao kleštima. Ne, on neće zaboraviti!

— Zašto me neprestano mučiš? Kazala sam ti da je umro!

— A oni drugi? Jesu li i oni svi pomrli?

Ona se trže, pojuri prema keju, izmučena i očajna. „Skočiću u more!", pomisli.

On polete za njom, dohvati je.

— Šta hoćeš?

— Ne mogu više da podnesem vređanje! Hoću da se vratim u hotel i spakujem se. Ti ne vidiš ništa oko sebe... ni more, ni nebo. Zar ništa ne može da te ublaži? Zar sam ja takvo čudovište?

Počela je da jeca, i on, uplašen da to neko ne vidi, poče da je umiruje, stišavajući se i sam. Može se ubiti, utopiti, a on to ne želi. Ah, on je voli, kako je strasno voli!

Išli su lagano, a sunce ih je grejalo, toplo primorsko sunce. Ona je mislila da će njihova ljubav biti topla kao to sunce, a doživela je tolike uvrede, baš ovde, baš na tom istom Jadranu gde je jedne noći izgubila nevinost...

Vratili su se u hotel i uzeli kupaće kostime. Ona je obukla svoj lepi kostim i pojavila se među kupačima. Muškarci su se upijali pogledima u nju, a bura u njemu opet riknu. Rasipa svoju lepotu svima, a njemu šta ostane! Tako će uvek biti, ona će ga varati, on je za nju samo muž-firma... To je njoj trebalo! Ah, zar da bude ovako izigran?

Posle ručka ušli su u sobu i on, raspaljen od strasti, uze je ponovo, lud za njom, buncajući i plačući. Strast beše zaglušila razum, ali kad se osvestio opet je počelo isto, još gore.

Prošla je i druga noć i došlo jutro, a scene su se nastavile kao juče. On je već bolestan od ljubomore. Ljubi je i miluje, a potom kinji i muči... Zar je to medeni mesec? Zar će svaki dan biti ovakav?

— Sutra putujemo u Beograd, Anđelka. Ne želim više da te vređam, ali ja sam takva priroda... ne mogu da ti oprostim. Moramo se rastati! — Izašao je iz sobe, ostavljajući je samu.

Svršeno je! Njen brak je trajao dva dana. Muž je vraća kao kakvu bestidnicu i propalicu. Ona, Anđelka, koja je bila ideal svoje tetke, koja se njome ponosila, svuda je hvalila, vraća se, jer... nije bila nevina. A, ne! Niko nju neće vraćati! Otići će sama. Ma kuda i ma šta se posle dogodilo! Spakovala se, napisala mu pismo i brzo izašla.

Pošla je ne znajući kuda. Voz polazi u dva, a sad je jedan i četvrt. Ima vremena. Jedan fijaker prolazi. Zovnu ga. Ruke joj drhte. Nije svesna onoga što čini.

— Hoćete na stanicu ili na kej?

— Na kej. Ima li koji brod?

— U dva polazi za Krk i Rab.

Otići će na Krk. Nervi joj trepere. On ne zna na šta je sve ona spremna. A more je plavo, nestašno, razdragano. Oh, kako bi rado poletela u morsku dubinu. Da je nestane, da iščezne, da zaboravi svoj devojački greh. Onda će joj svi oprostiti i reći: bila je dobra, bila je idealna devojka. I on će zažaliti za njom. Pokajaće se što ju je vređao. Celog života nije čula toliko uvreda kao od voljenog čoveka za dva dana i dve noći. Jedan joj je oskrnavio telo, drugi ubio dušu, ona je sad bezvredna i ništavna stvar. Šta će joj život!

Ušla je u biletarnicu.

— Dajte mi... — govori besvesno, ne zna kuda bi. — Krk...

— Koje mesto?

— Dajte mi... Malinsku.

Brod polako krete i talasi zapeniše vodu unaokolo, ostavljajući dugu brazdu iza krme. Sveta je puno, žena, dece, muškaraca. Sede pokraj kofera, žagore ili zaneseno gledaju u more, koje je u ovom osunčanom času zelenkasto i poprskano penom, a svež dah izbija iz talasa. Gust dim vije se i oteže iz brodskog dimnjaka. Miris uglja i riba rasprostire se preko slane morske vode.

Anđelka se skrila u jedan ugao. Bunovna od svega što je doživela, tek sad se vraćala svesti. Otvori oči kao posle teškog sna i poče da shvata šta se odigralo. Magla u kojoj se neprekidno nalazila i koja joj je zaklanjala pravu boju događaja, razveja se. Ona se trže i užasnu:

„Šta sam ja ovo uradila? Zašto sam pobegla od njega?"

Počela je da ispituje sebe i osetila dubok strah u srcu. Ali, koga se to ona plaši? Sveta? Ne, sveta se ona nije bojala. Ali pred njom se pojavi lepo i ozbiljno lice njene tete, njen pogled uvek pomalo tužan, njena duga patnja i mnoga odricanja. Srce joj se zgrči.

„Oh, kako sam mogla da joj nanesem toliki bol! Šta će ona misliti o meni? Da li će mi oprostiti?"

Ona je zašla u godine a nije poznala život. Da li ta devojka-usedelica može da oprosti? Zar neće istaći sebe kao primer, prekoriti je svojim besprekornim životom i devičanstvom? Srce joj se kida a s njim kao da se raskida i njen lepi život s tetom, koja joj je bila sve. I nju će izgubiti i ona će je prezreti, ostaće sama, sama sa svojim bolom i očajanjem... Jedan talas je poprska i kapi, sićušne kao najsitniji beli merdžani, zasuše joj ruku i lice, pomešaše se sa suzama...

Jedno dete vrisnu. Anđelka se trže i pogleda. Odletelo mu je balonče iz ruku, palo u more, pa skakuće preko talasa kao lopta. Svi se smeju i šale, a dete plače. Mati ga teši: Kupiću ti drugi!

Ah, deca! Kako ih Anđelka voli! Koliko je čeznula za tim da dobije puno dece, da ih voli i mazi, da priča kao druge majke: sinčić mi prohodao... kćerkica pošla u prvi razred... Da rastu, da ih gleda i uživa u njima, da ih oblači, preslišava. Za sve bi imala topline: i za muža i za decu. A on ju je odgurnuo!

Uzdahnula je duboko i previla glavu preko ograde. Da joj je da sklizne, da se utopi, da počiva dole, na dnu, i niko da ne zna gde leži. Nije slutila da će je obuzeti takvo očajanje. Nije predviđala ovakav bolni rastanak. Kuda će sad? Da živi ili da umre?

Obala Krka sva je reckasta. Ponegde se uzdižu stene i na njima kuće kao golubarnici, a negde šumarci i primorski borovi koji se spuštaju do same ivice mora. Nad tom lepotom uzdiže se Velebit, plavkast i beo, kao prošaran inkrustacijama mermera.

„Kuda to idem?", pitala se zamišljeno. „Da li će me neko prepoznati?", tek sad joj pade na pamet. Osvrnu se bojažljivo. Nepoznate žene i ljudi. Okrete se na drugu stranu i spazi dva crna mladićka oka. Gledaju je netremice, ko zna koliko dugo. Možda su pratila svaki njen pokret i izraz lica, pa videla suze, jer kad se ona okrete, mladić se naže kao da se udubljuje u lepe suzne oči, ispitujući kakva tajna muči tu divnu mladu ženu... Anđelka se okrenu uplašeno i naizgled ravnodušno se zagleda u more, da ne bi dopustila nepoznatom mladiću da je iz prikrajka posmatra. Kako su joj muškarci postali odvratni!

Brod se približavao Malinskoj. Kuće pokraj mora i na brdu, u zeleniku. Nekakva pustoš i samoća obuzeše Anđelku. Zašto se nije vratila u Beograd? Šta će ovde? U samoći je strašno! Da li je dovoljno jaka da gospodari sobom i uveri se u to da ne treba patiti? Razum je hrabri, izdiže, ali srce, žensko srce, malaksava i baca je u tugu, očajanje, uništava joj volju i svaki čas nameće misao: zašto da živim?

Sišla je s broda ne mareći da li će je neko poznati. Utrnula je i besvesna. Opet je kao u magli.

Nosač joj dograbi kofer.

— Ima li gde soba?

— Ima gore, u hotelu nema. Hoćete li uz more?

— Svejedno... bolje dalje, ne volim na plaži.

Žurila je za nosačem, ne videći kako je onaj mladić s broda neprestano prati pogledom. I on se iskrcao u Malinskoj. Došli su do jedne lepe kuće. Aleja nasuta šljunkom vodi pokraj zelenih i gustih tuja. Na prozorima se suše kupaći kostimi, ženski kombinezoni i čarape. Sopstvenica vile izlazi i vodi je u jednu sobicu. Čista i bela. Prozor gleda na more, Sušak i Rijeku, na tuje oko kuće i jedan visoki čempres koji je nadvisio prozor prvog sprata.

Spustila je kofer i sela. Sva je malaksala i teška. Da li od tih bolnih misli koje je pritiskaju i muče? Soba je puna vazduha. To je osvežava. A more lako šumi po uvek istom ritmu i uspavljuje. Svukla se i legla. Dve noći nije imala sna. Oči joj se sklapaju i prijatno joj je od one obamrlosti koja prethodi snu. More šumi, miris tuja ulazi u sobu, a silueta čempresa ocrtava se na prozoru.

Čvrsto je zaspala. Kad je otvorila oči, sunca više nije bilo, vazduh je postao svežiji i šum mora jači. Ljubičasta boja poslednjeg odsjaja sunca razlivala se nebom. Svetla su se palila na Sušaku i Rijeci, a jedan brod s mnogo jedara stajao je nepomično na moru. Setila se opere „Holanđanin lutalica" i ukletog broda... Takav joj je izgledao i ovaj kao šafran žutih jedara. Oseti glad, pa zaboravljajući očajanje i poniženje siđe pod venjak. Kako je svuda poezija! Venjak, beli čaršavi, sijalice i onaj tamni čempres.

Večerala je i vratila se u sobu. Sad je pribrana, osvestila se. Može da razmišlja hladno. Šta da radi? Da li da napiše teti pismo ili da se vrati u Beograd? Da ode i prizna, da moli oproštaj. Najteže je izgovoriti prve reči. A i ono drugo: vraća se sama, tetino iznenađenje, prvo zaprepašćenje... Oh, neka, neka ostane ovde još koji dan! U njoj je puno života, a silom joj se nameće misao o smrti. Prvi njen stomak buni se protiv smrti. Kako je maločas jela! Čudila se sebi, ali joj je bilo slatko. Pa ona voli život! Radila je i učila da ostvari lepši život, nikad nije mislila o smrti. Samo onda kad je umro onaj koji je dobio njenu nevinost.

Svežina vazduha je umiruje i opet tone u san. Najbolje da zaspi, inače će razmišljati i pasti ponovo u očajanje. A noći su opasne za očajnike, noću se donose zlokobne odluke... Čempres je tajanstven u noći kao fantom. Izdužio se i zacrneo, nikakav šum ne odaje. Kao silueta u tamnom plaštu. Obuzima je strah. Pokriva se ćebetom da sakrije noge, ruke... kao da ima nekog ispod postelje. A sama je u noći, sama sa svojim bolom.

# Uvređeni muž

Dugo se sunčao, ležeći na terasi ispred hotela. Blagi jadranski povetarac rashlađivao mu je čelo. Bilo mu je potrebno da se umiri, staloži, razmisli. Anđelka je ostala u sobi i nije je zvao. Njena blizina uzrujavala ga je i bacala u jarost, a bes ga obuzimao zato što je tako lepa i zavodljiva, što ne može da se odupre njenim dražima, što je želi i u ovom času, što je u stanju da pojuri u sobu, uzme je ponovo, osvaja, ljubi, muči i iznova osvaja. Neprestano mu je pred očima u svoj svojoj lepoti, svesna svojih moći, uverena da će ga pobediti i da će joj on oprostiti, zaboraviti.

Stezao je zube pri pomisli na oproštaj, jer je iza nje video mnogo muškaraca, a svi su je milovali kao on, uzimali i — ostavljali! Da, ostavljali! A lagala je da njega voli zato što je bio daleko, nije je poznavao, trebalo je da posluži kao muž, a svi ostali da budu samo ljubavnici koji se nauživaju i mužu je ostavljaju s podsmehom! Zažele da je ispituje, kinji, vređa... a zatim da je strasno uzima i ostavlja! Ali se nije micao, jer je osećao da ludi. Od strasti on gubi razum, od ljubomore koja ga muči, od njenog lepog tela koje voli i za kojim čezne u ovom času kad ga sunce miluje a krv uzavire!

Zaklopio je oči. Hteo je da zaspi i umiri se, ali ne može. Nešto ga bode, peče, lomi. Da li će se ona pojaviti. Čeka je i pogleda svaku ženu koja se pojavi, misleći da je ona. Želi da je vidi i uzbuđuje se što je nema. Zašto je ona ljuta? Zar uopšte ima pravo da se naljuti? Uvredio je njeno dostojanstvo univerzitetski obrazovane žene? Zar ona misli da joj univerzitet daje pravo da se svakom poda?! „Bio je samo jedan i on je umro!" Laže! Bilo ih je ko zna koliko... opet se vraća na ono što ga muči od početka, ali se savlađuje.

Da li ga je to uhvatio san ili polusan? Učini mu se da je dugo ležao, kostim je suv na njemu, a nje nema... Jogunica! Čeka da on dođe i pokori joj se. Ta ima iskustva s muškarcima, izučila je školu ljubavi. Njegovo Anđelče! Šta radi u sobi? Hteo je da vidi da li spava, ali ne sme da prizna sebi kako želi da je vidi u postelji, lepu, belu, rumenu i bujnu...

„Bio sam grub", prekoreva sebe. „Nećemo sutra putovati, hoću hladno da razmislim. Uostalom, zašto da se i ja ne provedem s njom kao drugi, a onda da je odbacim kao isceđen limun! Nek ide posle svojim ljubavnicima!"

Krenuo je kao mužjak, vreo od sunca, rasplamteo, snažan. Otvorio je vrata polako da je ne probudi ako spava, osećajući želju da se kao lopov uvuče u njenu postelju...

Zastao je nasred sobe. Nema je! Okreće se, traži očima. Nema ni njenih haljina u šifonjeru. Nešto ga udari u glavu. Obuze ga strah i bes. Spazi pismo. Pročita ga i besno zgužva. Razvi ga ponovo, pročita još jednom, pa ga s još većim gnevom iscepa.

„Tako! Otišla je uvređena! Ah, kako sam ja nagraisao! To je demon-žena! S pravom ona traži da je poštujem. Ona može da živi kako hoće, da nastavi život i posle, ali njen muž ne sme da je vređa, mora da se pomiri! Ona je zbilja dostojanstvena žena!" Koračao je po sobi kao tigar u kavezu. Ah, da mu je sad ovde! Oseća da bi je zasigurno istukao. Samo bi tako utišao sebe. A on se još dvoumio. „Ali... i da je ostala pobedila bi me. Muškarac je naivčina, uvek sve prašta, a žena je lukava i lažljiva. I ovo je deo njene taktike? Da me uplaši, da potrčim za njom. Varate se vi grdno, gospođo, nisam ja taj koji će potrčati! Ne postojite vi više za mene! Svršeno je, srećan vam put!"

Bacio se na postelju da se umiri. Uzalud! Bolje da ide, da se kreće. Otići će u Abaciju. Šetaće i gledati žene, praviti poznanstva, ljubakati se. Tako treba raditi! Mangupi su za sve njih, a ne pošteni mladići. Nije nju pošten ni upropastio. Navikle su one na takve. Uživanja su njima potrebna. Muževi su gnjavatori, brak dosada, deca nepotrebna! Hoće da su lepe, da sačuvaju liniju. Treba flertovati i pokraj muževa. Muževi ne umeju oko njih. Treba ih maziti, lagati. A zato služe ljubavnici. E, i ja ću, gospođo, biti ljubavnik. Ima žena na svakom koraku. Plati je, pa radi s njom šta hoćeš. Danas jedna, sutra druga!

Izleteo je iz sobe, prošao pokraj portira. Ovaj ga učtivo i diskretno zapita:

— Vi ostajete? Gospođa je otputovala i kazala da vi još nećete.

— Jest, ostajem!

Izašao je na ulicu. „Prvog dana pravi skandal! Nije se ni stidela da ode... i još ima obraza da kaže portiru da ja ostajem!”

Otišao je brodom u Abaciju, večerao i vratio se. Sad je bio odlučan i rešen da raskine. Ostaće u hotelu još dva-tri dana, a onda ide u Beograd da prečisti stvar s njom. Očitaće dobro i njenoj tetki. I ta je sigurno umela da živi. Matora usedelica! Valjda je bila poštena! Kako ga je samo hvalila i hvalila sestričinu. Htele su da mu podvale, ali im neće uspeti.

Ostao je četiri dana u hotelu, kad je došlo pismo iz Beograda. Pomisli da je od nje, pa ga otvori brzo.

„Čudim se što se ne javljate. Anđelka je kazala da će mi se svakog dana javiti jednom kartom. A vi, otkako ste otišli, nijednu kartu niste poslali. Šta je s vama? Da se nije koje od vas razbolelo? Ja strahovito brinem i molim tebe, Tomo, da mi odmah pišeš. Znate da ste vas dvoje meni sve u životu, moja dva deteta, i ja vas neizmerno volim, ali i brinem za vas. Vaša tetka.”

Ona nije u Beogradu! Pa kuda je otišla? Šta li je s njom? Da nije nešto učinila od sebe. Srdžba, razočaranje i bes iščeznuše, a javi se strah, beskrajni strah da se Anđelka nije ubila.

Nabacao je stvari u kofere, isplatio sobu i odjurio na stanicu da uhvati voz za Beograd.

# „Još vas volim!"

Uvukao se u ugao kupea i besvesno gledao kako promiče drveće, kuće, maslinjaci. Nije više mogao da uživa u lepoti prirode. Smokve su se zelenile svojim kratkim gustim krunama, a maslinjaci srebrnasto odsjajavali, ali za njega je sve bilo bezbojno, pustoš mu je vladala u grudima.

Da li je ovo san ili java? Trzao se, prikupljao misli, tražio objašnjenja, pokušavao da je opravda, ali se sve svodilo na gnev... Šta muškarac doživljava od današnje devojke? Zar je to njihova emancipacija? Otišla je nekom svom ljubavniku! Svi će mu se smejati, drugovi, kolege, rodbina, devojke. Veličao ju je i hvalio, a ona tako.

Zašto ide u Beograd? Šta ga se uopšte tiče gde je ona? Trebalo bi da napiše njenoj uvaženoj tetki: „Gospođice, tražite svoju sestričinu, sigurno ćete bolje znati od mene kuda i s kim je otišla!"

Vrućina je u kupeu. Otvara prozor i svež povetarac mu rashlađuje čelo. Nema ni on nerve za ove potrese. Kida ga najviše što će biti ismejan. Ko zna kakve će sve viceve praviti na njegov račun! Reći će i da nije bio muškarac. On je bio muškarac svakim svojim čulom, od glave do pete, muškarac a ne mekušac. Ali za nju je bilo bolje da je mekušac, budala, šmokljan. Ona je očekivala da joj oprosti zato što je čestit i patrijarhalan, pa neće praviti pitanje od njenog nepoštenja!

Momak iz vagon-restorana uđe u kupe.

— Želite li večeru?

— Da, večeraću.

Jest, mogao bi otići u vagon-restoran da popije špricer, ali se boji. Može sresti nekog poznatog. Šta da kaže? Vraća se sâm sa svadbenog puta. Priseća se šta bi mu mogao biti izgovor, izmišlja: strina na samrti! Zaista ima jednu strinu.

„O, kako je sve to gorko i bedno!”

Voz staje, a on ne zna ni koja je stanica. Žagor na peronu, putnici ulaze u vagon, pozdravljaju se, dovikuju. Okrenuo se prozoru da ga neko ne vidi. Čuje ženski glasić, čini mu se poznat:

— Tata, evo ovde je prazan kupe. Samo jedan gospodin.

Vrata se otvaraju, ulazi neko i on ponovo čuje isti glas.

— To ste vi, gospodine Đuroviću?!

Okrenuo se kao da ga je neko udario u potiljak.

Pred njim je stajala zbunjena, rumena i lepa maturantkinja, kći doktora Nešića — Olga!

— Jest, ja sam — govori izveštačeno veselo i trudi se da izgleda kao srećan muž.

— A gde je vaša gospođa?

Ne stiže da joj odgovori, jer se pojavi lekar sa ženom.

— Gle, opet vi?! — uzviknu lekar. — A gde je vaša gospođa? — ponovi iste reči.

— Ostala je na Sušaku... ja sam pozvan hitno u Beograd, moja strina je teško bolesna, nju jedinu imam... bila mi je umesto majke, pa želi da me vidi poslednji put.

— To je zaista neprijatno! Zar sad kad ste na svadbenom putu! Nije trebalo da vas zovu. Da ostavljate samu svoju lepu mladu.

— Ona je s tetkom. Došla je i tetka — laže i čudi se kako mu sve to pada na pamet. A oseća se neprijatno, jer ga dva devojačka oka gledaju strasno i ispitujući, kao da nešto sumnjaju.

— Lepu ženicu imate — hvali ga Nešićka. — Lepu i školovanu. Vi ste se iz ljubavi oženili, je li? Ona nije imala miraza?

— Da... iz ljubavi — izgovara tobož srećno, ali mu svaka njena reč pada na srce kao žar.

— Hoće li ona da bude činovnica?

— Biće jedno vreme, mada ja ne volim da mi žena radi. Bolje nek je domaćica.

— To i ja kažem Olgici: što da učiš dalje? Dosta ti je matura, pa da te udamo. Ne dam ja njoj da ide u Beograd. Strah me velikog grada. Uleti u vrtlog života i propadne.

— Ti, mama, imaš suviše malo vere u mene ako misliš da bih propala! Umem ja sebe da čuvam.

— Znam da umeš, ali svet je pokvaren. Dođe muškarac pa ti priča i laska, ti misliš da je pošten, a on ima najgore namere. Ne dam ja svoje dete od sebe!

— Pa šta da radim kad ne učim školu? Da sedim i čekam prosioce! Ja bih se mogla udati samo iz ljubavi, kao gospodin Đurović. A ljubav ne postoji!

— Gledaj ti nju šta govori: ljubav ne postoji! Zar se tvoja majka i ja nismo uzeli iz ljubavi? Dvadeset godina smo u braku i srećni smo.

— Pre dvadeset godina možda je i postojala ljubav, ali danas ne postoji! Ako mladić voli devojku, ona njega ne voli. Ako devojka voli mladića, on je i ne gleda!

Toma je znao na koga misli i okrenuo je glavu da se ne bi sreo s njenim živahnim očima. Bojao se da ne pročita istinu u njegovom pogledu.

— Vi se ne vraćate više u naše mesto? — upita ga Nešić. — Gde ćete biti sa službom?

— Dobio sam Kruševac.

— Lepa varoš — odgovori lekar.

— Voli li vaša gospođa da živi u unutrašnjosti? Ona je Beograđanka.

— Ona je iz unutrašnjosti, ali odavno živi u Beogradu.

— A zašto ne bi volela? — dobaci Nešićka. — Pokraj dobrog muža svuda će joj biti lepo.

Nije više mogao da sluša te pohvale. Ah, da oni znaju! A ova devojčica ga je volela! Ko zna šta bi i s njom doživeo. Jedinica, razmažena i kapriciozna. Ne, ne, neće se on više ženiti! Nikakve lepe oči neće ga ubuduće zaluđivati.

Prešao je na drugu temu:

— A zašto se vi vraćate tako brzo s mora?

— Mi smo proveli već dvadeset dana. Treba da odemo malo i do Vrnjaca. I Luki i meni su potrebni Vrnjci. Olgici je žao što ostavljamo more, ali moramo da se lečimo.

— Ja sam mogla da ostanem. Ne znam zašto me tako čuvate.

— Kad se udaš i postaneš majka, razumećeš zašto. Jedno dete, pa da te ostavljam samu na moru. Koješta!

Sudija se seti kako mu je ova mala pisala. Majka o tome nema pojma! Ne znaju majke ništa. Bolje što je čuva. I nju će neko upropastiti i ona će doći mužu izgubljene nevinosti... Da je hteo, mogao je svašta uraditi s njom! Ali sad će se on svetiti! Svetiće se jošte kako! Muškarac da čuva poštenje devojkama, a one ga same ne čuvaju! Posle usreće nekog nesrećnika kao što je on, pišu mu godinu i dve, kao svetice, idealne, čestite, jer treba naći muža! Jetke misli povukoše mu brazdu preko čela, a devojče ga je gledalo.

„Nešto se dogodilo! On nije srećan!", zalupa joj srce. Osećanja su se budila u njenoj ranjenoj duši. Volela ga je svim žarom prve mladosti i ludosti. Dopadao joj se silno, kao što se devojci uvek dopada prvi muškarac koji joj uzbudi telo i čula. Bila je spremna da mu se žrtvuje. Verovala je da će tugu za njim nositi večno i žaliti što nije postao prvi muškarac u njenom životu. Svi ostali našli bi samo zgarište njene ljubavi. Ah, kako ga je volela! A on je drugu ljubio i oženio se njom... Patila je, a tako bi mu se osvetila. Svetila bi se i njegovoj ženi, jer devojka nikad ne oprašta onoj koja joj otme prvu ljubav. Svejedno što bi se kod njega ljubav prema njoj mogla javiti kasnije, kad se zasiti sopstvene žene. Ali on je otišao, neće više biti u njihovom mestu, neće ga više nikad videti...

Ali, otkuda ovaj ponovni susret i zašto je on sâm, s tom borom preko čela i setom u očima? Ah, kako bi ona bila srećna kad bi se on razočarao! On treba da sazna da ga ona još voli. Mora mu reći, ona je hrabra, ne boji se šta će on pomisliti. Nekad je potrebno reći, jer reč se ne gubi, ona se pamti, oživljava.

Suton se spušta i brda s visokom paprati tamno su zelena, a u daljini plavičaste stene, zelena polja i vijugava reka. Čista i svetla kao smaragd. Toma je izašao u hodnik da popuši cigaretu. Stoji naslonjen na prozor, a Olga ga gleda iz kupea. Njene tople oči, pune strasti i divljenja, obuhvataju njegovo lice, oči, kosu, stas. Zaželе da je pokraj njega, da priča s njim, pa se izvuče iz kupea i stade kraj prozora. On se odmače da joj ustupi ceo prozor.

— Jel' se vi opet vraćate na more? — upita ga.

— Da.

— Ostajete na Sušaku?

— Možda ćemo ići na Rab.

— Ja volim Rab. I Hvar. Htela sam da idemo u Split, ali tata nije dao. Moram uvek da se pokoravam njihovoj volji.

— Vi ste dete i treba da slušate roditelje.

— Meni je osamnaest godina. Nisam više dete! A koliko vi imate?

— Trideset četiri.

— Jeste li srećni? — upita ga iznenada.

On se nasmeja da bi sakrio gorčinu:

— Dabome da sam srećan!

— Ja nisam i nikada neću biti! — Očekivala je da je upita zašto, ali je on ćutao.

Koketerija ženska beše mu odvratna. I ljubav! Devojka ućuta i on osmotri njene tužne oči s profila. Ona oseti njegov pogled, trže se i smelo upravi pitanje:

— Zar nije čudno što smo se ponovo sreli?

— To je slučajnost — odgovori joj muklo.

— Možda nije, jer ja sam neprestano smerala da vas pitam šta ste uradili s mojim pismima.

— Spalio sam ih!

— Niste hteli da padnu u ruke vašoj ženi i da ona pati?

— Sve što je u vezi s momačkim životom treba uništiti kad se čovek oženi.

— Muškarci uništavaju, a devojke nikad! Mi ne možemo nikad ni da zaboravimo. Eto, ja vas nisam zaboravila, a vi ste toliko srećni da i ne pomišljate da u jednoj varoši živi nekakva luda devojčica koja... koja vas je mnogo volela — prošaputala je poslednje reči, a onda je obuze hrabrost i prkos, pa nastavi dalje: — Jeste... još vas volim!

Utrča u kupe i zagnjuri glavu u ugao da sakrije suze. Gorela je od stida što je to izgovorila, ali je morala izgovoriti iz inata, iz osvete! Njegovoj ženi htela je da se osveti. Ona ga je otela od nje, on uživa s njom. On grli nju, a ona svake noći uzalud sneva o njegovim poljupcima i zagrljajima.

Očekuje ga da se vrati u kupe i lagano otvara oči, ali vidi samo njegovu siluetu s leđa, široka ramena i potiljak, pa sva drhti, oseća kako je njegov zagrljaj strastan, oseća snagu muškarca koji ume da voli, kome bi se ona predala, pa neka radi s njom šta hoće... To je radost ljubavi, to je život: uzeti ono što se voli. A ona ga voli i ima prava na njega, on će i njoj pružiti ljubav i strast.

Voz staje. I njena osećanja se umiruju, zaustavlja se njihov nabujali tok. On ulazi u kupe, seda u ugao preko puta nje. Zatvorio je oči kao da spava, jer ona za njega ne postoji, ona je žensko, a žensko mu je zadalo svirep bol. Ta izjava ljubavi kao da mu je otkrila i život njegove žene. Tako je i ona prvo govorila o ljubavi, dražila muškarca, a on se bacio na nju, oduzeo joj nevinost i onda ostavio! Kako bi mu se ovo devojče smejalo kad bi joj kazao:

„Moja žena je pobegla od mene, uvređena što joj nisam oprostio izgubljenu nevinost!"

A ako se ubila? Ta misao ga prostreli kroz srce, zamrači mu se pred očima, potamne u duši. Ako se utopila? Dođe mu da jaukne. Pa on će biti krivac! Celo društvo uzeće nju u zaštitu! On će biti grubijan, svirepo čudovište. Zbog izgubljene nevinosti da dopusti samoubistvo mlade žene! On je zločinac! Izgubila nevinost, ali je zdrava, lepa, inteligentna. A on, mangup, živeo i provodio se, pa sad ubija ženu zbog takve sitnice. Da, da, njega će proglasiti moralnim ubicom.

Noć se spušta i postaje mu sve teže. Nervozno ulazi i izlazi iz kupea. A devojče se ne miče, malaksalo od osećanja, klonulo na naslon kao da su to njegove grudi... I ne sluti da je on otrovan, izmučen i ozlojeđen, bedan u sopstvenim očima.

Rastali su se na beogradskoj stanici.

— Pa javite nam se, gospodine Đuroviću! — reče Nešić. — Javite se kad dobijete prinovu, izvestite nas. I nemojte samo jedno dete, nego dvoje, troje. Ništa gore nego jedno!

On beži, jer nije više u stanju da se pretvara. Dolazi mu da jaukne: „Ostavite me na miru, ljudi! Kakva žena, kakav brak! Ja sam raščistio sa svojom ženom. Za nju sam bio samo avantura više u životu!"

# U Beogradu nje nema

Seo je u taksi i dao adresu kuće njene tetke, uznemiren nejasnim slutnjama. Izašao je pred kućom i obazrivo osmotrio da ga ko ne ugleda. Stideo se i uviđao da će biti ismejan. Šta svet zna ko je pravi krivac! Ona im je poznatija nego on i držaće joj stranu. Žene su uvek sklone da bace svu krivicu na muškarca.

Brzo se penje stepenicama. Na jednom odmorištu otvoriše se vrata i izađoše dve devojke. Pogledaše ga začuđeno. Znale su ga. On ubrza. Osetio je da se one ne miču. Dopre do njega i šapat: „To je Anđelkin muž!" On steže usne. „Bio je Anđelkin muž!"

Sa sprata mu prepreči put Kata, kućna pomoćnica Anđelkine tetke, noseći veliki tepih, koji je ponela da istrese.

— Gospodine? — uzviknu. — Zar ste se vratili?

— Gde je gospođica Nada? — preseče je on.

— Gospođica nije kod kuće, ali će brzo doći. Evo vam ključ, a ja moram da istresem tepih u dvorištu.

On uze ključ i uđe u stan. Sobe su bile počišćene, parket izglačan, a Anđelkina soba zastrvena. On uzdahnu i sede na stolicu. Pritisnu ga nešto ispod grudi, steže u slepoočnicama. U glavi mu je kljucalo na jednom mestu kao da mu neko zabada klin. Užasavao se objašnjenja koje će imati s tetkom. I ona veruje da je njena sestričina idealna! Obe su krasne. Ko zna kakvu prošlost ima ta matora! Zašto se nije udala? Pogled mu pade na sofu. Tu je stajala Anđelkina mandolina. Svirala devojka na mandolini i očaravala muški svet! A on se rastapao slušajući je... Bednica! Ni pipnuo je nije pre braka, a trebalo je ščepati i uveriti se da li je poštena ili nije. Kako mu se u sebi smejala kad je drhtao pored nje i uzdisao savlađujući se!

Njena slika na zidu smešila mu se. Hteo bi da okrene glavu ali ga ona mami. Peče ga nešto u grudima, usta mu se suše. Gladan je i željan nje. Voli je! Ne, nije istina. Između njih je ambis!

Zvonce zazvoni na vratima. To je tetka. Čuo je razgovor:

— Došao je gospodin.

— Koji gospodin?

— Gospodin Toma!

— Šta kažeš! Otkud on? — čuje zaprepašćen tetkin glas. — Pa gde je?

— U sobi.

Tetka požuri, otvori vrata, zastade iznenađena na pragu, pogleda da li je i Anđelka tu:

— Otkuda ti, Tomo? Gde je Anđelka?

— Ne znam! — odgovori joj hladno, neosetljiv prema njenoj uzrujanosti i bledoći lica. Neće je štedeti, neće uvijati.

Tetka govori isprekidano kao da gubi dah:

— Pa gde je ona? Šta to znači? Kako da ti ne znaš gde je? Šta se desilo?... Ti nešto kriješ? Govori!

— Ne uzrujavajte se, ništa nije bilo. Ona je živa i zdrava... samo je otišla od mene, upravo pobegla! Ja sam mislio da je došla u Beograd, ali iz vašeg pisma sam video da nije.

Tetka se sruši na sofu, bleda i unezverena pogleda.

— Zašto da pobegne? — jeknu. — Kakav si bio prema njoj? Teško meni nesrećnoj!

— Bio sam korektan kao i uvek. Ali, vaša sestričina nije bila korektna!

— Kako da ne bude korektna kad te je toliko volela... iz ljubavi se udala, jedva je čekala da se venča s tobom.

— Verujem da je jedva čekala, jer joj je bilo potrebno da se venča. Samo, nisam znao najvažnije... ono što ste mi i vi prećutali: Anđelka nije bila nevina! — izgovorio je to oštro, čak malo uvredljivo, jer mu beše dosta tog njenog prenemaganja.

Ona otvori usta da kaže nešto, ali ostade bez glasa, toliko ju je to zgranulo, preseklo. „Anđelka nije bila nevina?!" Pogleda ga zaprepašćeno i bezbojnim glasom izusti kao da ne zna šta govori:

— Ja... nisam znala... Zar moja Anđelka? Kad je mogla?! Ne, ne mogu da budem pametna! — glas joj postade oštriji: — Ama, jel' istina to što govoriš? Pa to je dete uvek bilo pred mojim očima.

— Toliko sam muškarac da mogu oceniti istinu! Uostalom, priznala je i sama... a s kim je to učinila, koliko ih je još imala i kakav je bio njen život... vi najbolje znate!

— Ja ne znam ništa, Tomo! — izgovori ona ljutito. — Ne znam, grobova mi moje braće! Bože, zar i ovo da doživim?! Ali, gde je ona sada? — prestravi se opet. — Jesi li bio grub prema njoj? Da nije nešto učinila od sebe? Govori, preklinjem te! Ona je osetljiva, ako si bio grub možda nije mogla da pređe preko toga... ona te je volela, Tomo.

— Vidim da ću još ja ispasti kriv: ona osetljiva, ja grub... a ne pomišljate na to da sam i ja osetljiv!

— Ne, Tomo, ti si dobar mladić, pošten i patrijarhalan, čovek kakvog sam uvek želela njoj za muža... ali ona je žensko, nežnije... i od mene je krila, nije smela da kaže! Ko zna šta je u očajanju uradila? Jao, Anđelka, Anđelče moje! — jecala je. — Ona se ubila, nije smela da mi izađe pred oči.

Mladi čovek je stajao namršten. Otpočinje onako kako je nagađao. On je krivac, on je nju ubio. Pustio ju je da plače, a onda hladno izgovorio, uvređen što ne sažaljeva njega nego nju. Jeste, njeno Anđelče je anđeo i kad je demon.

— Ja sam, dakle, krivac! — reče ogorčeno.

— Bogami, Tomo, i ne pomišljam tebe da krivim. Ali, ni ti ni ja ne znamo gde je. Zašto da pobegne? Nešto se strašno dogodilo među vama.

— Ako smatrate da je strašno to što sam joj kazao da se vraćamo u Beograd... hteo sam vas da obavestim. Tako sam kazao u prvoj ljutnji. Možda se ne bismo vratili, možda bih bio budala kao i ostali muškarci, povio glavu i nosio jaram... Trpeo bih, ali među nama više ne bi bilo pređašnje ljubavi. Ona je prvog dana unela laž u naš bračni život i nastavili bismo lažan život. To me je razbesnelo. Zašto je lagala? Zašto je krila?

— A zašto je od mene krila? Ni meni se nije poverila! Nikad nisam posumnjala u nju! Vidiš kako mi stariji ne znamo današnje devojke. Ja sam već ostarila... ostala sam usedelica, naivna i poštena! Ona je rasla pred mojim očima, gledala sam je kao kap vode na dlanu... i ovo da mi priredi! Sedi, Tomo, molim te, umiri se, ispričaj mi sve, pa da vidimo šta ćemo raditi. Zašto se nisi odmah obratio policiji? Možda se ubila, teško meni, a onda je i mene ubila!

Mladi čovek joj sve ispriča.

— Pa ako si je i izgrdio, nije trebalo da beži! Ja bih gledala da vas izmirim. Oprostili bismo joj oboje. Ona je dobra, Tomo, bogami! Ne znam šta da mislim... strašno mi je! Ne ljuti se na nju, oprosti joj. Hajde da je tražimo zajedno. Trči u policiju, kaži sve! Znaš li kog dana je pobegla? Kuda je mogla da ode? A ja sam mislila da tražim penziju, pa da živim s vama. Bila bih vam od pomoći, deco moja... a ovo se okrenulo naopako! Još ako je nešto učinila od sebe!

Jecala je, a zet je govorio:

— Otići ću u policiju i zamoliti da sve bude diskretno.

— A znaš šta meni pade na pamet? Da dam oglas preko novina, onako uvijeno, što samo ona može razumeti. Da pročita i vidi kakav mi je bol zadala. Shvatiće, vratiće se! Tomo, ona se bojala kako ću ja to primiti. Ali, ona je opet moje dete! Ako ti ne možeš da joj oprostiš, ja ću joj oprostiti. Nemoj, Tomo, da je osuđuješ! I tebi je teško, vidim. Kako si snevao o vašem životu! Čitala mi je tvoja pisma. Volela te! Neću da utičem na tebe, tvoja je volja hoćete li produžiti život zajedno ili ne. Samo da je nađemo!

Mladi čovek ustade.

— Kuda ćeš?

— U policiju! Divno je otpočeo moj brak: tražim ženu s policijom. Zašto je pobegla? Eto, to me naljutilo! — izbrecnu se. — I to me uverava da je imala više avantura u životu. Ništa joj nije bilo lakše nego pobeći. Zar je to ljubav? Žena treba da ostane pored muža, da trpi ako je krivac! Ne verujem više u njenu ljubav. Trebalo joj je da se uda, da nađe budalu! — lupio je rukom o sto, a tetka se diže, nežno mu priđe, pogladi ga po kosi.

— Umiri se, Tomo. Nemoj ti, ja ću ići u policiju. Imam tamo jednog poznanika. Ti ostani ovde, odmori se. Noćas si putovao. Vidim da si iznerviran. Razumem ja tebe, ali bih volela da i ti mene razumeš. Nas dvoje treba da je spasemo. Da je samo vidim živu, pa posle kako hoćete vas dvoje... Izmirićete se vi opet. Nemoj, moj dobri Tomo, da se ljutiš. Eto, plačeš i ti, a plačem i ja... oboje mi nju volimo i ona nas voli — poljubila ga je u kosu kao majka. — Idem ja.

— Ne, ja ću! Vi dajte taj oglas.

— Hvala ti, Tomo! Zauzmi se za nju. Ona je siroče, bez oca i majke. Sve smo izgubili u ratu! Jao, samo da je živa!... Posle se vrati da ručaš kod mene. Ovde ćeš i noćiti. Lakše će nam biti da smo zajedno i da razgovaramo.

Očajanje je obuze tek kad ostade sama. Strah od samoubistva nadvlada sve. Spazi njen penjoar na vratima, pa zagnjuri lice u nj. Plakala je i ljubila ga. Da li će je ikad više videti? Ko zna kako ju je on grdio, napadao, možda i tukao. Nije ona zabadava pobegla. Branila ju je, pa posle osuđivala... Eto, ona ostarila u devičanstvu, a zar je jednom poželela ljubav, muškarca, brak! Da, ali to su predratne devojke.

One su mogle živeti u samoodricanju, današnja mladež neće. Hoće život, provod, garsonjere! Da li je i Anđelka išla u garsonjere? Zar je izigrala njenu ljubav i sve žrtve? Smejaće joj se i ona što je usedelica. Svi se smeju usedelicama: „Niko je nije hteo!"

Plakala je nad svojom sudbinom, svojim samoodricanjem, svojim usedelaštvom. A potom bi nadvladala materinska nežnost. Videla je Anđelku malu, nejaku, njoj ostavljenu. To je njeno dete, ona ga je volela, vaspitavala... svemu najlepšem učila. Ali, život je oko nje, društvo je jače od roditelja. Nisu oni sami u stanju da vaspitaju decu! Plakala je, išla po sobi, malo se smirila, pa je iznova ščepa očajanje, vrisnula bi pomislivši da se Anđelka ubila.

Sela je, napisala oglas i sačekala Katu.

— Ti postavi i napravi salatu. Ja imam posla, vratiću se brzo — reče joj.

— A gospodinova strina je bolesna? — reče devojka.

— Kakva strina? — začudi se ona.

— Gospodin Toma je kazao.

— Jeste, strina... — priseti se ona njegove laži.

Izašla je kao luda iz kuće i odnela oglas prijateljici u redakciji lista. Sve joj je ispričala, jer nekom se mora reći, olakšati srcu, potražiti utehu. Prijateljica, udovica Ljubica, naljuti se:

— Pa šta ako nije nevina? Zar zato da se ubije! A on mi je pa nevin! Koliko je ljubavnica do sada imao?! To je muška sebičnost! Ja sam došla u brak nevina, pa me varao na svakom koraku. Jeste, valjda mi je rekao hvala što sam donela nevinost! Druge godine sam ga uhvatila u neverstvu. I tako kroz ceo život. Nemoj, Nado, da plačeš i sekiraš se! Neka je ostavi ako mu se ne dopada. Udaće se ona opet! Valjda je propala i nevaljala, pa je niko neće hteti. Učinila je pogrešku, ali nije nevaljalica. Anđelka je divno dete. A danas i ne znaš kako da shvatiš život. Moraš i devojke razumeti. Ne znaju da li treba da budu poštene ili nepoštene. Evo, u ovoj kući, vidim jednu činovnicu, idealna devojka, lepa i dobra, uzorna domaćica, pa je niko ne prosi. A druga, svake noći dolazi kući automobilom, svakog dana donose joj se pokloni, buketi cveća. Njena majka se hvali kako će je bogato udati. Udaće se zato što ide i lumpuje, vozi se automobilom... Vidiš, takva će uhvatiti muškarca. A jel' tvoja Anđelka bila nevaljala? Čekaj, doći ću ja poslepodne do tebe, pa ću očitati tvome zetu. Hteo odmah da je vrati! To je nju uvredilo. Nije se ona ubila, sigurna sam. Ona tebe voli, obožava te... Vidi kako si se izobličila! Nemoj, Nado! Zar si se malo isplakala u životu.

Razložite Ljubičine reči malo je umiriše. Zamolila je da se oglas već sutra objavi, pa pošla kući.

Išla je kao zanesena ulicom, a julsko sunce je peklo, asfalt se razmekšao... Devojke prolaze bose, u sandalama, izvijaju bedrima, muškarci se okreću za njima, dobacuju. Možda su sve one izgubile nevinost kao i njena Anđelka. A roditelji ne znaju! Jetka je i osuđuje ih, pa zatim opravdava. Sve to radi, muči se, pa ima pravo da traži život. Ali muškarci to ne razumeju. Oni hoće devojku čistu i čednu kao da je celoga života sedela u bašti kraj ružičnjaka i uživala, zaštićena i besposlena. Njena Anđelka davala je instrukcije, trčala s časa na čas, ko zna na kakve je sve ljude nailazila.

Jedva se pela uz stepenice. Glava da joj prsne od bola.

— Bio sam u policiji i kazali su da će sve učiniti — reče Toma.

— I moj oglas izaći će sutra... Čekaj da se umijem. Strašno me je potreslo sve ovo. Eh, blago onom ko umre! Ja sam se rodila da ceo život propatim.

# Na moru — srce je u opasnosti

Pet dana je prošlo otkako je Anđelka došla u Malinsku. Za sve vreme nije odlazila na kupanje. Bojala se da ne sretne koga poznatog. Kako bi objasnila što je bez muža, ako znaju da se udala? Šta da radi? Ovde ne može ostati, treba da se vrati u Beograd. Ali kad pomisli na tetu, hvata je strah. Samo da prođe to prvo objašnjenje! A posle? Hoće li je teta osuđivati? Zar joj ona nije priredila najveće razočaranje u životu? Zašto bar njoj nije priznala pre venčanja: „Teto, zgrešila sam, mlada sam bila, zaboravila sam se. Oprosti!" Da je pripremi na ovo što će se dogoditi. Prekorevala je sebe što je tako bezumno pobegla od muža. On nju nije mogao silom odvući u Beograd. Možda bi se kasnije smirio i popustio, mada joj nikad ne bi oprostio. Najgore je kad se muž stalno priseća ženine prošlosti. Naljuti se i odluči da ode i okupa se. Da se osveži i rastera ono teško ispod grudi, što je neprekidno pritiskuje... Izgubiće muža, izgubiće i tetu! Ostaće sama na svetu. Sama kao sad ovde! Čuje smeh i ciku s plaže, vidi raznobojne kostime kroz grane tuja. Svi žive, svi se raduju, za sve je život lep.

Uzela je kostim i mantil od eponža, spremila toaletu za more. Sve je to ponela da bude lepa žena, da joj se muž divi i voli je. Zar se ljubav može tako najednom ugasiti? Muči je nešto gorko i oporo, u čemu ima čak i mržnje!

Nesvesno stoji pred ogledalom i skida košulju da navuče kostim. Blesnu belinom i lepotom njeno telo. Naglo se odmače od ogledala, kao da se stidi sopstvenog tela. Meso i krv da, to vole muškarci! Meso, ali čisto i neoskrnavljeno. Tek posle shvate da u tom mesu ima duše. A on nije hteo ni da oseti njenu dušu.

Obukla je mantil. Otići će daleko i kupati se tamo gde nema nikoga. Videla je na jednom mestu izlokane stene ispod maslinjaka. Izašla je iz sobe i sa strahom pogledala ispod venjaka. Srećom, svi su nepoznati. Jedan par govori nemački, dve žene pričaju španski. U uglu sedi mladić sasvim plav i gleda je. Zapazila ga je i juče, ali odmah zaboravila. Ništa joj ne ostaje u svesti, ništa ne može da potisne ono što se dogodilo.

Novine stoje na stolu. Da li ih je neko zaboravio?

— Mogu li da uzmem ove novine? — upita gazdaricu.

— Uzmite, naše su. A vi se danas kupate? — reče gazdarica.

— Jest... kupaću se.

Uz put je prošla pored jedne divne vile s kiparisima. Kako je tužno i veličanstveno to drvo! Čuje se radio i smeh u vodi. U blizini plaža. Kraj obale žene peru rublje u moru. Začudi se: „Zar se rublje može prati u slanoj vodi?" Upita jednu ženu, a ona joj objasni da je tu izvor slatke vode, sasvim uz obalu. Dve žene leškare u šezlongu a jedan stariji prosedi čovek posmatra daljinu kroz dvogled... Svi su srećni, samo je ona tužna. Čudi se samoj sebi što nije malo jača, otpornija. Zaboga, pa završila je univerzitet! Osmehnu se tužno. U nekim stvarima sve su žene iste. Srce je isto i isto pati! A muškarac gleda u intelektualki isto što i u devojci-domaćici.

Stigla je do stena. Crne su i izlokane. Ko zna koliko ih vekova more zapljuskuje. Jedna porušena zgrada, slična kuli, uzdiže se nedaleko. Šta li je to? Nikoga nema da joj objasni. Malo dalje prave jednu veliku barku, a na moru bučno preseca talase motorni čamac. Na pučini klizi jedrilica jedara raširenih kao krila...

Ostavila je mantil i novine na steni i sišla u more. U prvi mah se stresla. Voda joj je bila hladna. Uostalom, sad je sve u njoj hladno. Kasnije se ipak zagrejala i dugo plivala.

Sunce je toplo i počinje da pali. Vetrić ga ublažava. Anđelka sedi na steni i posmatra igru talasića. Kao da s tačnim ciljem idu pravo na stenu, raduju se i igraju. Šum je uspavljuje. Onaj bol ispod grudi uminjuje. Seti se novina. Nije ih davno čitala. Ništa nije čitala. A kako je volela knjige! Otvorila je i mehanički čitala, prelistavala da vidi čega sve ima novog. Nikakav važniji događaj. Jedno ubistvo, nekoliko sitnih krađa. Uvek je pratila sudsku hroniku, kao pravnik. Išla je i na mnoga suđenja... Sunce je jako i ona oseti da bi joj moglo ispeći leđa. Premesti se u hlad maslina. Čita sve redom, prevrće sve stranice. Dođe i do oglasa. U dosadi, baci pogled i na njih.

Najedared je nešto udari posred srca, zapišta joj u ušima. Bože, šta je ovo? Zar je njoj upućeno? Srce da joj iskoči iz grudi. Čita i jedva diše: „Anđelče moje, vrati se, sve ti praštam. Tvoja majka Jelkica.” Jecaj joj se otrže iz grudi, glava klonu na novine. Pala je na zemlju i zaplakala. To je od tete! Jelka je Anđelkina majka, toga se malo ko seća. Teta je nesrećna, teta je voli, poziva je, sve joj prašta... Doznala je, njena dobra, plemenita teta! Sav bol se pretopi u suze, ona zamisli u tom času, samo to da teta tuguje za njom. Kao da oseća njene nežne ruke i vidi blage oči... Ona je njena zaštita, to je prava ljubav koja prašta i voli. Ne može da stiša sebe, jer se bol danima kupio i sad joj je u grudima prslo ono što je pritiskivalo kao čir pun gnoja, a suze se izliju, tople i čiste suze...

Najednom začu užurbane korake, neko se približavao, zatim odjednom muški glas, uplašen i brižan:

— Gospođice, zašto plačete? Šta vam se dogodilo?

Trgla se i skočila, visoka i lepa, s razbarušenom kosom, uplakanih očiju. Ugleda pred sobom uniformu i poznade oči onog lepog mladića koji ju je posmatrao na brodu. Tek sad zapazi da je avijatičar.

Uplašila se i zbunila, bi joj neprijatno što je vidi uplakanu, pa dohvati mantil i pođe, mucajući:

— Ništa, onako plačem. Nešto me rastužilo... u novinama!

Požurila je i ostavila ga nepomičnog i sjajnih crnih očiju, opaljena lica, da gleda za njom, osećajući nešto zagonetno u toj devojci, neku tajnu koju je naslućivao na brodu. I tada je bila utučena, tužna kao da je u njoj neki dubok skriveni bol. Pokaja se što je pustio da ode i požuri za njom. Usporio je kad se našao desetak koraka iza nje i lagano išao, ne ispuštajući je iz vida. Otkako je došao u Malinsku tražio je tu devojku i pitao se neprestano gde je. Tražio je na plažama, zagledao sve goste ispred hotela, ali je nigde nije video. Mislio je da je napravila izlet i sutradan se vratila. A danas ju je pronašao kako jeca na obali mora, jeca zbog nekog teškog očajanja. Šta li je to bilo u životu ove divne devojke?

Ona se okrete i spazi da ide za njom, pa požuri, ali i on ubrza. Htede da je stigne, ali se predomisli. Pratiće je samo da vidi kuda će. Zastade pred kapijom vile u kojoj se devojka izgubi. Uđe i on. Zašto se ne bi ovde preselio? Spazio je vlasnicu.

— Imate li sobu za mene, gospođo?

— S jednim krevetom nemam, samo s dva.

— Dobro, uzeću dvokrevetnu.

— Jedan gost odlazi za tri dana, pa onda možete njegovu jednokrevetnu.

— Koliko staje pun pansion?

Vlasnica mu reče.

— Onda ću se ovde i hraniti.

Otišao je u hotel, isplatio sobu i poslao stvari u vilu. Okupaće se, pa ručati tamo. Uze kostim i spusti se na plažu.

Jedna grupa devojaka očekivala ga je potajno. Zapazile su ga čim se pojavio u Malinskoj, raspitale se i doznale da je pilot-kapetan. Odmah je počela strategija osvajanja.

Jedne su zavodnički izvijale svojim vitkim telima prolazeći pored njega, druge su se pravile važne a krišom ga gledale, treće se smejale i glasno govorile da privuku njegovu pažnju. Tobož slučajno, uvek bi se našle u njegovoj blizini i motrile na svaki pokret i pogled, ali nisu mogle zapaziti da je ma koju kibicovao. Bio je zreliji mladić i to mu je davalo prednost pred balavcima koji su se stalno motali oko njih i pleli se u razgovor, nasrtljivi, bezobrazno ravnodušni ili drski. Oni ih nisu privlačili. Ali taj lepi avijatičar, ozbiljan i staložen, golicao je mlada ženska srca raspaljena suncem, željna ljubavi i avanture na moru. Doći ovamo a ne doživeti nešto značilo bi ne provesti se. Nije sva radost plivati, skakati, loptati se u vodi, šetati predveče kraj mora i dočekivati brodove. Sve to očarava, ali se treba uzbuditi, a uzbuđuje samo ljubav. Na primer, ljubav s ovim pilotom koji plovi kroz oblake, a sad se spustio na morsku obalu da gnjura po ženskim srcima!

Mali kružok na plaži, u kome je bila zastupljena gotovo cela Jugoslavija, često je imao pilote kao predmet razgovora. Tu je bila Nišlijka, crnih očiju i svesna moći svog pogleda, koketna i elegantna Beograđanka bademastih očiju, uverena da ima seksepila, jer su joj to svi muškarci govorili, plava Banaćanka, naivna, vesela i sentimentalna, s velikim plavim očima malo više razdaljenim, prozračna lica koje je sunce prvi put oprljilo. U njenom mestu nije bilo avijatičara, oni su za nju bili božanstva, pa je sad osećala da će se smrtno zaljubiti. Tu je bila i jedna mazna Zagrepčanka, slatko, nestašno i lepo devojče, vrlo muzikalna učenica muzičke škole, odlična plivačica, koja se pravila da ne gleda avijatičara zato što ga sve ostale gledaju, ali ga je često čežnjivo pogledala kad bi se sreli u vodi. Peta je bila Mostarka, iskrena i pristupačna, ljubiteljka prirode, dubokih crnih očiju u kojima se videlo puno skrivenih snova. Jedina je bila ravnodušna prema mladom pilotu, ili se bar tako pokazivala, grdeći avijatičare jer ne zaslužuju devojačku ljubav.

— To su veliki donžuani — govorila je. — Oni vole samo da se provode. Što da se ne provodimo, kažu, kad ne znamo koliko ćemo živeti!

Puno im je pričala o avijatičarima, a pokatkad bi ih sve ražalostila pri sećanju na neku tragediju koja se odigrala iznad krševa mostarskih. Tada bi sve zaćutale i upravile pogled na pilota, dok se on, snažan i lep kao orao, dizao s peska i uletao u talase.

„Možda će i on jednoga dana naći smrt u plamenu ispod slomljenih krila!", uzdisale bi devojačke duše... ali samo za trenutak. Leti se na moru ne misli o smrti. More je radost i život. More je provod. Jedna po jedna ustajale su, osušenih kostima i vrelih leđa, bronzaste ili mrke, istezale vitka tela i zastajkivale malo da budu viđene.

Pilot je plivao daleko i nisu ga mogle stići. Jedna beše odmakla, ali je on uzmicao ispred nje. Razmahujući rukama mislio je na onu tajanstvenu devojku. Zašto je plakala? Kakva li je to tuga u njoj? Da nije nekog sahranila? Ali tada bi bila u crnini. A tako je lepa... Čekaće nekoliko dana i onda pokušati da joj priđe. Ne sme biti drzak i nasrtljiv ako misli da joj se dopadne. Jedan gest može sve da upropasti, jedna rečenica dovoljna je da razočara osetljivu devojku. A ova je plakala, mora biti ozbiljan prema njoj. Nije u godinama kad muškarac trči za svakom suknjom. Ona mu se iskreno svidela još na brodu. Devojke na plaži ocenio je odmah: to su šiparice koje žele flert. Lako ih čovek osvoji ali i lako zaboravi. To ga nije interesovalo.

Otišao je u vilu na ručak, došli su svi gosti, konobarica je raznosila jela, žagor i smeh su vladali za svakim stolom, ali devojke s crnom kosom nije bilo.

Anđelka je bila u svojoj sobi. Potresao ju je onaj oglas i nije se mogla umiriti. Osećala je koliko je moralo biti tetkino očajanje kad je sve čula, a nije znala gde je ona. Verovala je da se Toma vratio u Beograd i sve ispričao, predstavljajući je ko zna kako. Kao propalicu koja je imala stotinu ljubavnika! Osuđivala je sebe što nije otišla pravo kući, da sama sve kaže teti i prizna istinu.

Čula je zveckanje tanjira ali nije mogla da siđe. Oči su joj bile uplakane i svi bi je ispitivački gledali. Spakovaće stvari, pa ujutru kreće za Sušak. Poslaće teti telegram. Bolje da je pripremi za objašnjenje. O, dobra je teta, oprostiće joj... Razvešće se, takva joj je sudbina, ali poniženja neće trpeti. Oseti više samopouzdanja. Tetka je voli, ona je njena zaštita, poznaje je bolje od svih.

Čula je smeh i videla grupu mladića i devojaka kako prolaze putem pored vile. Eto, sad sve izgleda divno i veselo, a posle može postati ogavno! To je zato što telesna ljubav ponižava ako se duše ne spoje.

Spakovala je stvari. Većinu haljina nije ni stigla da obuče. Bilo je i novih i starih. Sad uze jednu stariju, plavu, koju je mnogo volela. Kako su ponekad za neku haljinu vezane slatke uspomene. Baš ovu je teta izabrala. Ona je imala ukusa i volela je da Anđelka nosi plavo. Zasuzi opet, ali brzo utre oči. Osetila je glad, prvi put posle toliko dana. Otići će na ručak. Već su svi završili. Utoliko bolje, jer je niko neće gledati. Zagladila je kosu, malo se napuderisala i sišla. Stolovi su bili pod gustim hladom venjaka i u bašti ispod smokava. Sela je za sto i tek tada spazi u jednom uglu avijatičara, samog, s novinama. Bacila je na njega pogled kao na stvar. Da, muškarci su za nju u ovom času bili mrtve stvari. Ni u jednom nije mogla videti čoveka sa osećanjima. Da joj ma ko sad izjavi ljubav zamrzla bi ga. Ni sujeta ženska ne bi se javila. Uostalom, nikad nije ni bila sujetna. Zato je ovako nesrećna. Sujeta zavarava žensko srce.

More je svetlucalo i plavilo, čuo se šum talasa. Avijatičar je čitao novine, ali kad je ona došla ostavio ih je, zapalio cigaretu i posmatrao je pušeći. Video je da su joj oči uplakane i to im je davalo poseban sjaj. Senka njenih dugih crnih trepavica padala je na jabučice, jer se jedan zrak sunca provlačio kroz lozu i milovao joj kosu i lice.

Ona opazi taj uporni pogled i spusti oči prema tanjiru. Lagano je jela, finim pokretima prinoseći ustima viljušku. Avijatičar je se mogao nagledati. Voleo je takve devojke: plave oči a kosa i trepavice crne. Spazio je divnu belinu njenog vrata, rumeni dekolte i lepe grudi, ruke bele i nežne, s lakim crvenilom na noktima. Zapazio je da se nijednom nije osmehnula. A mora da je divna kad se nasmeši. Uto jedno mačence zamjauka pokraj njenih nogu. Devojka se osmehnu. Bila je u tom trenutku zaista dražesna. „Ko li je rasplakao ovo lepo dete?", mislio je avijatičar. Njena ozbiljnost mu se sviđala. Privlačilo ga je to što ostaje ravnodušna prema njemu. Bio je sit ženskih pogleda i izazivanja, kao kod onih šiparica na plaži. Ova devojka je tužna i neobjašnjiva, ali će on već razjasniti tu zagonetku.

Ona ustade, nasmeši se konobarici, pomilova mačence i ode u sobu. Avijatičar je otpratio pogledom. Imala je sve što mu se kao muškarcu dopadalo u spoljašnosti žene. Ako je rastužena zbog ljubavi, njoj je potrebna uteha! Pošao je i on u sobu da se odmori.

Anđelka otvori oči i trže se, jer joj se učinilo da je spavala suviše dugo. Bilo je pet časova. Prvi put je odspavala slatko. San umiruje, san stišava bol. Oh, kad se vrati teti biće srećnija.

Poslala je telegram i pošla uz brdo. Avijatičar se vraćao s plaže kad je izlazila iz pošte, pa zastade na molu da vidi kuda će. Zatim lagano pođe za njom. Tu behu i šiparice s plaže.

— Hajd'mo da ga pratimo! — pozva ih Banaćanka. — Da vidimo kuda će! Ona je stalno mislila na njega i nikako nije mogla da ga izbije iz glave.

— Nema smisla, misliće da trčimo za njim — reče Mostarka. — A oni su svi uobraženi. Kad bih vam ispričala kako je jedan u Mostaru zaludeo moju drugaricu pa je posle bezobzirno ostavio, ne bi nijedna pogledala nijednog avijatičara!

— U svakom žitu ima kukolja — našali se Nišlijka. — I mi imamo divnih pilota u Nišu, samo su mnogo uobraženi. Hajd'mo, Maro, ti i ja ako one neće.

— Pa zar ne vidite da on prati onu devojku — primeti Beograđanka. — I ja sam tvoga mišljenja, Vera — složi se s Mostarkom.

— Baš idemo! — reče Zagrepčanka. — Da vidimo ko je ta lepotica.

— Od tebe nije lepša! — dirnu je Mostarka. — Ali lepotu i dobrotu muškarci drugačije cene. Da mi nismo ovako zajedno, nego svaka odvojeno, već bi on poleteo za jednom. Lete oni i po nebu i po zemlji!

— Što si ga ti uzela na zub? — naljuti se Mara Banaćanka. — Oni su baš divni. Ja se neću za drugog udati nego samo za avijatičara!

— Deco, nemojte se svađati nego pogledajte da li će on nju stići — ubrza Zagrepčanka.

Smejale su se i glasno govorile, jer se avijatičar beše udaljio žureći za nepoznatom devojkom. Najednom spazi nestašnu petorku, doseti se da one idu za njim i špijuniraju ga, pa uvide da nema smisla ići dalje. Te šiparice mu pokvariše plan, a baš je bilo zgodno da joj sad priđe ili bar stavi do znanja da želi njeno poznanstvo. Nije bio balavac i nestrpljivac, ali ovde na moru, u lepoj prirodi, osećao je dosadu bez ženskog društva. Da se bar okrenula da vidi ko je prati, nego ne gleda ni desno ni levo, sva zadubljena u misli!

Vratio se rasejan, prošavši pored šiparica, koje su ga vragolasto posmatrale, ne skrivajući svoje simpatije. Preleteo je pogledom preko njih. Nije mario da se zabavlja s devojčicama. A one sve zadrhtaše. Mara steže ruku Mostarki i zari nokte u njenu mišicu, dajući oduška svom osećanju.

— Ala si ti besna! — uzviknu Mostarka. — Vidi, sva mi ruka crvena! Devojke, ovo dete moramo čuvati, zaljubljeno je! Jadnice, već vidim tvoju patnju!

— Ako! Ljubav ne može biti bez patnje. Ja se moram s njim upoznati, pa kud puklo da puklo!

— Čekaj da ga viknem! Gosp... — ne doreče, jer joj Mara zapuši usta.

— Nemoj biti luda! Baš neću da trčim za njim.

— E, pa ni on neće za tobom trčati!

Razdraganost u njima malo splasnu što se on vraća, ali im i laknu jer nije otišao za onom usamljenicom.

Anđelka zastade i okrete se. Spazi devojčice i avijatičara kako se vraća. Ravnodušno pređe pogledom preko svega.

Devojčice je ćutke osmotriše. U sebi su morale priznati da je vrlo lepa. Prođoše pokraj nje, a Beograđanka im šapnu:

— Poznajem je!

— Ko je?

— Znam je iz viđenja. Sretala sam je u Beogradu. Ne znam kako se zove i šta je, ali znam da je Beograđanka.

— Mora biti njegova prijateljica — dodade Mostarka.

— Po čemu? — zapita Nišlijka.

— To se vidi. Samo se prave da se ne poznaju. Gde ona stanuje?

— Videla sam je na prozoru one vile na bregu.

— Dabome, ona je došla za njim!

— Što ova Vera ima mašte — naljuti se Banaćanka, ne dopuštajući da njen idol tako lako nestane. — Zar ne vidiš da je to ozbiljna devojka.

— Znaš ti da je ozbiljna! Vidi kako gleda za njim. Udesili sastanak a mi naišle! Ama, ne znate vi ko su avijatičari. Niko njih bolje ne poznaje od nas Mostarki. Preseli su nam!

— A jel' tebi ko preseo? Nešto si mnogo ljuta na njih! — vraćala joj je milo za drago Banaćanka. — Mora da nekog voliš.

— Koješta! Za mene više vredi civil. Imam ja svoga dečka.

— Blago tebi! — uzdahnu Mara. — Ja nemam.

— Onda ti ga moramo naći ovde!

— Nemam ja sreće — uzdisala je Mara. Već je videla da će se s mora vratiti bez ijedne ljubavne uspomene. Nije trebalo doći u Malinsku. To je tata hteo: „Mirna i tiha Malinska!" A njoj treba buke, provoda, flerta, ljubavi, pa čak i poljubaca... I, eto, ništa neće doživeti!

Vraćale su se. Mara je obesila ručice preko Mostarkine ruke, a Zagrepčanka priča nešto veselo, sve nekako radosna i srećna. Lako je i njoj i Beograđanki. U njihovim gradovima puno je mladića. A ona će ostati željna ljubavi. Udaće se i devojačku ljubav neće doživeti!

Na molu je puno sveta. Nastaje večernja šetnja kad se oblače elegantne toalete. Ceo dan su u kupaćim kostimima, a uveče se obuku što lepše. Ružiraju se usne, puderišu obrazi. More je lepo, život primamljiv.

Avijatičar je sišao na kej i tamo spazio svog prijatelja i kolegu poručnika Savića.

— Saviću, otkuda ti ovde? — uzviknu obradovan.

— Danas sam došao. A otkad si ti ovde?

— Ima već sedmica.

— Kako se provodiš?

— Potpuno sâm!

— Kako sâm? Zar ne vidiš ovoliku lepu dečicu!

— Ti još gledaš dečicu?

— To je najslađe.

— Ali i najdosadnije.

— Ti si čovek za ženidbu, pa moraš da gledaš nešto ozbiljnije. A ja ne mislim još da se ženim. Gde si sa stanom?

— Gore u jednoj vili. A ti?

— U hotelu. Došao sam u zgodan čas, izgleda. Čuo sam da Malinska ima lepu plažu.

— Suviše je familijarna.

— Zar nema ništa za provod?

— Gotovo ništa.

— Kako ništa!? A one dve zgodne mamice?

— Tu su i tatice, drugar! Ne vredi.

Pet devojčica naiđoše, ljupke, elegantne i svetlih očiju.

— Pazi ove piliće! — nasmeši se avijatičar i usjakti očima na njih, a onda mu se pogled zaustavi na Mostarki.

— Dobro veče, gospođice — javi joj se.

— Dobro veče — prihvati veselo mala Mostarka, a obrazi joj planuše.

Poručnik se odvoji od kapetana Aleksića, a Mostarka od svojih drugarica. Avijatičar je govorio galantno:

— Zar i ovde imam sreće da vas vidim? Zapazio sam da vas nema u Mostaru. Mora biti da me šesto čulo uputilo da dođem ovamo, jer sam predosetio da ste ovde.

— Čudo da vas šesto čulo nije uputilo u Split! Tamo je Danica!

— Ne, gospođice, srećniji sam što sam došao ovamo.

— Avijatičarima ne verujem mnogo. Vi ste prave ptice selice. Čas ovde čas tamo!

— Ali ptica selica uvek zna mesto gde treba da se vrati. Vi, očito, ne verujete da sam srećan što vas vidim.

— Srećni ste vi što vidite sve devojke!

— Nemojte me ljutiti! Kako ste lepo pocrneli! Jeste li me se kadgod setili?

— Nisam! Sve vreme sam ogovarala avijatičare.

— Zar nas baš ništa niste mogli pohvaliti? — gledao ju je lepim vrelim očima i osećao šta se u njoj odigrava, uživajući u zabuni te lepe devojčice.

— Ako zaslužite, pohvaliću vas.

— Ja to očekujem.

Ona se nasmeja i ukazaše se dva reda sitnih belih zuba. Zablistaše joj oči, sva se razdraga... Ah, ona je njega volela, za njim čeznula, zbog njega je bila ljubomorna na Danicu. Mislila je da on voli nju, pa je zbog toga napadala sve avijatičare, a u srcu čeznula za njima kao i mala Mara.

Kapetan Aleksić je stajao malo dalje, zanet mislima o lepoj plavookoj devojci. Poručnik ga zovnu:

— Da ti predstavim gospođicu Veru Ivković.

Kapetan se predstavi.

— Gospođicu sam već video na plaži. Vi imate nerazdvojno društvo. Uvek ste vas pet zajedno.

— Sakupile smo se iz raznih krajeva. I sve se lepo slažemo i razumemo.

— Ko se ne bi slagao s Mostarkama!

— Bome, piloti nas baš ne hvale.

Pošli su da šetaju molom, ona između njih dvojice, sva rumena, razgovorna, vesela.

Njene drugarice su stajale zapanjene.

— Šta sam vam rekla! — šapnu Zagrepčanka. — Laže ona da mrzi avijatičare. Mostarke su lude za njima!

— Ona ga poznaje — uzdahnu Banaćanka. — Baš je ta Vera srećna.

Beograđanka je gordo ćutala. Ona je poznavala muškarce bolje od njih i nije se lako oduševljavala. A na plaži joj se najviše sviđao jedan oženjeni, koji je tu bio sa ženom. Mlada i lepa žena, ali on mangup. Gledao je sve devojke, a najradije baš Beograđanku.

Vera se oprosti od oficira, a drugarice je dočekaše:

— Jel' to tvoja mržnja prema avijatičarima? Ništa ti više ne verujemo!

— Ma ostavite me, devojke! Običan poznanik, upoznali smo se na jednom žuru, pa je i on dolazio k meni na žur... zaljubljen čovek! Devojka mu u Splitu.

— A otkud on u Malinskoj, ako mu je devojka u Splitu?

— Slučajno!

— Slučajno si mu ti kazala.

— Večeras ste nevaljale! Ali sutra ću vas sve upoznati s njim.

— I s kapetanom? — požuri je Banaćanka.

— Pecnula sam ga što je danas pratio onu lepu Beograđanku.

— I šta kaže?

— Mislio je da se poznajemo i pitao otkud znam da je Beograđanka. A ja sam mu kazala da si to ti rekla — okrete se Beograđanki.

— A on?

— Pitao je šta je ona.

— A šta si ti kazala?

— Da ne znam. Očigledno se interesuje za nju. Eto, to sam doznala.

— Deco, svršeno je s njim! Izgubile ste utakmicu.

— Olga, hajde da večeramo — pozva Beograđanku majka.

Devojčice se rasturiše, svaka ode svojim roditeljima. I avijatičari se rastadoše. Kapetan Aleksić požuri na večeru, obećavši svome drugu da će posle doći na mol. Žurio je da zatekne tužnu devojku. Iščekivao je i poglédao svakog ko naiđe, ali se ona ne pojavi. Grdio je sebe što se zadržao na molu. Sigurno je već večerala i otišla u sobu.

Ustao je i otišao do jedne klupice ispred aleje. Seo je i pušio. Kiparis je zaklanjao njen prozor, ali se ipak moglo videti ako se pojavi. Svetlost je gorela u njenoj sobi, no njenu siluetu nije video.

Čekao je. Svetlost se utrnu i ona se pojavi na prozoru. Mesečina je obasja. Bila je sva bela, a kosa kao crni okvir. On je pušio i gledao je. Njegova bela bluza morala se ocrtavati na tamnoj pozadini tuje. Kao da ga je spazila, ona se povuče.

Više se nije pojavljivala. On odluči da je sutra prati do mesta gde se juče kupala, pa ode.

# Ženska beležnica

Jutro je bilo svetlo kao dečje oči. Nigde oblaka na nebu, a pučina mirna i glatka. Barke su plovile po moru, a u daljini se čula pesma malog čamdžije koji je vozio goste. Rani kupači odlazili su na plažu sa sunčevim izlaskom. Bilo ih je koji su voleli da u talasima, još zelenkastim i tihim, gledaju kako se rađa sunce. Jedan nemački bračni par uvek je bio prvi na plaži. Ona plava i rumena, on crnomanjast. Stanovali su u istoj kući gde i avijatičar. Čuo je jutros u krevetu kako govore nemački i odlaze na plažu.

Danas je nešto poranila i njegova lepa komšika. Čuo je otvaranje njenih vrata. Mora da je otišla u šetnju. Naći će on nju. Mislio je da se najpre okupa pa da ode na ono mesto gde je plakala. Zašto li izbegava svet?

Brod pisnu. Odlazio je jutros rano. Avijatičar pogleda na sat: vreme je da se ustane. Treba da piše majci. Hteo je i sestru da pozove ovamo, ali je ona otišla s majkom u Vrnjce. Noćas dugo nije mogao da zaspi. Začu žagor u bašti. Već doručkuju. Ustao je. Brijući se, posmatrao je svoje lice. Žene su ga volele, ali on nije pridavao mnogo važnosti njihovoj ljubavi. Pričalo se da najviše vole avijatičare. Smejao se katkad zbog toga s drugovima. Znaju žene da se dobija dobra kaucija ako oni poginu. Svakoj muž ostavi lep miraz! Bora mu se ocrta na čelu, jer se seti jučerašnjeg pisma. Opet je jedan drug imao kraksu: teško je ranjen, ko zna da li će ostati u životu... Tako je to s pilotima. Uveče razgovaraju, sutra ih više nema! Imao je i on nekoliko nezgoda, ali se uvek srećno izvlačio... Učini mu se da čuje vrata na sobi svoje komšinice. Da li se vratila? Pogleda kroz prozor i vide kako putem ispred vile promiču raznobojne haljine. Rijeka i Sušak belasali su se kao jato golubova na morskoj obali.

Odluči da uzme čamac i obiđe obalu dok ne nađe svoju lepoticu. Pod venjakom popi crnu kafu, nenaviknut da doručkuje. Deca su larmala, a jedan mali muškarčić mu priđe:

— Vi ste avijatičar? — upita ga radoznalo.

— Jesam. Jesi li ti video aeroplan?

— Video sam. Kad porastem i ja ću da budem avijatičar.

— A jesi li leteo?

— Aha!

— Gle, tako mali pa već leteo?

— Mami je bila muka, a meni i tati nije.

— Ti si silan momak! Nisi se plašio?

— Nisam! A mama jeste. Kaže da aeroplan može da padne.

— Može, ali piloti paze, pa neće. Koliko imaš godina?

— Uzeo sam šestu.

— Oho, već si veliki!

— Vi ste veći... a Lela kaže i da ste najlepši.

— Koja Lela?

— Moja sestra.

— Zar imaš i sestricu?

— Nije njoj mama moja mama. Moja tetka je njoj mama.

— A gde je ona?

— Spava. Oni su u drugoj kući.

Mati i otac ustadoše.

— Moj sinčić vas je nešto mnogo zabavljao — osmehnu se otac.

— Interesuje se za avione.

— Man'te ga! Samo priča o avionima i automobilima. — Otac se predstavi avijatičaru. Mati, lepa mlada žena, nasmeši se i uhvati sinčića za ruku.

— Nisi mi kazao kako se zoveš? — reče avijatičar.

— Duško.

— Kaži celo ime i prezime.

— Ja se zovem Dušan Nikolić.

— Tako treba da se predstavljaš.

Bračni par se udalji, a avijatičar pogleda po svim stolovima, ali plavooke devojke nije bilo. Sedeo je i čekao, pregledao jučerašnje novine, posmatrao. Najzad se diže i uputi obali. Tamo iznajmi jednu barku i snažno razmahnu veslima. Obišao je svu obalu. Uzalud. Oko deset se uputi na gradsku plažu, gde zateče poručnika okruženog devojčicama. Tri su sedele oko njega, a druge dve malo podalje. Nije hteo da im kvari društvo, pa se zagnjuri u talase. I majka maloga Duška bila je tu. Razneženo je gledala avijatičara. Taj lepi muškarac, stasit i snažan, očaravao je ženski svet. Uzdisale su za njim i mnoge udate žene, jer šta su imale od muževa... samo supružansku ljubav u postelji! A romantičnim osećanjima nije bilo izliva.

Duškov otac, ljubomoran na svoju mladu ženu, dirnu je:

— I ti piljiš u njega!

— Imam oči — ravnodušno odgovori žena. — Ti vidiš kad ja gledam, a po ceo dan kibicuješ devojčice.

— Ali sam ti veran.

— I ja sam tebi verna.

— Zato što sam stalno pored tebe. Da te ostavim samu, tvoja bi vernost lako došla u iskušenje.

— Ti baš ne možeš bez zajedanja. I ovde mi dušu jedeš ljubomorom!

— Vidim da si oslabila!

— Imam dobru narav i dobar apetit pa neću da se sekiram — odbrusi mu žena. Muž ode da pliva. Gledala ga je ravnodušno. Ceo joj život protiče bez topline i radosti. Jedina njena sreća je sin.

Sunce je toplo i kupači uživaju. Tela se suše i upijaju sunce. Razne boje se prelivaju po njima. Bliži se podne i razilaze se. Ustade i avijatičar. Srete poručnika:

— Brzo si uhvatio veze! — dirnu ga.

— Lepo me zabavljaju ovi devojčići.

— Da nije ona mala Mostarka tvoja ljubav?

— Nije ljubav, ali je simpatična. Samo je još detinjasta. A što si se ti usamio? Pitaju za tebe, mnogo se dopadaš jednoj maloj Banaćanki. Da te upoznam?

— Već si stigao da ih sve ispitaš.

— Deca su brbljiva, sve same pričaju. Kažu da se praviš važan, ali su te uhvatile. Koju si to juče pratio? Neku Beograđanku?

— Slučajno sam šetao kud i ona. Đavoli su te male... U stvari, Beograđanka mi se sviđa, ali se još nisam upoznao.

— Pa šta čekaš?

Kapetan ode u kabinu da se obuče, pa se vrati u vilu i sede za svoj sto. Gazdarica mu priđe:

— Gospodine, htela sam da vas zamolim da pređete u sobu s jednim krevetom. Javili su mi neki lanjski gosti da će doći, a oni su i prošle godine bili u vašoj sobi, pa ako hoćete... ona gospođica je jutros otputovala, soba do vaše je prazna.

Avijatičar ču samo jednu reč: otputovala! Ah, glupak jedan! Da dopusti da otputuje a ne upozna se! To je njegovo muško taktiziranje!

— Dakle, hoćete li? — pitala je gazdarica.

— Dobro. Neka mi devojka prenese stvari — reče odsutno, a onda se ipak odluči da pita: — Jelte, gospođo, ko je dama koja je stanovala u toj sobi?

— Jedna Beograđanka. Rekla mi je da je dobila pismo, bolesna joj mati, pa mora odmah kući.

„Zato je plakala!"

— A kako se zove?

— Anita... Đurović.

„Anita! Da nije strankinja?"

Gazdarica se udalji a on, sav razočaran, upali cigaretu i ostade tako, dugo pušeći. Najednom mu je postala dosadna i ta lepa Malinska i sav taj svet, sve unaokolo. Prošetao je malo po bašti i potom ušao u novu sobu. U vazduhu se još osećao prijatan ženski parfem, i to ga uzbudi. Zagledao je u šifonjer, otvorio vratanca na umivaoniku ne bi li našao kakvu njenu zaboravljenu sitnicu. Ostavio je širom otvoren prozor, jer je voleo sunce. Čempres je stvarao senku u sobi kao laka zavesa. Svukao se i hteo da legne, a onda primeti fiočicu na noćnom ormančetu.

Gle, šta je ono u dnu? Nekakav noteščić? Prava ženska beležnica. Da li je Anitina. Uze je i otvori. Htede da uzvikne od iznenađenja. Njena slika bila je u beležnici. Slika za legitimaciju, ali vrlo lepa, uspela. Bacio se na postelju i posmatrao njen setni osmeh, bujnu kosu i lepe oči... „Anita!", prošaputa.

Da li je ovo zaboravila slučajno ili namerno? Sigurno slučajno. Otkud bi znala da će se preseliti ovamo! Šta li ima unutra? Pročita jedan račun: čarape 49, sapun 6, kutija pudera 28, čarape 29.

„Gle, gospođica Anita nije baš luksuzna. Nosila je i čarape od 29 dinara. Nije imala ni skup puder!" Prevrtao je listiće. Na jednom je stajalo: parfem *L'aimant.* „O, nisam znao za taj parfem. Baš ću ga kupiti sestrici. Ona voli mirise."

Dalje je našao jedan telefonski broj. Možda će pomoću njega pronaći Anitu! Na sledećem listiću bio je ispisan recept za kolače. „Dakle, gospođica Anita je i domaćica!" Naiđe na neke stihove. Bio je to i njemu poznati šlager „Bele ruže". Jedan račun bio je veći. „Šta?

Anita svira na mandolini?" Zatim se nizali računi za note šansona. Već je sticao predstavu o njenoj ličnosti i zamišljao kako bi bilo divno slušati tu lepu devojku kad peva uz mandolinu.

Kod jednog listića zastade. Pisalo je da je dala knjigu drugarici D. S. Bila je to neka pravnička knjiga. Da li je Anita studentkinja? Zabeležila je i to jer mnogi zaboravljaju da vrate knjigu. Anita vodi računa o svemu.

Naišao je na jedan raspored koji nije umeo da rastumači: ponedeljak 4 č, utorak 11 č, četvrtak 5, subota 4. Šta li je to? Posete, dužnosti ili sastanci?

Iz svih tih listića ipak je prikupio dovoljno podataka da rekonstruiše deo Anitinog života: nije luksuzna, dobra je domaćica, svira mandolinu, peva šlagere... možda studira, vodi računa o svojim knjigama, ima neko zaposlenje.

Uzeo je opet njenu sliku i dugo je gledao. Ovakvu devojku bi zaista mogao voleti. Moraće da je pronađe u Beogradu.

„Eto, gospođice Anita, bili ste zaboravni, ali će meni vaša zaboravnost koristiti. Ova beležnica biće mi amajlija. Nosiću je uvek kad letim!"

# Ispovest

Tetka je sedela na divanu, smrvljena kao da joj je neko umro. Njena plemenita duša pokušavala je sve da shvati, da ublaži, izgladi i izmiri. Zar posle mesec dana raspuštenica?!

Anđelka je sedela na drugom kraju divana, sva uplakana.

— Nisi smela da ga napustiš i pobegneš. Njega je to najviše uvredilo! Ima prava da pomisli da si avanturistkinja. Ljudi su postali nepoverljivi prema ženama i braku. A ti si bekstvom samu sebe optužila. Zato je on i otišao u Crnu Goru čim si se javila da dolaziš. Uvređen je!

— Sve je tako, teto, ali meni je najstrašnije bilo što me je vređao i što je hteo da me optuži kod tebe.

— Pa šta onda! Ne bi te, valjda, tukla i mučila! Nisi morala da se udaješ za njega kad si znala kako ima stroge pojmove. Šta je sve ovo trebalo i tebi i meni? A nije ni pravo da tog čoveka predstavljamo onakvim kakav nije.

— Ja neću bacati krivicu na njega. Kriva sam ja! Priznajem, priznajem! Teto, oprosti mi bar ti! Meni će biti najteža tvoja osuda... Ti me ne voliš više! A ja sam te uvek obožavala, cenila te, divila ti se. Ti si imala prava na život, ali si ga se odrekla zbog mene!

— Imala sam prava, ali ih nisam iskoristila onako kao ti. Da bi bila devojka od dvadeset pet i više godina, da nisi imala izgleda za udajom, pa da te razumem. Ali tek ušla u život, mlada, lepa...

— Nisam poznavala život i muškarce, teto. Mi nismo imale muškarce u kući, čak ni muške rodbine. Ni ti nisi poznavala život, osim rada i patnje. I tada sam srela tog čoveka... Hoćeš li da me saslušaš, da ti sve ispričam? Kad čuješ, oprostićeš mi!

— Ispričaj! Trebalo je i ranije da mi se poveriš.

Jecajući, Anđelka poče svoju ispovest:

— To je bilo one godine kada sam otišla kao studentkinja da letujem u Petrovcu na moru.

— Znam... tada sam te prvi put pustila samu. Sećaš li se koliko sam ti saveta dala?

— Jesi... a ja sam sve zaboravila! Ljubav dohvati kao bujica i nosi! A taj mladić, teto, bio je divan... divan u svakom pogledu. Vaspitan, inteligentan, otmen i lep... toliko lep da su sve devojke bile lude za njim. Zar me možeš osuditi što sam se prvi put u životu zaljubila! Ja nisam podnosila lakomislene i drske muškarce, a još manje glupake, laskavce i donžuane. On nije bio donžuan, iako je bio najlepši. Devojke su obletale oko njega, a on je mene zapazio. Samo sam ja postojala za njega! Meni je to laskalo, priznajem. Ah, kako sam bila luda za njim onih mesec dana! Da si ti bila sa mnom možda se ne bih toliko zaljubila. Ali, bila sam sama, srećna i voljena... Šetali smo kraj mora, a on me je uveravao u svoju ljubav.

— Šta je bilo?

— Završio je medicinu u Beču, baš te godine. Iz imućne je porodice. Uveravao me da nikad u životu nije sreo simpatičniju devojku od mene i... hteo je da mu pružim dokaz svoje ljubavi... Znala sam šta to znači, odbijala ga, ali se dogodilo u trenutku kad nisam ni slutila da ću se toliko zaboraviti. Na moru je opasno, sve je čarobno, jutra, noći, vožnja čamcem, šetnje uz more... sve to slabi volju.

— Vi, današnje devojke, uvek imate slabu volju. Vas svako pokoleba, dopuštate da vam muškarci traže dokaz ljubavi... Ništa ne vidite šta će biti posle! Samo da se proživi taj trenutak.

— Imaš pravo, teto, ogrešila sam se i o tebe.

— Nisi se ti ogrešila o mene nego o sebe! — uzviknu tetka i jetko i bolno u isti mah. — I šta je bilo dalje?

— Rastali smo se, pisao mi je... Ta pisma sam krila od tebe. Nisam smela da ti ih pokažem, jer bi doznala moju tajnu.

— Starijima se uvek saopštava poslednji čin! Mi nemamo poverenje svoje dece.

— Plašila sam se da ti kažem, teto. Ti si za mene bila oličenje svih vrlina, pa bih u tvojim očima ispala mala bednica! Izigrala sam vaspitanje koje si mi pružila, prevarila te čim si me pustila samu. A ti si za mene bila svetica, uvek časna, požrtvovana, sva predana školi i meni. O, kako sam patila što nisam smela da ti se poverim!

— Zašto si patila kad si bila srećna i voljena? Gde je taj mladić? Zašto nije održao obećanje?

— Teto, teto, to je ono najbolnije! Umro je... posle godinu dana!

— Od čega je umro i ko ti je javio za njegovu smrt? — upita teta sažaljivije.

— Njegova majka. Zar ti to nije najbolji dokaz koliko me je voleo! U poslednjem času je od svoje majke tražio da me obavesti ako umre.

— A ja ništa od toga nisam znala!

— Sećaš se kada sam bila slaba na početku druge godine studija? Nisam jela, ubledela sam, ti si se uplašila za mene.

— Sećam se. Bila si u žalosti za njim... više si žalila njega nego mene, koja sam i dan i noć lebdela nad tobom!

— To su dve ljubavi, teto. Niko ne može tebe da mi zameni, ali na Gojkovo mesto niko ne može da dođe. Ja sam simpatisala Tomu, više ga cenila nego volela. Zagrevala sam se pod bujicom njegovih osećanja, ali to nije bila ljubav kakvu sam osećala prema Gojku. Meni se čini da se u životu samo jednom voli iskreno i strasno, do zaborava i žrtvovanja! To prvo osećanje je najsvetije i najsnažnije... Reci mi, teto, jesi li ti volela? Ako jesi, razumećeš me!

— Volela sam, dete, ali svako doba ima i svoj karakter. Naše ljubavi bile su drugačije, vaše se svode na trenutno seksualno uživanje.

— Ne, ne, nije bilo u pitanju seksualno uživanje! Sve je došlo u jednom trenutku ekstaze mog oduševljenja za njega. On je bio u svemu savršen! Nikada više nisam srela čoveka koji bi na takav način sve spajao u sebi. Nikakvu disharmoniju nisam osetila.

— A zar nije bila disharmonija kad je tražio od tebe takvu žrtvu?

— Došlo je obostrano spontano, teto, u zanosu pred lepotom mora... I više nikad nisam osetila takav zanos. Koliko puta sam bila sama s Tomom, ali se nikad nisam zaboravila. Pored njega sam uvek ostajala svesna. Ne znam zašto i šta je to, ali ti priznajem da kad me Toma prvi put poljubio nisam osetila slast poljupca. Da li je ono prvo osećanje još živo u mojoj podsvesti ili se radi o nečem drugom, ne znam, ali mi se čini da nikad više neću voleti kao tada. Pogrešila sam što sam se udala. Ali, mislila sam na samoću života. Izgubim tebe jednog dana i ostanem sasvim sama. A ti si u Tomi videla moga zaštitnika. Samo to nije dovoljno. Žena traži više. Možda ni s Gojkom ne bih bila srećna, ali on mi je pružio ono najlepše: slast ljubavi... i najbolnije: svoju smrt. Smrt prevlači nekom tajanstvenom koprenom biće koje je iščezlo i mi ga zauvek volimo. Eto, teto, ja volim Gojka na isti način kao ti svoju braću, majku, moju mamu, oca... smrt ih je idealizovala i ništa ne može da pomuti sećanje na njih. Da li me razumeš? Da li opraštaš svojoj maloj Anđelki?

— Sve razumem, dete moje, samo ne mogu da pojmim zašto si pobegla od Tome? Što da ideš sama u Malinsku?

— Kazala sam ti i strepela sam od objašnjenja s tobom. Ti si me zamišljala idealnom devojkom, a ja sam i tebe prevarila! Obmanjivala sam te pune tri godine!

— Jesi li posle još s nekim učinila isto?

— Ne, teto! Zaklinjem ti se! Živela sam u sećanju na njega. Udvarali su mi se, laskali, nudili ljubav, ali ja sam ostajala ravnodušna.

Osećala sam se kao njegova udovica i godine su morale proći dok sam osetila da se mogu predati drugom čoveku. Ali, moje srce je ostalo zarobljeno, kao da ga niko nije mogao osloboditi sem njega, a njega više nije bilo... Istina je, teto: zarobljena sam u toj ljubavi, u svome grehu i sećanju na onoga koga nikad više neću videti! O, kako je to strašno kad kažeš: nikad više! Bila sam dete kad si ti doživljavala tragediju naših i nisam znala šta znače te dve strašne reči. Ali, sad!

Tetka duboko uzdahnu i prinese ruku očima. Kanuše joj suze... Anđelka je nastavljala kroz plač, tiho, iskidano:

— Ti i ne slutiš, teto, koliko sam noći proplakala i ponavljala: nikad više, nikad više!... Kad me Toma onako surovo napao činilo mi se kao da kida moje najlepše uspomene, kao da raskopava Gojkov grob. Zamrzela sam ga u tom času i pobegla.

Tetka je ćutala i plakala. Setila se svojih grobova.

— Ti me više ne voliš, teto — zajeca Anđelka. — Moj život nije potreban nikom!

— Šta govoriš koješta? — trže se tetka. — Koga ja imam sem tebe? Ti si moje dete!

Anđelka vrisnu i baci joj se oko vrata.

— Tetice, slatka moja, ja sam tvoje dete, tvoje dobro dete, uvek sam te slušala, uvek bezmerno volela, divila ti se. O, zašto nisam mogla ostati kao ti?! Ne, ja se više neću udavati, ostaćemo zajedno...

— To nikako! Ti ćeš se udati, a najviše bih volela da se izmiriš s Tomom. Možda će popustiti. On je sad vrlo nesrećan, ali te voli. Zavolećeš i ti njega ponovo.

— Ja ga simpatišem, teto. Iako ta ljubav nije velika kao njegova, ipak je dovoljna da mi bude mio. Ali, on je grub! Otkrila sam u njemu tu grubost kad me napadao i kinjio. Ta strašna slika stalno mi je pred očima. Prekinuto je nešto između nas. Čak imam neko osećanje straha od njega!

— Ne, ne, on je baš pitom čovek.

— Ne znam... ali predviđam da naš život ne bi bio nežan. On neće zaboraviti moje izgubljeno devičanstvo, a ja ne mogu dopustiti da me smatra nevaljalom. Surove reči bacio mi je u lice. On veruje da su se u mom životu nizali ljubavnici. Nikada neće shvatiti da je bio samo jedan i samo jednom... Zar takva ljubav može da iskvari dušu?! Ja sam se predala u zanosu jednog čistog i zaljubljenog deteta, a Toma je u meni video propalicu!

Spustila je glavu svojoj tetki u krilo i suza kanu na njenu lepu bujnu kosu. Zaplakala je tetka za svojom mladošću. Ništa nije imala od života sem suza i usahlog devičanstva. Koliko puta je prekorila i osudila sebe. Druge su živele, a ona je ostala usamljena. Druge su imale muževe, decu, ljubavnike, a ona svoj poziv i ovo jedino dete. Pa zar da je sad odgurne, ostavi i prezre?! U saznanju da joj je život prošao besciljno, pronašla je opravdanje za tu lepu devojku. Možda je baš taj njen asketizam i doveo Anđelku dovde? Nije umela da joj objasni život, jer ga ni sama nije imala. Tek sad je uvidela da su to dve generacije i da je trebalo upoznati novo doba ako je htela da uputi Anđelku u sve što je čeka. A ona je verovala da će ono njeno starinsko i postojano obezbediti sve. Zaboravila je da mladost ima svoje zakone i da je Anđelka devojka novog doba...

Milovala ju je po kosi i posmatrala svojim nežnim plavim očima, usahlim od suza i rada.

— Jesi li gladna? — upita kao što mati pita dete koje je kaznila, a posle plače nad njim što je to učinila.

— Jesam, teto. — Ugledala je nežnost u njenim očima, pa je zagrli kao dete kad oseti da mati oprašta: — Tetice moja najmilija!

Primirile su se obe i posle ručka započele razgovor o tome šta da rade.

— Ako Toma ne pristane na izmirenje nego traži razvod, ja bih volela da dobijem službu u unutrašnjosti. Htela bih da me pustiš samu, da vidiš kako ja ozbiljno idem kroz život, da ti pokažem da nisi promašila cilj svoga života kad si u meni gledala svoje dete i vaspitavala me. Namestila bih svoju sobicu, ti bi dolazila u goste meni, ja tebi. Hoću da odem iz Beograda. Šta misliš?

— Pa... razmisliću. Uvek si bila pod mojim okriljem.

— Zato i hoću da me pustiš. Ima toliko devojaka koje žive samostalno. Pokušaću i ja. Možda mi je suđeno da ostanem usamljena kao ti. Danas je mnogo usamljenih žena i devojaka, a ipak su srećne.

— Pa, dobro, pokušaj... Najteže mi je što sad treba davati svetu objašnjenja. Ona Lazićka ispod nas pitala me čim je videla Tomu: „Zašto se vaš zet vratio sâm?” Pa i gazdarica: „Gde je vaša Anđelka?” A ja izmišljam: „Toma iznenada otišao u Crnu Goru, bolesna mu strina!” Svet jede svoj hleb a vodi tuđu brigu.

— Teto, hajde da odemo i provedemo neko vreme na selu kod moje drugarice Zlate. Znaš kako ona tebe voli, a bila mi je najbolja prijateljica. Ona živi u jednom divnom šumadijskom selu, njeni imaju lepu kuću, imućni su. Tomi ću napisati pismo da zna gde sam.

— Kako da mu pišeš kad se nije ni javio ni ostavio adresu? Strašno je uvređen.

— Zar ćeš ti, teto, dopustiti da on mene vređa u toj svojoj uvređenosti!

— Naravno da neću, ali ako ja opraštam kao mati, muž ne mora. Mene stvarno čudi kako ti mirno primaš pomisao da se razvedeš.

— Ne vidim srećan život s njim.

— Ko zna, možda bi i zaboravio. To je bila prva bura, posle bi te upoznao onakvu kakva stvarno jesi.

— Ako ti želiš, ja mogu nastaviti život s njim. Radi tebe ću sve podneti.

— Neću da budeš žrtva mene radi! Samo, mislim da treba pokušati. Imala si u izgledu lep život.

— I ja sam tako zamišljala.

— Najzad, to je vaša stvar, rešite kako hoćete.

— Dajem ti reč, teto: ako on bude želeo da nastavi brak sa mnom, ja ću pristati. Nego, da se sad sklonimo iz Beograda. Hoćeš li u selo?

— Mogla bih jednu sedmicu, a ti ostani duže.

— Nemoj, teto! Meni je potrebno da sam uz tebe dok prođe ova moja kriza.

— Dobro... ali šta će reći Zlata kad čuje za sve ovo?

— Ona zna od ranije, teto. Ja sam joj pričala i o svom strahu pred udajom.

— Zar si prema njoj bila poverljivija nego prema meni? — uvredi se tetka.

— I njoj se isto desilo, teto. Žrtvovala je čednost jednom muškarcu koji ju je ostavio, a sad je voli drugi, pa je u nedoumici da li da mu prizna ili ne.

— Lepo, bogami, vi baš zaređale pa sve pre braka! Nema više onih idealnih devojaka kao nekad!

— Nema ni idealnih muškaraca! Oni nas navode na greh. Ja znam dosta mojih drugarica koje su bile s muškarcima još u gimnaziji ili na univerzitetu. I posle se lepo udale!

— Ti odobravaš takav život?

— Ne! Ja sam učinila greh, ali bih se udala za tog čoveka. To nije isto. A današnje devojke hoće da budu ravnopravne, slobodne kao i muškarci. One se ne boje osude društva. Smatraju da je to prirodan tok života i ne stavljaju sebi nikakve predrasude kao branu... idu hrabro napred i žive život kao muškarci.

— Veruješ li da su srećne?

— Možda nisu, ali svesno prkose životu. Zlata i ja bile smo nesrećne zbog toga. Nju je upropastio jedan nevaljalac, a pravio se najbolji mladić. Sad stvarno ima divnog čoveka, inženjer je, hoće da se oženi njom. Ali on je seljački sin, strogih pogleda na život, kao Toma, pa se ona boji kako će primiti njenu izgubljenu nevinost.

— I Zlata te sad očekuje da joj ispričaš šta je s tobom bilo?

— Reći ću joj da mu prizna. Oprostio ne oprostio, bolje da ne doživi ono što sam ja doživela!

— A šta ću s Katom?

— Nek ide u selo svojima. Ja neću izlaziti iz kuće da bi me pitali zašto sam se vratila. Nisam, teto, očekivala ovakav rasplet. Mislila sam da će to biti naša lična stvar, da o ovome nikad ništa nećeš ni ti doznati. Muškarci su sebični! Samo da ti pričam. Na Sušaku me upoznao s porodicom jednog doktora. Imaju lepu kćer. I kad mi je ono bacao uvrede u lice, rekao je kako ga ta devojčica ludo voli, kako je bogata, ali da je on nije hteo zbog mene! Možda će se sad oženiti njome. Neka! Ovo je moj poraz u životu... a mogla sam ga izbeći. Više se neću udavati. Ti si srećna što si ostala devojka, mada si se mogla udati. Pričala si ti meni o jednoj svojoj ljubavi. On je sad na velikom položaju, je li?

— Ostavi moju prošlost. Bilo i prošlo! Šta ćemo ako se Toma vrati? Ovim odlaskom sve ćemo pogoršati.

— Ti se, u stvari, plašiš sveta!

— Šta mogu! Ja sam starinska žena i vodim računa o društvenom ugledu.

Anđelka uzdahnu. Tetka ne može lako da zaboravi. Prašta, ali to je boli i vređa. Ipak su one dve generacije.

# Usamljenik

Jul je raskošan u šumadijskom selu. Vršalice hukću, zlatna prašina se vije nad selom, voćnjaci otežali od ploda, bašte rascvetane, dvorišta puna živine, a rojevi pčela zuje po livadama.

Kuća Marka Jankovića, Zlatinog oca, bila je velika. Marko je imao jednog sina seljaka, koji je radio s njim na imanju, i dvojicu školovanih jedan oficir, drugi učitelj. Ovaj poslednji bio je oženjen i učiteljevao je u drugom selu, a oficir je službovao u Kalinoviku. Sin seljak, tek oženjen, bio je sličan Zlati i vrlo pametan mladić. U njihovom domu vladao je varoški život. Imali su posebnu gostinsku kuću s dve sobe i tremom, lepo nameštenu, s mesinganim krevetima, šifonjerima, čipkanim zavesama i puno jastučića koje je izvezla Zlata. Tu su letovali sinovi i kći kad bi dolazili o raspustu. Po šumadijskim selima oduvek je bilo dosta školovanih mladih ljudi, studenata svih fakulteta, inženjera, lekara, učitelja, agronoma.

Zlata, diplomirani pravnik, bila je zaprepašćena kad je od Anđelke dobila pismo u kome javlja da dolazi. Samo jedna rečenica govorila je da se nešto dogodilo: „Pričaću ti sve!” Nju štrecnu u srce i bol joj se razli po telu: „Oni su raskinuli!”

Roditeljima je svojevremeno saopštila da se njena drugarica udala, pa je sad bila na muci kako da objasni zašto Anđelka dolazi bez muža. Ostavila je da se dogovore čim ona stigne.

Čim je Anđelka sišla s kola i ugrabila trenutak da budu nasamo, prvo Zlatino pitanje bilo je:

— On ti nije oprostio?

— Ne pitaj! Imala sam strašnu scenu. Patio je užasno! Ah, teško sam se pokajala što mu nisam ranije priznala. Bolje da kažeš i ostaviš ga da tada odluči, jer će te sve što doživiš pre braka manje poniziti nego u braku, prve noći. O, kad se setim njegovog izobličenog lica! Ne mogu ni da zamislim da je to onaj isti čovek koji me je voleo i pisao najnežnija pisma.

— Jel' ga mrziš sad? — pitala je Zlata.

— Ne, žalim ga. Teško mi je zbog njega. U tom trenutku on nije mogao sebe da izmeni, nije mogao da se pomiri s mojim grehom.

— A u čemu se tu sastoji tvoj greh? Kako muškarci žive? Koliko grehova oni imaju? Ne možeš im nabrojati ljubavnica! Sebični su, prisvojili sva prava, a nas osuđuju i onda kad učinimo nešto iz iskrene ljubavi. Eto, ti prva, ti nisi bila grešnica, ti si volela! I ja sam volela, ne znajući da je pokvarenjak. Mi smo njihove žrtve.

— Muškarci nikad ne priznaju krivicu! Jel' tvoj Maša ništa ne zna.

— Kako da mu kažem? Znaš kakav je! On u meni vidi najidealniju devojku. Mislila sam da mu uopšte ne pominjem, ali ti si me sad pokolebala... Ali, ako kažem i on me ostavi, ubiću se! Toliko ga volim! Muškarci ne znaju koliko mi možemo da volimo kad se razočaramo u jednog nepoštenog čoveka, a posle nađemo čestitog. Oni greše što nam tada ne oproste. Toma nikad neće naći bolju ženu od tebe! Zar si promenila dušu i karakter ako si izgubila čednost! Baš sam besna na Tomu.

— Meni ga je žao. Razočarala sam ga.

— Ne budi luda! Šta si ga razočarala? Valjda se neće ponovo oženiti! Ali, ja ti kažem: vratiće se on tebi!

— Gord je. Pobegao je iz Beograda, jer ga čisto stid da ga ne sretnu poznanici. A i ja sam učinila glupost što sam otišla od njega... Slušaj, bolje ti je da priznaš Maši. Zašto da se udajemo na prevaru pa posle da nas nazivaju najgorim imenima.

— Ne znam... — šaputala je Zlata. — Koliko sam ga upoznala, vidim da veoma osuđuje slobodne devojke. Ja mu navodim primere, sve izdaleka, da bih čula njegovo mišljenje, a on grdi na sva usta. Bila je ovde jedna učiteljica kojoj je dolazio neki pisar iz varoši, pravnik. Imao jednom ovde neki uviđaj, upoznali se, i ona odmah s njim. Posle on svaki čas ovamo, pa ruča i večera kod nje. Ali, to nije za ovu sredinu. Maša ju je oštro osuđivao. I đački roditelji počeli da je grde, pa je otišla iz našeg sela. Ja sam je ponekad branila. Devojka živela u samoći, čovek joj se dopao, možda se nadala da će se udati za njega... Ništa, kazaću Maši dok si još ti ovde, da vidimo kako će reagovati.

— Nisu svi muškarci kao Toma. Sećaš se Olge? Ona se udala i vrlo je srećna.

— Ali mene muči hoće li mi on posle toga biti veran. Da me ne pita s kakvim pravom tražim njegovu vernost kad kao devojka nisam mogla sačuvati nevinost? A Maša je lep... — razneži se Zlata. — Koliko bi se devojaka bez razmišljanja udalo za njega! Inženjer je, ima lepo imanje na selu, deli ga s bratom, ali će prodati svoj deo i kupiti kuću u varoši. Kako bismo lepo živeli! Joj, da li da mu kažem?!

— Moraš sama odlučiti... Hajd'mo da vidimo gde je teta.

Tetka je sedela u dvorištu sa Zlatinom majkom Jelom, trezvenom i držećom seljankom. Razgovarale su o selu, kući, živini. Kad devojke naiđoše, Jela se nasmeja:

— A ti bez mladoženje, Anđo! Zar te pustio samu?

— Morao je da ode u Crnu Goru, bolesna mu strina — preduhitri tetka Anđelku, da bi joj dala na znanje šta je kazala. — Nije hteo nevestu da vodi teškom bolesniku.

— I ja sam doživela žalost prvog meseca po venčanju — reče Jela. — Umre mi svekar, te ti prvu godinu moradoh da provedem u žalosti i plaču, iako mi se nije plakalo. A moj Marko i ja, mladi i ludi, pa uhvatimo put u zabran ili odemo u vinograd, imađasmo tamo jednu kolibicu, pa se ismejemo i našalimo. A pred svekrvom nismo smeli. Znaš, seljačka posla, svako jutro izađe, iznese njegove haljine iz kuće i nariče nasred avlije. Dok joj naš popa ne podviknu: „Šta naričeš, star je bio pa umro! Pusti ovo dvoje mladih nek se nasmeju!" I matora malo ućuta... A jel' mu strina mnogo bolesna?

— Stara je i slaba. Ima kamen u žuči.

— Ded', Zlato, donesi ono tvoje slatko — reče Jela. — Znaš, moj Marko se ljuti što kuvamo toliko slatko, al' to sve Zlata sama spremi.

— Kuvala sam i marmeladu — pohvali se Zlata.

— I ja se povarošila pored njih! Još me uče kako da govorim. More, ostav'te se, deco, velim, ja sam seljanka! A onaj moj sin što je oficir dira me: „Kad se oženim, kupiću ti šešir!" E, nećeš, vala, da ja budem ruglo u selu. Ako je mladež poludela, mi stari još držimo ono naše starinsko!

— A gde su vam snaha i sin?

— Otišli njenoj svojti na zavetinu. Dobra mi je snaha i lepo se slažemo. Malo je maza, al' ja joj kažem: „U našoj kući glava se sluša. Svekar je najstariji!" Nego, moj ti se Marko poduhvatio s politikom. Šta će ti to, grdim ga, al' on voli da drži zborove i po ceo dan je tamo kod opštine. Ne mogu da mu dokažem, nego potrči sve sama. Imanje veliko, a radne snage malo. Pomaže mi Zlata kad treba kuvati za radnike. Bome, svi radimo. Seljačka kuća je veliki posao.

— Hoćeš li, Anđelka, da prošetamo? Pokazaću ti kuću Kneževića.

— Kog Kneževića?

— Ne znamo ni mi baš tačno. Doselio se iz varoši pre tri godine. Kupio veliko imanje i živeo kao pustinjak. Sad je počeo da se druži malo sa seljacima, ali godinu dana nigde nije izlazio. Imao je slugu koji mu je nabavljao namirnice, a stanovao je u seljačkoj kući. Prošle godine sazidao je divnu vilu. Čuli smo da je agronom, ali niko ne zna zašto živi u selu tako usamljeno.

— Je li mlad?

— Nije mlad, kažu da ima blizu pedeset, ali ne izgleda da mu je toliko. Lep čovek, visok, prav i držeći, prosed. Dopao se jednoj učiteljici, ali on i ne gleda ženski svet. Čudan čovek. Hoćete li i vi, gospođice Nado, s nama?

— Neka, ja ću da popričam malo s Jelom.

Devojke odoše.

— Prekosutra će doći Maša — pričala je Zlata Anđelki. — On ima rodbinu ovde, preko njih mi javio. Moji ga vole, a ni tata nema ništa protiv da se udam za njega. Ne, čvrsto sam rešila: priznaću mu, i to sad kad dođe!

— Bolje, Zlato, bogami. Ovako, nisi ni žena ni devojka — uzdahnu Anđelka.

— Hajd'mo ovim putem, pa ćemo proći pokraj Kneževićeve kuće.

Išle su seoskim putem između velikih žbunova kupina. Bile su pune ploda kao čičak, ali još crvene.

— Vidiš li one jablanove?

— Vidim.

— To je ta kuća. Ja sam se upoznala s Kneževićem. Ima vrlo lepu biblioteku i daje mi knjige na čitanje. Pogledaj kako je oko celog imanja zasadio jablanove. Još su mladi, ali kad porastu biće divan zeleni zid. Ja teram brata da se i mi ogradimo jablanovima. Oni me podsećaju na čemprese.

— Zašto je taj čovek zidao toliku kuću kad živi sâm?

— Ne znam.

— Ima li ženu?

— Nema. Izgleda da je udovac.

— Zar nema nikog od rodbine?

— Ima jednog sestrića, avijatičara. Prošle godine je dolazio ali ja nisam bila ovde. Proveo je dva-tri dana. Knežević je pravi osobenjak. Svratićemo do njega samo ako bude u bašti. Jednom mi je pokazao sobe i tada sam videla na zidu uljani portret jedne divne mlade žene.

Sigurno njegova supruga. Ja sam zaključila da je on nju voleo i da je ona umrla, pa se od žalosti povukao na selo.

— To bi bio jedinstven slučaj! Današnji muškarci se brzo uteše! Ala je odavle lep izgled! Zbilja je Šumadija divna.

— I ja volim moju Šumadiju. Pogledaj, jedna kuća tamo, druga ovamo. Celo imanje oko kuća. Tu ti njiva, tamo voćnjak, onde jaruga, gaj. To je pravo selo, ne kao ona banatska ušorena. Izađem iz kuće pa odem u voćnjak, prošetam do gaja, spustim se do reke... Ali, ti si stalno tužna, Anđelka. Nemoj! Izmirićeš se ti s Tomom. Muškarci su uvek huka-buka, hoće da verujemo kako su jedini u pravu, a posle se smire i uvek naše ispadne jače.

— Toma će se teško prelomiti. Osećam u njemu dve krajnosti: ili da voli ili da mrzi. Čak ako bi se i prisilio na neki kompromis, nikada ne bismo bili srećni, ni on ni ja.

— Kad tako govoriš ja mislim na Mašu i neprestano se dvoumim. Zašto smo mi osuđene da patimo, a muškarci su uvek srećni?!

— Nisu ni oni srećni. Ja ne mogu da verujem da je Toma u ovom času srećan.

— Ali će se utešiti brže od tebe! Eno Kneževića u bašti. Hajde da priđemo bliže... Jel' bi se ti udala za duplo starijeg od sebe?

— Mislim da ne bih. I to je jedna vrsta prevare u braku. Ali, ko zna...

— Spazio nas je! Da li će se skloniti? Neće! Dobar dan, gospodine — pozdravi ga Zlata.

— Dobar dan, gospođice — odgovori ljubazno lepi prosedi čovek. — Kuda ste naumili?

— Šetamo. Došla mi drugarica u goste. Ala su vam lepe ruže!

— Izvolite, uđite ako vam nije dosadan jedan pustinjak.

— Ja vas zovem Verterom.

— Verter je bio mlad i lep, a ja sam star i otrcan.

— Vi koketujete sa svojim godinama! Da vam predstavim svoju drugaricu. — Anđelka promrmlja ime i pruži mu ruku. Zlata se okretala na sve strane. — E, baš mi se sviđaju jablanovi. Oni su najlepša ograda oko imanja. Ja mislim da će se mnogi seljaci ugledati na vas. Dobro je kad obrazovani ljudi dođu u selo.

— Mlada inteligencija treba da dolazi, a ja sam već na izmaku života.

— Zbilja, zašto živite tako u samoći? Zar vam nije teško?

— Čovek je najsrećniji u samoći.

— Ali i najtužniji.

— Tuga pripada samo mladosti...

— Dokle god čovek ima srca, imaće i sva osećanja!

— Zar vi ne znate da ima i ljudi bez srca?

— Ne verujem. Zar vi možete biti čovek bez srca kad volite prirodu? Svaka vaša ruža meni izgleda kao živi stvor.

— Koji zadaje bol kao i ljudi i lepe žene. I ruže i žene imaju trnje... ako ništa drugo, u vas su oštri noktići!

— Vidite, moji su sasvim kratko podsečeni! Ali, vi mi izgledate veseo čovek, a nastojite da ispadnete tužni.

— Čovek je onakav kakvim ga napravi život. Vas dve ste vesele, jer je u vašem životu sve veselo.

— Ko zna da li je baš sve veselo! Mi samo nećemo da patimo. Šta mislite da li je žena jača kad se smeje ili kad plače?

— I smeh i plač su njeno oružje upereno na muškarca!

— Vi ne volite žene?

— Možda sam ih nekad suviše voleo! Hoćete li da vam uberem koju ružu?

— Nek ostanu vama. Vidim da ih volite.

— Ruže lepše pristaju mladosti nego starosti — odsekao je nekoliko ruža, očistio ih od trnja i pružio.

— Divna vam je kuća — progovori Anđelka. — Uspeli ste da sačuvate srpski stil.

— Stilizovana seljačka kuća. Nisam hteo da mnogo odudara od šumadijskih domova.

— Sviđa li vam se Šumadija?

— Ne bih došao da me nije privlačila.

— Gle, imate i golubove!

— To je moje društvo.

— I pčele!

— One su čitav svet i razgovor...

— Posadili ste im dosta cveća.

— One vole čoveka i mogu biti u prijateljstvu s onim ko radi oko njih.

— Oh, lete oko vas! Da vas ne ujedu?

— Žene su opasnije od pčela.

— Jel' tako vi cenite žene?

— U svakoj ženi ima i meda i otrova, ali vas dve ste od meda!

— Hvala na komplimentu. Niste strašni kao što sam mislila.

— Zar sam nekome bio strašan? — uozbilji se Knežević.

Zlata opazi da ga je ta rečenica uvredila i brzo se popravi:

— Kad je čovek pustinjak, kao što vi kažete o sebi, malo je čudnovat. A seljaci su pričali da nigde ne izlazite, mada je mene kopkalo da vas vidim, ali se nisam usuđivala.

— Zar vi, intelektualka, da se plašite! Završili ste prava?

— I ja i moja drugarica. Nego, mi smo vas uznemirile, idemo.

— Dođite kad god hoćete.

— Doći ću za knjige.

— Na raspolaganju su vam.

Ostaviše tog usamljenog čoveka, oko koga je sad lepršalo jato golubova.

— Inteligentan je — reče Anđelka.

— Da, ali malo osobenjak. Ranije je bio divljačniji i retko je s kim govorio... Vidi se da je silom okolnosti postao takav. Eno, vraćaju se žeteoci, pogledaj!

Anđelka zapazi da su devojke i žene u raznovrsnim haljinama, ali gotovo nigde jeleka i suknje, već sve varoška moda.

— Zar kod vas u selu nema narodnih nošnji? — upita.

— Kakva narodna nošnja! Šivaće mašine kupuju, a Singer priređuje kurseve i eto ti varoške toalete po selima! Eno samo jedne u seljačkoj suknji.

Devojačka pesma gubila se u daljini, dok je sunce skrivalo poslednje zrake, a sa livade, iz voćnjaka i jaruga izbijala je svežina i slatko predvečerje razlivalo je plavičastu senku preko pitomog šumadijskog sela... Anđelku je sve to rastuživalo, a bol joj je postajao teži u toj čistoti i blagoj večernjoj seti. „On pati kao i ja!", tužno je brujalo u njoj s odjekom medenica. „Luta po crnogorskom kršu i misli na mene s mržnjom i bolom. A kako me voleo!"

Zadrhtala je od tuge i čežnje za Tomom, od ljubavi, bolne i rasplakane. Zlata je uhvati ispod ruke. Shvatila je njen bol, a kroz to saznanje je i nju obuzimala strepnja. Možda će doživeti isto! Ali pravila se vesela i razgovorna, pričala Anđelki, skretala joj pažnju na kuće, na livade, devojke.

— Ovo je naš ćata. Pametan mladić. Nije onaj tipičan ufitiljeni seoski ćata kakvog znamo iz knjiga. Bio je malo zaljubljen u mene, ali nisam ga gledala... balavac.

U tesnom odelu od šajka, koje se pripijalo uz njegov vitki stas, ćata ih učtivo pozdravi i minu.

— Ljut je na mene i razočaran. Čuo je da volim Mašu. Lepi su naši seoski momci. Bogami, mogle bi se varošanke u njih zaljubiti. Što ima jedan laf! Kao filmski glumac. Poludeše devojke za njim, a on puki siromašak. Gazdinske devojke oblеću oko njega, pa očevi hoće da ga premlate! Hajd'mo kroz ovaj voćnjak, pa ćemo pokraj kuće Mašine tetke. Eno Darke.

— Darka! — zovnu Zlata.

Lepa devojčica, potpuno varoški odevena i s podšišanom kosom, dotrča u voćnjak, noseći vez.

— Šta to radiš?

— Vezem garnituru za kuhinju.

— Ovo je moja drugarica iz Beograda.

Darka pruži ruku i predstavi se.

— Vi ste kao prava varošanka — reče Anđelka.

— Pa nismo mi zatucane seljanke! — nasmeja se lepo devojče.

— Ona će se udati u varoš, traži je jedan trgovac. A ona voli učitelja.

— Pa koga ćete izabrati?

— Ne znam. Kako tata kaže.

— Ja joj kažem da se uda za trgovca. Ko zna kako bi je gledale učiteljeve koleginice ako se uda za njega. Ona više odgovara trgovcu nego učitelju.

— Znaš da će Maša doći? — reče Darka.

— Ne znam — slaga Zlata.

— Za dva-tri dana. Hoće tata da zida kuću, pa Maša radi plan.

— Onda će, valjda, duže ostati? — upita Zlata.

— Ne znam. Eno, doneli smo ciglu i sav materijal. Maša je nacrtao plan. Hoće tata prvo da sazida novu lepu kuću, pa ćemo posle srušiti staru.

— Oni imaju najbolji voćnjak u selu. Da znaš kakve su im breskve i jabuke! Od one breskve da mi ostaviš za slatko.

— Hoću, to se zna — govorilo je devojče. — A jel' ti Maša pisao?

— Jeste... Zna li popova Rada da će doći Maša?

— Ja joj nisam kazala, ali je čula od tate. Bio je kod pope i pričao da Maša radi plan.

— Ona se nada za njega.

— Maša tebe voli. Uvek te pozdravlja kad mi piše. Hoćete li da svratite?

— Hvala, žurimo kući. Dođi sutra do nas.

— Hoću.

— Kako je lepa devojčica — reče Anđelka kad se udaljiše.

— I dobra kućanica.

— Čak je i učitelj traži — reče Anđelka.

— Mani! Zna da ima novaca i imanje. Ja osuđujem učitelje koji se žene seljankama. Šta traže dalje kad imaju svoje koleginice i njihovu platu! Zinuli za novcem! Uzme seljanku i miraz, potroše pare, pa tek onda gospodin uvidi da mu je žena prosta seljanka. Ja sam to kazala Darki i njenom ocu. Neće je dati za tog učitelja... Eno moga gaja! Kako je u njemu divno! Ponesem knjigu i ručni rad, pa malo čitam malo radim, uživam.

Selom se pronosilo blejanje ovaca, mukanje goveda, lavež pasa. Svirale su ćurlikale, neko je pevao, žene se dovikivale, kokoške kreštale nameštajući se na legalu... dan se bližio smiraju.

Anđelka je i dalje bila tužna. I po teti je poznala da nije vesela. Njene lepe plave oči skrivale su tugu. Pričala je, šalila se, ali sve usiljeno. Anđelka je to osećala i teže joj je padao njen bol nego sopstveni.

Tetka je ostala celu sedmicu, pa otišla. Na polasku reče Anđelki:

— Toma može doći, a ni ti ni ja nismo kod kuće. Bolje da ga ja dočekam i umirim. Ovako izgleda da demonstriramo protiv njega. Ako dođe, poslaću ga ovamo, pa se vas dvoje izmirite i niko ništa neće znati.

# Hoću te sad

Sedeli su iza kuće, pod jabukom. Bila je tu jedna klupica, pa su se Maša i Zlata dogovorili da tu porazgovaraju. On je hteo da joj izloži svoj plan o braku, da joj kaže kako se mogu u zimu ili na proleće venčati. Maša je voleo Zlatu, odgovarala mu je. Kao devojka iz seljačke kuće zadržala je u sebi skromnost, vrednoću i karakter, a bila je zdrava, jedra i punačka, baš po njegovom ukusu. Osećao je da za njega ne bi bila mondenka niti neka razmažena jedinica iz bogataške kuće, koja ne bi poštovala njegove roditelje. Iako školovan, on je voleo selo i roditelje seljake, noseći zauvek u sebi toplo sećanje na zavičaj.

Sedeli su na klupi, a miris begonije i bosiljka širio se oko njih. Bašta je odisala svežinom letnje noći, jabuke su mirisale na granama, izduženi suncokreti se nazirali u bledilu pomrčine.

— Zašto ćutiš? — upita Maša, privlačeći je sebi.

— Tako... nešto mi teško.

— Šta ti je teško? Da nisi bolesna?

— Nije to, nego... onako. Tišti me nešto što ti moram reći.

— Pa, kaži, preda mnom ništa ne treba da kriješ. Jesu li možda tvoji nešto nezadovoljni sa mnom?

— Ne, ne, oni te svi vole, ali... ne znam da li da ti kažem!

— Voliš drugog? — zapita muklo.

— O, Mašo, ni pomislila nisam na drugog otkako tebe poznajem!

— Zaćuta malo, pa reče: — Jesi li ti imao mnogo ljubavnica?

— Zašto me to pitaš? Ja sam ti već kazao da nisam bio svetac, ali ni pokvarenjak. Koliko god sam mogao, savlađivao sam sebe, nisam dopuštao da životinja pobedi čoveka. Zašto ti je to palo na pamet? Jel' neko intrigirao? Znam, znam ko je! Kćer onog kafedžije u našem selu, koja mi iznosi razne čikarme, pa je sad pronašla onu udovicu Anicu. Veruj mi, ni pogledao je nisam! Kod nje se toliko muškaraca izređalo, a ja vodim računa o svom zdravlju.

Njegovo priznanje potisnu njeno očajanje i bojazan, ohrabri je, ali i naljuti: zar se ona boji da mu prizna jedan jedini slučaj, a na njega odasvud nasrću žene... možda i on na njih! Umesto da mu se poveri, ona poče da ga pecka, ljubomorna i jetka:

— Nisam imala pojma o tome! Nikad mi nisi pričao za tu udovicu. Zato ti sediš toliko u selu.

— Baš sam lud što sam ti kazao!

— Možda skrivaš još nešto. Čujem da popova Dara gaji neke nade. Jesi li se video s njom?

— Jesam li došao da me preslišavaš ili da razgovaramo?

— Sâm si počeo!

— Ti si počela! Rekla si da imaš nešto da mi kažeš, a ovamo cele večeri ćutiš i zlovoljna si.

— Nisam zlovoljna! Baš sam se radovala tvom dolasku.

— Vidim kako se raduješ. Nikad me prva ne poljubiš. Neću ni ja tebe!

— Ja te nisam nikad prva poljubila! Ko zna da li si uopšte želeo da me vidiš. Imaš ti dosta društva tamo u selu!... — održavala je neprestano taj jetki ton, želeći da on nekako ispadne krivac, da ima više greha od nje, pa da mu u ljutnji baci u lice ono što želi. Osećala je da to ne bi mogla kroz nežnost, da bi u tom slučaju priznanje delovalo kao težak udarac za njega, da bi jedini krivac ispala ona. Bolje da se uzajamno okrivljuju, a najpre ona njega, jer na deset muških pogrešaka dođe jedna devojačka! Oni su se i ranije koškali, kao svi zaljubljeni, svađe bi dolazile iznenada, pa prelaze u scene, a on bi onda odjurio i sutradan dolazio nežan, pomirljiv, umiljat. Izmirili bi se i sve bi se lepo nastavilo, šetnje, poljupci, dok on ne bi počeo da traži dokaz ljubavi, jer su ga uzbuđivale mirisne noći šumadijskog sela, čežnjive melodije svirala, njeni rumeni obrazi i jedre grudi... Ali bi se ona uvek otela da ne dozna njenu tajnu i ne napusti je. Bežala je, a on odlazio gnevan i razdražen, osećajući da ga još više privlači to čedno u njoj, to što nije nalazio kod drugih devojaka, ta njena upornost čestite devojke, njena moć nad samom sobom i nad njim. Sit je bio razbludnih žena, a poznavao ih je mnogo, iz svih slojeva, raznih godina, od uglednih supruga do učenica, činovnica i studentkinja...

Zlata je bila nešto drugo i uvek joj se vraćao posle malih avantura, ljubakanja i ljubavničkih dana sa ženama koje nije cenio, jer ih je mogao ostaviti kad zaželi. Zlata je bila cilj njegovog života. A, eto, ona se večeras nešto usićila i uzjogunila, onako slatka i mirisna, te on kidisa na njene usne, vrat, obraze.

Nju raznaži njegova ljubav, rastuži se i zaplaka:

— Šta ti je? — iznenadi se on. — Zašto plačeš? Ludice, ti si ljubomorna! Baš sam lud što ti pričam.

— Nisam ljubomorna — šaputala je, želeći da sakrije glavu u njegove grudi i da izgovori svoju tajnu tiho, bezglasno, tako da ne uđe u njegovo srce, jer je to srce njeno, ona ga toliko voli!

— Kad se venčaš, više nećeš plakati. To je nervoza.

— Ne znam!

On je pusti iz naručja i zapali cigaretu.

— Nije trebalo da dolazim... vidim da sam ti dosada.

Ona se trže, pripi mu se uz rame, zavuče ruku u njegovu gustu kosu i prošapta, nežno mu milujući obraz usnama:

— Hoćeš li me uvek voleti?

— Dokle god zaslužuješ.

— A kad bi se razočarao?

— Ostavio bih te!

— Ne bi patio?

— To je druga stvar! Je li, zašto je tvoja drugarica došla ovamo, a venčala se tek pre tri sedmice? Zar u medenom mesecu da ostavi muža i on nju zbog bolesne strine?! Još bih razumeo da je u pitanju otac ili majka. Šta se tu krije? — upita on radoznalo.

Ona shvati da je došao trenutak kad može proveriti šta misli o takvim stvarima, pa prikupi hrabrost i izgovori nekim muklim glasom:

— Reći ću ti, ali te molim da ostane strogo među nama: ona nije bila nevina!

— Oho! Zar ta idealna devojka?

— Uveravam te, Mašo, da je zaista čestita i idealna!

— Čudni su tvoji pojmovi o devojačkoj čestitosti!

— U njenom životu nije bilo ničeg rđavog i nepoštenog. To se dogodilo samo jednom.

— Koja će priznati da je bilo više puta i više njih! Sve takve se zaklinju da je to bilo samo jednom! Pa je li je muž ostavio?

— Tako nešto. Došlo je do velike scene. A voleli su se.

— Zašto mu nije ranije priznala ako ga je volela i ako je stvarno čestita? Zašto je čekala da se najpre osigura venčanicom?

— Šta bi ti radio da si se našao na mestu njenog muža?

— Ne znam. Ima magaraca koji se s tim pomire!

— Ti bi se pomirio?

— Zašto mi postavljaš to pitanje?

— Zato što... eto, da bih znala treba li da osudim ili opravdam Anđelkinog muža, a njoj da pružim savet... Da li da mu se vrati ili ne. Šta ti misliš: hoće li joj on oprostiti?

— Može joj oprostiti, ali je nikad više neće ceniti! Dala mu je odrešene ruke u životu, a muškarci se toga najviše boje. Zato i traže probu pre braka: da vide kakva je, pa onda na venčanje!

— I posle te probe se jednostavno izgube! Želiš li i ti probu pre braka?

— To je drugo, ja tebe volim!

— Devojka se nikad ne podaje bez ljubavi, pa je opet ostavljaju!

— A ko je bio prvi ljubavnik tvoje drugarice?

— Sad je svejedno, umro je... Reci, zar nije glupo da onako divna žena bude ostavljena? Ali ona ima prava da ne trpi njegovo nipodaštavanje.

— Očigledno da ima ponosa.

— Dabome da ima. Ako je izgubila nevinost nije izgubila karakter! Na šta bi ličio muški karakter da je tako!

— Ti si večeras mnogo ogorčena... Samo, ja bih na mestu njenog muža učinio isto.

— Maločas si kazao drukčije.

— Suviše se interesuješ za to!

— Hoću da znam da li bi me napustio ako nisam nevina!

On baci cigaretu, uhvati je za obe ruke i steže joj mišice.

— Zašto pitaš? — reče kratko i muklo.

— Zato! — izgovori ona odlučno.

— Da nisi i ti kao ona?

Zlata je ćutala. Njegove ruke su joj se sve jače zarivale u mišice.

— Hoću da znam! Jesi li i ti...

Ona otvori usne da prizna, ali nešto u njoj ustuknu, uplaši je, prestravi se njegovih očiju, izraza lica, tih vrelih šaka na svojim mišicama. Sve je to volela, čeznula za njim, a ovog časa može izgubiti zauvek... Nasmeja se vragolasto, nestašno:

— Ala bi ti bio strašan!

— Zlato, ti nisi iskrena! Htela si nešto da mi kažeš, a sad kriješ! Ja moram da znam! — obavio je ruke oko njenog stasa i stezao kao kleštima, ne tražeći više odgovor, sad je hteo da se potpuno uveri, ali i da se zadovolji, jer je čeznuo za njom, i u ovom času strast bi potisnula razočaranje.

— Ti nisi nevina, priznaj — gušio se rečima. — Zašto kriješ. Što me mučiš? Budi moja! — stezao ju je i mučio ljubomorom i željan osvete, ali ona, jako i čvrsto seljačko dete, otrže mu se iz naručja. On je dohvati za rame, haljina se iscepa i u tom trenutku nastade borba mužjaka i ženke, vatreni šapat i ludilo, ali se ona najzad ote i pobeže, upade u sobu Anđelki, koje je ležala budna i izmučena.

— Jaoj! — jeknu Zlata i sruši se na njenu postelju. — Vidi, svu mi haljinu iscepao.

— Kazala si mu?!

— Nisam. Isprva sam htela, pa sam odustala, jer vidim da bi bio kao tvoj Toma. I sad me neće ostaviti na miru. Joj, šta da radim? Ako popustim, izgubiću ga zato što mi nije prvi. Uh, baš smo mi devojke proklete! Zašto mora da se zna ko je bio prvi ko drugi?! Ja ga volim, život bih dala za njega! Nikoga nisam pogledala sve ovo vreme. Mogla sam ići na provod i letovanje s bratom i snahom, a nisam htela, jer je kazao da će doći ovamo, čekala sam ga! — govorila je uzbuđeno, nervozno, strasno. Maločas se nalazila na izmaku otpora da mu popusti... Da, to je ljubav! — Anđelka, da li bi me ostavio ako bih mu se dala? Šta misliš?

— Ne znam, Zlato, zaista ne znam!

— Neću, neću! Niti ću mu ono priznati. Boriću se za njega!

Svanulo je divno jutro.

— Devojke, uspavale ste se! — zvala ih je majka Jela. — Hajde, Zlato! Hajde, Anđo! Umesila sam pogaču. Kajmak i vruću pogaču da doručkujete.

— Mama, koliko je sati? — otvori oči Zlata.

— Ne pitaj, prošlo je osam. Al' ako, odmarajte se, blago meni! I ja bih da nemam posla. Kako si spavala, Anđelka?

— Dugo sam se prevrtala, ali me posle uhvatio sladak san.

— Čuješ li trubu, Anđelka? To je auto! Ko li je došao?

— Da nije Toma! — uzviknu Anđelka i skoči. — Teta je kazala da će ga poslati ovamo ako dođe u Beograd.

— Baš bih volela da je on, pa da se lepo izmirite. Auto je stao kod mehane. Jel' se raduješ?

— Još pitaš!

Ispljuskale su se svežom vodom i obukle nove haljine. Anđelka je uzela plavu, pa se isto tako plavom maramom povezala kao seljančica. Obe su neprestano poglédale kroz voćnjak, ali Tome nije bilo. Anđelka se sneveseli:

— Ipak nije on!

— Ko može biti drugi? Uostalom, poslaću momka do mehane. Živadine! — viknu. Momčić dotrča. — Trkni do mehane i vidi da li je došao jedan auto i ko je bio u njemu. Upitaj kafedžiju i odmah se vrati.

Živadin odskakuta. Kad je prolazio pored kuće Mašine tetke, Maša ga opazi i zaustavi:

— Ej, Živadine, kuda?

Naivno seljače iskreno odgovori:

— Platila me gospoj'ca Zlata da odem do me'ane i vidim jel' došô jedan auto i neki čovek u njemu.

Žaoka kao da ubode mladog inženjera: „Ona nekog čeka!"

— A koga to očekuje?

— Nije kazala, samo veli: trkni do me'ane.

Maša steže zube. Dođe mu da jurne njenoj kući, da je izazove i kresne u oči: „Tako, vi, gospođice, očekujete nekog?! Zato meni ništa ne dopuštate! E, nećemo tako!" I on ima ponosa! Neće ga videti bar tri dana. Posle će da ga zove, da moli, da mu sve dopusti. A on nju voli. I da bude njegova, uzeo bi je... ne bi je nikad ostavio! Ali ona nekog čeka! Neka, nek čeka! Čekaće, vala, i Mašu!

Živadin se vratio i saopštio:

— Doš... jedan avijatičar i o'šô pravo kući Kneževića.

— A, to je taj njegov rođak — reče Zlata. — Pričala mi Darka da je vrlo lep mladić. Ako Maša ne dođe, ja ću mu malo trucirati s avijatičarem... Baš mi krivo što nije Toma!

— Neće on doći, sigurna sam — reče Anđelka tužno.

Izašla je u dvorište puno cvrkuta ptica, gukanja golubova i kumrija, kreštanja svraka i pijuka pilića. Veliki pas tresao je sindžirom i lajao na Anđelku.

— Hoćete li da doručkujete pod orahom? — upita Jela.

— Mama, ja ću da napravim belu kafu. Ti praviš blagu, a ja volim crnju, s cigurom. Danas će biti velika vrućina. Predveče možemo prošetati do kume. Ona je na onom bregu. Odande se vidi i crkva na Oplencu.

Prepodne nisu izlazile, a popodne se zatvoriše u hladovinu sobe.

Predveče su očekivale Mašu, ali on ne dođe. Vratile su se od kume ranije i Zlata upita majku:

— Jel' dolazio Maša?

— Nije, ali... videla sam ga gde šeta s popovom Darom.

Zlata preblede:

— Tera mi inat, tvrdoglavi Šumadinac! Ali ga neću moliti.

Ni sutradan nije dolazio. Anđelku je bolela glava i ležala je. Bilo je oko pet sati. Negde beše pala kiša, pa je bilo svežije i prozor je ostao otvoren. Anđelka ču jedan muški glas:

— Gospođice!

— O, to ste vi, gospodine Kneževiću. Izvol'te, uđite.

— Hvala. Doneo sam vam knjige. Rođak me čeka u voćnjaku — on mahne rukom i viknu: — Hodi ovamo!

Anđelka se pridiže u postelji i kroz prozor ugleda čoveka koji se približavao kući.

„Jel' mogućno?! Pa to je onaj avijatičar iz Malinske?! Šta će on ovde? A Zlati nisam ni pričala da sam bila u Malinskoj."

Uvukla se u postelju, namakla vlažnu maramu na oči i napravila se da joj je teško, samo da ne bi izašla i srela se s tim mladićem.

Stajali su ispod prozora i mogla je čuti svaku reč.

— Ovo je moj rođak — predstavio je Knežević avijatičara.

— Vi ste već dolazili u naše selo, pričali su mi, ali nisam bila ovde — reče Zlata.

— Bio sam dvaput. Moj ujak je zaista znao šta vredi kad je izabrao ovo lepo selo.

— Kakva je naša Šumadija iz aviona?

— Kao mozaik ili bašta, gospođice.

— Baš je divno biti avijatičar! — uzviknu Zlata. — Sva omladina oduševljena je avijacijom. I meni se čini da bih imala smelosti da letim!

— Pokušajte, mi volimo da imamo koleginice.

— Ovo je moja mama — predstavi Zlata majku.

— Sedite — ponudi ih ona.

— Mama, gospodin je avijatičar.

— Bog neka te čuva, dete! Strepim kad vidim aeroplan. Još me sekira onaj moj sin oficir: „Mama, ja ću da pređem u pilote!" A ja ga preklinjem: „Čvršće ti je, sinko, na zemlji nego u nebesima!"

— Je li vaša gošća otputovala? — upita Knežević.

— Nije, eno je u sobi. Boli je glava. Idem da je zovem, a vi izvol'te, sedite tu pod orahom.

— Pa, hajde da malo posedimo — reče ujak sestriću. — Pogledaj kako je ovo imanje lepo udešeno. Marko je prosvećen zemljoradnik.

— Zaista — reče avijatičar, gledajući unaokolo. Učinilo mu se da je ujak zainteresovan za tu gošću iz Beograda i da je samo zbog nje doneo knjige. Obradovao se, jer ga je sažaljevao zbog drame koju beše doživeo. Znao je koliko je ujak pitom i blagorodan čovek, pa mu je sve što se odigravalo u njegovom životu bilo, kao sestriću, zaista bolno.

Zlata utrča u sobu:

— Anđelka, ustaj! Da vidiš kako je divan Kneževićev avijatičar! — govorila je uzbuđeno, iako je njeno srce bilo ispunjeno samo Mašom. Ali ovo je ipak bio plavi orao, nepoznat i tajanstven, lep i hrabar...

— Ne mogu, pršte mi glava! I ne interesuje me više niko!

— Ja sam htela da te malo razonodim, a ti sve tužnija!

Anđelka spusti oblogu na oči da sakrije suze.

— Nije joj dobro — reče Zlata kad je izašla napolje.

Oni ne odgovoriše ništa.

— Šta ono zidate dole? — zapita Knežević malo posle.

— Staju za krave. Hoće tata jednu moderniju staju. Vi nemate stoke?

— Ne treba mi. Rešavam se da kupim jedan „štajervagen", a konja već imam. Ja volim jahanje.

— I ja. Imamo jednog mirnog konjića, pa ga uzjašem bez sedla.

Knežević ode do cvećnjaka.

— Ubraću malo bosiljka — reče.

Majka Jela pohita i uzbra nekoliko strukova, pa jedan pruži i avijatičaru. On ga pomirisa i kroči nekoliko koračaja, pa stade ispred otvorenog prozora Anđelkine sobe, na kome se njihala zavesa. Vetrić pirnu malo jače i izdiže zavesu, a on spazi na postelji devojku bosih belih nogu. I Anđelka ga ugleda, pa hitro spusti oblogu niže da joj ne vidi lice. Avijatičar se osmehnu i odmače se. Baš je želeo da vidi devojku za koju se njegov ujak zainteresovao.

Knežević i avijatičar se pozdraviše i krenuše. Jedna sivo-bela mačkica pritrča i poče da se umiljava oko avijatičarevih nogu. On se saže i pomilova je.

— Cano, Canče! — uzviknu Zlata i uze je u naručje. Gledala je za njim kao da se malo utešila zbog Mašine šetnje s Darom.

Ali, ko je ono? Maša! Kao da beše pošao njima, ali sad zastade na kraju voćnjaka i žurno ode dalje. Ugledao je avijatičara i Kneževića i bes ga obuze.

„Tu smo, znači! Gospođica očekuje avijatičare, a Maša služi za potkusurivanje! Maša je siguran, tu nema brige! Varate se, gospođice, ako mislite da će Maša biti šonja! Izvol'te, samo, eto vam avijatičara, ali na mene ne računajte!”

Dočepao je jednu jabuku i zavitlao je u pravcu Zlatine kuće. Ona je čula da je jabuka pala i pogodila je ko je bacio. Smeškala se. Ako! I on je šetao s Darom!

Knežević je nastavio šetnju sa sestrićem.

— Video sam onu gošću. Istina, samo nožice, ali po njima bih rekao da je lepa.

— Vrlo je lepa... kao što su sve žene lepe, samo ne znaš kakve su! Niti se daju upoznati. Žena je najveće zlo u životu muškarca!

— Ti, ujko, grdiš žene, ali si mi ipak sumnjiv. Nosiš knjige, raspituješ se za gošću... da se nisi zaljubio?

— Koješta! Dosta je meni svega. Hteo sam da je ti vidiš, jer treba da se ženiš. Ne čekaj pozne godine kao ja. Tvoja majka mi je pisala za neku devojku, kaže da je lepa i bogata.

— Sasvim prosečna devojka, živa i vesela, ali nije baš po mom ukusu. Osim toga, neću da uzmem tako mladu ženu.

— Ti se i osamnaestogodišnjom možeš oženiti.

— Ostavi ti moju ženidbu, nego tebe da oženimo. Dosta si samovao i ispaštao.

— S tim sam prečistio!

— Zašto? Ti si u najboljim godinama.

— Promeni temu! — preseče ga Knežević. — Ti si, čini mi se, imao neku nezgodu kad si leteo.

— Umalo da ispadnem iz aviona, ali to su za nas epizode koje se brzo zaboravljaju.

Jedna varoški obučena devojka prođe pored njih.

— Jel' ovo seljanka?

— Seljanka, ali se ne nosi seljački.

— Gle, molim te! Kratka kosa, sandale, kratke čarape.

To je bila Darka. Žurila je Zlatinoj kući, noseći Mašino pisamce, napisano u ljutini.

Zateče Zlatu u sobi s Anđelkom.

— Evo ti!

Zlata pročita, isprva se uozbilji, a posle se osmehnu. „Ljubomoran i drzak!", pomisli ponovo pročitavši: „Nisam znao da i ti luduješ za avijatičarima. Čak si poslala Živadina da pita da li je došao. Čuo sam sve! Ali ti još ne poznaješ mene. Nisam se nadao da ćeš mi prirediti ovakvu scenu!"

Zlata je donela odluku da ne zove Mašu. Čekaće još dva dana, da vidi hoće li popustiti. Ali, mladi inženjer nije popuštao i njeno srce se rastužilo. Ljubomora se pretvorila u ljutnju, a ljutnja u samosažaljenje. Posle je počela da sažaljeva i njega. Žensko srce je sklono praštanju.

Trećeg dana predveče pozva Anđelku u šetnju:

— Hajd'mo malo pored Darkine kuće. Neću da svraćam, nego samo da vidim jel' on tamo — reče, u nadi da će je oni ipak svratiti. Išle su kroz zabran, hladovit i svež, a vazduh je bio natopljen mirisima vršaja. U daljini je huktala vršalica.

— Treba da te odvedem da vidiš banju. Tako zovem jedno mesto gde izvire vruća voda. Tamo je više nego divno!

Anđelka je zastala i naslonila se na jedno drvo. Rumen zalazećeg sunca prosula se po poljima. Zrela pšenica, tamo gde je ostala još nepožnjevena, rumenila se, a nadaleko se pružale livade, pašnjaci i kitnjasti voćnjaci puni ploda.

— Eno ga avijatičar! — uzviknu Zlata. — Sâm šeta. Da ne naiđe i on kroz zabran? Joj, evo ga! Ne, zastao je. Neću da sekiram Mašu, hajd'mo brže. Kako je lud, ako me vidi s njim dunuće kući.

Anđelka namače maramu na oči. „Otkud opet ovaj susret?", pomisli. Požurile su kroz zabran između visokih hrastova i bukvi, a avijatičar ih spazi, odgleda za njima, ali se ne pomače.

„To je ona njena gošća!" Dve ženske siluete su se smanjivale i gubile, jedna u plavoj, druga u ružičastoj haljini.

Avijatičar otvori svoj notes i nađe onu beležnicu sa slikom. „Anita Đurović! Lepa Anita!" Pronaći će on nju u Beogradu. Svakog dana je gledao i proučavao tu sliku: usne, blage oči, visoko čelo, mala usta, koja se tako slatko smeše, oblinu brade, bujnu kosu...

Imao je sliku onog devojčeta koje je njegova majka želela da uzme. Lepa, vesela, velikih očiju, ali nije ono što je Anita. Najviše ga je dražilo to što je ne poznaje. Nastavio je šetnju i polako se vratio ujakovoj kući. Sutra se vraća.

Anđelka i Zlata bile su već blizu Mašine tetke.

— Eno Maše! — prigušeno uzviknu Zlata.

Darka ih spazi i priđe. Zlata je čekala da je Maša zovne, ali se on beše ukipio nasred dvorišta.

— Nećemo da svraćamo, Darka, idemo u šetnju.

— Naljutiću se ako ne svratite! Mašo! — viknu ga sestra. — 'Odi. On pođe lagano, kao da se dvoumi.

— Šta radiš? — upita ga Zlata.

— Ništa, nadgledao sam zidanje.

— Koliko ostaješ?

— Još dva-tri dana. Moram na dužnost, ističe mi odsustvo.

— A gde ste vi uposleni? — upita Anđelka.

— Ja sam opštinski inženjer. Vi ste pošle u šetnju? — okrete se Zlati ravnodušnim pitanjem, a prekorni pogled je govorio: „Šetaš da bi videla avijatičara!"

— Ja sam želela da prošetamo — reče Anđelka. — Juče me bolela glava celog dana.

Zlata se dvoumila, pa najzad popusti:

— Hoćeš i ti s nama?

— Pa, mogu, mada sam umoran.

— Ne moraš ako si umoran — odvrati mu ona hladno.

— Što ne pođeš? — prekori ga Darka.

— Ne teraj čoveka kad je umoran — odseče Zlata. — Zbogom!

On se osmehnu i pođe. Video je da je ljuta. Anđelka izmače ispred njih i ostavi ih same.

— Nisi imao razloga da mi išta prebacuješ!

— Jel'? A Živadin trči da pita da li je došao avijatičar!

— Nisam imala pojma o njemu. Anđelkin muž treba da dođe.

— Kako izmišljaš! A otkud avijatičar u poseti kod tebe?

— Došao je s Kneževićem, koji mi je doneo neke knjige.

— Otkuda tvoje prijateljstvo s Kneževićem? — ispitivao je jetko i oštro.

— Čovek živi ovde već tri godine!

— Lep čovek! Jel' vam često dolazi?

— Nikad ne dolazi!

— A avijatičara sigurno poznaješ iz Beograda!

— Danas sam ga prvi put videla. Bože, Mašo, što ti umeš da me sekiraš!

— A ti mene?

— Što sam te sekirala?

— Još pitaš! Počeo sam malo bolje da te upoznajem.

— Šta je tebi? — zastade ona.

— Hoćeš li da izađeš večeras? — upita on, posmatrajući je pogledom punim strasne srdžbe.

— Pa... izaći ću, ali neću da se ponašaš kao ono veče.

— Zašto?

— Zato što me tada podsećaš na sve muškarce! A ja sam te zamišljala boljim. Hoćeš namerno da me razočaraš!

— Dobro, onda neću doći.

— A što sad tako govoriš? Uostalom, znam, imaš ti udovice i raspuštenice, a i popova Dara te hvata! Vidim koliko me voliš!

— Ja tebe volim, ali ti meni ne dokazuješ ljubav!

— Kako da ti dokažem?

— Znaš ti dobro.

— Znam, ali neću! Taj dokaz ljubavi nećeš dobiti!

— A jesi li ga kome drugom dala?

— Ne vređaj!

— U stvari, ja te još ne poznajem dobro.

— Baš lepo! Znamo se od detinjstva i ti me još ne poznaješ! Onda neka ostanem za tebe tajanstvena devojka.

— I jesi... — reče on, a onda upita blaže: — Hoćeš li večeras da izađeš?

Ona omekša, oseti slatku struju kroz telo, dođe joj da mu se nasloni na grudi, a on se tada približi, pripi se uz njeno telo i dohvati joj ruku, jedva se savlađujući. Strast buknu u njemu iznenada, zažele je svu, kao ženu ili poludevicu, svejedno!

Zastadoše iza jednog velikog hrastovog stabla i on je privuče sebi, naglo i silovito, pa poče da je ljubi. Ona se odmače, posrte, pobeže... Anđelka beše odmakla daleko. Oni pođoše za njom.

Prošli su opet pokraj kuće Kneževića. Ugledaše belu avijatičarsku bluzu. Šetao je po dvorištu. Spazi ih i on, ali su bili daleko, pa nije mogao da razaznaje likove. Anđelka je opet prošla mimo njega, a on je sanjao o lepoj Aniti!

Kad su došle kući, Zlata reče Anđelki:

— Večeras ćeš i ti sa mnom sedeti. Metnućemo onde klupicu. Neću da se makneš od mene. Naljutiće se, ali neka! Postao je tako čudan. Nikada nije bio ovakav. Hoće i on dokaz ljubavi! Ah, neće ga dobiti!

— Šta ću ti ja? Zar nemaš pouzdanja u sebe?

— Nemam, veruj mi! Bojim se sama sebe! Noću mi sve u snu Maša dolazi. Predložiću mu da se venčamo na jesen. Bojim se i za njega. Ja neću sad da budem njegova, ali će druga jedva dočekati.

— Kakva je ta popova ćerka?

— Pristojna devojka. Vredna i dobra domaćica. A Maša voli inteligentnu devojku, ali i domaćicu, baš kao što sam ja. Hajde da sednemo na klupu. Nemoj da ideš, molim te. Evo ga! O, kako ga volim! I ljubomoran je, slatki moj! Znam da će biti ljut što si i ti ovde, ali bolje ovako.

— A kad ja odem, ti ćeš ostati sama s njim.

— Da, sama... — prošaputa Zlata.

Bojala se toga, bojala se kao većina devojaka. Jer sve to dođe iz prevelike ljubavi i uzbuđenja. Grle se, ljube, stežu u naručju, zaborave se. Tako je bilo prvi put, tako se može dogoditi i sada!

Izdaleka su dopirali zvuci violine.

— Ko to svira? — upita Maša prilazeći.

— Knežević.

— I čuje se čak ovde?

— Divno svira — uzdahnu Anđelka.

— A ti sviraš na mandolini? — okrete se Zlata Anđelki.

— Pa, prilično.

— Pevaš li?

— Pevam.

— Hajde otpevaj nam nešto.

— Ne mogu.

— Hajte, Anđelka, da vas čujemo — reče Maša.

— Lepša je ova šumadijska noć nego moja pesma — odgovori ona.

— Ali je još lepše kad se u njoj čuje lep glas — navaljivao je Maša.

Zlata je sedela između njih na klupi i osetila stisak njegove ruke. Da li je to bio izraz gneva ili ljubavi? Ako, neka se i gnevi! Bolje što je Anđelka tu.

— Koliko ostajete u selu? — upita Maša Anđelku.

— Još koji dan.

I on beše rešio da ostane. Neće odstupati od cilja. Voli je, ona njega voli, uzeće je za ženu. Zašto da ne bude odmah njegova? Nije nepošten i neće je ostaviti. Naprotiv, biće još luđi za njom uveravao je sebe kao svi muškarci... koji posle lako zaborave svoje reči.

Te večeri otišao je razdražen, a Zlata je strepela: dokle će ovako moći da istraje?

# Pred smrtnom opasnošću

Tetka je pisala da je Toma u Beogradu, da mu je bilo neprijatno što nije nju zatekao, ali ga je ona ublažila, uveravajući ga da se u selo sklonila od sveta koji bi je vazdan ispitivao. Prelomila je Tomu i obećao je da će doći u selo, pa nek sad Anđelka gleda da se izmire. „On je dobar mladić, a izgleda mi da je i malo popustio. Budi nežna prema njemu, pa će se sve zataškati i niko neće znati šta se dogodilo među vama. Ti si uvek bila dobro dete, pa kad sam ti ja oprostila, oprostiće ti i on tu jedinu grešku iz ludih godina!"

Anđelka je bila tužna, a Zlata vesela.

— Izmirićete se! Radujem se što će to biti baš ovde! Ustupam vam ovu sobu. Tu ćete provesti pravi medeni mesec — cvrkutala je, a u sebi se radovala što će Maši moći da kaže kako je on njoj oprostio.

Izgledale su svakog dana Tomu i jedva čekale da dođe. Ali tri dana je prošlo od tetkinog pisma a Tome nije bilo. Svako predveče šetale su do druma, iščekujući auto ili fijaker, jer selo nije bilo na pruzi, pa se moglo doći samo tim putem.

Četvrtog dana Anđelka se uputi sama do druma. Bilo je popodne, oko pet. Majka Jela je govorila da je negde morao pasti grȁd kad je ovako zahladnelo. Anđelka je uživala u svežem povetarcu, tako prijatnom posle tri dana omorine i pripeke koja je pržila lišće i cveće. Priroda je mirisala... Idući preko jedne livade, ona otkide struk nane. Sa livade došla je do seoskog puta s koga će izaći na drum. Već je videla telegrafske stubove. S obe strane puta uzdizali su se kukuruzi i voćnjaci. Čula je topot konja i na zavijutku spazila jahača koji joj je išao u susret. Bio je to Knežević. Lepo je izgledao na konju i u jahaćem kostimu, visok i prav kao kakav kozački oficir u civilu.

Najedared spazi njegovo užasnuto lice i začu krik:

— Bežite! Bežite, bik ide na vas!

Ona se okrete i spazi ogromnog raspomamljenog bika, pognute glave, kako juri prema njoj. Noge joj se odsekoše, nije bila u stanju ni da se makne, ali u tom trenutku konjanik dolete do nje i viknu:

— Penjite se iza mene na sedlo! — pa izvuče noge iz uzengija, pruži joj ruku, izdiže je kao dete i posadi na sedlo sve u tren oka.

— Držite se za mene oko pojasa! — viknu joj, krete konja i pojuri na drum, a bik naže za njima, ali pređe preko puta i stušti se na livadu, gde se malo zatim razleže vrisak.

Vihor prašine dizao se za konjanikom, dok je Anđelka sva drhtala, prestravljena od tog iznenadnog strašnog događaja, koji je tako surovo narušio naoko idilični seoski mir. Knežević uspori kas, okrete joj se i progovori:

— Sreća što sam naišao u pravi čas! Taj gazda-Mitrov bik je vrlo opasan. Seljaci mu govore da ga zakolje ili proda, a on neće, i eto šta se danas moglo dogoditi.

— O, kako sam se uplašila! Pa zar bik hoće tako da nasrne na čoveka?

— Ovaj hoće!

— Čula sam posle neku vrisku, možda je nekog udario!

— Verovatno, ali vi se više nemojte plašiti. Tako ste pobledeli! — pogledao je to lepo plavooko devojče iza sebe i nasmešio se: — Dobro se držite u sedlu.

— Nikad nisam jahala, mada bih volela.

— Ako hoćete, evo vam moga konja. Vrlo je krotak i poslušan.

— Lep je. A vi ste odličan jahač. Veliko vam hvala. Sad ću sići.

— Nemojte, vratićemo se ovako, pa sjašite ispred mehane.

— Htela sam do druma.

— Šta ćete tamo? Velika je prašina.

U daljini se video oblak prašine koji je mogao praviti samo auto. „Da nije Toma?", pomisli Anđelka. „Ali ne, neće on doći. Uzalud se nadam!"

Knežević uspori konja da bi joj bilo ugodnije. „Ovo je kao na filmu!", mislila je Anđelka. Začu se automobilska truba. Ona se okrete i opet zadrhta: „Da nije Toma?" Auto je brzo prolazio. Nije imala vremena da sjaše. Jedan čovek se nalazio pozadi u kolima i naginjao se da raspozna žensku priliku na konju. I Anđelka ga ugleda i zadrhta, prosto se obeznani...

U automobilu je sedeo njen muž!

Ona mu se osmehnu, mahnu rukom da zaustavi kola, ali on se zabi u ugao, reče nešto šoferu, pa ovaj potera jače i auto se izgubi u oblaku prašine koja zasu jahača i jahačicu...

Mlada žena vrisnu:

— Stanite! Hoću da siđem!

— Zašto, tu smo blizu — reče Knežević, koji ništa od svega toga ne beše zapazio. — A ne znamo ni šta je s onim bikom.

— Molim vas, pustite me! Ono je moj muž u autu!

Knežević zaustavi konja, okrete se, pogleda devojku u neverici, kao da nije razumeo šta je izgovorila, pa zapita:

— Zar ste vi udati?

— Jesam! To je bio moj muž. Zbogom i hvala vam — dobaci mu i spusti se s konja, pa pojuri prema mehani. On će se tu zaustaviti, sigurno. O, zašto da je vidi na konju s jednim muškarcem? A sve je bilo slučajno! Taj čovek joj je spasao život! Da li će Toma tako razumeti? Vide kako trče seljaci, začu puške, neko je vikao: „Ubi skota!" Jedna žena je kukala na sav glas: „Jaoj, dete moje!" Glasovi su se preplitali: „Šta je bilo?" „Trbuh joj rasporio rogom!" Stresla se u užasu. I njoj je sad trbuh mogao biti rasporen. Kako je to strašno. A Toma se ljuti! Ali objasniće mu, sigurno je sad kod mehane...

Stiže tamo, ali auta nije bilo. Kafedžija je sedeo za stolom.

— Jelte, gazda — upita — da li je maločas ovuda prošao jedan auto?

— Jeste. Čuo sam kako je putnik kazao šoferu da vozi u Aranđelovac.

— Je li što pitao?

— Ništa, samo je hteo da zna ko je onaj na konju.

— A vi?

— Kazao sam da je to jedan posednik iz našeg sela!

Anđelki sve zaigra pred očima. „Posednik, a ona s posednikom na konju!" Ah, kako slučajnost može da odlučuje o ljudskoj sudbini.

— Hvala, gazda — prošaputa i pođe sva uništena, razorena, malaksala. Maločašnji strah, razočaranje što je Toma otišao i što će u jarosti tek sad steći najgore mišljenje o njoj — boleli su je strahovito, vređali do suza. Požurila je da se otrese teških osećanja, pojurila kao da hoće da stigne auto, da ga zadrži i dovikne mu: „Kako si nepravedan! Više bi voleo da si me video rasporenu nego živu na konju uz čoveka koji mi je spasao život!" Koračala je za tragovima automobilskih točkova. Kuda je to išao? Da, ovim putem, pa je opet izbio na drum. Da nije zaustavio negde, predomislio se i krenuo natrag? Trag je vodio sve dalje, suton se spuštao... nema automobila, nema njega, otišao je...

Vraćala se kroz suton sama. Iznenada je obuze strah da se opet ne pojavi pomahnitali bik, pa potrča preko livade. Vetrić joj je rasplitao kosu, a u ustima se širio okus gorčine. Plakala je od bola i uvređenosti. Da, on je prošao neosetljivo i grubo, nije hteo ni da zastane. Ugleda Kneževića koji joj požuri u susret. Išao je pešice.

— Gospođo, zašto ste sami? Gde je vaš muž?

Neočekivano pitanje ošinu je kao bič. Gledala ga je unezvereno, usne su joj drhtale. Htela je da bude pribrana i hladna, da odgovori mirno, ali nije uspela. Ono osećajno u njoj bilo je jače.

— Zašto ste tako uzrujani? — upita je Knežević blago i uhvati je za ruku.

— Gde je on?

— Video me s vama na konju, to ga je uvredilo, pa je produžio put za Aranđelovac.

— Koješta! Pa zar može da bude tako bezrazložno ljubomoran? Šta ako ste bili na konju? Znate li u kakvoj ste se opasnosti nalazili? Nema čoveka koji vam ne bi priskočio u pomoć! Jeste li čuli šta je bilo? Jednu mladu ženu bik je rastrgao. Seljaci su ga ubili.

Ona prevuče rukom preko čela:

— Bolje da sam ja poginula! O, kako sam nesrećna! — Dođe joj da se izjada, isplače, ispovedi. Ponosite i tužne oči tog lepog muškarca gledale su je samilosno. Činilo joj se da bi mu sve mogla reći.

— Zar vi nesrećni? Tako mlada i lepa žena? Pa svaki čovek bi s vama morao biti najsrećniji! Jeste li odavno udati?

— Venčali smo se pre tri sedmice.

— Tri sedmice? Pa zašto vaš muž nije s vama? Oprostite — trže se — možda ne bih smeo biti indiskretan, ali želim da vam pomognem, da vas opravdam ako se zbog mene naljutio. Zašto ste vi sami ovde? Hodite ovamo u baštu da mi ispričate... — obuhvatio ju je oko stasa i poveo, a ona je išla nesvesno, puštala da je vodi, osećajući potrebu za jednom zaštitničkom rukom, nežnom i toplom. Zaželela je da se isplače i poveri svoju tugu.

— Sedite, gospođo. Hoćete li čašu vode? Mnogo ste uzrujani.

Sela je kao dete, ne misleći na to da je već suton i da će se Zlata i njeni uplašiti i tražiti je, jer su sigurno čuli za pogibiju one žene. Knežević je ušao u kuću i brzo se vratio s vodom i ratlukom.

— Uzmite — ponudi je i potom sede pokraj nje. — Vi niste srećni? — reče.

— Nisam! On me ostavio. Možda smo se mogli danas izmiriti, ali sad je sve svršeno! Otišao je, nije hteo ni da se zaustavi.

— Kako je nesporazum među vama mogao izbiti tako brzo? Ko je krivac?

Poćutala je... a onda joj najedared dođe želja da sve ispriča, da ne skrije ništa, da čuje od ovog dobrog čoveka je li to tako strašno što je pogrešila pre braka. Mucala je, ali beše rešena da sve izgovori:

— On je dobar čovek, ne mogu ništa da mu prebacim. Voleo me, volela sam i ja njega. Upoznali smo se i dopisivali, a onda me zaprosio. Ja sam završila prava, on je sudija. Ozbiljan i patrijarhalan čovek. Svi su se uslovi stekli da budemo srećni. Ali, ja... ja sam imala jedan doživljaj... zaboravila sam se jednog dana, bila sam mlada, podala sam se jednom mladiću! On je kasnije umro, ali ja više nisam bila nevina... i moj muž mi to nije oprostio... Da li biste vi, gospodine Kneževiću, oprostili svojoj ženi? Recite mi iskreno! Je li devojka nepoštena ako se pod uticajem raznih okolnosti jednom zaboravi?... A ja sam tako povučeno živela. Nisam znala za flert, provod, balove. Učila sam, borila se da steknem diplomu, davala instrukcije. Nemam ni oca ni majke, samo jednu dobru tetku, ona me podigla, školovala, ona mi je bila sve. Eto, i ovo sada... A možda je to dokaz da sam ja rđava! — zaplakala je, a onda osetila kako je jedna topla ruka privlači na grudi, miluje joj kosu, briše suze. Čula je tihe, utešne reči:

— Vaš muž nije u pravu! Ali, šta ćete, takvi su mnogi muškarci. Mi od žene tražimo sve, hoćemo savršenstvo, a sami smo puni mana. Ne uviđamo da zbog svojih mana ne sagledavamo pravu vrednost u ženi. Ja verujem da ste vi dobri... to vaše oči kazuju. U njima ima nešto čestito, nešto što uliva poverenje, nežno ali i bolno. Vi biste bili dobra supruga.

— Oh, živela bih za njega! Sigurna sam da bismo bili srećni. Ja nemam nikog sem tetke. Jednoga dana ona će umreti i ja ostajem potpuno sama. Da li znate šta to znači nemati oca, majke, braće, sestara? Kako sam zavidela velikim porodicama! Rasla sam lišena mnogih ljubavi. Samohrane devojke umeju mnogo da vole... valjda sam se zato i za prvi put tako silno zaljubila da sam sve žrtvovala jednom čoveku. Recite, jesam li zaista velika grešnica?

— Kakva grešnica! Vi ste jedno dobro i nežno stvorenje. Ne očajavajte, sve se može dovesti u red. Ako želite, ja ću pisati vašem mužu. Tâ, neće valjda biti ljubomoran na mene, jednog pedesetogodišnjaka! Mogao bih vam biti otac.

— Vi ste tako dobri, gospodine Kneževiću... A zašto živite usamljeni?

— Ostavite moj život! Ko još vodi računa o starim ljudima?

— Niste vi stari! Ja sam se danas divila gledajući vas na konju. Bili ste kao mladić.

— Eh, kao mladić sam još i nešto vredeo, a sad sam samo za baštu, imanje... Ostaviću sve ovo sestriću. On je dobar mladić, avijatičar, žao mi je što se niste upoznali s njim.

— Pričala mi je Zlata, a i njega sam videla izdaleka — prećutala je Malinsku. — Ah, izvinite, ja pričam i zadržavam vas.

— Nemam ja nikakva posla. Naprotiv, bilo bi mi milo da opet dođete.

— Hvala vam. Ali ja se sutra vraćam u Beograd. Moj muž će otići i sve ispričati tetki. Verujem da će tražiti razvod braka.

— Kakav razvod! Proći će njegova ljutnja, pa ćete se izmiriti.

— Sumnjam.

— Je li vam teško zbog toga?

— Ne znam kako da vam kažem. Sve je to tako uticalo na mene da sam postala ravnodušna. Kako god hoće! Samo, neću dopustiti da živim s čovekom koji će mi neprestano prebacivati za nešto što se dogodilo, ali što nije oskrnavilo moju dušu! Tražiću službu u sudu, pa idem u neko malo mesto u unutrašnjosti. Samoća bi mi prijala.

Knežević uzdahnu:

— Da... samoća je najbolji iscelitelj. Čovek pronađe samog sebe. Ali, samoća je ponekad i teška i nesnosna. Usamljenik postaje divljačan, nepoverljiv, samoživ. Eto, i ja se bojim da sam postao samoživ. A niko nije više od mene voleo društvo, pesmu, muziku, pozorište.

— Jedne večeri ste divno svirali na violini.

— Učio sam od detinjstva, a svirao sam i u orkestru. Prebiram malo i na klaviru.

— A šta vas je navelo da se povučete u samoću?

— Ostavimo to. Priča o mome životu nije vesela.

— Hvala vam što ste mi spasli život — ustade Anđelka. — Ispričaću sve teti... Zbogom, gospodine.

— Otpratiću vas do kuće.

— Već se smrklo, Zlata će se čuditi gde sam.

Došli su do Zlatinog voćnjaka i Anđelka je zovnu. Ona dotrča a Knežević se oprosti i ode.

— Joj, gde si ti? Uplašili smo se kad smo čuli za onog bika.

Anđelka ispriča kakva joj se nesreća mogla dogoditi da nije naišao Knežević, a onda reče za Tomu.

— E, vala, to baš nije lepo od njega!

— Ja ga razumem. Zamisli i sama: ja na konju, obgrlila oko stasa muškarca u sedlu i galopiramo. Kao kakva avanturistkinja! Mogu misliti kako se zapanjio kad je video takvu scenu. Ali me Tomin postupak ipak revoltira. Koliko sam bila radosna ova tri dana očekujući ga, toliko sam sad ravnodušna. Sutra putujem, hoću ja da ispričam tetki šta se dogodilo a ne on.

— Zamisli, i Maša sutra odlazi! Kazao mi je da nema razloga da ostane. Drugim rečima, hteo je da budem njegova, pa kad nisam pristala, nemam više vrednosti! Odgovorila sam mu: „Pa, idi! Ako te ovde zaista ništa ne interesuje, grešiš što sediš!" Vidim da on nešto sumnja u mene i hoće po svaku cenu da se uveri. Ne znam šta da radim. Jesi li se uverila da je Knežević divan čovek?

— Ja sam mu sve ispričala.

— Zbilja?

— On je video Tomu i morala sam reći zašto je otišao.

— I ne osuđuje te?

— Da ima trideset godina možda i bi! Ah, sad mi je svejedno... Hajde da se spakujem. Idem u Beograd, pa ću potražiti službu. Ti piši šta je bilo s tobom i Mašom.

Knežević je dugo šetao po bašti. Patio je od nesanice i kasno legao. Danas je još bio i uzrujan. U njegovom usamljeničkom životu ovo je bio veliki doživljaj. Da li je on to ranije ućutkao sebe, pa se sad budi i oseća život, mladost i lepotu... i ono divno devojačko lice s plavim očima i bujnom crnom kosom. Osećao je neprestano iza sebe, na sedlu, njene ruke oko svoga stasa, a dva-triput ga je pramenje njene kose pomilovalo po licu. Nešto se uzburkalo u njemu, nešto je klijalo, bunilo se, podmlađivala se snaga, osećanja i sâm život...

Šetao je i grdio sebe: „Budalo! Zašto se zanosiš? Došla je i otići će. Neće te se ni sećati. Ti si starac. Ispovedila ti se kao ocu. Drugo joj i ne bi mogao biti, ne zaboravljaj se. Zar opet hoćeš da patiš i stradaš?" Pa ipak je koračao krupnim koracima, mladićki lako, jer ga nešto zaista beše ponelo, oduševljavalo i budilo iz bolnog sna usamljenosti.

Zavoleo je tu plavooku devojčicu... ali je i njegov sestrić snevao o njoj, nosio njenu sliku i jedva čekao da stigne u Beograd i potraži lepu Anitu.

Strast mladosti i strast poznih godina beše probudilo jedno isto devojče.

# Nežan sin i brat

Mala šestoškolka Olivera ustumarala se po kući. Trčkarala je iz sobe u sobu, brisala prašinu, popravljala jastučiće, razmeštala cveće u vazi.

— Mamice, hodi da vidiš jesam li sve lepo uredila.

Majka se pojavi iz kuhinje, gde je razgovarala s devojkom.

— Odlično. Tako, uči se da radiš. I tvoj bata voli kad čuje da ne zaboravljaš kućne poslove.

— Bata danas dolazi. Baš me zanima šta će reći kad vidi našu kuću. A što si ti, mamče, tužna? Zar ti je žao što si ostavila palanku? A meni je dosadila. Zar nije lepše ovde? Mnogo se radujem što smo se preselili u Beograd.

— Ja se radujem što ću biti bliže sinu, ali kad pomislim na kiriju... tamo smo plaćali četiri stotine dinara, a jutros sam ispovrtela punih devet stotina!

— Bata je kazao da će ti svakog meseca dodavati za kiriju. A ja ne manišem ničemu, jedem što god skuvaš, ne tražim ti haljine... sad će bata da mi ih kupuje. Mamče, što ćemo mi divno živeti!

— Jest, a ko će da se privikne na ove spratove! Treći sprat! Ko će toliko da se penje i silazi? Nigde dvorišta! Bože, kako ovaj svet živi? Ja sam naučila na širinu. Vežem konopac s kraja na kraj dvorišta pa prostrem rublje, a ovde moram po tavanu. Juče sam videla tavan. Bože sačuvaj, gde svet sve ne suši rublje! Al' naviknuću se, znam... dobro je bar što je u kući voda i klozet.

— A kupatilo? Danas ću se kupati! Vidi što je fino, pogledaj onu kuću preko puta. Šta je sveta u njoj!

— Džaba ih bilo! Nigde ne vidiš nebo.

— Kako da ne! S terase se vidi. Jutros je leteo jedan avion... i bata je onomad leteo.

— Ti se za sve raduješ, a ja za sve strepim. Strepim uvek kad on leti, ne spavam noću. Kazala sam: „Nikad mi ne pričaj o tim tvojim akrobacijama!" Da sam znala kako je skakao s padobranom, srce bi mi prepuklo. Da se živ čovek baci u ambis! A da mu se padobran nije otvorio? Što izmisliše te aeroplane!

— Pa to je, mama, najlepši pronalazak! Danas pobeđuje tehnika i brzina. Kad bi mi ti dopustila, i ja bih postala avijatičarka. Da letim s batom.

— Kakva avijatičarka! Da drhtim i za tebe, jel'? Dosta što ti je brat pošao tim putem.

— Bata je obećao da će me voditi u operu i bioskop. Kako je divno imati dobrog brata! I ti voliš svog brata!

— Volim ga mnogo, ali sam mnogo i patila zbog njegove nesreće. Nije me slušao kad sam mu govorila: „Uglješa, ženi se, ne bećari!" A on čekao četrdeset drugu da se oženi. I, eto, šta je doživeo... Lepo si poređala jastučiće. Imaš ukusa.

— Ja sam tvoje dobro dete — poljubi je Olivera, pevušeći jedan šlager, a mati ju je gledala nasmejana. Njena veselost prelazila je postepeno i na nju. A došla je tužna u Beograd. Teško je rastati se s kućom, baštom, cvećem, prijateljicama, pa doći u Beograd i popeti se u ove visoke kule, među zidine. Ali, sve se mora podneti zbog dece. Zbog sina najviše. Željna je da ga vidi: htela bi da joj svakog dana dolazi. I zato se preselila u Beograd. Ima penziju od muža pukovnika, pomagaće i sin, živeće lepo, samo treba da se privikne. Sve joj je još novo, tuđ svet, nije to njen komšiluk iz palanke, pa kako ustane, razgovara se preko plota: „Kako ste? Šta radite? Dođite na kafu!" Drukčiji je ovde svet velikovaroški. Starijima je teško menjati navike, a kćer, njenu malu Oliveru, sve oduševljava: mladić koga je videla na prozoru, ona grdosija od kuće, njeni balkoni i begonije na njima... smeši se što i ovde viče đevregdžija kao u palanci, oduševljava je huka velikog grada, neprekidan tutanj i trube automobila i zvonjenje tramvaja, divi se eleganciji beogradskih devojaka, a očaravaju je mnogobrojni bioskopi, velelepni izlozi, pozorišta i opera. I dok ona žudi za tim novim tempom života, mati tuguje za tihom patrijarhalnom palankom, ali je ljubav prema deci teši i hrabri: „Pa, privići ću se i ja kao ceo svet. U Beogradu je više sveta iz unutrašnjosti nego starosedelaca!"

Devojka utrča, zadihana:

— Ide gospodin!

Olivera polete u predsoblje, zvonce zvrcnu, vrata se otvoriše i ona pade bratu u naručje. Ljubili su se, on se odmače, zagleda je, uzviknu:

— Čitava devojka!

Mati požuri, zagrli sina. Ljubila ga je i milovala.

On uđe u trpezariju, okrete se na sve strane.

— Kako ste se lepo namestile! Divan stan.

— To sam ja rasporedila — reče Olivera. — Evo, ovde je divan za tebe, da spavaš kad me budeš vodio u pozorište.

— Ona misli samo na pozorište i operu — pecnu je majka.

— Ići će ona sa mnom svuda!

— Ti si moj najslađi brat! — poljubila ga je opet, a i on nju. Obožavao je svoju sestru, tim više što je bio dosta stariji od nje. Ona je bila jedina sestrica, mezimica, maza i njegova i mamina.

Mati ih je gledala s ljubavlju.

— Za kiriju ne brini — obrati joj se sin. — Ja ću svakog meseca dodavati.

— Ama, neću da plaćam devet stotina! Nego, doselili smo se u nevreme. Juče mi priča jedna poznanica, sretoh je na pijaci: „Na Voždovcu, kaže, ima ceo stan, zasebna kuća i bašta, za pet stotina!" Ali ovo je avgust, morala sam da uzmem šta sam našla.

— Mene ovde sve oduševljava — reče Olivera. — Baš volim što ćemo živeti u prestonici! Znaš da je i Nevenkin otac ovamo premešten?

— Kazale ste mi.

— Ona neće nastavljati studije.

— Je li?

— Njena majka je iz bogate porodice. A Nevenka te voli.

— Bolje da me voli nego da me mrzi.

— Ih, bato, kako to ravnodušno govoriš. Treba da si srećan što te voli. Ona je idealna devojka. Naslediće sve od babe. Ovo je njoj maćeha, a imanje ima od rođene majke.

— Onda se može lepo udati.

— Što me sekiraš — ljutnu se sestra, jer je i ona htela da se njen brat oženi Nevenkom.

— Hajde da ručamo — prekide ih majka. — Da vidi moj sin kako je mama za njega skuvala ono što voli.

Mati ga je za stolom nutkala s toplom ljubavlju, uživala gledajući svoga lepog sina, ponosila se što ima dvoje dobre dece. Olivera je bila solidan đak. Ne odlična, ali uvek vrlo dobra. Sad se malo pribojavala Beograda. Ulice dugačke, škola daleko, puno svakakvog sveta. Zato je govorila sinu:

— Ti ćeš je naučiti kako da se ponaša u velikom gradu.

— Moja sestrica je pametna, neće me razočarati. Ako te slučajno naljuti, mama, od opere i bioskopa nema ništa!

— Pričaš ti to, a ja znam da me nikad nisi slagao kad si nešto obećao — nasmeja se Olivera.

— Uhvatila si već moju slabost.

— Takav ti je i ujak. Kad taj nešto obeća, nikad ne slaže. Je li, sine, kako je Uglješa?

— Vrlo dobro. Malo je veseliji, pristupačniji, vidim druži se s meštanima, a čuo sam od predsednika opštine da ga tamo svi vrlo cene. Da znaš, mama, kako je uredio imanje! Bašta, njive sa pšenicom i kukuruzom, voćnjak. Kazao je da ti i Olivera dođete k njemu u goste. Poslaće vam svu zimnicu.

Mati zasuzi.

— On je uvek bio dobar. Dok smo bili mladi, on i ja smo bili jedna duša. Ali ona žena ga uništi! Zato hoću i ti da se ženiš. Nemoj da dočekaš ono što je on doživeo. Da živi sad kao pustinjak, odvojen od sveta.

— Izmenio se, mama, da znaš. Jedne večeri mi je sâm svirao na violini, šalio se. Sve mi se čini da mu se jedna Beograđanka dopala.

— Koja Beograđanka?

— Nisam je video, ali mi je on s oduševljenjem pričao kako je jedna divna Beograđanka došla u goste svojoj drugarici, tamošnjoj diplomiranoj pravnici. Ja sam počeo da ga diram, ali on se brani kako na žene više ne misli, da ih je zauvek izbrisao iz života. A ja sam ga savetovao da se ženi.

— Treba da se oženi, ali ako je to studentkinja, mlada je za njega. On ima blizu pedeset i treba da se oženi nekom od trideset pet, trideset osam godina. To je za njega. Mlada žena ga je i upropastila. A kažeš da je sad veseliji?

— Ni prineti više onom sumornom čoveku!

— Šta rđava žena može da napravi od čoveka! Znaš, kazao mi je da će sve imanje ostaviti tebi.

— Pusti imanje! Ujka je zdrav i krepak.

— Ko mu kuva i sprema?

— Ima jednog čoveka sa ženom. On je ranije bio poslužitelj u školi, pa je njegova žena mnogo naučila od učiteljice.

— Jelo, daj kafu! — doviknu majka.

Olivera je počistila mrvice na mali nikleni poslužavnik, a onda su još sedeli za stolom i pričali, mati se podsećala unutrašnjosti, proplakala opet za kućom i baštom, pa se najzad rastužila i nad pokojnim mužem.

— Sad bi bio general — zasuzila je. — Svi njegovi drugovi su generali... Ali rat, dve rane, oteraše ga u grob u najboljim godinama!

— Ti si, mama, baš mogla da se udaš! — našali se kći.

— Zar ja da zaboravim vašeg oca? Imala sam vas dvoje, lepu penziju i živela sam samo za vas. Za mene je najveća sreća što ste vas dvoje dobri i što me volite.

Sin se naže preko stola, zagrli majku i poljubi je.

— Hoćeš li malo da prilegneš? — upita ona, skrivajući suze.

— Samo da preletim novine. Nisam stigao jutros.

Mati i kći izađoše u drugu sobu, šapućući da ga ne bi uznemiravale.

# Anita Đurović

U telefonskom imeniku uspeo je da pronađe broj zabeležen u Anitinom notesu. Bio je to telefon nekog bakalina. „Da li mu je Anita kćer ili žena?” Setio se da je i njemu majka kazala: „Naš bakalin ima telefon, pitaću ga koji je broj, pa me možeš pozvati preko njega ili javiti kad hoćeš da dođeš. Njegov šegrt će me izvestiti, jer tu stalno pazarim.” Jest, to će biti i s Anitinim telefonom! Okrenuo je broj.

— Ovde bakalnica — neko je kazao ime i prezime.

— Molim vas, možete li mi nešto reći o gospođici Aniti Đurović?

— Možemo. Ona je gospođa, naša mušterija. Stanovala je ovde, ali se odselila. Jel' znaš ti, Sreto, gde stanuje gospođa Anita? — pitao je taj s telefona nekog u radnji. Ovaj odgovori: „Imam njen telefon.”

— Jel' gospođa udata? — upita avijatičar.

— Udovica je!

— Tako! Dobro, dajte mi njen broj.

Nasmešio se spuštajući telefonsku slušalicu. „Dakle, zato je tužna. Umro joj muž.” Ali seti se da nije bila u crnini. Mora biti da je prošla prva žalost. Brzo okrete broj.

— Alo — ču se malo kasnije. — Ovde Anita Đurović. Ko me traži?

— Jedan avijatičar.

— Avijatičar? — ču se lak uzvik na drugoj strani.

— Da li me se sećate?

— Pa, ne znam, ima mnogo avijatičara.

— U Malinskoj... sećate li se?

Na telefonu nastade tajac, a zatim prsnu smeh i jedan veseli ženski glas odgovori:

— Pa, da, sećam se! Ne znam, samo, kako se zovete i šta ste po činu, zaboravila sam.

On joj saopšti.

— Jeste li sad malo veseliji? Bili ste vrlo tužni. Želeo sam da vas utešim, ali vi mi niste dopustili.

— Znate, moj muž je umro... pa sam imala neprijatnosti s nekim njegovim daljim rođacima. Svi su poleteli da mi otmu ono što mi je ostalo od njega. Da su mogli, izbacili bi me na ulicu, ali nisu uspeli. Sad sam već raspoloženija!

— Vrlo se radujem. Hoću li imati sreću da vas vidim?

— Ne znam gde bih mogla da vas vidim.

— Odredite sami, pa ću vas sačekati.

— Ne volim na ulici. Znate, ja sam vrlo ozbiljna žena.

— To sam mogao da ocenim!

— Zašto da se sastajemo na ulici kad ja imam lepu kućicu.

— Radovao bih se da vidim vašu kućicu, u kojoj ste bez sumnje vi najlepši.

— Vidi se da ste laskavac!

— Govorim čistu istinu! Pa, kad ćemo se videti? Ja sam vrlo nestrpljiv!

— Možete li sutra oko pola sedam?

Spustivši slušalicu, kapetan Aleksić se nasmeja: „Pa ovo je neka vesela ženica. A kako je tamo bila tužna!" U Malinskoj je dobio sasvim drugi utisak o njoj, kao o nekoj tajanstvenoj zagonetnoj devojci, a ona je sasvim jednostavna, vesela i pristupačna. Odmah je pristala na sastanak. To ga je uistinu, malo iznenadilo, jer nije očekivao takav ton. Ali, ko će znati žene!

Anita Đurović spusti slušalicu i prasnu u smeh:

— Jeste li čuli moj razgovor? — zapita svoju prijateljicu i komšiku, u čijoj se kući nalazila.

— Ama, čujem ja da vama neko zakazuje sastanak. Ko je to?

— Nekakav avijatičar.

— Gde ste se upoznali?

— Nisu ga moje oči nikad videle! On tvrdi da me video u Malinskoj, a ja prećutah da nisam ni bila tamo.

— Mora da on vas zna. Lepa mlada udovica. More, provodite se! Ja sam vam stoput kazala da nađete nekog. Šta vam može muževljeva familija! Jelte, a kad vam dolazi avijatičar?

— Sutra predveče. Baš sam znatiželjna da ga vidim. Kad već zna moje ime i prezime, mora biti da i mene poznaje. Ali otkud da sazna vaš telefon? Tako mu je prijatan glas preko telefona... kapetan je, a ja volim avijatičare.

— Može lako da se zaljubi u vas.

— Eh, kakvo zaljubljivanje! U to ja ne verujem. Svi oni hoće samo da se provedu. Al' bome, rešila sam i ja da se malo provedem. Nek je on kapetan, imam i ja svoju kućicu, kiriju, lepo živim. Bogami, nisam dosad nikog pogledala. Grehota bi bila. Muž mi je bio, iako ga nisam volela. Udala sam se za ljubav roditelja. Oni su hteli gazdu-zeta, a ja sam pristala da se udam po njihovoj volji. Otac bakalin, pa hoće zeta bakalina. Ja sam bila načitana devojka, volela sam školu, a oni mi ne dadoše više od tri razreda gimnazije, pa kod kuće da radim, da se spremam za domaćicu... Kad se samo setim koliko sam se isplakala uoči venčanja! Sve sam mislila: kako ću ja njega poljubiti, kako s njim da legnem u krevet! Uh, kad se setim! Pa samu sebe savlađujem i grdim: „Moraš da ga voliš, on ti je muž, izdržava te, imaš svega i svačega u kući!" S te strane, siromah, bio je vrlo pažljiv i kavaljer. Njegova dobrota pobedila me, pa sam se privikla. Pomislim na druge žene: udaju se iz ljubavi, a posle svađe, ljubomora, vade oči jedno drugom. Lepo sam ga negovala i u bolesti. Slabunjav je bio i inače. Eto, ni dece nisam imala, a baš sam želela da dobijem ćerkicu! Bila sam zdrava i mlada, ali on nije mogao... Ipak, hvala mu, bar mi je ostavio od čega da živim.

— Koliko imate godina?

— Dvadeset osam.

— Najlepše godine!

— Udala sam se u osamnaestoj, roditelji požurili da me udadu... Izvinite, ja vas zadržavam, imate i vi posla. Svratite malo do mene.

— Dođite i vi kad god možete... Jeste li sami šili tu haljinu?

— Sve sama šijem.

— Blago vama kad umete!

— Dajte da i vama nešto sašijem.

— Baš hoću. Platiću vam.

— Bože sačuvaj! Ja ću vama ovako... Da vidite kako ću udesiti. Ovo vam nije dobro sašiveno. Jedno rame je krivo.

— Šta ćete, stalno se sekiram s tim krojačicama... Vi ste uvek šik. Moj muž kaže za vas: „Zgodna udovica!" Voli da gleda žene.

— Zar pored tako lepe žene da gleda druge!

— Još kako gleda, samo pazi da ja ne vidim. Ja nisam ljubomorna i ne pitam ga šta radi u preduzeću i van kuće, ali sam mu kazala: „Kad si sa mnom u društvu, ne smeš da se kibicuješ ni s kim!" To strašno mrzim, gospa Anita, kad vidim muževe da sede pokraj svojih lepih supruga, a lolski gledaju druge. Pa šta je onda za njih ta supruga, kad je omalovažavaju pred celim svetom? To ja ne dam! I onaj moj je preda mnom svetac.

— Vaš muž je vrlo korektan. Nikad ga nisam videla da zvera u prozore kao što viđam druge. Vi ste dobra žena i domaćica, kod vas je sve tako fino i elegantno. Šteta što nemate dece.

— Imala sam jedan pobačaj, pa zbog toga... Sad idem u banje, lečim se i gajim nadu da ću jednog dana roditi. Brak bez dece ne vredi.

— E, zbogom, gospođo Nato!

— Pa da mi sutra pričate o avijatičaru.

— Hoću. Ne znam šta će reči moje kirajdžije kad ga vide. Kazaću da mi je rođak. Uostalom, šta me se tiče! Nemam ja nikome da polažem račune.

Istrčala je, prešla preko ulice i ušla u svoje dvorište. Sa lica je to bila lepa niska kućica, a duž cele jedne strane dvorišta nalazili su se stanovi, sve po soba i kuhinja. Sasvim u dnu bila je vešernica. S druge strane, opet duž celog dvorišta, prostirala se bašta, koja je i noću sva mirisala. Bile su tu i dve kajsije, badem, suncokret i lepe georgine. Visoke i još u cvetu, posađene ovde-onde u bokorima. Svaki stan imao je pred prozorima baštu i gospa Anita je zahtevala da svako zaliva svoje cveće, da ga pazi i čuva.

Do Anite je stanovao jedan stariji ruski par, sa sinom tehničarom. Bili su vrlo pažljivi i mirni. Muž, Vladimir Nikolajevič, bio je nekad inženjer, ali je sad radio u jednom građevinskom preduzeću za malu platu. Sin Aljoša, tehničar, pomagao ih je dajući instrukcije, trčao s časa na čas i zarađivao blizu hiljadu dinara, večito uposlen i vredan, plavih lepih očiju i bujne crne kose koja je odavala južnjaka Rusa. Mati, Tamara Petrovna, bila je crnomanjasta, visoka i simpatična, malo kosih očiju, prava ruska matuška. Radila je od jutra do mraka, bez ikog mlađeg, a pomagali su joj i sin i muž. Iz njihove kuće nikad se nije čula svađa, ali muške glasove, duboke i meke, nadvišavao je ženski glas, koji je imao čudnovato visok ton. Vladimir Nikolajevič je uvek pravio komplimente mladoj udovici. On joj je i dao ime Anita, umesto Anka.

— Vi ste lepa žena, a Anka nije lepo ime. Ja ću vas zvati gospođa Anita.

I tako se, od Rusa do drugih kirajdžija, prenosilo ime Anita, svidelo se čak i lepoj gazdarici, pa ga je zadržala i počela da se predstavlja kao Anita, najpre u šali, šalio se i njen muž, a zatim sve češće i tako joj to ime ostade. I sama je mislila da je otmenije zvati se Anita nego Anka.

Miris cveća iz bašte zapahnu je, pa zastade i pogleda dvorište, belu i pravu betonsku stazu koja je išla duž stanova, po gde-gde požutele bokore georgina i hrizanteme tamnozelena lišća. Bi joj prijatno što se avijatičar neće razočarati kad kroči u njeno dvorište. Sve te kućice na Senjaku, Voždovcu i Dušanovcu, s dosta kirajdžija i cveća, podsećale su na unutrašnjost. Retke su tu još bile višespratnice, gospodarilo je prizemlje, bašte, voćke, osmanluci i verande s puzavicama, jer je svet kupovao kuće kad su imanja bila jeftinija i u tom kraju, pa doziđivali male stanove i niske kuće. Tu nije stanovala gospoština, već niži činovnici skromnih prihoda, Rusi izbeglice, radnici, sav radni svet Beograda, koji je zorom ranio na posao i pešice silazio niz Senjak, štedeći onaj svoj dinar za tramvaj. Bilo je u tim dvorištima i prijateljstva i iskrenosti, ponekad i svađa, ali i ljubavi među mladićima i devojkama.

U lepog Rusa Aljošu bila je zaljubljena mala krojačka radnica iz istog dvorišta, uzdisala je za njim, ali mu nije smela ništa reći. Jer, Aljoša je tehničar, ima svoje drugarice studentkinje i svoje Ruskinje. A divno svira na balalajci one setne ruske pesme koje se bolno uvlače u srce i pevaju o dalekoj Rusiji, brezama, crnim očima, hrizantemama i ljubavi.

Anita je zagledala baštu, kad se začu glas Tamare Petrovne:

— Dobar dan, gospođo Anita. Gde ste to bili?

— Do gospođe Tomašević, preko puta. Jedan moj rođak, avijatičar, telefonirao mi... hoće da me poseti.

— A zar vi imate rođaka avijatičara? — javi se druga komšika, koja je sedela na pragu i ljuštila šljive za slatko.

— Imam... al' se odavno nismo videli. Sutra će prvi put da me poseti — izgovori glasno Anita, kako bi svi saznali ko je taj avijatičar.

— Gospa Anita, molim vas — ustade komšika s praga — sutra bih htela da perem veš, pa da mi večeras date ključ od vešernice. Do podne ću oprati i prostreti.

— Molim vas, gospa Daro, nemojte da perete sutra nego prekosutra. Doći će mi rođak avijatičar, znate... on je kapetan, vrlo fin mladić. Nisam ga dugo videla, pa bih volela da vidi lepu baštu i cveće, a ne da se provlači ispod čaršava i kombinezona! Prekosutra vam dajem ključ. Ili, ako hoćete, možete sutra da perete, ali da ne prostirete. Hoću sutra da mi bude lepa bašta.

— Dobro... kako vi kažete. Samo, da znate da sam se prva javila, jer i gospa Tonka hoće da pere, a ja i ona se uvek koškamo oko tog pranja. Ona sve potrefi kad i ja.

— Šta ti mene ogovaraš! — pomoli se gospa Tonka, Vranjanka, penzionerka nekog malog činovnika.

— A ti sve čuješ.

— Imam dobre uši. Znam da ti mene ogovaraš kod gazdarice. Vala, nećeš popiti moju kafu!

— Nećeš ni ti moje slatko da probaš!

— Da ti vidiš moje slatko od šljiva! Hodite, gospa Anita, da probate. Hodite i vi, gospa Tamara!

— Ne mogu, hvala. Imam posla.

Gospa Anita sede ispred Tonkinog stana, a pođe i Dara. — Jelte da mi je lepo slatko? — upita Vranjanka.

— Izvanredno!

— To su bosanske šljive. Posluži se i ti, Daro, nećemo se svađati oko pranja.

Malo posle Anita uđe u svoj stan. Bila je vrlo uzbuđena. Zastade pred ogledalom na vratima šifonjera. Posmatrala je sebe, okretala se i smešila, gledala jamice na obrazima, dva lepa crna oka, bele zube i lep vrat. Zateže oko pojasa domaću haljinu da osmotri svoju figuru. Bila je punačka ali lepe linije. Noge malo punije, ali stopala mala.

Otvorila je šifonjer da vidi šta sutra da obuče. Nešto lepo, lako, vaz-dušasto... Tek je skinula crninu i nije imala haljine u boji, već samo belo i crno. To joj lepo stoji. Otići će sutra rano do frizera... Ovo je veliki doživljaj za nju: poseta jednog oficira, i to avijatičara. Kao mnoge mlade devojke i ona je u svom devojaštvu bila romantična. Nije smela da misli na oficire, jer nije imala miraza za kauciju koju su oficiri morali položiti prilikom ženidbe, a uz to je njen otac, trgovac-čovek, hteo da je uda za trgovca. Našao joj je u Beogradu takvog, ali ona nije našla ljubav i ono o čemu je snevalo njeno devojačko srce... A sad se pojavljuje avijatičar-oficir! Ona je postala finija, u Beogradu je naučila da se oblači elegantno, zavolela bioskop i pozorište. Ali nije imala s kim da izađe. Zvao ju je mladi Aljoša, no ona nije htela s njim. Još je balav. Ali je osećala samoću i potrebu da voli. Koliko godina nije osetila pravi muški zagrljaj! Bolesnom mužu više je bila bolničarka nego žena. Onako mlada i bujna! Osećala je nervozu od te usamljenosti, ali nije smela da se upusti sa svakim. Laskali su joj mnogi, udvarali se i priželjkivali je, no ona se ustručavala. Poneki se lakomio na imanje, a ona je imanje morala da čuva, jer kad bi se udala sve bi pripalo muževljevoj familiji. On se ogrešio o nju: nije napisao testament, pa ona ima uživanje samo ako se ne preuda. Ne ostaje joj drugo nego da traži ljubavnika, mada bi lako žrtvovala imanje zbog nekog činovnika koji je razvrstan, pa da joj ostane penzija...

Avijatičar je sad iskrsnuo kao neverovatan san. Ko zna šta se sve može dogoditi!

Pred kućom odjeknu vika.

— Mama, mama! Izađi brzo! — čuo se glas male krojačke radnice.

Dva mangupa išla su za njom u stopu i dobacivala joj. Kad čuše njenu viku kidnuše. Mati istrča.

— Šta je bilo?

— Ova dvojica me stalno sačekuju i prate.

Mati im zapreti, a oni su se kreveljili i smejali.

Devojčica uzdahnu: mangupi trče za njom a Aljoša neće ni da je pogleda!

Veče se spušta. Zalivena bašta odiše svežinom. Anita leškari kraj otvorenog prozora. Kod Rusa svira radio, a iz kuće preko puta dopire sevdalinka. Ona voli pesmu. Pevala je nekad vrlo dobro. Ali, otkako se udala, nije zapevala. Život joj je bio tužan, muž bolestan... Radio ućuta i sad je Aljoša pevušio svojim toplim basom. Lep je taj mladi Rus, ali ona se pravila da ne vidi njegove čežnjive poglede... Ovako nešto da naiđe kao taj avijatičar. Legla je, ali joj vrućina. Mirišu karanfili u sobi. Ne može da zaspi... Pomisli da je zaboravila vrata da zaključa, pa ustade. Ipak su zaključana... Okreće se neprekidno, nikako da zaspi. Postelja je čista, tek presvučena, pa oseća na koži prijatnost glatkoće čaršava. Sat iskucava, stari veliki zidni časovnik. Dvanaest, a ona je još budna... Ah, taj avijatičar!

Sutradan je još nervoznija. Svaki čas pogleda na sat. Da li će doći? Da to neko ne pravi šalu s njom? Šeta po sobi i osluškuje korake na ulici... Prolaze mladići, deca, devojke. Inače, ulica je mirna, nema mnogo saobraćaja. Retko koji auto da prođe. Teško joj je od te tišine, čuje sopstveno srce. Po sto puta staje pred ogledalo. Da, lepa je. I lepu frizuru joj je napravio frizer. Crna kosa još više ističe belinu lica.

Začu korake. Ukočila se nasred sobe, skrivena zavesom, i očekivala.

Avijatičar zastade kao da čita kućni broj. Dva velika crna oka, opaljeno lice, kao izvajane usne, visok stas i snažna ramena. Ona se prosto sva izgubi, pođe kao obamrla u predsoblje da otvori vrata, ali kad ču tiho kucanje zastade da se pribere, da povrati dah, da se umiri...

# I to biva u životu muškaraca

Ugledavši nepoznatu ženu, avijatičar zastade iznenađen:

— Oprostite, stanuje li ovde gospođa Đurović?

— Ja sam Anita Đurović.

— Vi?! Ali, ona je visoka i...

Mlada udovica se ožalosti, ali odluči da ne pusti lepog avijatičara. Ovakvi ljudi bili su retki u njenom životu.

— Izvolite u sobu, gospodine — odgovori mu živahno. — Da se objasnimo. — On uđe. — Sedite. Vidim da je ovo neki nesporazum... Kako ste došli do broja mog telefona?

Avijatičar joj objasni.

— Da, to je bakalin, prijatelj moga pokojnog muža. Služila sam se njegovim telefonom kao i sve mušterije. Dakle, i moja imenjakinja je koristila isti telefon! Čudnovato.

— Jeste li i vi bili u Malinskoj?

— Pravo da vam kažem... nisam. Ali, kad ste vi stali da me ubeđujete, pomislila sam da je to neka šala, pa sam prihvatila. O, nigde ja ne idem! Od smrti moga muža živim vrlo povučeno. Nemam nikoga, sama sam... — čisto se ispovedala, naglašavajući da nikoga nema, ni prijatelja ni društva, dajući mu time na znanje da je slobodna. Ovako lepog avijatičara nije htela lako da ispusti. Rumen joj izbi po licu i oči zasvetleše, dok je tesna haljina isticala punačke oblike. Sočne usne i dva topla uzbuđena oka su govorila: „Ostani... nećeš se pokajati!"

Avijatičar ustade.

— Izvinite, gospođo, zbog nesporazuma.

Ali lepa obla udovica se osmehnu, ukazaše joj se jamice na obrazima i ona prošaputa, gledajući ga nestašno:

— Zašto žurite? Sedite malo i kod mene... ja veoma cenim avijatičare i avijaciju!

Mladi muškarac je s pažnjom posmatrao tu primamljivu ženu, rumenu i blistavih očiju. Kao oprezan čovek, hteo je najpre da se malo obavesti o njoj, pa je zapita:

— A s kim ste u kući?

— Potpuno sama — odgovori veselo udovica.

— Nije vas strah? — našali se avijatičar.

— Čega?

On se osmehnu, malo se raskravi i uze cigaretu, a ona odmah upita:

— Pijete li kafu?

— Nemojte ništa.

— Samo recite pijete li. Imam pripravljenu.

— Onda mogu.

Ona požuri u drugo odeljenje, a on odgleda za njom osmehujući se, ali i kivan na onu pravu Anitu, zbog koje je došao čak ovamo, pripremao se i nadao.

A mlada udovica je pričala, razdragala se, postavljala puno pitanja, uzvikivala... Suton je pokrio dvorište, dok je svetlost iz sobe i kuhinje blago osvetljavala baštu i zelenilo.

— Vide li onog avijatičara što je došao kod naše gazdarice? — sašaptavale su se dve komšike. — Još je kod nje. Kaže, rođak... ko zna da li je!

— Šta te briga! Mlada žena, ima i ona prava da proživi. A neće da ide s kim bilo.

— Došao je u pola sedam, a sad je prošlo osam. Čekaj da vidim. Osam i četvrt, bogami.

Lupi kapija. To se vraćao Aljoša, zviždućući neki šlager. Dođe i pismonoša, muž Jeličin. Ona došapnu komšinici:

— Gledaj kad će avijatičar da izađe.

Morala je da bude s mužem. On večera i pravo u krevet, jer je umoran, raznosi poštu u stotine kuća, a nije lako penjati se u spratove. Negde poče da otkucava sat. Jelica izbroji devet. „Avijatičar još ne izlazi!" Uzdisala je sedeći na pragu... Eto, onaj njen se već strpao u krevet. Čuje ga kako hrče. A njoj se ne spava. Protrlja listić bosiljka iz jedne saksije kraj basamaka. Blagi miris opi je kao tuga, rastuži. I to što je videla mladog lepog čoveka, i to što je on tako dugo u poseti kod gazdarice, i pesma Aljošina, sve... Izađe i mala krojačica, pa sede pored nje.

— Vama se ne spava?

— Ne mogu da spavam. Legnem rano, pa se kao veštica budim u zoru. A moj Ješa već hrče!

— Kako je lepo veče... a Aljoša divno peva, zar ne! On će biti inženjer — uzdahnula je i zaćutala. Njegova pesma uvlačila joj se u srce, pojačavala želju da voli, ali da voli kako njeno srce želi, da sama izabere i da joj se uzvrati onom istom ljubavlju kojom je i njeno srce ispunjeno.

Sat iskuca deset. Tek tada se otvoriše vrata i avijatičar izađe. Njih dve ga odgledaše pri svetlosti električne sijalice ispred kuće na stubu, pa se raziđoše.

Mladi čovek požuri da uhvati tramvaj, ali ne ode do majke kao što beše naumio. Plan toga dana se preinačio i dogodilo se ono što nije mogao da predvidi. Uostalom, zar je mogao drugačije? Bacila mu se u naručje i on nije oklevao. Temperamentna žena! Klela se da nikog nema, zvala ga da opet dođe. Možda će i doći... Ah, ona Anita, ona je za sve ovo kriva!

I dok je dolazio sebi, smirivao se i postajao ravnodušan prema toj prolaznoj epizodi, mlada udovica je ležala budna, uzbuđena i presrećna... Njeno srce je drugačije tumačilo sve što se dogodilo, ne želeći da zna je li u njegovom srcu našla isti odjek...

# Susret s mužem

Sedmicu dana posle tog događaja sedeo je avijatičar sa sestrom kod *Atine*. Bilo je mlako veče prvih septembarskih dana, pa ih je izveo u šetnju. Malu Oliveru je sve oduševljavalo, a ponajviše njen bata, bez koga ko zna kad bi videla taj užurbani i šareni centar Beograda. Pričala mu je o Nevenki i pozvala ga da dođe u nedelju, jer će poslepodne ona biti kod njih u poseti.

Konobar priđe da naplati račun. Najedared avijatičar se trže, podiže glavu i ostade tako iznenađen da i mati i sestra zapaziše to, pa se okretoše da vide šta se događa.

Jedna visoka devojka plavih očiju i bujne crne kose, pravilnih crta, graciozna i elegantna, prolazila je pored *Atine*, ne gledajući nigde unaokolo. Bila je to Anđelka.

— Poznaješ li je? — upita majka.

— Viđao sam je, ali ne znam ko je — odgovori sin.

Bio je besan na sebe što u ovom trenutku nije sâm. Ne bi propustio da tako prođe kraj njega, gorda i ravnodušna, ne gledajući ni desno ni levo. Bio je za trenutak smeten, ali se pribrao pred majkom i sestrom. Ljutio se što se ovako dogodilo, a baš on je naterao majku da izađu. Istina, da nije bilo tako, ne bi ni sedeo pred *Atinom* i ne bi uopšte video ovu drugu Anitu. Ona prva mu je već pisala, zvala ga ponovo, uzdisala, ali njega nije privlačilo to, već ono što je nepristupačno i tajanstveno, neosvojivo.

Dakle, i druga Anita je u Beogradu! Bar to zna. A drugi put mu neće umaći.

Ona je išla prema Slaviji naizgled mirno i ravnodušno, ali duše pune jada. Tetka je sve razumela, samo muž nije. Bio je još ogorčeniji posle onog prizora na konju. Tetka ga je pozvala da dođe, htela je da mu objasni i izmiri ih, on je došao, ali umesto da se sve izgladi, izvređao je i Anđelku i njenu dobru tetu, pa otišao. Nije ga videla već čitavu sedmicu. Požurila je da uhvati tramvaj kod *Londona*, kad začu užurbane korake i muški glas:

— Gde ste bili, gospođo?

Okrete se i spazi Tomu. Sedeo je kod *Londona*, vrebao da li će proći, ogorčen i nesmiren, jer ju je još voleo, ali nije hteo da prizna, pa je mučio sebe i kinjio nju, pretio razvodom, a očekivao da se ona pokori, da ga moli i preklinje, da oseti voli li ga, pa bi možda popustio, izmirili bi se... Ali ona, jogunasta i gorda, nije htela da moli, kao da je on nju uvredio. Čekao ju je svakoga dana kod *Londona*, pa je sad pojurio za njom, zaljubljen, ljubomoran i besan.

— Bila sam u trgovini, kupila sam vunicu za rad — odgovori mu.

— Malo da prošetaš!

— Zašto ne bih izašla na čist vazduh. Ionako nigde ne mičem. Ti se ne sećaš da dođeš k nama.

— A ti se ne sećaš da me pozoveš!

— Ja sam te zvala i sve objasnila, a ti ne veruješ. Ne mogu dopustiti da me vređaš!

— Ti si vrlo gorda... ali nisi bila takva kad smo se upoznali. Onda si bila sama nežnost i milošta. Sad me gledaš kao neprijatelja.

— Ja u tebi ne gledam neprijatelja. Ti možeš da vređaš, ali ne bi bio u stanju nikakvo zlo da učiniš.

— Znaš moje slabosti i računaš na njih.

— Znam i tvoju gordost i čestitost. Jedino njima mogu objasniti i opravdati tvoje ponašanje.

— Ne trudiš se da opravdaš sebe?

— Čime?

— Time što bi bila bolja i nežnija supruga i što bi priznala da sam u pravu.

— Dobro, priznajem da si u pravu. Šta hoćeš još? Hajde sa mnom do kuće.

— Neću! Video sam te i prišao.

— Onda nije trebalo ni sada da mi prilaziš, da me kompromituješ. Idem s mužem, a on me ostavlja, pa sama dolazim kući!

— Ne boj se, sve će se brzo svršiti. Bićeš slobodna, zbog čega si se najviše i udala!

Pobledela je, ali je oćutala, jer nije želela prepirku na ulici. Stajali su kraj travnjaka preko puta *Londona*.

— Radi kako god hoćeš — mirno mu je odgovorila. — Ja idem tramvajem. A kuda ćeš ti?

— Zašto te to interesuje? Ti se i ne sećaš da imaš muža.

— Tomo, reci mi otvoreno: hoćemo li nastaviti život ili se razvesti?

— Za tebe je važniji razvod.

— Ti preokrećeš svaku moju reč! Hoću da znam, jer bih tražila službu. Neću da budem teti na teretu. Dosta me je izdržavala! Bože, o kakvim stvarima razgovaramo na ulici. A ja sam idealizirala brak s tobom.

— Da, da, idealizovala, uverio sam se! I o drugom si idealizovala!

— Neću da se objašnjavam na ulici. Ako hoćeš, hajde sa mnom kući, pa ćemo razgovarati.

— Ti bi htela da dođem tvojoj kući, jer veruješ u svoju moć. Dosta je da me pogledaš, pa da padnem pred tobom.

— Ne mislim da si takav slabić.

— Ali si se nadala kad si se udavala za mene.

— Naprotiv, ja volim ponosnog muškarca. Kad nisi grub i kad ne vređaš, ti si vrlo simpatičan.

Njena mirnoća dovodila ga je do besa. Pružila mu je ruku, a on je dušmanski steže. Ona napravi grimasu od bola.

— Šta ti je? Postaješ grub!

— Treba da doživim sva ova razočaranja, pa još da te vidim kako juriš na konju kao kaubojka, i da budem nežan i velikodušan! Ti si zaista gadna žena... pritvorna i prepredena!

Ona istrže ruku. Bojala se scene na ulici. Sva je drhtala. Spazi tramvaj, potrča i uđe.

U tom trenutku pojavi se avijatičar s majkom i sestrom. Prelazio je raskrsnicu i video čoveka s kojim je razgovarala, spazio kad je potrčala i ušla u tramvaj. Učinilo mu se da i onaj crnomanjasti čovek hoće za njom, jer je pošao pa zastao. Mati i sestra stadoše ispred *Batinih* izloga, dok je on netremice gledao u lepu Anitu. Videla je i ona njega. Jedan kolega mu se javi iz tramvaja. On odluči da se izvini mami i sestri prisustvom kolege i ulete u tramvaj. To je bila zgodna prilika da se upozna s Anitom. Zaboravio je na čoveka s kojim je ona maločas stajala, zanesen nekoliko trenutaka gledajući je, pa sasvim mahinalno prinese ruku šapki i osmehnu joj se kao poznanici. Ona klimnu glavom, malo začuđena, a on se okrete majci da se izvini i slučajno pogleda ka *Londonu*. Vide onog čoveka kako ga netremice i namrgođeno posmatra, očigledno ljubomoran, a zatim polete tramvaju i uskoči u trenutku kad je polazio.

„Ona je zauzeta, ne vredi mi ništa!", razočarano pomisli avijatičar i priđe majci i sestri.

— Bato, vidi što su lepe ove cipele! — oduševljavala se Olivera. — Nisu ni skupe.

— Kada pođeš u školu uzeću ti ih.

— Nemoj da je slušaš! — odbijala je mati. — Ona bi kupila sve što vidi. Već imaš dva para cipela, šta će ti više.

U tramvaju Anđelka nije videla muža koga je kidala ljubomora i nepoverenje. Sve je potvrđivalo njegove sumnje, dokazivalo da je ona letela kroz život i provodila se, a pred njim se pravila svetica i htela brak da pred svetom predstavlja časnu ženu i dobije zakonsku potvrdu, bračnu diplomu s kojom može nastaviti po starom! Hteo je da je neprimetno prati i špijunira, kako bi sebe rashladio i uverio se da je izlišno i glupo patiti, već treba raskinuti brak odmah dok nisu došle i druge posledice, zbog kojih se posle veza nastavlja, vuče, krpari...

Stajao je u dnu tramvaja, a ona je sedela na prvoj klupi desno. Svet se tiskao i rastavljao ga od nje, ali on nije išao napred, već je propuštao sve, održavajući mesto kod zadnjih vrata.

Kod *Manježa* uskoči u tramvaj jedan mladić. Ušao je na prednja vrata, iako ga je kondukter opomenuo da je ulaz na zadnja. Mladić nije slušao, već priđe Anđelki, osmehnu joj se i pruži ruku. Gledao ju je vatreno kao i onaj avijatičar, a njenog muža obuze plamen, zapali ga, dovede do besa.

„Sve su to njeni ljubavnici!", mrmljao je gledajući mladića. On je živahno pričao Anđelki, ona mu je odgovarala, mladić se smejao, ali njeno lice nije video. Samo je spazio kako je okrenula glavu prozoru, a mladić je posmatrao kao da joj se divi. „Da, svi se oni njoj dive! Ona je bila darežljiva devojka, nežna prema svakom, a za takvima se trči, toliki je poznaju, namamila ih je kao što je i njega namamila. Vešta je, prepredena." Optužbe su kiptele u njemu, a sirota Anđelka je sedela rastresena i tužna, misleći kako ju je ostavio na ulici i kako je ponižava naočigled svima. Srce joj se steže kad je njen drug s univerziteta, sada sudski pripravnik, upita:

— Kako ti je u braku? Čujem da imaš dobrog muža. Sudija? Kažu da je odličan pravnik.

Ona odgovori potvrdno i upita sa strepnjom:

— Poznaješ li ga?

— Ne, samo sam čuo da je simpatičan.

Drug ju je gledao toplo, jer mu se dopadala, bila je vrlo mila i ženstvena, ali nepristupačna. Uzdisao je neko vreme za njom, ali mu nije vredelo, pa se utešio. Svet je silazio na Slaviji, siđe i Anđelkin drug, pozdravi je uz osmeh. Sad mu je kao udata bila još primamljivija. Nije video dva mračna oka koja su ga posmatrala iz tramvaja. Kao da se Anđelkin život tek sad razvijao pred njim... a njegov mozak, ozleđen sumnjama, tumačio je sve drukčije.

Anđelka je sedela, pa se najedared priseti da uzme nešto u Ulici cara Nikole i žurno izađe iz tramvaja.

„Zašto ovde silazi?", začudi se muž i pođe za njom. Išao je lagano, ne strahujući hoće li ga ko prepoznati. Gledao je svoju ženu, lepu i visoku, guste crne kose. Mali šeširić dopirao joj je do polovine glave i kosa se rasula oko šešira, spuštala se do ramena. Kako je voleo tu njenu bujnu mirišljavu kosu. Koliko je čeznuo za tim da to telo bude sve njegovo, da je samo on ljubi i mazi, da joj ugađa. A sad se svi okreću za njom, zastajkuju, ogledaju je. Dvojica mladića dolazila su joj u susret, jedan je pozdravi, a kad se mimoiđoše, okretoše se i u prolazu pored Tome jedan reče:

— Znam je, zgodna devojka, jedan moj drug je simpatisao...

To je bilo suviše za njegovo srce i mozak. Dođe mu da se vrati, dočepa ga za mišicu i zapita: „Mladiću, ko je ona i kakva je?!" O, kako je uopšte nije poznavao! Zar ulica treba da mu objasni, zar je ulica više poznaje nego on, muž! Glupost je ženiti se devojkom čiji život nisi u stopu pratio. Ovako njih treba nadzirati, motriti svaki pokret i susret, svaki razgovor!

Ona je išla pred njim oborene glave, s onim istim mislima koje su je pratile i do maločas i sa Sušaka i iz Malinske... Uđe u jednu trgovinu, a on zastade pred izlogom druge, vrebajući njen izlazak. Brzo je nastavila put. Evo je kod njene ulice, skreće u nju. Čula je korake iza sebe, neko je došao tik do nje. Ona pogleda i trže se, a zatim se osmehnu, potajna radost blesnu joj u očima:

— Otkud ti? Kako si me stigao? Zar si bio u istom tramvaju?

— Jesam.

— Pa zašto mi nisi prišao? — ona se iznova rastuži, kratkotrajna nada se ugasi.

— Šta ću ti ja? Ti imaš dovoljno prijatelja! Poznaješ i onog avijatičara.

— Nemam pojma zašto mi se taj čovek javlja. A ono je moj drug s fakulteta. Pitao me za tebe, čuo je da si vrlo dobar pravnik — govorila mu je laskavo, želeći da ga odobrovolji, pa ga čak uhvati nežno pod ruku. Bili su u njenoj ulici, tu je svi poznaju, viđali su i njega, neka ih i sad vide tako. O, on nju voli, pošao je za njom jer pati, on je divan, voleće je i zaboraviti sve ružno! Nežno ga je gledala i smešila se, govorila umiljato: — Ti si, ipak, dobar, Tomo...

Ali on je ne posmatra, ozbiljan je i neodlučan. Oseća kako se njena ruka naslanja uz njegovu mišicu, i to ga uzbuđuje, mami... ponavlja se sve isto! Ah, ta žena je lukava i vešta zavodnica. I sad će ga ponovo zavesti. Htede da istrgne ruku, da je grubo ostavi, ali nije imao moći. Ona ga vodi, on nema više volje. Ide za njom, penje se uz stepenice, ona otključava vrata, ulaze u sobu, ona skida šеširić, gleda ga umiljato i prilazi mu, spušta mu ruke na ramena, prislanja glavu na njegove grudi, miluje ga po licu i traži njegove usne...

Ponavlja se scena sa Sušaka, a posle se sve stišava, nastaje trežnjenje i sve slike iznova izlaze pred oči, svi oni susreti, onaj nepoznati koji je umro, avijatičar, onaj drugi u tramvaju, slučajna rečenica „simpatisao je jedan moj drug"... Sve se to uzvitlava u njemu, razbešnjava ga što je slabić, pa počinje ispitivanje, nastaju prekori i grube reči. Više nije onako zaljubljen jer je zadovoljen. Jurio je za njom kao svi drugi, u stanju je da je ostavi kao i oni. Uništila je u njemu svoje moralno postolje i sad se ruši, pada u prašinu!

A ona mu, raznežena, prašta sve uvredljive reči, srećna kao žena koja je sve dala jednom čoveku. Oseća da je samo njegova i ničija više neće biti. Čini joj se da tek sad u njoj kulja prava ljubav. Moli ga, pripija usne uz njegov obraz, ali je on odbija, grub i neosetljiv.

— Sve su to tvoji ljubavnici, oni koje si maločas sretala!

— Tomo, šta to govoriš? Kakvi ljubavnici! Šta misliš o meni, pobogu? Molim te, umiri se, ti si bolesno ljubomoran.

— Nisam ja bolesno ljubomoran, nego sam te najzad upoznao!

— Dobro, kad si me upoznao, ostavi me. Ne želim da patiš.

— Baš si velikodušna! To si i planirala, da nađeš glupaka i venčaš se s njim, pa da se posle rastaviš, jer te toliki očekuju! I onaj avijatičar je davao mig da je tu, samo da ga pozoveš!

— Tomo, mene niko u životu nikad nije izvređao tako kao ti! I to muž, čovek koga sam cenila više od svih muškaraca.

— Reci, koliko si ih imala? — jeknu on i uhvati je za ruku, steže. Ona se istrže i otrča u drugu sobu. On pođe za njom.

— Zašto bežiš? Ispričaj mi sav svoj život!

— Slušaj, Tomo, bolje da odeš i ostaviš me da se umirim. Ti si nervozan, a ja suviše izmučena. Nisam navikla na ovakve scene.

— Teraš me, je li?

— Ne teram te, ali se bojim da će naići teta, a nju sve to potresa... O, kako ne shvataš, ja volim da ostaneš, želim da se izmirimo, htela bih da sve zaboraviš, bila bih najsrećnija da me gledaš onim istim očima kojima si me i ranije gledao. Veruj mi, bili bismo srećni! Nemoj, Tomo, da budeš takav! To nisi ti. To je neko drugo biće u tebi koje te muči. A ja hoću da ti budeš moj mili dragi mužić koga poznajem, o kome sam snevala, malo moje, ti si moja ljubav...

On je malaksavao, popuštao, ali mu najednom ponovo sve izađe pred oči, nalete na njega silinom orkana, rasplamte bes u njemu, on prosto riknu i nazva je najgorim imenom, pobunivši se protiv samoga sebe što popušta i postaje slabić, a hteo je da ostane nepokolebljiv. Odgurnu je snažno od sebe, a ona pade, udari glavom o ivicu stola i raseče kožu na slepoočnici. Mlaz krvi linu niz lice...

Na vratima u predsoblju ču se okretanje ključa.

„To je tetka!", zadrhta Anđelka. „Jao, ona će sve ovo videti!", pritisnu šakom slepoočnicu, ali joj kroz prste izbi krv. Lice joj beše okrvavljeno u času kad tetka otvori vrata.

— Ti si je ubio! — vrisnu ona i polete, a Anđelka joj pade na grudi, zajeca. — Proklet bio čas kad te upoznala!

— Ne, teto, pala sam sama, spotakla se, udarila o sto! Nije ništa, malo mi koža rasečena. Nije on kriv!

Toma je stajao nepomičan i bled, a teta nije mogla da se umiri. Znala je da ovo potiče od njega. Gospode, on bi bio u stanju i da je ubije! Otrča, donese vatu i jod, govoreći isprekidano:

— Čemu sve to? Zašto se ti, Tomo, tako ponašaš? Izjasni se već jednom, reci šta želiš. Ne morate živeti zajedno! Ako joj je sreća takva da mora da se razvede, neka se razvede, ali ne dam da je iko kinji i zlostavlja! Ona nema ni oca ni majke, ja sam joj i otac i majka!

— Ne možemo se mi više razumeti, gospođice — odgovori on hladno. — Vi ste njoj stalno popuštali, znali ste za njenu prošlost. Meni je tek sada sve jasno. Ne mogu ni ja da izdržim ovo! Ona nije ono što sam mislio o njoj... a niste ni vi! Ono što vi opravdavate, ja osuđujem. Možda u tome tražite opravdanje i za sopstveni život!

— Šta hoćeš time da kažeš, mladiću? — razjari se tetka.

— Teto, ne uzrujavaj se, ne misli to Toma, on tebe ceni, ja to znam... on je sada ljut!

— U ljutnji čovek govori ono što zaista misli! — briznu tetka u plač.

— Nemoj, tetice, da plačeš. Ti si moja dobra, mila teta. Ja volim tebe, volim i Tomu, i on je dobar.

— On ne zaslužuje tvoju ljubav! — uzviknu tetka, ogorčena. — Joj, još ti teče krv! Kad ti sada s njom ovako postupaš u mojoj kući, šta li ćeš tek raditi kad ostanete sami!

— Ne bojte se, gospođice. Neću još dugo biti s vama. Vidim da ste obe krasne!

— Jesmo! Nas poštuje ceo svet! Ti si se jedini našao da nas vređaš i napadaš. Hteo bi da rastrubiš celom svetu kako je ona nevaljala, ali ti niko neće verovati! — raspali se tetka, uvređena i uplašena za svoju mezimicu.

Anđelka htede da ublaži njene reči, ali se i Toma raspali, sasu u lice tetki najgore reči, dohvati šešir i izlete iz kuće, zalupivši vratima.

— Nek ide! Možda je bolje da se oslobodiš odmah, nego da doživiš i gore! Ne dam ja tebe! — govorila je tetka, a Anđelkino srce bilo je raskrvavljeno kao i njena slepoočnica. Plakala je i praštala, nije mogla da zaboravi njegove maločašnje poljupce, vrele i strasne, onu slast koja je prožimala telo... Možda i on ne može da to zaboravi. On je voli, ona njega voli, ova će bura proći, stišaće se sve. Ali tetka je naišla, uvredila ga, on je nju uvredio, i sad će možda otići zauvek, on je gord, ali ipak pošten, divan... Plakala je Anđelka, plakala je i tetka.

— Mučila sam se i sahranjivala — govorila je. — Naša porodica je dala tolike žrtve u ratu, a on da me vređa kao da sam poslednja propalica! Da me vređa zet koga sam gledala kao brata, kao sina! Ama, i ti si sve zamesila! Otišla na more, pa poverovala prvom koji ti je izjavio ljubav! Kakva je to današnja omladina?! Eto, vidiš šta si dočekala! A nije mi samo što on zna, nego će znati i cela njegova porodica, strina, sestre od strica, stričevići! Pa taj razvod! I to je petljavina... sreski sud, konzistorija. Nisam ni sanjala da ću ovo od tebe dočekati.

Anđelka je ćutala, tiho jecajući, bespomoćna i napuštena. Činilo joj se da su je svi ostavili, da više nikoga nema u životu. Legla je na sofu i plakala. Malo posle oseti tetinu ruku na kosi, onu zaštitničku ruku koja ju je uvek čuvala i negovala, i začu blage materinske reči:

— Boli li te još? Kako to da padneš? Jesi li kupila vunicu? Nemoj da se sekiraš, dušo. Proći će i to... Naljutila sam se i izgovorila ono, ali on me uvredio. Doći će, ne brini. Neka ga, nek se malo izduva. Gde ste se našli vas dvoje?

Anđelka ispriča sve.

— Vidiš, teto — reče najzad — kako se sve tako nešto događa što me kompromituje. Kao onda u selu. A onaj bik bi me ubio!

— Znam... ali on neće da zna! More, srećnija sam što se nisam udavala. Ranije sam i žalila po koji put, ali bolje je ovako. Eno u školi: razvodi se Vlajićka s mužem. U braku dvanaest godina i sad ne mogu više da se slože. Čudo jedno! Prožive čitav vek zajedno, pa odjednom stanu gledati jedno drugo kao dušmani. Ona neće, razdire se i plače, sirotica, zar joj je sad do razvoda. A on ni da čuje. Intelektualci. On profesor, ona profesorka. Ali ti si mlada, pa i ako se razvedeš, ne moraš patiti.

— Neću da patim, teto, samo bi mi najteže palo da me ti osudiš i prezreš.

— Ja sam te osudila, ali i oprostila! — Anđelka se rasplaka, a tetka je zagrli. — Čekaj da ti vidim tu ranu. Nije strašno. Stavi još malo joda. Gurnuo je on tebe, pa kriješ.

— Nije, pala sam — reče ona neubedljivo.

— Hajde da večeramo — pomilova je tetka. — Umorna sam. Da mi je da već jednom dobijem tu penziju, pa da se smirim. Oči izgubih popravljajući đačke gluposti iz algebre.

Govorila je o tome, a misli su joj bile na drugoj strani: „Neće ona imati lep život s njim. Kad ja umrem ostaće sama, na milost i nemilost tom sirovom gorštaku!" Odlučila je, ipak, da ne utiče na Anđelku, već da sve prepusti njoj, pa ako se njih dvoje slože, neka se izmire. Uvideće on jednog dana kakva je njena Anđelka. A ona im se neće mešati u brak. Isprva je mislila da živi s njima, ali posle ovoga je uvidela da je bolje da čuva svoju kuću. Zetovi ne trpe tašte, a Toma u njoj gleda taštu, i uz to matoru devojku, a ni o taštama ni o matorim devojkama muškarci nemaju lepo mišljenje.

# Raskid braka

— Teto, pogledaj sunce! Baš sam srećna, imaću lep dan za putovanje. Kako je bilo loše ovih dana, bojala sam se da me ne prati lapavica. Baš volim što ću videti i upoznati Makedoniju. Jesam li ti rekla da tamo imam jednu drugaricu? Kao za sreću, jesenas sam je videla. Došla nešto da kupuje, pa smo se srele na ulici. Ona će mi naći i stan. A što si ti, teto, tako tužna?

— Pa, tužna sam... ideš sama među nepoznat svet, a dosad se nikad nisi odvajala od mene. Nije ti ni plata velika. Da si samo malo pričekala, možda si mogla biti kod onog advokata. Istina, on je našao jednog pisara, ali nije zadovoljan s njime.

— Bolja je državna služba, teto. Ja mogu da živim samostalno i časno. Kako se tolike devojke probijaju kroz život, bez igde ikoga, pa se još i zlopate! A ja se neću mučiti. Lepo ću rasporediti platu, ti ćeš mi poslati stvari kad nađem stančić, još će mi i ostajati. Ti od moje ušteđene invalidnine uzmi sve.

— Uzeću ti kauč, sto, četiri stolice, tepih za pod. Dobro je što nosiš svoj dušek, jorgan i jastuk, da ne spavaš u tuđoj posteljini. Spakovala sam ti u ovo koferče i šoljice za kafu, dve za čaj, jedan primus, a imaš i slatko.

— O, divno ću namestiti sobicu, pa ćeš mi doći u goste da vidiš.

— Znam da si ti i dobra domaćica, ali Toma to nije hteo da uvidi. Badava, tvrdoglav je! Još bi on i popustio, ali ga je familija tutkala protiv tebe, pa čak i protiv mene. Nisam ni slutila da će moje Anđelče biti takve sudbine!

— Ćuti, teto, bolje što sam se razvela. On je bio toliko ljubomoran da mi je za svašta prebacivao. Pogledam li slučajno koga, odmah je to moj ljubavnik. Njegova ljubomora je već prelazila u bolest. Neka ga, sad nek bira drugu ženu, slobodan je.

— Ona njegova alapača rođaka mi kaže: „Mogao je Toma bogatu da nađe, iz otmene porodice!" Eto, sad neka se ženi i otmenom i bogatom. Vala, i mene su izvređali toliko da sam i Tomu omrzla, a baš sam ga volela i cenila. Ko zna, da se njegova familija nije umešala, možda biste se i izmirili.

— A kako bismo živeli? Ovako ću ja lepo u svoju sobicu, u svoj život. Mnogo volim što idem u Makedoniju. Ne znam zašto me toliko privlači.

— Ja sam želela da ne ideš tako daleko, nego da dobiješ službu u nekoj bližoj varoši, ali kad voliš, idi. Ne bude li ti lepo, potrčaću opet da dobiješ premeštaj... A ako ti se ukaže prilika, udaj se!

— Nikad više, teto! Dosta mi je bilo i ovoga! Ti si bila pametna što se nisi udavala.

— Pa da ostaneš sama, bez ikoga, da te svako ćuška kroz život kako hoće? Bez porodice nema zaštite, dete moje!

— Ko je tebi, teto, bio zaštita, a postala si ugledna i odlična nastavnica?

— Prema meni su nadležni ipak imali obzira, jer sam izgubila oba brata u ratu. Bilo je drugova moje pokojne braće, iz onih predratnih generacija, koji su umeli da cene žrtve. A hoće li ove posleratne generacije da se sažale na tebe što si ratno siroče? Da si imala oca, braću, stričeve ili ujake, i tvoj muž bi se drukčije ponašao. A ovako nas dve same, ko da ga urazumi... Zato ti kažem, ako nađeš dobrog čoveka, treba da se udaš. Ja sam bar imala tebe, ti si bila moje dete, a koga ćeš ti imati! Teško mi je što odlaziš. Dođem iz škole pa progovorim po koju, a sad ćemo obe biti same...

— Tetice moja, pisaću ti svakog drugog dana! Ti ćeš me posetiti čim grane proleće. U Makedoniji je toplo i proleće je divno. A na leto idemo na more, zajedno, kao što smo nekad išle. Ti imaš svoju platu, ja svoju, pa ćemo uživati. Tetice, moja, nemoj plakati! — zagrlila je i ljubila, obe su plakale. — Ti si moja mamica, bila si dobra prema meni kao najnežnija majka. Ti si me vaspitala i sad hoću da ti pokažem kako mogu samostalno da živim, nećeš me se zastideti. Ja ću biti borbena žena. Vidiš kako sam izdržala ovaj razvod, gordo, bez očajanja. Brak je raskinut u njegovu korist, a ja nisam ništa prigovorila! Ja ću biti tvoja dobra ćerkica, ponosna i čestita.

Pogledala je na sat:

— Vreme je da krenemo. Ti, teto, nemoj da ideš na stanicu, ja ću sama.

— Eh, eh, pa hoću da te ispratim. Kazala je i Ljubica, moja koleginica, da će doći. Ona te mnogo voli, a zna i kako je meni teško. To je divna žena! Da si čula, samo, kako je očitala Tomi! Ali, njemu nije vredelo govoriti. Evo je, čujem zvonce.

Profesorka Ljubica uđe žurno.

— Bojala sam se da ne odocnim — reče. — A što ste vas dve uplakane? Znam, Nado, da ti je žao, ali neka ide, nek iskusi samostalan život. Zar nas dve nismo samostalne? Eto, koliko sam godina udovica, pa šta mi fali. Došlo je vreme da mi žene same živimo i borimo se. A naše Anđelče će se udati, ne brini. Ja koja nisam bila bogzna kako lepa, pa su me prosili kao udovicu, ali nisam htela ni da čujem. Kad se samo setim onog mog, pokoj mu duši! Hoće celu moju platu. E, nećeš, čoveče! Ja se mučim, zarađujem, pa tebi sve da ispovrtim. A on mojim parama kupuje poklone ljubavnicama! Otkako sam udovica, baš sam proživela. Lepo rasporedim platu, pa odem u bioskop, u operu... E, u subotu ideš, Nado, sa mnom u operu. Dobila sam dve besplatne karte od moje rođake glumice.

— Baš vam hvala, gospa Ljubice, što je pozivate — reče Anđelka. — Ne dajte joj da tuguje. Ja ću da sredim svoj život, pa ćete me zajedno posetiti.

— Hoću, bogami. Eto nas uskoro tebi na tri-četiri dana. Ja volim da putujem, a odavno nisam bila u Makedoniji. Što ti, Nado, nisi pošla s njom?

— Htela sam, ali ona nije dala.

— Zašto da se troši. Ja imam tamo jednu drugaricu koja će me dočekati. Našla mi je i stan, dva-tri dana biću kod nje, pa zašto da se teta muči bez potrebe. Evo taksija, hajdemo.

— Nemoj nešto da zaboraviš, Anđelka — reče tetka, skrivajući uzbuđenje. — U ovu kesu stavila sam ti za jelo. Imaš pečeno pile i kolače. Ponesi i ovaj termos. Nemoj da piješ vodu na stanicama. Joj, ja sam jednom dobila dizenteriju zbog vode i šljiva što sam kupovala uz put. Evo i ovo koferče. Dušek i jorgan još juče sam poslala.

— Da poljubim moju macu! Beli moj lepi, jel ti žao što te ostavljam? — govorila je nežno Anđelka, milujući njihovog krupnog angorca.

Pogleda po sobama suznih očiju, srce joj se steže. Odlazila je u novi život, samostalan život činovnice, sudske pripravnice. Živeće i boriti se kao sve nezavisne devojke. Doživela je jedan greh i jednu dramu, ali nije klonula. Njena duša i njen karakter nisu razoreni i ona opet ide gordo i s puno vere u sebe. Neiskusnu devojku oskrnavio je jedan muškarac, udatu ženu napustio je muž. Ali, to je već prošlost...

Šta će sad doživeti kao raspuštenica?

# Susetka iz doba okupacije

Prošlo je dva dana od Anđelkinog odlaska. Tetka je stalno tugovala, a to poslepodne, dok su napolju nestašno padali cigančići, udarajući o prozor i odskačući po olucima, leškarila je i čitala, neprestano misleći na Anđelku. Sutra će sigurno dobiti od nje pismo. Devojka je u kuhinji cepkala drva za potpalu, a angorski mačak ležao je kraj peći, vrlo zadovoljan i lenj.

Začu se zvono na vratima. Ona ostavi novine i diže se.

— Jel' ovde stanuje gospođica Nada Todorović? — začu glas.

— Stanuje — odgovori devojka.

— Jel' kod kuće?

— Tu je. — Kata uđe u sobu: — Traži vas jedna gospođa.

Profesorka izađe u predsoblje.

— Gospođice Nado! — uzviknu jedna starija žena. — Poznajete li me?

— Čekajte da se setim. Poznati ste mi, ali ne mogu da se opomenem...

— Ruža Aleksić, vaša komšika iz doba okupacije.

— Gospa-Ružo! Jel' mogućno da ste to vi? — zagrliše se i izljubiše. — Bože, otkad se nismo videle! Ne mogu da vas prepoznam!

— Ostarila sam... tolike godine su prošle.

— Ostarila sam i ja, gospa-Ružo. Ne biste me poznali na ulici.

— Ne, ne, vi lepo izgledate. Prepoznala bih vas odmah po očima, iste su kao uvek.

— Sedite, gospa-Ružo. Baš mi je milo što ste došli. Otkud da me pronađete u Beogradu?

— Pa moja ćerka je vaša učenica.

— Zar imate ćerku? Znam da ste imali sinčića, Nenada.

— Posle rata sam rodila. Mnoge žene su mislile da više neće imati decu, ali su posle rata ipak rodile još po koje. Nenad mi je imao petnaest godina kad sam dobila devojčicu.

— Kako se zove?

— Olivera.

— Ama, šta kažete! Pa zašto mi se nije javila i kazala čija je.

— Bilo je stid pred učenicima. Jednoga dana pomenula je „moja nastavnica Nada Todorović", a ja rekoh da sam jednu Nadu Todorović znala pod okupacijom, da smo živeli kuća uz kuću, kao jedna porodica i delile dobro i zlo. Ispitala sam je kako izgleda ta nastavnica, a kad mi još reče da niste udati, i da su vam braća poginula u ratu, odmah mi je bilo jasno. Pa sam se sve rešavala da dođem, te ovog dana te onog, a danas se baš reših da krenem i vidim moju gospođicu Nadu. Kako godine brzo prolaze!

— Vaša Olivera je dobar đak. Ima četvorku iz matematike. Vrlo dobro i vaspitano dete.

— Kaže ona meni da vi nju volite, a ja velim: „Idem do moje gospođice Nade da pitam kako se vladaš u školi." Znate, ona je tek od ove godine u vašoj gimnaziji. Prošlog leta sam se doselila u Beograd da budem bliže mome Nenadu.

— A šta je Nenad?

— Avijatičar, kapetan.

— Ala deca rastu! A bio je tek u drugom razredu gimnazije kad sam mu ja davala časove iz matematike.

— Da vidite kako je lep i dobar moj Nenad. Nežan prema meni i obožava sestricu, a ona je prosto luda za njim.

— I već kapetan.

— Jeste, kapetan. Isti moj brat Uglješa.

— A vaš muž?

— On je odavno umro... Ja sam ovo dvoje dece sama podigla i školovala. Htela sam da Nenad ide na fakultet, ali on se oduševljavao vojnom akademijom. Nisam volela ni avijatičar da bude, samo... šta sam mogla. Hrabar je i svi ga cene, ali ja neprekidno strahujem.

— Onaj mali Nenad avijatički kapetan!

— A gde je naše Anđelče? Što je slatka bila!

— Dobila je službu u Makedoniji i baš pre dva dana otputovala.

— A ja sam se radovala da i nju vidim. Šta je učila?

— Svršila je prava.

— Nije se udala?

— Udala se i razvela.

— Kako to?

— Tako, nisu se složili... on je bio bolesno ljubomoran.

— Jest, danas se često razvode. I kćer moje gazdarice već je raspuštenica. Godinu dana živela s mužem, pa više nije mogla. Čuda je pravio po kući. Nju tukao, lupao čaše, tanjire, razbijao posuđe. Jedno vreme se nadala da će moći da nastavi život, ali su se najzad razveli. A vaša Anđelka je bila slatka kao devojčica. Sećam se kako viri kroz plot i zove Nenada: „Bato 'odi da pucaš!", a to beše onaj ladolež, čini mi se. Nenad neće da dođe, nego se ljuti na mene: „Šta me teraš da se igram s tim žgepčetom. To nije moje društvo!" Pre neki dan pričala mu Olivera za vas i on se setio Anđelke, voleo bi da je vidi.

— Pošaljite ga, gospa-Ružo, jednom. Pisaću i Anđelki za njega. Ona je bila mala, ne pamti okupaciju, ali joj je Nenad ostao u sećanju.

— Prekosutra će doći, pa ću mu reći da navrati do vas. Joj, kad se setim, gospođice Nado, svih vaših nesreća i žalosti. Nikad neću zaboraviti onaj dan kad je vaša jadna Jelka dobila ono strašno pismo da joj je umro muž. Što sam se isplakala tada! Idem po kući, legnem da spavam, a ono me stalno nešto pod grudi, pa čim vidim pismonošu drhtim da i meni ne dođe crni glas o Dobrivoju. Koliko je patio i moj Nenad. Dvanaesta mu bila, a sve je osećao. Što je mrzeo Švabe. Vodila sam ga u selo kad smo švercovali brašno. A posle sve krijem džak ispod dušeka, strepim da ne upadnu u kuću i odnesu mi ga. Pa sam džak stavljala i u krevet, kao jastuk. Uh, kad se setim te puste okupacije! Tek čujemo jedan poginuo, drugi nestao u Albaniji... Jadna tetka Stana i vaša Jelka! Odoše obe za petnaest dana. Tetka Stana umire, a Jelka na samrti. A vi, jadna, mlada i lepa, kad je trebalo da živite i da se udate, samo ste išli po groblju.

— I nikad se nisam utešila, moja gospa-Ružo. Nikad, verujte! Kad se setim braće, čini mi se kao da je sve bilo pre godinu dana, tako mi je bolno u duši. Jadna moja mama, jadna Jelka. Svi su otišli, ostala mi samo Anđelka. A, eto, sad sam bez nje.

— Zar nije mogla da nađe službu u Beogradu?

— Treba trčati i moliti, a nisam imala nikoga da se zauzme. Na nesreću moju promeni se vlada i ode taj ministar a dođe drugi, kod koga nisam imala protekcije.

— A zar je vama trebala druga protekcija osim onih grobova vaše braće i zeta? Anđelka je ratno siroče, trebalo je prva da dobije Beograd.

— Ne gleda danas niko više na ratnu siročad, gospa-Ružo, nego na jaka leđa i veze! Ovo vam je sad Jugoslavija, ne seća se ona ratnika. Sa sviju strana nagrnuli, traže službu, treba ih sve zadovoljiti, a za ratničku decu ko te pita! Samo, Anđelka je zlatna i skromna, kaže: „Ja idem, teto, gde god me postave!"

— Nenadu će biti žao. Baš je želeo da vidi malu Anđelku.

— Doći će ona u Beograd, pa ću vam javiti. Vi ste srećni, gospa-Ružo. Imali ste i dobrog muža i sada dobru decu. Olivera je krasno dete.

— Ja sam nežna majka, ali stroga. Strah me je bilo za nju kad smo došli u Beograd. Ne smem da je pustim na ulicu. Još je dete, a ovaj prokleti saobraćaj: tramvaji, automobili, autobusi. Sve je vodim do škole i sačekujem kad izađe. A ona poče da se ljuti: „Što ti mene, mama, sačekuješ? Drugarice mi se smeju kao da sam beba!" Ja podviknem: „Šta se mene tiču tvoje drugarice! Ti si moje dete, neću da strepim i drhtim zbog tebe!" A bojim se i muškaraca. Ona je lepa i razvijena, videli ste, a mangupi dobacuju na ulici, prate ih i svašta govore.

— Čuvajte je, gospa-Ružo! Svašta se danas događa s gimnazijalkama.

— Kako ste vi ocenili Oliveru?

— Kao vrlo dobro dete.

— Baš mi je milo. Reći ću njenom bati, nek čuje. Znate, htela sam da nađem jeftiniji stan, negde na Voždovcu, ali bila bi daleko od škole, a Nenad mi kaže: „Što bi dala za tramvaj, to plaćaš više za stan, pa ti je isto." I on me pomaže, svakog meseca dodaje za stan. Ali, eto, neće da se ženi. Na njega je mnogo uticalo ono što je prepatio moj jadni brat Uglješa. Vi ga i ne znate, gospođice Nado, sve vreme je proveo na frontu. A kako je bio lep i krasan mladić, ali nesrećan u braku.

— Sećam se da ste mnogo pričali o njemu. Gde je sad?

— U jednom selu u Šumadiji, kupio je imanje, ima čitav posed, ali živi kao pustinjak.

— U kom selu?

Gospa Ruža reče.

— Nije moguće! Pa ja sam tamo bila prošlog leta s Anđelkom! Zar je to vaš brat Uglješa? Znate li da je on Anđelki spasao život?

— Kako spasao život?

Nada joj ispriča.

— Bože, nisam ništa čula o tome. Uglješa da spase vašu Anđelku! Baš ću mu pisati.

— Jelte, gospa-Ružo, šta je to bilo u njegovom životu? Zašto živi tako usamljeno?

— Eh, gospođice Nado. Nesrećan je bio u braku. Ispričaću vam sve...

# Sestrin plan

Gospa Ruža uzdahnu.

— Bio je vredan mladić, svršio je našu poljoprivrednu školu, pa posle bio u Monpeljeu, u Francuskoj, gde je nastavio studije. Tri godine je ostao tamo, govori francuski, svira na violini, divno peva. Kao agronom bio je potreban državi. Postao je najpre nastavnik u poljoprivrednoj školi, a posle upravnik jednog rasadnika. Tu ga je i rat zatekao. Nije se ženio. I bolje, nego da onako mlad ode i ostavi ženu i decu. To je bila velika briga i patnja svih roditelja i muževa na Solunskom frontu. Posle smo mislili da će se oženiti čim se vrati. Devojke su očekivale mladiće s fronta kao ozebao sunce. Sećate li se, gospođice Nado, onih mnogobrojnih svadbi kad se muški vratiše s fronta.

— Sećam se, samo što ja nisam mislila na svadbe i veselja, već na groblje.

— I vi ste mogli tada lepo da se udate, ali niste hteli. Terasmo i Uglješu da se oženi, a on hoće-neće, godine prolaze, beše ga jedna uhvatila, neka udovica s dvoje dece, pa ga ne pušta. Bože, što sam se isekirala! Grdila sam ga i plakala: „Šta će tebi udovica s decom!" Jedva je se otarasio, a onda se zaljubio u jedno devojče. Ni ona nije bila za njega. Njoj osamnaest, njemu četrdeseta. Govorila sam mu da nije njegova prilika, ali nisam ga mogla odvratiti. Muški se u starijim godinama luđe zaljube nego mladići. Nije hteo ni da čuje, hoće nju ili se nikad neće ženiti.

— Pa je li bila lepa?

— Pa to ga je i opčinilo, drugo ništa. Bar da je bila domaćica, nego jedna maza, jedinica u oca i majke. Oni su bili činovnici, srednjeg stanja, pa se polakomili na njegov položaj. Upravnik državnog odbora, puna kuća svega i svačega, konji, kočije. Imala je u izobilju da jede i pije, ali joj je bilo dosadno da živi na imanju.

— A ja bih bila najsrećnija da živim na nekom lepom imanju, da se oslobodim škole.

— Mogla bih i ja, još kako, samo da mi nije deteta. Otišla bih i sedela kod brata na selu, ali moram biti u Beogradu zbog Olivere. Gde ću žensko dete samo da ostavim u velikom gradu. Ni u koga nemam poverenja.

— Pa kako su živeli u braku?

— On je bio dobar, predobar, zaljubljen u nju, prosto zaslepljen, nije video ništa. A ja, kad sam otišla jednom njima u goste, odmah sam videla kakva je. Bio je tu i jedan mlad ekonom, lep mladić, vidim ja da se oni nešto mnogo poglédaju. Kako se Uglješa izmakne, a ona odmah s njim razgovara. Opet tešim sebe: neće, valjda, izneveriti onako krasnog muža. Ama, sve joj je činio, gospođice Nado. Kakve je toalete kupovao, cipele, šešire, pravili su izlete, sve što je zaželela ispunjavao joj. A meni je bilo hladno oko srca, sve mi se činilo da se ona spanđala s tim mladićem. Nisam smela da grešim dušu, nisam videla, ali oni njihovi pogledi i razgovori, sve mi je to bilo sumnjivo. Bratu ništa nisam smela da kažem. Odem od njih, a sve mislim: „Jadni moj brat, nije našao ženu kakvu je zaslužio!” I grdim ga: „Što je uzimao ovako mlado?” Glupost čini muškarac kad se ne ženi na vreme... Sve teram Nenada da se ženi, da ne prođe kao njegov ujak.

— I šta je bilo dalje?

— Ne pitajte! Jedno jutro, moja gospođice Nado, otvorim novine, kad imam šta da pročitam: moja snaha pobegla od muža s tim mladićem, pa otišli u neki hotel i tu se oboje ubili. Našli ih mrtve u krevetu! Možete misliti kakav je to bio potres za Uglješu. Napisala mu još i pismo: „Oprosti, ali ja te nikad nisam volela. Roditelji su me naterali da se udam za tebe!" Nesrećnica! Bog neka joj oprosti, ali lagala je, nisu je roditelji naterali. Jadna njena majka plače i priča: „Joj, prijo, nismo je mi prisilili. Bila je oduševljena njime, teško meni!" Al', eto, to je valjda takva priroda. Možda je i samoća na imanju uticala, tu je bio taj mladi čovek, a moj brat zaljubljen, ništa nije opazio. Proklinjala sam sebe što ga ne opomenuh...

— Mogao se opet oženiti.

— Kako da ne! Ali, i on je čudna priroda. Sve je došlo iznenada, bio je to pravi nervni potres za njega, pa sam mislila ubiće se, i onda drž, oko njega, ne daj mu, savetuj da preda sve zaboravu. On je nju ludo voleo... Posle ode u selo i kupi imanje, videli ste, zabio se tamo i nikud ne miče, živi kao pustinjak. Sad je već još i nekako, izađe malo među seljake, pouči ih modernoj poljoprivredi, on je tako spreman, radi i na svom imanju, videli ste možda, uredio ga kao park. Samo, za ženidbu više neće ni da čuje. Govorila sam mu da se ženi, ali uzalud. Jedna učiteljica je bila tamo u selu, devojka oko dvadeset osam godina, zaljubila se u njega, pričala mi upravnikova žena, i bila rada da se uda za njega, ona svoju platu, on lepo imanje, ali nije hteo. Eto, to je istorija moga brata... I šta mi rekoste, on spasao Anđelku? Ama, to se, znači, vaša Anđelka dopala njemu! Bio je tada u selu i Nenad, samo nije video Anđelku, ali mi priča: „More, ujak se zagrejao za jednu mladu Beograđanku. Bome će se on jednog dana i zaljubiti!" Ali, Anđelka je mlada, imala je tek četiri godine pod okupacijom. Kamo sreće da je on nešto mlađi.

— Anđelka mi je pričala da je lep i držeći čovek, da lepo svira na violini, da su mu kuća i bašta divno uređeni. Eto, ona se udala za mlađeg čoveka pa se ipak rastaviše!

— Zaboga, zašto?

— Eh, tako... ne mogu sve da vam pričam. Nisu se složili. Svašta ima u braku. Moja Anđelka je bila dobro i poslušno dete. Teško mi je sad bez nje, ona sama tamo daleko, a ja sama ovde. Danas sam plakala. Kad ja umrem, nikoga neće imati u životu. Teško je to, gospa-Ružo, kad nemaš ni oca ni majke, ni braće ni sestara. Zato sam je i pustila da ode, neka se privikne na doba kad će zauvek biti sama.

— Neće biti sama, gospođice Nado, udaće se. Danas se razvode, ali se opet udaju. Je li lepa? Znam da je kao devojčica bila prava lutka.

— Lepa je, kažu svi, završila je prava, a i dobra je domaćica. Svira na mandolini, govori francuski, ručne radove izvanredno radi. Za sve je sposobna: i šešir da napravi i haljinu da popravi. Nije sve moglo da se plaća, a ona je bila dete koje ne istražuje šta se ne može. Žao mi je što se tako razdvojila i što će ostati sama... A ona je strpljiva, neće da se žali ako joj ne bude dobro tamo, da ja ne brinem.

— Gledajte da je dovedete u Beograd.

— Zasad mora ostati u Makedoniji.

— Hajde, gospođice Nado, da letos svi odemo u goste mome bratu.

— Možemo. Anđelki se tamo mnogo dopalo, kaže da bi mogla živeti na selu. Samo, veli, da ima jedne kočije za izlete.

— Moj brat ima i konja i kola, vozićemo se kad odemo. Da ga malo razgalimo. Pisaću mu odmah da poznajem Anđelku i vas, da smo bili kao jedna porodica pod okupacijom... Nego, ja se zasedoh, a možda imate posla.

— Nemam, gospa-Ružo. Baš se radujem što ste došli.

— I ja sam željna da se s nekim slatko izrazgovaram. Nije ovde komšiluk kao u unutrašnjosti. Tamo stanem na prozor, pa koja god žena prođe javi mi se i porazgovaramo. A ovde sedim već toliko meseci, vidim svet preko puta u jednoj velikoj kući, a nemam pojma ko su i šta su. Moja Olivera se lakše prilagodila Beogradu nego ja, ali je držim strogo. Došla jednog dana pa se žali: „Jao, mamice, naredili nam u školi da odsečemo lokne i ošišamo se kratko, pa su učenice besne i ljute, ispašće ružne!" A ja podviknem: „Kako ružne? Hoćete da se pravite dame! Što naredi direktor, mora da se sluša! Odmah kod frizera da ti odseče lokne!" Otplakala je te lokne, a glava joj je sad kao u lutkice s kratkom kosom. Nego, vide jedna od druge: ona se udesila, hoću i ja.

— Znate, gospa-Ružo, muke imamo u školi, naročito s tim njihovim frizurama. Na času samo vade ogledalca, nameštaju lokne, udešavaju se, više misle na spoljašnost nego na lekcije. Moralo im se to zabraniti. Ali, nisu svi roditelji kao vi, neke se majke i bune, hoće da im ćerke budu lepe. Posle, sve što se dogodi s učenicama izvan škole, povika na školu. Koliko škola treba da vodi računa, još više moraju roditelji.

— Bome, ja o svome detetu brinem. Škola mu daje znanje, a moje je da pazim kud ide i kakve su joj drugarice... Koliko je sati? Idem, moram do trgovine, da kupim platno za navlake. Imam šivaću mašinu, pa sama šijem. Slušajte, gospođice Nado, da dođete jednom na ceo dan, da ručate i večerate kod mene. Pisaću Uglješi da mi pošalje prase, pa da dođete na ručak, slatko da se narazgovaramo. Bože, što sam volela tetka Stanu, vašu majku. Podsećala me na moju mamu. I ona je nosila fes i libade. I sad, kad vidim žene s fesom i libadetom, zastanem i okrenem se, pa je gledam. Divne su bile naše starinske majke. E, zbogom, gospođice Nado. Imate i vi lep stan. Koliko je ovo soba?

— Dve, predsoblje, kuhinja i kupatilo.

— Koliko plaćate?

— Osam stotina dinara.

— Nije skupo.

— Prvoklasan komfor nije, ali već odavno sam ovde, navikla sam... Doći ću kod vas jednom na ceo dan.

— Ponesite i ručni rad. Radite li štogod?

— Vezem ili pletem. Imam uvek ponešto u rukama. A vi meni Nenada pošaljite.

— Može li u nedelju?

— Neka dođe poslepodne, čekaću ga.

— Začudićete se kad vidite onog malog Nenada.

Gospa Ruža ode vrlo raspoložena. Bila je srećna što je njen brat upoznao Anđelku i rodi joj se jedna misao, iz koje su se razvijale druge: zašto se njen brat ne bi mogao ponovo oženiti. Računala je koliko godina ima Anđelka, ali je znala da i Uglješa lepo izgleda. Ona je raspuštenica, razočarana, možda neće više tražiti mladog muža. A nikoga nema, ni braće ni sestara. U Uglješi bi našla nežnost brata, oca i muža. Milo joj je bilo što ona voli život na selu i što se bratu dopala. Jedva je čekala da Nenad dođe da mu sve ispriča, a Uglješi će pisati i pozvati ga ovamo da upozna najpre Anđelkinu tetku... Ko zna šta sve može biti. Dobra žena preobrazi čoveka.

# Dečak s praćkom

Vrata se otvoriše i u okviru se ukaza visoka, stasita i lepa pojava mladog avijatičara. Profesorka uzviknu:

— Nenade, ti!

Avijatičar se saže i poljubi joj ruku.

— Čekaj, molim te, da te vidim! I ti si onaj mali dečak iz okupacije? Nosio si kratke pantalone i neprestano pravio praćke. Joj, zbog tih tvojih praćki svi smo se sekirali i grdili te. Malo malo, pa nanišaniš na stražara! A sad avijatičar kapetan! Mogla sam sto puta proći pored tebe i nikad te ne bih poznala.

— Ne bih ni ja vas poznao. Bili ste pod okupacijom lepa mlada devojka, ali uvek tužna. Bojao sam se kad ne znam matematiku. Vi ste mi dali dobar osnov, posle sam kroz sve razrede bio solidan matematičar i čak pomišljao na tehniku, ali sam ipak otišao u vojnu akademiju.

— Ja veoma cenim oficire, lepo je što si izabrao taj poziv. Devojke te sigurno vole. Gospa Ruža se ljuti što se ne ženiš.

— Imam još vremena, gospođice Nado. A gde je Anđelka?

— Ona je činovnik u Makedoniji.

— Žao mi je što ne mogu da je vidim. Bio sam kao dečko rđav prema njoj, a ona me mnogo volela. Sećam se kako me njena dva mala plava oka gledaju kroz plot i kako me zove: „Bato, hodi da pucaš!" A ja uobražen gimnazijalac, za mene je ona bila beba, nisam hteo da se igram s njom. Ali sam bio nežan kad je izgubila oca. To mi je najjače sećanje iz okupacije: ona vriska u kući, žene trče, svi uplašeni.

— I meni je to najstrašnije sećanje...

Avijatičar spazi suze u njenim očima, pa pređe na veseliji razgovor.

— Anđelka je sigurno lepa?

— Meni je lepa kao moja sestričina, ali i drugi to kažu. Samo, lepota nije najvažnija u životu. Lepa je, pa ipak nije bila srećna. Mama ti je sigurno kazala da se razvela.

— Čuo sam! Razvod braka nije više nikakva senzacija, već svakidašnji događaj.

— Ne bi smeo da bude svakidašnji događaj! Brak je nešto lepše i uzvišenije. Čula sam i za slučaj tvoga ujaka. Zamisli, mi smo prošlog leta bili u njegovom selu baš kad i ti. Kako to da nisi video Anđelku?

— Mi smo otišli do kuće njene drugarice, ujak joj je odneo jednu knjigu, ali je Anđelku bolela glava, nije izlazila.

— Jest... ona je glavobolna.

— Ona je mene sigurno videla. Daćete mi njenu adresu, pa ću joj pisati da je onaj avijatičar koji je bio u selu njen bata iz okupacije, onaj rđavi dečko što nije hteo da joj puca ladolež. Moram joj reći da se ujka zagrejao za nju i s oduševljenjem govorio o njenim lepim plavim očima i otmenosti. Na njega je ostavila izvanredan utisak, kao lepa i inteligentna devojka. Ja sam joj video siluetu izdaleka, visoka je.

— Jeste, ovako kao ja.

— Krivo mi je što još nisam upoznao malu Anđelku iz okupacije!

— Dečak s praćkom, je li? Mama ti strahuje što si avijatičar.

— Jednom se mre. Avijatičar doživi i strahote i lepote koje ne doživljavaju drugi, pa mu nije žao da pogine.

— Ja nikad nisam letela, a nije ni Anđelka. Šta misliš, da li će avion postati svakodnevno saobraćajno sredstvo? Kad uzmeš, više sveta izgine u automobilskim nesrećama nego u avionskim.

— Aparati su svakim danom sve savršeniji. Ja sad sedam u avion kao što bih seo u auto.

— Nije ti se nikad desilo nešto strašno?

— Događalo se... ali avijatičar mora biti pripreman na sve.

— Baš ste vi, deco, hrabri. U prošlom ratu pešadija je svuda jurila prva, a sad mašine, avioni, motorizovane kolone. Mašina svuda potiskuje čoveka. Da li je to dobro ili zlo?

— Bar je manje ljudske snage potrebno. Samo, mašine zahtevaju stručnije osoblje.

— Avijatičari moraju znati mnoge stvari kao tehničari, zar ne?

— Danas se sve zasniva na tehnici... Nego, recite mi kako ste zadovoljni mojom sestricom?

— Krasno dete. Odmah mi je pala u oči svojom mirnoćom i ozbiljnošću.

— Olivera mirna i ozbiljna?! A kod kuće je pravo derište. Luduje za operom i moram često da je vodim.

— Treba da je vodiš: nemoj samu da je puštaš.

— Mama je stroga, ne sme ona nigde sama.

— Pravo ima! I ja sam Anđelku čuvala.

Poćutala je, a senka joj se pojavi u očima: „Čuvala... a ipak izgubila nevinost!"

— Da mi date Anđelkinu adresu. — Izvadio je beležnik i zapisao. U beležniku se neprekidno nalazio Anđelkin nošeščić i slika Anite iz Malinske. Nenad nije ni slutio da je ta Anita mala Anđelka iz okupacije. Zatvarajući beležnik, noteščić ispade. On se saže i dohvati ga. Nada ga pogleda i nasmeja se:

— Kakvi su ti to ženski noteščići?

— Moja amajlija — odgovori avijatičar s osmehom.

Da se slučajno noteščić otvorio i ukazala slika, tetka bi se zaprepastila. Ovako opet je iščezao trenutak kad je mogao doznati ko je Anita.

Otišao je rešen da već sutra piše Anđelki i kaže joj za simpatije koje njegov ujak ima za nju. Želeo je da on bude srećan i da se oženi. A što se njega tiče neće se još ženiti. Danas ide do majke i zna da će tamo biti Nevenka. Dobra je i lepa ta devojčica, ali nije po njegovom ukusu. Mala je i crnomanjasta, a on voli visoke i brinete s plavim očima. Seti se Anite iz Malinske i Anite s Dušanovca. Bila mu je dosadila ta udovica. Pisala mu je neprestano, rđavim rukopisom i s mnogo gramatičkih grešaka, tako da su njena pisma uporno kvarila utisak one male žene, prilično simpatične, s jamicama na obrazima, koja je mogla i umela da zagreje muškarca. Ali kad ode od nje i još dobije pismo — ona je neumorno pisala, ne osećajući kako ga svaki njen nepismeni red i jeftina tepanja razočaravaju — morao se nasmejati. Nije mogla da se udubi u njegovu dušu, videla je samo spoljašnost, pa ga mamila kao ženka, banalnim rečima i miloštama.

Mnogi muškarci ostaju ravnodušni prema ženama koje osvoje u trenutku slabosti, pa iako ih ta slabost iznova baca u njihovo naručje, posle svakog sastanka oni odlaze ravnodušniji i sitiji žene koja ih nije privezala ničim lepšim, osećajnijim i inteligentnijim. Seksualna privlačnost žene brzo se gubi ako ne progovori i njeno unutrašnje biće.

Odlazio je majci, kad je kod nje i Nevenka, da joj učini po volji, ali i ta gospođica je bledunjava ličnost. Dolazio je sve više do uverenja da će teško naći devojku koja bi ustalasala celo njegovo biće. Većina devojaka su feljtoni, laki i površni, koji se pročitaju i zaborave, a on je tražio devojku-roman, duboku i osećajnu, punu tajni.

Do danas je nije našao, dok je devojaka-feljtona imao puno.

# Potajne nade

Aprilsko sunce obasjalo je šumadijska polja i zabrane, lugove i sveže okrečene seoske kućice, živahnule posle duge zime. Ovce se razmilele po paši, pa je milina bilo pogledati šarene, bele i crne jaganjce, umiljate i nestašne. Pšenica je ozelenela i seljaci behu vredni kao i obično prvih dana proleća, kad posle zime i snežnog pokrivača, koji obilato natopi zemlju, sve počne da klija i buja.

Bujalo je sve i u bašti i voćnjaku Uglješe Kneževića. Kao agronom, on je stručno podizao svoje imanje, nabavljao najbolji rasad i kaleme voćaka, cvećarnik mu se šarenio od lala i perunika, a bokori ruža se širili, obećavajući u maju hiljade cvetova.

Obilazio je tog jutra voćnjak i baštu, vedar i podmlađen, čak pevušeći, kao čovek čija je duša rasterećena jer je prošlo ono bolno i teško što ga je mučilo, omrazilo život i činilo ga ženomrscem, divljačkim i usamljenim osobenjakom. Nešto se u njemu događalo, preobražavalo ga, ulivalo veru u život i budilo potajne nade.

Šetajući po voćnjaku zastade kraj jedne dunje: kalemio ju je na kruški i očekivao da će ove godine roditi. Dobro je napredovala. Zagledao je i baštenske jagode, koje se behu razlistale. Videlo se da će biti puno ploda. Poslaće sestri u Beograd, a daće i ovdašnjem učitelju.

Ovog proleća sve mu je bilo lepo i prijatno, obuzimala ga je volja za radom. Odlazio je seljacima i primao ih, dolazili su mu na sedeljke i pozivali ga u svoje voćnjake, cenili ga kao što naš seljak uvek ceni onoga ko se interesuje za njegov rad i život, trudeći se da mu olakša napor i uputi ga da izvuče što više koristi iz zemlje i njenih plodova. Postao je i njihov zadrugar, dolazio na sastanke, pa se o njemu u celoj okolici pričalo kao o čoveku školovanom i pristupačnom, koji je došao da živi na selu i deli sa seljacima i dobro i zlo.

Postao je lak i svež, osetivši po prvi put posle nekoliko godina ogorčenosti i usamljenosti, da mu nedostaje žena.

To saznanje pojavilo se u njemu onog popodneva kad je kriknuo videći bika ustremljenog na ono nežno devojče, kad ju je osetio iza sebe na konju, dok se držala oko njegovog pojasa... i onda kad je sedela na klupi, skrhana bolom, ispovedajući se njemu, nepoznatom čoveku iskreno i toplo, suznih očiju onako nejaka i bespomoćna, surovo odgurnuta od muškarca koji je sebično uništio sve lepo u njoj. Kroz njenu tužnu ispovest osetio je i dramu svog života. Zar i njega nije napustila žena koju je obožavao, ubivši sebe fizički a njega duhovno!

I one večeri, dok je slušao Anđelku, osetio je beskrajno sažaljenje i želju da je zaštiti, prigrli na grudi, ućutka njen bol i razgali je. Nežnost koja mu tada beše ispunila srce ublažila je i njegovu prošlost, umilostivila ga prema okolini, približila ljudima i omilila baštu, voćnjak, njive. Kupio je još zemlje, sejao razna žita i sadio povrće, nabavljao nameštaj kao da nešto iščekuje, kao da je u sebi nešto pronašao, osetio sopstvenu snagu i volju za životom, želju da usreći nekog a time i sebe.

Ali to je još bilo skriveno duboko u njemu, nije se pomaljalo. Nije se usuđivao da piše Anđelki, bojao se svojih i njenih godina, pa se zadovoljavao time da povremeno priupita Zlatu o njoj, a ona mu je pričala opširno i iskreno, s toplinom prave drugarice.

— Anđelka je divno biće. Žao mi je što se razvela od muža, ali on se nije ni potrudio da sazna koliko je njena duša plemenita i život besprekoran.

On je pitao, kao da ne zna, za uzrok razvoda, a Zlata je priznala istinu, u nadi da Kneževićeve reči uteše i nju, koja očekuje isti zaplet u braku. Bila je srećna kad je on izrazio divljenje prema Anđelki i osudio njenog muža.

„Jest, ali on je stariji čovek", mislila je Zlata, „on može da oprosti i opravda, ali mladić neće. Mladić ima više samopouzdanja, njega voli više devojaka. Imaju mladići uvek neki izbor devojaka, pa su zato ljuti, ne opraštaju lako, jer im se čini da su prevareni i da im je podvaljeno."

Knežević se zadovoljavao time da pohvali Anđelku, ali je krio ono što je u njemu, ono što je probudilo baš ta napuštena mlada žena, koju s njim spaja nešto bolno, žena kojoj je bio potreban čovek da je razume, da leči njenu ojađenu dušu i prizna joj čistotu karaktera.

To što se budilo u njemu kao svetlost ostajalo je potajno i hrabrilo ga jedino iznutra do onog dana kad je dobio sestrino pismo. Tada je procvetalo. Ona mu je potanko, na dva puna tabaka, pisala o Nadi Todorović, Anđelki i njenoj porodici, o tragediji koja ih je zadesila. Pisala je nežno i osećajno, čudila se kako je on to nju spasao, nalazila u tome prst sudbine i hrabrila brata da razmišlja o ženidbi. Pitala je hoće li ih primiti na leto u goste, sve njih, a i tetku i Anđelku, zvala ga da što pre dođe u Beograd i malo se provede, da idu u pozorište i operu, da vidi sveta. Javljala mu je da je Anđelka činovnica u Makedoniji i dodala da bi ga raznežila: „Žao mi jadnice! Tetku ima i više nikog. Da ona umre ostala bi sama..."

I još mnogo nežnih i toplih reči, jer je znala da će bratu to goditi, ohrabriti ga, odlučiti da se ženi. Zašto ne bi uzeo Anđelku? Ona je raspuštenica, a on čovek koji još može imati dece. Neka rodi samo dvoje, pa će biti dobro. Stariji muž treba odmah dete ženi u ruke da dâ. A uz to ona voli imanje, uživala bi na selu. Sećala se gospa Ruža da je i njihov otac bio stariji čovek. Dvaput se ženio. Prvi put nije imao dece, i oni su se oboje rodili u drugom braku, kad je njemu bilo četrdeset devet, odnosno pedeset pet godina. Naravno, nije ni slutila kakvo će uzbuđenje izazvati kod njenog brata ovo pismo.

A on je od jutros pevušio, šalio se sa slugom Radojicom i njegovom ženom Ivankom. Oni su se čudili kako je to gazda Uglješa veseo. Kazao im je da u ponedeljak putuje u Beograd, pa da zakolju prase i ćurku, a on je spakovao u jedan sanduk najlepše jabuke, još dobro sačuvane od jeseni, spremio orahe, sveža jaja, kajmak i sir, pakovao zviždućući, raspoložen kao nikada dotle. Rešio je da u Beogradu poruči dva odela. Bio je oduvek kicoš, ali na selu, u tuzi, malo se zabatalio. Nekakva unutrašnja sila podizala ga je sad, vraćala sve ono nekadašnje lepo u njegovom životu: dobrotu, pitomost, ukus, kavaljerstvo.

Spremao se da ode do opštine nekim poslom, kad se pojavi Živadin, momak kod Zlatinog oca. Zlata mu je slala pozivnicu: sutra se venčava s inženjerom Mašom Dimitrijevićem.

Obećao je da će doći. Ona mu je pričala o svojoj ljubavi i upoznala ga s mladim inženjerom. Knežević je veoma cenio Zlatu. Ta rumena, zdrava i lepa devojka, intelektualka ali i seljanka, imala je sve dobre osobine: praktičan duh, vrednoću, zrelo procenjivanje, poznavanje sela i teškog seoskog života. Bila je vredna domaćica, a Knežević je poštovao takve žene. Volela je da čita, što ga je posebno oduševljavalo. Pročitala je bezmalo celu njegovu biblioteku. A Kneževićeva žena nije volela da čita, uvek joj je ćuškao knjigu u ruke, ali je ona samo mrzovoljno prevrtala stranice. Sada je žene umeo da gleda drugim očima i zato je cenio Zlatu, kao što je cenio i Anđelku. Činilo mu se da bi se ona privila uz njega baš zbog tog njegovog razumevanja, kao što bi se neka devojka koja ima kakvu telesnu manu smatrala dvostruko srećnijom da je uzme čovek koji ne obraća pažnju na taj nedostatak, zašta mu je iskreno zahvalna.

# „Ubiću se ako me napusti"

Nedelja je osvanula sunčana i mirisna. Zlata beše rano legla da se dobro ispava i zorom da ustane. Venčaće se u seoskoj crkvi, pa će ručati kod kuće. Celo selo očekivalo je Zlatinu svadbu, jer to nije bila obična svadba: udaje se fakultetski obrazovana seljačka kći za školovanog seljačkog sina. Šumadinci su ponosni na svoje školovane sinove, a svadbe su najlepši doživljaj, najsvečaniji dan, kao praznik, pa roditelji vole da ih bogato proslave, da se ne zastide pred gostima i prijateljima. A gosti su dolazili sa sviju strana, jer je Marko Janković bio domaćin u selu i okolici. Pristizali su i Mašini drugovi iz varoši, inženjeri, profesori, mladi advokati, momci ili oženjeni. Sirene su odjekivale kroz selo, a deca su se čičkala oko automobila, radoznala i svetlih očica, zagledala kola, pela se u njih, pritiskivali trube... sve je to za njih bilo novo, čitava senzacija!

U kuhinji kod Zlate gužva od reduša, a u dvorištu momci iz komšiluka okreću prasce i jaganjce na ražnju. Živina još juče zaklana i očerupana, pa se od dva sata po ponoći peče i kuva za ručak. Kolači umešeni ranije, puna kuća jela, poslastica, najboljeg vina. Stolovi postavljeni u dvorištu, ispod venjaka koji je podigao Zlatin brat s drugovima, da se osiguraju od kiše. Svirači došli iz varoši, čuje se muzika, sviraju i pevaju dok se nevesta oblači i pristižu svatovi. Dve mlade učiteljice je nameštaju i kite. Pre nekoliko dana išla je u varoš i stavila električnu ondulaciju. Tamo su joj šili i belu venčanicu. Dive joj se učiteljice kako je lepa, i ona treperi od uzbuđenja, ali joj oko srca hladno i grozničava jeza kao kod Anđelke, jer nije ništa priznala vereniku, nije mogla da kaže da je izgubila nevinost, toliko se puta odlučivala i odustajala bojala se izgubiće ga, a onda bi se ubila. Rešena je bila ako je ostavi kao Toma Anđelku da izvrši samoubistvo. I ta se misao kao avet šunjala oko nje, kao tama prevlačila sve ovo svetlo, raspevano i razdragano svadbenog dana: nevestinsku haljinu, raskošni aprilski dan, vesela lica njenih roditelja, nežnu i dobru braću, učitelja i oficira, koji su došli iz varoši. Oficir je doveo i jednog druga, jer svi iz varoši vole da dođu na seosku svadbu, radi izleta u lepo i bogato šumadijsko selo, a bome i da se počaste u domaćinskoj kući, gde se ne žali kad se udaje kćer ili ženi sin. Svi su veseli i Zlata je nasmejana, ali srce joj je stegnuto.

Maša je došao u selo još pre dva dana i kod svoje je rodbine. Tu će se njegovi drugovi sakupiti da krenu po mladu. Ona će do crkve otići automobilom da ne isprlja belu haljinu i cipele.

Skupljaju se gosti, puno ih dvorište. Dolazi mladoženja. Svadbena povorka polazi u crkvu. Mati Zlatina plače. Danas će se rastati s detetom, svojom mezimicom i jedinicom.

Iz crkve dolaze kući, a posle ručka nastaje veselje. U pet sati odlaze u varoš. Na svadbeni put neće ići, jer to ne žele ni Zlata ni Maša. Kuća im je nameštena u gradu, lepa zasebna kućica, nedavno sazidana, nov nameštaj je donet i sobe pune svega i svačega, jer je materinsko srce to spremalo. Majka Jela nije zaboravila ništa. Odnela je pun ćup masti, krompira, luka i čabricu kajmaka, kupila šećer i kafu, dala slatko koje je Zlata kuvala jesenas da prvo jutro ima sve u kući, da ne trči u bakalnicu. Danas joj sprema punu korpu pečenja, pita i drugih kolača da sutra imaju za ručak.

Bliži se pet sati, a Jela grca, ne sme da pogleda kćer, a gledala bi je ceo dan, divila se kako je lepa u beloj haljini. Srce joj rastuženo ali i puno materinskog ponosa. Sve su to školovana deca, ona ih je rađala i mučila se da postanu ljudi, da se čuje za njih i u selu i u gradu. Zasuzio je i Marko, ali se hrabri i otima, podnosi muški svoju tugu pri rastanku s mezimčetom. Kako ih je Zlata volela, kako je bilo nežno i plemenito srce ispod grubog gunja njenog oca, ispod seoskog jeleka njene mame...

A šta će biti sutra, šta će im reći ako se i njoj dogodi kao Anđelki? „Obesiću se, pa će me oplakati!" Smeši se, a bol je kida i razdire strašno kajanje što se ono dogodilo. Danas bi bila najsrećnija nevesta, voljena i zaljubljena, ali eto, prošlost se sveti, i sad mora mužu da položi račune o svom devojaštvu. Zašto je to moralo biti?!

Diže se od stola da se presvuče, da skine veo i venac. U našim selima ima dosta običaja, pa neko došapnu mladoženji da on treba da skine veo i venac. Ona ode u sobu, a Maša za njom. Nestrpljiv i strastan, grli je i ljubi, mrsi kosu, razvija lokne, jedva ume da joj skine veo i venac, nespretan i zaljubljen. Koliko je iščekivao ovaj dan i noć koja dolazi!

Zlata je obukla haljinu i mantil, pa prišla majci da se oprosti. Svirači sviraju i pevaju tužno, razvučeno: „Jel' ti žao što se rastajemo?" a Zlata pade majci na grudi, ne mogu da se razdvoje. Nekoliko automobila se svrstavaju, sviraju trube, deca su još u kolima, hoće da se malo provozaju, ali ih skidaju, pa se mlada penje u kola. Majka jeca, plaču i druge žene, a devojke se smeše dok ih momci vragolasto gledaju, svi su zajapureni od igre i uzbuđenja, od stiskanja ruku u kolu i ašikovanja. Svi mladi očekuju ovakav svoj srećni dan i zavide Zlati. Ispraćaju je njene vršnjakinje, već udate i s dvoje-troje dece, jer su se one, kao seljanke, rano poudavale i rađale dok je ona učila školu.

Tu je i Knežević, visok i prav kao bor, lepe glave i ponositih crta, elegantno obučen u marengo-odelo. Neke varoške gospođice ga gledaju i raspituju se ko je, a kad još čuju da je posednik, ne skidaju očice s njega. Knežević pozdravi Zlatu i poljubi joj ruku.

Auto s mladencima polazi, ostali za njima, a svirači sviraju, pesma je još tužnija. Žene teše Jelu, dok se Marko kuraži i krišom briše suze, glasno naređujući sviračima kolo. Veselje se nastavlja još bučnije, donosi se vruće pečenje, prašte puške i ori se pesma, dok se automobili gube u daljini. Mladoženja je privukao mladu na grudi, ljubi je i mazi, a ona mu uzvraća poljupce, ali zlokobna misao rije po njoj, bode je i seče: „Ubiću se ako me napusti!" Htela bi da zaplače, da mu prizna, ali reči ne prelaze preko usana, već se prekor razliva po celom telu kao otrov... Prislanja mu se na grudi, dok se kroz mrak provlače drum i šumarice pod svetlim trakama farova, pripija svoje uzne uz njegove, puna milošte i ljubavi, kao da hoće da ga razneži i odobrovolji, da joj unapred oprosti, da je ne prezre, da shvati koliko je ona dobra i koliko će mu biti verna žena. Ona je kajanjem iskupila svoj greh i sad bi od sveg srca doviknula svim neiskusnim devojkama: „Nemojte se zaboraviti pre braka! Ne tražite trenutno zadovoljstvo! Čuvajte se za sreću i blaženstvo u braku, čuvajte se da biste stekle poštovanje muževa, čuvajte se da oni nikad vašim grehom ne opravdavaju svoje postupke..."

DRUGI DEO

# Usamljena žena

Tog dana, prvi put otkako je došla u Makedoniju kao sudski pripravnik, Anđelka je osetila radost. Razveselila je njena kućica. Teta joj je poslala stvari, pobrinula se za sve, nije zaboravila mnoge sitnice, čak ni vaze, šolje za čaj, jedan čajnik. Neke stvari dobila je kao verenica, druge je tetka kupila i sad sve to ispunjava njenu usamljeničku kućicu. Volela je da ima svoj dom. Ko zna da li će se ikad udati! Samuju tolike devojke, samuju udovice, raspuštenice. Samovanje je dosuđeno mnogim ženama koje nastoje da budu ispravne. Podsmehnu im se mnogi, ali one su svesne toga da imaju svoj mir. Posle svega što se odigralo u njenom životu, Anđelka je rešila da živi povučeno i skromno. Htela je da stvori prijatnu atmosferu u svojoj kućici. Njena drugarica Mileva, kod koje je bila deset dana na stanu, odselila se s roditeljima, jer joj je otac dobio premeštaj, ali je Anđelka pre odlaska našla stan — malu zasebnu kuću kod jedne čestite udovice i njene ćerke, krojačice sa završenom zanatskom školom, dobre i lepe devojke. Imale su dve kućice, pa su jednu izdavale a u drugoj stanovale. Ona za izdavanje bila je mala, s doksatom, kuhinjicom, sobom i nekoliko stepenica od žutih i čistih dasaka. Anđelki se dopala zato što je soba bila velika, s tri prozora na dve strane, s pogledom na baštu punu cveća. Lepe makedonske bašte raskošno su mirisale. Ničeg veštačkog nije bilo u njima, već puno bokora lala, perunika, jasmina, jorgovana, a ovde-onde, u pravouglastim lejama, žuti šeboj, ljubičice, dan i noć, sve nabujalo, čitava šumica od bokora koji su oivičavali stazu popločanu ciglama i davali živopisnost celom dvorištu. Njena kućica se skrivala iza tog dekora i to ju je radovalo. Živeće mirno i povučeno, pokazaće teti da nije izneverila njeno vaspitanje.

Dovršila je nameštanje sobice s onim uživanjem koje osećamo kad se stavlja sve novo i lepo. Kauč u uglu, polica, sto. Tetka joj je poslala i mali štednjak, jer je kazala da se neće hraniti u kafani, nego sama kuvati kod kuće. Poslala je i jedno belo-zeleno ormanče, dve bele stolice, dva stola, za sobu i kuhinju, njene jastučiće, miljea. Kućica je baš slatko izgledala i Donka, mala krojačica, i njena mati dođoše da vide, pa su se divile, uživale i same, jer su bile uredne i radovale se što je ova fina gospođa, kako su je nazvale, tako lepo uredila kuću. Donka nabra malo jorgovana i stavi ga u dve vaze, pa on ispuni sobu mirisom i lepotom svojih cvetova.

Na prozorima su bile tanke čipkane zavese, koje su još doprinosile da sve bude svetlo i sjajno u sobi. Kako je bila zahvalna svojoj teti što joj je sve ovo poslala. Ona je osećala da će Anđelki biti teško u tuđoj kući, među tuđim stvarima, jer je znala koliko voli sopstveni dom, koliko se radovala svom bračnom gnezdu i snevala o svakoj stvari. Zato joj je i poslala sve to, da ne oseti kako nema doma, kako se potuca po tuđim kućama. Kupila joj je od njene ušteđevine, koju nije trošila, pa je još ostalo, što će joj čuvati ako zatreba.

— Baš je divno kod vas — divila se Donka. — Je li, mamo?

— Gospođa je lepa pa i njena kuća mora biti lepa.

— Svi pitaju za vas. Ovde do nas stanuje jedna bogata porodica, imaju sina Safeta koji radi s ocem u trgovini, svršio je trgovačku akademiju, pa me juče pita taj Safet: „Koja je ono lepa dama što se uselila u vašu kuću?" A ja mu pričam da ste činovnica u sudu. Njega sve žene vole, vrlo je imućan, samo je malo uobražen, ali divno peva i svira na gitari. Hoćete li da vam donesem još cveća?

— Možete, ako vam nije žao da kidate.

— Što da mi je žao! Ja volim cveće u vazi.

— I ja volim, ali ga u Beogradu nisam nikad mogla dobiti tako svežeg. Baš su divni jorgovani.

— Jeste li sve ovo sami vezli? — upita Donkina majka, zagledajući u kuhinjici miljea ukrašena vezom „venecijanske korpice".

— Jesam.

— Moja Donka veze, ali njoj je to posao, učila je u školi, ali vi ste išli na velike škole, kad ste stigli da ovo izvezete?

— Mnoge studentkinje vezu. Ako uči školu, žena ne mora da zanemari kuću.

— Jeste, kuća je na ženskim rukama, ali vaše ruke nisu naučile na težak posao. Ako treba što da se uradi, samo zovite Donku. Ona će uvek patos da vam izriba... A vi ste se rastali od muža? Pričala nam Mileva. Sigurno vas je varao, kao jednu od nas što vara. Svaku noć lumpuje. Došli čočeci u kafanu, a on kraj njih! Sve što zaradi daje na piće i čočeke.

— Moj muž nije bio takav... razveli smo se zbog familije... Je li vam ko ranije stanovao u ovoj kući? — prešla je na drugi razgovor da bi prekinula njenu radoznalost.

— Jedna činovnica iz pošte, ali se udala i uzela lepši stan s mužem. U nevreme nam ostavi kuću. A Mileva dotrča pa me pita: „Tetka Saveta, hoćete li da izdate kuću jednoj činovnici?" Pristala sam odmah i vama dala jeftinije: dvesta pedeset dinara, iako smo mogle da dobijemo i trista pedeset, ali neću da vam povišavam kad ste ovako lepo namestili. Neka i moja Donka ima društva. Nema, jadna, s kim da izađe. A imam nešto da ti se požalim, gospođo — na nju pređe tetka saveta na „ti" i poče šapatom, poverljivo: — Zaljubila se u jednog podnarednika i on u nju, pa neprestano šetka pored kuće i gleda u našu baštu. A ja neću ni da čujem, starinska sam žena, ne dam da se muškarci vucaraju oko kuće. On ne može još da se ženi, pa što se vrzma oko moje ćerke. Ti da joj kažeš da se čuva dobro. Ne sme da švrlja po sokacima i na korzou s muškarcima. A on je sve sačekuje. Ovde do nas, eno u onoj kući, stanuje jedan narednik, oženjen čovek, ima lepu ženicu, pa onaj što pilji u moju Donku stalno dolazi kod nje i narednikovica joj donosi abere. Ne dam ja to.

— Podoficiri su dobri mladići.

— Ne kažem, ali ovaj nije još stekao pravo da se ženi. Donka mi kaže: „Ne znaš ti, mama, kako je on dobar!” Za mene je, brate dobar onaj koji će da dođe meni i da me lepo zamoli: „Gospa Saveta, da mi date vašu kćer za ženu!” A da se ona vija s njim po sokacima, ne dam dok sam živa. Ja sudim svome detetu, a ne ono meni! Eto, ove komšije do nas su muslimani, imaju dve ćerke, pa se one ljute što ih pokrivaju. Hoće da idu bez zara i feredže, kao sve ostale devojke. A roditelji starinski ljudi, pa ne daju. A da vidiš kako su devojke lepe, svi bi muškarci poleteli za njima da ih vide, ali ni majka ni otac ne dopuštaju. Al' takvih je sve manje, gubi se ono starinsko.

Utrča Donka, rumena i lepa devojka, nešto nižeg rasta, krupnih crnih očiju i rumenih sočnih usnica. Zabavila se u bašti malo duže, očekujući da prođe njen Borislav... Ah, kako ga je volela! Krišom je dobijala pisma od njega, preko narednikove žene, pisma puna vatrene ljubavi, tuge i želje za brakom. Obožavao ju je, čeznuo za njom, zaklinjao se da će biti veran, da za njega ne postoji ni jedna druga devojka na svetu, da samo do nje stoji hoće li sklopiti brak kad on stekne pravo. Ta ljubav ju je svu obasjala, pa je bila srećna, pevušila šijući na mašini. Divno je šila i imala svoje mušterije. Hvalila se Anđelki:

— I vama moram da sašijem haljinu. Neću drugom da dajete. Videćete kako lepo šijem. Imam sve fine mušterije. Šijem i jednoj pukovnikovici i njenim devojčicama. Jel' znate vi koji strani jezik?

— Znam francuski.

— Onda ću da poručim pariske žurnale, pa ćete mi prevoditi.

— Dobro, Donka. Pisaću tetki da ih nabavi, ne moraš ti.

— Vidiš, Donče, kako je gospođa dobra — reče tetka Saveta, pa se trže: — Joj, ja se zapričala, a ono će sve da mi pokipi na šporetu! — Ona otrča, a malo posle ode i Donka.

Kad ostade sama, Anđelka sede na kauč. Gledala je po sobi s puno radosti, zagledala svaki kut. To je njena kućica! Tu će ona umeti da nađe i radost i zaborav. Ono zgrčeno u grudima popuštalo je. Prvi put od dolaska osetila je kako iščezava osećanje usamljenosti među nepoznatim ljudima. Počela je da upoznaje njihov život i njihovu dušu. Eto, i Donka i njena majka su tako iskrene, druželjubive, ljubazne. Utrkuju se koja će joj više usluga učiniti. Donka joj je oribala celu kuću, obrisala prozore, sve očistila da bude što lepše, a radovala se što će s njom izići. Zašto da ne iziđe. I ona je sama. Muško društvo neće tražiti...

Suton se uvlači u baštu i bokori tamne. Miris je još jači, ali nešto tužno se uvlači u dušu Anđelkinu. Sa džamije se začu otegnut i tužan mujezinov glas. Anđelkine oči napuniše se suzama. Da li ju je to rastužila pesma mujezinova ili samoća njene duše, miris bašte ili sva ova lepota oko nje? Ili možda to što je ipak sama i ostavljena, a i njena teta je sama, dve sirotice... glava joj klonu na jastuk i suze kliznuše.

Ali, ne, neće plakati. Zašto se podavati tuzi? Nije učinila nikome zlo, nije grešnica. Sad je samostalan čovek, ima svoj život, ima svoju kućicu. Pali elektriku i gleda po sobi. Bože, je li mogućno da je sve ovo njeno? Pa ona će ovde zaista živeti! Oči joj se smeše i zamišlja kako će dočekati tetu kad dođe. Pozvaće i njenu koleginicu Ljubicu. Teta voli baštu, uživaće kod nje.

Mrak postaje gušći i cveće gubi boju u noći. Mesečine nema. Anđelka pođe da zaključa kuću, a tetka Saveta joj priđe:

— Ne moraš zaključavati. Ovde je pošten svet. Niko nas nikad nije uplašio noću. Mi uopšte ne zaključavamo. Ako te strah, može Donka da spava kod tebe.

— O, ne, navikla sam, nas nije bilo mnogo u kući — odgovori Anđelka. Stajala je na doksatu, ne znajući da je s prozora susedne kuće posmatra mladi Safet. U njegovoj sobi je mračno, a Anđelka je upalila svetlost. Safet je gleda crnim očima i divi joj se. Kao školovan mladić, on je osuđivao zastarelo ponašanje svojih roditelja, ali nije uspevao da sestre oslobodi feredže. Kod muslimana roditelji se moraju slušati i mlađi ih teško pobeđuju novim navikama. Majke bi se još i prilagodile, dopustile da se kćeri otkriju, ali su očevi neumoljivi diktatori u kući. Tako je i kod Safeta. On ima drugarica koje nisu muslimanske vere, odlazi na žureve, zabavlja se s njima, flertuje, piše im pisma. Jednom od njih bi se mogao i oženiti, ali ne sme od oca. Zavisi od njega, s njim je u trgovini, jer nije otpočeo činovničku karijeru, već postao trgovac. A voli žene i one vole njega. Vole njegovu gitaru, njegovu gustu talasastu kosu, vatrene oči, kavaljerstvo. Zato je Safet zanet gledajući Anđelku. Ona i ne sluti da je neko vidi, pa ne spušta zavese. Kuća je duboko u bašti i s ulice se ne primećuje. Anđelka namešta kauč za spavanje. Podiže poklopac i iznosi bele jastuke i plavi svileni jorgan.

Sve je to bilo spremno za njeno venčanje i njene bračne noći. Postelja je bela i plava. Plavi svileni jorgan se preliva kao njene oči. Iznosi dugu spavaću košulju i pruža je preko jorgana. Safet oseća kako mu bije u slepoočnicama, ruke su mu vrele... „Divna je!", šapuće. Ona uzima češalj i provlači ga kroz kosu. Ostaje u kombinezonu... Safeta hvata vrtoglavica... Uzima spavaću košulju... Safetu se čini da gubi svest dok gleda čarobnu viziju s dugom crnom kosom. Srce mu strahovito lupa, plamen ga poduzima. „Božanstvena je!" Ah, on će izgubiti pamet ako je bude gledao svako veče.

Sijalica se iznenada ugasi i vizije nestade. Mladić se oseća sav slomljen i malaksao. Dođe mu da uzme gitaru, da peva i svira, ali tada će ona otkriti njegovu osmatračnicu. Odavde će on svake večeri da je posmatra i uživa u lepoti. Mora se upoznati s njom.

U kući je sve tiho. Safet spava gore visoko, sâm u jednoj sobi. Vrućina mu na dušecima i otvara prozor. Iz jedne kafane dopire pesma čočeka, ali njega ništa više ne interesuje. Ni gimnazijalka Lela, ni ona učenica zanatske škole, ni mlada učiteljica koja pazari kod njega. Večerašnja vizija opčinila je mladog čoveka. Njegovo srce je uzburkano i dugo ne može da zaspi.

A Anđelka je zaspala slatkim snom i probudila se tek kad je sunce počelo da se uvlači u sobu, a svežina iz bašte da uvire kroz gornje otvorene prozore.

Čula je kako tetka Saveta razgovara s mlekadžijom:

— Daj mi još pola litre za moju kirajdžiku.

„Zaboravila sam da ostavim šerpu", pomisli Anđelka a ona se setila da uzme. „Baš je divna!" Ustaje brzo i oblači se. Sat pokazuje šest. Da doručkuje pa da ide u kancelariju. „Da li ću danas dobiti pismo od tete? Posle ručka ću joj opisati moju kućicu. Biće srećna kad joj kažem kako mi je lepo."

Jutro i dobar san donose raspoloženje. Anđelka je sad veselija. Sve joj blista u kući, soba i kuhinja kao iz bajke, bašta puna cveća... Bar će je priroda tešiti kad su je ljudi rastužili.

Obukla je sivi kostim od engleskog štofa i stavila plavi sportski šešir od filca. Donka je izašla da je isprati. Divi se lepom kostimu. Muški kaputić pripija se uz Anđelkin stas. Lepa je i elegantna u toj jednostavnosti.

Pozdravlja se s njima i odlazi u sud. Prolazi pored trgovine Safetovog oca. Mladić je posmatra kroz izlog. Sav je rasejan i po dvaput pita mušteriju šta želi. Zagleda je i ostali svet: mladi ljudi pred kafanama dok piju kafu, pa čak se i gimnazijalke okreću za njom.

„To je nova činovnica u okružnom sudu. Svršila je prava u Beogradu."

Anđelka se oseća prijatno. Korača polako, ima dovoljno vremena. Zastaje kraj reke koja žuri nekud svojim bistrim talasima. „Lepo ću ja ovde živeti!", teši se. Sve je za nju novo. Uzane ulice, starinske kuće s naherenim doksatima, velike kapije s alkama, visoke zidane ograde... a na sledećem koraku nove građevine i popločani trotoari, moderni izlozi. Devojke obučene kao u velikom gradu, a pokraj njih žene u šalvarama. Na pijaci šarenilo: tovari drva na magarićima, obilje seoskih proizvoda, raznovrsna nošnja, bogata odeća pored siromaha u dronjcima, asfalt i turska kaldrma...

Toga dana se u sudu ražalostila kad su izrekli presudu jednom trgovačkom pomoćniku. Bila je zapisničar i pratila tok suđenja. Nezaposleni čovek, gladan i ojađen, ušao je u radnju i uzeo kutiju sardina, malo salame i biskvita. Na sudu je, sav bled i preplašen, odmah priznao delo, čak se i trgovac pokajao što ga je prijavio, ali ga je sudija ipak osudio na godinu dana zatvora. Anđelka se nije mogla uzdržati.

— Mnogo ste ga osudili — kazala je sudiji. — On je bio neza-poslen i gladan, a glad nagna čoveka na svako delo. Čitali ste valjda, kako Viktor Igo opisuje Žana Valžana: i on je zbog jednog hleba, kad je bio gladan, doterao do dvadeset godina robije, zahvaljujući pravosuđu.

— E, draga gospođo, mi na sudu nismo romansijeri već ljudi od struke. Mi smo dužni da predviđamo moguće posledice jedne sitne krađe. Ako klicu ne uništimo u početku, ona će se množiti i može da zarazi društvo.

— A ja bih otklonila baš to nezdravo što je stvorilo klicu, otk-lonila bih nezaposlenost! — žustro izgovori Anđelka, zažarivši se.

Sudija se osmehnu na to, primajući olako i bez razmišljanja reči te lepe ženice, koja se pred njegovim očima plavila i rumenela, dok su se pod njenom bluzom nazirale čvrste grudi, koje su ga omamljivale. Osmehnuo se kao čovek svestan svoje važnosti sudije i pravnika koji ne želi da polemiše sa ženskom glavom, jer iako je učila isto što i on, mislio je, ona ostaje samo žena, nesposobna da logično rasuđuje.

Anđelka nastavi, jetka i pogođena njegovim ponašanjem.

— Koliko se velikih afera zataška, afera gde su u pitanju stotine hiljada i milioni, a kod ovog gladnog mladića razmišljamo o posledicama! Sećate li se, gospodine sudijo, ubistva bogate udovice Mitrićevićke u Beogradu? Zašto je njena smrt ostala misterija? To se pitala celokupna javnost, a ja vam kažem da je taj slučaj istraživala žena, ubica bi bio pronađen.

— Nije to jedina misterija, gospođo. Mnogi zločini ostaju nerasvetljeni i u svetskoj kriminalistici, ne samo kod nas — on se ponovo onako osmehnu. — A možda je taj ubica postao od jednog kradljivca sardine i salame, kome je sud progledao kroz prste, pa nije iskusio zasluženu kaznu da se uplaši druge krađe! — Gledao ju je zacakljenih očiju, puštajući je da se žustri u razgovoru, jer joj je to lepo stajalo, a inače je bio polaskan što na suđenjima gleda tako lepu ženu, pa je koristio svaku priliku da istakne svoju važnost, da ona vidi koliko on vredi. Mada je bio oženjen, nije mu smetalo da se zagreje za lepu činovnicu-raspuštenicu i da se dvosmisleno smeška u kafani kad ga neoženjeni profesori, advokati ili oficiri zapitkuju: „Je li, kakvo ti je ono devojče u sudu? Ded' upoznaj nas!"

Anđelka se s posla vratila kući pognute glave, sasvim drugačijeg raspoloženja nego jutros. Pred očima joj je neprekidno bilo bledo i uplašeno lice trgovačkog pomoćnika i njegov izgubljeni pogled. Razmišljala je o tome kako bi ona postupila kao sudija. Ušla je u baštu i zastala na crvenoj stazi od cigala. Kao da joj se cveće smešilo i pozdravljalo je, upućivalo neku poruku. Cveće, zaista, ima dušu, ima oči, ima svoja čula: ono voli svetost a mrzi mrak. Kad li će ljudi to naučiti od cveća?

Tetka Saveta joj pruži dva pisma:

— Doneo ti pismonoša.

— Ovo je od tete! — uzviknu Anđelka. Pogledala je drugo pismo. Drhtavica joj prostruja kroz telo. „Ovo je Tomin rukopis. Ali kako, kad on nema pojma gde sam?" Utrčala je u sobu, skinula šešir i otvorila pismo. Pročitala je prve reči: „Draga moja Anđelka!" Okrenula je poslednju stranicu da vidi potpis. Stajalo je: „Vaš bata iz okupacije, Nenad Aleksić, vazduhoplovni kapetan".

— Nenad Aleksić? — prošaputa iznenađeno. Prisećala se poznaje li nekog Nenada, ali među avijatičarima nije pronalazila poznanika s tim imenom. Znala je samo dvojicu: ali nijedan nije Nenad. „Bata iz okupacije...", to joj ustalasa maglovite uspomene iz detinjstva. „Biće to onaj dečak koga sam gledala kroz plot!" Njeno sećanje više je bilo konstruisano po tetkinom pričanju nego po stvarnom pamćenju. Sećala se samo plota, cveća preko njega, jednog velikog drveta. Teta je pričala da je to bio dud.

„Bata iz okupacije!", prebire po glavi i brzo preleće redove, tople i drugarske, kao kad se piše drugarici iz detinjstva. Priča o nestašlucima, o nevaljalom bati koji nije hteo da se igra s jednom malom balavicom, ali se seća da su njena dva oka bila plava, čisto plava kao vedro nebo u dane kad se on sprema da uzleti, seća se da je njen glasić bio plačan i molećiv, a on — gimnazijalac — neumoljiv, jer je ona bila derište.

Anđelka se smešila, jer su ta sećanja bila slatka i nežna. Ali šta je ovo? Dah joj zastade, oči se ukočiše na redovima, krv jurnu u lice. Čitala je brzo da što pre dođe do kraja. Je li moguće? Zar je to onaj avijatičar u Zlatinom selu? Onaj isti s mora, sestrić Kneževićev? Pa da li on zna da je ona Anđelka, ona usamljena žena iz Malinske, iz sobe do njegove? Da li je on nju možda poznavao, pa se pretvarao? O, nije! „Žao mi je što vas nisam video u selu. Dolazio sam s ujakom do kuće vaše drugarice. Ujak je, inače, očaran vama. On, koji je malo osobenjak i koji dugo nije podnosio žensko društvo zbog svog velikog razočaranja u braku, prvi put se oduševio vama. Dirao sam ga da se zaljubio u vas."

„On ne zna da sam ja Anita iz Malinske. Jest, tamo sam kazala da sam Anita. Zašto me pratio? Da li kao svaki muškarac koji baci oko na ženu? Jest to je! Dakle, i moj bata iz okupacije je ženskaroš. Vidi samo suknju i trči za njom!" Ipak, morala je priznati da je bio učtiv. Prikupljala je sve utiske. Na obali mora, kad ju je prvi put video, bio je uplašen. Znači da bi pritrčao u pomoć i sažalio se. Ah, ne bi se sažalio da je znao zašto plače. I u njemu bi izbio na površinu sebični muškarac kad bi mu rekla: „Rastavila sam se od muža zbog izgubljene nevinosti!", jer i on sigurno za brak traži čednu devojku... Ali, njegovom ujaku je kazala celu istinu i on je postupio drugačije. A njen bata? Izgovorila je glasno tu slatku reč, koju nikad nije imala prilike da izgovori. Ni brata ni sestre, sama! A on se tako toplo potpisuje: „Bata iz okupacije". Da, on će biti njen bata. Sakriće od njega da je poznaje. Neće mu reći ništa! Njoj je potrebna drugarska i bratska nežnost. Reći će mu u prvom pismu: „Vi ćete biti moj bata, moj dobri nežni bratić. Celoga života sam želela brata da me čuva, da me štiti!"

Ponovo pročita pismo, tronuta do suza. Kako je on srećan! Ima majku, sestru... raznežava se kao da ih sve poznaje. U stvari ih i poznaje: teta je često pričala o tim godinama, a ona je u mašti stvarala sva ta lica, onu kuću, težak život pod okupacijom. Mnoštvo sećanja izvire iz njenog detinjstva, mnogi događaji i lica, samo nije bilo slike njenog oca, jer je bila mala kad je otišao u rat i poginuo. Njegov lik nije zapamtila. Spustila je pismo na krilo i pokušala da se što bolje seti mladog avijatičara. Videla ga je s cigaretom u ruci ispod venjaka, u Malinskoj, zatim u sumraku na klupici kraj tuje naspram njenog prozora, u beloj bluzi i tamne kose. Setila se kako je lagano išao za njom poslednjeg dana, ali joj najjači utisak beše onaj s prozora, kad je htela da okači čarape da se suše, pa se susrela s krupnim crnim očima, tako lepim i sjajnim... Tada je, istina, bila tužna i nesrećna, nije ju se ni ticao, niti ostavljao utisak na nju, jer joj je srce bilo uvređeno i poniženo od muškarca, pa i tog avijatičara u Malinskoj i onoga na uglu kod *Londona*.

A danas je to njen bata iz okupacije, s kojim je vezuje najslađe sećanje na detinjstvo, čisto i bezbrižno. Pojavio se sad kao bata i drug, nimalo udvarač ili laskavac, veseo i spreman da zadirkuje kako se njegov ujak zaljubio u nju. Razmišljala je o njemu. On je lep, avijatičarski kapetan, čudo da se dosad nije oženio. Možda je probirač ili pak ženskaroš, a možda je zbog nečega razočaran i plaši se braka.

Svejedno, kakav bio, on je njen bata i ostaće to... čak mu neće reći da su se već sreli. Ne, nipošto. Bolje da se dopisuje i ostane samo mala Anđelka. To je čisto i lepo, a njoj je u ovom času potreban iskren drug i zaštitnik. Ona je i u Tomi tražila ne samo muškarca već i druga. Htela je da joj najpre postane blizak kao čovek i drug, pa tek posle muž. A on se svega odrekao, sve poništio i zgazio. Suza joj skliznu niz obraz, ali je ona obrisa i osmehnu se. Hoće da bude jaka, otporna u bolu, ali njeno srce je ipak nežno i osećajno, raznežila ju je pažnja druga iz detinjstva. A došao je u pravi čas, baš kad je potonula u usamljenost. Plašila se ponekad kako će podneti tu usamljenost, pa se zato sad spontano razdragala, bašta joj zamirisala, kućica postala još lepša, a sunčani zraci veselo titrali po kauču. Ushodala se po sobi, a onda se setila da je tetino pismo nepročitano. Ah, mila njena teta! Naravno, piše lepo o bati. Opisuje joj susret s njim i gospa-Ružom, malu Oliveru, njihovo prijateljstvo za vreme rata. Bila je kod njih na ručku. Hvali Nenada kako je nežan sin i brat. Napominje da majka hoće da ga oženi Nevenkom.

Zastade na tom mestu. „Dakle, on ima devojku!" Možda je imao još i onda kad je bio u Malinskoj i išao za njom... a kad se oženi, ako njegova Nevenka ne bude nevina, biće grub kao Toma prema njoj! Senka razočaranja pade na batu. Posle se nasmeja. Ipak joj on piše drugarski. Tako će mu i odgovoriti. Paziće šta piše, jer će možda i Nevenka čitati. Pozdraviće i njegovog ujaka. To je fini čovek...

Oseti glad. Čitajući pisma zaboravila je na ručak. Seti se i da nema pisma od Zlate. Šta li je s njom? Poslala je pozivnicu za svadbu, venčali su se ima već cela sedmica, a još ništa ne piše. Šta li se dogodilo njene prve noći?

Posle ručka Anđelka ponovo uze tetino pismo, kad iz omota ispade jedno pisamce. „Gle, od tetine koleginice Ljubice! Kako je pažljiva!" Pisala je: „Naišla sam kod Nade baš kad je tebi pisala, pa hoću i ja da ti kažem nekoliko reči. Nemoj da očajavaš, Anđelka, budi hrabra! Zaboravi sve što je bilo. Ne potcenjuj sebe. Ti si čestita i dobra i ne daj da te ponizi nijedan muškarac. Ali, nemoj im verovati i kad ti se zaklinju. Kad sam najviše verovala, postala sam najnesrećnija. Ne stvaraj iluzije o životu i ljubavi. Nastoj da gledaš ljude i svet oko sebe onakvim kakvi su..."

Osećala je da iz tih redova izbija gorko iskustvo, kojim Ljubica želi da joj pomogne. I njena iskustva su gorka, ali ona neće klonuti.

Sela je i odmah odgovorila teti. Opisala je sve do sitnica, kućicu, Savetu i njenu ćerku, varoš, činovnike u sudu, dve koleginice. Zvala ju je da dođe s Ljubicom i unapred im gustirala kako će uživati u bašti.

Pisala je, a zrak sunca beše pao na njenu kosu, milujući je nežno kao materinska ruka. Nije spazila kako je s visokog prozora posmatra mladi Safet. Milovao ju je i on svojim vatrenim očima. Već joj beše nadenuo ime: mala bela gospođa...

Stavila je tetino pismo u koverat. Spustiće ga danas u sanduče. Bati će pisati sutra-prekosutra, neće odmah, jer možda je veren, pa ne bi bilo zgodno da tako brzo odgovori. Da li da piše Zlati? Ne, sačekaće njeno pismo. Bože, šta li je s njom? Kako se ponašao Maša?

# Lepa raspuštenica

Iz bašte se čuje smeh. Dva vesela i zvonka ženska glasića. Posle umukoše, valjda uđoše u kuću. Anđelka menja vodu u vazama i saseca drške cveću. Razgovara sa svakim cvetom kao s detetom. Prišla je prozoru na drugoj strani, prema susednoj bašti, i pogled joj pade na podoficirovu kućicu. Njih dvoje sede u kuhinji i ručaju. Oboje su lepi i mladi. Ona crnka, guste kose i bela lica. Vidi se da su zaljubljeni. Jedu i nežno se gledaju. I ona je tako zamišljala svoj brak, a eto, sve se rasprslo. Mlada ženica odnosi tanjire sa stola, dok on pere ruke i briše ih ubrusom. Prilazi joj iznenada i ukrade jedan poljubac u vrat.

Anđelka uzdahnu. Ostavi u fioku tetino pismo i spazi svežanj Tominih pisama. Uze jedno i poče da čita. Bol je steže pod grudima. Ta pisma su kao suvo jesenje lišće, kao uvelo cveće. Njena ljubav bila je iluzija...

U bašti se začu žagor i koraci ka njenom doksatu. Škripnuše drvene stepenice. Lako kucanje na vratima. Uđe Donka, a za njom dve lepe devojke, jedna plava, druga crnomanjasta.

— Moje drugarice žele da se upoznaju s vama. Ja sam im pričala kako ste sve lepo namestili. Ovo je Razija, a ovo Fatima. Ne ljutite se što smo došle?

— O, zašto bih se ljutila! Baš mi je drago da se upoznam s tako ljupkim susetkama. I ja sam imala jednu drugaricu muslimanku na fakultetu.

— To je sigurno bila Bosanka, jer se iz Makedonije malo koja muslimanka školuje. Mi smo ovde kao u ropstvu, stariji su nam vrlo konzervativni. Naš otac neće ni da čuje da se otkrijemo. Pa i brat ćuti, ne usuđuje se da ubedi oca da skinemo zar i feredžu. Kao da smo u srednjem veku! O, kako su vam lepe stvari! Imate i knjiga. Hoćete li nam dati na čitanje? Razija i ja volimo romane. A rado bismo i u bioskop, ali otac ne dopušta!

Sedoše na kauč, lepe i rumene, detinjasto naivne, bela lica, bademastih očiju i jedrih usnica. Zadivljeno su gledale Anđelku i njenu lepu haljinu.

— Doći ćete nam u posetu, gospođo Anđelka, zar ne? Naša mama je vrlo dobra. Mi se s njom slažemo, ona bi nam još i dopustila da skinemo zar, ali otac ne da.

— Skinućete ga kad se udate.

— Nisam sigurna. Nisu ovde muškarci tako moderni. Naš brat Safet tvrdi da njegova žena neće nositi zar, ali mi mu mnogo ne verujemo. Vidite, on se sad zabavlja s mnogim devojkama, a oženiće se kako otac naredi — pričala je Razija. — Ide na žureve i matinea, igra s devojkama, a mi ne smemo nikuda. To je ponižavajuće!

Fatima priđe polici s knjigama i izabra jednu.

— Smem li da je uzmem?

— Uzmite, uzmite!

— Čuvaću je. Nas dve brzo čitamo, vratiću je za koji dan. A da znate što nam Donka šije lepe haljine! Zamoliću vas da pogledate kad budu gotove.

— A šta ste vas dve učile?

— Osnovnu školu i po dva razreda gimnazije. Više nije dao otac. A jedna naša drugarica uči trgovačku akademiju, druga je daktilografkinja u sudu.

— Znam, upoznala sam je.

— Ona kaže da ste vi najlepša činovnica u sudu. I ostali su to potvrdili. A onaj sudija Bogdanović je veliki ženskaroš.

— On je oženjen.

— Jeste, ali svakoj se udvara. Žena mu nije lepa, samo je vrlo dobra. Ima dvoje dece. — Razija se nasmeja: — Znate, ovde se ništa ne može sakriti.

Sudija Bogdanović bio je onaj kome je Anđelka kazala da je strogo osudio trgovačkog pomoćnika. Ni njoj se nije svideo.

— Raziju će uskoro udati — reče Donka.

— Neću ja još da se udajem. Niti poznajem toga mladića o kome otac govori. On živi u Velesu. Tata kaže da je dobar trgovac, a ja uopšte ne volim trgovce.

— Ona voli jednog studenta prava — reče Fatima.

— Otac me ne da za njega. Kaže da je bolje biti trgovac nego činovnik. Šta vi mislite, gospođo?

— Svako je dobar kad dobro radi, a za vas je najkorisnije da se udate za onoga koga volite.

— Ja bih volela da se udam za oficira — uzdahnu plava Fatima. — Otac bi mogao da dâ kauciju, ali on neće ni da čuje za oficira. Mi se moramo udati kako on naredi. Druge devojke se udaju kako hoće, svaka ima svog dečka... a mi sedimo iza četiri zida!

— Nije mnogo bolje ni kod mene — nasmeja se Donka. — Moja mama je stroga kao vaš otac.

Anđelka ih posluži biskvitima. Veselo su pričale, oduševljene lepom Beograđankom, a njihov brat Safet, koji ih je video kad su izašle iz kuće, vrebao je njihov povratak. Kad utrčaše kroz kapidžik, Safet siđe u baštu i kao slučajno zapita:

— Gde ste bile?

— Upoznale smo se s našom susetkom Beograđankom. Što je lepa, pa što joj je divno nameštena kuća! Donela je stvari iz Beograda.

Dobile smo od nje jednu knjigu za čitanje. Kazala je da će nam uvek dati. Ima mnogo knjiga. Pozvale smo je da nas poseti.

Safet oseti kako mu se grudi nadimaju, ali se pravio ravnodušan. Baš su zlatne njegove sestrice. Prava deca, naivne i dobre, baš mu idu na ruku. Eto kako će se upoznati s malom belom gospođom. Ah, kako je ovo zgodno! Prvi komšiluk, kuća duboko u bašti, može se uvući da niko ne vidi. A lepa raspuštenica sama! On je vatren, zaljubljiv i bogat! Kako će umeti da voli i skriva takvu vezu! Da li je ona gorda? Kakva gordost? Safet je živeo u uverenju da se žene samo pretvaraju da su gorde. Ovu, istina, još ne poznaje, ali zna da mu je napravila čitavu zbrku u glavi. Doveče će je opet posmatrati sa svoje tajne osmatračnice.

Razija i Fatima uzele su ručni rad. Soba u kojoj su sedele prostrana je i svud unaokolo sećije. Veliki ćilim prekriva celu prostoriju. Majka sedi ispred mangala i kuva kafu. Prijatan miris ispunjava sobu. Otac je spavao i sad došao da popije kafu, pre popodnevnog odlaska u radnju. A Safet je već otišao. Anđelka je u kancelariji, a Donka žurno šije da bi što pre Raziji i Fatimi završila haljine.

Beli oblaci prekrivaju nebo. U sumraku se čini još oblačnije. Vihor diže prašinu ulicom. Dva seljaka teraju magariće, a jedno se usićilo pa ni da makne. Podiže glavu i poče da njače. Jedva ga seljak potera.

Anđelka je izašla iz kancelarije s koleginicama Zagorkom i Vojkom. Zagrme i ubrzo prve krupne kišne kapi prsnuše.

— Da požurimo kući, pokisnućemo!

— Bolje da se negde sklonimo. Eno Safetove radnje, ionako treba da kupim ibrišim — reče Zagorka.

Kiša pljusnu i one utrčaše u trgovinu. Mladi Safet stajao je iza tezge, pokazujući svilu jednoj mušteriji koja se vazdan cenkala, probirala i nije mogla da se odluči. Spazivši tri devojke i među njima malu belu gospođu, on ostavi mušteriju pomoćniku, pa požuri njima, zbunjen, obradovan i užurban. Nije ni stigao da nešto progovori, jer Zagorka, vesela i brbljiva meštanka, uzviknu prva:

— Joj, Safete, pobegosmo u tvoj dućan da se sklonimo od kiše, al' smo htele i da vidimo šta si novo dobio. Ovo je najveća trgovina u gradu, a i Safet ima ukusa — okrete se Anđelki. — Poznaješ li, Safete, gospođu?

— Gospođa je moja prva komšika — pribra se mladić, očaran što je vidi pred sobom tako lepu i ozbiljnu, s čarobnim sanjalaštvom u očima. Seti se kako ju je video one večeri, blistavo belu, pa mu opet nešto vruće udari u lice, teme i potiljak.

— Vi ste, znači, taj brat o kome su mi danas pričale vaše sestrice — neusiljeno reče Anđelka, pružajući mu ruku. On se rukova, oseti njene meke prste u svojoj ruci, a iz njih kao da izbi struja i prođe mu kroz telo.

— Jesu li me sestre hvalile ili kudile? — upita tek da nešto kaže.

— Pa, kako se uzme. Izgleda da baš niste pristalica skidanja zara i feredže!

— Svi su oni sebični! — uzviknu Zagorka. — Imaju divne sestre, a sve ih sakrili.

— Nisam ja konzervativan, ali predrasude starijih ne mogu se tako brzo srušiti. Otac ne dozvoljava, a ja ne mogu da se borim. Što se tiče mene, ja bih sve otkrio. Ženama je potrebno prosvećenje, toga su danas svi mladi svesni.

— Vaše sestre su zlatne devojke, iznenadila sam se kad sam s njima razgovarala. Vole i da čitaju.

— O, glave su im pune romana. Pohvalile su mi se da ste im dali jednu knjigu.

— Jesam... Imate li konac de-em-ce?

— Imam.

— A nama da pokažeš svilu za haljine — reče Zagorka. — Samo nećemo skupo.

— Za vas će biti izuzetne cene — reče mladić. — Ibrahime, pokaži gospođicama svilu koju smo dobili.

Njih posla pomoćniku, a on donese Anđelki punu kutiju klubadi da bi je gledao i uživao u lepoj raspuštenici.

— Čini mi se da je ova boja dobra — reče Anđelka malo posle.

— Možete vratiti ako vam ne bude odgovarala — uslužno odvrati Safet.

— Dobro. Molim vas i ibrišim.

— Kakvu boju?

— Za ove čarape.

On se naže, pogleda njene nožice u maloj cipeli, pa iznese kutiju s ibrišimom. Kad je platila, Anđelka pođe izlazu i stade kraj vrata, gledajući kako kiša prestaje. Preko puta, iz kafane, posmatrala su je dva policijska pisara, jedan priličan mangup, lep i malo uobražen pravnik, uveren da vredi više od svojih manje školovanih kolega.

— Ala je ono lafica! — reče drugi. — Pa još raspuštenica!

— Kad si pre saznao!

— Po zvaničnoj dužnosti.

— Ti po zvaničnoj dužnosti vodiš računa o svim udovicama i raspuštenicama.

— Lepa, al' izgleda malo uobražena. Te s univerzitetom uvek su uobražene. Kao student nikad se nisam zabavljao sa studentkinjama. Suviše su oprezne i grube. Gimnazijalke, to su slatka deca! Ali čim je ova raspuštenica, popustiće njena uobraženost. I onaj Safet je mangup. Sve devojke trče da pazare kod njega.

Anđelka je ravnodušno gledala napolje, a Safet je uživao u njenom lepom profilu. Kiša stade i koleginice pođoše.

— Pričekajte još malo — reče Safet, raznežen i uzbuđen. — Hoćete li kafu?

— Hvala, moramo kući. Evo, prestala je kiša, al' može opet da pljusne.

Izađoše, a mladić je pratio pogledom malu belu gospođu, zapazivši kroz izlog kako je i ona dva policajca gledaju. Bi mu krivo. Oni su činovnici, onaj je pravnik, ona će pogledati pre njih nego njega, iako je on lepši, ali... doveče će on zapevati u svojoj bašti. Pevaće njoj, maloj beloj gospođi. A posle će se sakriti u tamu svoje sobe i posmatrati je u lepoti i belini kad se skida i leže da spava.

A u radnji su dva trgovačka pomoćnika savijala komade svile i stavljala ih u rafove, ozbiljni i premoreni od stajanja celog dana, od razgovora i osmeha koji su uvek morali imati na licu, od onog lažnog osmeha koji im je na licu utiskivao neki blaženi izraz kao da je u njihovom životu sve veselo i plate dovoljne za život...

Anđelka požuri u svoju ulicu, pokraj kuća raznih stilova, starinskih iz turskog doba i novih, iz kojih se izvlačio opojni miris jorgovana, sladak posle kiše i nekako melanholičan. Zrak sunca skliznu po beloj ispranoj kaldrmi i po kućama, pa se sve zarumene, čak i njeno lice.

— Umete li da idete po ovoj našoj kaldrmi, gospođo? — začu glas iza sebe. — Vi ste navikli na asfalt — govorio je sudija Bogdanović.

— Moram se navići na sve, gospodine sudijo. Ako nema asfalta ima nečeg drugog. Bašte su divne. Moja kućica je sva u cveću.

— A vi tamo stanujete? S kim ste u kući?

— Sama.

— Nije vas strah? — upita je zavodnički, kao da napominje: „Ako vas je strah, samo zovite mene!”

— Ni najmanje. Ovde je pošten svet.

— Svet je pošten, ali kad je žena mlada i lepa, opasno je ako je sama.

— Kad je žena ozbiljna, nema se čega bojati.

— Ne vredi mnogo biti ozbiljan! Ja volim vesele žene.

— Je li vaša gospođa vesela?

— Pa, jeste, vesela je. Ali, mi smo sedam godina u braku, već stari supružnici... nije baš veselo kao na početku.

— Brak može uvek biti veseo, ali mnogo zavisi od muža. Ako on stvara ženi bol i razočaranje, ne može biti veselosti.

— Ženi muž nikad ne može da ugodi. Ona ga smatra svojom neprikosnovenom svojinom.

— Sumnjam da se muž ikad oseća kao svojina ženina. Pre bih rekla da on polaže sva prava na ženu.

— Izgubili smo mi ta prava odavno. Žene nama sude, pa čak i meni moja žena sudi, iako ja sudim drugima.

— Ne izgledate da ste pod papučom i neki svetac-muž!

— Borim se! Eto, dođu u sud tako lepe ženice kao vi, pa kako da budemo sveci! Bogami, opasne ste vi!

— Milo mi je ako smatrate da sam opasna, jer to znači da ćete biti uvek korektni.

— Jel' ono vaša kućica? Ala ste se zgodno zavukli u cveće! Mala lepa raspuštenica i slatka kućica. Kao u bajci!

Anđelka oseti kako je dosadan i bljutav taj čovek, kao svaki muž koji ne preza i ne uvija, već juriša na brzinu, pošto treba ugrabiti što se ugrabiti može i sakriti od žene. Pogleda ga, a on se namah upre-podobi, jer im je u susret išla jedna žena, gledajući raširenih očiju, nepoverljivo.

— Ovo je moja žena... da vas upoznam — požuri Bogdanović i nasmeši se kao krivac koji hoće da se umili i skrije trag. A ona je govorila oštro i uvređeno, da i ta mlada žena oseti kako sve nju boli:

— Gde si ti? Pošla sam u apoteku po lek. Branka nije dobro, ima temperaturu. Lekar je dolazio. Sva sam premrla!

— Sreo sam ja doktora, kaže da nije opasno. Mali nazeb. Da ti predstavim gospođu, ona je nova činovnica kod nas u sudu.

— Milo mi je — hladno odgovori žena, a grlo joj se steže i srce zgrči videći je tako lepu i elegantnu, a poznavajući svoga muža. Ne osvrćući se dalje na Anđelku, nastavila je: — Ti idi u apoteku i požuri kući.

— Požurio bih, ali nisam mogao po pljusku — malo se zabrecnu sudija, razljućen ali pritvorno ljubazan. Znao je da ga ona vreba i pričekuje. Čula je za lepu raspuštenicu, ispričali su joj sve i već ga je ispitivala, a on je odgovarao ravnodušno. I sad da ga sretne s njom!

— Zbogom, gospođo — okrete se ljubazno Anđelki, jer nije hteo da ona poveruje kako se on plaši žene. Posle će mu ona očitati bukvicu, ali i on ume da prasne.

Bogdanovićka se vrati kući, a Anđelka uđe u svoju baštu. Sudijina žena je išla jetka i grdila Anđelku. Sve one hvataju oženjene! Udesila se i napuderisala, pa u kancelariju. A ona kod kuće da kuva i mesi, za to je dobra, a ovu prati, sav se rastopio od milošte. Ne seća se da je dete kod kuće u temperaturi. Majka drhti za detetom, a on prati raspuštenice! Mrzela je svaku lepu devojku, jer je dobro znala kakav joj je muž.

Jadna Anđelka nije ni slutila šta se odigrava u srcu sudijine žene. Još ju je žalila i hvalila u sebi: „Kako majka brine za detetom! Očevi se manje kidaju. Simpatična je, ima lepe oči... a on bedni ženskaroš!"

Noć se spustila, sveža i natopljena mirisima. Anđelka je sanjarila na kauču. Nije upalila svetlost. Nežni miris jorgovana uvlačio joj se u dušu. Priroda je veliki podsetnik. Jedan dah vetrića, jedna senka na zemlji, jedan jedini oblak mogu izazvati puno sećanja... ovaj jorgovan podsećao ju je na dan kad se upoznala s Tomom. Bilo je puno jorgovana na Cvetnom trgu kad su se sreli. A sad je on zauvek iščezao iz njenog života, nestao kao što će nestati uvenuli jorgovan, ostavljajući samo suve latice velikog grozdastog cveta.

Vetar pirnu i taj sveži dah dopre do nje kao morski povetarac. Podseti se mora i onog lepog mladog čoveka koji joj je oduzeo čednost. Zaplakala je... on je umro i nikada ga više nije videla. Zašto je tako moralo biti?!

Gitara i tenor zabrujaše u noći. Safet je pevao. Pevao je kao slavuj koji priželjkuje svoju dragu. Pevao i mamio Anđelku. A ona je rastužena ležala na kauču i Safetove ljubavne reči nisu je privlačile, već samo raspirivale žišku ugašene ljubavi, sve žiške prošlosti, koje su za trenutak blesnule u ovoj noći, pa će se ugasiti i ostaviti je zauvek samu...

Trgla se. „Pa ja sam zaspala obučena! Koliko li je sati? Devet i četvrt! Mogla bih bati da napišem pismo." Sela je i počela prve redove. Osećanje usamljenosti iščeze. Sva lepota njene duše izlivala se na hartiji. Bata je avijatičar, on je dobar mladić, htela je da oseti i kakva je ona. Najedared zastade. „Zašto sam Kneževiću kazala zbog čega me muž ostavio? Nije trebalo! Možda me bata zbog toga neće ceniti. Možda me ni u Malinskoj nije cenio kad je onako išao za mnom? Želeo je da budem laka devojka. Ne, neću mu reći da sam ona iz Malinske. Neka to ostane tajna. Hoću da me voli kao sestru!"

Završila je pismo sa osmehom, a Safet je obamirao na prozoru, gledajući je. Tepao je i zvao, mazio i milovao u mislima. Ah, kakvu moć je nad njim stekla ta raspuštenica, koja sedi spokojno u svojoj sobi, svlači se, leže u krevet i spava mirnim snom, dok se on prevrće cele noći od njene blizine...

Na ulici odjeknuše koraci. Zastadoše pred Anđelkinom baštom. Safet promoli glavu i oslušnu.

— Tu stanuje. Vidi se svetlost — govorio je jedan glas.

Safet ih poznade. Ona dva policijska pisara. Šunjaju se oko njene kuće! Čuvari javne bezbednosti, a gotovi da naruše bezbednost lepe raspuštenice. Ali, ona će biti njegova! Mora pobediti malu belu gospođu!

# Aveti prošlosti

Bila je nedelja popodne i Anđelka je pošla u šetnju. Koleginice su je zvale na matine, ali je odbila. Ni kao studentkinja nije mnogo posećivala matinea. Brucoškinje najviše trče na matinea da bi sklapale poznanstva i pokazale se u društvu. Anđelka je volela šetnje u prirodi. Mislila je da izađe izvan grada. Privlačio ju je jedan put oivičen topolama. Duge senke su se protezale preko druma, a povetarac izazivao lako šumorenje lišća. Polja i njive bile su bujne, u svim nijansama zelenih boja. U daljini, na brdu, videle se ruševine. Cela Makedonija čuva stare zidine negdašnjih tvrđava i kula vlastelinskih.

Išla je već pola sata. U daljini je ugledala visok dimnjak parnog mlina. Nedaleko odatle nalazilo se imanje s vilom. Voćnjak oko kuće i zelena trava s rondelama cveća. Betonska staza presecala je travu, oivičena kestenovima. Jedan trogodišnji mališan igrao se loptom i bacao je po travi. U jednom trenutku, kad je zamahnuo, lopta prelete ogradu i dokotrlja se do druma baš kad je Anđelka naišla. Ona spazi lepo dete, pa se saže i dohvati loptu. Sa stolice u bašti diže se jedna mlada žena, očito dečakova majka, i priđe ogradi.

— Eno ti lopte!

— Kaži, sine, hvala! — reče mati, prilazeći bliže. A onda joj se pogled zaustavi na Anđelki, koja je posmatrala lepu baštu, ne obraćajući pažnju na majku. Trže je uzvik: — Anđelka! Jesi li to ti? Otkuda ti ovde? Poznaješ li me?

Anđelka je pogleda kao da se priseća, jer joj lice beše poznato, mada malo izmenjeno, ali se namah seti i uzviknu radosno:

— Vukice! Ti? Zar je ovo tvoj sinčić?

— Jeste. Svrati k meni. O, ko bi rekao da ću tebe danas videti! Pa gde si ti?

— Ovde sam činovnica u sudu.

Anđelka uđe u baštu, a prijateljica joj pritrča, zagrliše se i poljubiše.

— Znaš da sam te odmah poznala. Ništa se nisi promenila. Ti mene nisi prepoznala — govorila je Vukica Anđelki.

— Jesam, jesam! Malo si se promenila, ali su ti ostale iste oči i crte lica. Punija si, u sedmom razredu si bila mršava.

— Bila sam kao štiglić. Mnogo sam se ugojila. A ti si uvek vitka. Bolan, zar ti ovde, pa da me ne posetiš?

— Nisam imala pojma da ovde živiš. Nisam znala ni da si udata. Ti nisi nastavila osmi razred. A naše drugarstvo mi je ostalo u sećanju. Šesti i sedmi sedele smo u istoj klupi.

— To su mi najlepše uspomene! Posle su došle brige, sekiracije, razočaranja. Ja sam se udala čim sam završila sedmi razred. Luda i mlada zaljubila sam se. Otac je premešten ovde za školskog nadzornika i tu sam se upoznala s mužem.

— A šta ti je muž?

— Onaj mlin je njegov. Nije rđavog stanja, ali petljamo, on je lake ruke, troši, a malo je i ženskaroš. Dok mu je otac bio živ, držao je mlin, ali ovaj moj nije ni za trgovca ni za industrijalca. Voli samo da putuje i da se provodi. More, pričaću ti. A ti se nisi udala?

— Udala sam se i... razvela.

— Šta kažeš? Zar ti tako lepa i dobra pa da nemaš srećan brak?! Ali, šta možeš... I ja sam jednom pokušala da ostavim muža, i to već druge godine. Otišao, tobož, poslom, a ja čujem da se provodi na moru. Jedino me ovo dete teši. Za njega živim.

— Zlatan ti je sinčić! Srce, hodi k meni! Kako se zoveš?

— Marko.

— To je dedino ime.

— Pa ti si već veliki momčić!

— Liči na oca. I tata mu je lep, na lepotu me namamio — govorila je jetko i puna gorčine, koja se prelivala iz svake reči. Osećala je potrebu da se izjada, da joj bar malo lakne.

— A gde ti je muž? — upita Anđelka.

— Otišao je nešto do mlina. Juče se vratio iz Skoplja. To njegovo Skoplje uvek mi presedne! Joj, pričaću ti sve jednog dana. Baš mi je milo što sam te videla. Da nije ova lopta pala, ti bi prošla i ne bismo se ni srele. Hajd'mo gore na terasu. Ne dam ti da ideš. Ostani pa da večeraš kod mene.

— Hvala, drugi put ću doći! Kuća ti je vrlo lepa.

— Pre dve godine smo zidali. Ne mogu da se požalim, imam sve u kući, samo nikud ne idem.

— Zašto?

— Šta ću i kuda ću? Moj muž voli sâm da se provodi. Ti si bila u braku i znaš kako je to. A ja sam gorda, možda malo i jogunasta, pa neću da molim. Idi, provodi se, ali ti razvod ne dam!

— Zar je dotle došlo?

— Ne znam ni sama šta da radim. Nisam svršila školu, nego poletela da se udam, pa eto mi sad! Nego, ostavimo moje jade. Kako ti je tetka?

— Vrlo dobro. Ona je u Beogradu. Kad dođe, posetićemo te. Ona je tebe najviše volela od svih mojih drugarica. Zbilja, Vukice, zašto mi nikad nisi pisala?

— Tako, lenja sam na pisanju. A, veruj mi, nisam te nikad zaboravila. Marika — pozva devojku — donesi slatko i skuvaj kafu. Sine, nemoj da trčiš tamo. Opet će lopta da ti odleti. Igraj se tu. Vidi, već si se isprljao kao prase. Sedi, Anđelka, ovde u naslonjaču. S terase nam je lep pogled. Sad će i moj muž doći. On voli da vidi lepe i mlade žene. Znaš, ranije sam bila ludo ljubomorna, a sad sam digla ruke. Teško je dok se sve to ne pregori, a posle... — Vukica uzdahnu. — Gledam mamu i tatu, oboje su učitelji. Trideset godina u braku, pa se i danas vole. Celog života su ostali dobri drugovi. Da, žena treba da bude mužu najveći prijatelj. I on njoj. A danas se sve izopačilo. Posmatram bračne parove, svuda neko krparenje, natezanje. A ja sam zamišljala da će moj brak biti savršenstvo. I ti si, sigurno, tako mislila. — Pogledala je svoju drugaricu. — Baš si lepa, Anđelka! Lice ti je kao porcelan.

— A danas me bolela glava, pa sam zato pošla u šetnju.

— Evo, neka ti ovo budu šetnje do mene. Svake nedelje dođi. Moj muž često putuje, možeš i da spavaš ovde.

— Ali i ti meni dođi.

— Hoću. A, evo i onog mog!

Anđelka je bila okrenuta leđima terasi i nije videla čoveka koji je dolazio. Samo je čula jedan dubok glas:

— Sine, šta si danas radio?

— Pala mi je lopta, a jedna gospođa je uzela.

— Pa jel' ti je vratila?

— Jeste. Ona je gore s mamom.

Uza stepenice se čuše koraci, jedna glava se pomoli, markantno crnomanjasto lice sa izrazitom muškošću, lepih crta. Izdiže se visoki stas i na terasi se pojavi Vukičin muž.

Anđelka otvori usne kao da joj najednom nestade daha, nešto je grunu u grudi i stomak, utroba joj se iskida, vrelina udari u glavu, sve se oko nje zaljulja pa iščeze i ona se sruši bez svesti.

Kad je otvorila oči, videla je da se nalazi na divanu, a Vukica joj trlja slepoočnice i prinosi sirće pod nos, bleda i uplašena, govoreći isprekidano:

— Joj, što si me uplašila! Najednom si pala!

— Ne znam šta mi je bilo — šaputala je Anđelka, prevlačeći rukom preko čela. — To je od sunca... išla sam pešice... a celo jutro radila samo po kući.

— Možda ste malokrvni — progovori muški glas, ali lice mu nije videla, bio je više njene glave.

Ona se pridiže, zagladi rukom kosu, pogleda oko sebe i spazi čoveka koji se pojavio pred njom kao avet. Ta avet ju je prestravila, htela je da krikne i onda se obeznanila.

— Da ti predstavim svoju školsku drugaricu iz gimnazije — okrete se Vukica mužu. — Jesi li je već video u varoši?

— Ne, nikad je nisam video — progovori čovek.

Anđelka ćutke pruži ruku.

— Nju je bolela glava, još maločas se žalila — pričala je Vukica. — I mene često boli. Evo, slatko i vode, uzmi da se malo osvežiš — nudila je užurbano.

— Uplašila sam te, izvini — reče Anđelka. — Treba da idem... tako mi je neprijatno.

— Ostani, zaboga! Možeš da večeraš kod nas.

— Hvala! Idem kući.

— Što ti tu stojiš? — reče Vukica mužu, koji je neprekidno stajao nepomičan i ukočena pogleda. Žena ga pogleda podozrivo, kao da joj je sve ovo čudno, a on se brzo okrete, priđe ivici terase i viknu sinčića:

— Marko, nemoj na drum! — Zatim se okrete ravnodušno i zapita Anđelku: — Otkad ste u našem gradu, gospođice?

— Skoro sam došla.

— Ona je gospođa — primeti Vukica.

— S mužem ste ovde?

— Ne... ja sam razvedena.

— Radite?

— Da, u sudu.

— Ja sam prekinula školu, a ona je nastavila i diplomirala prava — objašnjavala je žena.

Muž sede, zapali cigaretu, ćutao je i slušao. Vukica se podsećala gimnazijskog života, a Anđelka je izgovarala tek poneku reč, kao da joj je teško, pa se najzad diže da što pre pobegne iz ove kuće, jer više nije mogla da izdrži, činilo joj se da će se opet srušiti. Pretvarala se, morala je da govori, iako je taj čovek pred njom kao avet.

Najzad se oprostila i požurila kući. Došlo joj je da trči, ne bi li malo oživela, ali noge su joj bile teške i kao oduzete, a ona sva izgubljena... Naslonila se na jedan kesten da odahne, da se malo pribere, a potom krenula dalje, žurila je i sapletala se, dok je onaj čovek kao avet lebdeo nad njom. Jedva je stigla do kuće, ustrčala uza stepenice i srušila se na kauč.

„Bože, ovo je sigurno bio ružan san, pa ću se sad probuditi!"

Taj čovek pred njom, živ i oženjen, otac divnog deteta? Čovek za kojim je patila, oplakivala ga i stvorila kult od uspomene, postala njegova udovica-devojka! Taj čovek živ i govori, smeši se, vara svoju ženu, još traži avanture?! Živ, a njegova majka je pisala da je umro?! Živ je čovek koji joj je oduzeo devičanstvo!

Setila se reči svog muža, u gnevu i ljubomori: „Umro je, pa će se jednog dana povampiriti!" I, eto, obistinile su se te reči, on se povampirio... a ona je godine provela u kajanju, očajanju i tuzi za njim. Opraštala mu je sve, obožavala ga i posle smrti. Zar je moguće da je takav nitkov?! Da, da, nitkov i hohštapler. I takvom čoveku ona je žrtvovala svoju prvu mladost!

Trljala je čelo da se osvesti, prikupljala misli, razbistrivala svest. I onda joj pred očima puče strašna istina. On je bio oženjen i onda kad se predstavljao kao mladić, uopšte nije bio lekar. Lagao je! Zavadio se sa ženom i pobegao na more, pa našao nju mladu, ludu i lakomislenu, nju koja je verovala svakoj njegovoj reči! O, prokleta da je što je poverovala, bacila mu se u naručje i žrtvovala sve... A njemu je bilo svejedno, mogla je to biti i neka druga, njemu su sve bile iste, pa zašto da baš ona ispadne najlakomislenija i najneiskusnija!

Rastali su se, a on joj je pisao i lagao, pa najzad izmislio i sopstvenu smrt! Kako je to gnusno! A ona ga je volela, jest, volela ga je i kad se udala za Tomu. Volela ga je i kad ju je Toma napadao i kinjio, častan i ispravan... vređajući nju vređao je i njega, jer on je ostao uzvišen u njenoj duši! Zato je i pobegla, pobegla uvređena, više je volela ovog hohštaplera nego svog muža.

Ridala je od bola, od poniženja, od mržnje... I kako samo mirno odgovara: „Ne, nikad je nisam video!", zaista, takvi više ne poznaju devojke koje su im sve žrtvovale. Za njih su to bednice! I ona je bednica, naravno. Možda će sad sve ispričati svojoj ženi, ko zna kako će je predstaviti... Zašto da ispašta ovako? Zbog čega se baš njoj sve to dogodilo?! A Toma je bio tako divan i dobar. Danas bi bila najsrećnija žena. Zašto je morala doći ovamo da sretne tog čoveka? A možda joj je to baš bilo potrebno da shvati svoje zablude i sagleda svoju lakomislenost...

— Gospođo Anđelka! — Donka je kucala na vratima.

— Uđite! — izusti Anđelka malaksalo.

— Šta vam je? — uzviknu devojka uplašeno.

— Glava me strašno zabolela. Imaš li aspirin?

— Nemam. Onomad sam popila poslednji. Upitaću Fatimu, viknuću preko plota — otrčala je: — Fatima! Fatima!

Niko se ne odaziva, ali naiđe Safet.

— Nisu kod kuće — reče. — Otišle su s majkom. Šta si htela?

— Imaš li jedan aspirin ili plivadon? Mnogo je teško gospođi Anđelki.

— Nemam. Ali mogu otići do apoteke da kupim.

— Ako te ne mrzi.

— Zašto bi me mrzelo — uzbudi se Safet. — Ah, za malu belu gospođu sve bih učinio. — Požurio je do apoteke.

Donka zovnu majku, pa obe požuriše u sobu.

— Jadnice moja, šta ti je?

— Od sunca... a i jutros sam mnogo radila.

— Nisi trebala. Mogla je Donka da ti pomogne. Nisi ti naučila na posao. Nemoj drugi put, Donka će.

— Naučila sam da radim... nisam ja gospodovala u životu.

— Safet je otišao da vam kupi aspirin — reče Donka.

— A što si ga trudila?

— Sâm se ponudio, apoteka nije daleko. On je i inače bio ljubazan.

Safet se pojavi na pragu. Zastade zadivljen pred ukusno nameštenom sobom i lepom ženom ispruženom na kauču.

— Nije trebalo da idete vi — reče Anđelka. — Hvala vam veliko.

Bilo joj je neprijatno što je ušao u sobu. Ah, nijedan muškarac više neće prekoračiti njen prag! Nije ga ni ponudila da sedne, a on je stajao kao opčinjen. Oh, kako bi je negovao i mazio da mu se pruži prilika, ne bi se ni maknuo od njene postelje. Baš je ovo divno ispalo: već je prodro u njenu sobicu... ali, ući će i drugi put... drugačije. Žene su popustljive. Ima on iskustva s njima. Postajao je pa izašao, oprezno pogledavši da odnekud ne naiđe otac, jer strogi stari Dževad nije voleo što on obleće oko devojaka.

Anđelka nije dugo zaspala. Tek kasnije, pod dejstvom aspirina, lagano je uhvati san. Spavala je cele noći, glavobolja je ujutro prestala, ali prošlost i taj čovek iz prošlosti oživeli su košmar. Pitala se kakav stav da zauzme prema njemu. Njegova žena će doći, pozvaće i nju, treba li da prihvati? Sve bi joj bilo lakše da ona nije njena školska drugarica, a uz to i nesrećna u braku. Da, i ona ga voli, sve su ga volele, to su ti lepotani koji zadaju rane i patnju, a žene im ipak opraštaju. Od takvih treba bežati...

Toga dana poštar joj donese Zlatino pismo. Nestrpljivo ga je otvorila:

„Bila je borba, ali ja ću ga ubediti da ona jedna pogreška nije mogla ostaviti traga u mojoj duši. Pričaću ti kad se nađemo. Imamo i časove nežnosti i časove svađe. Uvređena mu je sujeta i ne može da zaboravi. Sumnjam da će ikad zaboraviti i, pravo da ti kažem, pribojavam se posledica. Mnoge žene naleću na muškarce. Jedva čekaju nesuglasice u braku da otmu muža. Pisaću ti drugi put opširnije. A ti nemoj da tuguješ. Kad se udaš ponovo, bićeš srećna. Da ne zaboravim: bila sam u selu i videla Kneževića. On je očaran tobom. Meni se čak čini da se zaljubio u tebe. Da ga vidiš kako se podmladio! Kaže da njegova sestra poznaje tvoje iz okupacije... More, da sam devojka, udala bih se za njega! Piši mi, ali ovo ništa ne pominji.”

Jedno popodne, izlazeći iz kancelarije, Anđelka spazi onu avet svoje prošlosti pred kafanom. Sedeo je s jednim čovekom. Koleginica Vojka gurnu Anđelku:

— Eno ga Gojko Marić!

— Znam ga.

— Otkud?

— Njegova žena je moja školska drugarica.

— To je veliki donžuan. Ali, nema šta, lep je! Njegova žena nije srećna. Ona, sirota, nigde ne izlazi, a on večito sedi pred kafanom i kibicuje devojke.

Naiđoše ispred kafane i on se javi Anđelki. Ona mu hladno otpozdravi.

— A šta je po zanimanju? — upita kad se udaljiše.

— Tobož industrijalac, ima parni mlin. Otac mu je bio radin, ali on je dosta i prodao i potrošio.

— Jel’ učio štogod?

— Pričaju da je počeo medicinu, pa napustio. Bogataški sin, nije morao da uči. Provodio se i jurio žene. I sad se provodi. Ne bih se ja udala za takvog pa da je i najbogatiji na svetu — govorila je Vojka. — A ima divnog sinčića. I žena mu nije ružna. Kažu da prosto upropašćuje imanje zbog tih svojih avantura... Inače je vrlo inteligentan i video je mnogo sveta. Stalno putuje. Priča se da je njegovu babu, kad je bila mlada, oteo jedan paša i odveo u harem, pa je s njim rodila sina, njegovog oca. Ima Gojko našeg istočnjačkog u sebi. Možda zato voli žene, jer mu je i deda, taj pašin sin, bio pustahija i ženskaroš.

Slušajući te priče, Anđelki kao da se dizala neka koprena sa prošlosti. Postajala je spokojna. Sad je znala kako da se ponaša i kakav stav da zauzme prema tom čoveku.

Sutradan ga opet vide pred kafanom. To se ponavljalo nekoliko dana. Ponekad mu se javljala, a ponekad se pravila da ga ne opaža. Nijednim gestom nije pokazivala da ga prepoznaje ili da pati i prekoreva ga za ono što se nekada dogodilo.

Jedne nedelje došla joj je u posetu Vukica. Anđelka je strahovala da joj nije štogod pričao, ali po njenoj ljubaznosti odmah oseti da ona ništa ne zna. Laknu joj. Dočekala ju je vrlo srdačno, razgovarale su kao drugarice, a mali Marko se sladio biskvitima. Vukici se dopala njena sobica, kazala je da će češće dolaziti i izjadala se na muža, pa otišla zadovoljna što ima jednu dobru drugaricu kojoj se može poveriti.

Anđelka se smirivala. Takvi hohštapleri obično beže od svoje prošlosti. On je nju zaboravio i sigurno mu je sad milo što se ona drži ovako ponosito i ravnodušno. Neće joj nikada ništa pomenuti. Ima taj dosta avantura za vratom!

Jednog dana dođe joj pismo bez potpisa, puno ljubavnih uzdaha, čežnje, obećanja... Svi muškarci obećavaju raj ženama. Čitala je i smeškala se. Ko li to piše? Kako sve to može biti lepo kad se stvarno voli, a kako je gnusno kad se samo osvaja žena. Došlo je i drugo pismo od istog. Anđelka ga baci u vatru. Nije htela ni da misli. Zaboravila je i Vukičinog muža. Nije ga videla neko vreme, pa ga se nije ni sećala. Kukavica je on, beži od nje kao zločinac od žrtve. Tako je mislila, ne sluteći šta se stvarno događa u tom čoveku.

Jedne večeri, oko devet, sedela je u sobi i radila ručni rad. Kroz otvoren prozor ulazio je miris cveća, noću još opojniji. Neko zakuca. Nije bila zaključala vrata, pa viknu:

— Slobodno! — misleći da je Donka ili njena majka.

Ručni rad joj klonu na krilo kad u sobu stupi Gojko, avet njene prošlosti. Oseti nešto kao udar struje, ali samo za sekund, a onda silovito izbi u njoj ponos i sva snaga njenog duha, pa ustade malo začuđena, potiskujući odvratnost prema njegovom gnusnom postupku i zapita ga, uzdignutih obrva, kao muža svoje prijateljice, ništa više:

— Otkuda vi, gospodine Mariću, u ovo nevreme? Svakako vas je Vukica po nešto poslala!

Čovek spusti šešir na stočić i zastade gledajući je svojim lepim očima, svestan sopstvene moći, čak možda i sad uveren da će vladati njome, osvajati je i ostavljati.

— Zar niste očekivali da ću vam doći jednog dana? — progovori tiho.

— Zašto bih to očekivala, gospodine? Vukica je moja drugarica, mogla sam očekivati njenu posetu, ne vašu, i zaista se čudim što dolazite u ovo doba. To je malo nezgodno.

— Smatrao sam da moram doći. To je moja dužnost. Bio sam strahovito iznenađen kad sam vas video i razumem otkuda vaša nesvestica... Anđelka, divna moja devojčice, zašto si se ponovo pojavila u mom životu? Da. Znaš li da te nikad nisam zaboravio!

Ona ustuknu, bleda ali energična, gotova da žestoko odgovori na sve njegove reči, koje su joj zvučale lažno, ali se savlada i odgovori začuđeno:

— Gde ste vi to mene sreli, gospodine Mariću, da bih se ja sada ponovo pojavljivala u vašem životu? I čime to objašnjavate moju nesvesticu?

Čovek je pogleda u neverici:

— Šta znači taj vaš odgovor, Anđelka?

— Gospodine, ne dopuštam vam takvu intimnost. Ako sam drugarica vaše žene i za nju Anđelka, za vas to ne mogu biti! Objasnite mi svoje ponašanje.

On priđe korak bliže i pogleda je pravo u oči. Govorio je mekim glasom, kao da hoće da je trgne, razneži i izazove u njoj samilost i sećanje:

— Jeste li vi Anđelka Bojanić?

— Jesam... pa šta hoćete?

— Pa kako me ne poznajete? Jeste li vi one godine bili u Petrovcu?

Ona zavrte glavom:

— Nikad nisam bila u Petrovcu.

— Bili ste! — uzviknu Gojko. — Vi ste ona mala Anđelka, ti si ono lepo devojče koje sam ludo voleo i koje je meni istom ljubavlju uzvratilo!

— Molim vas, gospodine, nemojte mi se obraćati sa „ti", već sedite i objasnite mi ovaj nesporazum. Vi me očigledno mešate s nekom osobom koja nosi isto ime, ali ja nisam ta osoba. Vi se varate.

On se spusti na kauč i osta gledajući je. Ona sede na stolicu. Sa svoje osmatračnice, Safet spazi muškarca u Anđelkinoj sobi. Poznao je Marića i zaprepastio se: „Ona, dakle, nije svetica kao što se pravi! Zar je tog zavodnika našla?" Ljubomora i bes planuše u njegovom zaljubljenom srcu.

Gojko je govorio tiho i uporno, ne osvrćući se na njena uveravanja, siguran da je to ona i nijedna druga.

— Priznajem da imate prava što me danas ne poznajete. Iz vas govori preziranje, ja sam se pokazao nedostojnim... ali vi ste morali doznati iz razgovora s mojom ženom da sam tada bio oženjen.

Anđelka se savlada i nasmeši:

— Vi zaista imate maštu romansijera, gospodine Mariću. Pričate neku avanturu iz svog života s nekom devojkom, meni sličnom, i ubedili ste sebe da sam to ja. Ili je to možda vaš muški manevar na početku nove avanture? Ne mogu poreći da to nije bez duha!

— Kako ste se promenili, Anđelka! Da li sam ja krivac za to ili neko drugi? Ako sam vam naneo mnogo bola, verujte da se kajem.

Ona protrlja čelo.

— Vi ste čudan čovek. Često mi dođe da posumnjam u vaš zdrav razum.

— Zbog vas bi čovek i mogao da izgubi razum. Ja sam ga zaista izgubio one godine na moru. Nikada me nijedna devojka nije očarala tako kao vi. Pričaće vam možda o meni da sam mangup, ženskaroš, zavodnik. Nemojte verovati baš svakoj reči... nisam ni gori ni bolji od drugih. Ali ako imam nešto zbog čega bih sebe osuđivao, to je zbog vas. Trebalo je da raskinem brak i da se oženim vama. Nisam mogao zbog roditelja. Nisu dopustili, a ni moja žena nije pristala na razvod... Tada sam napisao ono pismo! Morao sam iščeznuti iz vašeg života, morao sam biti mrtav za vas. Verujte mi da sam pomišljao i na samoubistvo. Sve se odigralo kako nisam želeo.

— To je dirljiva priča, gospodine. Zna li je vaša žena?

— Ne zna i nikada neće doznati... sem ako joj vi ne kažete, mada ne verujem da ćete sebi prirediti tu neprijatnost.

— Sad mi još kažite zašto ste došli baš meni da sve ovo ispričate. Mene to zaista ne interesuje.

— Anđelka, nemoj glumiti! — uzviknu Gojko u očajanju. — Ti nisi nikada bila lažna. Bila si iskrena i prirodna. Ti znaš ko sam ja!

— Koliko je sati, gospodine Mariću? — upita Anđelka što je mogla ravnodušnije. — Kazala sam da ste u nevreme došli, ovo je palanka i ne želim da mi muškarci dolaze noću.

— Imate pravo. Sad je devet i četvrt. Nezgodno vreme... i neprijatno ženi koja mrzi muškarca. Nisam očekivao ovoliku ravnodušnost kod vas. Zašto ste tako jaki?! Dolazim vam skrušen i ponizan, spreman da vas na kolenima molim za oproštaj, a vi ostajete hladni i neosetljivi kao da sam vam neprijatelj.

— Priznaćete da sam dovoljno ljubazna što uopšte slušam vašu priču. Ako je istina sve što ste mi ispričali, veoma žalim Vukicu. Ona je divna i voli vas. Imate božanstvenog sinčića. Imate sve što je potrebno za srećan brak, a vi još mislite na neku avanturu i neku Anđelku iz vaše prošlosti, na koju slučajno ličim. Žao mi je što vam moram reći da me ne možete tronuti.

— Ne mislim da vas tronem, samo hoću da se opravdam. Hoću da vas uverim da sam bio beskrajno srećan kad sam vas sreo. U ovom susretu vidim našu sudbinu. Rastali smo se, ali smo se morali ponovo sresti. Ko zna šta će se sve još odigrati u vašem i mom životu.

— U mome životu ništa se neće dogoditi u vezi s vama, jer ja umem da se ogradim od neiskrenih laskavaca. A to što vas večeras slušam je zato što ste muž moje školske drugarice, pa me zato interesuje da vas upoznam.

— Naslutio sam odmah da ste tako uporno ravnodušni samo zato što ste drugarica moje žene. Za vas ne postojim ni ja niti ijedno sećanje iz prošlosti. Dobro ste se pripremili za ovu mirnoću i ravnodušnost prema meni večeras! Onda, na terasi, bilo je spontano. Onda sam vas osetio onakvom kakva ste uistinu, onda kad ste mi se prepustili kao mirisni cvet... to nikad zaboraviti neću!

— Gospodine, vreme je da idete.

— Znam... ali vas molim za još nekoliko minuta. Hoću da vas gledam. Interesuje me vaš život. Vi ste bili udati i razveli ste se. Zašto? Ko je bio vaš muž?

— Izvinite, ali vašu radoznalost ne mogu zadovoljiti. Ne volim da pričam o sebi.

— Možete li mi bar reći šta vam je bio muž?

— Čovek iz moje struke.

— Nije bio dobar?

— Naprotiv!

— Zašto ste se razveli?

— Nepodudarnost temperamenata.

— To je sasvim konvencionalan izgovor!

— A kako se slažete s Vukicom?

— Ona je dobra žena... malo više ljubomorna, inače dobra domaćica, lepo vaspitava našeg sina.

— Jednom rečju: divna žena!

— Ne sporim. Društvo ima svoj pojam o vrednosti žene, ali i muž ima svoj! Ja sam prilično nezavisan u braku i uvek sam nastojao da sačuvam svoju slobodu, ali to neće dopustiti nijedna žena koja istinski voli muža. Ali, ako hoće slobodu, on je mora dati i ženi!

— Ženina sloboda je drugačija.

— Žena treba da bude pravo savršenstvo pa da muž pripada samo njoj. Eto, ja sam u vama video to savršenstvo, o takvoj ženi sam maštao. Kako sam bio blizu sreće, a morao sam je se odreći! Zašto čovek mora da nosi bračni jaram kroz ceo život, a mogao bi ga zbaciti! Učinio sam glupost što nisam raskinuo brak i dotrčao vama. Ali, moji roditelji su krivi. Primorali su me da ostanem uz ženu i postanem neveran muž.

— Jadna Vukica! Ona to ne zaslužuje.

— A zar ja nisam jadan? Kako mi se podsmevate! Uostalom, imate pravo. Došli ste ovamo da me mučite, još lepši, još zavodljiviji!

Mladi ljudi obletaće oko vas, vi ćete im se osmehivati. Raspuštenica, slobodna žena. Cela varoš je uzrujana zbog vas. I svi će imati više vaše naklonosti nego ja. A nekada... Kakva ste mi pisma pisali! Žalim samo što sam ih zbog žene morao uništiti.

Anđelka odahnu, savlada se i reče kroz smeh:

— Znači da su vas žene hrpimice volele?

— Govorile su mi da me vole, baš kao i vi, ali žene brzo zaboravljaju. One uvek postavljaju cilj ljubavi, ne uživaju u njenoj lepoti i sadržaju. Eto, vi me ovog časa mrzite. Ko zna šta se u vama događa. Glumite savršeno. Zašto? Zato što se nisam oženio vama? Zar je brak jedini akt koji čuva moral i ljubav? Ne, ja vam tvrdim da je brak najnemoralnija ustanova u savremenom društvu! Jedna jedina i doživotna ljubav ne postoji i ne sme postojati! Ljubav je večito radoznali genije i najčistija inspiracija. Samo ograničeni duhovi doživotno čame u braku. Bračni par tada nosi okove zajedničkog života, pa da bi ublažio tu moralnu patnju stvara nemoralne trouglove. Čovek počini zločin i društvo ga osudi na doživotnu robiju, ali se može spasti pomilovanjem. A kad se ljubav ugasi u braku, čovek je bez apelata osuđen na doživotnu robiju. Od toga pate ne samo bračni partneri nego i njihova deca.

— Zar vi ne osećate sreću pored onako divnog deteta? Zar dečja ljubav ne može da vam pruži inspiraciju? Po vašem mišljenju, gore je od zločina živeti u braku a ne voleti se. No da li je zločin kad upropašćujete devojke i ostavljate ih.

— Kao što sam ja učinio? Dakle, ni vi ne praštate! Zar vam nisam rekao zašto sam se tako ogrešio o vas: bio sam na robiji braka i uvek ću tu ostati. Ali sad imam više hrabrosti. Jedna vaša reč, Anđelka, i sve će biti raskinuto!

— Gospodine, vi morate ići kući, a ovo što ću vam sad reći zapamtite dobro: nemojte mi više nikada dolaziti, ja nisam Anđelka koju ste vi voleli, ja sam sasvim druga ličnost, i ako pokušate još koji put da dođete, neću vas primiti!

On se diže, ne odgovori više ništa. Gledao ju je i zatim muklo progovorio:

— Da li ću ja verovati u to da vi više niste ona Anđelka, to je moja stvar, ali ću vam jedno reći otvoreno: volim vas! Volim vas možda više nego ikad ranije! — ustao je. — Idem, neću da vas kompromitujem... dajte mi ruku.

Ona mu pruži hladne prste i on ih prinese ustima. Dugo je tako držao, a onda, spuštajući lagano njenu ruku, zaneo se, obuhvati joj ramena, pritisnu na grudi i pokuša da približi njena usta svojima. Ali se ona iščupa iz zagrljaja, sve se uskomeša u njoj, pa zamahnu rukom i udari mu šamar. On dotače rukom obraz i zagleda se u njene gnevne blistavo plave oči. Tužno je govorio:

— Zaslužio sam... — izgovori tužno — i opraštam vam. Ali se nadam da ćete i vi meni oprostiti... i razmisliti o svemu. Mi ćemo se opet videti. Jednom sam morao pobeći od vas, ovoga puta neću. Neću i ne mogu! Laku noć, Anđelka.

Stajala je na istom mestu, ne mogavši da se makne. Bila je na izmaku snage. Osluškivala je njegove korake, išao je polako, čula je kako otvara kapiju i nestaje u noći...

Safet je sve vreme bio na prozoru. Poznao je čoveka, ali nije mogao zaključiti o čemu govore. Glava ga zabole od jada. Iznenadila ga je smelost tog čoveka. Ima ženu i dete, a uvlači se noću u kuću jedne raspuštenice. A on mladić, još bez devojke, kuća uz kuću, pa ne sme da uđe! Ah, kako bi je voleo! A ona je raspuštenica, potreban joj je muškarac.

Anđelka se umila da se osveži i povrati. Zatim je uzela slatko da spere gorčinu i bljutavost. Jer, zaista, prošlost je bila gorka i bljutava, a sve ovo večeras tako odvratno i žalosno. Zaplakala je nad samom sobom. Bila je žrtva svojih mladalačkih iluzija, ali sada je to prošlost.

A taj čovek pokušava da predstavi kako je u njegovim postupcima sve bilo lepo i uzvišeno, čak bi hteo da ga žali što je okovan bračnim životom. Velikodušno joj nudi sebe po cenu razvoda. Ne pada mu ni na pamet da time čini novo zlo. Jadna Vukica!

Legla je, zadovoljna sobom. Izbrisala ga je zauvek! On je umro, iščeznuo, on je živi leš koji je ne može uzbuditi... Primaće ljubazno Vukicu kad dođe, ići će i ona njoj, ali on za nju ostaje nepoznat čovek. Bila je srećna što je smogla snage da mu uzvrati mirnoćom i ravnodušnošću.

Od njene velike ljubavi ostao je samo prah!

Sutradan nije htela ni da misli na njega. Nije ga videla pred kafanom. I nekoliko dana potom nije se pojavljivao. Od tetke je dobila pismo s pozivom da dođe u Beograd, jer ona ne može, a i Ljubica se ne oseća dobro. Neka uzme tri dana odsustvo i neka što pre dođe, a ona će platiti voznu kartu. Na kraju je stajalo: „Nenad, tvoj brat iz detinjstva, biće u Beogradu, pa ćeš se upoznati s njim. On jedva čeka da te vidi.”

Mala Olivera i njena majka bile su radosne. Dolazi im ujka. Gospa Ruža se radovala što će Uglješa doći da se malo provede, da porazgovaraju s njim, da izađu u svet kao drugi ljudi. Radovala se i što je pregoreo dramu svoga braka i bol koji mu je zadala ta žena. A Olivera se radovala što će je ujka svuda voditi. Najviše je volela operu, tamo bi išla svake večeri, makar na treću galeriju.

Ujku su očekivali u četvrtak, a Nenada u nedelju. Izašle su da ga sačekaju. Sestra se nije mogla nagledati brata. Prvi uzvik joj je bio:

— Kako divno izgledaš! Podmladio si se za dvadeset godina! Eto šta znači živeti na selu.

— Ujka mnogo liči na Nenada — reče Olivera. — Baš sam se radovala tvom dolasku, ujkice!

— A zbog čega najviše?

— Da te vidim, da izađemo negde i... da me vodiš u operu.

— Nema ujka vremena za to!

— Ima, ima, vodiće me. Ujka je muzikalan. Mama mi je pričala kako divno sviraš. A znaš da Nenad hoće da te oženi?

— Gle! Ja njemu treba da igram u svatovima, ne on meni. Zašto se on ne ženi?

— Našla sam ja i njemu devojku.

— Obojicu će vas mama oženiti — smejala se Olivera.

— Baš sam srećna što si se posle svega onoga promenio i došao k sebi — reče gospa Ruža kad stigoše kući. — Drugi čovek! Čisto sam i ja oživela kad mi je Nenad pričao kako živiš tamo na selu.

— Nosim se mišlju da podignem živinarnik. Nabavio sam rasne kokoške, pa ću prodavati i živinu i jaja. Doneo sam vam sto komada.

— Uh, al' ću da pržim svakog dana! — uzviknu Olivera.

— Crkla je za prženim jajima i kolačima.

— Ne treba da štediš, ja ću ti sve slati.

— Na leto ćemo ti napuniti kuću. Doći ćemo svi, pa i Anđelka i njena tetka. Primaš li nas?

— Zašto ne bih — izgovori on brzo i okrete se prozoru tobož da pogleda ulicu, a u stvari da sakrije uzbuđenje.

— Ujkice, da napravim žur u nedelju, pa da pozovem drugarice, i da nam sviraš? Doći će i bata. Violinu ćemo pozajmiti.

— Kakav žur! Hoću ja sa svojim bratom da malo porazgovaram. Zar Uglješa da troši vreme na dečurliju!

— Nismo mi dečurlija! Ja sam ozbiljna devojka!

— Udavača! — nasmeja se ujak.

— Udavača nisam, ali mnoge stvari znam! Pratim i politiku.

— Gle, gle! Pa šta znaš iz politike?

— Pitaj me, pa ćeš čuti! Ja ću biti borac za ženska prava!

— Nećemo vam još dati ta prava!

— Bojite se da vas ne nadjačamo!

— Vi ste uvek jače, jer čovek ženu ne može nadgovoriti.

— I ti se, ujko, šegačiš s pravima žena. Ali, videćeš, možda ćemo jednog dana biti zajedno u skupštini! Ja volim borbene žene.

— E, kad voliš, uzmi pa iseci hleb i poređaj ga u korpu — nasmeja se gospa Ruža.

— Je li, ujkice — cvrkutala je Olivera — da kupim sutra karte, pa u subotu da idemo u operu?

— Slažem se.

Tako je i bilo. Oliverinoj radosti nije bilo granice kad su se uveče vratili.

U nedelju je došao Nenad. Prve reči su mu bile:

— A, ujko, dobio si puno komplimenata. I ja sam, bome, preuzeo na sebe da te oženim.

— Oho-ho! Ništa manje! A koja je to imala prilike da me vidi i saspe komplimente? — pitao je Uglješa kao u šali.

— Znaš ti nju. Hvalio si mi se još u selu.

— Anđelka! — uzviknu Olivera. — Otkud ti nju poznaješ?

— Pisao sam joj i ona mi je odgovorila. To sam učinio najviše zbog ujke. Hteo sam da dođem u vezu s njom, da joj kažem kakvog ujaka imam. Ona te vrlo toplo pozdravlja. Ama, vi četrdesetogodišnjaci imate velikog uspeha kod devojaka.

— Povisi cifru. Reci blizu-pedesetogodišnjaci. Tako je to kad čovek ostari.

— Kakva starost. Ti si moj stariji brat, ne ujak. Daću ti Anđelkinu adresu, pa joj piši. Sama je u Makedoniji, biće joj drago. Vidi se da je vrlo inteligentna žena.

— Šta ti meni pričaš o njoj, ona je za tebe.

— Ja imam svoj tip devojke.

— Tvoj tip ne sme biti drukčiji nego što je Nevenka! — uzviknu Olivera.

— Ama, koja je to Nevenka o kojoj ona neprestano valata?

— Jedno prosečno devojče!

— Baš nije! Crnomanjasta, bela lica, divnu kosu ima, svira klavir. Ti bi, valjda, hteo filmsku zvezdu!

— Nemoj se čuditi — reče Uglješa — on leti, neprestano je između neba i zemlje. Možda je nad oblacima zamislio kakva treba da bude njegova devojka.

— A možda sam je jednom i video, ali je iščeznula... Pa nikako da je ponovo sretnem.

— A gde si je video? — upita Olivera.

— Ti sve hoćeš da znaš! Video sam je u Beogradu.

— Što mi je nisi pokazao.

— Zar baš sve moram da ti pokažem? — nasmeja se brat i zagrli je.

— Dabome! Da je ja ocenim. Ujkice, a je li lepa Anđelka?

— Svaka je devojka lepa.

— Nije svaka. Ima li ona nešto izuzetno?

— To je trebalo ti da oceniš! Ima dva oka, usta, nos...

— Ti nećeš da kažeš, a moje drugarice koje je poznaju pričaju da je vrlo lepa i interesantna. Vele da je i njen muž bio lep. Što li se razvela?

— Šta mi znamo o tome... — ravnodušno odgovori ujak.

— Ja se ne bih nikada razdvojila da se udam.

— Već misliš na udaju?

— Koješta! Ona i udaja! — reče mati ulazeći.

— Ko bi mene uzeo bez miraza! Ja ću da svršim školu. Nego, bata mora da se ženi, a i ujka. Je li, mamice, da će ujka uzeti Anđelku?

— To je njegova stvar. A možda Anđelka neće da se udaje.

— Što ne bi? Ti si kazala kako gospođica Nada voli da se ona uda. Nego, nisi čula šta je rekao bata. Kaže da je pronašao devojku u koju se ludo zaljubio! Slučajan susret.

— Kakav slučajan susret! — uplaši se gospa Ruža. — Nećeš, valjda, uzimati devojku s ulice. Moraš joj znati i oca i majku, celu porodicu. Na ulici su sve lepe i fine, a kad im zaviriš u kuću, da se zgraneš!

— Vidi, ujko — reče Nenad — kako ovo malo intrigira. Baš hoće da zavede kontrolu nada mnom.

— Radi ti šta hoćeš, meni je samo žao za Nevenku.

Zvonce zvrknu.

— To je gospođica Nada. Pozvala sam i nju na ručak.

Mati i kći požuriše u predsoblje. Nada Todorović se pojavi u sobi. Bila je lepo obučena u crnu tanku haljinu, koja ju je pravila vitkijom. Unela je čak malo koketerije u frizuru, jer je čula da dolazi taj ujak sa sela, fin i obrazovan čovek, ali pomalo osobenjak, pa se i u njoj probudilo zrnce ženske sujete. Ruža joj je mnogo pričala o svom bratu i Nadin prvi utisak je bio povoljan. To je bio očuvan muškarac, kome se nisu mogle odrediti godine, sveža lica, prosedih slepoočnica, što se sviđaju ženama, i dubokih očiju, istina bez onog sjaja prve mladosti, ali zato sa zamagljenom tamninom ozbiljnosti i inteligencije. Visok je bio kao Nenad, čak i vitak kao on, bez gojaznosti i trbušatosti, koja najčešće ruži postarije muškarce. Nada se nije mogla uzdržati, već polaska Kneževiću:

— Vi mnogo ličite na Nenada. Kao da ste mu stariji brat.

— Predratna generacija — nasmeja se sestrić i potapša ujaka po ramenu.

Tokom razgovora Nada je osetila da se sve vrti oko Anđelke. Zapazila je da mati i kći, čak i sin, pomišljaju na Anđelku i Uglješu. Nije pokazala nikakvo iznenađenje niti razočaranje, samo je sad malo pomnije ispitivala Kneževića, trudeći se da poveže njega i njenu Anđelku, razmišljajući neprestano je li se on ipak dopao Anđelki, ali joj nije priznala. Ko zna šta se u njenoj duši odigravalo posle sukoba s Tomom. Možda ju je mladost muškarca razočarala, pa ju je sad zainteresovao taj stariji čovek, još dopadljiv, inteligentan i očito pošten. Osetila je odmah da na nju niko nije računao, ona je starija devojka, ne bi se ni udavala. Kako bi ona sad stvarala bračne navike i ugađala mužu! Za nju više nije brak, ali je želela da se Anđelka uda. Ko zna, možda bi bila srećnija sa starijim čovekom. Htela je da to prihvati, pa ipak se u njoj nešto bunilo pri pogledu na Nenada, mladog i sjajnih očiju. On bi više odgovarao Anđelki. Ali Nenada majka hoće da oženi i našla mu je devojku. Dakle, oni zaista misle na Anđelku i Uglješu.

Sestra je stalno hvalila brata, iz želje da ga Nada što više upozna. Pričala je o njegovom imanju, kući, voćnjaku, o živinarniku.

Tetka je u sebi popuštala: „Pa... možda će Anđelka biti srećna s njim. Ona je skromna, nikad nije žudela za lakim životom i zabavom. Mogla bi da živi na imanju. Ona voli selo, kuću, porodični život. Samo, da li bi imala dece? Ipak, ovaj muškarac je zdrav i u snazi."

Bilo je već četiri popodne, a oni su još pričali. Nada se osećala vrlo prijatno u njihovom društvu, jer je volela te predratne porodice s toplim, patrijarhalnim vaspitanjem i gostoljubivošću.

Olivera donese violinu, koju beše pozajmila od jedne drugarice. Uglješa se nećkao, ali ga ona tvrdoglavo okupi i on najzad pristade. Zvuci violine, meki i tužni, izliše se ispod njegovih dugih prstiju, kao da poteče razgovor osećajne duše toga čoveka s violinom. Muzika je bila setna i bolna, da Nada jedva uzdrža suze. „Ako ga Anđelka zavoli, neka se uda. On je plemenit čovek!"

— Ih, mama, zašto ja nisam učila violinu — požali se Olivera kad Uglješa završi. — Ovo je prava muzika.

— Vidite koliko je ova mala energična — nasmeja se Nenad. — Našla violinu da bi ujka svirao.

— Htela je da vi čujete, gospođice Nado — reče majka. — Mnogo vas voli.

— I ja nju volim, dobar je đak.

— Zar vas se ne boji kao matematičara? Matematičari su obično bauk za đake.

— Gospođica Nada nije mnogo stroga. Hoće i da popravi ocenu. Đaci to znaju.

— Uhvatili ste moju slabost. Zbilja, ponekad mi je zaista teško da dam slabu ocenu. Vidim je sirotu, neobučenu, možda i gladnu, ko zna u kakvoj bedi živi, pa još da joj ja dam rđavu ocenu. Onomad sam se potresla u jednom razredu. Devojčica pala u nesvest od gladi!

Kako može da uči kad dolazi gladna u školu! Ima mnogo sirotinje u gimnaziji, sve to uči da bi došlo do svog parčeta hleba.

Porazgovaraše još malo, pa Nada ustade da ide. Nenad pođe da je otprati. Beše obećao onoj Aniti Đurović da će je posetiti. Postala mu je nesnosna ta udovica. Uvrtela sebi u glavu da treba njome da se oženi, pretila samoubistvom i svakojake gluposti pisala, pa ga time još više odbila od sebe. Ali nije smeo da raskine naglo, već je obećao da će doći i umiriti je. Ah, sve mu je to napravila ona lepa Anita iz Malinske, koju nije mogao da zaboravi i neprestano je uzalud tražio po Beogradu.

# Zar se nikad neće osloboditi prošlosti?

Anđelka je pozvala električara da namesti antenu, pa je slušala radio. To joj je bila najlepša razonoda. Uveče je slušala muziku i radila ručni rad ili čitala i poslovala po kući.

Gojka Marića nije viđala. Laknulo joj je verujući da je sad otrežnjen, kao i sama što je. Videla je svoju prošlost u pravoj boji, bez iluzija, grubu i odvratnu. Pregorela je teško razočaranje, iščupala iz srca bolne uspomene koje su je mučile tolike godine i sad je bila mirna. Našla je utehu u samoj sebi, svojoj volji, lepoj kući i radiju. Makedonija je imala neku toplu poeziju, koja se uvlačila u njenu dušu i stvarala tihu setu, baš onakvu kakva joj je odgovarala u tom periodu života.

Jednoga dana poseti je Vukica. Bila je raspoložena, sva je blistala. Hvalila se kako je Gojko postao dobar, ne putuje više, ne ide u Skoplje, dolazi rano kući i pažljiv je prema njoj i detetu. Prosto se preobrazio, pa je došla Anđelki da se pohvali, srećna i zaljubljena, ne znajući ni sama kako da objasni taj preobražaj. „Da ga nije preobrazio moj šamar?", pomisli Anđelka.

Vukica ju je pozvala da dođe, čudila se što je u poslednje vreme nema, pa Anđelka nije mogla odbiti, pristala je da svrati u nedelju, mada je osećala jezu i gnušanje od susreta s tim čovekom. Prošlost s njim bila joj je kao kakvo zgarište na koje je strašno pogledati. Žalila je i tu nesrećnu Vukicu, strepela da nešto ne dozna. Zar da joj ona, njena dobra drugarica, zada bol? Njeno drugarstvo uvek je bilo čisto i pošteno, tako ju je tetka učila i takva će uvek ostati.

Otišla je u nedelju, ali njenog muža nije videla. Vukica ga izvini:

— U mlinu je, prima žito. Možda će doći predveče.

Anđelka je htela da ode pre njega. Neprijatan joj je bio taj susret. S Vukicom se provela prijatno, ali baš kad je ustala da pođe, naiđe on.

— A, evo Gojka! Ostani još malo, Anđelka.

— Već je vreme. Dok stignem, smračiće se.

— Ja ću vas ispratiti, gospođo — ponudi se on.

— O, hvala, vi ste imali posla, umorni ste, a ja se inače ne plašim da idem sama, ovde je pošten svet.

— Da, pošteniji nego što možete verovati — napravi on aluziju.

— Nas dve smo se danas slatko narazgovarale — reče Vukica.

— Jesi li me štogod ogovarala?

— Naprotiv, hvalila se — umeša se Anđelka. — Kaže da ste vrlo dobar muž.

— Nije uvek, ali u poslednje vreme ne mogu da se požalim. Dolazi rano kući, ne ide u kafanu. Inače ume propisno da lumpuje. To ne volim kod njega.

— Čovek mora ponekad da se istutnji.

— Ti si se, vala, dosta istutnjavao. Naročito s čočecima. Ja bih to zabranila po kafanama, veruj mi. A Gojko voli pesmu, pa mi žao što ne umem da pevam. Ti si, Anđelka, pevala? Imala si lep glas. Pevaš li i sada?

— Pevušim pokoji put.

— Gospođa je mlada i srećna žena, treba da peva.

— Srećna baš nije kad se razvela — dodade Vukica — ali mlada je i lepa, pa treba da peva. Žena mora da izdrži sva razočaranja i udarce, da prkosi životu.

— Čim je žena mora biti prkosna! — osmehnu se Gojko.

— Nego da se svaki titra s njom i gazi je? Ako, budi ti, Anđelka, prkosna. More, da sam devojka, umela bih zavitlavati muškarce! Brak te nauči svemu.

— Zavitlavaš ti mene — šalio se njen muž. Ona ga pomilova po kosi nežna i zaljubljena. — Ti si razmažena, ja sam te razmazio. Jedinci su najgori muževi.

Anđelka sažaljivo pogleda mladu ženu: „Bože, ona i ne sluti da je njen muž meni oduzeo nevinost! Kako ga voli!”

— Moram da idem. — Ustade. — Radujem se, gospodine Mariću, što ste tako dobar muž. Vukica je divna žena, znam je iz detinjstva, ona ne zaslužuje da joj stvarate i najmanje neprijatnosti.

— Trudiću se, gospođo, da vas poslušam — reče on ozbiljno.

Pošli su svi troje zajedno, i sinčić s njima, terao je obruč, a oni su išli polako i razgovarali kao dobri i iskreni poznanici, iako je jedna teška tajna lebdela nad njima.

Anđelki je laknulo. Taj čovek je ipak dovoljno pošten da se neće usuditi da nasrne na nju i dovodi je u nepriliku da bude gruba prema njemu.

Prošlo je nekoliko dana. Bilo je jutro. Anđelka tek što beše ustala i skuvala mleko, kad spazi kroz baštu Vukicu. Sva se sledi. Otkud ona? Da nije štogod saznala? Ta prokleta prošlost bila je kao zločin, a ona kao zločinac koji strepi da se njegovo delo ne otkrije.

Vukica upade u kuću sva besna.

— Šta ti je? — uplaši se Anđelka.

— Oh, Anđelka, Gojko lumpuje! Tamo je u kafani, pevaju mu čočeci, baca novac, lupa čaše, prosto je lud. Čula sam još sinoć da se zapio, pa sam jutros poslala momka, a on ga gađao čašom. Dignem se ja i odem, zovem ga, a on ni da čuje. Ima kod sebe deset hiljada, sve će da potroši. Stotinarke baca. Joj, što sam nesrećna! Slatka Anđelka, hajde pođi sa mnom, pozovi ga, možda će se postideti pred tobom.

Anđelki se odsekoše noge. Da ide i zove pijanog čoveka?! Pa on sad nema ni truna razuma. Ko zna šta će učiniti! Da se ne izrekne pred ženom? Zašto baš nju poziva da izvlači iz kafane pijanog čoveka? Ah i ta Vukica! Ipak se sažali, videći je neispavanu, bledu i očajnu. Kako da je sad ostavi. „Eto, takav bih život ja imala s njim", pomisli. „Lumpovao bi, pio, razbacivao novac, razbijao čaše. To je ono moje božanstvo!"

Pribrala se, hrabra i odlučna:

— Dobro, Vukice. Hajdemo!

— Izvini što te mučim, ali sve će potrošiti, a žito treba da plati. Da bar nešto spasem. Kažu mi da je već potrošio dve hiljade — govorila je Vukica grcajući. — Bio je tako dobar... a da ga vidiš sad! Pijan, govori da je nesrećan, traži da mu pevaju tužne pesme. To ga je ona čuma u Skoplju zaludela. Na nju on misli. Bože, šta da radim? I tebe mučim, ali ja ovde nikome nemam da se poverim. Eno kafane. Vidi, kakva je! U tom ćumezu on lumpuje.

Anđelki se stegoše vilice. Ah, šta će ona ovde?! Kakav li će se sad skandal odigrati? Pijan čovek, ko može njega da urazumi! Zastadoše pred kafanom. Prva se pojavi na pragu Vukica, Anđelka pozadi. Čisto je bi stid da uđe u takvu prostoriju. Vukica mu priđe, govoreći molećivo:

— Gojko, hajde kući, dosta si sedeo u kafani.

— Odlazi od mene! Neću da idem! Pevajte mi, bre, nešto tužno o ljubavi!

— Gojko, došla je i Anđelka. Ona se čudi šta radiš. Zar te bar od nje nije stid?

Čovek se trže, kao da se najednom istreznio, ustade i pođe posrćući, mutnih očiju.

— Gde je ona? — krkljao je. — Zašto je došla? Ti si me ogovarala kod nje! Ti me svuda ogovaraš! I ona me mrzi!

— Ne mrzi te, Gojko, veruj meni. Samo te moli da izađeš, da ideš kući. Anđelka, hodi ovamo! Jelda da ga ne mrziš, reci mu. Ja sam te toliko hvalila kod nje.

— Gospodine Gojko, idite kući — progovori Anđelka, drhteći od straha. Očekivala je uvrede i poniženja od tog pijanog čoveka, ali on se ispravi, pogleda je i osmehnu se, pokoran, učtiv.

— Zašto ste dolazili, gospođo?... Dobro, idem kući, gde je fijaker?

— Tu je auto, Gojko.

— Hajdete i vi s nama, gospođo.

— Izvinite, ne mogu, moram u kancelariju. Idite vi, samo, kući. Nije lepo da lumpujete.

— Nije lepo, znam... ali ni život nije lep. Niti sam ja srećan! Oprostite, gospođo... dajte mi ruku da je poljubim.

Anđelka se strese. Ah, samo da što pre pobegne, da se ovaj čovek ne izrekne. Pruži mu ruku i on je poljubi, pa pođe prema automobilu.

— Hvala ti, Anđelka — prošaputa Vukica. — Ne ljuti se na mene.

Auto odjuri, a Anđelka odahnu i uputi se u kancelariju, dok je u njoj lebdeo vapaj: „Ah, zar se nikad neću osloboditi svoje prošlosti!"

# Ko li to može biti?

Taj dan bio je lep i neko prijatno raspoloženje beše obuzelo Anđelku. Koleginice su joj pravile komplimente kako je lepa u plavoj haljini, a sudija Bogdanović je više puta skretao pogled ka njoj dok je vodila zapisnik na suđenju. Bilo je raznih saslušanja povodom krađa i jedne tuče među ženama. U sudnici beše dosta zagušljivo i jedva je čekala da se završi. Kada je izašla u hodnik, priđe joj poslužitelj.

— Gospođo, dolazio je jedan gospodin i molio da vam kažem da odete do hotela *Grand* kad izađete, on će sedeti pred kafanom, napolju, i čekaće vas.

— Ko je taj gospodin?

— Ne znam. Nije ovdašnji. Otmen neki čovek.

„Da nije Toma?", preseče se Anđelka. „Nije, valjda, on došao! To bi značilo da me još voli!" Htede da zapita još nešto poslužitelja, ali se uzdrža. Pogleda u sat na ruci. Još malo do kraja rada. Sva je drhtala i neprestano se pitala: „Ko li to može biti?"

Nervozno je stavila šešir na glavu, bacila pogled u ogledalce i lako se napuderisala. U tom trenutku sekretar suda odškrinu vrata i pogleda je, htede nešto da kaže, ali samo klimnu glavom i nasmeši se. Anđelka sačeka da on odmakne, jer je češće voleo da joj se pridruži i svaki put je pitao: „Kad mogu da vas posetim?" Kategorički je izjavila da muškarce ne prima u kuću, ali on nije odustajao.

Izašla je iz suda. Bilo je vrlo toplo i po ulicama se kretalo dosta sveta, zbog pazarnog dana. Na pijaci ugleda Savetu.

„Baš dobro", pomisli, „moliću je da mi ponese nešto s pijace."
Pokupovala je nešto namirnica i spustila u Savetinu korpu.

— Dobar dan! — začu ženski glas iza sebe.

— Ah, to si ti, Razija! Baš si vredna.

— Moram, mami nije dobro, pa idem do Safeta da zovne doktorku.

Na pijaci se zadržala desetak minuta, a onda požurila, nestrpljiva i uznemirena. „Kad bi stvarno bio Toma!" Pitala je samu sebe da li bi se obradovala ili ne. Nije umela da objasni, jer je čitava zbrka osećanja vladala u njoj. Ipak, raznežavalo ju je jedno prijatno osećanje, duboko u podsvesti, ne sasvim jasno, više onako kao kad se ponekad uzalud pitamo čemu li se to tako radujemo...

Pred kafanom su se nalazili stolovi, olijanderi i gvozdena nadstrešnica, a gosti su sedeli uz pivo i rakiju, bio je tu i policijski pisar i sekretar suda. Anđelka se približavala, svi su je gledali, a onda spaziše kako se podiže jedan visok otmen čovek srednjih godina, njima potpuno nepoznat, i Anđelka ga iznenađeno pogleda, on joj požuri u susret, pa se rukovaše vrlo srdačno.

— Vi, gospodine Kneževiću? A ja neprestano mislim ko li to može biti.

— Niste pomislili da bih mogao biti ja?

— O, za vas znam da ne mičete iz sela.

— Pustinjak je malo pošao u svet, dosadilo mu samovanje.

— To je divno! Zaista sam se čudila kako možete sedeti stalno u selu.

— Prilike nagone čoveka da pobegne od sveta.

— Zar vas je baš ceo svet ožalostio i uvredio?

— Ponekad jedna osoba predstavlja ceo svet i u stanju je da zada veći bol nego celo društvo. Hoćete li da sednemo? Napolju je pretoplo, bolje da uđemo u kafanu. Hoćete li da budete moj gost, da ručamo zajedno?

— Zar ste došli čak ovamo da budem vaš gost? Trebalo bi da ja vas pozovem, ali danas nemam ništa naročito za ručak.

— Meni će biti prijatno da mi pravite društvo.

— O, hvala lepo. S vama je, zaista, prijatno.

Seli su za jedan sto u uglu, a svi oni ispred kafane su ih pažljivo posmatrali, pitajući se ko je to. Dozvaše konobara da se raspitaju, jer tu je bio i hotel, pa je nepoznati možda uzeo sobu. Konobar ih zadovolji:

— Uglješa Knežević, posednik.

— Oho, posednik! — uzviknu policijski pisar. — Mi smo, znači, sitnurija za nju. Posednike ženska gleda! Ne mora biti ni mlad ni školovan, samo nek je posednik ili rentijer!

— Ovo je još držeći čovek, a nije ni ružan — dobaci jetko sekretar suda.

U kafani je bilo hladovito i prijatno. Mirisalo je na olaj i vinski podrum, kao i u svim našim kafanama.

— Otkud vi čak ovamo? — raspitivala se Anđelka, dok su joj u svest navirale Zlatine reči: „Čini mi se da je on zaljubljen u tebe!"

Knežević je odgovorio mirno kao da se zaista tiče posla:

— Bio sam do ovdašnjeg rasadnika, on je vrlo poznat širom zemlje, da vidim jabuke, pa ću na jesen poručiti da mi pošalju sadnice. Hoću da podignem veliki jabučar. Jabuke se najbolje isplate. Dobro se očuvaju za izvoz.

— A vi ćete biti i izvoznik?

— Kad već imam dovoljno zemlje, treba da je iskoristim. Podići ću i moderan živinarnik.

— Čini mi se da ste sad veseliji nego kad sam vas prvi put videla. Tetka mi je pisala o vama. Bili ste zajedno na ručku. Mnogo vas je hvalila. A ja sam se tako obradovala kad sam čula da se poznajete i da je Nenad moj mali bata iz okupacije. I on mi je pisao. Šta radi?

— On je valjan mladić i hrabar pilot, ali više smeo nego što bi trebalo. To uvek plaši moju sestru, iako zna da smo svi u porodici energični i temperamentni. Kad se predamo jednom poslu, ne žalimo ni snagu ni trud. Dobar je Nenad, samo neće da se ženi, kao i ja što se nisam oženio kad je trebalo, nego čekao da mladost prođe. Zato sam sve ono i doživeo!

— Izvinite što sam indiskretna, ali sam čula za tragediju vaše žene.

— Ceo svet je čuo. Bilo je i u novinama.

— Kako je mogla tako da postupi?

— Možda nije našla u meni ostvarenje svojih ideala... Devojke ulaze u brak s izvesnim idealima, pa ako se oni ne pretvore u stvarnost, razočaraju se.

— A vi ste tako dobri... — tiho izgovori Anđelka. — Nikad neću zaboraviti trenutak kad ste mi spasli život.

— Kako je to primio vaš muž?

— Ah, on! Sve je video drugim očima. Nije bio u stanju da odvoji mene od moje mladalačke pogreške. U svakom mom postupku video je senku moje prošlosti.

— Vi niste imali prošlosti! Imali ste jedan jedini momenat, jednu epizodu koju svaki razuman čovek mora da shvati.

— Vi ste me jedini shvatili i opravdali.

— Kad znam kakvih sve muškaraca ima, moram vas opravdati.

— A ja sam prema sebi stroga. Verujte mi, neprekidno osuđujem sebe.

— I ja sam isprva osuđivao sebe.

— Zašto? Ona je vas izneverila, ne vi nju!

— Nije trebalo da se ženim tako mladom ženom. Precenio sam sebe. Uostalom, muškarci se često precenjuju. To je slučaj i s vašim mužem. Nama mnogo puta vlada ono što se naziva muškom sujetom.

— Jeste... opazila sam to i kod svoga muža. U njemu je patila muška sujeta: biće ponižen, ismejan.

— Ako bi trubio celom svetu, sigurno bi bio ismejan. Ali takve intimne stvari se čuvaju u braku, preko njih se mora preći.

Koliko vremena nije ovako prijatno razgovarala s jednim muškarcem. Osmotrila ga je nekoliko puta: uistinu simpatičan i prijatan čovek. Nije to mladić drzak, nametljiv, samohvalisav. U njemu je bilo otmenosti, samopouzdanja, korektnosti. Možda se zato stariji ljudi dopadaju devojkama. Oni pristupaju oprezno i učtivo, ne računajući na uspeh zarad svoje mladosti kao mladići...

— Hoćete li da odete do moje kuće i vidite kako sam se smestila? — upita. — Imam slatku kućicu. Nije kao vaša, starinska je, ali posle beogradskih višespratnica baš mi godi.

— Vrlo rado. Jeste li se navikli na ovu sredinu?

— Jesam. Ne idem nikud, ali mi je kuća pravo zadovoljstvo. Imam i radio.

— To je pametno. Vidim da ovde postoji i bioskop.

— Postoji, ali ja nisam išla. Vi najbolje znate kako posle duševne krize čovek beži u samoću.

— U prvo vreme treba pobeći u samoću, ali kasnije ona postaje opasna. Ja sam se pobojao da ne postanem osobenjak. Da sam pisac, možda bih mogao iskoristiti svoju samoću, ali ovako...

— Pisci razmišljaju i stvaraju, pa ne smeju da rasejavaju svoje misli.

— Pošto mi nismo pisci, treba da izlazimo u svet. Predlažem vam da večeras idemo u bioskop. Hoćete li? Istina, ja sam stariji čovek, možda ne pristajem uz vas — govorio je sa osmehom, gledajući je svojim tamnim očima tako da se ona zbuni i pocrvene.

— Meni laska da idem s vama. Vi ste prvi čovek koji me je shvatio i razumeo.

— Razumeo sam vas i zato što vas cenim.

— Hvala. A da znate, samo, kako mi je bilo teško kad sam izgubila veru u sebe. Kad sam se rastala od muža činilo mi se da me niko ne ceni. Svaki pogled muškarca me vređao. Prosto sam ih omrzla. A kad je došlo Nenadovo pismo, bila sam tako srećna i pomislila: „Ipak će se naći neko ko će i mene ceniti!"

— Piše li vam Nenad često? — upita Knežević, a oči mu postadoše tamnije.

— Ne, dobila sam samo dva pisma. Nema vremena. A čula sam da ima i devojku. Tetka mi piše da njegova majka hoće da ga oženi.

— Jest, ona hoće — progovori Knežević živahnije. — To je dobra devojka, jedinica, ali i on je probirač, kao većina mladih ljudi.

— Imaju prava. Njima život daje mnogo više privilegija. Muškarac može da zaprosi svaku devojku, a devojka ne sme da zaprosi muškarca.

— Zašto ne bi smela! Jedan topli devojački pogled koji nađe odjeka kod muškarca, daje joj prava da ga časno zaprosi.

— Zar biste vi dopustili da vas neka žena zaprosi? Primili biste njenu prosidbu?

— Mene ne bi nijedna zaprosila, ja sam star.

— Vi koketujete sa svojim godinama. Niste vi stari. Vi ste čovek koji može da imponuje svakoj ženi.

Knežević prevuče rukom preko čela, kao da hoće da se razabere i umiri, da odagna jednu misao koja je pojurila, ali se zaustavila na usnama. Jedva se uzdržao da ne zapita: „A da li biste me vi zaprosili?" Umesto toga, pogledao ju je, video njena dva divna tamnoplava oka osenčena trepavicama, uvojke njene kose opuštene do ramena, koji su isticali belinu vrata, njenu mladost i lepotu, pa zadrhtao, zbunio se, uplašio se samoga sebe i ućutao: „Ne! Ne smem je pitati!"

Ćutala je i ona, a zatim progovorila, glas joj je bio nežan, njemu se učinio kao poj ptičica u šumadijskim lugovima:

— Je li lepo kod vas na selu? Teta mi piše da ćemo letos doći kod vas. Jel' nas primate?

— Samo ako vi hoćete da dođete i ako vam ne bude dosadno. Zaista, volite li selo?

— Obožavam ga! Šta ima čovek od života u varoši? Eto, ja sam tolike godine živela u Beogradu, a više sam čeznula za prirodom nego za zabavama. Kod onih koji žive u velikom gradu uvek ima žudnje za prirodom. Ovde sam našla jedan deo prirode. I to me je malo utešilo... a šumadijsko selo je raj.

— Da, pravi raj, naročito u proleće — šapnuo je Knežević kao da to nesvesno izgovara a drugo misli, jer je video s njom raj u selu, video nju kao malu vilu u svojoj bašti, u voćnjaku. Budila se u njemu duboka pozna ljubav i strast, ali nije smeo da progovori, bojao se, čekao...

U kafanu uđe jedan čovek i sede malo dalje od njihovog stola. Anđelka zadrhta i okrete glavu da ne sretne njegov pogled. Bio je to Gojko Marić.

Raspoloženje splasnu u njoj i kao da je po telu ošinu bič. Da li će tog čoveka svuda sretati? Da li da poveri Kneževiću kako je bila prevarena?

Njegov meki glas je trže:

— Nešto ste se zamislili?

— O, ništa, tako...

A on se osećao srećnim, jer je verovao da se zamislila u vezi s njim. Oči su mu postale sjajnije dok je tiho pričao o svome selu, o bašti, violini i notama koje je kupio, o čezama koje je poručio, užurban da joj sve ispriča i kroz to naglasi da bi sve to moglo biti njeno, kao što može biti njeno i njegovo srce, koje toliko vremena ne zna za ljubav, a on sav, asketa i pustinjak.

Njegove reči bile su blagotvorne i zaštitničke, ona mu se zahvalno osmehivala, činilo joj se da ima jedno snažno biće koje bi je uvek štitilo i odbranilo od onog čoveka koji je sedeo nedaleko, ozbiljan i utonuo u misli, oštra profila... On nije gledao u nju, kao da nije prisutna, ali je osećao njenu blizinu i nešto se zlokobno budilo u njemu: ljubomora, mržnja prema ovome koji je sedeo s njom, gnev na ceo život, na njegovu ženu.

— Konobar, jelovnik! — uzviknu oštro.

„Zašto ovde ruča?", upita se Anđelka. „Eto, kakvi mogu biti brakovi! Žena čeka kod kuće, a on ovde jede." Pogleda Kneževića i seti se kakav je on domaćin. Milo ga je posmatrala, a Marić se tog trenutka okrete i uhvati njen pogled, osmotri celog čoveka od glave do pete i zagleda se mračno u jedan kut kafane.

— Da idemo mojoj kući, hoćete li? — reče Anđelka. — Posle moram u kancelariju. A kuda ćete vi?

— Prošetaću da razgledam varoš i otići do rasadnika. Gde ćemo se večeras naći? Hoćete li da vas pričekam pred kafanom, kao danas.

— Možete.

Ustala je, ugrabila trenutak dok je Knežević uzimao šešir, pa klimnula glavom Mariću, a on joj se javio ozbiljno, gledajući za njom i nepoznatim čovekom, s istim pitanjem kao i ostali: ko li je to?

Anđelka veselo uvede Kneževića u baštu.

— Vidite, i kod mene je raj!

— Krasno je, zaista.

Tetka Saveta istrča, a za njom i Donka.

— Da vam predstavim svoju gazdaricu. O, kako je dobra moja tetka Saveta. Dogovorili smo se da je tako zovem. A ovo je Donka. Ona ima krojački salon. Divno šije. Gospodin Knežević je poznanik moje tetke i naše porodice.

— Mi mnogo volimo našu gospođu Anđelku. Ona je tako zlatna. Da vidite kako se lepo namestila.

— Izvolite, gospodine Kneževiću. Hoćete li i vi, tetka Saveta?

— Hvala, imam posla — izvini se dobra žena.

— Hajde ti, Donka.

— Ne mogu, verujte. Ne znam gde mi je glava od posla! Do mraka moram da svršim dve haljine. Pozvala sam i jednu koleginicu da mi pomogne.

Safet je gledao s prozora i video kako je u kuću ušao gospodin Knežević.

„Ovo je drugi posetilac”, pomisli ljubomorno, „ali ja ću biti treći!” Sad je čvrsto rešio da stupi u bliže poznanstvo s lepom malom gospođom.

— Jel’ vam se dopada kod mene?

— Lepa žena mora imati i lep ukus — polaska joj Knežević.

— Bolje da sam bila srećna nego lepa. Uostalom, nisam ni lepa — poče ona malo da koketuje.

Knežević se osmehnu:

— To drugi treba da kažu. Vi ste ostavili na mene izvanredan utisak još u selu. Ne znam šta je to u vama što tako silno deluje na čoveka. — Posmatrao ju je, a ona se zamaja oko primusa da skuva kafu.

„Da li sam takav utisak ostavila i na Nenada, onda u Malinskoj?”, pitala se, rumena od uzbuđenja i toplote špiritusa. Očekivala je da će Knežević govoriti dalje, ali on zastade pred njenom poličicom s knjigama i uze jednu. Posle priđe vratima i stade na prag, posmatrajući je kako kuva kafu, u lepoj plavoj haljini, pripijenoj uz vitko telo. Groznica ga je obuzimala i grdio je sebe: „Zašto je ne pitam?”, ali se nije usuđivao.

— Ovako lepa kućica — tiho reče — a vaš muž da vas ostavi... Nego, možete se vi još izmiriti.

— Nećemo, to je svršeno.

— A gde je on?

— Ne znam. Kazao je da će tražiti premeštaj, ali ne znam da li ga je dobio.

— I ne javlja vam se?

— Zar se razvedeni muževi javljaju svojim bivšim ženama?

— Pa vi niste bili dugo u braku. On, takoreći, nije ni uživao s vama kao ženom, niti vas upoznao u bračnom životu. Kako je tako glupo mogao da vas ostavi.

— Suviše je ponosan.

— Nije to ponos nego glupost. Vi, takva žena! Jelte, jeste li imali još koji doživljaj posle onog prvog.

— Zar sumnjate u mene? Mislite da sam imala više avantura?

— Ne sumnjam, samo pitam, onako — zbuni se on, jer nije smeo reći da je i njega kopkala ljubomora, video je dosta mladih ljudi ovde, zapazio je kako su je posmatrali kad je prilazila kafani, čak je čuo jedan kompliment: „Divna ženica!” Tuga mu se razli po srcu, oseti da je smešan što traži ovakvu mladost. Da li bi ga mogla voleti?

Seo je pogružen na kauč i zagledao se u baštu i visoke bokore jasmina. Ona donese kafu, nasmejana i srećna, zahvalna tom dobrom čoveku na prijatnim trenucima.

— Gledajte moju baštu! Nema ovde onih vaših lepih ruža. Vaša bašta je pravi park.

— Ove godine se rascvetala jedna divna holandska ruža.

— Vi uživate u cveću?

— Kad nema nikog drugog da uživa.

— E, na leto ćemo svi doći, pa ćemo vam pobrati sve ruže.

— Ipak će ostati najlepša, koju nećete moći uzbrati.

— Nećete dopustiti? Je li to neka naročita vrsta?

— Jeste, ta najlepša ruža bićete... vi!

— Ah, ja ne ličim na ružu.

— Onda na hortenziju, plavu hortenziju... Jel’ sigurno da dolazite? — pitao je sad ozbiljno, prekorevajući sebe zbog onih komplimenata.

— Znate li kako se kaže: ako bog da zdravlja!

— Koliko sam zapazio, vaša tetka je potpuno zdrava, a vidim da i vi blistate. Ne patite zbog raskida braka?

— Šta bi mi vredelo i da patim!

— I ja sam sebe ubeđivao, ali bol je jači od radosti. Duže se tuguje nego što se raduje.

— Je li ono bio portret vaše žene na zidu?

— Jeste, ali sad sam ga skinuo. Ne gledam je više.

— Zašto?

— Prošlost koja je mučna treba odagnati!

— Da... — prošaputa Anđelka, setivši se Gojka Marića. „Da li da mu sve ispričam? Ne, ne... bolje ćutati. Mogao bi posumnjati da sam zbog njega došla ovamo. Ah, kako se prošlost ponekad sveti sadašnjosti!”

— Je li dobra kafa? — reče glasno.

— Baš onakva kakvu volim. Vreme vam je za kancelariju?

— Jeste. Žao mi je što ne možete duže ostati. Kad se vraćate?

— Sutra. Dakle, čekaću vas pred kafanom posle šest. Večeraćemo zajedno, pa idemo u bioskop.

„Da li da joj večeras sve kažem?”, razmišljao je Knežević.

Ali, nije mogao reći. Rešavao se, ali nije smogao hrabrosti. Napominjao je sve izdaleka. Jedino ga je ispunjavala srećom misao da ona voli selo i da bi u njemu mogla živeti.

Otputovao je, grdeći sebe zbog neodlučnosti. To bi bio velik i sudbonosan korak u njegovom životu, trebalo je spojiti prvu i treću mladost. Možda se zato nije usuđivao da je zaprosi. A u njegovom srcu beše se rasplamsala ljubav prve mladosti, topla i romantična, puna strasti. Sad bi joj se sav predao i živeo samo za nju!

Da li će se to ostvariti?

# Klopka

Dani odmiču i žega osvaja. Bašta odahne uveče kad se zalije, a u podne se sparuši. Donka i tetka Saveta zalivaju je svake večeri, a pomaže i Anđelka. Na ulicama se lepršaju tanke haljine, a razgolićene ruke i vratovi već su opaljeni suncem. Ljudi se tromo kreću.

Donka je tužna. Njen dečko, podoficir, premešten je u Banat. Jadikuje: „Oženiće se nekom miraždžikom Banaćušom! Po sto hiljada miraza dobili su neki podoficiri! Uverava me da će ostati veran, ali ja sumnjam!" Molila je majku da je pusti u podoficirski Dom na matine. Jedva je pristala tetka Saveta. A posle je njen dečko došao da kaže i majci kako će biti veran i održati reč... ako je Donka ne pogazi.

Taj dan kad je otišao prošao joj je sav u tuzi i uzdasima. Pevala je samo komšika Ankica, mlada podoficirova žena. Imaće bebu i oboje se raduju.

Tužne su bile i Razija i Fatima. Njihova majka hanuma Eubenda bolovala je mesec dana. Zapaljenje pluća. A dobra je hanuma Eubenda, voli svoju decu i čuva kćeri kao oči u glavi. One se ne ljute što se i ona povodi za ocem. Trčale su, radile po kući i negovale je, blede i uplašene. Tek se pre nedelju dana osmehnula. Sad joj je bolje. Žalost je iščezla iz kuće. Kroz mušemke provlače se zraci sunca, praveći kockaste šare na podu. Hanuma Eubenda se odmara, a Fatima joj čita. Pozvale su Anđelku da ih poseti i vidi njihovu lepu starinsku kuću. Obećala je da će jednom doći posle kancelarije.

Jedne večeri Anđelka je slušala radio, kad neki dečko kucnu na vrata i pruži joj pismo, pa se brzo izgubi. Pisala joj je Vukica, zvala je da sutra, u nedelju, dođe u vinograd na ceo dan. To je četiri kilometra od varoši. Zvala ju je da dođe još ujutru, poslaće oko devet auto, pa da se narazgovaraju i da ona vidi kako je lepo u njihovom vinogradu. Gojko je na putu, pa je već nedelju dana tamo sama, da bi sinčić bio na čistom vazduhu.

„Kad nije on tamo, ići ću", odluči Anđelka. „Samo da se s njim ne sretnem!"

Tačno u devet auto je stao pred kućom. Požurila je, raspoložena da izađe van grada. Tek tamo zablista sva raskoš i lepota ovog kraja. U varoši su je sputavali sokaci i sokačići, turska kaldrma, crvotočne nadstrešnice, ćepenci i niske kućice, sve ono staro što je već sklono padu i jedva se odupire vremenu. Obukla je lepu plavu haljinu, opranu i čistu, šeširić nije stavila, već vezala kosu plavom pantljikom. Safet je odgledao s prozora, a Razija upita Donku:

— Kuda će gospođa Anđelka?

— Zvala je njena drugarica Vuka Marić. One su zajedno učile školu.

Safetu laknu: „Muž njene drugarice! Ipak, šta će on one večeri kod nje?"

Auto se zaustavi pred malom poljskom kućom sa zelenim prozorima i vratima i doksatom. Nova kućica, ali u orijentalnom stilu. Kapija širom otvorena. Ona uđe. Nikoga nije bilo u dvorištu. Išla je lagano. Šofer okrete auto i vrati se u grad. Prašina se dizala za njim. Anđelka zastade pred kućom i osmotri duge redove visoke vinove loze plavičasta lišća. Breskve behu natkrilile vinovu lozu, pune ploda. Suncokreti ovde-onde, a vrapci ih čupkaju.

Niko ne izađe iz kuće. Anđelka se pope na doksat. Sve je bilo tiho. Priđe vratima i zakuca.

Muški glas odgovori:

— Slobodno!

Ona se strese, naglo otvori vrata i spazi na sredini sobe — Gojka Marića.

Zastala je na pragu kao ukopana: „On me namamio, ovo je klopka!", pisnu joj u svesti i ona zaneme, gledajući ga širom otvorenih očiju, bez trunke simpatije, ali sa strahom i gnušanjem.

Marić joj požuri u susret, učtiv, ljubazan i prirodan:

— Čudite se što me vidite?

— Da... gde je Vukica?

— Doći će za pola sata.

— Šta? Zar nije ovde?

— Imala je nešto posla kod kuće, pa se juče vratila. Možda vam je neprijatno što zatičete ovde jednog lumpera? Moja žena me divno predstavila vama! Zašto ne uđete? Izvol'te! Zar se bojite mene?

— Ovo je tako neprijatno! Zašto me Vukica nije obavestila da nije u vinogradu? Znala je da ću doći... pisala mi je da vi niste ovde, već na putu.

— Bio sam... sinoć sam se vratio.

— I otkud ste u vinogradu?

— Poslala me da vas dočekam.

„Sve ovo laže!", mislila je Anđelka uzbuđeno, predviđajući neprijatnosti što se nalazi sama s njim u vinogradu.

— Nemojte biti tako ožalošćeni! Zar vam je moje prisustvo toliko neprijatno?

— Bolje da nisam došla. Zašto se auto vratio?

— Doći će ponovo. Dovešće Vukicu.

Ona pogleda u sat.

— Koliko kilometara ima do varoši?

— Četiri.

— Može da se dođe i pešice.

— Može, to je lepa šetnja. Ja često dolazim peške.

— Lep je ovaj kraj...

— Prvi put ste u Makedoniji?

— Nisam ranije dolazila.

Ućutali su, a on ju je nemo posmatrao.

„Ako Vukica ne dođe za jedan sat, vraćam se pešice", odluči ona u sebi.

— Ne budite tako sumorni, gospođo. Vidite, ja baš volim što sam ovako nasamo s vama, da se izvinim što sam vam one večeri upao u kuću.

Ona odmahnu glavom kao da kaže: „Ostavite te razgovore!" Bila je rešena da ga i dalje ne poznaje. Prenu se kad on reče:

— Morao sam vam biti vrlo čudnovat. Govorio sam vam kao svojoj poznanici. Zbilja, neverovatno ličite na jednu devojku koju sam poznavao i koju sam... jedino voleo u životu.

„Šta hoće s ovim?", pitala se Anđelka. „Ovo su neke njegove mahinacije. Da li je taj čovek toliki pokvarenjak ili je zaista iskren?"

On je nastavljao sasvim prirodno i izvinjavajući se:

— Ima neverovatnih sličnosti. Ja bih se zakleo da ste vi ta devojka... ali sam posle uvideo da ste sasvim druga osoba. Molim vas, izvinite ako sam bio neprijatan i uvredio vas.

„Možda on to stvarno misli?", laknu Anđelki i pogleda ga pažljivije. „Ili se pokajao, videći da neće uspeti?", hladno je mislila, čudeći se kako se to ljubav može pretvoriti u ravnodušnost, pa čak i u gađenje. Zato je sedela mirno, opuštenih ruku na krilu, i gledala ga svojim lepim sanjalačkim očima.

On napravi po sobi nekoliko koračaja i zastade kraj prozora, prekrštenih ruku.

— Ljutio sam se na Vukicu što vas je dovela u kafanu. Šta ste vi imali mene da izvlačite iz kafane? Stavila je i vas u vrlo neprijatan položaj.

— Ja je razumem... bila je u očajanju.

— Svaka supruga predstavlja svoj položaj očajnijim nego što je u stvari. Lumpovao sam, pio, pa bih se i otreznio i vratio kući.

— Ali... imali ste dosta novca, ona se bojala. Bila je vrlo nesrećna kad je došla i meni je bilo žao. Ništa nije teže za ženu nego kad muž lumpuje.

— Ponekad je to prijatno i potrebno. Svakidašnji život je jednolik i ustaljen. Potrebne su promene. Eto, i vi ste jedna promena u našem životu.

— Kako to?

— Nova prijateljica, dotle nepoznata, a uz to vrlo šarmantna dama. Poznajem sve ženine prijateljice i nijedna nije ostavila na mene utisak kao vi. Možda je taj prijatan utisak došao usled sličnosti sa onom Anđelkom koju sam nekada poznavao. Čudnovato! Isto ime, iste oči, kosa...

„Je li ovo neka komedija koju izvodi?", pitala se Anđelka, očekujući šta će dalje reći, ali on brzo promeni predmet razgovora:

— Čime da vas poslužim? Hoćete li jednu malinu?

— Mogu.

Ovako je bio koketan na moru. Posmatrao ju je kao muškarac, svestan da će ona postati njegov plen. A ona, neiskusna devojka, bacila mu se u naručje... Uvek joj je pričao dugo, kao da svakom rečju hoće da što više prikaže svoje duhovno biće. Koliko je divnih slika videla! Putovao je mnogo, posećivao pozorišta, opere, poznavao velike gradove. Sećala se kako je zadivljeno slušala kad je opisivao Carigrad. „On je Turčin!", pomisli, setivši se istorije njegovog rođenja. Njegovu babu je oteo jedan paša, a i ovo je jedna vrsta otmice. Ali, ako pokuša da bude drzak pobeći će. Četiri kilometra nije daleko. Pešice će se vratiti.

On izađe iz sobe, a ona je posmatrala stvari oko sebe. Jedan široki divan, veliki sto kao u trpezariji, šest drvenih stolica, polica za šoljama i čašama. Kroz prozor se videla velika planina, tamnoplava, kao ogroman masiv izbrazdan dletom umetnika.

On uđe noseći na poslužavniku čašu maline sa sodom. Iskrice sode penušale su se.

— Ima li nekog u kući?

— Tu je pudar, ali ne znam gde je sad. Valjda u vinogradu — lagao je, jer se beše udaljio i ostao sâm, uživajući što je gleda i pritom se jedva savlađujući.

Ona popi malinu i opet pogleda u sat.

— Vukice još nema?

— Ne brinite, mora doći.

— Kako je vaš sinčić?

— Vrlo dobro... zlatan je to dečko.

— I Vukica je dobra. Vi imate čudnovate pojmove o braku. Sećam se šta ste mi govorili one večeri.

— Zaboravio sam... ali nisam zaboravio vaš šamar. Zar te male ruke da udare muškarca?! Ja sam malo prek i ne bih dopustio nijednoj ženi da me udari, a vaš šamar sam otrpeo... ali ga ne zaboravljam i ne praštam vam.

— Nameravate da mi se svetite?

— Lepim ženama ne može se svetiti. Mi muškarci uvek smo u njihovoj vlasti.

— Izgleda da ste vi bili u vlasti mnogih žena — podsmehnu mu se.

— Bio sam samo jednom... kad sam voleo tu Anđelku. I kad bih je ponovo sreo, poklonio bih joj sebe i ceo život.

— Kako možete pokloniti sebe kad ste oženjeni?

— Ja nisam privatna svojina svoje žene! Samo, vi to ne shvatate i osuđujete me. A zašto ste se vi razveli?

— Nepodudarnost temperamenta. Čini mi se da sam vam kazala.

— Ako izuzmem onaj šamar, vi ostavljate utisak jednog anđelka. Onaj koji vas je imao za ženu morao je biti srećan. Taj ne bi pio i lumpovao... Jelte, ko je bio onaj gospodin s kojim ste ručali u kafani?

— Jedan poznanik moje porodice.

— Bio sam ljubomoran na njega.

— Kakva prava imate da budete ljubomorni?

— Uobrazio sam da imam prava!

— Verovatno ste navikli na uspehe kod žena, pa su vas one razmazile.

— Ali me isto toliko i razočarale!

— Možda i vi njih! Vi ste slatkorečivi i ne pokazujete lako svoju pravu boju.

— Otkud znate da imam i drugu boju?

— Svi muškarci su dvolični.

— Žene su nas tome naučile. Kad smo iskreni, najčešće nam ne veruju. Vi prvi meni u ovom času ne verujete ništa.

— Možda... i zato ću se vratiti u grad, ako Vukica ne dođe za pola sata.

— Kako ćete se vratiti kad nema kola?

— Pešice. Biće mi vrlo neprijatno ako ona ne dođe.

— Zar vam nije prijatno što sam ja u ovom trenutku beskrajno srećan što vas vidim.

Ona ga oštro pogleda, a on nastavi:

— Srećan što dočaravam sebi najlepše sećanje u životu. Nisam se nikad nadao da ću sresti ženu toliko sličnu onoj iz Petrovca. Kako je to bilo divno.

— Vi ste kao oženjen čovek napravili poznanstvo? Predstavili ste se kao momak?

— Kako vi divno sve pogađate!

— Ispričali ste mi tu bajku kad ste bili kod mene. Koliko puta ste kao oženjen pravili slična poznanstva?

— Nikad više! Ne sporim da nisam imao poznanstva, ali to su bili susreti koji ne ostavljaju nikakvo sećanje. Kao naši muški lumperaji. Kad se istreznimo, zaboravimo gluposti koje smo pravili, čak se i zastidimo. Ali ono poznanstvo na moru ne može se zaboraviti. Nikad sebi neću oprostiti što sam morao ostaviti onu divnu devojku. Da sam se onda razveo i oženio njome, sad bih bio sasvim drugi čovek. Čini mi se... kad bih je ponovo sreo, popravio bih svoju tadašnju pogrešku.

— Verujete da bi ona pristala na to? Je li ona patila zbog vas?

— Ne znam... pretpostavljam. Ona me je mnogo volela. Mislim da nije umela da se pretvara. Jedno njeno pismo sam sačuvao.

— Zar ga Vukica nije pronašla? — sva se strese Anđelka.

— Nije. I da jeste, ne bi znala ko piše. Potpis je bio na francuskom: *ton ange*! Da, ona je bila moj anđelak. Vidite, danas sam u raspoloženju da se ispovedam. Možda zbog vaše sličnosti s njom. Hoćete li da vam pokažem to pismo?

— Ne — prošaputala je, pobledela, ali se potom trgla: „Bolje da ga uzmem!" — Pa, dajte.

On otvori beležnik i izvadi pismo. Pružila je ruku, a prsti joj zadrhtaše.

— Vama je zlo? — reče on tiho, videći da je prebledela.

— O, ne — pribra se ona. — Zašto bi mi bilo zlo?

— Pobledeli ste. Vi imate nesvestice, sigurno ste malokrvni. Potreban vam je čist vazduh. Evo, to je njeno pismo.

„Da li da ga iscepam?", pomisli Anđelka. Ali, onda će sve postati jasno. U glavi joj je bučalo i mutilo se. Poče da čita prve redove, nežne i tople, čitala je reči o svojoj velikoj sreći i ljubavi...

— Nije lepo čitati tuđa pisma — savlada se najzad, ali je pismo i dalje držala u ruci.

— Ona je bila devojka pesničke duše, prefinjeno stvorenje. Svaki čovek ima takve susrete u životu. Oženi se, pa tek posle sretne ženu koja mu zaista odgovara.

— A da se oženi njome, sreo bi neku treću ženu i poverovao da mu baš ta odgovara. Sve što je novo i nepoznato, privlačnije je... Možda bi se i ta vaša Anđelka razočarala u vama. Ko zna da li vas se uopšte više seća.

— Utoliko bolje za mene. Neću osetiti grižu savesti... što sam je video savršenom i što to savršenstvo nije moglo biti zauvek moje. Ona je bila moja, sasvim moja — šaputao je, prodorno gledajući Anđelku. — Ja to ne zaboravljam! — Seo je na stolicu, naslonio ruke o sto i poluzatvorenih očiju, kao da pada u neki zanos, nastavio: — Bila je divna. Jedno nežno, osećajno biće. Tako slatka u svojoj umiljatosti, izlivima nežnosti, u svojoj strasti...

„On je zavodnik", mislila je Anđelka. „I ovoga puta pokušava da me trone i zavede!"

— Vi ste veliki zavodnik — nasmeja se. — Slušala sam o vama. Ne cene vas mnogo, smatraju vas velikim donžuanom.

On se uozbilji, ustade i zakorača po sobi.

— Žene prečesto ne shvataju osećanja muškaraca. Ne veruju da i oni imaju svoje trenutke iskrenosti. Da, u ovome času ja sam iskren, potpuno iskren, a vi mi ne verujete. Mislite da sve mora biti banalno i zavodnički. Zar ste baš toliko neosetljivi? A ne izgleda! Mislio sam da baš vama smem priznati sve.

— Ja sam vas strpljivo saslušala, ali pošto Vukicu bolje poznajem nego vas, ja nju sažaljevam zbog te vaše ispovesti, jer ona i ne sanja da vi gajite simpatije prema svojim nekadašnjim poznanstvima sa mora. Ja ne mogu da vam odobrim zanošenje takvim uspomenama. One su iščezle i sve je svršeno.

— Dakle, sve je svršeno? Ali, zašto? Šta ako ja nju i danas volim? Ako ste se vi pojavili u njenom obličju da mi uzburkate ceo život, možete li mi zabraniti da i vas simpatišem... da vas volim!

Anđelka ustade.

— Pošto Vukice nema, ja idem! Žao mi je što ste me razočarali, jer sam sigurna da ona uopšte neće doći, da ste vi pisali ono pismo i poslali kola, ne misleći kako me to može kompromitovati. Da, gospodine Mariću, ovaj vaš postupak nije nimalo častan, kao što nije bio častan ni postupak prema onoj Anđelki sa mora... Zbogom!

— Kuda ćete? — upita on oštro.

— Idem u varoš. Mislite da ne mogu otpešačiti četiri kilometara?

On stade između nje i vrata i izgovori prigušeno:

— Neću vas pustiti! Ne dam vam da odete.

— Dakle, i nasilje ćete upotrebiti? — zadrhta Anđelka. — Uzalud, gospodine, nasiljem se ništa ne postiže. Ostanite otmeni kao što ste dosad bili, to vam bolje pristaje. Ja ću smatrati da je i ovo bila jedna vaša ludost, pa ću vam oprostiti. Bogati ste, a bogataši su uvek obesni. Oni misle da sve mogu postići i dopustiti sebi. Ja sam siromašna i moram voditi računa o svom ponašanju. Nemojte ni pokušavati da me zadržite.

— Ne... nemojte otići odmah. Neću biti nasilnik. Zapovedajte i ja ću vas slušati, ali vas preklinjem da ostanete još malo. Jesam li vas čime uvredio?

Ona odmahnu glavom i okrete se prozoru.

— Eto, nemate mi šta prebaciti. Savlađivao sam se i savladao. Osećam neki strah od vas. Da li to dolazi od moje griže savesti prema onoj Anđelki na moru, na koju vi čudesno ličite? Kao da ste jedno biće... i to me zaludelo, jer je nikad nisam zaboravio... Sedite, gospođo. Dopustite mi da se umirim. Jest, bio sam nekorektan. Domamio sam vas. Moja žena je otputovala i neće doći. Ali nisam to smeo odmah reći, da me ne omrznete. Hoću da me simpatišete, makar malo. Potrebna mi je vaša simpatija. Zar mi ni tu malu nežnost nećete podariti? Zašto ste tako namrgođeni? Ja sam sve vreme bio nesrećan zbog one Anđelke s mora... i tada sam sreo vas, drugu Anđelku.

— Ja idem, gospodine — progovori Anđelka umornim glasom. — Ostavite me, molim vas!

— Otići ćete. Sedite još malo. Kuda ćete sad? Sunce je jako, a vi ste bez šešira. Ovde je tako lepo. Zar vam nije prijatno? Pričajte nešto, govorite mi. Hoću da vas slušam. Sladak je vaš glas. I ona mala Anđelka imala je isti takav. Ovo je prst sudbine što ste vi došli. Da ushtednete, vi biste me preobrazili. Meni je potrebna žena koja bi razumela moju dušu i moj život. Ja nikad nisam ono što sam u suštini. Vi u to sumnjate, mrštite se, mrzite me. Da li me mnogo mrzite? Anđelka, mala dobra devojčice, nemojte me mrzeti! Oprostite, ja znam da vi niste ona Anđelka, ali možda ste vi njen dvojnik. Često se u životu nađu dva slična bića, a ne poznaju se. Neću vas pustiti da idete. Hoću da i ja imam dan radosti. Ovo je moj dan radosti. Da razgovaram s vama i da vas gledam.

— Idem, gospodine — ostade ona uporna. Vi ste vrlo dobar glumac i šteta što niste u pozorištu. Dramske uloge bi vam dobro ležale. Ja sam vas saslušala i pohvaliću vašu uspešnu glumu. Budite ljubazni, pa ne pričajte Vukici za ovaj moj dolazak. Vešto ste me namamili i bilo bi mi strahovito teško da Vukici ma šta objašnjavam. Ona je u poslednje vreme bila oduševljena s vama. Hvalila mi se da ste prema njoj dobri i pažljivi, tako da sam i ja bila srećna što je ona srećna s vama. A vi sad hoćete ponovo da joj zadate bol.

— A da li možete objasniti zašto sam pažljiv prema njoj?

— To vi znate.

— I vi treba da znate. Bio sam joj zahvalan što ste vi njena prijateljica i što sam vas video, jer vi ste ona jedna jedina žena u životu muškarca o kojoj se sneva, ali koja uvek ostaje iluzija. To je istina, verujte, ja ne glumim u ovom času!

— Onda mi dopustite da iščeznem iz vašeg života kao iluzija. Zaboravite me i nemojte se više sećati ni one Anđelke na moru, ni ove pred sobom.

On joj priđe korak bliže i zapita brzo:

— Priznajte mi, jeste li u koga zaljubljeni?

— Nisam... i nikad se više neću zaljubiti. Zbogom, gospodine.

— Nećete ići! — kriknu čovek. — Ne dam vas!

Zapazila je njegovo bledo lice i osetila strah. Ne može se boriti s njim. Uplaši se nasilja. Moraće da pribegne lukavstvu.

— Dobro, ostaću... — Sela je na stolicu. — Hoću da i vi sednete. Pričajte mi nešto lepo i veselo.

— Život nije veseo.

— A kad ste onoga jutra bili u kafani i cele noći lumpovali, bilo vam je sasvim lepo i veselo — zadirkivala ga je s osmehom.

— Možda sam u pesmi i piću tražio zaborav za patnje.

— Nećemo razgovarati o patnjama, nego o nečem veselom.

— Kako ste slatki kad se smešite. Ja bih bio lud za vama. Zbilja, otkako sam vas video, osećam se kao omamljen. Nisam normalan. Vidite šta sam učinio: napisao sam lažno pismo! Opraštate li mi? — pružio je ruku da dohvati njenu, koja je bila na stolu, ali je ona povuče.

— Ako mi obećate da ćete biti nežan i pažljiv muž prema Vukici, oprostiću vam.

— Stavljate me na iskušenje. Teško je ispaštanje biti nežan i zaljubljen muž, a ne voleti svoju ženu. Ali, dobro, poslušaću vas. Uverićete se da mogu biti poslušan.

— Nećete više ni piti?

— Pokušaću da utehu nađem u radu.

— Zaista, vi imate dosta posla.

— Industrijalac-mlinar! Kako je to prozaično. Nisam nikad ni bio za mlinara.

— A šta ste studirali?

— Medicinu... ali nisam završio. Voleo sam da se predstavljam kao lekar, mada je danas bolje reći industrijalac. Ali mene to ne oduševljava. To je moj otac želeo, a ja sam voleo da putujem.

— Od putovanja se ne živi. Putovanje je sredstvo da ulepšamo svoj život. Jedan ozbiljan čovek mora da radi. Nijedna žena neće vas ceniti ako ne radite.

— Vi biste blagotvorno delovali na mene... Da li mi praštate? Nadao sam se da ćemo se danas lepo složiti, a mi smo još daleko jedno od drugog. Primite me bar kao prijatelja. Hoćete li?

— Primam vas samo kao muža svoje drugarice, koju volim.

— Podarite i meni malo te ljubavi!

— Daću vam malo prijateljstva... ako se popravite.

— Kako treba da se ponašam?

— Kao ozbiljan čovek i dobar muž.

— Uvek me upućujete na moje supružničke dužnosti. Je li vam baš toliko stalo do toga da budem veran muž?

— To je vaša dužnost.

— Zar ne bi bilo bolje razvesti se, ako već nisam u stanju da ispunim tu dužnost?

— To su vaše lične stvari, ne želim o tome da diskutujem. Nalazim samo to da je Vukica žena koja vas razume i prašta vam. Prašta zato što vas voli. Nije svaka žena za to sposobna.

— Na primer, vi nikada ne praštate.

— Nikad.

— A to je moja drama u ovom času!

— Ili spasenje.

— Možda. Vi ste čarobnica. Žena kakvu volim.

Ona ustade:

— Pošto Vukica neće doći, ja idem.

— Kuda ćete? Morate nešto pojesti, sigurno ste gladni.

— Nisam.

— Učinite mi ljubaznost da ručate sa mnom. Ja sam gostoljubiv domaćin. Ne mogu dopustiti da odete gladni. Uostalom, kako ćete po ovoj pripeci! Auto će doći u sedam uveče, pa se možete tada vratiti. Dotle ćemo provesti prijatno vreme u razgovoru.

Bila je gladna i mogla bi jesti, ali nije smela dugo da ostane s tim čovekom. On je, očito, smislio čitav plan: pozvao je, spremio ručak, otpratio auto i zakazao šoferu za sedam. Ceo dan da provede s njim!? On glumi da je ne poznaje, kako bi pozledio njenu prošlost i da opravda sebe. Ali je neće lako pustiti. I šta posle? Kakav bi to skandal bio! Ko zna da li će auto uopšte doći? Da je zadrži kao zarobljenicu u svojoj poljskoj kući? A sutra treba na posao. Ne, ona mora pobeći. Neće ostati više ni časa. Ovo je njegovo skrovište za ljubavne sastanke, njegova garsonjera! To je čovek koga je do bezumlja volela!

Stajala je hladna i prkosna pred svojim prvim ljubavnikom, ali srećna što nosi u sebi moralnu snagu kojom će mu pokazati da nije lakomislena devojka. Jer svi njegovi postupci pod pritvornom slatkorečivošću, ranije i sada, skidali su masku s muškarca kakvih je mnogo, s uobraženog ljubavnika koji uzima i ostavlja žene, ubeđen da i one u njemu traže samo prolaznog partnera ili pak jedva čekaju čas kad će upoznati prvog muškarca.

Sad je došao trenutak da mu pokaže kakva je i da nije lako osvojiti je ponovo.

— Pa, dobro... ostaću — progovorila je ljupko, kao da je to neki poznanik, prijatan i učtiv, a on pomisli: „Svaka se koprca, pa najposle popusti!” Ali, održavao je i dalje učtiv ton, kao da je ona samo prijateljica njegove supruge.

— Vidim da ste dobra devojčica — našali se. — Uporne i tvrdoglave žene ne trpim, jer sam i ja uporan i tvrdoglav.

— A šta bi se dogodilo da sam kazala: neću ostati?

On sleže ramenima:

— Morao bih se pomiriti s vašom ćudi i pustiti vas da gladni odete.

„Da mi je samo izaći iz ove sobe!", mislila je Anđelka. Pogledala je kroz prozor: — Volela bih da vidim vaš vinograd. Izgleda lepo uređen. Ovde grožđe odlično uspeva. Ima li zrelog?

— Nema još. Ali ima ranih bresaka.

— Imate bresaka? Divno, hoćete li mi uzbrati koju?

— S najvećim zadovoljstvom.

Pošao je napolje, a ona za njim. On zastade na terasi.

— Sunce je dosta jako — reče.

— O, ja se ne bojim sunca! — odgovori ona veselo. Kapija je bila širom otvorena. Anđelka zadrhta od radosti. Spazi i on otvorenu kapiju. „Da je ne zaključa!", uplaši se. On je samo pritvori. Ona odahnu: „Umaći ću sada. Neće me stići pa da je brz kao strela!"

— Gde je ta breskva? — upita nemarno.

— Eno je.

On požuri breskvi, ali se okrete da pogleda Anđelku, kao da se predomišlja. Ona se napravi kao da ide za njim.

— Eno i dole su zrele! — uzviknu. — Uberite mi one.

— Samo vi naredite — smešio se, raspoložen što popušta i što će sve biti onako kako je želeo. „Ostaće ona ovde do ponoći, pa ću je posle odvesti kući!", likovao je u sebi.

Okretao se oko breskve, tražeći najzrelije. U jednom trenutku beše okrenut leđima. Ona se nije dvoumila: pođe lagano, pa potrča prema kapiji, otvori je naglo i izlete na drum, a onda koliko je god snage imala potrča. Čvrsto je držala tašnu u ruci i u tašni ono pismo. Ču za sobom bat muških koraka i dozivanje:

— Gospođo! Anđelka! Zašto bežite? Ne budite dete! Kuda ćete po ovom suncu... zar sam ja toliko strašan?

Ona zastade, zadihana, i dobaci mu:

— Veoma žalim, gospodine, što ste se ovako poneli prema meni! Nemojte se više nikad usuditi da me na ovaj način domamite. I ne pokušavajte da idete za mnom.

Požurila je, pa se potom okrenula da vidi ide li za njom, ali on je stajao gnevan i ne misleći da se juri s njom po drumu, već je gledao kako odmiče i kako ceo njegov plan, koji je tako divno smislio, nestaje. Stajao je nekoliko trenutaka, pa ušao u kuću. I tada ga obuze jarost, dohvati jednu čašu, tresnu je, ona se raspršte. Hodao je iz sobe na terasu, gunđao i grdio, bacao se na divan, ljut na sebe što mu je umakla ispred nosa, iako se pretvarao, izigravao da je ne poznaje i trudio se da bude učtiviji. Uvek je lako osvajao žene, lako je i nju osvojio, pa zašto se sad odupire? „Da li joj više nisam simpatičan ili je uvređena? Ne može da zaboravi ono na moru? Ali, žena najviše voli prvog muškarca. Pokajaće se ona. Neka je, još se drži gordo. Treba da je molim, da joj laskam, izjavljujem ljubav!" Grdio je čas nju čas sebe, ali je bila istina da je ona na njega od prvoga dana ostavila dubok utisak. Nije se nadao ovolikom otporu s njene strane, verujući da je jedan strastan zagrljaj dovoljan da obnovi ono što se jednom među njima dogodilo. A ona pobeže kao vihor. Šta sad da radi? Da se vrati u varoš? „Luda, ide po ovakvom suncu!"

Anđelka je zaista osećala vrelinu. Zastade, pa videći da ga nema, nastavi mirnije, ali sunce joj je palilo teme, a nigde hlada, samo livade i njive s obe strane. Ugleda u daljini šumicu. Samo da dođe do hlada i sedne. Izvadi džepnu maramicu iz tašne i stavi je na glavu. Požurila je, gnevna i razočarana, zgađena na sve. Taj čovek misli da je i dalje proganja, da je i ovde kompromituje. Ako nastavi, požaliće se Vukici. „Ah, jadnica, kako bi joj kazala? Ona ga voli i nesrećna je. Zašto žene vole ovakve muškarce? Da li su oni toliko pritvoreni da one ništa ne opažaju? Slatkorečivi su i lepi i time osvajaju!"

Išla je zadihana i suvih usana, teško dišući. Ah, samo da joj je čaša vode! Svisnuće od žeđi. Da li ima vode u onoj šumici? Kad bi negde bio izvor... Ovce se rasule po livadi, a čobančiće nigde ne vidi. Sakrili se u hlad. Oni znaju ima li vode. Teme joj je vrelo, u glavi se muti. Ubrza da što pre stigne do šumice. Jara bije iz zemlje pa joj svetlaci igraju pred očima. „Može sunčanica da me udari! Eno jednog oblaka. Ah, da hoće bar malo da skrije sunce, ne mogu dalje", dođe joj da se sruši u jarak kraj druma. „Da krenem onom putanjom?" Htede da pređe drum, kad u daljini ugleda biciklistu. „Kako li taj može da vozi po ovom suncu?" Biciklista je bio sve bliže. „Ono je Safet!" I mladić je spazi, zaustavi bicikl.

— Otkud vi ovde? — zapita iznenađen, jer je znao da je otišla u Marićev vinograd, pa ga je mučila ljubomora i zato je pošao biciklom, da bar prođe pored vinograda. Sad se veoma začudio što je vidi: „Nešto se dogodilo. Onaj pokvarenjak bio je tamo!"

— Oh, što mi je teško. Da mi je malo vode...

— Hajdete, ovamo, gospođo, ima tamo jedan izvor, vrlo hladna voda. Zašto se vraćate pešice? Otišli ste autom, video sam vas jutros. Čini mi se da ste kazali da ćete do Marićevih.

— Jest, bila sam tamo... pa pošla kući. Ne plašim se sunca, ali nisam navikla. Oh, gde je taj izvor?

— Hajdete sa mnom.

„Ona krije... nešto se dogodilo. Uzbuđena je!" Zašto mu ne kaže? On bi se obračunao s Marićem. Taj je za sve sposoban. Ipak, ovo je sreća za njega. Sâm u polju s malom belom gospođom! Divna je i rumena kao mak! Brižno je upita:

— Je li vam teško?

— Ne, samo me muči žeđ.

— Hoćete li da uzmete bicikl?

— Ne, hvala. Nisam nikad vozila.

— Ja ću ga pridržavati, samo se popnite.

— Ne! A gde je taj izvor?

— Eno, u onoj šumi.

— Da li ću stići dotle...

— Hoćete, nije daleko. Čudo da su vas pustili po ovoj žegi da idete pešice. Je li Marić bio tamo?

— Jeste. Njegova žena je bila moja školska drugarica iz Beograda. Mi smo se vrlo volele. Ona je tako zlatna.

— I vrlo nesrećna — dodade Safet, pomislivši: „Treba joj sve reći... da onaj više ne dolazi noću!"

— Zašto je nesrećna? Marić malo pije... bar, tako mi se čini.

— Pije, lumpuje, provodi se. A veliki je ženskaroš i zavodnik!

— Zar?

— Može mu se, bogat je... i lep. Istina, dosta je upropastio očevog imanja na žene, ali ga još ima dovoljno.

— Ah, hoćemo li ikad stići do šume?

— Eno, čobani imaju testiju. Ej, deco, dajte malo vode.

Čobančići dotrčaše i Anđelka se napi vode. Oblak zakloni sunce i odnekud pirnu vetrić.

— Kako je sad prijatno — reče Anđelka.

„Prijatnije je s vama, lepa bela gospođo!", mislio je Safet. Bio je razdragan što ju je sreo.

— Je li vam teško? — upita nežno.

— Nije više. Mogu i sama. Vi ste nekud pošli?

— Onako, da se provozam. Idem i ja kući, ako vam nije neprijatno moje društvo. Znate, bio sam tako srećan kad sam vas prvi put video.

— Zašto? — pitala je kao da se ne doseća šta on misli.

— Ne znam ni sâm — zbuni se on — ali bio sam tako srećan.

— Vi ste, uopšte, srećan mladić. Imate divne sestrice, dobru majku, oca... Završili ste trgovačku akademiju?

— Da, ali radim s ocem. On pati od srca, pa sam više ja u trgovini.

— Kako vam je majka?

— Dobro je sad.

— Obećala sam vašim sestrama da ću ih posetiti.

— Kazale su mi, mnogo se raduju. Evo šumice. Hoćete li da se odmorite malo u hladovini?

— Mogla bih... Baš je lepa Makedonija. Iskreno sam se radovala što dolazim ovamo i vidim da se nisam prevarila.

— Zašto vi, gospođo, nigde ne izlazite? Ni u bioskop, ni na matinea. Hoćete li jednom doći na matine?

— Neću, Safete. Ja nisam ni u Beogradu posećivala takve priredbe. To je za šiparice, a ja sam već starija, to meni ne priliči.

— Vi ste tako mladi i... interesantniji od svih šiparica — usudi se mladić da izgovori. Bio je uzbuđen i raznežen, satima bi mogao sedeti kraj nje u ovoj šumici. Nije ni u snu snevao da će imati ovako divnu šetnju s njom i sedeti udvoje.

Anđelka je mislila: „Bolje da posedim još malo. Kako da objasnim tetka-Saveti što sam se ovako rano vratila? Kazala sam da ću ostati ceo dan!" Mučila ju je i glad. Jutros je popila samo mleko. Kad bi u blizini bila kakva kafana.

— Ima li ovde koje selo?

— Iza šume je.

Htede da zapita ima li tamo kafana, ali oćuta. Ponudio bi se da joj pravi društvo, a ovo je palanka. Mada je vrlo uslužan i učtiv mladić, ipak...

Začu se buka motocikla. Drum je vodio pored šumice. „Marić", užasnu se Anđelka. On je spazi u društvu muškarca, zaustavi motocikl i priđe im.

— A vi se, gospođo, tu odmarate? Gle, Safet. Vi se poznajete?

— Sreo sam gospođu. Bilo joj je teško, umalo sunčanica da je udari, pa sam joj nabavio vode.

— Safet je kavaljer i lep mladić, vole ga i devojke i žene.

— Izvinite, niko mene ne voli, nisam ja te sreće kao vi! Za vama žene luduju.

— Ja sam oženjen čovek.

— A gde je vaša gospođa? — zapita Safet.

— U vinogradu — bestidno odvrati Marić, pa se okrete Anđelki:
— Hoćete li, gospođo, da vas povezem do varoši? Možete sesti iza mene.

— Hvala, radije bih pešice.

— U pravu ste. Šteta bi bilo ostaviti samog ovog lepog dečka! Vidim da uživate, prijatno!

Anđelka ne odgovori ništa. Motocikl otutnja.

— Drzak čovek! — procedi Safet.

Anđelka je ćutala. Ah, tako bi se rado nekom poverila! Safet kao da je pogodio njenu misao, nastavi:

— Izvinite što sam indiskretan, ali on vas je sigurno nečim uvredio. Znam ja njega. Taj nasrće na svaku lepu ženu.

— Ostavite — prošaputa Anđelka i ustade. — Ja idem.

— Kako ćete pešice? Ima još dva kilometra do varoši.

— Polako, stići ću. Vi idite. Nemojte se zbog mene zadržavati. Imate bicikl, brže ćete stići.

— Ne mogu da vas ostavim — reče on nežno. — Maločas vam je pozlilo. Kako ćete sami? Hajdemo zajedno.

— Kako hoćete — odgovori ona ravnodušno.

— Pogledajte onaj crni oblak! Da požurimo, biće oluje. Ima tamo jedna kafana. Ako udari kiša, možemo se skloniti.

Pred ulazak u varoš, ona ga zamoli:

— Idite vi biciklom, a ja ću produžiti pešice. I, molim vas, nemojte nikome pričati o ovom susretu na drumu.

— O, zašto bih pričao, gospođo. Ne brinite! Vama se očigledno dogodila neka neprijatnost, ali vas ništa neću pitati. Izvinite i zbog onoga što sam rekao, ali to je samo zato što bih bio vrlo srećan ako biste se meni poverili. Ja bih vas zaštitio kao svoju sestru — izgovori mladić iskreno i uzbuđeno.

— Zahvaljujem vam, Safete — odgovori i ona iskreno, pružajući mu ruku. On je prinese ustima i zadrhta. Ruka joj je mirisala na parfem, i sva je bila bela, plava i mirisna. On duboko uzdahnu, pa odjuri biciklom.

Anđelka je nastavila pešice i ušla lagano u baštu. Nikog nije srela. U kući je zapahnu prijatna hladovina. Skinula je cipele i bacila se na divan. U slepoočnicama joj je udaralo kao da nešto kljuje, glava je bolela, noge nabrekle od hodanja, stopala vrela. Lagano se umirivala, svežina sobe joj je prijala, pa zaspa, zaboravljajući na glad. Kad se probudila, padala je kiša, a bašta treperila od hiljadu kapljica. Umila se, ručala i presvukla. Suton se spuštao i tek tada je otvorila kuću. Saveta i Donka nisu bile tu. Vratile su se kasno uveče, pa su se videle tek ujutru.

— Kako ste se proveli u vinogradu kod Marićevih?

— Vrlo lepo.

— I ja sam se juče divno provela — zacvrkuta Donka. — Bila sam kod jedne drugarice na žuru i upoznala jednog činovnika. Što je divan! Pitao me kad ćemo se naći. Ali ko sme od mame!

— Zar si zaboravila podoficira?

— O, nisam, pišem ja njemu, ali njega treba čekati... Teško je ići s tim podoficirima. Morate svakog da čekate po nekoliko godina.

— Ti njega nećeš toliko čekati, ne budi nestrpljiva — prekori je Anđelka, i Donka se pokaja što joj je pričala o novom poznanstvu. A srce joj je bilo prepuno njegovih slatkih zavodljivih reči. Nije bio ovdašnji, već iz Niša, a Nišlije su poznati kavaljeri i laskavci. Ponavljala je cele noći njegove reči: „Nisam nikad video tako lepe oči kao vaše!" Ujutru nije mogla ni da šije od uzbuđenja. Bilo je lepo da se uda za činovnika. On je razvrstan, postala bi veća gospođa nego kao podoficirka. Podoficir je daleko, zaboraviće je. Činovnik je mnogo lepši i... bliži.

Anđelka je razočarano mislila o Donki: „Zaboravila ga, a on joj piše tako topla i nežna pisma!" S prezirom je pomišljala na Marića. Taj neće smeti više ni da prekorači prag njene kuće. Tako je bar mislila, ali Gojko Marić se zaklinjao da će ona opet biti njegova. Bio je ljubomoran na Safeta i spreman da se obračuna s tim balavcem.

Sutradan, kad je otišao u trgovinu, Safet posla pomoćnika do Marićeve žene da je obavesti kako je dobio novu svilu, koja će se njoj sigurno dopasti.

Pomoćnik se brzo vrati.

— Gospođa Marić je otputovala još pre tri dana.

„Dakle, tako! On je bio sâm i pozvao lepu belu gospođu! Otišla je oko deset autom, znači, nije se dugo bavila. Pobegla je iz vinograda. Sigurno je nasrnuo na nju!" Stisnuo je pesnice kao da se sprema da kidiše. „Neka se samo usudi da je dirne! Sa mnom će imati posla!"

# Jedne noći

Taman je ugasila lampu, svukla se i pošla u krevet da legne, kad ču škripu kapije. Neko je ulazio. Priđe brzo prozoru i vide mušku siluetu kako se lagano prikrada kroz baštu. Srce joj zalupa od straha.

„Ko li je to?" U pomračini nije mogla da raspozna, već je videla samo crnu priliku. Čovek se približavao njenoj kući. Čula je kako se penje stepenicama. Noge joj se odsekoše. Osluškivala je. Koraci se zaustaviše pred njenim vratima. Ču se lagano kucanje.

Anđelka se sva tresla od straha, ali nije davala glasa od sebe. Kucanje se ponovi. Srce kao da joj se popelo u podgrlac. „Ako je lopov?" Tetka Saveta je uvek hrabrila da se ne plaši, ali je ona svejedno sad bila naprosto ukočena od straha.

Muški glas progovori tiho:

— Ja sam, Gojko Marić.

Anđelka se užasnu. Strah iščeze, ali je obuze bes. Kako se taj čovek usuđuje da noću dolazi i kuca na njena vrata?! Sva unezverena, stajala je kao ukopana, ne mičući se da joj ne bi čuo korake. „Valjda će tako otići!", pomisli.

On kucnu jače i zadrma kvaku.

— Zašto ne otvarate? Anđelka! To sam ja! Nemojte misliti da sam rđav... ja vas poštujem.

„On je pijan!", zgadi se Anđelka, osećajući kako zapliće jezikom. Kucao je neprestano, mrmljajući nešto. „Moja ljubav!", užasnu se ona. „Čovek zbog koga sam toliko godina patila!" Kroči jedan korak, spremna da otvori vrata i izgrdi ga ali zastade: „Zar s pijanim čovekom da se objašnjavam? Ali ako se sruši ispred vrata? A ni u kuću ga ne smem pustiti!", ušla je na prstima u kuhinju, kršeći ruke od očajanja. „Moram reći Vukici! Ali šta ako joj on ispriča sve?"

Pesnica lupi u vrata, a njoj se učini kao da udarac odjeknu kroz celu ulicu... i kao da i nju neko udara u grudi. „Jao, probudiće ceo komšiluk! Pijan je isto što i lud!" Htede da vikne: „Odlazite!" a onda ču opet njegov glas:

— Zašto ste tako nemilosrdni prema meni? Upropastićete me. Otvorite, jedan časak samo. Da se objasnimo, ništa drugo... samo to!

„Teško meni! On će me kompromitovati! Kako da objasnim svima? Vala, podviknuću mu!" Odlučno je prišla vratima, ali u tom trenutku odjeknu Savetin glas:

— Ko je to?

Donka je vikala uplašeno:

— Mama, čuvaj se!

— Pusti ti mene! Hoću da vidim šta taj traži ovde! Je li ti, šta ćeš tu? Napolje se vuci! Policiju ću da zovem!

— Ne bojte se, gospođo! Nisam ja lopov! Šta će vam policija, ja sam Gojko Marić.

— Pa šta ćeš ti tu? — zaprepasti se Saveta. — Noću lupaš na vrata i plašiš ženu — popela se na doksat: — Pa ti si pijan!

On se nasmeja:

— Malo sam veseo... nisam pijan. Hteo sam da razgovaram s gospođom.

— Našao si noću da razgovaraš. Sramota! Idi kući! Žena legla da spava a ti je plašiš. Vajni gospodin, pa se smucaš noću pijan. Hajde, sine, nemoj tako, ne valja to! Kako ti je bila dobra majka. Što bi ona kazala da je živa i da te vidi pijana.

— Ona je umrla... vi ste je znali. Dobra je bila, ali se ogrešila o mene... ja nisam srećan...

— Kako nisi srećan? Imaš onako krasnu ženu i dete. Nije lepo, sine, da tumaraš noću i praviš čuda da se svet kupi oko tebe. — Saveta ga uhvati ispod ruke i povede niz stepenice. — Pa ti ne možeš ni da ideš, kukavče. Evo, ide fijaker! Da ga zovnem pa neka te odveze kući — požurila je na kapiju i zaustavila fijaker.

Marić se otimao:

— Zašto nije otvorila da joj nešto kažem?!

Anđelka se beše prislonila uz vrata, slušala i sva drhtala. „Jao, da li će štogod izreći? Proklet da je čas kad sam ga prvi put videla! Ja ne mogu ostati u ovoj varoši, moram tražiti premeštaj!"

— Ostavi ženu na miru, spava. Ko prima goste noću, čoveče. Idi, ispavaj se, pa dođi sutra sa ženom. Gospođa Anđelka ne prima muškarce u kuću. Nije lepo da je uznemiravaš. Hajde, sine. Eno fijakera, pa sedi da te lepo odveze kući. Ej, crna tvoja majka, kako te volela i klela se u tebe.

— Nije me volela... ogrešila se o mene!

— Ti govoriš tako što si pijan.

— Nisam pijan! Trezan sam i znam šta govorim — vikao je još jače.

— Znam da si trezan, nego onako... veseo si malo — umirivala ga je Saveta i vukla na ulicu, da ga ugura u fijaker. Jedva ga odvede, on se pope i fijaker ode, a ona zaključa kapiju.

Anđelki pade teret s grudi i sruši se na divan. Saveta kucnu na vrata.

— Gospođo Anđelka! Ne plaši se više, otišao je.

Ona otključa vrata i zagrli dobru ženu.

— Joj, što sam se uplašila! Zar je on takav čovek? Noću se uvlači u tuđe avlije!

— Pustahija je to, moja gospođo. Bogataško dete, imao svega i svačega, mazili ga. Lunjao po svetu, provodio se sa ženama, lumpuje i sad... Našljemao se pa ne zna gde ulazi. Hoće čovek da razgovara s tobom. Nemoj ni da ga pogledaš!

— Neću im više otići u kuću. Šta bih radila da vi niste izašli.

Pojavi se i Donka:

— Jeste li videli što je moja mama hrabra! Čuje ona da neko lupa na vašim vratima, pa hoće da izađe.

— Zar da dopustim da sirota žena premre od straha?

— Baš sam se prestravila.

— Uzmite malo vode — reče Donka. — To nam je, mama, za nauk da noću zaključavamo kapiju. Sve se ona nešto ne boji. Nije ovo više tvoje starinsko vreme.

— Od sada ću ja svake večeri da vodim računa da li je kapija zaključana — uzviknu Anđelka.

— Nije, ćerko, upao lopov nego gospodin!

— Ti su gori — reče Donka. — Video našu lepu gospođu pa misli provodiće se kako hoće, pokvarenjak! Pokušava gde god može, pa misli i vi ćete mu otvoriti vrata. Ne sekirajte se, neće on više ni pomisliti da dođe. Ako vas je strah, mogu ja da spavam kod vas.

— Nije me strah.

— Sačuvaj bože svaku ženu takvog muža. Pijanica i ženskaroš.

— On je strašan kad se napije. A kad ga vidite treznog, otmen i lep, pa ga žene vole.

— Bolje da je slep nego što je lep! Roditelji su mu bili pošteni ljudi, otac gazda-čovek. Koliko je imanje nasledio, a sve će da profućka! Bazdi iz njega vino kao džibra! Došao čovek na razgovor. Svakojaka čuda ćeš danas videti. Nego, lezi ti, dete, pa spavaj. Kad je tu tvoja tetka Saveta, ne boj se ničega! Nije ovo tursko doba. Nisam se ni ja kačaka plašila a kamoli pijana čoveka. Otreznih ga začas. Sreća te naiđe fijaker... Hajde da spavamo.

One odoše, a Anđelka se spusti u postelju. Legla je, a u ustima joj beše gorko kao žuč, svi su joj nervi treperili. Zar taj čovek još polaže prava na nju? Kako je ponižavajuće kad se žena upusti u odnose s takvim muškarcem. Spolja savršena glazura, da namami devojku i zaludi je, a unutra samo zlo! Ah, kad bi mogla da uništi prošlost... Dugo nije zaspala.

Nije spavao ni Safet. Probudio se iznenada, u trenutku kad se Saveta objašnjavala s Marićem. Čuo je kako ga nagovara da ide kući. U njemu se razbesne mržnja i ljubomora. Hteo je da sleti niza stepenice, da upadne u baštu, dočepa ga za ramena i izbaci na ulicu. Ipak se uzdržao. Napravio bi se skandal. Šta bi njegov otac kazao? Krio je svoja osećanja od svih, a ljubav prema Anđelki izbijala je iz njega kao vatra, kao bezumlje. Zavoleo ju je žarom mladićke ljubavi, i počeo da uviđa da ona nije kao druge žene. Posmatrao ju je kad odlazi i vraća se iz kancelarije: nikog nije gledala, nikome se nije osmehnula. Šiparice i gimnazijalke, što su se smešile i okretale za muškarcima, upadale bi mu svaki čas u trgovinu, koketovale s njim, pozdravljale ga, pisale pisamca bez potpisa... A ova lepa i dostojanstvena žena bila je oličenje skromnosti i povučenosti. Video je kako radi u kući, trese, čisti, kuva i mesi, video ju je kad čita, leškari ili veze. Svakog dana bi doznao o njoj nešto novo što ga je očaravalo. Kroz nesanicu se pitao: šta traži oko njenih vrata Gojko Marić. Došao je do zaključka da se zaljubio u nju, zaželeo da ona bude njegova kao i druge, pa je bestidno napada, a ona ga odlučno odbija. Pokajao se što nije sišao da mu opali šamarčinu, pa da ga otrezni. Mrzeo ga je kao što mrzi zaljubljeni mladić koji uzdiše za voljenom ženom, muči sebe jer ne sme da joj priđe niti da ispovedi svoju ljubav, ali je gotov da se pobije sa svakim ko bi se usudio da nju uvredi.

Video je još dugo svetlost u Anđelkinoj kući. Ona je sedela na kauču u pidžami, kose rasute po ramenima, i pričala sa Savetom i Donkom. Najposle se svetlost ugasi.

Sutradan je Anđelka došla u kancelariju bleda i neispavana, a to jutro bila je zapisničar na jednom suđenju zbog ubistva. U pijanstvu drug potegao na druga nož i sjurio mu ga u srce. Setila se Marića i stresla se kao u groznici. Ah, samo da ne vidi više tog čoveka. Bila je u dubini duše čestita i častoljubiva, pa se bojala skandala. Jutros je na ulicu izašla uplašena kao da cela čaršija već zna da je Marić pijan lupao na njenim vratima. Strepela je da neko ne zapita nešto, ali niko nije znao ništa, pa joj laknu. Optuženi je osuđen. Suđenje je bilo teško i mučno. Posmatrala je tog čoveka. Bled mladić, pitome spoljašnjosti i slabunjav, pomislio bi čovek da ni mrava ne može zgaziti, a on ubio druga. Plakao je i kajao se, proklinjao piće i lumperaj. Uzeli su mu kao olakšavajuću okolnost što je bio u pijanom stanju i što je poznat kao pošten i miran mladić.

Pošla je kući, plašljivo se osvrćući da ne naiđe Marić. Nije ga videla. „Da li se taj čovek kaje za svoje postupke ili je tako okoreo da ne ume da razlikuje pošteno od nepoštenog?", pitala se.

Kod kuće je čekalo pismo od Kneževića. Javljao je da će biti u Beogradu o prazniku i izražavao zadovoljstvo što će je videti. Pisao je da će i Nenad biti tu.

„Videću batu!", obradova se Anđelka. Kneževićevo pismo unese u nju raspoloženje i odmah mu odgovori. Kako je divno opštiti s kulturnim čovekom. Bila bi u stanju sve da mu poveri. Možda će mu ispričati i za ovu avet svoje prošlosti.

Dan odlaska u Beograd približavao se. Pokupovala je neke stvarčice da odnese teti i njenoj koleginici Ljubici. Svratila je u jednu kujundžijsku radnju da kupi neke srmene predmete. Izlazeći, spazi pred jednom kafanom Gojka Marića. Napravila se da ga ne vidi i nije mu se javila. A on je sedeo mračan i pušio gledajući za njom.

Bila je srećna kad je došao trenutak da sedne u voz. Tog dana padala je kiša, pa je malo osvežilo. Putovaće prijatno kad nema vrućine. Predveče će krenuti i noć provesti u vozu, a ujutru stiže u Beograd.

Putovalo je dosta sveta, ali ona je uzela drugu klasu, a tu je sedeo samo jedan bračni par. Spustila je kofer u mrežu, uhvatila mesto kraj prozora i posmatrala večernje nebo i visoke topole koje su se izdizale kao čempresi. Planinski lanci plavili su se u daljini. Sva priroda beše nabujala. Zagledala se toliko da nije obraćala pažnju ni na koga. Vrata su se jednom otvorila, neko je ušao i ono dvoje ga pozdraviše. Nije se okretala da vidi ko je. Voz krete. Na stanici mahanje. Ispraćali su se poznanici i rodbina. Nju niko nije ispraćao. Htela je Donka, ali ona nije dopustila.

Voz ubrza. Promicali su brežuljci i livade, njive, duvanska i makova polja.

— A kuda vi putujete, gospodine Mariću? — ču kako onaj čovek pita nekog.

Ona se trže na to prezime, okrete se, dah joj zastade u grudima, a nešto kao da je lupi u stomak... U uglu je zaista sedeo Gojko Marić! On joj se pokloni, ona mu jedva klimnu glavom i ču kako odgovara:

— U Beograd.

Anđelku obuze strepnja: „Da li je znao da putujem? Šta taj čovek smišlja?", seti se Donkinih reči: „On je pokvaren!" Okrenula je glavu prozoru, rešena da ga više ne pogleda i ne progovori ni reč s njim. U razgovor se umeša supruga onog čoveka.

— Kako je gospođa Vuka, gospodine Mariću?

— Nije najbolje. Ima kamen u žuči, pa često dobija napade. Treba da drži dijetu, a ona se prevari pa jede i ono što nije za nju.

„Kako brižno govori o svojoj ženi!", podsmehnu se Anđelka i zagleda se u čobane na livadi.

— Imate li posla u Beogradu?

— Da, moram zbog novih mašina. A i auto hoću da kupim.

— Divno je imati auto. Da imamo više para, kažem ja mome Jevti, baš bih volela da ga kupimo. Ali, to je skupo!

— Meni je potreban auto i zbog poslova.

— Vi ste imali auto. Šta je s njim?

— Dao sam nekim prijateljima na poslugu, a oni ga sjurili u jarugu i sav se zdrobio.

— Jesu li izginuli?

— Srećom, prošli su s manjim i težim ozledama, ali su svi živi. Od tada sam se zarekao da više nikome neću dati auto.

— I nemojte! Jesu li vam platili za štetu?

— Od čega da mi plate?

— Vi ste poznat kavaljer, ne žalite da potrošite. Istina, dosta vas i pumpaju.

— Bilo nekad, ali sad ne mogu.

— I ne treba da dopustite da vas pumpaju, gospodine Mariću. Imate vi ženu i dete. Zlatan vam je sinčić. I vaša gospođa je vrlo krasna. Samo, slabo se viđa.

— Takva je ona, ne voli društvo.

— Tu žene greše. Treba svuda ići s mužem. Bogami, ja mog Jevtu ne puštam nikud samog!

— Ja bih voleo da se ponekad provedem sâm, ali šta ću, savio sam šipke pa slušam kako ti narediš. Još kako bih kidnuo do Beograda ili Niša, ali ona ne da ni maći bez nje.

— Eh, umakneš ti pokoji put! I vi ste, gospodine Mariću, mnogo putovali?

— Putovanje je moja strast.

— Jeste, lepo je. Ja predlažem Jevti da jednom idemo s *Putnikom*. Nije ni skupo. Da vidim i ja neku stranu zemlju. Išla bih u Atinu.

— Lepa je Atina — progovori Marić.

— Vi ste bili u Atini?

— Pitaj ga gde nije bio, a ne gde je bio. Ja mislim da ste i Japan videli.

— U Japanu nisam bio. U Aziji do Indije samo.

— Ah, kako je divno videti svet! — uzdisala je žena. — Jeste li skoro putovali? — okrete se opet Mariću.

— Nisam. Povukao sam se u miran život.

— Jest, ne viđam vas. Ne dolazite više u bioskop.

— Jel' slobodno pušiti? — upita Marić.

— Samo izvolite — odvrati žena.

— Ne znam da li će gospođi smetati? — pitao je misleći na Anđelku, da bi se okrenula i pogledala ga, da bi video njene duboke plave oči. Ona odgovori preko ramena.

— Ne smeta mi.

Saputnica je odmeri od glave do pete i zaključi da je uobražena. Znala ju je iz viđenja, gledala kad ide u kancelariju i bila obaveštena ko je i šta je. Ipak ju je nešto kopkalo.

— Gospođa je Beograđanka? — zapita.

— Da — promrmlja Anđelka.

„Pravi se važna!", pomisli žena i nastavi: — Vi ste činovnica u sudu?

— Jesam.

„Što sam luda da je pitam kad jedva odgovara!" Ali ipak produži: — Dopada li vam se u Makedoniji?

— O, veoma!

— Vi stanujete kod gospođe Savete? Jeste li sami?

— Da, sama sam.

Marić je ćutao i pušio. Saputnica prestade da zapitkuje Anđelku, jer oseti da se ovoj ne priča.

— Dokle vi putujete? — pitao je Marić.

— Mi ćemo u Niš. Imam u Nišu sestru, pa nas zvala za praznik.

„Ostaću s njim sama u kupeu", strese se Anđelka. Ne. Preći ću u drugi, neću s njim ni reč progovoriti. Čudila se kako taj čovek uopšte sme da je gleda i trči za njom. Kod žena je sve prekinuto kad se razočaraju. A muškarci mogu da obnove vezu. Anđelka je osećala između sebe i tog čoveka čitav ambis. Nikada je on neće dostići, nikada više osvojiti. Gnušala ga se...

U Nišu siđe pričljivi bračni par. Marić se pomeri sa svoga mesta i zauze sedište kraj prozora naspram Anđelkinog.

„Ako niko ne uđe, izaći ću odavde!", odluči Anđelka.

Marić ugrabi priliku dok su bili sami, da joj se izvini i prekori je:

— Gospođo, zašto ste tako nemilosrdni prema meni? Ja se kajem zbog svega što sam zgrešio prema vama. Kako bih želeo da popravim prošlost i da vas usrećim, a vi me odbijate! Da znate kako to poražavajuće deluje na mene. Postajem lud! O, koliko osuđujem sebe što sam one večeri, onako pijan, upao u vašu baštu i kucao na vratima. Ja vas molim da mi oprostite. Zaslužio sam vaše preziranje, ali se nadam da vi niste toliko isključivi i da ćete me shvatiti i bar donekle opravdati. Ja bih bio sasvim drugi čovek da sam mogao imati vas za ženu! Ovako ću propadati iz dana u dan. Vi ćete biti moja životna tragedija...

Anđelka ga pogleda hladno i ravnodušno, htede nešto da odgovori, ali u kupe upadoše dve devojke, noseći kofere.

— Ima li mesta ovde? — upita jedna crnka.

— Tako je sve puno! Mi ćemo samo do Lapova. Idemo u Kragujevac. Tu menjamo voz. A dokle vi? — pitala je druga.

— Do Beograda — odgovori Anđelka, a Marić je ćutao. „U Lapovu opet ostajemo sami", uplaši se Anđelka. Pogledala ga je. Beše naslonio glavu u ugao kupea i zažmurio kao da spava. Nije ni pogledao one devojke, a one su ga vrlo radoznalo posmatrale. Bio je, zaista, lep čovek.

Trgla se najednom iza sna u koji je neprimetno utonula. Voz je stajao i iz ušiju beše iščezla ona ravnomerna lupa i ljuljuškanje. Otvorila je oči. Svitalo je. Nalazila se sama u kupeu s Marićem. Unezvereno pogleda prazna mesta gde su doskora sedele devojke.

— Gde su one dve devojčice?

— Sišle su u Lapovu.

— Zar sam toliko spavala?

— Dosta dugo i vrlo slatko.

— Kako to da niko nije ušao?

— Dao sam napojnicu kondukteru i zamolio ga da ne pušta nikog, kako biste vi mogli mirno da spavate. Nisam grubijan kao što smatrate. Vidite, sedeo sam korektno u svom uglu.

Ona okrete glavu prozoru, kroz koji se pomaljalo mlečno svitanje dana i belasale se seoske kuće. Uzela je tašnu, izvadila češljić i zagladila kosu. On je pratio svaki njen pokret, a ona se pravila kao da to ne vidi. Uzela je džepnu maramicu, poprskala se kolonjskom vodom i izbrisala lice. „Pokuša li da bude drzak, pokazaću mu!" Nije htela više ni reč da progovori.

On otpoče razgovor:

— Koliko ostajete u Beogradu?

— Nekoliko dana.

— Sećam se kako ste voleli tetku... pričali ste mi o njoj — pokušavao je da je podseti na prošlost.

Ona se seti svega što je bilo, obuzeše je i stid i odvratnost. Hladno ga upita:

— Htela bih znati, gospodine, šta znači vaše ponašanje i kako možete dopustiti sebi postupke kao što je onaj poziv u vinograd i ono lupanje po mojim vratima?

— Ne znam ni sâm šta znači i molim vas za oproštaj. Ali, sami znate da u čoveku postoji nešto jače od razuma, nešto što ga ponekad čini bezumnim. Možda ja sve to činim u bezumlju. Da ste vi predusretljiviji prema meni, verovatno ne bih bio takav. Ali, ženskoj ćudi ja suprotstavljam svoju!

— Drugim rečima, vi ne nameravate da prekinete to proganjanje? Jer drukčije ne mogu da okarakterišem sve ovo što ste dosad činili.

— Ja to ipak ne bih tako okarakterisao! Mi imamo zajedničkih uspomena i pripadamo jedno drugom, iako vi to ne priznajete. Ja osećam da imam prava na vas!

— Čovek koji ima ženu i dete pripada samo njima. Uostalom, ako ste vi razrešeni svih dužnosti ja neću dopustiti da me kompromitujete. Bilo me stid od gazdarice i njene ćerke one noći.

— I ja se kajem, jer nisam nikad ni na čija vrata lupao. Ali, vi ste nešto drugo, vi ste se pojavili kad vas nisam ni najmanje očekivao: pojavili ste se da me podsetite na nešto što je bilo najlepše u mome životu. Nećemo nastavljati komediju da vi niste Anđelka, moja Anđelka s mora, i da ja nisam Gojko Marić. Mi se poznajemo i imamo jedan zajednički i najlepši trenutak u životu.

— Zašto vi, gospodine, putujete ovim istim vozom i u istom kupeu gde i ja? Je li to u programu vašeg proganjanja?

— Ne, gospođo. Slučajno sam krenuo na put u isto vreme. Imam posla u Beogradu. Proganjati vas neću, niti nasrtati na vas. Hoću da mi sami dođete i da vas osetim kao onda na moru. Sećate li se onih dana... to je bila najlepša pesma moga života!

— Ne sećam se, gospodine! I, da mogu, najradije bih to sećanje uništila zauvek.

— Dakle, najzad ste priznali svoj identitet! To je već izvestan uspeh. Zašto ste toliko bežali od toga?

— Stidela sam se što vas uopšte poznajem.

— A ja sam patio što sam vas upoznao.

— Na moru ste bili slatkorečivi, ali ne zaboravite da sam ja tada bila naivno dete, koje je moglo poverovati vašim rečima. Danas imam potpuno drugačije mišljenje i o vama i o mnogim ljudima.

— Šteta, ako istinu govorite. Ja sam ostao isti. U ovom trenutku meni se čini da između nas više nema razmaka vremena, već svega nekoliko sedmica od prvog susreta na moru... Vi ste imali moć da u meni sve to oživite!

— A kod mene je sve ugašeno i mrtvo.

— Verujem! Vi ste se udali, znači, zaboravili me. A ja se ne bih
ženio da nisam bio oženjen. Zašto ste se razveli od muža? Jeste li po
prirodi promenljivi i nestalni? Možda sam ja samo uobražavao da
ste vi devojka za koju je ljubav kult i koja bi se sva predala jednom
čoveku?

— Hoćete da vam kažem zašto sam se razvela?

— Recite!

— Ostavio me muž jer ste me vi upropastili! — ustala je naglo,
ogorčena i gnevna, pošla vratima, a on je uhvati za prste.

— Je li to istina? Je li istina da sam ja krivac, samo ja i niko drugi?!
Ona istrže ruku, otvori vrata i izađe, ostavljajući ga bez odgovora.

Pošla je kroz hodnik i stala ispred drugog kupea, da je ne bi
video. Bio joj je odvratan. „Sve je ovo njegov manevar! Izigrava sen-
timentalnog čoveka. Jadna Vukica! I onako zlatno dete. Odvratan i
sebičan čovek!”

Nije videla ništa više lepo u njemu: ni njegove oči, ni usne, ni onu
tamnu talasastu kosu... jer je na moru videla samo to, kao naivna
devojčica, a nije umela da oceni karakter. A karakter je osnov ljubavi.
Samo karakterni ljudi mogu iskreno i časno da vole.

„On je pustahija! Ili avanturista i zavodnik koji drsko veruje u
sebe i misli da ću ja preći preko svega samo kad me pogleda, da ću
mu se baciti u naručje!” Sva se naježila da li od nervoze i groznice ili
od svežine koja je ulazila kroz prozor i kao vlaga lepila se uz njene
ruke i tamnu haljinu.

Sunce se pomaljalo i bacalo rumen na pšenicu, voćnjake, zabrane.
Ljuljuškanje voza joj razniza sećanja. Sećala se kad se vratila s mora
puna čežnje, nade, ljubavnog zanosa i njegovih obećanja. Sećala se
s kakvim uzbuđenjem je očekivala njegovo prvo pismo, u kakvom
zanosu mu je odgovarala. A on je bio oženjen čovek!

Čula je da je izašao iz kupea i približio se prozoru. Dim njegove cigarete dopirao je do nje. Nije se okretala niti ga pogledala. Njena hladnoća ga je uzrujavala. Bio je uvređen kao većina lepih ljudi, naviknutih na brze uspehe. A ovoga puta naišao je na otpor. I kao što se uvek događa kod ljudi ove vrste zaricao se da će je osvojiti, makar po cenu razvoda braka. Ženu nije voleo, jednostavno su se trpeli. Dete je obožavao. Sina će uzeti i oženiti se njome. Ako ne pristane, tim gore po nju. On nije navikao na to da se žene igraju s njim niti da ga odbacuju. A ona je lepša nego ikad. Muž ju je ostavio jer nije bio prvi! Da li su drugi bili posle njega? Ako jesu, doći će on ponovo na red. Žena kad počne ne zaustavlja se. Ovo sad je njena taktika. Možda neće u maloj varoši? Onda u Beogradu? Može sve biti diskretno, raspuštenica je, nema obaveza ni prema kome. Osvoji li je po drugi put, posle će ona njega tražiti. Tako je to kod žena. Zato neće nagliti. Ovoga puta je prenaglio. A ona mu se zaista sviđa više nego ijedna druga... Da mu je opet videti onaj njen mladež na bedru!

Voz se zaustavi na jednoj stanici i dva čoveka uđoše u Anđelkin kupe. Uđe i ona, uze jednu knjigu, sede kraj prozora i poče da čita. Ćutala je sve vreme. Stanice su promicale, bližio se Beograd. Ona ustade i poče da sprema stvari. Marić priskoči da joj pomogne, skide njen kofer i jednu kutiju.

— Hvala — odgovori ona kratko. Kad voz stade, pozva nosača.

— Zbogom, gospođo — pozdravi je Marić.

— Zbogom — odvrati Anđelka i izađe iz voza. Žurila je za nosačem. Pred stanicom sede u taksi. I Marić uze taksi, naredivši šoferu:

— Pratite onaj auto i zaustavite se gde on bude stao.

— U redu — odgovori šofer.

Marić je hteo da sazna gde Anđelka stanuje. Kad je video ulicu i kuću, reče šoferu da ga vozi u hotel. U blizini Anđelkine kuće spazio je jednu mlekaru, i odlučio da sutra tu svrati i osmatra s kim će ona izaći iz kuće. U hotel je ušao turoban i neraspoložen.

# Zlata nije srećna

Ustrčala je uza stepenice, uletela na vrata i pala svojoj teti u zagrljaj.

— Anđelče moje! — govorila je tetka kroz jecaj. — Čekaj da te vidim! Sjajno izgledaš! Popravila si se, tebi je tamo lepo!

— Divno mi je, tetice. Videćeš kad dođeš.

— A ja sam se sve bojala da me lažeš i da tuguješ. Htela sam čak iznenada da dođem i vidim je li sve onako kako pišeš.

— Bogami, teto, divno je!

— Jeste, Makedonija je lepa, svet je čestit... Nemaš nikakvih neprijatnosti?

„Da li da joj kažem za Marića?", prostruji joj kroz glavu. „Ne, ne, time bih dokazala da sam nesposobna da se sama borim kroz život. Ali, kome ću se poveravati kad teta umre?"

— Kakve bih neprijatnosti mogla imati? — reče veselo. — Na dužnosti sam tačna, kao i ti. Kućica mi je kao raj, imam dve dobre koleginice. Našla sam i jednu udatu drugaricu, znaš je, onu Vukicu Radojković.

— Zbilja? Baš mi je milo, ona je bila dobro dete. A, imam jednu novost za tebe: poslepodne dolazi Zlata. Pisala mi je i molila da odsedne kod mene. Hoće nešto da pazari. Sutra je subota, pa će pokupovati, a uveče se vraća. Sama dolazi. Ne dopušta joj muž da odsedne u hotelu, nego kod mene.

— Jel' istina? Baš volim da se vidim sa Zlatom.

— Je li, kako je ona očuvala svoj brak? Pričala si mi da nije bila nevina.

— Tako... on je prešao preko toga. Istina, Zlata mu je kazala da će se ubiti ako je ostavi. Njemu nije bilo prijatno kad je saznao da nije nevina, ali to je ipak drugi karakter. I, što je najvažnije, ona ga nije pustila!

— Mogao je i Toma s tobom da nastavi život, ali je bio tvrdoglav. Hteo je da klečiš pred njim!

— Neka ga! Ja sam se, teto, pomirila sa svojim životom. Veruj mi, živim povučeno kao da mi je četrdeset godina.

— Ne valja ni to. Ti si mlada, ne treba da se odrekneš života. Zar da ostaneš usedelica kao ja? Nije ni ovo život...

— Bolje ovako, teto. Meni je bilo potrebno da se malo smirim i prebolim sve to... „Ah, da teta zna za Marića! A možda sam ja doživela veće razočaranje zbog promašaja svoje prve ljubavi nego zbog raskida braka?"

— A kako si ti bez mene?

— Teško mi je bilo u početku. Nisam navikla da budem sama u kući. A čovek, što je stariji, sve više oseća neki strah. To je prolazno doba kod mene. Sve me nešto strah.

— Ti ćeš da tražiš penziju pa ćemo zajedno živeti i putovati.

— Na leto idemo u Zlatino selo. Zvao nas je Knežević, Ružin brat.

— Pisala sam ti da je dolazio dole.

— Jest, pisala si. Meni se čini da njegova sestra sve nešto priča o tebi i njemu. Ona bi želela da ga oženi, pa računa da se ti udaš za njega. Dobar je čovek, ali prilično stariji. Četrdeset devet, mada mu niko ne bi toliko dao. Ipak, nije on prilika za tebe. Šta ti misliš?

— Meni se dopada, ali kao rođak. Na brak i ne pomišljam. A kako izgleda Nenad?

— Divan mladić! E, što gospa Ruža ne kaže da se udaš za Nenada. To bi bila prilika za tebe. Ja često idem k njima. Prvog dana praznika zvali su nas na ručak. Doći će i on. Da vidiš svog batu iz okupacije. Postao je silan avijatičar!

„Šta li će reći kad vidi da sam ja ona iz Malinske", pomisli Anđelka. „Kako je to čudnovata slučajnost!"

Pričala je dugo s tetom, šetala po sobama, teta se žalila na kućevlasnika:

— Obećao da omala celu kuću, pa sad neće. Ako malam, veli, moram da vam povisim kiriju! A ja sam kazala da ću se seliti. Hoće popola da platimo za malanje. Najzad, moraću da pristanem, gde da se selim.

— Ćuti, teto, ovo je lep stan. Vidi kako su velike sobe. Ove nove kuće sve neki sobičci. Ne možeš da kročiš kroz njih a da se ne sudariš sa stvarima.

— I ja to mislim. Daću pola, pa neka se izmala čim počne raspust. Kad ti dođeš da bude sve čisto i lepo.

— Kažeš da Zlata dolazi poslepodne? Ala će se iznenaditi kad me vidi na stanici. Pitaću u koliko sati stiže njen voz. Baš mi je milo što je Maša popustio. Kako ga je volela! Nego, da ti pokažem, teto, šta sam donela.

Povadila je razne sitnice, makedonske marame, šatulice od filigrana, miljea.

— Bože, pa ti si za ovo dala dosta novaca!

— Nije ni skupo, sto trideset dinara sve. Vidi kako je lepa ova vaza!

Predveče je na stanici dočekala Zlatu. Uveče su dugo šaputale. Zlata se žalila:

— Za njega je bilo strašno kad je video da nisam nevina. Pa posle ono ispitivanje: ko je i šta je bio taj? I ja ti mu jednom sve priznam... kad to njegov drug s fakulteta! Pa da moja nesreća bude još veća, taj dobije službu ovamo. I sad se stalno sretamo! Mi u bioskopu, a on za drugim stolom. Mi na slavi kod nekih prijatelja, a i on tamo. Posle kod kuće scene: „Mi smo bračni trougao! Ja, ti i tvoj prvi ljubavnik! Možda ćeš mi i sad nasaditi rogove." A ja ga, sirota, i ne pogledam, ne javljam mu se, ne izlazim na ulicu bez Maše. Ali ko će njemu dokazati! Ponekad plačem, pa bih se ubila. Nisam ni sanjala da ta izgubljena nevinost ostavlja toliko posledica u bračnom životu. Opazila sam kako se Maša kibicuje s devojkama kad god vidi onog mangupa, bestraga mu glava! Tera mi inat i sveti se. Jedna devojka se nadala da će se udati za njega, pa je sad bezobrazna i stalno gleda Mašu. Postala sam ljubomorna, a i on je ljubomoran. Ako mu prebacim što se kibicuje, on odmah meni: „Šta ti imaš meni da prebacuješ, kad ja nisam nijednu devojku upropastio!" Neprestano se koškamo. Po nedelju dana lepo, pa se onda naljutimo. Ili ja ljubomorna ili on. Trudim se da sve zataškam; pa popuštam, ali ne mogu da podnesem da se kibicuje preda mnom. A on to čini iz inata kad vidi onoga. Eto, tako je počeo naš brak! Volela bih da dobije premeštaj.

— Čudo te pustio samu u Beograd?

— Ne znam ni ja. Čisto mi sumnjivo. Samo, nije valjda takav da me prevari. To ne bih dopustila. Najzad, svršila sam univerzitet, pa mogu i u službu ako zapne. Ali ja ga volim, sve mi ovo teško pada. Nisam srećna. Volela bih da dobijem dete. Možda bi to uticalo i na njega, jer on voli decu, ali nisam još ostala u drugom stanju. I to mi prebacuje: „Ko zna koliko si abortusa imala i da li uopšte možeš da rodiš!"

— Jesi li stvarno imala koji abortus?

— Tebi ću priznati. Jesam jednom... ali koliko je devojaka koje su abortirale, pa se posle udavale i imale decu. Bilo bi veliko zlo ako ne bih rodila. Mi devojke umemo tako da zapetljamo svoj život da tek u braku osetimo sve komplikacije! I kad treba da budemo srećne supruge i majke, mi doživljavamo posledice mladalačkih lakomislenosti. Eto, Anđelka, tako ti je u mom braku. Nije sve onako kako sam mislila... Sutra ujutro idemo sve da pokupujemo, pa se uveče vraćam. Neću da ga ostavljam samog. Naša kuća je zasebna, povučena u baštu, može da mu dođe svaka, niko da ne vidi. On je tu imao jednu s kojom je živeo. Muževima ne smeš nikad potpuno verovati. Navikli su oni na promene kao momci. Time ja objašnjavam što su brakovi danas kratkotrajni. Mladić menja devojku i ljubavnicu svaka tri-četiri meseca, pa kako da se navikne na to da proživi ceo život s jednom ženom. Ponekad muževi postanu gori od mladića.

— Pravo kažeš — tiho reče Anđelka, setivši se Gojka Marića. „Da li bi i Toma bio takav? Ko zna! Da sam se udala za Marića sad bih bila nesrećna kao i Vukica!"

— Kako se ti provodiš u Makedoniji? Imaš li kavaljera? — upita Zlata.

— Nemam nikog. Ima ih puno, ali nijednog ne gledam!

— Kad si luda! Njima se treba svetiti. Sad si bar u mogućnosti.

— Eh, Zlato, žena misli osvetiće se muškarcu, a sve se njoj lupa o glavu. Ono je palanka, nije Beograd. Ne volim da me ogovaraju.

— I kod nas ima ogovaranja. Čula sam da me ona bivša Mašina devojka ogovara kako sam seljanka. Ja završila univerzitet, a ta glupača bila u zavodu, drnjka na klaviru, pa ona obrazovana a ja seljanka! Ali ne bi ona mene smela ogovarati da se Maša s njom ne kibicuje. Daje joj pravo da misli kako me ne voli. Znaš koliko me to peče... Nego, da pređemo na nešto drugo. Ti si se dopala Kneževiću! On se zaljubio u tebe, bogami! Ako te zaprosi, udaj se za njega, Anđelka. Divan je to čovek. Da sam raspuštenica, udala bih se za njega. On bi te čuvao kao malo vode na dlanu. Znam da sad živi potpuno asketski. Veruj, bila bi srećna s Kneževićem!

— Oh, ne! Ja ne mislim da se udajem.

— Nikad?

— Ne znam da li nikad, ali sad sigurno ne.

— Ti voliš Tomu?

— Ne! Sve je to utrnulo. Ponekad osetim tugu za njim, ali kao da je umro, samo se setim kako smo bili srećni. Ipak to ne može da se iščupa iz srca tek tako.

„Možda i Marić ne može da iščupa svoje uspomene tek tako!", prsnu u njoj iznenada. „Da li ga ja optužujem? Ne, ne, on je zavodnik. On me upropastio!" Ta reč bila je gruba, skrnavila je najsvetija osećanja njene ljubavi, ali je bila istinita...

# Susret

U subotu je ispratila Zlatu i vratila se lagano kući. Prošla je kroz Balkansku ulicu, pa izašla kod *Moskve* i uputila se Knez Mihailovom na Kalemegdan. Ulice su bile žive i šarene od raznobojnih haljina. Žene su bile lepe tog toplog letnjeg dana. Stolovi pred kafanama zakrčili su prostor. Konobari su hitali s niklenim poslužavnicima, a deca i odrasli osvežavali se sladoledom. Osećala se prijatno i lako, ali je i strepela da ne sretne Gojka Marića. Ipak, ovo je Beograd, ko zna gde je on sad.

Prešla je sve poznate uglove korza, gde su se nalazile grupe mladića, podsmešljivih i nestašnih, uvek spremnih na dobacivanje devojkama. Beogradske šiparice žurile su ulicom gologlave, glavica punih lokni, nasmejane i blistavih očiju kao da je ceo svet njihov. Glasno su govorile, smejale se i okretale, jedne skromne, druge pravi mangupi, gotove da dobace i podsmehnu se. Na korzou se sve moglo reći i svakojako se ponašati u ovoj zbijenoj gomili kad se oseća dah na vratu i kad muške ruke često dodiruju ženska leđa, pa i druge obline.

Anđelka se spustila s trotoara da bi imala čist put, a penjala se na njega kad bi videla žandarma, koji je ćutke pokazivao rukom da se popne na trotoar.

Bila je blizu Kalemegdana i najedared se sva ukoči. U susret joj je išao avijatičar Nenad Aleksić. Onaj iz Malinske, njen bata iz okupacije! Nasmešila se, pošla prema njemu, a lepe pilotove oči blesnuše od radosti, kao da uzvikuju: „Ah, jedva jednom da vas nađem!" Ona zausti da uzvikne: „Bato!", pruži mu ruku, on je prihvati i steže, prošapta uzbuđeno:

— Ah, gospođice Anita, najzad sam vas sreo!

Anđelka se zbuni, htede da ga ispravi, ali se hitro predomisli: „Neka! Ostajem do sutra Anita!"

Tobož iznenađeno ga zapita:

— Otkud znate moje ime?

— Pitao sam vlasnicu pansiona u Malinskoj. Ali, nažalost, vi ste odmah otputovali. Ja sam Nenad Aleksić — predstavi se. — Žalio sam što u Malinskoj nisam imao prilike da se upoznam s vama. Vi se pojavite kao zvezda pa odmah iščeznete... Molim vas, kuda ste pošli?

— Do Kalemegdana.

— Dopuštate li da pođem s vama?

— Izvolite. Dakle, niste me zaboravili!

— Zar vas iko, ko vas samo jednom vidi, može zaboraviti! Nisam laskavac, ali vas sam se uvek sećao. Ljutio sam se na sebe što sam propustio tolike prilike da se upoznamo, ali ja nisam od onih ljudi koji drsko pristupaju ženama. Ne znam, možda ćete moj današnji postupak oceniti kao suviše smeo, ali vi ste me malo ohrabrili.

— Jesam — reče glasno, a mislila je: „Pa ti si moj bata iz detinjstva!" Smešila se gledajući ga lepim plavim očima, nad kojima su se izvijale duge tanke obrve i lepo čelo, pod malim šeširićem na bujnoj kosi, mekoj i kovrdžavoj.

— Bili ste vrlo tužni u Malinskoj?

— Jesam. Ja nemam oca, pa sam se rastužila... kad sam pročitala nešto u novinama.

— I otputovali ste tako iznenada. Recite mi, molim vas, živite li u Beogradu?

— Ne, došla sam u posetu rodbini, pa se vraćam.

— O, znači da vas neću viđati! To je, zbilja, tužno. Uobrazio sam da ste vi moja srećna zvezda kad letim.

— Kako to?

— Objasniću vam. Nego, recite mi u kom gradu živite?

„Da li da mu kažem?", pomisli ona. „Onda će odmah znati ko sam. Ne, do sutra ostajem Anita!" Seti se imena Zlatine varoši i reče mu.

— Jeste li udati?

— Ne, nisam.

— Mora biti da ste završili univerzitet?

— Po čemu sudite? Zar se to vidi na licu?

— Vi ste tako ženstveni da se ne vidi, ali ja sam našao jedan vaš noteščić. Kad ste otputovali, prešao sam u vašu sobu.

— Mislila sam da je taj noteščić izgubljen drugde.

— Kod mene je... Hoćete li da se spustimo dole? — Siđoše niza stepenice, pored zida obraslog bršljanom koji se talasao na povetarcu. — Da sednemo.

Jedna klupa bila je usamljena u prijatnoj hladovini. Na ostalim su sedeli parovi, tiho razgovarajući. Gore, alejom, promicali su šetači. Prođe i jedan markantan čovek, pa zastade ugledavši Anđelku s avijatičarem. Zastao je i posmatrao gde će sesti, a ljubomora ga ošinu po grudima. Bio je to Gojko Marić.

„Ona ima nekog i zato je došla u Beograd! Zašto onda mene odbija kad je već bila moja?" Pošao je dalje i seo na klupu ispred vodoskoka, rešen da ih sačeka.

Anđelka se raspitivala:

— Pa šta ste pronašli u mom noteščiću?

On ga izvadi iz beležnice.

— Moja fotografija! — uzviknu ona.

— Da, to je ta amajlija. Otkako nosim vašu fotografiju nije mi se dogodila nikakva nezgoda! Nadam se da mi je nećete uzeti.

„Oh, tebi ću bato, dati lepšu sliku!", smešila se i gledala ga.

„Ona je više nego dražesna!", uzbuđeno je mislio avijatičar. „Anita sa Senjaka baš mi je dosadila. Gde na nju da natrčim!"

— Ako vas moja slika čuva od nesreće, poklanjam vam je — reče Anđelka toplo. — A šta mislite da sam završila?

— Pretpostavljam: prava. Našao sam u beležniku zapisanu jednu pravničku knjigu.

— Pogodili ste. Sad sam činovnica u sudu.

— Opet se vraćate?

— Moram.

— Šteta!

Njegove velike i tople crne oči gledale su je nežno i rastuženo.

— Zar se vi u ovom moru beogradskih devojaka sećate mene? — upita, raznežena i ona, možda prvi put otkako se rastala od Tome. „Divan je moj bata! I kako lepo piše!" Obuze je radost, dođe joj da ga uhvati za ruku, kao sestra brata, i da prošapće: „Ja sam Anđelka!" Ali, opet se uzdrža. Htela je da dozna šta misli o njoj. Tako je lep kad je zamišljen.

— Vi ste avijatičari posebna vrsta ljudi — reče s nekim ushićenjem. — Vi se uzdižete iznad svih, iznad pakosti, intriga i zla, vi bludite ispod oblaka ili nad oblacima kao Jupiter. Doživljavate trenutke kad ste sami među oblacima, ispod zvezda, a ne na zemlji, gde ljudi nisu iskreni ni jedni prema drugima ni prema ženama... Ja mislim da avijatičar mora biti iskren čovek. Pogađam li?

— Što se tiče vas, drugačiji ne bih mogao biti, mada ne znam zašto. Ima izvesnih susreta koji ostavljaju duboko sećanje. Ja vas ne poznajem, ali sam osetio da vi morate imati dublji individualni život, da niste svakidašnja devojka.

— Možda — prošaputa ona rasejano. To isto govorio joj je i Toma. Baš iste reči! A kad je doznao jednu tajnu njenog života, namah je postala uličarka koja se može vređati, tući, pljuvati.

— Tražio sam vas svuda po Beogradu, pa nikako da vas sretnem — reče on i tada se seti onog crnomanjastog čoveka kod *Londona*, pa zažele da sazna ko je. — Jednom sam vas video u razgovoru s nekim gospodinom kod *Londona*. Taman sam hteo da uđem za vama u tramvaj, kad me on preduhitrio. Odmerio me dosta neprijateljski. Pomislio sam da vas voli.

— Da, voleo me... ali smo se razišli. Ne viđam ga više.

— Volite li sad koga? Oprostite što sam tako slobodan da vam postavim to pitanje.

— Ne, niti koga volim niti ko mene voli.

— Sumnjam da vi možete prolaziti neopaženo kroz život. Eto, ja sam vas video samo jednom i... prekosutra letim i mislić'u na vas! Hoćete li tada biti u Beogradu?

— Prekosutra ću još biti — izgovori ona tiho, a potom ga veselo pogleda. Oči su joj bile divne kad se smeši. Mislila je:

„Sutra ćemo biti zajedno na ručku. Kakvo će to biti iznenađenje kad doznaš da sam ja tvoja sestrica Anđelka!”

— Molić'u se za vas kad budete leteli — reče nežno.

— Hoćete li? Ali ne samo prekosutra! — pružio je ruku i uhvatio joj prste. Bili su beli i topli, s malim ružičastim noktima.

— Za one koji izlažu svoj život opasnosti moramo se moliti.

— Bić'u ljubomoran ako se molite za sve. Poznajete li još nekog avijatičara?

— Ne poznajem.

— Smem li vam pisati?

— Smete.

— Hoćete li mi reći svoju adresu?

— Pa... preseljavam se u drugi stan, javiću vam. Vama se može pisati na aerodrom?

— Može.

„Sutra kad saznaš da sam Anđelka, znaćeš i moju adresu!", reče u sebi.

— Koliko je sati?

— Zašto žurite?

— Već se smrkava.

— Mi se nećemo uskoro videti... hoćete li me se sećati?

— Nijedan avijatičar ne može se zaboraviti. I kad bismo to hteli, vi nas svakog dana opomenete da ste gore, u oblacima, i da moramo misliti na vas.

— Ja bih voleo da me se sećate kako sam sedeo pokraj vas — prevukao je rukom preko čela i kose, kao da mu je teško, kao da ga nešto muči, ali je oćutao, osećajući da nema smisla više govoriti.

„Bato, ti si zlatan!", šaputala je Anđelka u sebi. „Ah, imati njega za brata i druga kakva sreća!"

Pošli su gore, a on se peo po stepenicu niže od nje i posmatrao joj stas, bedra, ramena i bujnu kosu. Sve na njoj ga je opijalo. Ona se okrete, uhvati njegove tople poglede i nasmeši se.

„Sutra će bata znati ko sam. Kakva li je to igra slučaja da me on vidi najpre u Malinskoj?"

Lagano je koračala alejom prema Malom Kalemegdanu.

— Ja ću tramvajem — reče Anđelka.

— I ja ću do Terazija.

Marić ih spazi i pođe za njima. Oni uđoše u prva kola, a on se pope na platformu.

Nenad ju je gledao sve vreme dok su sedeli u tramvaju. Njene oči zaustavile bi se pokoji put na njemu, zbunjene i lepe. Govorila je, tek da nešto kaže:

— Kako su lepo namestili ove plavičaste reflektore koji obasjavaju kuće. U noći je to tako fantastično. A vi letite uvek kroz fantastične predele iznad oblaka.

„Ti si lepša od svih lepota iznad oblaka!", mislio je Nenad.

Tramvaj se približavao Terazijama i njegove oči bile su sve tužnije. Ustao je kad tramvaj stade.

— Zbogom!

Pružila mu je ruku. On je steže, pa siđe i odstoja kraj tramvaja dok nije krenuo, a onda se polako udalji.

Tramvaj se praznio i na njenoj klupi nije bilo više nikoga. Jedan čovek se spusti. Anđelka pretrnu.

— Dobro veče, gospođo — reče Gojko Marić.

— Dobro veče.

— Gde ste to bili?

— Šetala sam.

— Video sam vas s jednim pilotom. Lep mladić! Vi volite avijatičare?

— Zašto ih ne bih volela! Avijacija je najveće čudo našeg doba.

— I avijatičari najveći ljudi našeg doba! I ja ih volim — govorio je ozbiljno, pa nije znala da li tera šegu ili govori istinu. — Predosećao sam da ću vas danas sresti... Jeste li i vi predosećali?

— Ne, nisam ni mislila na vas.

— Znam. Žene mogu da budu strahovito ravnodušne.

— Jeste li to iskusili više puta?

— Samo jednom... jer me druge nisu ni interesovale toliko da bih vodio računa o tome da li me mrze ili vole.

— Ja silazim ovde.

— I ja ću sići.

— Zbogom, gospodine.

— Zašto: zbogom? Zar vas ne smem malo otpratiti?

— Molim vas, ostavite me.

— Ako neću?

— Onda ću vas trpeti.

— Trpeti jednog drskog čoveka?

— Ja volim da idem sama... kao što sam uvek sama išla.

— Avijacija pobeđuje civile!

— Ne, već časni ljudi pobeđuju beskarakterne. Radovaću se, jer će tada Vukica biti srećnija. Zbogom! — udaljila se žurno, ne pruživši mu ruku, a on steže zube i osta namrgođen na trotoaru.

„Pobediću te ja, curo! Bićeš moja ili ničija!", gnevno pomisli.

Sa uzbuđenjem se oblačila sutradan kad su se spremale da odu na ručak Nenadovoj majci.

— Šta da obučem, teto?

— Plavu haljinu. Tebi plavo najlepše stoji.

— I ja volim ovu haljinu.

Smešila se sebi u ogledalu kao da se smeši Nenadu. Već je zamišljala njegovo iznenađenje.

„Vi, Anđelka!?", kao da čuje njegov glas. Ah, kako je to divno kad se na uspomenama iz detinjstva razvija drugarstvo. Setila se njegovih nežnih i tužnih pogleda, a onda joj pade na pamet kako je tetka pisala da će se oženiti. Upita ravnodušno:

— Teto, je li Nenad isprosio devojku?

— Nije još, sve nešto razmišlja. Gospa Ruža se ljuti, kaže da je devojka vrlo dobra. I imućni su. A on tako bećari, neće da se ženi. I njegov ujak Uglješa se kasno oženio pa nagrabusio.

„Možda on voli da se zabavlja, zato me je onako gledao. Svi oni misle na provod... kao Gojko Marić!" Senka bola prevuče joj se preko lica. „Ko zna kakav je i moj bata... ali ja znam kako ću se ophoditi prema njemu. Moje bolno iskustvo naučilo me za ceo život!"

— Kako si lepa! — uzviknu tetka. — Volim da te vidi gospa Ruža. Došao je i Uglješa. Izgleda da si mu se dopala. Kažem ti samo da znaš, ali tebi ostavljam sve na volju. Da li bi pošla za njega da te zaprosi?

— Kakva prosidba! Ni za koga se sad ne bih udala. Još su mi u ušima Tomine uvrede! Zbilja, teto, čuješ li nešto o njemu?

— Ništa, dete. Kao da je u zemlju propao. Takva tvrdoglavost! Raskide brak iz čistog pasjaluka.

— Neka ga! Želim mu sreću. Nek nađe nevinu! Da li da stavim ovu ružu na haljinu?

— Stavi, lepo ti stoji. Boja lica ti je kao u te ruže. Koliko je sati?

— Jedanaest i četvrt.

— Hajdemo, da nas ne čekaju.

Prođoše pored mlekare, ne primetivši da unutra sedi Gojko Marić. Spazio ih je obe.

„To je sigurno njena tetka", zaključio je hladno, ali kad vide Anđelku u plavoj haljini, sav zadrhta: „Mora biti moja!"

Anđelka se uzbuđeno pela stepenicama kuće u kojoj je stanovala Ruža Aleksić. Olivera im otvori vrata. Požuri im i gospa Ruža u susret, srdačno zagrli Anđelku.

— Jao, zar je ovo naše Anđelče? Koliko je lepa. Čekaj da te vidim. Ovako je slatka bila i kao mala. Plave očice, grgurava kosica. Svi smo je voleli. — Na pragu se pojavi Uglješa Knežević. — Ovo je moj brat, vi se već poznajete.

Bio je elegantan u sivom letnjem odelu, prosedih slepoočnica, visok, isti Nenad, samo stariji, ali vitak i otmen. Poljubio je ruku i Nadi i Anđelki. Anđelka potraži pogledom po sobi batu, ali ga ne vide.

— A hoće li Nenad doći? — zapita Nada.

— Neće, izvinio se. Žao mu je što ne može videti Anđelku, ali doći će ona opet, pa će se upoznati.

— Sedite, odmorite se malo, pa ćemo ručati. Hoćete li po jedan vermut?

— Hvala, ja ništa ne pijem — odgovori Anđelka.

— Ja ne volim vermut — dodade tetka.

— Kako ste vi, gospodine Kneževiću? — upita Anđelka.

— Hvala na pitanju, vrlo dobro. Vidite, došao sam i ja da se malo pročaršijam. Sestra mi ne da mira u selu. Svaki čas me zivka u Beograd. Navići ću se na beogradski život, pa će mi biti dosadno u selu.

— Što da živiš kao pustinjak? Izađi malo i ti u svet — govorila je nežno sestra.

— Gospođo Anđelka, uzela sam tri karte za operu. Hoćete li s nama? Nemojte me odbiti, molim vas — reče Olivera.

— A šta se daje?

— *Jevrejka.*

— Hoću, ja volim tu operu. Osobito Eleazarovu ariju.

— Ujka to zna da svira.

— Da, sve ti moraš da ispričaš!

— A jeste li ga čuli kako peva? — pitala je sestra.

— Nisam.

— E, moraš nam otpevati nešto, ujko. On ima bariton kao Raša Radenković.

— Jest, još ću i da koncertiram... da se smeju gospođica Nada i gospođa Anđelka.

— Zašto da se smeju kad ti lepo pevaš i sviraš?

— Bilo nekad... u mladosti.

Anđelka je slušala njihov razgovor, s nežnim osmehom, a mislila na Nenada. „Njemu se dopada Anita Đurović, a ne Anđelka Bojanić. Anita je bila sama na moru, plakala je, ko zna šta je mislio o njoj. Anitinu dušu ne poznaje, a Anđelkina pisma je čitao... Dakle, na njega je delovalo fizičko biće, ne duhovno. Možda je ženskaroš? Neka, uveriću se već u to... Knežević je otmen i blagorodan čovek!" Pogledala ga je i osmehnula mu se.

A u njegovoj duši bilo je sve uzburkano. Gledao je njenu blistavu mladost i prekorevao sebe. „Zar se usuđuješ i da misliš na nju? Ona je mlada. Ne bi te nikad volela, ti bi patio!"

— Baš mi je žao što bata neće doći — reče Olivera. — Samo da ga vidite, gospođo Anđelka, to je najlepši brat na svetu! — cvrkutala je.

— Ženićemo ga uskoro — reče gospođa Ruža.

„A zašto je mene gledao onako tužno?", pitala se Anđelka. „On će se oženiti, a udvara se drugima. Ko mene, u stvari, voli? Niko! Bata se udvara, a misli na ženidbu. Gojko me upropastio i ostavio. Toma se oženio i raskinuo brak. Zbilja, mene niko ne voli! Da li bi me ovaj Knežević voleo?"

Rastužila se u sebi, a smešila se i pričala. „Treba biti veseo u ovoj veseloj kući!" Ko zna da li je Knežević uopšte voli?

Mati izađe u kuhinju i zovnu Oliveru.

— Zašto bata nije došao? — pitala je, čudeći se. — Baš je slatka gospođa Anđelka.

— Ti da ćutiš i ne pričaš mnogo o bati. Namerno nije hteo da dođe. Kazao mi je: „Mama, meni se čini da se ujka zaljubio u Anđelku, pa neka on bude sam s njom, biće bolje!" A ti neprestano hvališ batu. Hvali ujku! Njega treba da oženimo, a ne da živi kao pustinjak.

— Dobro, mamice, kad ti kažeš. Ja se radujem da se ujka oženi. A voli li ona njega?

— Ne znam... A što ga ne bi volela? Držeći čovek, imućan, lep, otmen.

Olivera uđe u sobu, noseći činiju sa supom, pa sedoše za sto. Stalno je hvalila svog ujku. Njemu bi neugodno, kao inteligentnom čoveku, jer je osećao šta Ruža i Olivera navijaju, te poče da ispituje Anđelku, ne bi li ona postala predmet razgovora:

— Kako vi u vašoj kući? Uživao sam tamo! Imate li društva? Izlazite li? — još mnogo pitanja, na koja je ona usrdno odgovarala, pa je pričala o Makedoniji i tamošnjem svetu, a on o Šumadiji i seljacima. Zatim pređoše na njegovo imanje, posle na politiku, situaciju u svetu. On je bio načitan i inteligentan, poznavao je Francusku i voleo da priča o Francuzima.

Posle ručka Olivera donese violinu. To devojče bilo je vrlo energično kad nešto naumi. Ujka je, naprosto, morao da svira. Molila ga je i da peva, ali to nije hteo. Sestra je navaljivala:

— Hajde, onu staru pesmu, ne znam pevaju li je sada, ali je nekad bila u modi: „Anđelijo, janje moje!"

— Zaboravio sam, Ružo. Ne sećam se više ni reči.

— Kako da se ne sećaš? Ja ih znam:

*Ne gledaj me sa čaira,*
*Izgore me oko tvoje,*
*Janje moje, Anđo, Anđelijo!*

— Vidiš, sećam se cele pesme. Znaš je i ti. Počni samo.

— Zašto ne pevate? — molile su Nada i Anđelka.

I na tolike molbe morao je zapevati, tihim dubokim baritonom, glas mu je bio mek i prijatan, čudio se i on sâm kako peva, a davno nije. Možda mu je duša bila raspevana gledajući Anđelku i njena dva plava oka, možda je njoj izlivao ljubav kroz stihove:

*Daj mi, bolnu, srcu mira,*
*Jer umreću, milje moje,*
*Anđelijo za tobom!*

Pesma iščeze, a u Anđelki je treperilo: „On je divan čovek, pun osećanja i nežnosti!" Knežević ustade, uzbuđen i raznežen od bola, gledajući Anđelkinu mladost. U ovom trenutku zažele da je mlađi bar deset godina: „Smem li i pomisliti da ovaj lepi cvet bude moj?!"

Predveče su otišli u operu. Tetka se vratila kući, a Knežević, Olivera i Anđelka uhvatiše autobus. Sišli su u Knez Mihailovoj ulici i prešli preko da se spuste do Narodnog pozorišta. Pred *Ruskim carem* sedeo je Gojko Marić. Spazi ih.

Celo popodne očekivao je da Anđelka naiđe. „Ovo je onaj što je bila s njim u kafani! Juče avijatičar, sad ovaj! Kakva li je ona žena?", mučilo ga je neprestano.

Pošao je za njima i video da ulaze u pozorište. Čekao je dok nisu ušli, pa i on krenuo da kupi kartu, ali se u poslednjem trenutku predomislio.

„Imaću strpljenja i čekaću!", pomislio je, znajući svoju moć nad ženama. Otišao je u varijete da gleda varijetkinje i provede se s njima.

# Ko će osvojiti njeno srce?

Anđelka se spremila za put. Do Lapova će s njom i Knežević. Na stanicu su došle tetka, gospa Ruža i mala Olivera. Znajući da majka pomišlja na ujkinu ženidbu s Anđelkom, umiljavala se oko nje, držeći je neprestano ispod ruke, dok god se nije popela u kupe. Anđelka se naže preko prozora, a Knežević je stajao iza nje. „Baš bi bili lep par!", pomisli sestra.

— Pa, na leto eto nas tebi u selo, Uglješa.

— Nemoj da ostane samo na rečima.

— Što do mene stoji, ja sam sigurna. A znam da i Nada i naše Anđelče vole selo.

— Ja nalazim da je letovanje na selu isto tako prijatno kao na moru — reče Anđelka.

„Ona voli ujku!", smešila se u sebi Olivera.

— Ujkice, kupićeš kola, je li? — reče glasno.

— Auto neću, moraćeš se zadovoljiti fijakerom.

— Nisam ni mislila na auto.

— Kupićeš ti i auto kad ostvariš sve što si zamislio. Znate, on će na imanju podići radionicu za proizvodnju putera i svih vrsta sireva. Ima on vazdan ideja — hvalila ga je sestra neumorno.

— Ostavi, molim te — branio se brat, osećajući se nelagodno kad god bi sestra osula hvale. „Ona je suviše mlada", uzdahnuo je gledajući Anđelkin beli vrat, profil i lice blistavo od mladosti. „A ja već blizu pedesete!"

— Čuvajte mi tetu, gospođo Ružo — govorila je Anđelka, gledajući tetine suzne oči.

— Dolaziće nam svake nedelje na ručak. Ja i inače nemam mnogo društva u Beogradu. Ona nova poznanstva ne prianjaju mi za srce kao naša stara, pre rata. Nada i ja smo se dogovorile da idemo u *Manjež* na predstave. Ja volim narodne komade gde igra Žanka, Zlatkovićka i Paranoska. To su za mene najbolje glumice.

— A ja ću s batom u operu.

Voz pisnu.

— Piši, Anđelka! — zadrhta tetkin glas.

— Ne brini za mene, teto! — zasuzi Anđelka.

— Uglješa, dođi opet. Nisi ti preko sveta!

— Do jeseni neću dolaziti. Pozdravite Nenada.

Anđelka se prenu:

— Jest, pozdravite batu i kažite mu da mi je mnogo žao što se nismo videli!

Mahala je dok se ne izgubiše iz vida, a onda se odmače od prozora i sede.

— Je li vam žao što napuštate Beograd? — zapita on malo posle.

— Žao mi je tetke, ali Beograda ne. Zamara me velikovaroški život i sve ono šarenilo i tiskanje po ulicama. Ja ne volim beogradsku ulicu. Divim se novim građevinama, skverovima i parkovima, ali najviše volim kuću. Ono što nedostaje u beogradskom životu, to su bašte. Zato se svet i gura po ulicama, da bi izašao malo na vazduh, jer živi stalno među četiri zida. Može se uživati u pozorištu, operi, svuda, ali priroda ostaje najlepše uživanje. Ja vam zavidim na seoskom životu. Živite li i dalje kao pustinjak?

— Ko vam je uopšte kazao da živim kao pustinjak?

— Pa... pričala mi Zlata!

— Kao što vidite, izašao sam u svet. Ima trenutaka koji preobraze čoveka. Vama je, valjda, poznato šta se dogodilo u mom braku?

— Čula sam i ne mogu se načuditi da ste vi mogli tako nešto doživeti od svoje žene.

— Znate, čovek idealizuje jednu ženu, zamišlja je savršenom... a ne zna šta se skriva u njenoj duši. Uostalom, bila je mlada, možda sam pogrešio što nisam tražio devojku koja bi me lakše razumela. Precenio sam se i otada sam izgubio veru u sebe i u žene.

— Vi ste kao ja! Verujte mi, ja se sad pomalo plašim svakog muškarca. Nije to baš pravi strah, ali zazirem. Čini mi se da bi me pre uvredili nego ukazali poštovanje. Jest, u naše doba žena doživljava mnogo uvreda od muškaraca. Vidite, samo, kakva je ulica. Ne može žena da kroči a da ne čuje za sobom podsmeh ili dobacivanje, svakojake komplimente koji više vređaju nego što laskaju. Zato najviše volim kad sam u svojoj kućici, s ručnim radom, uz radio.

On je slušao zanesen, posmatrajući joj mala usta, bele zube, plave oči i crnu kosu koja se talasasto spuštala... Nečujan uzdah ispuni mu grudi.

— Imate li društva tamo?

— Društva ima, ali ne izlazim nigde. Osećala sam potrebu za duševnim smirenjem i vrlo mi je prijala samoća... kao i vama, uostalom. — „Da li da mu ispričam za Gojka Marića?”, pomisli. „Ne! Možda mi ne bi verovao da sam slučajno došla u ovo mesto!”

— A kako je na vašem imanju? Pričajte mi o sebi.

— Moj je život vrlo jednolik. Ustajem rano, obilazim imanje, nadgledam radnike, nekad i ja radim s njima. Volim da kosim.

— Seljaci sigurno imaju mnogo koristi od vas kao agronoma.

— Selu su potrebni stručni ljudi, pošto mi još nismo racionalno iskoristili zemlju. Ja želim da moje imanje bude ogledno dobro i rasadnik. Kupio sam još zemlje. Kad umrem, ostaće sve Nenadu i Oliveri. Ja sam želeo da studira agronomiju, ali on ode u avijaciju.

— To je herojski poziv, ali i opasan. Je li Nenad imao nekih nezgoda pri letenju?

— Kao i svaki pilot. Polomio je prednje zube, jednom umalo nije ispao iz aviona... Ne sme majci sve ni da priča, ali prema meni je otvoreniji.

— Kakav je po karakteru?

— Vrlo čestit, dobar sin i brat. Žene voli, naravno... i one njega vole jer je lep, ali ne mogu reći da je donžuan.

— I vas su žene morale voleti?

— Po čemu sudite?

— Vi ste i sad vrlo simpatični i galantni. Pravi kavaljer.

— Nekad su me volele. Sad više nisam mlad.

— Koliko imate godina?

— Šta mislite?

— Kad vas gledam, ne bih vam dala više od trideset pet.

— Laskate mi, a pogađate da imam više.

— Verujte, ne bih vam dala više. Izgledate kao Nenadov stariji brat.

— Eh, nije baš tako! Ne može čovek izgledati mlad kad ima punih četrdeset osam godina.

— Zar imate toliko?

— Nisam ja mlad čovek.

— Vi ste mladi jer živite u prirodi. Velikovaroški život upropašćuje čoveka. Kafane, lumperaji, zagušljiv vazduh. A selo mora da vas pomladi. Imate li tamo društva?

— Moje društvo su seljaci, pop i učitelj.

— A nedavno je došla jedna mlada učiteljica. Možete se još i zaljubiti! — dobaci ona vragolasto.

— Ne smem da se zaljubim.

— U tu učiteljicu? Zašto?

— Mislim uopšte na zaljubljivanje. Ko bi mene voleo?

— Zašto se tako potcenjujete?

— Zato što osećanja mogu uzeti maha i navesti čoveka na ludost!
— pogledao ju je svojim dubokim očima.

„Isti bata", pomisli Anđelka i sva pocrvene. Osećala je kako joj
se rumenilo penje u obraze, slepoočnice i čelo, pa pogleda zbunjeno
kroz prozor. „Ala je glupo što ovako crvenim! Šta će pomisliti. On
je, zbilja, simpatičan, ali ja ga osećam kao brata! On bi me umeo
zaštititi."

— Ovo je Palanka. Čudnovato, niko nam nije ušao u kupe.

— Bolje da ne uđe da se vi noćas lepo odmorite.

Voz pođe dalje. Prođoše Veliku Planu, pa Knežević prikupi svoje
stvari. Promiču kuće Lapova. On se pozdravi s Anđelkom i poljubi
joj ruku.

— Ja ću vas čekati u julu, gospođo.

— Doći ćemo sigurno.

Ona izađe u hodnik da bi odgledala za njim. Zastao je ispred
restauracije i posmatrao je. Tuga mu se uvlačila u srce. „Suviše je
lepa i mlada za mene!", obrazlagao je sebi razumom, ali ga srce nije
slušalo. Osećao je da bi je bezumno voleo, ali nije smeo sebi da
prizna. Klimnu joj glavom i uđe u restoran da odagna njen lik, koji
mu se sve više utiskivao u srce i celo biće.

U njenom kupeu je sad dosta sveta. Ne može ni da se opruži ni
da se odmori. Sedi i dremucka. Zapara je i vazduh težak. Otvaraju
prozor. Jedna žena se žali da će nazepsti. Iz susednog kupea dopire
dečji plač... Anđelka drema, a pred očima joj čas Knežević čas Nenad.
Obojica su simpatični. „Žene voli, naravno...", ponavlja Kneževićeve
reči o bati. „Da, da, Anita je za njega samo žena-ženka, a Anđelka
familijarna žena o kojoj se i ne mašta! Ah, Zlati ću napisati i poslati
u koverti pismo za njega. Samo da vidim šta misli o Aniti!"

Voz juri kroz noć, varnice se kovitlaju preko polja, a kroz vedrinu
punu zvezda naziru se sela i planinski visovi.

Kad je stigla kući, u susret joj istrča Donka i saopšti tužnu vest: umro Safetov otac, onoga dana kad je ona otputovala. Patio je od srca.

— Došao kući, seo za sto i večerao, pa odjednom ispustio kašiku, preturio se i preminuo. Strašno su ožalošćeni. Safet je mnogo plakao za ocem. Jadne Razija i Fatima! I hanuma Eubenda je sva skrhana. Oni su baš srećno živeli.

— Ići ću da im izjavim saučešće.

— Pitali su me za vas. I Safet. A kako ste se vi proveli?

— Divno! Išla sam u operu i bioskop, šetala, a kupila sam ti i jedan poklon. Gde je tetka Saveta?

— Otišla je na pijacu. Evo je!

Dobra žena priđe užurbano Anđelki:

— Došla si nam! E, bilo je neobično bez tebe. Mi smo ti otvarali prozore i vetrili svakog dana, a Donka juče sve istresla. Da vidiš kako se žuti patos! — poljubila ju je u oba obraza. Anđelka izvadi poklone. Donki je kupila materijal za haljinu, lak i šaren. Devojka radosno uzviknu:

— Joj, što je divan! Vi ste ovo sigurno mnogo platili!

— Pa i nije, šesnaest dinara metar.

— Zamislite! A ovde bih platila dvadeset pet. Vidi, mama, što mi lepo stoji. Baš ste pogodili šta volim!

— A vama, tetka Saveta, šest šoljica za crnu kafu.

— E, da te poljubim! Sve su mi rasparene, znaš ti šta tetka-Saveti treba! Vidi, Donka, što su šik! A šta ćemo mi tebi?

— Ništa! Vi ste tako pažljive prema meni. Sve vreme sam se hvalila teti. Pričala sam joj kako mi vi činite: skuvate mleko svako jutro, očistite, pile ispečete.

— Nije to meni teško. Ja sam majka pa znam kako je kad dete nema majke. Nego, ova me ne sluša. Umalo što je nisam izudarala. Šeta s kavaljerima. To ja da dočekam! I dopraća je do kuće, da se ceo svet čudi i krsti. Jedva se otarasih onog podnarednika, a ona odmah našla drugog!

— Ja se, mama, nikad neću udati ako ti meni ne daš ni da stanem s muškarcem.

— Zar ti ja branim udaju! Neka dođe, nek te zaprosi, ja ću te dati, al' oni neće da prose, nego hoće da šetaju, da te brukaju i sramote.

— Koji će mladić čim vidi devojku da priđe i priupita hoće li se udati za njega! Valjda mora prvo da razgovara s njom. Bogami, mama, ti me praviš glupačom. Neka ti kaže gospođa Anđelka: jesam li ja u pravu ili ti!

— A što ona ni s kim ne šeta? Ti si baš uzela huk! Imam ja oči pa vidim.

— Oh, strašno je ovde kod nas! Roditelji su suviše starinski. Devojke pate zbog roditelja.

— A što ja nisam patila od moje majke? Nisam smela ni na sokak da izađem!

— Drugo je vreme sad, tetka Saveta — reče Anđelka. — Donka je pametna, ume o sebi da vodi računa. Na ulici joj se neće ništa dogoditi. Šetaju sve devojke.

— Ne mogu da dokažem mami da se bolje udaju one koje se provode. A ja skapavam za mašinom. Zar je to život? Celog veka ću se mučiti i raditi — udarila je u plač, rastužena zbog nerazumevanja svoje majke, rastužena i što voli i što je taj činovnik lep, što joj niko nije govorio tako slatke reči kao on, a ona mora da ga odgurne zbog starinske majke.

Anđelka ju je umirivala, stišavala i tetka-Savetu, pričala im o Beogradu, Donki dala modne žurnale i opisivala beogradske toalete.

— Idem da skuvam kafu — odobrovolji se Saveta, a Donka ugrabi priliku da Anđelki priča o činovniku.

— Donka, zar si ti već zaboravila svog podoficira, koji piše onako lepa pisma? — upita prekorno Anđelka.

— Znate, gospođo Anđelka, on još nema pravo na ženidbu, a ovaj činovnik najozbiljnije misli, ali se ljuti na mene. Zove me u šetnju, a ja ne smem da izađem. Pita kad bi me posetio, a ja ne smem da ga pozovem. Podoficiru sam odgovorila da me zaboravi.

— I šta je odgovorio?

— Očajan je i razočaran, ali... utešiće se.

„Jadnik", pomisli Anđelka. „Ti mladići imaju puno duše i osećanja, ali ih devojke zaboravljaju samo zato što dugo nemaju prava na ženidbu."

Poslepodne otišla je do Safetovih. Iznenadila se kad je ugledala hanumu Eubendu. Bila je bleda kao vosak. Plakala je tiho. I Razija i Fatima, one vesele devojčice, bile su ubijene tugom. Došao je i Safet, prikrivajući uzbuđenje pri susretu s Anđelkom. Njegove lepe oči bile su tužne, ali je, kao muškarac, ipak drugačije podnosio bol.

Kad je Anđelka otišla kući i spustila se noć, Safet je seo kraj prozora i gledao kako ona promiče kroz sobu. Uključila je radio, pa ga odmah isključila, setila se da je u komšiluku žalost, pa nije htela da se iz njene kuće razleže muzika kad drugi tuguju.

Safeta je duboko ožalostila očeva smrt i žalost je malo potisla njegova osećanja, ali večeras se našao prvi put sâm sa sobom, osećajući da malu belu gospođu voli više nego ikad. Osećao je da mu je sad žena najpotrebnija, da ga teši, mazi, ljubi. Zašto to ne bi bila ona? On je sad domaćin u kući, glava porodice. Razija i Fatima će se udati, ostaje sâm s majkom. Zar se ne bi mogao oženiti ženom druge vere? Ali to majka ne bi nikad dopustila. A da li bi je mogao imati bez braka? Ona je žena i njoj je potreban muškarac. Mora osećati potrebu za ljubavlju, kao što i on čezne za njom u ovom času. Kako bi bilo divno da joj ode u posetu! Noć... ona sama u kući, niko ga ne bi video... on se dugo ne bi ženio kad bi imao nju. Pisaće joj ili otići jedne večeri. Mora joj izraziti svoju ljubav!

Sedeo je kraj prozora dok god je u njenoj sobi bilo svetlosti. Anđelka je pisala pismo teti i Nenadu kao Anđelka, a kao Anita iskucaće pismo sutra na pisaćoj mašini i poslati ga preko Zlate. Kneževiću nije pisala. Čekaće da se on prvi javi. Osećala je prema njemu divljenje i poštovanje, naročito prema njegovom asketskom životu i umetničkoj prirodi, ali Nenadov pogled nije mogla da zaboravi... niti onaj trenutak u tramvaju kad joj je uhvatio prste i posmatrao je.

Osećala je da se u njoj iznova budi život i da se bol koji ju je dotle kao tama pritiskivao postepeno razvejava... a umesto njega nastaje nešto svetlo, lepo i čisto kao belo cveće u mesečinom obasjanoj noći.

# Lice i naličje jednog braka

Marika, Vukičina kućna pomoćnica, donela je pismo. Vukica se čudila što Anđelke nema, zvala je da dođe sutra na ceo dan, ona je kod kuće. Gojko je kupio nov lep auto, pa se mogu izvesti u okolicu. Molila je da neizostavno dođe. Anđelka se seti kako je onoga puta namamljena u vinograd, pa nije htela da odgovori hoće li doći. Upita Mariku:

— Kako je gospođa?

— Dobro. Bila je u gostima kod oca pa se vratila. A bila je nešto i bolesna.

— Marika, kažite gospođi da ne znam sigurno mogu li doći. Nego, neka ona dođe do mene sutra poslepodne. Kažite da ću je čekati.

Strahovala je da i devojka nije njegov jatak, pa je čekala da vidi hoće li Vukica sutra doći ili je to opet Marićev manevar.

Sutradan je očekivala Vukicu i udesila lepo sobu, namestila sveže cveće u vaze. Stolnjak je bio opran i šarenilo veza slagalo se s bojama cveća. Obukla je ružičastu tanku haljinu, a imala je isti takav mantil, koji se zakopčavao šnalom na struku. Ako pođe, obući će ga, ali joj ta poseta ipak teško pada. Sve se plašila da će Vukica doznati, pa kako će je posle gledati. Najteže je za svaku ženu kad supruga sazna za muževljevu avanturu. Tada ne oprašta, već se podsmeva, mrzi ili prezire. Šta bi osećala Vukica prema njoj?

Uzela je jednu knjigu i prelistavala je, ali nije mogla da se sabere. Setila se policijskog pisara. Počeo je da joj se udvara, juče joj je prišao na ulici kad se vraćala kući i prekorevao je zbog usamljeništva.

— Zar ste toliko razočarani u život da ignorišete svakog muškarca? — rekao je i onda namešteno uzdahnuo, govoreći da misli na nju, da je jedina žena u ovoj varoši koja mu se sviđa... Tako su joj govorili i Toma i Marić, svi! Samo ona, jedina, i nijedna druga! Uzdahnula je kad se setila Tome. Prošle godine, u ovo doba, bile su njene pripreme za venčanje. Da li je mogla i pomisliti da za samo godinu dana neće imati o njemu ni glasa. Iščezao je iz njenog života kao da je umro...

Ču žagor u bašti i Donkin glas:

— Pa zašto ne uđete, tu je gospođa Anđelka, ona vas voli!

„Ko li je to?", pomisli Anđelka i izađe na doksat, zablistavši sva u ružičastoj lepoti svoje haljine.

— O, Razija i Fatima! Uđite.

— Da vam ne smetamo?

— Ne, čekam gospođu Marić.

— E, nećemo kad čekate goste.

— I vi ste moji dragi gosti. Hajde, ne ustručavate se valjda od Marićke. Poznajete li je?

— Poznajemo.

— Kažu da je muž baš ne voli mnogo — reče Fatima.

— To svet priča, a možda nije istina — branila ga je Razija.

— Mora da je teško kad te muž ne voli. Ja bih se ubila.

— Razočaraš se i ti, pa ne misliš na samoubistvo — umeša se Donka. — Zar zbog muškaraca da se ubijamo!

— Kako je hanuma? — upita Anđelka.

— Slaba je. Mnogo ju je potresla tatina smrt, a i od bolesti se jedva oporavila. Moramo da je vodimo u neku vazdušnu banju. Mi bismo volele u Bosnu, na Ilidžu, a doktorka kaže da je za mamu Slovenija. Šta vi mislite? Jeste li bili na Ilidži?

— Nisam, ali Sloveniju znam. Tamo je divno.

— A znate li Gorski kotar? Doktorka je pomenula Delnice.

— Delnice su zdravo mesto, sami četinari.

— Mi volimo Ilidžu. Jedna naša drugarica bila je tamo prošle godine, pa se u nju zaljubio jedan Bosanac i ona se udala za njega, a on joj dopustio da skine zar i feredžu.

— Zar vam Safet nije dozvolio da se otkrijete?

— On i bi, ali ne smemo od sveta. Znate kakvi su ovi stari. Odmah će reći: „Otac im umro, a one se otkrile da bi se provodile!" A gde se provodimo? Nigde! Samo što odemo u posetu nekoj drugarici.

— Donka! — viknu neko spolja.

— To je Safet.

Anđelka ga pozva:

— Dođite, Safete. Vaše sestre su ovde.

Safet se pojavi. Bio je malo oslabio i pocrneo, ali mu je bronzana boja vrlo lepo stajala.

— Jelte da je Safet oslabio? — upita Fatima Anđelku.

— Malo. Izgleda slabiji zato što je pocrneo.

— Kako ste, gospođo? — reče Safet. — Vi nikuda ne idete. Od kuće u kancelariju i natrag.

— Pa šta će mi kad imam ovako lepu baštu i kuću.

— U svakom kutu vaše kuće vidi se da ste prava domaćica — polaska joj Safet i zamišljeno je pogleda. Ružičasta haljina bacala je odsjaj na njeno lice, pa su joj oči bile još plavlje, čiste kao dva cvetića, a kosa valovita, crna i duga, divan okvir njenom rumenom licu. Safet oseti tugu, gledajući je. Tuga za njom bila je jača od tuge za ocem. Otac je morao umreti, a zašto da mala bela gospođa prođe pored njega, da ga zanese i iščezne.

— Nešto ste neraspoloženi, Safete? — reče Anđelka.

— To je zato što treba da se ženim! — nasmeja se mladić. — Najpre ću udati Raziju i Fatimu, pa posle da tražim devojku!

— Zar pored tolikih vi još nemate svoje devojče? — osmehnu se Anđelka.

— Ima puno i devojaka i devojčica, ali nijedna nije moja — pogledao ju je kao da je time hteo reći: „Ti bi mogla biti moje devojče i moja ljubav!" Dalje nije govorio, a Anđelka pomisli: „Da li mi je on pisao ona anonimna ljubavna pisma?"

Pred kućom se zaustavi auto, kapija zaškripa i Vukica uđe u baštu sa sinčićem.

„Prevarila sam se, dakle", odobrovolji se Anđelka. „Ipak Marić nije toliko pokvaren!"

— Odocnila sam malo — govorila je Vukica. — Imali smo dva gosta na ručku, pa zaseli. A, tu su Razija i Fatima. Gle, i Donka. Kako ste vi, Safete? — pozdravljala se sa svima.

— Moram ti pohvaliti Donku kako lepo šije.

— Jeste, pričali su mi. Baš ću vam doneti da mi sašijete haljinu. Imate li štogod lepo u trgovini, Safete?

— Imam, gospođo. Dobio sam dosta lakih materijala.

— Meni je muž doneo iz Beograda za haljinu, pa se baš mislim ko da mi sašije. Ona Božićka mi je upropastila jednu haljinu!

— Mnogi se žale na nju.

— Ona nameće svoj ukus, a ja neću da šijem što ona voli, nego što ja volim!

— Porastao ti je sinčić — zagrli dete Anđelka.

— Mani ga, po ceo dan sedi u automobilu.

— 'Oćemo da se vozimo, mama?

— Hoćemo, sine. Došli smo da povedemo tetka-Anđelku. Krivo mi je što nisi došla na ručak. Zavukla si se u tu tvoju bašticu, pa nikud ne izlaziš.

— Vidiš, imam društvo. Tu je moja Donka, pa dođu Razija i Fatima.

— Jest, ali treba malo izaći i među svet. A još se i svi muškarci interesuju za tebe: doktor, apotekar, pisari, advokati.

— Zato što sam raspuštenica, pa misle da sam lakomislena. Baš ću svima dokazati da je i razvedena žena puna dostojanstva!

— To se vidi na vama — tiho dodade Safet.

— More, luda si! Da sam sad slobodna, umela bih živeti! Nego, hoćemo li? Prošetaćemo malo izvan varoši. Sad je prijatno napolju.

Oprostiše se i sedoše u kola, a Vukica reče šoferu:

— Proći ćemo pored kuće, i Gojko će s nama.

Anđelka se ohladi. Sva prijatnost ove vožnje iščeze. Opet on! Ova situacija između muža i žene bila joj je nepodnošljivo teška. Ona, njena dobra drugarica, tako iskrena, a on, njen muž, zavodnik i njen prvi ljubavnik! Šta taj čovek misli? Ima li kakve podmukle namere? Zar mu nije dovoljno što mu je toliko puta jasno rekla da ne postoji za nju. On je samo avet koja je oživela i koje se ona gnuša.

Auto stade pred kućom, a Marić se pojavi u elegantnom sivom letnjem odelu. Bio je gologlav, sjajne crne kose, mrk i pravilnih crta. Prišao je učtivo Anđelki, poljubio joj ruku i seo nasuprot.

— Hodi ti kod tate — pozvao je sinčića, ali on nije hteo ni da čuje da se makne od volana.

— Neka ga, kad voli — reče Vukica, pa se obrati Anđelki. — Je li nam je lep ovaj novi auto?

— Divna kola, zbilja.

— Sad ćemo se češće voziti. I nemoj da čekaš uvek da te zovem nego dođi sama.

— Gospođa je vrlo povučena — progovori Marić.

— Bila je takva i kao učenica. Znam da se nisi mogla promeniti — laskala joj je Vukica. — Najzad, i bolje što si takva u ovoj palanci. Ne mogu ništa da kažu protiv tebe, a palančani jedva dočekaju da nekog ogovaraju.

— Kao mene, na primer — ubaci Marić.

— Ti si muškarac. Drugo je kad se ogovara muškarac, a drugo žena.

„Ona ga brani, jer ga voli", mislila je Anđelka. „Jadnica! A on bi se sutra razveo. I ja sam ga ljubila i grlila!" Krv joj jurnu u lice i uplaši se svoga rumenila: „Ume da vlada sobom i da bude fin i uzdržljiv. To je njegova osvajačka taktika, koju žene vole i to je zlo po njih!"

— Kuda idemo? — upita Vukica. Marić odgovori:

— Do jednog sela u kome je kafana s dobrom kuhinjom. Tu mnogi izletnici dolaze. Postoje i neke razvaline, a ima i jedno lekovito vrelo, kao banja. Šteta što se tu ne izgradi moderno kupatilo. Ovde ima puno lekovitih izvora, ali to treba eksploatisati, uložiti novac i podići lečilišta.

— Ti si se ranije nosio nekom sličnom mišlju.

— Jesam, ali da li bi svet dolazio? Kod nas se udari reklama na već poznate banje, pa ceo svet nagrne tamo, na druge i ne gleda. Makedonija ima mesta koja bi mogla biti najlepše vazdušne banje u Evropi i najbolja lečilišta. Eto, na primer, Ohridsko jezero. Najlepše jezero u Jugoslaviji, a tek jedna decenija kako se o njemu uopšte nešto čulo po svetu.

— Gojko, hajde da napravimo jednom izlet do Ohrida.

— Možemo kad god hoćeš.

— I ti, Anđelka, da pođeš s nama — govorila je Vukica, srećna što je Gojko poslednjih dana tako dobar, radi u mlinu. Vraća se rano kući. Posle duševnih potresa došlo je smirivanje, a ona se i inače uvek nadala da će sve biti dobro, da će se on vratiti potpuno njoj i detetu, videti da mu je ona najbolji prijatelj. Volela je što se Anđelka nalazi pokraj nje, jer od nje nije strahovala, znajući joj karakter. A pošto je poznavala svog muža, osećala je da je on naročito pažljiv prema njoj u Anđelkinom društvu, jer je Anđelka bila otmena žena, njen svet, odgovarala joj po svemu, a takvih žena se nije plašila. Njemu je, pak, time pružila prijatnost da bude s njom u društvu, jer ga je znala kao sladostrasnika, pa neka ga, neka pari oči, ali s Anđelkom se neće provesti kao s drugima. Hvatala je njegove poglede, ali on je bio vrlo obazriv, pričao je o okolici, pokazivao neka istorijska mesta pored kojih su prolazili, okretao se sinčiću i gledao ga, posmatrao desno i levo lepe predele, tek pokoji put bacajući pogled na Anđelku, iako ju je osećao svim bićem, svakim nervom, video je lepšu i zanosniju nego onda na moru. Vatra ga je obuzimala, njen parfem opijao, njene grudi zaluđivale, a oblo koleno raspaljivalo plamen...

Neprekidno se pitao kako je mogla da zaboravi sve ono na moru. Pitao se i čudio, jer je ona bila nevina, sva milošta i zaljubljenost, divno devojče koje, zaista, nikad nije zaboravio... „Možda je posle živela, provodila se, stekla više iskustva, pa ne veruje muškarcima i čuva ih se", mislio je.

— Zaustavi ovde — reče Marić šoferu, pa siđoše i sedoše pred jednom kafanom u turskom stilu, kao han s doksatom. Miris pečenja i ćevapčića širio se kroz vazduh, a za stolovima su sedeli meštani, izletnici i mnogi koji su došli da se kupaju u toploj vodi. Bio je tu i pisar, koji pozdravi Marića i priđe njihovom stolu.

— Otkud vi ovde? — upita ga Marić.

— Imao sam neka posla. A vi se poznajete? — okrete se Anđelki.

— Mi smo školske drugarice — odgovoriše obe.

— Čudim se da je gospođa izišla. Ona nikud ne ide.

— Ozbiljna žena — nasmeši se Vukica.

— Suviše ste ozbiljni, tako da mi mladići već očajavamo.

— Vidi se vama očajanje — nasmeja se Anđelka.

— Zamislite, gospođa nikog ne prima. Čak ni mene, svoga kolegu. Sigurno vam je vrlo dosadno.

— Naprotiv, vrlo mi je prijatno, i ne želim da mi se narušava mir i spokojstvo.

— Mora da ste razočarani u život, mada to čovek ne bi rekao, jer blistate od zdravlja i svežine kao najsrećnija žena.

— Živim uredno pa sam srećna.

— To je najlepše — reče Vukica. — Nego, mi ćemo udati našu Anđelku.

— Ovde se činovnice brzo udaju — reče pisar.

— A što se vi ne ženite? — upita Vukica.

— Koja će poći za mene s mojom malom platom?

— Bolje, ne treba se ženiti mlad — odobri mu Marić.

— Ti se nisi mlad oženio.

— Mogao sam još biti momak.

— Ostajete li, gospođo, u Makedoniji i iduće godine? — obrati se pisar Anđelki.

— Ne znam. Kako bude rekla moja tetka. Ona je sad sama u Beogradu.

— I ja sam ovde sâm — uzdahnu pisar — pa me niko ne žali, čak ni vi, gospođo. Danas sam imao sreću što sam vas sreo, ali žalim što već moram ići. Hoćete li doći na predstavu? Iduće nedelje gostuje Skopsko pozorište.

— Zbilja, mogli bismo ići — obradova se Vukica. — I ti ćeš s nama, Anđelka? Pristaješ li, Gojko?

— Ne znam.

— Ja pristajem.

— Izvedite bar vi, gospođo, ovu lepu damu u društvo — reče pisar — da joj se divimo, jer je nigde ne viđamo!

Marić se okrete da vidi gde mu je sin i spazi ga blizu jednog konja vezanog za orah. Diže se da vrati dečaka, ali i da sakrije ljubomoru zbog tog otvorenog udvaranja.

„Nju svi vole, ona može da se igra s muškarcima! Zar je muž mogao ostaviti samo zato što nije bila nevina?" Okrenuo se i pogledao s leđa svoju ženu i Anđelku. Jedna krupna i širokih bedara, druga visoka i prefinjena. „I ja moram ceo život da provedem s njom!", uzbuni se, gnevan na sebe, na svoju slabost i popustljivost. „Zašto se ne razvedem?!"

— Tata, eno jagnje na ražnju! Ja sam gladan. Kupi mi pečenja!

— Hajde, sine, kupiću ti — govorio je nežno, vodeći dete stolu. Milovao ga je po kosici i mislio: „Možda ona neće zbog Vukice. Kad bih bio razveden, ona bi pristala. I ja bih tada postao drugi čovek!"

Vratili su se kad je već uveliko zavladala noć i odvezli Anđelku do kuće.

# Devojačko iskušenje

Tetka Saveta se spremila za Skoplje. Sestra joj je javila da je mnogo slaba i zvala je da dođe.

— Idem, gospođo Anđelka, da je vidim možda poslednji put — žalila se pred polazak. — Molim te, pazi na kuću i Donku. Neka spava kod tebe ili ti kod nje. Kad je s tobom, ne brinem. Neću dugo da ostanem, najviše nedelju dana. — Donka je ispratila majku do stanice i vratila se kući.

— Mama misli da me strah. A čega da se plašim? Ako vi hoćete, ja mogu da spavam kod vas. Prenesem dušek, pa ću na patos.

— Ne, Donka. Zašto da se prebijaš po patosu bez potrebe. Posedećemo uveče, ja ću ti praviti društvo dok šiješ, inače ne ležem rano.

— Htela sam nešto da vam kažem — poče poverljivo Donka. — Onaj činovnik, Nišlija Sveta, izjavljuje mi ljubav. Stalno priča kako me voli. Juče sam išla da kupim nešto u trgovini, a on me stiže, pa mi kaže da neprestano misli na mene, da mu se nijedna devojka ne sviđa kao ja i da ima najozbiljnije namere. Šta vi mislite, treba li da mu verujem?

— Možeš mu verovati ako dođe i zaprosi te.

— Hoće. Verujte, zlatan je. Još nisam videla tako ozbiljnog mladića. Šta priča Safet da on gleda sve ženske! One gledaju njega! On kaže da ga ovde nijedna ne interesuje osim mene.

Anđelka se seti kako je jednom taj činovnik posmatrao nju kad je prolazila i kako je nešto očigledno nepristojno govorio svome drugu u vezi s njom, pa htede malo da rashladi Donkino oduševljenje:

— Nemoj mu mnogo verovati. Primi s rezervom sve što ti bude kazao. „I ja sam verovala Mariću u tvojim godinama... pa znam šta je bilo!”, mislila je.

— O, umem ja da se čuvam. On me stalno zapitkuje kad ću da izađem na korzo, pa hoću li na matine, ljuti se što me ne viđa često, a ja kažem da imam posla.

— Zna li da si ti krojačica?

— Zna, ja se ne stidim svoga zanata.

— Zašto bi se stidela! Ti si završila zanatsku školu, pametna si devojka, imaš i ove dve kućice.

— Jeste, to mi je kao mali miraz, a i mama ima svoju penziju. Da se udam, mogli bismo lepo živeti.

— Zar si baš zaboravila onog lepog podoficira?

— Nisam ja njega volela toliko koliko on mene. To mi je prva ljubav. A šta sam bila, derište! Jeste, on je stvarno bio dobar, podoficiri su uopšte dobri. Evo, ovaj do nas, muzičar, vrlo lepo živi sa svojom ženom. Ona će dobiti bebu. Ali, pravo da vam kažem, ja bih volela viši položaj.

— Ne traži, Donka, položaj nego karakternog čoveka! Je li Marićka srećna sa svojim mužem? On industrijalac, bogatstvo, mlin, kuće, auto... A muzičareva žena po ceo dan peva! Ona njega mazi, on nju... vidim ih ponekad s prozora i uživam u njihovoj sreći. Danas se, draga Donka, sve ređe nalazi sreća u braku — uzdahnula je setivši se svoje udaje — a nje najmanje ima u gospodskim porodicama!

— Bogami, ovaj činovnik nije kao drugi mladići, vrlo je pošten.

— Ne poznajem ga i ne mogu ništa da kažem. Samo, ja nemam mnogo poverenja u muškarce. Možda zato što sam starija i ozbiljnija, a ti si još takoreći dete, nisi još doživela nikakve nedaće u životu, pa bi mi bilo žao da te taj čovek razočara.

Donka obori glavu, zagleda se u jedan šav na haljini i oćuta. Rešila je da Anđelki više ne priča o činovniku, jer joj očito ne odobrava tu vezu. „Nije on mangup!", uveravala je sebe.

Dosta je posla pred njom, ali joj se ne šije. Treba za sutra da završi dve haljine, a sva je nekako malaksala od uzbuđenja. Talas za talasom osećanja razvejava joj misli. Ne može da se usredsredi na posao. Ovo je prva ljubav koju oseća, a on je sinoć presreo kad se vraćala iz trgovine, išli su jednim sokačetom, pa je navaljivao da je poseti: — Hteo bih da vidim vašu kućicu i baštu, da porazgovaramo. Na ulici ne možemo, sami znate kakav je palanački svet: odmah izviruje, prisluškuje. Bolje da dođem kod vas, posle osam ili devet, da posedimo, da vam poverim svoje planove. Verujte mi, najozbiljnije mislim o vama!

Njegove reči su tako slatke, hvata je groznica od njih. Po deseti put spušta rad na krilo. „Zar da celoga veka ostanem krojačica? Baš ću da ga primim!", mislila je i kolebala se: „Ne, ne smem. Ispričaću gospođi Anđelki. Nikako! Ona mi neće odobriti, bila je udata i sad je razočarana, zato tako govori o muškarcima. Nisu svi kao njen muž. Zašto da ne dođe? Sutra ću izaći i reći mu neka dođe!"

Sutradan predveče izašla je da kupi nešto. Činovnik je spazi i odmah priđe:

— Šta ste rešili? Hoćete li me primiti?

— Ako vas ne primim?

— Verovaću da me ne volite.

— Zar bi vam ta jedna poseta dala dokaze o mojim osećanjima?

— Poverovao bih da imate vere u mene i da me cenite.

— Ja vas zaista cenim i verujem da niste kao drugi mladići, koji vole da ismevaju i izigravaju devojke.

— Nikad nisam bio takav. Ja ne volim slobodne devojke. Vi ste pravi cvetić! Donka, Donka, da znate koliko mislim na vas!

— Ne znam — smešila se, dok su joj obrazi goreli.

— Dopustite mi da dođem pa ću vam iskazati.

— Neću! Možete mi to reći i na ulici.

— Palančanke mi nisu simpatične. A vi baš hoćete da o vama steknem takav utisak. Devojke moraju razumeti muškarce. Ne možemo mi razgovarati kroz kapidžik. Majka vam nije tu, zašto se bojite? Plašite li se mene ili sveta?

— Ne znam... — šaputala je i sva drhtala.

— Niko me neće videti kad dođem. Zašto da uskratimo sebi jedan sat prijatnog razgovora. Nisam ja divljak i napasnik. Doći ću, porazgovaraćemo, pa ću otići. Šta je u tome ružno? Malo moje, kako ste slatki! Vaše očice su me zanele! Ali, da niste u koga zaljubljeni, pa zato nećete?

— O, nisam, mame mi! Nikoga ne volim — uveravala ga je iskreno. — Samo, meni nikad nisu u kuću dolazili muškarci. Najzad, mogli biste doći. Ali ću pozvati i gospođu Anđelku.

— Hvala vam, onda neću doći! — odgovorio je kratko i uvređeno. — Zašto onda ne biste pozvali i jednog žandarma da motri na mene! Takvim ponašanjem odbićete me, Donka, verujte. Dođe mi da tražim premeštaj! Zar ćete dopustiti da odem od vas ucveljen? A učiniću to. Ne, vi me ne volite. Jer, u čemu se sastoji vaša ljubav? Da izađete da me kradom pogledate, da krišom razgovaramo, da neprestano drhtite hoće li majka naići! Takve devojke ne mogu da me zadrže.

— Ali vi morate razumeti ovdašnji život. Naši roditelji su starinski. I što bismo mi i bile slobodnije, ne smemo.

— Razumem da ne smete kad vam je tu majka, ali sad... Donka, doći ću na kafu. Neću odbiti ni kolače. Kazali ste mi da divno mesite.

— Jeste, lepo mesim.

Bio je mrak i on je uhvati za ruku. Jedna silueta se približavala kroz mrak. Ona istrže ruku, a on se naljuti:

— Plašite se svake senke!

Čovek prođe. On joj opet uze ruku. Bila je topla i vlažna. Prinese je ustima i poče da joj ljubi svaki prst.

— Sutra u devet.

— Ne! Ne mogu, strah me!

— Dobro! Kad vas je strah, nećemo se više ni viđati. Najlepše sam mislio o vama, a vi ste pokolebali to mišljenje. Kako ću vas upoznati kad nemamo prilike ni da čestito porazgovaramo?

— Zašto me mučite? — stegla mu je ruku. — Eto, doći ću u nedelju na matine. Igraćemo, vi ćete biti moj kavaljer.

— Ne volim matinea. Ni tu se ne može razgovarati.

— Zašto se toliko kapricirate?

— Zato što se devojka najbolje može upoznati u kući. Hoću da vidim kako vam je kod kuće.

— Pa... lepo i skromno. Mi nismo bogati.

— Ja ne volim bogatstvo, volim vas! Mala moja, kad ćemo se naći?

— Vi tražite nešto što bi bilo veliki doživljaj u mome životu.

— Zar je poseta muškarca tako veliki događaj?

— Verujte jeste... A, onda, šta će reći gospođa Anđelka? Ona je vrlo ozbiljna.

— Otkud znate da je ozbiljna? Čim je Beograđanka, morala je imati puno avantura. Jel' vas možda ona odvraćala od toga da idete sa mnom?

— O, ne! Ali ona bolje poznaje muškarce.

— A ja vas volim baš zato što ih ne poznajete. Vi ste pravo srce... najslađe moje devojče. Ja sam se ozbiljno zaljubio, Donka. Lud sam za vama! Doći ću sutra u devet.

— Nemojte!

— Imam nešto ozbiljno da vas pitam.

— Joj, nema smisla.

— Onda ni ljubav nema smisla. Dobro, da se rastanemo. Hoćete li da vam se više i ne javljam?

— Kako ste nemilosrdni! Evo, opet ide neko!

— Bogami, ovo je da čovek eksplodira! Slušajte, Donka, ja dolazim sutra da porazgovaramo na miru!

Ona pokuša da izvuče ruku, ali je on držao čvrsto, stezao, htede da je privuče na grudi, no ona se otrže i prošaputa:

— Dođite!

Uletela je u sobu sva kao u groznici. Lice joj je gorelo, ruke bile vrele, srce lupalo. Pritiskivala je grudi i slepoočnice da bi se pribrala, umirila, opravdala. „Da li čini dobro? Ali, ako postupi drugačije, on će otići drugoj, izgubiće ga, može tražiti premeštaj, nikad ga više neće videti... Oh, a koliko ga voli! Mio je, sladak, idealan, nemoguće da se toliko pretvara. Oh, neka dođe! Ja ću mu pokazati kakva sam devojka. Lepo ćemo sedeti i piti kafu. Umesiću kolače...” Uzbuđena je, jer zna da će se poljubiti. To može. Poljubac će ga još više očarati. Njene usne su slatke i rumene, nije ih još niko poljubio. Kakav li je taj prvi muški poljubac? „Sutra!”, ta reč sadrži sve: njenu čistu devojačku ljubav, njenu budućnost, snove o sreći. „Možda će me sutra zaprositi? Jest, kazao je da ima nešto ozbiljno da me pita!” A ona, luda, još ga odbija. To je ta njena mama koja joj tutka u glavu ono starinsko: „Ne smeš da staneš s muškarcem! Ne smeš da dopustiš ni ruku da ti pipne! Ako ti pipne ruku, pipnuće i grudi!” Jest, preko plota će je zaprositi! Muškarci se prvo ljube, pa posle prose. Sutra uveče! Ali ako ga vidi gospođa Anđelka? Kako to da izvede? Reći će joj da će ranije leći jer je boli glava, mora da se ispava, pa da ujutru ustane u pet...

Noć se uvlači u baštu, mrak je gust, mesečine nema. Radila je s naporom, a onda savila haljine i legla.

Sutradan je pospremila kuću, oprala kosu i umesila kolače. Celo jutro ustumarala se po kući. Izvadila nova miljea i namestila po stolovima, presvukla jastučiće, prevrnula ćilim na drugu stranu, noviju, koju su čuvali za svečane prilike. U kuhinji je oprala cigle i stavila novu krparu, koju je mama tkala. Kuvarica iznad štednjaka bila je izmašćena, pa je zamenila jednom lepšom, u raznim bojama, sklonila sanduče s drvima ispod štednjaka, koje ju je uvek jedilo, jer je majka tu svašta trpala: mašice, vatralj, potpalu, metlicu. Skinula je i haljine s vrata, što mama voli da okači. Haljine koje je šila stavila je u šifonjer, a oko saksija na prozoru omotala ružičastu hartiju.

U podne je došla karta od majke. Javljala je da joj sestra nije dobro i opominjala Donku da se lepo ponaša i pazi na kuću. Zbunila ju je majčina poruka. „Lepo se ponašaj!” Da li je lepo što će on doveče doći? Nevesela je i rasejano šije. Sinoćno uzbuđenje malo se stišalo i razna osećanja bore se u njoj. Čas joj dolaze na pamet reči Anđelkine, čas lepog činovnika. Koga poslušati? Dolazi joj da zaplače. Ako ga odbije, on će se uvrediti i više joj neće prići. Ne, ne sme ga uvrediti, ali će mu i pokazati da je postojana i hrabra devojka, da se s njom ne može titrati. Pa neće je, valjda, napasti! Ako je i napadne, ona će umeti da se odbrani... A tako je divan i sladak!

Anđelka je svratila posle ručka:

— O, šta je ovo? Kako si lepo sve namestila, kao da nekog očekuješ!

Donka pocrvene kao krivac, ali se pribra:

— Možda će doći gospođa Marić da proba haljinu. Ona je fina žena, pa... prošlog puta je zatekla takav vašar da me bilo sramota. Evo, umesila sam i kolače, da poslužim njenog sinčića ako dođe. Tako je zlatan. Spremila sam i vama.

Anđelka nije ništa posumnjala. Kad se predveče vraćala kući, prišao joj je policijski pisar. On je postajao sve slobodniji i prilazio sve češće, tobož kao kolega, a ona je to učtivo primala, uzdržljiva i pomalo ironična. On je nastojao da svi vide kako je on već stekao prava da prilazi lepoj raspuštenici. Imao je uspeha kod žena, pa je hteo i ovu pobedu, jer sva ona deca na korzou su limunada, nikakve vajde od njih sem igranja na matineu, stezanja ruku ili, u krajnjem slučaju, poljubaca. A ova lepa raspuštenica predstavlja već klasu! Sama u kući, ženka kao što je i on mužjak, s njom bi bilo divno! Ali nije smeo da kidiše, već oprezno, prvo kao kolege pravnici, pa posle malo u šali, zatim dureći se, izigravajući zaljubljenog, i obično je završavao pitanjem: „Kad ću vas posetiti, gospođo?" Anđelka mu je odgovarala sa osmehom, znajući šta sve to znači, a on je ostajao uporan: „Znajte da ću vam jednoga dana upasti u kuću kad se najmanje nadate!"

U početku učtiv i uzdržljiv, postepeno je postajao sve smeliji jer, kao i Donkin činovnik, nije verovao da Anđelka i ne pomišlja na avanture, pogotovu što je raspuštenica. Njegovo društvo najčešće je sedelo u kafani i ogovaralo je, iščuđavajući se njenom dosadašnjem otporu i pitajući se ko će je prvi osvojiti.

Ona je sve to znala i posmatrala ih s prezrivom ravnodušnošću. Osećala je da nijedan među njima nije gledao u njoj ženu-druga ili inteligentnu pravnicu, već samo ženku. Marić se povukao i nije ga viđala, a Safet ju je tužno posmatrao kroz izlog kad god je išla i vraćala se iz kancelarije. Bogdanović je bio bljutavo drzak, kao pravi papučić kad ga žena ne vidi, apotekar je nežno gledao kad bi ušla u apoteku... Sve to izazivalo je u njoj samo prezir.

Vratila se kući i porazgovarala s tetkom preko pisma, sve joj ispričala, čak i o udvaračima, prećutavši samo Marića, jer se stidela svoga poraza. Čudila se što Nenad ne odgovara Aniti. Pisao joj je samo Knežević. Nežno pismo, kao stariji brat.

Slušala je radio, kad Donka uđe u sobu.

— Da vas vidim, pa da legnem ranije. Sutra ću zorom da ustanem.

— I ja ću leći ranije, nešto sam lomna. Jesi li zaključala kapiju?

— Jesam, ali idem opet da vidim. Laku noć.

Otišla je do kapije i otključala je.

Kod Anđelke se ugasi svetlost. Donka je sedela u mraku, drhteći od uzbuđenja. Da li je pošteno to što radi? „Lepo se ponašaj!", savetuje majka. A ona, čim je prvi put ostala sama prima noću muškarca!

„Bože, jesam li ja poludela? Zašto se on toliko naljutio kad sam kazala da ću zvati gospođu Anđelku? Hoće da bude sasvim sâm sa mnom, sâm u noći! Ne, zaključaću kapiju!", pošla je napolje, pa se vratila. „Oh, on je tako divan i voli me... poljubićemo se. A ja još ne znam šta je poljubac. Zar je to ružno? Devojke se provode i žive, pa se lepo udaju, a ja večito za mašinom! Srce moje, obožavam te, ti si mi sve na svetu!"

Sela je na stolicu, sva utrnula od iščekivanja, sva pretvorena u uvo. Sat pokazuje dvadeset do devet. Kako sporo odmiču minuti, čitava večnost taj sat od osam do devet. Uši joj zuje, oseća strujanje krvi, čuje kako srce snažno lupa. I opet nalete na nju bujica prekora: „Smem li? Ako me napadne, ako podlegnem? I sutra više neću biti nevina, a on će me prezreti, ostaviti! Doći će ono najgore... posledice, pa bruka!"

Skočila je sa stolice kao luda. „Ne! Zaključaću kapiju!", pošla je i zastala. Deset do devet. U ovih deset minuta rešava se njena sudbina. Naslonila se na vrata, osećajući kako više nema volje, kako se samo osećanja razlivaju po njoj u srcu, mišićima, svakom deliću tela. U bašti je mračno i tiho, samo karanfili mirišu nekako sladostrasno i ljubavno. Još pet minuta...

Upalila je svetlost i pogled joj se zaustavi na slici njene majke i oca. Ona je na majčinom krilu... Mama je udovica tolike godine, čestita i radna, sva posvećena njoj, a ona večeras čeka muškarca da izneveri svoju mamu, da je osramoti!

„Ne! Nikad!"

U njoj se nešto prelomi, pa polete kroz baštu, stiže do kapije i okrete ključ, čak gurnu rezu. Ogroman teret pade joj s grudi i u tom času začu u daljini korake koji su se približavali. Ona se sakri u jedan žbun, sede na klupicu. Mrak je vladao oko nje, mrak i na ulici. Jedna muška prilika priđe kapiji. Njoj srce zalupa i poče nešto da je guši. Ruka pritisnu kvaku, poče da cima kapiju, gura da je otvori. Donka sedi skamenjena na klupi, ne miče se. Muška prilika stoji, ponovo navaljuje na kapiju, a onda prestade, nešto progunđa... pa se lagano udalji.

U sobi Anđelkinoj blesnu svetlost. Čula je škljocanje na kapiji, onespokojila se i htela da vidi ko je. „Da nije pisar ili Marić? Pozvaću Donku.” Izašla je iz kuće i pretrčala preko bašte. Vrata na Donkinoj kući bila su otvorena, svetlost upaljena.

„Šta je to?”, uplaši se Anđelka.

— Donka! Donka! — ušla je, nje nema. Uto se začuše žurni koraci. — Donka, gde si? Šta ti je? Zašto si tako bleda? Jel' to neko bio na kapiji?

Donka se zanela, pade Anđelki na grudi i zajeca... zajeca od žalosti što je on otišao, što će je zaboraviti i što je večeras izgubila možda najlepše časove u životu.

— Šta je tebi, Donka, šta se to desilo? Govori! Ko je bio na kapiji?

— Onaj... činovnik... znate, pričala sam vam da me voli...

— Šta! U ovo doba noći? I to kad si sama? Ti si ga, znači, očekivala i udešavala kuću za njega, a od mene kriješ? Zar tako nešto da uradiš, Donka, pored onakve majke?

— Oprostite mi, gospođo Anđelka! Nisam smela da vam kažem, bojala sam se da ćete me osuditi. A on najozbiljnije misli, verujte, hteo je da razgovaramo o budućnosti.

— I ti si mu poverovala? Noću da priča o budućnosti nasamo? A što nije došao da priča o budućnosti kad ti je tu majka?

— Znam da sam pogrešila! I sama sam posumnjala u njegove namere i u poslednjem trenutku otrčala i zaključala kapiju!

Podigla je glavu i pogledala Anđelku, očekujući da je pohvali za taj gest, a ona ju je posmatrala s mnogo sažaljenja, kao da sebe sažaljeva i seća se sopstvene prošlosti.

— To si dobro uradila.

— Jest, dobro... ali on će me ostaviti. Znam da se naljutio.

— A zašto da se naljuti? — žustro reče Anđelka. — Zato što si čestita devojka, pa vodiš računa o svom ugledu? Ako ima ozbiljne namere, kakvu li to ženu traži? E, moja draga Donka, ostavio bi on tebe još nemilosrdnije da si ga noćas primila! Ako, ako, plači! Te suze su podnošljivije od onih koje bi sutra prolivala!

— Možda on nije takav... bogami, izgleda mi idealan.

— Jest, da je idealan znao bi da se u prvu posetu devojci ne dolazi noću!

— Ja sam pošteno mislila: da vidi kuću, da proba moje kolače, da porazgovaramo.

— Verujem, ali zašto si krila od mene?

— Pa... on nije želeo.

— Dabome da nije želeo. Ja bih samo smetala.

— Ja sam htela, rešavala da vas zovem, ali... Nemojte me osuđivati, slatka moja gospođo Anđelka!

— Neću, jer si se ipak dobro ponela. Hajde, dosta si plakala. Obriši oči, pa predaj sve zaboravu. Ipak si ti dobra devojčica i ja te cenim zato što si umela da nadjačaš svoja trenutna osećanja.

— A šta da mu kažem sutra kad me zapita zašto je kapija bila zaključana?

— Reci mu ironično: „Zbilja, gospodine, zar ste ijednog trenutka mogli pomisliti da ću primiti noćnu posetu jednog muškarca, i to kad sam sama? Moja je kuća otvorena danju i izvolite doći svako poslepodne kad mi je tu majka!"

— On će se naljutiti, videćete. Neće mi više ni prići.

— Tim bolje. Bar ćeš upoznati njegove prave namere. Trebalo bi da se nađeš uvređena.

— Ne mogu.

— Zašto ne bi mogla? Imaš svoj zanat, lepo zarađuješ, u svako doba ćeš naći posla ako odeš u Beograd. Ti vrediš, Donka, nisi ti neka šmizla nego devojka-čovek, i moraš tražiti poštovanje muškaraca. Nije dovoljno voleti devojku, već je isto toliko i poštovati. Ti ne smeš biti instrument za uživanje i avanture!

— Kako vi lepo govorite... ali meni je ipak tužno. Recite sve ovo i mami.

— Za ovog mladića?

— Ne, nego da ja vredim i da imam bar malo prava na provod.

— Dobro, reći ću. Zamoliću tetka-Savetu da ti dopusti da onaj činovnik dođe jednom u posetu.

— Zaista hoćete? — blesnu Donka.

— Ne brini.

— Mama vas sluša i ceni. Ali, za ovo noćas nemojte joj reći.

— Taman posla! Naljutila bi se i na mene i na tebe. Jesi li se sad malo oraspoložila? Ne plači zbog toga. Treba da se smeješ što si ga nasekirala. Budi uverena da će te odsad više ceniti. Muškarac se ne osvaja popustljivošću. Moraš biti jaka i kao jaka ćeš pobediti.

— Neću više ništa kriti od vas. Sve ću vam pričati što god mi bude kazao. I ja sad uviđam da nije lepo što je hteo noću da dođe.

— Nego, čini mi se da si imala dosta haljina da posvršavaš.

— Jesam, ali nisam bila sposobna da radim.

— Daj ovamo da ti pomognem.

— Baš ste zlatni! Kao starija sestrica — uzviknu Donka i poljubi je.

Sati su odmicali. Donka se umirila. Već je bila blizu ponoć, a one su još sedele i završile dosta posla. Anđelka je usrdno pomagala.

Činilo joj se da je učinila jedno dobro delo i spasla malu Donku. Uzdahnula je: „Da je onda imao ko mene da spase!"

Sutradan, kad je došla iz kancelarije, Donka je zamoli:

— Hoćete li da prošetamo malo? Htela bih da vidim činovnika.

— Hoću. Treba da ga vidiš, da bi se uverila je li bio iskren.

Izašle su. Donka ju je držala ispod ruke. Činovnik je stajao na jednom uglu. Hladno je pozdravio Donku. Kad su se vraćale, videle su ga s jednom devojkom. Donka je sva prebledela i stegla Anđelku za ruku.

— To je Marče! Znam da se on i njoj dopada.

— On ti ovim trucira, budi spokojna!

Ali ko će uspokojiti zaljubljeno srce! Plakala je te noći Donka, mada je ipak došla do zaključka da on nije imao čiste namere. Zato se sad tako ponaša. Zašto je takav? Sva sreća što je tu Anđelka da je hrabri i teši. Divno je imati takvu prijateljicu.

# Uzavrela krv

Pozorište iz Skoplja došlo je na gostovanje. Cela varoš se spremala da ide na predstavu. Vukica je zvala Anđelku, ali je ona odbila. S Marićem neće sedeti za istim stolom. Kazala je da se ne oseća dobro i ne može da ide. Prva predstava bila je dupkom puna. Sutradan se davala druga. Anđelka je sedela u svojoj sobi. Bilo je osam. Donka je žurno šila, a tetka Saveta legla. Vratila se iz Skoplja.

Neko zakuca na Anđelkinim vratima. Otvorila je i zastala iznenađena.

— Otkud vi, Safete?

— Oprostite, došao sam da malo porazgovaram s vama.

— Zar niste u pozorištu?

— Sinoć sam bio, a večeras mi se nije išlo. Zašto vi niste bili?

— Nisam mogla.

— Dobri su skopski glumci. Šteta što mi nemamo stalno pozorište.

— Jest, i ja volim pozorište. U Beogradu sam često išla. Uvek na treću galeriju, studentsko carstvo.

— Da, đački život je najlepši. Posle dođu brige.

— Kakve vi brige imate? Trgovina vam dobro ide a, kako mi se čini, prilično ste omiljeni u ženskom društvu — našali se Anđelka.

— To nije dovoljno da se bude srećan. Svako nosi u sebi poneku čežnju i želju koju ne može da ostvari.

„Šta li on time misli i zašto je došao u ovo doba?", iščuđavala se u sebi Anđelka, praveći se da ga ne razume.

— Kako je vaša mama? Jesu li vam se javile? Razija i Fatima mnogo su se radovale tom putu u Sloveniju. Vi ste dobar brat što ste ih poslali.

— Mi se svi volimo. Mami je potreban čist vazduh. Pisale su mi juče. Dopada im se Slovenija. Jeste li i vi dobili kartu od njih?

— Nisam još. Kazale su da će se javiti. A vi ste sad sami? Je li vam dosadno?

— Dabome, gluva mi kuća. Zato sam i bio tako slobodan da dođem k vama. Možda je malo smelo s moje strane, ali ja mislim da ste vi savremena žena i nećete me osuditi. Zaželeo sam da porazgovaram s vama. Vi ste od prvoga dana ostavili na mene najdublji utisak — zaćutao je zbunjeno i pogledao je vatrenim očima. Nastavio je tiše: — Možda vi niste obratili pažnju na mene. Vi ste univerzitetski obrazovana žena a ja palanački trgovac.

— Ja ne mislim tako. Vi ste završili trgovačku akademiju, a iz dosadašnjih naših razgovora procenila sam da ste inteligentan čovek.

— I ništa više od toga niste mogli proceniti? — rekao je gledajući je zaljubljenim očima.

— Ništa više, Safete — reče Anđelka ozbiljno.

— Ja... ja ne znam. Strepeo sam kad sam pošao ovamo, ali nisam mogao da se savladam, morao sam doći, pa makar me izbacili napolje.

— Neću vas izbaciti. Vi ste uvek bili korektni.

— A kad bih postao nekorektan?

— Zašto biste? — Anđelka ga ozbiljno pogleda.

— Ljutite se što sam to kazao?

— Ne. Svako može da misli i oseća ono što želi.

— Ali ne može da se nada? Zbog toga ja patim!

— Zašto patite?

— Zato... zato što vas volim!

U sobi nastade tajac. Safet je sedeo na stolici, a ona na kauču. Posmatrao ju je tamnim očima u kojima su se prelivali ljubav i bol. Anđelka prikupi snagu i nasmeši se:

— Došli ste da mi to kažete?

— Vama je smešno, a meni je sve tužno bez vas.

— No, onda idite kući, lepo se ispavajte, pa ćete sutra zaboraviti sve što ste sad govorili. Koliko sam videla, ovde ima divnih devojčica i svaka bi bila srećna da je vi zavolite. Ja sam se razočarala u brak i ljubav i čuvam svoje spokojstvo, koje sam iskupila gorkim razočaranjem. Tako je, komšija Safete.

— To nije vaše pravo mišljenje! Vi ste tako divni i... ja osećam da je i vama teško bez ljubavi.

— Ne, nije mi teško — reče Anđelka čvrsto. — Ja sam imuna na ljubav.

— To je moja tragedija!

— Šta vi to govorite? Baš ste pravo dete!

— Nisam dete! Meni je dvadeset pet. Razmislio sam o svemu.

— I došli do zaključka da sam ja jedina žena koju biste voleli? A ja vas uveravam: da nisam raspuštenica i da nisam ovako sama u kući, ne biste ni pomislili na mene.

— A zašto sam se uzbudio kad sam vas video prvi put? Nisam znao ni da ste raspuštenica ni da ste sami, ali sam odmah kazao sebi: ovo je devojka koju bih mogao voleti!

— Meni je milije da me vole nego da me mrze, i zato vam ne zabranjujem da me volite.

— Da biste uživali u mojim patnjama! Vi ste moja mala bela gospođa... tako vas zovem u mislima. O, zašto ste došli ovamo, zašto sam morao da vas upoznam! Verujte mi, po ceo dan mislim samo na vas. Ranije sam voleo matinea, korzo, izlete... sada ne marim ni za šta. Osluškujem vaš glas, sviram vam na gitari, obožavam vas... Mala bela gospođo, nemojte mi zadavati bol!

— Mislim, Safete, da vam nisam dala nikakav povod da patite. To su mladićke bolesti, koje dolaze i prolaze. A pošto je već pola devet, vreme je da idete kući.

— A ja bih vas tako voleo! — promuca on, pa ustade i priđe kauču, kao da bi seo pored nje, ali i ona ustade.

— Ne bih želela, Safete, da me razočarate. Imam vrlo lepo mišljenje o vama i vašoj porodici, bolje da me ostavite u tom uverenju.

— Ne, neću biti drzak, ja vas isuviše obožavam i volim da bih vas mogao uvrediti. Recite mi samo jedno: smem li se nadati?

— Čemu da se nadate? — Anđelkin glas odjeknu kao čelik.

— Zašto, mala bela gospođo, zašto tako? — šaputao je i približavao joj se. — O, kako ste zanosni!

— Slušajte, mladiću, ovo već prelazi u drskost i ja ne dopuštam takvo ponašanje!

On zastade, teško dišući.

— Niko vas neće voleti kao ja... ja ću vam ublažiti razočaranje koje ste doživeli... vi ste moj anđeo — buncao je.

— Večeras ste pesnički raspoloženi, Safete, ali to me neće tronuti.

— Ne mogu više! — jeknu i polete prema njoj. Njegove snažne ruke obgrliše joj ramena, ali se ona izvi i odskoči u stranu, crvena od besa, nastojeći ipak da se savlada:

— Neću da vas grdim, ali zahtevam da smesta idete kući. Zabranjujem vam ovakvo ponašanje!

U bašti se čuše koraci prema Anđelkinim vratima.

— Ko li je to?

Safet sede na stolicu, a Anđelka na kauč, kao da razgovaraju.

— Slobodno — odgovori ona na kucanje.

Na pragu se pojavi Marić.

— O, pardon! Vi imate društvo — progovori muklo, a oči mu se zamračiše.

— Safet mi je doneo pozdrav od njegove majke i sestre — reče Anđelka pomalo zbunjena.

— Znam da Safet voli društvo svih lepih dama.

— Pojedinih dama, ne svih i ne tako kao vi! Uostalom, ja sam momak.

— I zato imate više prava, koja obilato koristite. Ako! — okrenuo se Anđelki. — Gospođo, izvinite što sam vas uznemirio, ali moja žena me naterala da dođem i pozovem vas na predstavu u kafani. Sinoć niste hteli, a večeras nas nećete odbiti. Ali, ako vam je prijatnije Safetovo društvo, ne želim da vas lišim tog zadovoljstva.

Anđelka se ugrize za usnu, osetivši njegovu ironiju. Šta da radi? Da li da prihvati poziv? Nije li ovo možda opet neki njegov manevar? Ah, zašto nije zaključala vrata, pa da nikog ne pusti.

— Kasno je, gospodine Mariću. Pola devet. Kad predstava počinje?

— Sinoć je počela u devet i četvrt. Ovde nije utvrđeno vreme, nego čekaju da se sala napuni.

— O, gospodin Marić je veliki kavaljer, treba da idete, on voli da je uvek u društvu dama — podsmevao se Safet, besan i ljubomoran.

— S bezobraznim žutokljuncima se ne objašnjavam — reče oštro Marić.

— Molim vas, nemojte se prepirati — uplaši se Anđelka.

— Ja imam kratak postupak s ovakvim balavcima. Jedan šamar i ućutkam ih.

— Ded, pokušajte! — isprsi se Safet.

— Vidim da ste strašno ljubomorni. Zbilja, gospođo, zar vi primate u svoju kuću ovakve tipove?

— Ko je tip? — unese mu se Safet u lice.

— Safete, ja to ne trpim u svojoj kući. Gospodine Mariću, Safet je učtiv mladić i ne zaslužuje vaše uvrede. Molim vas, Safete, idite kući. Ja ne mogu u pozorište. Nisam se spremila.

Marić sleže ramenima:

— Ja sam ispunio želju svoje žene i došao da vas pozovem, ali eto u nezgodan čas.

— Šta hoćete time da kažete? — upita Anđelka.

— Nemam ja šta da kažem, već ovaj balavac!

I sve se onda dogodi u jednom trenutku, tako da Anđelka nije imala vremena ni da krikne. Safet polete ka Mariću, zamahnu i opali mu šamar, a ovaj riknu i baci se na njega, tresnu ga na pod. Mladić pade preko stola, preturi ga, obori stolicu.

— Dakle, nećete doći, gospođo — reče Marić. — Zbogom i prijatno!

Safet se uto dohvati nogu, polete za njim, ali ga Anđelka dočepa za ruku i zadrža:

— Zaboga, ne pravite skandal!

— Ah, ubio bih ga! On je poslednji nitkov! Da, vi ste mu se dopali, gospođo, a on je razvratnik i hteo bi svaku ženu da osvoji, pa i vas!

— Safete, ovo zaista niste smeli učiniti! Tuča u mojoj kući! Zašto, molim vas? Zar sam ijednome dala povoda? Da se čuje, pa da puca bruka. Ja bih ispaštala ni kriva ni dužna!

— Oprostite mi, iskreno se kajem — reče skrušeno i molećivo Safet. — Ali, ne mogu da ga podnesem još od onda kad je uveče bio kod vas. Ja sam ga video i shvatio zašto je došao. Pa i onoga dana kad ste bežali iz vinograda. I tu je on nešto pokušao. Namamio vas je tamo, ja sam još ujutro čuo kad je došao auto, a vi ste pobegli zato što Marićka nije bila tamo. Ja sam to saznao. Zato sam gnevan na njega. Taj čovek vam stvara samo bol i sramotu, a ja vas volim, ja bih vas štitio, ne bih nikome dopustio da vas uvredi.

Anđelka je sela na kauč, malaksala i ojađena. Ovaj mladić ima pravo, ali ipak čemu ta tuča. Marić je nemoguć! Ko zna, jednog dana će od besa svima kazati da je ona bila njegova ljubavnica. Ah, ta prošlost!

— Vi se ne ljutite na mene? — molećivo je pitao mladić.

— Ne ljutim se, ali idite. Ja ću ipak u pozorište, jer onaj čovek može svašta pomisliti za vas i mene.

— Neka misli! Šta vas briga šta će taj pokvarenjak da misli!

— Ja moram da vodim računa o sebi. A žao mi i Vukice. Pozvaću Donku, pa ćemo zajedno otići.

— Idite! On je lep čovek, dopada se ženama, neodoljiv je. Možda se i vama svideo — ljubomorno je govorio Safet. — Ja sam žutokljunac, a on industrijalac i bogataš!

— Dosta, Safete! Ne dopuštam da me iko uči šta da radim. Laku noć.

On je stajao na istom mestu.

— Šta čekate, idite, molim vas. Sad i vi počinjete da me vređate!

— Ne, ne mislim da vas vređam, ali ja vas... volim, suviše volim... i patim! Nemojte ići, preklinjem vas. Ja sam uzrujan, svašta mogu učiniti! Shvatite me.

Ona se umiri, pa poče tiho i nežno:

— Dobro, Safete, neću ići. Ali samo zato što smatram da ste vi pošten mladić i da iskreno želite da me branite od uvreda.

— Verujte, on nije dostojan da bude s vama u društvu. Idem. Oprostite što sam došao.

Dohvatio je njenu ruku i pritisnuo je na usne. Dugo je ljubio, pa najzad kao omamljen izašao.

Anđelka dugo nije mogla da se umiri. I prošlost i sadašnjost, sve se to zbrkalo u njoj, tištalo je, ozleđivalo. Onaj čovek iz prošlosti još polaže prava na nju... a ovaj Safet, mlad i neobuzdan, gotov je da napravi skandal, pa će društvo opet baciti krivicu na nju! Treba se obojice čuvati. „Ah, nikoga više neću da vidim. Sve to nije ljubav, već samo borba za ženku!" Sklopila je oči i najedared ugledala batu na klupi na Kalemegdanu. Čudno, nije odgovorio ni Aniti ni Anđelki, šta li je s njim? Da mu se nije desila neka nesreća? Srce joj se steže od bola pri pomisli na to da se njemu moglo nešto dogoditi... a onda se polako poče buditi u njoj želja i čežnja za ljubavlju, ali velikom, toplom, romantičnom ljubavlju...

„Da li takva ljubav uopšte postoji?", pitala se. „I, ako postoji, hoću li je ikad doživeti?"

TREĆI DEO

# Gospa-Femkin samac

Budilnik zazvrja. Toma se trže u postelji i otvori oči. Navio ga je da zvoni u pet. Bojao se da se ne uspava, jer je trebalo da pročita nešto u vezi s jednim saslušanjem. Nije mogao odmah da ustane, nego poleža nekoliko minuta, pogledajući u sat i čuvajući se da ga san ponovo ne uhvati.

„Budilnik me budi, a ona je pisala u jednom pismu: 'Moji poljupci budiće te jutrom!?' Ženski poljupci, ženska vernost, ženska nevinost!" Misao na Anđelku uvek mu je stvarala cinično raspoloženje. Osećao je da su se od razvoda braka njegovi pogledi na život, a osobito na žene, mnogo promenili. Postao je ironičan, nepoverljiv i ciničan.

„I ova je idealna kao Anđelka!", mislio je o jednoj studentkinji koja ga je volela, očima pokazivala svoju ljubav, a on, ravnodušan na sve to, strahovito je jedio, čak do suza koje su kapale po njenim pismima. Ostao je nepoverljiv i podsmešljiv. „Opekao sam se jednom i druga me neće prevariti!", zaricao se, ali i ljutio na sebe što se svaki čas podseća na nešto u vezi s Anđelkom. Ako vezuje mašnu, seća se kako ju je jedno popodne pred venčanje učio da veže mušku mašnu i ljubio joj prste... kad navlači čarape, seća se kako mu je kupila jedne fine svilene... kad mu zamiriše šipr podseti se parfema koji je od nje dobio. Šiprom se više nije parfimisao. Kad bi češljao svoju gustu i bujnu kosu, video je nju iznad sebe, kako mu lagano provlači češljem kroz kosu, naslanja lice na njegovo, pa se gledaju u ogledalu...

Uzalud je terao od sebe sve te uspomene, bilo ih je na stotine, nežnih, strasnih, bolnih i ponižavajućih. Da li to ona ima neku tajanstvenu moć nad njim kad ne može da je zaboravi ni posle razvoda? Da li je skup njenih vrlina bio jači od njene pogreške, pa je pogreška iščezla a ostala samo Anđelka koju je znao i voleo pre prve noći, Anđelka koja je bila ono što je tražio u životu?

„Koješta! To su muške slabosti. Dobro je što sam bio jak. Fatalna bi ona bila za mene!"

Naljutio se i skočio iz postelje. Proteglio se, uradio nekoliko gimnastičkih vežbi, skinuo pidžamu i umio se do pojasa. Iz šifonjera je izvadio elegantno sivo odelo koje je šio prošle godine da bude lep mladoženja!

„Brak je najveća glupost", gunđao je, osećajući da za njega više nije samački život i sobe za samce, već topla domaćinska kuća, kojom bi upravljala žena, uredna i od ukusa. „Gledaj, kako je prljav patos", ljutio se. „Danas ću očitati gazdarici i narediti da mi sobu istrese i izriba!" Bio je pedantan, kao čovek koji je dugo bivao samac. I zato je zavoleo Anđelku, jer je video da će biti savršena domaćica.

Obukao se i otvorio vrata:

— Gospođo, molim vas bokal hladne vode.

Kafu je kuvao sâm na špiritusnom primusu. Otvorio je kutiju i video da je gazdarica zavirivala u njegovu kafu. Osmehnuo se i odmahnuo glavom. Ona mu donese vodu.

— Kazao sam vam, gospođo Femka, da hoću urednu sobu! Ne trpim prljavštinu.

— Izvinite, gos'n Tomo, htela sam juče sve da uredim, ali sam prala veš pa nisam imala vremena, nego danas ću. Sve će biti kako želite.

— Dobro, ali nemojte zaboraviti. Znate da volim potpuno čistu sobu.

— O, znam, znam, i svuda vas hvalim kako nikad dosad nisam videla tako čistog i poštenog mladog čoveka. Ove naše devojke po komšiluku sve me zapitkuju za vas. Moram da vam provodadžišem. Ima preko puta devojka jedinica, otac joj gazda čovek, žitarski trgovac, sve će ona naslediti, a imaju i kuću i dućane, vinograde, vilu u vinogradu. Bogami, to bi bila divna prilika za vas.

— Ja ne mislim da se ženim, gospođo Femka.

— Zaboga, zašto da se ne ženite? — nastavljala je razgovor gazdarica. — Zar ćete doveka biti samac? Ako ste se prevarili prvi put, nećete drugi. Da imam sina, ne bih mu tražila bolju devojku od gospoj'ce Rade.

— Kad je tako dobra zašto se dosad nije udala?

— Ne daju je roditelji za svakog, probiraju, traže poštenog čoveka. A vi ste baš takvi. I, pravo da vam kažem, vi ste joj se dopali, pa me pita: „Gospa Femka, kako je vaš samac? Vidi se fin mladić!" A ja joj pričam o vama. Znate, imala sam dosta samaca, ali nijedan nije bio kao vi. Nego, da se ženite, slušajte vi mene. Pogledajte kroz prozor, videćete gospoj'cu Radu. Zgodna, zdrava devojka. Nije neka lepotica... ali vama i ne treba žena lepotica. Takvu svi gledaju, svi se za njom okreću — morate celog života strepeti da li će vam biti verna.

On razvi novine da bi prekratio gazdaričino nagvaždanje jer je ona bila puna priča i umela da razveze nadugačko i naširoko, da bi je se jedva mogao otresti.

— Hajde, kuvajte vi kafu, ali kad se oženite, ženica će vam kuvati. Gospoj'ca Rada je domaćica kakve nema u celoj varoši iako je jedinica.

Izašla je iz sobe i Toma odahnu. Prozor je bio širom otvoren i u daljini su se videla brda. Ispred kuće bila je baštica s nekoliko kalemljenih ruža. Jedan veliki bokor crvenih kadifastih ruža bio se rascvetao i grančice se opustile od mnoštva cvetova. Eto, i to ga stalno podseća na Anđelku. Ona je volela cveće, naročito crvene ruže. Kad je dolazio u Beograd, uvek joj je nosio cveće. On, Crnogorac, gorštak, energičan koliko i romantičan, bio je silno zaljubljen i postao pravi monden-kavaljer: nosio joj cveće, bombonjere, parfeme, sve bi joj kupio što zaželi, toliko je bio lud za njom... A ona je sve to izigrala, pretvarala se i otkrila mu sramnu istinu svoga života tek na dan venčanja. Pa ipak misli na nju! Misli hladno, ravnodušno bez potresa i patnji, ali misli! Ona, dakle, nije iščezla iz njegove svesti. Ne zna ni gde je, a čuo je da u Beogradu nije. Uposlila se negde kao činovnica i sasvim ga zaboravila. To ga tišti. Ako je on uvređen — ima razloga za to! A zašto je ona uvređena? Zar je trebalo da se prikloni pred njenim životom i da joj milostivo oprosti: „Ako si grešila! Ti si divna i ja ne mogu bez tebe!" Ne, on to neće izgovoriti. Pitanje časti kod njega je isto što i pitanje života.

Nalio je drugu šoljicu kafe, koja se već hladila, i počeo da traži jednu knjigu. Otvori je i najedared mu se nasmeši Anđelka!

„Otkud ta slika ovde?" Bila je to jedna od njenih najlepših fotografija, iz onog srećnog vremena kad su se njene slike uvek smešile na njega. Gnev ga obuze i htede da je pocepa, ali se trže kao da ga je nešto ščepalo za ruku, otvori fioku pisaćeg stola i zavuče sliku među pisma.

Ustao je i šetao po sobi, pitajući se zašto se uvek ljuti kad misli na nju. Psiholog, kakav je morao biti kao sudija, on je proučavao samog sebe kao da sudi sebi, hoteći da razjasni sve te reflekse koji su se tako često pojavljivali i nametali kad ih ne želi. Nije imao naročito uspeha u tome. Ubrzo se ipak umirio i nastavio čitanje. Svež vazduh letnjeg jutra ulazio je kroz prozor. Varoš se budila, mlekadžije raznosile mleko, čeze tandrkale po kaldrmi. Jedan pekar je vikao: „Taze vekne i kifle!" Seljanke su nudile svoju robu: „Mlada boranija!" „Mlad sir!" Nagnuo se preko prozora i osetio miris ruža. Mogao ih je dohvatiti, bile su tako blizu, pa je pružio ruku, odsekao jednu i stavio u vazu.

Preko puta, malo niže, pomoli se jedno devojačko lice, tresući krpu od prašine. „To je ta gospođica Rada", pomisli Toma. Devojka se nasloni na prozor, pa videći njega viknu jednu seljanku i stade da se pogađa s njom, a svaki čas je poglédala prema prozoru lepog sudije.

„Ako udesite da se udam za vašeg samca", kazala je pre neki dan Femki, „daću vam kao nagradu hiljadu dinara. Mnogo mi se dopada!"

A gospa Femka nikako nije bila s raskida za koji dinar, a i provodadžisanje je bio njen posao, nekoliko devojaka dosad je udala. Neki su je lepo nagradili, drugi prevarili, ali šta može, ima nepoštenog sveta, pa je zato ponekad tražila akonto. Najzad, i provodadžisanje je posao, čak dosta težak. Lako je udavati devojke, one jadnice jedva čekaju da se udaju, ali ne možeš naterati momke da se žene. Vazdan zakeraju. Gospa-Femki se činilo da je ovaj njen sudija pitom čovek, uz to raspuštenik, opario se jednom, pa će s njim ići lakše. Neće on da traži lepotice i bedevije, nego nešto skromno, vredno i pošteno. A ako je bogato, može i bez vrednoće! Zato je kao poručen došao u njen stan, u kome je imala jednu lepu sobu za izdavanje i drugu u kojoj je sama živela, a pošto se bavila provodadžisanjem, nadala se da će sad ućariti nešto.

Toma se povuče s prozora, uze kutiju s kafom i htede da je zaključa, pa je ipak ostavi: „Sirota je, neka, neće me mnogo oštetiti." Žalila mu se kako se muči, sama sve radi, muž joj je bio mašinovođa, pa u jednom sudaru vozova poginuo. Imala je malu penziju i kad god bi pričala o njemu, uvek bi zaplakala, a on je bio sažaljiv i shvatao nevolje malih ljudi. Zamolila ga je da mu ona pere i pegla rublje da bi i na tome zaradila, pa je udešavala njegove lepe košulje one koje je kupio kad se ženio, da bi bio elegantan muž svoje lepe ženice!

Pitale su i druge devojke gospa-Femku za mladog sudiju, ona ga je hvalila, ali manje nego Radi i njenoj majci, jer nisu sve za njega.

Bila je ponosita što je devojke tako skovitlavaju, zivkaju na kafu, časte je i ukazuju pažnju, jer je znala da to čine zbog njenog samca, koji je bolja partija za ženidbu nego svi ostali momci. A bilo je dosta devojaka koje su se raspitivale za njega. Jednog učitelja ćerka, činovnica, i jedna zanatska kći. „Hoće i ona za sudiju", negodovala je u sebi gospa Femka, „iako je traži jedan stolar, a ona neće ni da čuje za njega!" Jer i taj stolar je molio gospa-Femku da progovori koju reč za njega, pa joj se žalio kako se ta Bosa pogordila i ne gleda ga. Znala je gospa Femka sve devojačke tajne u svojoj ulici i videla da se mnoge oblizuju na njenog samca.

Istina, nije joj bilo jasno kako on to živi. Muško je, a čim je muško mora da traži ženu. Nije mogla da se raspita ni kod koga za njega, pa je to kopkalo, jer neki ni orah da im iz ruke ne uzmeš pa se svašta za njih priča, a on ovako čist, lep i visok kao bor pa bez žene! Vraćala se jednom gospa Femka uveče, bila kod neke prije, i videla ga s jednom devojkom. I nju je gospa Femka znala, ali joj se nije dopadala. Uči u Beogradu univerzitet, usijana glava! Kad ju je videla jednom na biciklu, gospa Femka se prekrstila. Žensko — pa zasukalo suknju i uzjašilo velosiped! E, to nije volela.

Napomenula je sudiji za nju: „Ima ona jednu sestru, udala se za doktora, pa je dvaput bežala od muža. E, kako majka vaspita ćerku, tako se vlada i u braku. A njen otac lola, pričaju da je imao jednu i živeo s njom." To mu je kazala toböž uzgred, ali nek vidi da ona zna, jer nije dopuštala, kad je već dobila takvu partiju u kuću, da ga otme neka alamunja i da ona, gospa Femka, ništa ne zaradi!

Sudija izađe, a ona pođe za njim do kapije, da bi videla gledaju li ga devojke. Spazila je Radu kako se presamitila preko prozora, pa jednu Zoru, kafedžikinu ćerku, a gledala je za njim i jedna učenica. „Što se balavče uspalilo", grdila ju je gospa Femka u sebi, „te izviruje na zrelog mladića. Da je moje, sve bi mu kose počupala!" Najedared se gospa Femka skameni: jedan prozor se otvorio i na njemu se pojavila lepa žena, pogledala njenog samca, a on — on je skinuo šešir, ona mu se javila, osmehnula i ostala gledajući za njim!

To je bilo ogromno razočaranje za gospa-Femku. Zar gos'n Toma njoj da se javi?! Zna li on ko je ona? Udovica, digla već barjak, svi salomiše noge oko njenih prozora, prave joj serenade, spevali joj i pesmu, pričaju ne može gore i crnje biti za nju pa njen samac da joj se javlja! „Bacila je oko na njega, ali će Femka smrsiti konce! Neka se provodi s kim hoće, mnogo je muških u varoši, ali njenog samca nek ne dira, ona će njega da ženi, da pošteno živi s poštenom ženom!"

Preko puta mahnu joj rukom trgovčeva Rada. Femka jetko pređe ulicu, znajući šta će da je pita.

— Otkud, molim, vaš samac poznaje Ivanovićku?

— Ne znam, dete moje. Nisam nikad videla da šeta s njom.

— Pa s njom muškarci ne šetaju, nego je noću posećuju — ljubomorno je govorila devojka, kivna na lepu udovicu. — Zbog takvih mi ne možemo nikad da se udamo! Videćete, gospa Femka, uhvatiće ona njega. Ona se hvali da svakoj devojci može preoteti mladića.

— E, da vidim hoće li mog samca preoteti! Danas ću ja njemu da ispričam kakva je ona.

— Kažite mu sve, slatka gospa Femka. Da se čuva nje! Pre je išla u Beograd, nešto se lečila, ko zna od čega! Kaže: žuč, al' ja u tu priču ne verujem. Kažite vi gospodinu Đuroviću da se popričuva nje.

— Ne brini, znam šta ću da mu kažem.

— Hodite na kafu, da malo popričamo — pozva je Rada i Femka uđe.

Toma je dobio pismo od svog rođaka advokata iz Crne Gore. Javljao mu je da ide za Beograd, pa će svratiti da se vide. Pošto mu je usput, sići će s voza pa nastaviti večernjim. Čudio se zašto se Toma razveo i hteo da se obavesti o svemu, jer se sećao da je imao divnu verenicu i da mu je čestitao na izboru, a on mu je u svakom pismu veličao svoju sreću. Bili su, inače, vrlo slični, samo Toma mlađi, a on stariji i već oženjen, otac dvoje dece, sina gimnazijalca i ćerke u osnovnoj školi.

— Zašto si se ti, u stvari, razveo? — čudio se rođak. — Kad si me upoznao s njom u Beogradu bio sam zadivljen. Lepa devojka, ozbiljna, fina, lepo razvijena. Imao bi s njom divan porod, da ti rađa decu kao orliće.

— Ko zna da li bi rodila — reče Toma gnevno. — I jabuku vidiš lepu i rumenu, a unutra crvljiva!

— Šta kažeš? Da nije bolesna?

— Nije, ali... šta ja znam šta je sve doživela! Nije bila nevina, eto, to je glavni uzrok! A ja sam zamišljao da je ideal od devojke. Znaš kako mi gorštaci polažemo na devojačku čednost.

— Jest, to nije prijatno u prvi mah, ali nije to ni takav prestup, Tomo, da si se morao rastaviti. Žive danas sve devojke. Ja je, bome, ne bih ostavio. Lepo i fino stvorenje, volela te, voleo si i ti nju. Zašto nisi prešao preko toga, čoveče?!

— Nisam mogao! Bar u prvo vreme nisam mogao podneti! A ona je bila ponosita, našla se, gospođa, uvređena što sam je grdio, nije htela da to dopusti, treba da je poštujem i pazim što govorim, da joj ne vređam dostojanstvo. E, tada mi je prekipelo! Prečistio sam s njom i kvit! Sad sam miran.

— Ama, ne izgledaš mi baš miran. Nešto si se promenio. Lanjske godine si blistao kad sam te video. „Moja Anđelka!”, bila su ti puna usta. Da znaš, Tomo, napravio si glupost. Ama, ne možeš ti danas da nađeš idealnu ženu pa da je svećom tražiš! Izopačilo se sve to. Ja kao advokat i ti kao sudija neprestano saslušavamo bračne parove koji se razdvajaju. To bar znaš.

— Kad je tako, neću da se ženim! Neću da se sekiram sa ženom i da strepim hoće li me osramotiti. A žena ima koliko hoćeš.

— Ogorčen si pa tako govoriš. Zaboravljaš da smo mi muškarci veći krivci. Pokvareni smo i sebični, pa smo pokvarili i žene. Bogami su one, jadnice, bolje od nas. Eto, uzmi moju ženu. Ništa ne mogu da joj prebacim što se tiče poštenja, a ja joj nisam veran. Šta ćeš, odem u Beograd, tamo su ti žene živa vatra, a ja ovako snažan i sirov, sit sopstvene žene, pa hoću malo da kusnem i od tih beogradskih poslastica. Tu ti svako vitko, utegnuto, uvija se, kad je pogledaš, kroz haljinu je vidiš svu! I uvek zgrešim u Beogradu. Posle se vraćam kao pokajnik. Vidim dečicu, sinčić već veliki, ćerkica mi pravo srce, žena lebdi nad decom, znaš kakva je majka, ne mogu ništa da joj prebacim, pa se smirim i vidim da ništa nije bolje od žene i dece.

— Ali, ti imaš dobru ženu! Ne možeš porediti nju i moju.

— Tomo, svi smo mi muškarci nevaljalci. Našao se jedan koji je upropastio tvoju Anđelku, a možda je ona stvorena da bude verna supruga i dobra majka. Nije, valjda, mogla godinu dana da se pretvara dok je išla s tobom. Nego ti, zadribalda, pa hajd' razvod braka! I ja sam kao student upropastio jednu, pa je nisam uzeo. Posle sam čuo da se udala i živi lepo s mužem.

— Dakle, trebalo je da ja iskupim tvoj greh!

— A ti si mi pa svetac!

— Nisam, ali devojci se ne može dopustiti sloboda koju ima muškarac.

— Jel' tvoja Anđelka bila avanturistkinja?

— Ona je tvrdila da je bio samo jedan, a ja treba da joj verujem, iako sam siguran da laže. Neću više o njoj! Nego, slušaj, baš dobro što si došao, hteo bih da idem odavde. Da mi središ premeštaj. Ne slažem se sa starešinom suda. Glupak jedan! Došli smo u sukob. Ti imaš veze u Beogradu, pa mi svrši to. Svejedno mi je kuda.

— Učiniću što mogu, samo mi je žao Anđelke. To je milo stvorenje. Vode da joj se napiješ iz usta! Radovao sam se tvojoj sreći. Koliko sam je upoznao, nije mi davala utisak kokete niti lakomislene devojke, već ozbiljne, nežne i blage. Zašto me nisi obavestio pre razvoda, pa da vas ja izmirim.

— Kasno je! Osim toga, to je moja lična stvar. Ja imam svoje životne principe i ne mogu da ih pogazim.

— Kakvi principi! Pred lepom ženom padaju svi principi. Na tvom mestu, ja bih joj oprostio. Slušala bi ona mene još kako.

— Ali to je ono što ne valja kod nje: jogunasta je i gorda.

— Imao bi načina da je ukrotiš. Ovako možeš naići na još gore čudo. Ne može se izvoditi zaključak da bračnu sreću uslovljava nevinost. Mnogo je činjenica koje utiču na slogu ili neslogu u braku. Imaš nevinu, poštenu ženu, a ona sva prljava i čupava! Možeš li da je voliš? Ili nevina, a jezičara da gora ne može biti!

— Ali, ti si ipak uzeo nevinu, a onu što si upropastio, ostavio si!

— Nije ona to primila tako tragično. Što sam želeo ja, želela je i ona. A muž joj nije zamerio.

— Ja sam zamerio! Da li je to bolje ili gore ne znam.

— Gore je! Anđelka će se udati, veruj mi, istinski će nekog usrećiti.

— Znam, znam, zato se i udala — govorio je jetko — da se razvede pa da posle kao raspuštenica bude marka!

— Pa će marka uz nekog da se prilepi, a tebi šupalj nos do očiju!

— Želim joj svaku sreću.

— I biće ona srećna, ne boj se! Znaš da sam je video u Beogradu s jednim lepim mladićem. Izgledala mi je zaljubljena.

— Požurila! — progovori Toma muklo, a oči mu potamneše. — Pa kako izgleda taj novi?

— Šalim se, samo te kušam. Ti je nisi zaboravio, momče! Sve mi se čini da bi se ti po drugi put zaljubio u nju.

— Onda ti ne poznaješ moj karakter. Teraš me da se u inat njoj oženim.

— To je najpametnije. Ima li ovde devojaka?

— Ima, razume se. Otkako sam raspuštenik, samo me žene. Kandidatkinja koliko hoćeš. Nego, izradi ti meni premeštaj.

— Gledaću.

U devet je ispratio rođaka i vratio se kući, obuzet nekom setom. Lepa noć, miris ruža, razgovor o Anđelki, sve ga je to rastužilo. Osetio je samoću i uviđao da je muškarcu teško samovati. Opet kafane, konobari, gazdarice... Iz obližnje kuće dopirao je plač deteta, a majka ga je ućutkivala. Nekad je i on snevao o deci, o porodici. Nude mu sad mnoge devojke, izjavljuju mu i one same ljubav, ali kad god misli o braku i nekoj devojci, uvek se između njega i nje pojavljuje Anđelkin lik, njene tamnoplave oči, njen osmejak, valovita kosa i božanstveno, belo telo...

Jednog dana dođe mu pismo. Otvorio ga je i pročitao potpis: „Olga Nešić, svršena maturantkinja. Ta mala! Šta li ona piše?", iznenadi se i poče da čita. Prvi redovi utisnuše mu boru preko čela: „Otkud ona zna za moj razvod?" Čitao je dalje: „Iznenadila sam se kad sam čula da ste se razveli. Vi ste toliko hvalili gospođu kao devojku. Šta je uzrok tome? Koliko vas ja znam, ostavili ste na mene utisak najboljeg čoveka. Žao mi je ako ste nesrećni... ali, ja nisam srećna!"

„Da li me ta mala još voli?", pomisli. Doduše, nije pisala o svojim osećanjima, samo toliko da nije srećna. Napomenula je kako se nada da će joj pisati i javljala da ide na more — biće u Splitu. Položila je maturu i upisaće se na medicinu, mada joj roditelji ne daju da studira. „Šta vi mislite, treba li da nastavim obrazovanje?", postavljala mu je pitanje da bi joj odgovorio.

I morao je odgovoriti, iz učtivosti. Bilo mu je neprijatno da objašnjava svoj razvod, pa je izneo stereotipan razlog: nismo se sporazumeli, došle su neke nesuglasice, pa smo se razišli. Ali, to mu se nije svidelo, pa pocepa pismo. Zašto da štedi svoju ženu? Nesporazumi! Ispašće on grubijan, a ona anđeo. Zašto da ne kaže: moja žena je po liku bila anđeo i savršena glumica, da bi i đavola ubedila kako je sušta nevinost, a prvog dana me razočarala... nije bila nevina! „A da li je Olga nevina?", upita se i spusti stilo na sto. Najzad, šta se tiče nje i celog sveta zašto se razdvojio! Nego, nešto ipak mora reći: znao je da će se zlurado smešiti, jer joj je bila suparnica, a nije voleo da bude klevetnik. „Uostalom da li bi ona uopšte smatrala grehom izgubljenu nevinost? Možda je i ona s tim raskrstila?" Eto, i to devojče ima sve uslove da propadne. Prva mu je pisala i izjavljivala ljubav, prva mu i sad piše. Oseća iz njenih reči želju: dođite u Split! I spremna je na sve žrtve, kao Anđelka. To je moral današnjih devojaka!

„Zašto sam takav?", prostruja mu kroz glavu. „Možda me ova mala iskreno voli, ko zna šta je prepatila zbog moje ženidbe. Nisam hteo da osetim njenu ljubav jer sam bio očaran Anđelkom!" Ah, ta Anđelka! Gnev ga je obuzimao kad god bi se setio nje i njene gordosti. Osećao je da bi je i sad mogao kinjiti kao ono na Sušaku.

Uze stilo i završi pismo: „Zar je to nešto neobično što sam se razveo? Muškarci su naivčine i ne slute kakva ih iznenađenja očekuju u braku. Možda sam i ja doživeo neko iznenađenje!"

Tako je najbolje. Neka razmišlja kakvo je iznenađenje. Ko zna neće li ga i ona prirediti svome mužu! Odgovorio joj je da će ove godine otići do Crne Gore i provesti leto na Durmitoru. Čestitao joj je za uspeh na maturi i pozdravio njene roditelje.

Nije osećao nikakvo uzbuđenje pri pisanju. „Sve su devojke iste!" Gorko razočaranje bacilo je senku na sve, pa i na tu maturantkinju, koja ga je, u stvari, volela čistim srcem devojčice. Istina, bila je malo razmažena i kapriciozna, kao svaka jedinica i maza u kući, kći dobro situiranog oca i svesna da ima dosta da nasledi pa se ljutila što taj Crnogorac neće da oseti koliko ona vredi, čak i u materijalnom pogledu, da ne govori o spoljašnosti. Bila je svesna toga da je lepa, jer su joj to svi govorili. Pišući mu pismo oživljavala je svoju ljubav i očekivala odgovor, bar da joj kaže treba li da nastavi studije.

A njegov odgovor je bio: „Vama nije potrebno da studirate. Šta će vam? Suviše je nezaposlenih intelektualaca, pa nemojte još i vi da im zauzimate mesto. Znam da vam je lepo u roditeljskoj kući, pa šta ćete na medicini da sečete leševe! Što god žena više uči, sve joj se to više sveti u životu!”

Završio je ogorčeno, misleći na Anđelku, intelektualku i univerzitetski obrazovanu ženu, koja se tako vešto pretvarala, a ko zna kad se upustila u ljubavni život, smatrajući se samostalnom. I ova bi sad htela da joj studije budu izgovor za razuzdan život!

# Hoće li njena ljubav pobediti?

Jednog dana vraćajući se iz kancelarije, zastao je iznenađen ugledavši devojku koja mu je išla u susret, nasmejana, rumena i uzbuđena. Bila je to Olga Nešić!

— Otkud vi?

— Pa... Imam ovde jednu kumu, ona je dolazila k nama i pozvala me u goste. Sad sam došla na tri-četiri dana. To je udovica lekara Stojanovića, što ima lepu kuću i baštu s cvećem — govorila je sva tremirana.

— Nisam znao.

— Niste uopšte očekivali da ćete me videti?

— Nisam, pravo da vam kažem. Vi ste mi pisali, ali niste pominjali da ovde imate neku kumu.

— Htela sam da vas iznenadim. No, vidim da niste iznenađeni. Vi ste bili uvek tako uzdržani prema meni kao da sam neka sasvim beznačajna osoba. Smatrali ste me derištem koje ne ume da misli i oseća — sad je govorila prekorno, sva pocrvenela i rastuženih očiju.

— Imate pravo, možda sam tako mislio, ali treba me razumeti. Bio sam zaljubljen.

— Jeste li i sad zaljubljeni?

— O, neće me više snaći ta nesreća!

— Zašto? Zar su sve žene nesrećne za vas?

— Ko sme tvrditi da će naći sreću pokraj njih. Kad se neko opeče, dobro se čuva.

— Kakvo ste iznenađenje imali u braku? Niste mi objasnili. Vaša gospođa je bila vrlo lepa, isuviše lepa.

— Ja bih voleo da mi pričate kako se osećate, jeste li zadovoljni i... tako. Vidim da lepo izgledate. Porasli ste, popravili se, jednom reči: čitava devojka.

— Ne laska mi ako kažete da sam se popravila. To je kriv moj tata. On mi neprestano priča kako treba više da jedem. Zadovoljna sam što sam položila maturu, ali ne mogu se pohvaliti da sam srećna. Melanholija je moja bolest. Nego, jeste li nekud određeno pošli?

— Ne, izašao sam iz kancelarije, pa hoću malo da prošetam. Hoćete li i vi?

— Zašto da ne. Da malo razgledam varoš. Prilično je lepa.

Ušli su u aleju, a mnoge oči su radoznalo pratile nepoznatu devojku sa sudijom.

— Opažam da vas ženski svet rado gleda — reče ona. — Znate li da nastavljam studije? — govorila je gledajući ga lukavo i očekujući odgovor.

— Nije vam nužno, sem ako vas ne privlači beogradski život.

— Ako se upišem na medicinu, ja zaista mislim da studiram, a ne da se provodim.

— Šta će vam medicina?

— Hoću da budem samostalna. Šta da radim kod kuće? Ništa nije dosadnije nego biti udavača koja sedi kod kuće i čeka prosioce.

— Vi ih nećete čekati. Oni će doći sami, vrlo brzo.

— Ali ti koji će doći sami ne dopadaju mi se — nasmejala se i nastavila vragolasto: — Zbilja, već me traže jedan poručnik i jedan inženjer. Šta je bolje: oficir ili inženjer?

— Mnoge devojke vole oficire. Oni su kavaljeri i vrlo uglađeni.

— A što je najvažnije, umeju da vole i izraze svoju ljubav.

— Devojke vole da im se laska.

— Kako će devojka doznati da je muškarac voli, ako joj ne polaska.

— Ništa lakše nego laskati i lagati.

— I ništa tužnije nego ćutati i kriti istinu. — „Zašto mi ne kažeš da me voliš?", pitala ga je očima, a one su bile tople, tužne, sanjalačke. — Hajde da sednemo na onu klupu. Kako je lep cvećnjak. Mogla bih živeti ovde. Moja kuma ima veoma lepu kuću. Dođite da nas posetite.

— Hvala.

— Idete li u posete?

— Bio sam na dve-tri slave i jednom na žuru kod neke studentkinje.

„Zašto sam došla?", tužno je mislila Olga. „Ničim nije pokazao da nešto oseća prema meni." Podigla je oči i uhvatila njegov pogled koji je bio upravljen na nju. Njegove lepe oči uzbudiše je i raspoložiše. „Nije kao drugi... ne ume da laska i laže. Ali je divan!"

— Dakle, vi idete na Durmitor? Ja sam bila do Cetinja. Crna Gora mi se mnogo sviđa.

— Ona ima divljačku romantiku, samo što nema dovoljno saobraćajnih sredstava. Mogla bi postati najlepši turistički kraj kad bi imala železničku mrežu.

— A gde je vaša gospođa?

— Nemam pojma.

— Zar se niste interesovali?

— Mi smo raskinuli brak i nismo više ništa jedno drugom.

— Da, raskinuli ste brak, ali se ljubav ne može tako brzo raskinuti. Ostaju uspomene. Zar se nikad ne sećate?

— Ne! — odgovorio je kratko.

„On pati zbog nje", ljubomorno pomisli ona, sažaljevajući samu sebe. „A ja patim zbog njega i volim ga!" Ućutala je i zagledala se u jedan bokor belih krinova koji su se nežno izdizali na zelenoj travi, šireći čak do njih slatki rastužujući miris.

— Koliko ostajete ovde?

— Dok mi ne postane dosadno. Kuma me zadržava petnaest dana, ali neću toliko ostati. Dosta je nedelju dana. Idemo posle na more — odvratila je i zatvarala svoju tašnu, tužna, misleći da će on odgovoriti.

— Zašto ne ostanete petnaest dana?

— Čemu? Videla sam varoš i dosta mi je.

— Pa, da, lepše će vam biti u Splitu, Splićani su lepi.

— Jeste, čula sam da su lepi splitski mladići — pogleda ga da vidi dejstvo svojih reči na njegovom licu, ali on se beše zagledao preda se, kao da nešto misli i ne oseća je pokraj sebe. „Zašto sam uopšte dolazila! On pati zbog svoje žene!”

— Da idemo — ustade ona naglo, gotova da brizne u plač.

— Koliko je sati?

— Pola osam.

Pošli su lagano, a senke su iščezavale jer je sunce zašlo, a ispod drveća se stvarao gušći mrak.

Ulice su bile osvetljene.

— Evo, ovde ja stanujem — reče on.

Gospa Femka ga spazi, ustade i odgovori na njegov pozdrav, pa požuri do kapije da vidi s kim to ide. Videla je jedno lepo razvijeno devojče, elegantno obučeno, a spazila ju je i trgovčeva Rada, pa se iznenadila, jer nije poznavala Olgu Nešić. Videle su ih i druge devojke, i ona mala gimnazijalka iz šestog razreda, pa se cela ulica pitala koja li je ta što šeta s Đurovićem.

Dopratio ju je do kuće, a ona ga pozva da se upozna s kumom. To je bila starija i fina žena, koja ga je ljubazno dočekala. Poznavala ga je, čula o njemu da je ozbiljan i nije zamerila kumici što šeta s njim.

Kad je Toma otišao, Olga ispriča kumi o njegovom razvodu.

— Nije razvod braka nikakvo čudo — reče kuma. — I ovde se razdvajaju, iako je palanka. Zalete se devojke pa se udaju ili se zalete momci. Ne poznaju jedno drugo i posle im jedino ostaje razvod. Izigravaju komediju od braka.

— Ja se, kumo, zbilja čudim što se on razveo. Bio je tako dobar, a videla sam i njegovu ženu. Vanredno lepa.

— Lepa, ali ko zna kakva. Te lepe najviše jure.

„Jest, to će biti", pomisli Olga. „Ona je jurila, provodila se, ko zna šta je čuo o njoj, mora da nije bila nevina!"

Zašto sad ne bi nju voleo? Ali, ne sme da mu piše o svojim osećanjima, treba i ona da bude gorda. Dobro je što je došla. Neka zna da ga još voli. Njena ljubav mora pobediti.

# Razočaranje za razočaranjem

Anđelka je dobila dva pisma od Nenada. Jedno upućeno njoj, kratko i učtivo, izražavajući žaljenje što je nije video u Beogradu, a drugo joj je poslala Zlata: bilo je to pismo Aniti, nežno i toplo, puno divljenja, tuge i nade da će se ponovo videti. Izvinjavao se što nije odmah odgovorio, ali je imao jednu nezgodu na avionu, koja je dobro prošla, iako je mogla biti katastrofalna. „Čuva me vaša slika! Nosim je uvek na srcu. Kad ćemo se videti? Da mogu, doleteo bih do vas. Ali, ako ne mogu da se spustim, javiću vam kad ću preleteti preko vašeg grada, samo da osetim vaš dah i zamislim vaše plave oči, lepe i meke kao nebo!"

Spustila je oba pisma na krilo i zamislila se. Osećala je čudno treperenje po celom telu. Posle Tominih pisama, ovo je bilo prvo koje ju je uzbudilo. Bila je još srećnija što će on u Anđelki upoznati Anitu koju voli. Anđelka je psihičko biće, Anita fizičko. Doduše, on je hladan prema Anđelki, ali fizička blizina najpre deluje. Fizička pojava impresionira, ali duša žene osvaja. Možda o Aniti ima pogrešno mišljenje, ali kad Anita postane Anđelka, on će uvideti njenu duševnu vrednost. „Da li ima smisla što krijem? Ali, na leto ćemo se videti u selu!" Na pisma ću mu odgovarati i kao Anđelka i kao Anita. Anđelka piše inteligentno i osećajno svome bati i njeno pismo je lepše nego Anitino, jer Anita je zgodna žena koja se dopada avijatičaru, a mala Anđelka iz okupacije kuša svog batu da vidi da li je ženskaroš.

Završila je pisma, kad dođe Donka. Bila je sva snuždena.

— Ah, vi ste u pravu! Onaj činovnik mi se više ne sviđa. Postao je drzak. Zamislite, sreo me, pa bezobrazno kaže: „A vi, mala, mislite mene da zafrkavate! Zovete me da dođem, a kad tamo došao kapija zaključana!” Zamislite, tako kaže: „Zovete me!” Kao da sam ja njega zvala! A ja mu odgovorim kao što ste me vi naučili: „Zar ste mogli i pomisliti da ću ja noću primiti jednog muškarca! Izvolite doći u posetu poslepodne kao što priliči svakom čestitom mladiću!” On mi drsko odgovori: „Što se pravite važni! Mislite li da ću ja dreždati pred vašom kapijom? Niste hteli dokazati da me volite, pa nemamo više šta da razgovaramo. Zbogom!” Sva drhtim.

— Jest, trebalo je da mu noću dokazuješ ljubav — jetko reče Anđelka.

— Verujte da sam se opametila. Sve razočaranje za razočaranjem. Pogledajte pismo mog podoficira. Znate, ja sam mu pisala, izvinila se, kazala da ga nisam zaboravila, a on mi ponosno odgovara: „Ja sam vojnik, imam ponosa i kao vojnik i kao muškarac. Neću da budem ničija moneta za potkusurivanje. Čuo sam kako se zabavljaš, pa nastavi samo!”

— E, Donka, sama si ga ožalostila. Neko od drugova morao mu je pisati, on je obavešten i sad si ga izgubila.

— Ako, neću se sekirati. Šta sam se zabavljala? Dva-tri puta prošetala s onim činovnikom. O, kako sam nesrećna — udari Donka u plač. — Za sve je kriva moja mama. Dođe mi da se ubijem!

— Kakva mama, ne greši dušu! Nisu majke krive, nego je danas drugo doba, drugi život. Muškarci su mnogo drskiji, zahtevaju veća prava nad devojkama, a one im to ne mogu dozvoliti. Da ti je mati i savremena, pa sve i da ti dopusti, ipak bi na kraju ti patila!

Toga dana došla joj je Vukica Marić. Još s vrata poče da je prekoreva:

— Ljuta sam na tebe. Ne znam šta znači tvoje ustezanje. Nisi htela da ideš s nama u pozorište. A ja te tako volim. Ne znam, da ti nije antipatičan moj muž? Ja ti nisam najpohvalnije pričala o njemu, ali on ume da bude vrlo korektan. On, pravo da ti kažem, nije baš takav kako ga predstavlja svet. Da živimo u Beogradu, niko ne bi ni vodio računa o njemu. A ovde svi vole da ispiraju usta tuđom brigom: „Te Marić ovakav, te Marić onakav!" A ti njegovi nazovi drugovi samo ga iskorišćavaju. Videli auto, pa sad svi hoće da se provode njegovim automobilom. Jedan su mu već razlupali, sad će i ovaj. Nego, što si takva? Ne smeš me odbiti, došla sam da se provozamo, ti, ja i moj sinčić. Eno ga u kolima. Da napravimo izlet pa ću te vratiti kući.

Teška srca Anđelka sede u auto, izvinjavajući se izmišljenim razlozima:

— Nemoj, molim te, da se ljutiš! Ne volim ja auto. Muka mi je od vožnje, ne trpim benzin.

Kad su sedale u auto, naiđe Safet. Prebledeo je videći Anđelku da seda u Marićev auto. Bio je gnevan od onog sukoba s njim i stalno tražio priliku da mu se osveti.

<h1 style="text-align:center">„Mora biti moja!"</h1>

Anđelka se spremala za Beograd. Bila je srećna. Videće tetu, proživeti s njom nekoliko onih negdašnjih dana njihovog drugarstva. Ona i teta bile su prave drugarice. Razlika u godinama nije stvorila razliku u shvatanjima. Ona se prilagođavala tetki, a tetka je bila inteligentna žena, koja nikad ne zastareva duhom, već budno ide u stopu s mladima.

Dok je pakovala stvari u veliki kofer, razmišljala je o svom životu za ovo vreme u Makedoniji. Toliko njih udvaralo joj se, počev od policijskog pisara pa do sekretara u sudu, mladog magistra farmacije, Safeta, sudije Bogdanovića i, na kraju Gojka Marića. I prema svima bila je gorda, a prema Mariću čak i gruba.

Život joj beše zadao tešku ranu u prvim danima mladosti, ona ju je zalečila, i danas je osećala kako je spokojna, gospodar svojih osećanja, samostalna žena, ali žena koja ne bi nikad pogrešno iskoristila svoju samostalnost. Bila je srećna što sve to može otvorena srca da ispriča teti. Niko u varoši nije mogao reći ništa ružno za nju. Ali da su znali da ju je muž ostavio zbog izgubljene nevinosti, svi bi je smatrali nepoštenom. Kako društvo može pasti u zabludu!

Pakovala je stvarčice koje će poneti teti, kad začu da neko dolazi.

— Slobodno! — odgovori na kucanje.

Pojavi se Vukica, a za njom Marić.

— Ja moram uvek da dođem da te izvlačim iz sobe! — veselo reče Vukica. — Ti se ne bi setila da navratiš do nas. Šta, pakuješ se? I ne bi došla da se pozdraviš?

— Došla bih, veruj. Mislila sam sutra. U četvrtak putujem.

— Što ne bi s nama u subotu?

— A kuda ćete vi?

— Na more. Moramo zbog sina, nešto je omalokrvio. Prošle godine odležao je šarlah, pa su mu ostale posledice. Lekar kaže da je sad za njega najbolje more. A hoćeš li ti kuda na letovanje?

— Ići ćemo na selo.

— Vi volite seoski život — progovori Marić, setivši se onog posednika s kojim ju je video u kafani. „Mora da ide kod njega”, pomisli.

— Šumadijska sela su kao vazdušne banje. Ima i reka, kupaću se, biće mi prijatno kao na plaži. A vi?

— Nismo se dogovorili. Ja hoću u Makarsku, tamo ima šume, a Gojko bi hteo u Petrovac na moru. Ama, ti nikako ne možeš da zaboraviš Petrovac!

— Tu je vrlo lepa plaža.

— Nije samo zbog plaže. Sećam se ja, priznao si ti meni jednom da si u Petrovcu upoznao devojku koju ni dan-danji ne možeš da zaboraviš! Eto, kakvi su muževi, Anđelka. Nemoj da žališ što nisi u braku.

— Bože moj, pa zar muž ne sme da kaže ženi kako je video lepu devojku. Ja ne mogu da budem pritvoren. Reći ću ti uvek kad mi se nešto dopadne. Jest, to je zbilja bila divna devojka.

— Šteta što si bio već oženjen. Zamisli, otišao čovek sâm na more!

Anđelka oseti kako joj se ruke hlade.

— A što si me ti ostavila? Dala si mi pravo da se provodim!

„Jest, ja sam bila njegov provod!”, drhtala je Anđelka.

— Nisam ti nikad mogla ni uskratiti to pravo.

— Juče si me hvalila kako sam dobar.

— Dođe to tebi: nekad si melem, nekad pravi otrov!

— Lepo me karakterišeš pred gospođom.

— To je moja drugarica, njoj mogu sve reći.

— Da li me, gospođo, ogovara kod vas? To je ženska slabost: ogovaraju muževe. Čim se naljute, ceo svet mora da zna. Mi smo muževi mnogo diskretniji.

— Nažalost, tako je. Vi ste diskretni i mi ne znamo mnoge vaše tajne — reče Vukica.

„Zašto ovo priča?", uplaši se Anđelka.

— Vi žene pravite tajnom i ono što je sasvim naivno! Nego, neću da se prepirem s tobom pred Anđelkom. Anđelka, došli smo da te vodimo večeras u bioskop. Daje se jedan film sa Šarlom Boajeom, a ja njega najviše volim. Znaš, kad sam bila zaljubljena u Gojka, kao devojka, uvek sam mu govorila da ima oči Šarla Boajea.

— Sad mi to više ne govoriš!

— Imam sina, pa se divim njegovim očima, a tebi nek se dive druge. Šalim se! Nije on rđav, moram da ga pohvalim — prišla je i pogladila ga po kosi. — Dakle, idemo u Makarsku?

— Ti uvek sprovedeš što želiš i ja se pokorim.

— Nama je dete najpreče, a Makarska je za njega idealna.

— Nemam ništa protiv. Gospođo, hoćete li s nama u bioskop?

Anđelka je oklevala, ne znajući šta da odgovori, ali ipak nije mogla da odbije.

— Pa, dobro, ići ću. Odavno nisam bila u bioskopu. I ja volim Šarla Boajea. To je najveći dramski glumac na filmu.

— Znači, imamo isti ukus. I ti voliš crnomanjaste. Zbilja, kakav je bio tvoj muž?

— Crnomanjast.

— Bože, Gojko, da znaš što smo se nas dve volele! Svaki put kad njena tetka umesi kolače, ona mi donese u školu. Ja sam stanovala kod jedne gospođe, u tuđoj kući, jer su mi tata i mama bili u jednoj varošici gde nema gimnazije, pa mi je najprijatnije bilo kad odem kod Anđelke. Ti si bila jača u matematici, a ja nisam volela matematiku. Sećam se kako mi je tvoja tetka pokazivala. Eh, to je najlepše doba u životu. Grde đaci školu, a tek kad je završe i pođu kroz život, uvide kako je divno đačko doba. Hajde, obuci se. A, moram da ti kažem: rešila sam da ti navodadžišem za jednog Skopljanca, preduzimača. Vrlo simpatičan čovek, udovac bez dece, rođak Gojkov. Šta misliš, Gojko, o tome? Je li da bi Anđelka bila divna prilika za Stojana?

— Ne mogu ništa da kažem. Gospođa ima svoj ukus. Ako i ona traži da njen muž bude sličan nekom filmskom glumcu, onda ne mogu da nađem na koga bi glumca ličio Stojan.

— Šta sad izmišljaš! Otkud Anđelka traži da liči na filmskog glumca? Nije ona šiparica.

— Ja bih rekao da gospođa ipak ima ukus šiparice... sigurno voli avijatičare.

— Što, pa i ja volim avijatičare. Imala sam i rođaka pilota, poginuo je, siromah, pri jednom letu. Strašna je njihova sudbina. Gojko, izađi da se Anđelka obuče.

— Mogu ja i u kuhinji, ostanite tu.

Uzela je haljinu iz šifonjera i njih zapahnu miris finog parfema. Marić zadrhta. Prosto je osećao kako se ona svlači u kuhinji, iza zatvorenih vrata, i drhtavica ga obuze. Tupo je gledao kroz prozor u sijalicu oko koje se vrteo roj mušica. Pušio je, stojeći kraj prozora, i izbacivao dim u baštu. Miris sitnog karanfila dopirao je iz bašte. Na nebu se pojavljivao mesec.

Žena je brižno govorila o sinčiću:

— Zamisli, večeras nije hteo da pije mleko. A lekar mi kazao da pije što više mleka. Ne znam šta ću s njim! Samo bi jeo kifle.

— Pusti ga nek ogladni. Kad je sa mnom, on uvek jede.

— Jest, kad ga vodiš na ćevapčiće.

Anđelka je slušala njihov razgovor iz kuhinje. Razgovaraju kao najsrećniji supružnici, a laž se provlači kroz ceo njihov brak. Kakav je glumac taj Gojko! Šta misli u ovom trenutku? Ponaša se prema njoj kao da je prvi put vidi. Kako je sve to mučno, banalno, odvratno... Ljutila se na Vukicu. Da joj nije drugarica, ovog čoveka ne bi ni pogledala. A ona je neprestano zivka, dovodi muža, hoće da izlaze zajedno. Ispadaju kao neki bračni trougao! Jedva je čekala da otputuje.

Pojavila se u beloj haljini s cvetnim ukrasima, što je činilo još beljom. Suknja se tesno pripijala uz njena bedra, stas se izvijao, a lepe grudi nazirale se kroz tanku tkaninu. Crna kosa, valovita i sjajna, bila je još tamnija uz belu boju. Usne su se rumenele kao maline.

— Baš ti lepo stoji belo! — uzviknu Vukica.

Izišli su u baštu.

— Došli ste autom?

— Pa, da, vratićemo se kasno.

— A ko šofira?

— Gojko. Naučio je. I ja ću da učim da šofiram, već znam pomalo.

Gojko je gledao Anđelku, bujnu i vitku, s onim dubokim plavim očima, pa ga obuze melanholija i mrzovolja. Brbljanje njegove žene popelo mu se navrh glave. Ponovo je, po ko zna koji put, pomislio na razvod i na Anđelku. „Ona putuje, ide u selo, tamo je onaj posednik, možda će se udati za njega!" Oseti bol u mozgu i svim udovima, mračno gledajući preda se, dok je držao volan. Mislio je neprestano: „Ne dam da se ta žena izgubi iz mog života! Ona mora biti ponovo moja!"

Safet ih je video kad su izašli iz bašte i seli u auto, čuo je da govore o bioskopu, pa je i on pošao. Zauzeo je sto s drugovima blizu njihovog stola i čežnjivo počeo da posmatra Anđelku, samo da bi najedio Marića. Ovaj se pravio da ne vidi, ali je stezao zube i pesnice, gotov da prilepi šamar drskom mladiću.

Potmula ljubomora izbijala je iz očiju obojice, dok je Anđelka sedela ravnodušna, misleći da li će na leto videti svoga batu iz detinjstva.

# „Srce-avijatičar”

Stigla je u Beograd jednog kišnog dana. Pljuštalo je kao iz kabla, potočići se slivali s trotoara i jurili u kanale. Voda se razlivala po ulicama, oluci izbacivali prljave mlazeve, a s balkona i streha sipalo je kao iz tuša.

Utrčala je u kuću, poljubila tetku, isplakale su se od radosti. Išla je iz sobe u sobu da oživljava uspomene, ali je sve rastuživalo: sofa na kojoj je uvek spavala, jastučići koje je sama radila, vezeni stolnjaci, porodične slike, tata i mama o venčanju, mama lepa s velom. Na zidovima su bile slike poginulih ujaka, starmajke, dede, njena dečja slika. Tužna porodična istorija bila je ispisana na tim fotografijama.

— Što divno izgledaš! — uzviknula je tetka. — Kao da dolaziš s plaže.

— Pocrnela sam malo.

— Rumena si. Imaš zdravu boju.

Neko zazvoni i devojka otvori vrata. Čuše je kako kaže:

— O, Ruža i Olivera!

— Znala sam da danas stiže Anđelka, pa reših da dođem. Taman kiša malo stade. Vidi, što je naše Anđelče lepo! — poljubila je u oba obraza, a Anđelka se poljubi s Oliverom. — Nado, popravila se. Znaš, Anđelka, mi smo sada na „per-tu”, Nada i ja. Ova moja je sva srećna. Ima četvorku iz matematike, a ja je pitam: „Da to nije tebi poklonila Nada?” A ona se kune kako zna matematiku. Jel' to istina, Nado?

— Kod mene nema poklanjanja ocena. Kako zasluži tako dobije.

— Odmah je pisala ujki i poslala mu sve ocene.

— Da imam još dve petice, bila bih odlična. Ovako sam vrlo dobra.

— To su najtemeljniji đaci — pohvali je Anđelka.

— Mora da uči — reče gospa Ruža. — Nema oca da je protežira, nego se ja sama borim kao i ti što si, Nado. Znaš, dolazio mi Uglješa, bio dva dana, pa priča da bi mogao da dobije za upravnika jednog državnog dobra, ali neće. „Šta ću", veli, „sa svojim imanjem?" Predložio im je, da se tu u blizini podigne sreski rasadnik, pa bi se primio da ga uredi. Ali se sad otresao moj Uglješa. Drugi čovek. Je li, hoćete li s nama u selo? On se nada.

— Samo nek je zdravlja!

— Teto — reče Anđelka — meni je pisala Zlata. Njen muž ide dva meseca na vojnu vežbu, pa će ona biti u selu i zvala me. A posle bi došli malo u Beograd. Mi možemo kod nje.

— Ima mesta i kod Uglješe, nije njegova kuća mala — upade gospa Ruža, koja je neprestano sprovodila svoj plan da uda Anđelku za Uglješu.

— A kako je moj bata?

— Premešten je daleko od nas. Nesrećni smo i Olivera i ja. Pre je dolazio svaki čas, a sad ne može. Ja se doselila u Beograd da budem bliže njemu, a oni ga premestiše! Joj, pa mu se desio kvar na aeroplanu. Kazao mi tek kasnije, jer on meni takve stvari ne sme da priča. Živa sam umrla! Lepo je biti avijatičar, ali opasno. Svaki put mu je život u opasnosti.

— To je veličanstveno! — uzviknu Olivera.

— Ćuti, dete, kako veličanstveno kad mu život stalno visi o koncu. Nego, krivo mi je što neće da se ženi. Ne mogu da uhvatim da nije u neku zaljubljen. Ovaj mali đavo pretura mu po džepovima, pa je našla pismo od neke Anite. Naljutila sam se, ali šta mogu, muškarac je, lep, vole ga žene. Neće danas sinovi da se žene devojkama koje im majke nađu.

„Da li je to moje pismo?", mislila je Anđelka.

— A znaš kako je dobra devojka ta Nevenka! Lepo vaspitana, umiljata, ali on je neće. Vreme mu je da se ženi, samo ja više neću da ga teram... Dakle, šta da odgovorim Uglješi?

— Doći ćemo. Ja se radujem da idem u selo — odgovori Anđelka.

— Ponećemo kupaće kostime, reka je divna. Ujkica je kupio fijaker. Ala ćemo se voziti! Kaže da će biti puno dinja i lubenica.

Kad su gospa Ruža i Olivera otišle, Anđelka reče tetki:

— Ja mislim da je bolje da mi budemo kod Zlate.

— Ruža je vrlo ljubazna, ali meni se čini da ona misli na tebe i Uglješu. On je dobar čovek, ali nije tvoja prilika. Uostalom, ja ostavljam tebi da odlučiš. Istina, on ima lepo imanje, inteligentan je i vrlo karakteran čovek, ali... kad tebi bude trideset pet godina, njemu će biti šezdeset. Velika je to razlika.

— Bože, teto, ja i ne pomišljam na udaju. Veruj mi, ti si najpametnija što se nisi udavala.

— To nije tačno. Možda sam se i ja pokajala. Ali, moje prilike su bile takve da nisam mogla ni misliti na udaju. Ti ne smeš da ostaneš neudata.

— Jesi li viđala Tomu?

— Nikad. Da li se tebi javljao?

— Ne. Kao da nismo ništa bili jedno drugom! Neka, zaboravila sam ga. Hajde da se raspakujem. Sutra ću da ispeglam haljine. Zahladnelo je malo.

— Ćuti, neka zahladni. Bila je žega da čovek poludi. Idi se okupaj, ima još tople vode u kazanu.

— Sva sam garava od čađi.

Sutradan je pošla u šetnju. Prelazila je Terazije, između *Moskve* i *Balkana*, i nije spazila auto koji je dolazio s leve strane. Šofer zatrubi, ona odskoči i sudari se s nekom ženom.

— O, gospođice Anđelka! — uzviknu jedna lepuškasta crnka.

— Gle, gospođa Anka! Otkad vas nisam videla.

— Odselila sam se na Senjak. Tamo smo kupili imanje, al' muž mi je umro, udovica sam već dve godine. Uvek se sećam vas i vaše tetke. Kuda ste pošli?

— Do *Francuske knjižare*.

— Mogla bih i ja da kupim jedan bazar. Hajdemo zajedno. Što ste lepi, gospođice Anđelka! Divila sam vam se uvek. Jeste li se udali?

— Udala i razvela.

— Šta kažete? Vi, takva devojka! Kako da se razdvojite?

— Zar je to nešto neobično? A što se vi ne preudate, gospođo Anka?

— Ja bih, pravo da vam kažem. Imam jednu ljubav. Pričaću vam. Jedan avijatičar, pokazaću vam sliku. Samo da ga vidite. Srce-avijatičar!

Izašle su iz *Francuske knjižare* i otišle na Kalemegdan. Anka izvadi iz tašne fotografiju.

— Da vidite što je zlatan!

Anđelka uze sliku i umalo ne kriknu: „Bata!" Ipak se uzdrža, ali se sva ohladi od unutrašnjeg potresa koji joj potisnu krv. Gledala je sliku, a prekor joj je lebdeo na usnama. „Tako, znači, lepi bato! I ti praviš avanture, i to svakidašnje, obične!"

— Jelte da je lep?

— Jeste — izgovorila je, a mislila: „I za mnom je trčao kao za njom! Dakle, bata je ženskaroš. Svaka žena ga privlači. Kao Anđelka nije vredela za njega, ali kao Anita iz Malinske u njegovim očima bila je laka žena! Varaš se, bato! Videćeš ti još ko je Anđelka!"

Anka je vratila fotografiju u tašnu i uzdisala:

— Lep je i volim ga, činilo mi se da i on mene voli, ali sad sam posumnjala.

— A kako ste se upoznali?

— E, to je čitava priča. Vi me znate kao Anku, ali moje kirajdžije su me prozvale Anita. I jednog dana neko me preko telefona traži: „Jeste li vi Anita Đurović?”

— Šta kažete? — iznenadi se Anđelka, a krv joj jurnu u lice, zarumene se, razveseli. „Siromah bata, tražio mene, pa naleteo na nju!” Pitala je šta je bilo dalje, a Anka joj se poveri, prikrivši ono što je bilo prve večeri, pa je pričala kao da daje oduška svojoj ljubavi i traži utehu u bolu.

Anđelka je slušala, pustivši je da govori, doživljavala sitna i krupna razočaranja, čas osuđivala batu čas ga žalila ali na kraju izvede zaključak: „Jest, on je srce-avijatičar, ali isti kao svi muškarci!”

— Šta mislite, gospođo Anka — upita malo posle — hoćete li se udati za njega?

— Ne znam, slatka moja Anđelka. Muškarci su lažljivi i skriveni.

— Je li vam obećao brak?

— Pravo da kažem, nije. Kaže: neće još da se ženi. Ima majku i sestru, pa one hoće da ga ožene.

— Zašto biste se sekirali i ako se ne udate. Vi se slobodna udovica, volite ga. Znam da ste imali bolešljivog muža i sigurno s njim niste mogli doživeti ljubav kakvu ste želeli.

— Jeste, slatka moja. Nisam znala šta je ljubav. U prvo vreme i ja sam mislila: „Hoću da volim, ne tražim brak.” Ali tako se kaže u početku, a sad osećam kako ne mogu bez njega. Ništa mi se više ne mili, ni moja kućica ni bašta, niti da izađem. Za mene ne postoji više nijedan muškarac. Šta meni fali, zašto se ne bi mnome oženio? Da vidite, samo, kako imam lepo imanje, daju mi trista hiljada. Prodala bih ga kad bi on hteo da se ženi. Ali ne vredi ni imanje! Što su muškarci takvi?

— Vi se možete lepo udati kad imate takvo imanje.

— Mogu, slatka moja, ali mi se niko ne dopada. Traže me jedan činovnik i jedan udovac trgovac, ali neću više ni da čujem za trgovce. Poludela sam i ja kao šiparica! Gde da sretnem tog pustog avijatičara! On je tražio neku visoku i plavooku Anitu, ali nije našao ni meni mane.

— Vi ste lepa žena — laskala je Anđelka. „Ah, kad vidim batu, što ću ga dirati!" Kroz razočaranje ona se rashlađivala i osećala da će biti ironična prema Nenadu. Možda je dobro što je sve ovo saznala. Nije bata tako idealan kako ga je zamišljala. — Jelte, šta ćete raditi ako se on izgubi i oženi jednog dana? — upita.

— Ne znam ni sama. Dođe mi da se ubijem. Jednom mi je došlo da se dignem i otputujem tamo gde je on.

— Time biste samo ponižavali sebe, a njega doveli u nezgodan položaj. Kako bi vas predstavio?

— Šta me se tiče, nek me predstavlja kako hoće! Izvinite što vam sve ovo pričam, al' vama mogu da se izjadam... Eto, pa i ne piše mi. Javio se s dve karte, kao od bede! Koliko je sati, gospođo Anđelka?

— Sedam i četvrt.

— Moram kući. Strah me da se uveče sama vraćam. Desilo se ubistvo do moje kuće. Jednu staru ženu ubili, pa sam živa premrla. Zato bih volela da se udam, da imam muškarca u kući. Dosadi mi samoća. Dođite, bolan, do mene. Da vidite što imam lepu baštu i kalemljene ruže. Ja sam volela i vašu tetku i vas. Vi ste sve kod nas pazarili.

Pozdraviše se. Anđelka siđe alejom da uhvati jedinicu kod Paviljona Cvijete Zuzorić. Na klupama su sedeli muškarci i parovi. Muškarci su gledali za njom i smeškali se. Jedan, koji je sedeo na klupi, dobaci joj:

— Što tako sami? Da vam pravim društvo, lepotice?

Išla je gordo, ravnodušna na dobacivanja, ali osećajući duboko neraspoloženje. Da li je to zbog Ankine priče? Ona je srušila batu u njenim očima. Izdvajao se među muškarcima, blistav i karakteran, nežan sin i brat, njen drug iz okupacije, ali ga je priča ove žene predstavila sasvim običnim. Pokušavala je da nađe opravdanje. I Anka je obična žena. Sećala se da su je malo ogovarali kad je držala s mužem bakalnicu do njihove kuće i pravili viceve na račun lepe bakalke i bolesnog muža. Imali su jednog zgodnog trgovačkog pomoćnika, pa se govorilo za njega i gazdaricu. „Ona je još mlada i lepa, nije mogla odoleti Nenadu. A on je tražio nju, Anitu! E, naći ćeš me, ali sad, kad te znam, nećeš me ničim tronuti!"

Izlazila je iz aleje, kad je neko viknu: — Snahice!

Zastade iznenađena i sva pocrvene. Bio je to rođak Tomin, advokat.

— E, baš mi je milo da vas vidim — reče srdačno.

— Zar i posle razvoda s Tomom? On me je sigurno ocrnio kod vas kao najgoru ženu!

— Nije, bogami, ne bih mu ja ni dozvolio da vas napada. Znate li da sam ga grdio što se razveo. On mi je kazao sve, ali to nije razlog da se razdvojite. Ja sam vas ocenio kao vaspitanu i blagorodnu ženu. Nego, moj Toma je bandoglav. Što zadre hoće, pa ma ga glave stalo! Bio sam s njim i ljutio se na njega. Živi kao samac. Grdio sam ga: „A šta ti sve to treba kad si imao onako krasnu ženu?" Jeste li vi, snaho, želeli razvod?

— Ne, ja nisam. Da je hteo, mogli smo lepo živeti. Ja sam Tomu toliko volela i obožavala. Ali on me strašno izvređao.

Anđelkine oči bile su pune suza. Grizla je usnu i gledala u stranu da joj ne bi video suze u očima. Tiho je govorila:

— Ja mu želim sreću. Možda će naći bolju devojku od mene.

— Mnogo žalim, snaho, što se vaš brak tako završio. Nisam očekivao da će Toma tako nerazumno da postupi.

— Žao mi je što nije umeo da staloženo sagleda stvari.

— Mislite li da se udajete?

— Bože sačuvaj! Verujte, da me ne znam ko potraži ne bih se udala. Na mene je teško delovao razvod i sve što je tome prethodilo. Ne ljutim se na Tomu. On je dobar i pošten, možda zaista nije mogao drugačije. Ja sam, verovatno, pogrešila što mu nisam sve kazala pre braka, ali nisam smogla snage. Verovala sam da me voli, da me upoznao i ocenio, pa će shvatiti moj postupak kao deo mladosti i naivnosti, nikako kao pokvarenost! Jer, ja sam oduvek bila vrlo ozbiljna. Sem te pogreške, nemam ništa drugo u životu zašto bih sebe prekorela.

— Pa, to se vidi. I moja žena vas je zavolela, pa smo se oboje čudili i krstili kad smo čuli. Kuda ćete sad, snaho?

— Idem kući. Eno ga moj tramvaj. Vi me i dalje nazivate snahom! Šta bi na to rekao Toma?

— Neka kaže šta hoće, ali ja iskreno žalim što mi više niste snaha!

I ovaj susret Anđelku je silno uzbudio i rastužio do suza. Osećala je kako su joj oči vlažne i okrenula se prozoru da joj ne bi videli uplakane oči, jer se tramvaj punio šetačima s Kalemegdana. Jedan mladić i devojka sedoše preko puta nje, držeći se za ruke verenici ili zaljubljeni. Tako je i ona sedela s Tomom na klupi. S koliko iluzija počinje ljubav, a kako stvarnost razbije sve!

Kod kuće je zatekla pismo od Zlate da je već u selu i da ona svakako bude kod nje na stanu, jer je sama, pa će se slatko narazgovarati.

„Ja sam u drugom stanju već dva meseca. Srećni smo i Maša i ja", završavalo je pismo.

# Promašen trenutak

Bilo je predveče i šetali su seoskim putem pokraj kuća, zabrana i voćnjaka. Bele seoske kuće virile su iz zelenila, dim se izvlačio i lelujao iznad kruna voćaka. Stada su blejala, a medenice s ovaca i goveda dočaravale idilični seoski život. Negde u daljini pevao je jedan lep muški glas.

— Imamo u selu odličnog pevača. Bogami, kad bi školovao glas, bio bi nenadmašan.

— To je Janko — seti se Zlata. — Svira on i harmoniku. Kad su veselja uvek pozivaju Janka. Lep mladić, ali siromašan. Voli ga jedna gazdinska jedinica, Stojana se zove, a roditelji je ne daju za njega samo zato što je siromašan, nego hoće za nekog gazdinskog sina. Poznajete li vi, gospodine Kneževiću, njene roditelje?

— Kako da ne.

— Recite im i vi za Janka, molim vas. To je divan i vrlo vredan mladić. Voli i da čita. Ja sam mu davala knjige. On bi zlata vredeo na njihovom velikom imanju. I lep su par.

— Molio je i mene Janko, ali taj gazda Velja je zelenaš, drhti za paru. Daje seljacima pod interes i surovo ih globi. Takav ne može da razume da neko vredi i ako nema para. Janko je valjan mladić.

— Slušajte ga samo.

— Divan bariton — uzviknu Anđelka.

— Što vi niste poneli mandolinu? — upita Olivera.

— Pored violine gospodina Uglješe moja mandolina ne vredi ništa!

— Ja volim kad ujkica svira tužne melodije.

— Fantazijo jedna! — nasmeja se mati. — Znate li da je počela da piše pripovetke. Našla sam joj jednu.

— I meni je pokazala svoju priču. Ima lep stil — pohvali je Nada.

— Mama to ne veruje.

— Prvo završi gimnaziju, pa posle piši pripovetke.

— To ide uporedo. Talenat se javlja u mladosti. Jel' imao ko u našoj kući pripovedački dar?

— Tvoja baba. Mogla je da priča i izmišlja priče po ceo dan.

— Eto, ja sam nasledila babin talenat!

U jednom trenutku Anđelka se nađe sama s Kneževićem. Gospa Ruža beše namerno izmakla, želeći da oni ostanu nasamo.

— Kako se osećate u selu, gospođo? — pitao je.

— Divno! Nema lepšeg letovanja. Jutros rano otišla sam u Zlatin voćnjak pa se najela s drveta. To je uživanje!

— To je i zdravo. Ja više jedem voća nego mesa.

— Divno je živeti na selu. Ne znam zašto se svet otima za veliki grad.

— Boje se samovanja. Nije baš prijatno kad se raskaljaju putevi i smrkne se u četiri sata.

— Pogledajte kako je ona kućica u zelenilu divna. I ovaj vazduh prosto opija! Ne mogu da se naspavam.

— Vi ste veseliji, gospođo.

— Jesam... ali i vi ste drugačiji.

— U kom pogledu?

— Društveniji, razgovorniji, volite šalu, pesmu. Naučićete me onu pesmu „Anđelijo, janje moje".

— Hoću. To je lepa starinska pesma. Malo je ko zna.

„Suviše je mlada za mene", uzdisao je Knežević u sebi, posmatrajući njeno lice i glatko čelo, a znajući da su na njegovom već davno utisnute bore. Obuze ga tuga što nije mlađi i što je tek u poznim godinama sreo ovaj divni cvet.

Kod kuće sestra ga upita šapatom:

— Šta ste pričali Anđelka i ti?

— O selu, seljacima, poljoprivredi.

— A jesi li joj kazao šta osećaš prema njoj?

— Što si ti smešna žena. Nisam ja balavac pa da izjavljujem ljubav. Pogledaj mene, pogledaj nju. Jesmo li jedno za drugo? Ti me voliš kao sestra i zato uobražavaš da i ona treba da me voli. Ostavi se! Ona je mlada i lepa žena, svesna toga, i ja bih ispao komičan kad bih počeo da brbljam o ljubavi. Budi razumna i shvati to!

Sestra se ljutnu:

— Ti sebe potcenjuješ! Ja znam koliko vrediš i uverena sam da te ne bi odbila ako bi je zaprosio! Hoćeš da ja to učinim umesto tebe?

— Nemoj, Ružo, da me ljutiš. To bi ubilo moj ugled u njenim očima, ako me imalo ceni.

— Ceni te, dabome da te ceni! Retko se nalazi takav čovek. Ali, ti me razočaravaš. Došla sam s njima ovamo sva srećna, misleći da ćeš se lepo izjasniti, a ti joj pričaš o poljoprivredi. Pričaj ti meni o ljubavi, a ne o poljoprivredi!

— Misliš da sam sposoban da izigravam zaljubljenog?

— Ja ne znam šta ti o tome misliš, ali znam da si zdrav, snažan i lep! Ja ću da je ispitam kad ti ne smeš.

— Nemoj da me sekiraš.

— Neću da te sekiram, ali hoću da te utešim — uporno je govorila sestra, koja je obožavala svoga brata, pa zato verovala da se mora dopadati i Anđelki.

Jedva je dopustila da Anđelka bude kod Zlate na stanu, a Nadu je zadržala kod Uglješe, pa su njih tri spavale zajedno: Ruža, Nada i

Olivera. Anđelka se hranila kod Zlate, ali je često dolazila njima na ručak i večeru i provodila vreme u zabranu iza kuće, ležeći na ljuljašci vezanoj o dve velike lisnate bukve.

Jedno popodne beše legla s knjigom u ruci. Razni mirisi u zabranu opijali su je, a gusti hlad šume i lako šumorenje lišća uspavljivali. Osećala je kako je dremež hvata, oči se sklapaju i san prikrada. Najzad je zaspala. Uglješa vide da je ona u zabranu i pođe da porazgovaraju. Prišao je ljuljašci, ali nije hteo da je budi. Zastao je kao očaran. U snu lepota žene dolazi još više do izražaja i Anđelka je u tom trenutku bila naprosto bajna. Silna čežnja najedared obuze Uglješu. Dođe mu da se sagne i poljubi joj poluotvorene usne. Strast i osećanje uskomešaše se u njemu. Bio je opijen, lud, zanesen... Nagnuo se da je poljubi i pritisne na grudi, obaspe bujicom strasnih reči i zapita hoće li postati njegova žena, kad ga iznenada prekide glas:

— Ujkice! Ujkice!

On se odmače od Anđelke, ona se trže u ljuljašci i otvori oči.

— Gle, vi ste tu! A ja zadremala.

— Da, ovoga časa sam došao, ali nisam hteo da vas budim — govorio je otreznivši se najednom i prekorevajući se: „Matora budalo, šta si hteo da uradiš!"

Olivera je trčala, noseći pismo i govorila razdragano:

— Ujkice, gospođo Anđelka! Velika novost: sutra dolazi bata!

Skakutala je od radosti kao nestašno dete.

— Ja idem s tobom na stanicu da ga dočekamo. Ili, još bolje: ti ne moraš da ideš, ja ću sama s kočijašem.

— Ići ćemo zajedno. Inače treba da kupim nešto u varoši. Mama tebe ne pušta samu.

— Hoćete li i vi s nama, gospođo Anđelka?

— Radije bih ostala. Na drumu je prašina — govorila je Anđelka pribrano, povrativši se od uzbuđenja koje je u njoj izazvala ta vest.

„Dakle, sutra će bata doznati ko je Anita! Šta li će reći?" Nešto toplo, slatko i razdragano ispuni joj grudi. Razumela je Oliverinu radost. I njoj je došlo da se glasno raduje, ali se savladala. Videći veselu Oliveru, osetila je šta znači imati brata.

Knežević je bio raspoložen ali nekako rasejan. „Da li me ovaj lepi ozbiljni gospodin voli?", pitala se Anđelka, posmatrajući ga onako visokog, stasitog i plemenitih crta, očuvane mladosti, sveže i tople, koja je odisala snagom i zdravljem. On je simpatičan čovek. „U njemu se nisam ničim razočarala!" Ali, uzbuđenje koje je osetila zbog batinog dolaska bilo je slađe, radosnije, davalo joj poleta za život i budilo nade.

„Kako mi je pisao toplo pismo kao Aniti. Šta li će mi sad reći?", razmišljala je. Priroda je oko nje bila sva osunčana, vetrić pirkao talasajući travu na livadi. „Ljubav je lepa kao najlepša priroda", pravila je poređenje Anđelka, uzdahnuvši. Ona je i prvi put zavolela u prirodi, kraj mora, i tada je poredila ljubav s lepotom mora. A kako je sve posle postalo gadno! „Treba da budem oprezna. Niko mene stvarno ne voli...", osetila je talas tuge u duši, ali nešto jače, raspevano i poletno, veselilo ju je, mogla je zapevati kao da se ponovo budio život u njoj. „Ne, ovo nije zbog Kneževića. On je divan, ali ne bih mogla biti njegova žena. Volela bih da imam takvog brata."

Ruža i Nada sedele su pod velikim orahom i pričale.

— Morala je svima da saopšti da Nenad dolazi. Samo, neće ostati više od tri-četiri dana. A željna sam da mi dođe pa da sedi mesec dana. Bože, kako se deca odvajaju od roditelja! Kad je otišao u vojnu akademiju ja sam oči isplakala! Nema tamo roditeljske nežnosti na koju je bio naviknut. Pa još kad sam čula kako ih kažnjavaju! Nenad jednom nije izašao u grad četiri nedelje.

— Mama, ja idem s ujkicom na stanicu? — zamoli Olivera, ljubeći majku.

— Idi, ali ponesi mantil. Tužiću te kod bate što ideš golišava kad je sveže. Kako se to ona uopšte ne boji tebe, Nado?

— Ja sam dobro dete gospođice Nade! — uzviknu devojčica, poljubi profesorku i otrča u kuću da pročita pismo svoje drugarice čiji je brat bio njena simpatija. Drugarica joj je javljala da je Rajko mnogo pozdravlja. Rajko je bio medicinar, vrlo vredan student treće godine, pa se Olivera zarekla da će studirati medicinu. Isprva je želela tehniku, ali otkako je upoznala Rajka, medicina joj je omilila.

Majka uđe u sobu da uzme nešto i tiho joj reče:

— Nemoj ti mnogo da hvališ batu pred Anđelkom. Znaš da bih ja volela da se Uglješa njome oženi.

— A hoće li ona poći za njega?

— Ne znam, al šta bi joj falilo!

— Ja nju tako volim — reče Olivera iskreno. — Meni je žao, mama, što ona nije imala ni oca ni majke, nikoga!

— Pa zato nek se uda za Uglješu. On bi joj bio sve.

— Možda — reče Olivera neubedljivo.

Njen bata

Zlata je znala sve o Aniti, jer joj je Anđelka ispričala.

— Kako li će se Nenad iznenaditi kad te vidi.

— Neću da idem odmah njihovoj kući.

— Oni će predveče doći. Hajde da nas dve sutra odemo do moje drugarice Veselinke. Ona je udata, ima već dvoje dece. Osnovnu školu smo zajedno učile. Da vidiš kako lepo žive, kao da su varošani. Njen muž kaže da će preći u grad i otvoriti kafanu.

— Zar je to bolje?

— Nije bolje, ali seljak danas beži u varoš. Jedan se održi, drugi propadne, ali u selo neće... E, da ti se pohvalim: dobila sam pismo od Maše. Piše zaljubljeno, ali i ljubomorno. Srećan je što ćemo imati bebu.

— I Toma bi isto tako bio srećan da je prešao preko moje pogreške kao tvoj muž.

— Muškarci su sebični. Ja sam dosta pretrpela od Maše. Sad se malo smirio, ali ne može ni da zine a da me ne pecne. I sad piše: „Tamo je Knežević, imaš društva. To je lep čovek!" Kao da sam ja gledala Kneževića. Slušaj, ja neću da dolazim tamo dok je tu avijatičar. Da me vidi Mašina rodbina, pa da mu kažu kako sam šetala s njim. Sad ti se ja sklanjam i od senke svakog muškarca! Kad devojka ne dođe u brak nevina, kroz ceo život je muž muči sumnjama i prebacivanjem.

Sutradan su otišle kod Veselinke i vratile se tek predveče, Anđelka se lomila da li da ode do Kneževićeve kuće. Bila je uzbuđena i ljutila se na sebe. „Zašto se ja uopšte uzbuđujem? Bati su potrebne Anite a ne Anđelke. On ima svoju prijateljicu Anitu, koja se nada da će je uzeti. Neću da idem!"

Uto dotrča Kneževićev momak.

— Zvali su vas da dođete na večeru. Došao avijatičar.

— Dobro, reci da ću doći.

Koketerija ženska obuze je. Htede da obuče najlepšu haljinu, ali se predomisli. „Ne, ne, misliće da se za njega udešavam. On ima devojku kojom će se oženiti, ima i udovicu Anitu. Čemu da se ulepšavam? Lepa mi je i ova haljina!"

— Ako se on stvarno zaljubio u tebe? — pitala je Zlata.

— I ona Anita veruje da se u nju zaljubio!

Pošla je lagano kroz voćnjak. Najpre je išla između drvoreda šljiva, potom izbila na livadu, a odatle na seoski put, duž koga je bio Kneževićev voćnjak. Iz njega se ulazilo u baštu. Videla ih je. Sedeli su za stolom. Izdaleka opazi belu bluzu avijatičarevu. I oni je spaziše, ali je još bila daleko, nisu mogli raspoznati lik. Mesec se dizao i blaga mesečina osvetljavala je zelenkasti sumrak. Anđelka je osećala kako joj srce lupa.

— Bato, evo gospođe Anđelke! — uzviknu Olivera.

Anđelka se približi i zastade. Nenad je pogleda, diže se sa stolice, a oči, prepune zaprepašćenja, ostadoše na Anđelki.

„Anita! Zar je to Anđelka? Da li se ja varam? Pa, zašto je krila? Kakva je to žena?"

Silno uzbuđen, on ustade da je pozdravi, a ona mu požuri u susret, vesela i prirodna, govoreći sasvim smireno, iako je bila strahovito uzbuđena:

— To je, znači, moj bata iz okupacije! Eto, ja sam mala Anđelka.

— Vi ste Anđelka! — on stavi naglasak na ono „vi", ne aludirajući ni na šta drugo, ali poražen zbog tog dvojstva koje je ona igrala, ogorčen i rastužen. „Ja je već toliko volim, snevam o njoj, a ona krije da je Anđelka Anita!" Dođe mu da uzvikne: „Zašto si krila svoj identitet i pustila me da raspirujem osećanja u ujaku, hrabrim ga da te zaprosi, a znaš da te volim? Kako si lukava!" Sve mu to navre na usne, ali ostade korektan i ljubazan, pravi bata iz njenog detinjstva, pa stade da govori uobičajene fraze:

— Milo mi je što sam vas upoznao, Anđelka. Možda smo se i sretali u Beogradu, ali ja nisam znao da ste to vi.

— Vidiš kako je lepa gospođa Anđelka. Nisam ti je netačno opisivala — uzviknu Olivera, ali se odmah trže, setivši se majčinih reči. Priđe ujaku i obgrli mu ramena. — Sad imam dva brata, Nenada i Uglješu. Bato, stani pokraj ujke da vide svi kako ste vas dvojica kao braća. Jelte, gospođo Anđelka? Ja čak nalazim da je ujka lepši!

— Ujka je predratna generacija, koja i danas najviše vredi — reče gospa Ruža.

— E, sad mi je puno roditeljsko srce kad ste svi tu — šalila se Olivera. — Znaš, bato, kako se gospođi Anđelki dopada ujkino selo.

„Kako se pravi ravnodušan!", mislila je Anđelka.

„Oni su par", mislio je Knežević, gledajući ih onako lepe i mlade.

„Da je Nenad zaprosi, ne bih ništa rekla. Ali, on je pilot, može da pogine i onda bi ostala sama!", mislila je Anđelkina tetka.

„Da napomenem ja za Nevenku", razmišljala je gospa Ruža. „Neka Anđelka zna. Uglješa je slobodan, on je za nju."

— Jesi li pisao Nevenki, Nenade? — reče glasno.

— Nisam.

— Uvek me time ražalostiš, sine!

„A meni je pisao pun tabak i po kao Aniti, a strančicu-dve kao Anđelki!"

— Jeste li gladni, deco? — zapita gospa Ruža.

— Ja nisam mnogo, mama, ali bih mogla.

— Ješću i ja — reče Nenad.

Večerali su pod orahom, naoko svi veseli. Anđelka nije mogla da uhvati nijedan prekoran pogled Nenadov. Savršeno je igrao ulogu bate i ničim nije pokazivao da je onaj avijatičar iz Malinske. Hoće li potražiti objašnjenje od nje? Ili će se pokajali što joj je pisao. Da ne misli, možda, u ovom trenutku: „Šta, vi ste Anita? Pa to znači da ste poštena žena, a mene svetice ne oduševljavaju!" Ali, ona je raspuštenica! Kakav li će stav zauzeti prema raspuštenici? On joj se obraćao razdragano, kao pravoj drugarici iz detinjstva:

— Imali smo jedan dud u dvorištu.

— Sećam ga se — odgovori Anđelka.

— Joj, što me taj isekirao! — upade gospa Ruža. — Sva mi je avlija bila umrljana dudinjkama. A one crne kao mastilo.

— Vi ste, Anđelka, voleli dudinje, a ja sam vam ih brao, pa stavim u fišek i hranim vas preko plota. Spuštao sam vam dudinje u usta kao vrapčetu u kljun. Vi otvorite usta, a ja dudinju pravo u usta, jer znam da će vas mama grditi ako se isprljate.

— Ti si uvek visio na tom dudu i pentrao se po drveću.

— To me vukao moj instinkt za letenje. Voleo sam da se penjem na visoko drveće i pravim zmajeve. Sećate li se, gospođice Nado, kako ste mi napravili zmaja. Što je taj leteo visoko! Posle mi se zakačio za onaj jablan i dugo visio i lepršao na njemu. I Anđelki sam napravio jednog.

— Bili ste nežni prema meni.

— Nisam uvek. Imao sam svoje drugove, a vi, beba, utrpavali ste se u moje društvo. Sad vas molim za oproštaj.

— Da si znao da će gospođa Anđelka biti ovako lepa, ti bi se još onda nežnije odnosio prema njoj — reče Olivera. Mati je nagazi ispod stola.

— Ali, ujkica je uvek nežan — ubrza devojčica. — Ne znam kakav izgledaš, ujko, kad se naljutiš. Hajde, naljuti se jednom da vidim!

— Ne brini, videćeš me. Onda sam strašan.

— Ti strašan? — umeša se gospa Ruža. — Ti si kao naš pokojni otac, blago od čoveka. On i naša majka što su živeli u braku, to se danas ne viđa. Zbilja, ti starinski brakovi naših roditelja bili su puni sreće i ljubavi. Zato su i sinovi i kćeri iz tih brakova bili posle dobri muževi i supruge.

Noć se uvlačila u granje, a mesec svetleo, rasterivao mrak i pravio čudesne konture senki. Begonije su opojno mirisale. Priroda se stišavala. Čuo se tek pokoji cvrkut i monotona pesma zrikavaca. Iz staje su dopirale medenice i čulo se kokotanje kokošiju koje su se nameštale na legalu.

— Idem — reče Anđelka. — Zlata me čeka. Ona ne legne dok ja ne dođem.

— Zar vi ne spavate ovde? — zapita Nenad.

— Ne, ja sam kod svoje školske drugarice. I ona je završila prava.

— Uglješa, ti otprati Anđelku — reče gospa Ruža.

— Razume se.

Nenad je ćutao. Ujak ga pozva:

— Hoćeš i ti sa mnom?

— Radije bih ostao ovde — odgovori on suvo.

„Ljut je na mene", pomisli Anđelka. „Dobro, bato, ljuti se, ali ja imam više razloga da se ljutim na tebe. Sutra me nećeš videti celog dana!"

Okrete se tetki i gospa-Ruži:

— Sutra možda neću doći. Zlata želi da odemo do njene tetke. To je sat hoda odavde. Hoćeš li i ti s nama, teto? Može i Olivera.

— Neću, Anđelka — odbi tetka.

— Olivera mora da mi pomogne da kuvamo pekmez.

— Neka ona ide, ja ću ti pomoći — ponudi se Nada.

— Hoću ja da ona uči. Dok sam živa, neka sve nauči od mene. I to je zanat.

— Kako ti narediš, mamice — reče Olivera.

Knežević otprati Anđelku. Gospa Ruža je gledala za njima. „Da li će joj večeras reči štogod? Sad je prilika!" A sinu reče kad se nađoše nasamo:

— Nemoj ti mnogo oko Anđelke. Ja računam nju za Uglješu.

— Ako ti želiš, neću je ni pogledati — hladno odgovori on, a osećao je sasvim drugo. „Ja se moram odreći nje zbog ujke", naređivao je sebi. „A da li ona ujku uopšte voli i misli li on stvarno da se ženi? Zašto je bila tako tajanstvena? Ah, žene! Sve su iste, lažljive i koketne... mada mi ova nije ostavila takav utisak u Malinskoj!"

Knežević se vratio, pošto je korektno ispratio Anđelku. Sutradan ona nije dolazila. Nenad je mislio da je to njen manevar. Kajao se što je došao, kajao se zbog svojih vatrenih pisama. Izigrala ga je! Hteo je da joj to kaže, da se objasni s njom.

Lutao je drugog dana po voćnjacima, dok je ujak bio na vršalici. Želeo je da sretne Anđelku. Spazi je u voćnjaku do Zlatine kuće, pa požuri, misleći: „Prvi put u životu sreo sam ženu koja mi se istinski dopala, pa me i ona razočarala! Zašto je igrala tu dvoličnu ulogu, primala izjave ljubavi i od jednog i od drugog, da bi se na kraju odlučila za onoga koji materijalno bolje stoji? Da li je takva žena za ujaka? Da se oni obojica ne prevare u njoj? Sve ću joj reči!"

Anđelka ga spazi baš kad je pružala ruku da otkine jabuku s drveta. Bile su lepe i rumene kao njeni obrazi. „Sad će biti objašnjenja!", pomisli i srce joj zadrhta. „A što se uzbuđujem?", ohrabri se. „On ima prijateljicu, a ima i Nevenku. Dakle, za mene ne postoji!"

On se spuštao žurno kroz voćnjak. „Pravi muškarac!", divila mu se. Stade pred njom i pogleda je prekorno:

— Nisam se tome nadao od vas, Anđelka!

— Čemu se to niste nadali, bato? — tobož se iščuđavala ona.

— Da se predstavljate kao dve osobe, a znali ste još iz Malinske ko sam! Zašto ta misterija, Anđelka? Ne mogu da vas shvatim. Je li to kod vas bila ženska koketerija da uživate kako i ja i ujak mislimo na vas, jedan na Anitu, drugi na Anđelku? A ja hrabrim još ujaka za Anđelku, nemajući pojma da je to ista osoba iz Malinske, koja mi ne izlazi iz glave. Možda me to ne bi iznenadilo od druge žene, ali se čudim da takvu igru izvodi jedna školovana devojka i uz to moja mala drugarica iz detinjstva, o kojoj sam sačuvao najlepše sećanje.

Slušala ga je nasmejanih očiju, a njega je jedio taj njen osmejak, bio je ozbiljan, govorio je muklo i prekorno, gledajući oštro. Kad je zastao, ona ga zapita:

— No, šta imate još da mi prebacite? Jel' to prvi pozdrav od mog bate? Zar sam tako veliki greh počinila?

— Veći nego što mislite.

— Zar ne shvatate sve to kao najobičniju šalu?

— Nije to šala kad su u pitanju dva muškarca, i to ujak i sestrić. Ujak, koga ja vrlo cenim i volim, uz to čovek kome ne želim da pati, a ovim sam mu pripremio patnju, jer posle svega ovoga verujem da vi nemate za njega nikakvih osećanja, kao što ih nemate ni za mene!

Ona se uozbilji i pogleda ga svojim dubokim plavim očima.

— Bato... dopustite da vas tako zovem, vi ste moje ponašanje shvatili sasvim pogrešno. Šta ste mislili o meni, sebi i svom ujaku, ja ne znam, ali znam da sam prema vama, kao svom bati iz detinjstva, imala ogromno divljenje i radovala se našem susretu. A gospodina Kneževića izuzetno cenim i on ne zaslužuje da mu bilo koja žena zada bol.

— Šta sam onda ja za vas? Avijatičar iz Malinske? Hajde, budite iskreni!

— Taj avijatičar je ženskaroš koji je u meni video samo ženu! Za vas sam bila „dama iz Malinske", o kojoj baš niste imali najpohvalnije mišljenje, čim ste požurili da uzmete sobu do nje. Imali ste, svakako, zadnjih namera, i zato sam htela da se malo našalim s vama.

— Milo mi je što ste iskreni, ali i vi ste mene pogrešno shvatili. Ta šala nije bila potrebna!

— Pošto ste vi moj bata, meni je bilo dopušteno da napravim malu šalu da bih vas proučila. Eto, to sam htela: da vas prostudiram kao muškarca. Anđelka iz okupacije nije za vas imala onu vrednost koju je imala dama iz Malinske.

— To nije istina! Ja bih bio najsrećniji da ste mi još iz Makedonije odmah javili da ste vi ona iz Malinske. A vi zapetljavate sve: ja očaran što je ujak zaljubljen u vas, on dolazi dole samo radi vas, a vi dolazite ovamo verovatno zbog njega. A i ja sam došao da vidim tu lepu damu koja se njemu dopala, i šta imam da vidim? Ona ista kojoj ja pišem! Kako ste se morali smejati kad ste čitali moje pismo! Je li vam i ujak pisao?

— Jeste.

— Divno! Samo je žena u stanju da učini tako nešto!

— Vi ćete početi da vređate.

— Oprostite, ne mislim da vas vređam.

— I ne smete, jer biste bili nepravični. Prvo, ja poštujem vašeg ujaka kao starijeg brata. Vi ste moj mlađi brat. Dakle, imam dva brata i zbog toga sam vrlo srećna. Ako ste vi drukčije mislili, to je vaša pogreška. Ja sam u vama gledala brata i to ćete ostati za mene. Najzad, vi se ženite. Vi imate svoju dobru devojčicu. Vidite, ja sam to i ranije znala, pa sam se divila vašem širokom srcu. Znam da avijatičari moraju imati zdrava pluća, ali nisam znala da im je neophodno i široko srce!

— Od sada će moje srce biti još šire! Neću više nositi vaš noteščić i sliku kao amajliju. Mala Anđelka je koketa!

— Gle, umete i da se naljutite! Doduše, vi ste bili grubi prema meni i kad sam bila mala. Niste mi ukazivali osobitu nežnost. Bili ste malo uobražen dečkić.

— Sad ću biti još više!

Ona se slatko nasmeja:

— Vi ste opet moj zlatni bata! O, vi i ne znate kako sam bila nesrećna u Malinskoj.

— Možda sam to podsvesno osetio.

— To je zbilja čudno. I ja sam o tome razmišljala: otkud da me baš tada sretnete. Bilo je nečeg zajedničkog među nama, još iz prošlosti, što je tada oživelo.

— Zašto ste bili nesrećni?

— Nemojte me pitati. Bolno mi je da se toga sećam. A kako bih bila srećna da sam tada znala da ste vi moj bata!

— Zašto niste bili srećni i predstavili mi se na Kalemegdanu, nego me i dalje držali u zabludi?

— Nisam znala da nećete doći sutradan svojima na ručak. Htela sam da vam priredim iznenađenje.

— I čekali ste sve do juče, da me pred svima zaprepastite! Osetio sam se kao da mi je motor prestao da radi u visini, a poda mnom ambis! Da, vi ste u stanju da me bacite u ambis!

— Nećete pasti u ambis. Umete vi da se dočekate na noge i da sletite u neku bašticu na Senjaku, pred kućicu lepe udovice!

On se trže i pocrvene, ali se pribra i živo poče da se brani:

— I za to ste krivi vi i jedan telefonski broj u vašem notesu!

— Simpatična udovica se zaljubila u vas, ide kao ošamućena beogradskim ulicama, noseći u tašni vašu sliku, koju je i meni pokazala. Šta kažete na to? Zar nije istina ono što sam mislila u početku: bata je ženskaroš, pa bila dama iz Malinske ili sa Senjaka, njemu je svejedno.

On se nasloni na jabuku i mračno je pogleda.

— Možete me osuđivati koliko god hoćete, ali ja poznajem sebe i svoja osećanja, znam da pravim razliku između žena. Senjak nije za mene ono što i Malinska!

— Nepravični ste prema maloj udovici. Ona je vrlo dobra žena. Zašto se ne biste njome oženili?

On cimnu jednu granu punu ploda i ona se cela odvali.

— Šta to radite? Odsekoste celu granu.

— Ljut sam i besan!

— Na koga?

— Na vas!

— Na Anitu možete biti ljuti, ali na Anđelku ne! Ona vas nije ničim uvredila, pisala vam je dva-tri lepa pisma, koja nisu našla odjeka kod vas i odgovorili ste joj kratko. E, to sam htela da proučim kod vas: da li jedna pametna i ozbiljna žena ima više uticaja na muškarca nego slobodna kao, recimo, dama iz Malinske. Anđelkina pisma ostajala su bezvredna, dok su svaka druga, pa i one Anite sa Senjaka, bila za vas interesantnija.

— Naravno. Ja moram videti lik da bih doneo sud o jednoj ženi, čuti njen glas, razgovarati... Anđelka mi je pružila samo jedan tabačić hartije i ja na tom tabačiću nisam mogao videti ni te lepe plave oči, ni taj blistavi ten, ni sočna usta i bujnu kosu... ništa! Zašto ste to uradili sa mnom, Anđelka? Kakav ću izgledati u očima svoga ujaka kad dozna da sam se zanosio vama? Ja sam isuviše pošten da bih dopustio da gledam ženu koja se sviđa mome ujaku.

— Zašto toliko komplikujete celu stvar? Obojica me možete voleti kao sestru. Ja to i želim od vas.

— Lagao bih sebe ako bih se mirio s bratskim osećanjima prema vama i verovao da vas mogu izbaciti iz svojih misli.

— To je bar lako! Nikada žena nije dugo u svesti muškarca, a još manje u srcu. Da niste ostvarili flert sa mnom u Malinskoj, do danas bih bila bačena u zaborav kao što je zaboravljena i Anita sa

Senjaka... Rodbinska osećanja su najduža i vi ćete zato biti moj brat. Bato, ne ljutite se na mene. Ja sam tako željna da imam brata, tako sam zavidela sestrama koje imaju braću. Moj život je protekao u tuzi i samoći, pored samohrane tetke. I danas sam usamljena, biću usamljena celog života. — Okrenula se naglo jabuci, naslonila glavu na stablo i zaplakala.

On je stajao kraj nje, pogružen i bez reči, gledao joj ramena, stas, beli vrat, kosu... Pođe jedan korak da spusti ruku na njena nežna ramena, da joj stisne rumene mišice, lako opaljene suncem, da je privuče na grudi... ali zastade, savlada se setivši se ujaka, pa reče tiho:

— Ne plačite! Opraštam vam, ali vas jedno molim: nemojte ražalostiti ujaka. On je čovek koji zaslužuje iskrenu ljubav. I... ja ga toliko volim da ću se zbog njega odreći vas!

Ona se okrete naglo i pogleda ga uplakanim očima.

— Šta vi mislite? Da ja želim da se udam za vašeg ujaka? Ne, zaboga. Ja uopšte ne mislim na brak. Sve moje iluzije su razbijene, ja sam se umirila i sve prebolela, ništa drugo ne tražim nego da ostanem ono što sam sad. Ali, kad ovo govorim, nemojte misliti o meni rđavo, kao o raspuštenici. Ja sam energična i vrlo nepristupačna žena. Ni za koga ne bih bila dama iz Malinske, a za vas ću ostati mala drugarica iz okupacije... Šta imate da mi odgovorite na to?

— Ništa.

— Hoćete li mi pisati ponekad?

— Ne znam.

— Dakle, ne primate me kao sestru?

— Ne!

— Onda ćemo se rastati.

— To je najbolje.

— I vi ćete zaboraviti malu Anđelku kojoj ste brali dudinje?

— Zaboraviće i ona mene! A kad jednoga dana čuje da sam poginuo, možda će pustiti koju suzu za mnom!

— Vi nećete poginuti!

— Nas pilote smrt vreba neprekidno. U mome beležniku nalaziće se vaša slika.

Ona je stajala zbunjena, a jedna suza joj skliznu niz obraz. Da li su je rastužile reči o smrti ili to što se rastaju, nije mogla da proceni. Znala je samo da je ne želi ni kao sestru ni kao drugaricu, već možda kao onu Anitu sa Senjaka... Obrisala je suze i nasmešila se:

— Idem do Zlate — reče.

— Hoćete li doći do nas?

— Doći ću poslepodne. Sad idem na kupanje. Dole je lepa rečica, kupam se svako prepodne. A koliko vi ostajete?

— Tri-četiri dana.

— Zar ne više?

— Ne. Zbogom, Anđelka — uzeo je njenu ruku i poljubio, pa se brzo uputio kroz voćnjak. Anđelka se okrenula i posmatrala u zelenilu njegovu belu bluzu i crnu kosu. Činilo joj se da je snevala nešto vrlo lepo, pa se probudila i san je iščezao. Takav je život! Ono što je najlepše u životu — uvek je san. A ono bolno i teško — prava stvarnost.

Zlata je čekala nestrpljivo.

— Pričaj šta je bilo!

Anđelka joj sve reče.

— Želeo je da se provede s tobom pa vidi da ne može! A možda te stvarno voli? Ko će znati! Je li ti što napomenuo za brak?

— Ne. On želi da se udam za njegovog ujaka.

— To ti je kazao? A ovamo jurio za tobom!

— Ljut je što mu odmah nisam kazala da sam ona iz Malinske.

— Ne može čovek njih da uhvati ni za glavu ni za rep — prozaično je govorila Zlata, dok je Anđelka ćutala i tužno mislila: „Možda sam pogrešila što mu odmah nisam pisala ko sam. Ovako misli da sam koketna, lukava i materijalista."

— Hoćemo li na kupanje? — upita Zlatu.

— Možemo, ali ja neću da se kupam. Voda je hladna za mene, a od jutros mi je i muka. Samo ta muka da mi prođe. Kažu da nekima traje sve do petog meseca. Volela bih da bude muško. Što bi se Maša radovao! Gde mi je ručni rad? Još malo pa ću da pletem benkice.

Sišle su rečici, koja je bila osenčena vrbama. U vrbaku su se svlačile. To je bilo sklonito mesto i niko im nije smetao. Kad se okupala, Anđelka iziđe na obalu i uze ručni rad. Malo posle spazi u daljini tetku. Išla je s Kneževićem.

Zlata ih primeti.

— Je li, zašto se tvoja tetka ne bi mogla udati za Kneževića? Bogami, ona je držeća i lepa. Što on traži mlade žene? Ona je baš njegova prilika.

— Neće teta ni da čuje za udaju.

— More, hajde da je diramo.

Zovnuše ih.

— Gle, što ste se lepo sakrile u taj vrbak.

— Hoćete li da posedite malo s nama?

— Ja mogu, ali gospodin Knežević žuri kući.

— Vi ste nam preoteli gospođicu Anđelku — reče Knežević Zlati. — Ona nas zaboravlja. Tu je i Nenad, a nje nema.

— Vas je više tamo, a Zlata je sama, pa joj pravim društvo.

— Sreća te nije ovde neki muškarac, inače bih bio ljubomoran — nasmeja se on i ode.

— Teto, imamo nešto da te diramo Zlata i ja. Šta misliš, kako bi bilo da te udamo za Kneževića?

— Bog s vama, deco, kakva udaja! Nisam se udavala u mladosti, pa ću pod starost.

— Niste vi stari, gospođice Nado. Kako lepo izgledate! Ne bi vam čovek dao više od trideset pet godina.

— Ne zbijajte šalu s tetkom! Kad se devojka ubećari, nije više za brak. Kako bih ja trpela muža? Koješta! U ovim godinama da menjam svoje navike, da mi muž zapoveda. S mojom udajom je svršeno, ali ne dam da Anđelka ostane neudata.

— Hoću li naći pravog čoveka?

— Zašto ne bi?

— A šta biste kazali kad bi Knežević zaprosio Anđelku?

— To je njena stvar. On je krasan čovek, ali ja bih volela da s mlađim proživi život.

— Na primer, s Nenadom — oproba je Zlata. — On odgovara Anđelki.

— Njemu je majka našla devojku.

— Glupo je da takvog čoveka ženi majka.

— Ona strahuje da se on ne unesreći kao njen brat.

Anđelka je ćutala, zagledana u ručni rad.

— Baš smo sinoć razgovarali o tebi — reče tetka. — Olivera ti se divi, a i Nenad kaže: „Nisam mislio da je Anđelka tako lepa!" Dopala si se i njemu. A gde je tvoj otac? — upita Zlatu.

— Otišao je u Kragujevac da kupi neki alat. Joj, što ta gvožđurija košta seljaka! Dala sam mu dvesta dinara, žao mi. Nema seljak gotovog novca, to je nevolja. Gledam one u kući do naše: nemaju ni soli da kupe, a treba i za kuću i za stoku. Još kad udari suša ili grad, žalost božja! A najžalosnije je kad seljak mora da kupuje žito — govorila je tužno Zlata, koja je dobro poznavala seoski život i muke seljaka, njihove oskudice i naporan rad.

Posle ručka Anđelka ode Kneževićevoj kući. Nenad je bio uzdržljiv i ozbiljan, nije se više podsećao male Anđelke iz okupacije. Pričao je o avijaciji, pilotskom životu, o lepoti letenja.

— Kako je kad si iznad oblaka? — raspitivala se Olivera.

— Kao nad morem poprskanim dragim kamenjem. Kad blesne sunce, kapi blistaju. To je veličanstvena slika.

— Pokisnete li kad ste u oblacima?

— Ovlažimo se i istuširamo.

— To je divno — oduševi se Olivera. — Kad ću ja sesti u avion?

— Bome, nećeš skoro — preseče je majka.

— Ćutite, gori je auto nego aeroplan — reče Nada. — Više ih je izginulo u automobilima nego u avionima.

— To će u budućnosti biti najbezopasniji saobraćaj.

— Dabome, nemaš ni tunela ni mostova ni stena. Eno, pre neki dan survala se stena pa zatrpala voz. Sve je više saobraćajnih nesreća na zemlji.

— Nemojte da mi govorite o nesrećama, nego o sreći. Je li ti, kad ćeš da se ženiš? — obrati se majka Nenadu.

— Uskoro.

— Jel' se šališ ili ozbiljno govoriš?

— Najozbiljnije.

— Laže te, Ružo — nasmeja se ujak.

— Ne lažem.

— Nevenku uzimaš?

— Baš nju!

Olivera ga zaprepašćeno pogleda.

— Kako si to najedared promenio mišljenje? — pitala je u neverici.

— Ti i ne znaš moje mišljenje!

— Da joj napišemo jednu kartu — ubrza gospa Ruža.

— Donesi.

— E, volim te kad si takav! Znaš, Nado, Nevenka je divna devojka. Biće to najsrećniji brak.

Anđelka je držala jednu ružu i zagledala njene latice. „Da li ovo čini meni u inat?", pitala se.

Nenad brzo napisa kartu, s jednom borom preko čela. „Tako je to, lepa Anita", govorio je u sebi. „Oženiću se i zaboraviti vas. Ostavljam vas ujaku!"

— Jesu li ovo te holandske ruže? — upita Anđelka Kneževića.

— Jesu.

— Baš su divne. Čudnovat spoj nežno ružičaste i nežno žute boje.

— Uglješa je stručnjak za kalemljenje — reče gospa Ruža. — Pozdravi, sine, Nevenku mnogo i s moje strane.

„A maločas je kazao da će se moja slika nalaziti u njegovom beležniku kad pogine", prolazilo je Anđelki kroz glavu. „Ništa, zatražiću mu večeras sliku. Neka mu Nevenkina slika bude amajlija!" Gordo je gledala preda se, a dražestan osmejak joj je lebdeo na usnama. Avijatičar je pogleda i hitro okrete glavu.

„O, zašto sam ja uopšte sreo ovu ženu? I ja i ujak! Neka ga, neka on bude srećan s njom!"

Predveče pođoše u šetnju. Otišli su do druma koji je prolazio pokraj sela. Tu je bila i jedna seoska mehana. Olivera je išla napred s batom i držala ga ispod ruke, Anđelka s Kneževićem, a tetka i gospa Ruža pozadi.

Pred mehanom spaziše jedan prašnjav ali nov auto.

— Što je lep auto! — uzviknu Olivera.

Anđelka pogleda i namah se strese, oseti kako joj noge poklecnuše. Sva premre od iznenađenja i straha, gotova da se stropošta.

Opet avet njene prošlosti Gojko Marić! Zar će je taj čovek večito proganjati, proklet da je! „Ovde da me pronađe! Otkud zna?", pitala se dok su prilazili mehani. „Ah, da, rekla sam pred njim Vukici gde ću biti. Ko se nadao da će čak ovamo doći. Kako se, samo, usudio? Pustahija! Ženu i dete odveo na more, a on potegao ovamo. Šta će sada biti? Ne, ovo ja više neću da krijem! Reći ću Kneževiću, on će me poučiti i zaštititi!"

Preplašena i unezverena prilazila je mehani. Marić ju je gledao, očekujući pozdrav, ali ona podiže glavu i prođe gordo, ne pogleda ga, ne javi mu se. I tada je obuze prkos. Poče da priča nešto veselo Kneževiću, smejala se, ali smeh je bio nervozan, neprirodan, i Knežević se najednom uozbilji. Zapazio je čoveka na doksatu i pitao se gde li ga je ranije video. Učinio mu se poznat, ali nije mogao da se seti odakle.

Anđelka ga pogleda i bi joj čudan izraz njegovog lica. Potajna strepnja ščepa joj srce: „Da li ga je on video onda kad smo zajedno ručali u kafani?"

— Nešto ste se ućutali? — upita ga nežno.

— Slušam vas. Vaš glas je kao u ptičice. Nažalost, uskoro odlazite i neću više slušati tu ptičicu.

— Imate vi ovde pune lugove ptičica, koje će vam pevati svakoga dana.

— To su plašljive ptičice, beže od mene. Plašite li se i vi mene?

— Zašto bih se plašila? Odakle vam takvo pitanje?

— Hteo bih da znam šta jedna žena, recimo vi, misli o meni.

— Sve najlepše!

„Sad znam!", seti se Knežević. „Ovoga sam video u Makedoniji, u kafani gde sam bio s Anđelkom." Iznenada kao da je sagleda u drugoj boji, nimalo svetlijoj, već zamračenoj, pa mu se sve zamagli u duši i ispred očiju, a ona kao da utonu u neku maglu iz koje joj se nazirao samo bezobličan lik. „Ko zna kakav je njen život, a ja, glupak, bio sam spreman da je opravdam i uzdignem, da vidim u njoj božanstvo koje će me usrećiti!"

Sve iščeze u njemu i on klonu, uozbilji se, bora mu se ocrta preko čela. Zagleda se u njive i visoke kukuruze, u svu tu lepotu koja ga je okruživala, ali ništa ne oseti od te lepote, kao da i ona tone u maglu. A Anđelka je govorila i govorila da rastera svoje nespokojstvo i odagna zle misli o Mariću.

— Ovi dani će mi ostati u najlepšoj uspomeni.

— Znači da ste sasvim izlečeni!

— Jesam, gospodine Kneževiću.

— A ako se pojavi novo iskušenje?

— Nisam ja više neotporna šiparica da lako podlegnem iskušenju!

— Iskušenja mogu biti raznorazna. Vi ste lepa žena. Imate li obožavalaca tamo dole?

— Nemam nikoga — reče ona odlučno. — I da neko pokuša da mi se udvara, odbila bih ga. Žena koja je nepoverljiva u isto vreme je i vrlo sigurna. Mene više niko neće obmanuti! — dade ona oduška svom gnevu prema Mariću.

— Možda to nije dobro. Nećete više nikom verovati, pa ni onom ko bi najiskrenije osećao. Ne treba o ljudima misliti uvek najgore. Sticaj okolnosti može da napravi čoveka rđavim, iako je u suštini dobar.

Ona se zamisli i njegove reči kao da ublažiše postupke Gojka Marića. „Možda me taj čovek stvarno voli?", blesnu u njoj: „Možda me je, zaista, uvek voleo! Možda nije pritvoran!"

Zbrka protivrečnih osećanja uzburka sve u njoj. Koračala je pored Kneževića kao u nekom besvesnom stanju.

Nenad je bio ispred njih, pa se okrete i pogleda Anđelku. Bila je nasmejana, ali nekim neveselim osmehom, a po očima kao da joj se beše razlila neka plava senka.

„Da li ona voli Uglješu? Može li jedna tako mlada žena da se oduševi starijim čovekom? Da nije ovo njena igra? To je verovatnije. Sad je činovnica, a ne voli državnu službu i htela bi da se uda, da stekne imanje. Ujak je predratna generacija, malo romantičar, čovek kome laska ljubav mlade lepe žene. A da li će biti srećan s njom? Može doživeti još veći poraz!"

Seti se njene slike u beležniku. Vratiće joj! Može je ujak videti, pa kakav bi izgledao u njegovim očima. Ili da je pocepa? Anita za njega više ne postoji, Anđelka pripada ujaku.

— Je li, sine, da je ovde lepo? — upita ga mati nežno. — Da li bi ti mogao živeti ovde?

— Zašto da ne. Avijatičari provedu jedan deo života u samoći, i to u vazduhu, pa se naviknu na samovanje.

— Nećeš ti više samovati i bećariti! Ženimo mi tebe.

Anđelka ga pogleda sa setnim osmehom, a on se okrete i nastavi put. „Zašto me tako gleda?", pomisli. „Čudne su njene oči. Opazio sam to još na brodu za Malinsku. Uvek je pomalo setna. Da li je srećna?"

Ujaku priđe jedan seljak da ga nešto pita, Olivera otrča u livadu po neki cvet, a Nenad priđe Anđelki. Kopkalo ga je da je ispituje i upozna:

— Jeste li vi videli mene kad sam prošle godine bio ovde? Dolazio sam kući vaše drugarice i ona vas je izvinila da ste bolesni.

— Da... videla sam vas.

— I znali ste da sam ja onaj iz Malinske?

— Vi ste prilično upadljiva ličnost, pa morate ostati u sećanju.

— Sećanju koje ne uzbuđuje?

— Naprotiv, ja sam bila veoma uzbuđena kad sam čula da ste vi moj bata iz detinjstva.

— I požurili ste da mi saopštite svoje uzbuđenje!

— Ovako je interesantnije.

— Da i ujak i ja mislimo na vas i postanemo suparnici? Da je u pitanju ma ko drugi, ja bih istrajao u borbi i išao do kraja, da se uverim kakva ste vi žena.

— Zar još rđavo tumačite moje ponašanje?

— Nejasni ste mi i to me ljuti.

— Ostavite vremenu, ono će vam sve objasniti.

— A šta se može dogoditi dotle?

— Ništa naročito. Ja idem da činovnikujem u svojoj varošici, a vi ćete leteti i posle se oženiti.

— Volite li vi da se oženim?

— Ja se radujem da budete srećni, jer i vaša mama to želi. Čula sam da je devojka koju ćete uzeti vrlo dobra i... bogata. Novac je važan uslov za sreću u braku — pogledala ga je s melanholičnim osmehom, a on ne mogade da otrpi, uvređen i ožalošćen, nego joj jetko uzvrati:

— Žene su nas naučile da budemo materijalisti, jer svako njihovo osećanje ima novčanu podlogu!

— Ima i takvih, ali ne možete sve žene strpati u istu vreću. Ja to isto tvrdim i za muškarce: nisu ni među njima svi materijalisti — govorila je blago, ne hoteći da primi njegovu uvredu, iako je osetila da misli na imanje svoga ujaka i njene namere da se uda za njega zbog tog imanja. Ne, on to neće dočekati. Videće da je ona idealna žena i daleko od svakih materijalnih pobuda.

— Nenade, mi se vraćamo! — pozva ga mati, jer behu izmakli ispred njih, a ona se bojala da to ne ražalosti njenog brata. Lepa je, može se dopasti i Nenadu, a to nikako nije želela. Mada je volela Anđelku i Nadu, nije ni pomislila da bi se Anđelka mogla udati za njenog sina. On treba da uzme devojku, ne raspuštenicu. Mladić kao što je njen sin zaslužuje i lep miraz, a Nevenka je to imala. Za Anđelku će biti sreća da je, sirotu, uzme njen brat, velikodušno je mislila gospa Ruža.

Vraćajući se, videše Marića kako šeta ispred mehane, kao da očekuje da one prođu. Anđelka je išla pod ruku s Oliverom, desno Knežević, levo Nenad. Da li da mu se javi? On to čeka. Ne, neće mu se javiti. Taj čovek ne zaslužuje ni da ga udostoji svojim pozdravom. Knežević ga je posmatrao i vrebao njegove poglede. Video je kako posmatra Anđelku. „Da, to je onaj iz Makedonije!” Anđelka oseti jezu kao u groznici. Jedna kola sa senom, na kojima su sedele dve snaše, dok je seljak išao pored kola, naiđoše i rastaviše Marića od njih baš u trenutku kad je trebalo da se mimoiđu. Anđelki laknu.

— Kneževiću — zovnu Uglješu jedan seljak ispred mehane.

On se vrati. Dva seljaka i mehandžija mu priđoše. Idući polako dalje, Anđelka je strahovala da se Knežević ne upozna s Marićem. „Bože, kako se u mom životu sve komplikuje! Da li sam ja zbilja toliko malerozna?!"

Došli su kući Kneževićevoj, a njega još nije bilo. Anđelka je postajala sve nespokojnija. Rešavala se da mu sve ispriča. On bi je jedini razumeo. To je čovek fine duše, inteligentan i častan, treba da mu kaže. Ali ju je nešto ipak uzdržavalo. Možda joj ne bi verovao. Kako je ružno kad prošlost vaskrsava! Liči na unakaženog mrtvaca. Nije to više ljubav, sreća... to je avet. Plašila se te aveti kao da će njen kužni zadah uništiti sve ovo lepo i čisto u njoj. Prošla je kroz čistilište života i osećala se vedra i čedna, osećala se kao devojka koja se nalazi pred iskušenjem i lepotom prve ljubavi, a čuva sebe htela bi da još ne voli, kako bi bila srećnija kad zavoli.

Ali, ko je taj koga je želela da voli? Nije smela da prizna ni samoj sebi, jer je morala ugasiti i taj majušni plamičak koji je počeo da svetluca.

„Bata će se oženiti", tužno je mislila.

Sedeli su u bašti pod orahom kad stiže Knežević. Anđelka ga ispitivački pogleda da bi pročitala nešto na njegovom licu, ali ne opazi ništa. Bio je ljubazan kao i obično.

— Jeste li gladni? — pitao je kao domaćin. — Večeras imamo prase na ražnju. U Nenadovu čast! Jesi li rashladio vino? — obrati se momku.

— Jesam. Uzabrao sam i lubenicu.

— Zar su zrele? — pljesnu rukama Olivera. — Ja sam juče jednu otkinula pa je bila kao tikva!

— A što kidaš zelene lubenice. To je šteta — grdila ju je mati.

Veče je bilo sveže i prijatno. Begonije su prosto opijale, a iz daljine je dopirao miris pokošenog sena.

„Da li je Marić otišao ili čeka da me nađe? Šta li taj čovek smišlja?", strepela je Anđelka.

— Baš ste mogli kod nas da spavate — reče joj Olivera posle večere.

— Čekaće me Zlata.

— A što ona uopšte ne dolazi? — čudila se gospa Ruža.

— Nije joj sasvim dobro, pa se čuva. Treba da idem, čekaće me.

— I ja ću da vas ispratim — ponudi se Olivera. Mati je dušmanski zgazi ispod stola. — Hladno mi je, ipak, neću! — bubnu opet mala. — Doći ću sutra da se kupamo u reci. Hoćeš i ti da se kupaš, bato?

— Videću — hladno odgovori avijatičar, pomislivši: „Ujak će je ispratiti. Možda se oni već ljube. Ona je lukava, uhvatila ga je!"

Kao da je osećala šta se u njemu zbiva, Anđelka uze Oliveru ispod ruke.

— Ala si ti smrzotina! Hladno ti večeras? Baš je prijatno. Hajde do Zlatine kuće, pa ćeš se zagrejati. Daću ti onaj roman koji si tražila.

„Šta ovo znači?", pitao se Nenad.

„Bolje da i Olivera ide s nama, da se Knežević ne vraća sâm", razmišljala je Anđelka. „Ko zna gde je Marić i šta smera. Da li će prenoćiti u mehani?"

Osluškivala je svaki šum, činilo joj se da će on odnekud iznenada iskrsnuti. Mesec je bio krupan i sjajan, nebo čisto. Videle su se senke u voćnjaku, belasale se kuće. Zlata je spavala, a ona se neprestano prevrtala u postelji. Razbio joj se san. Muči je teška tajna i oseća želju da se nekom poveri. Laknulo bi joj. Ali, mogla bi se poveriti samo Kneževiću, a ne usuđuje se. Začu korake i sva pretrnu. „Bože, što sam luda! Pa neće valjda da tumara noću po selu! On je ipak pristojan čovek kad nije pijan. A ako se napio u mehani?"

Rastužila se, ali joj se tuga splete oko batinog lika kao tamna senka. Uzdahnula je duboko. Svu je prože čežnja. Tri čoveka su pred njom: Marić, Knežević i bata, a ona bi pružila ruke bati, obavila mu ih oko vrata, prislonila glavu na njegove grudi.

„Nenade", šapuće mu u mislima, „ti si zlatan, ja te volim!" Otvara oči da rastera ljubavni košmar koji je muči, ali nema moći. On je pored nje, kraj njene postelje, ona mu privlači glavu na grudi, ljubi oči, čelo, usne... Ljubavna groznica je svu sažiže, ona je puna čežnje i strasti. O, kako bi mogla voleti! A on je tu, lepi pilot, iako blizu, ipak toliko daleko. I iščeznuće iz njenog života, oženiti se, a ona će ostati sama, večno sama, i nikad mu neće priznati da je jedno toplo, iskreno osećanje počelo da tinja u njoj. To će ostati njena tajna.

Ali ako je Knežević zaprosi odbiće ga!

On je nije zaprosio, a bata je otputovao. Iščezao je i Marić, nije ga ni videla niti koga pitala koliko je ostao.

Dani su prolazili, a Knežević je ćutao. Sumnja je okrznula njegovo srce i nije smeo da se izjasni. Sestra je bila ljuta na njega, i on se jednom izdera na nju:

— Ti me praviš budalom! Kao da ja nisam svestan svojih godina! Kad joj bude trideset pet, kad bude u najboljim godinama jedne žene, ja ću biti starkelja!

— Jest, žena je mlada i kad rodi dvoje-troje dece! Zato se i razdvajaju brakovi, što žene rađaju i brinu oko dece, a muževi jure za drugim ženama. Najzad, radi kako znaš. Šteta je samo da u ovom lepom imanju ne uživaju žena i deca.

Gunđala je gospa Ruža, ali se nikad nije setila da bi profesorka Nada bila bolja prilika za njenog brata. Čak je pokušala nju da ispita za Anđelku. Nek inicijativa za brak dođe s njihove strane. Jedne večeri, dok su njih dve same sedele u bašti pod orahom, reče joj:

— Pravo da ti kažem, volela bih da se Anđelka uda za Uglješu.

— Neće ona još da se udaje — odgovori Nada. — Razočarala se i ne misli na brak. Toliko puta mi je kazala.

— Razočarala se u jednog rđavog čoveka, ali moj Uglješa je dobar. Sem ako mu ne nalazi mane što je stariji od nje.

— On je držeći čovek, nije to razlog. Nego, takva je ona. Nije nikad bila mnogo zaljubljiva, kao da je neka starinska devojka.

— Zato mi se dopala. Takva bi žena bila za Uglješu. Šta će tvoja Anđelka da ide sama u Makedoniju! Treba da se uda. Ja ne bih pustila svoje dete samo. Ljudi su pokvareni. Ženi je uvek potrebna zaštita. Nego, da mi nju udamo za Uglješu.

— Ja bih se radovala, Ružo, samo ako ona hoće. Nikog neće imati kad ja umrem.

Tako je proteklo njihovo letovanje na selu.

Kad su otišli, Knežević je ostao sâm i osetio beskrajnu pustoš u sebi. Obuzela ga je malodušnost i izgubio je svaku volju za rad. Nekoliko dana bio je u toj depresiji, a onda se ipak predao poslu, ne dopuštajući sebi nijedan slobodan trenutak za misli o Anđelki. Posumnjao je u nju i to je pokolebalo sve njegove odluke. Činilo mu se da vidi ceo njen život. Kao devojka upustila se u avanturu i ko zna kako je posle živela, kad ju je muž odmah napustio. A sad onaj industrijalac trči za njom. Raspitao se kod mehandžije i reč „industrijalac" ošinula ga je kao bič. Dakle, bogataš! Ona voli bogataše. Raspuštenica je, sad može da živi kako hoće, pa će se jednog dana lepo udati. Zar on da bude taj glupak kome će se utrpati takva?

Osetio je gađenje prema celom ženskom rodu i zaklinjao se da se nikad neće oženiti.

# Novi starešina suda

Bio je kraj avgusta. Anđelka se vratila u Makedoniju. Bila joj je potrebna čitava sedmica da se ponovo privikne na život i na svoju kuću. Iznova je počela njena usamljenička svakidašnjica.

Marića nije viđala, a ni Vukicu. Donka je bila presrećna. Činovnik joj je ponovo izjavljivao ljubav, ali ona se držala rezervisano. Zabavljao se s dvema, pa ih ostavio i opet se njoj vratio. Donka je ispričala Anđelki kako joj je kazao: „Vi ste najbolja devojka u ovoj varoši i ja ozbiljno mislim na vas!"

— A to je, gospođo Anđelka, zato što se, zahvaljujući vama, nisam upustila s njim. Ali ja mu ipak ne verujem mnogo.

Jednoga dana koleginice saopštiše Anđelki novost:

— Premešten Bogdanović! Dobio za sudiju u niškom okružnom! Ko li će nam doći za starešinu? — radoznalo su se pitale.

Sedmica dana prođe. Jednoga jutra Anđelka zateče u kancelariji koleginicu Vojku s novinama:

— Evo, postavljen je. Jeste li čitali, Anđelka?

— Nisam. Kako se zove?

— Toma Đurović. Poznajete li ga slučajno?

Anđelka se naglo okrete čiviluku tobož da okači šešir i žaket a u stvari da sakrije lice, jer oseti kako joj sva krv jurnu u obraze i u ušima zapišta. Drhtavih ruku motala se oko čiviluka i najzad odgovorila ravnodušno:

— Ne poznajem ga.

— Da mi je samo znati je li momak ili oženjen! Mi nemamo sreće da nam dođu momci, nego sve zauzeti, sem onog sekretara — jadikovala je Vojka.

— A šta bi nam vredelo i da je momak? — reče druga činovnica.

— Misliš zaprosiće nas! Traže oni pare, a mi smo samo za ljubavnice. Može se pre nadati gazda-Stavrina ćerka da će je zaprositi nego mi! Ta što se pravi važna s njenim bogatstvom i mirazom! Puca na doktore, advokate, inženjere, a ona jedva pismena. Otac je izvadio iz škole da se ne bruka, glupača. Al' sad je ta prva dama, trče kavaljeri za njom, prave joj serenade, u pitanju su milioni! Jedinica, sve će da nasledi. Pa da ne svisneš od muke!

— Novac vlada u svetu — reče Anđelka. — Ko ima novca ne treba mu ni znanje ni karakter. Novcem se sve može kupiti. Ali i bogatstvo je prolazno. A šta kažete: Bogdanović dobio Niš?

— Nek ide, baš mi je dosadio. Pravio se važan, a drzak. Što su neki oženjeni odvratni! Kad su u prisustvu svoje žene, manji su od makova zrna, a čim žena ne vidi, nasrću na svaku! Hajde, Zagorka, da se kladimo: ja kažem da je novi starešina momak. Šta ti misliš?

— I ja želim da bude momak. Da li ga ovde ko poznaje? Pitaćemo sekretara. Evo ga.

Sekretar priviri u njihovu kancelariju:

— Jeste li čuli, dolazi nam novi starešina? Poznajete li ga?

— Ne — bacio je pogled na Anđelku, koja je nešto čitala na stolu, sva crvena u licu, jer još nije mogla da se povrati od uzbuđenja.

„Otkud on da dođe ovamo? Istina, kazala sam njegovom rođaku gde sam. Da mu nije on to preneo, pa je namerno tražio postavljenje tamo gde sam i ja? Ali, zašto? Da li me još voli?"

— Što ste vi jutros rumeni — primeti Vojka, gledajući Anđelku.

— Jeste li se narumeneli?

— Nisam, nego me nešto boli glava.

— Šta li će reći novi starešina kad vas vidi? Svi su obletali oko vas i čudili se što ste tako ozbiljni.

— U malome mestu činovnica treba da bude ozbiljna.

— Sekretar me ispitivao da li imate nekog. Svi misle da vi volite nekog posednika koji je ovamo dolazio. Čude se šta će vam stariji čovek.

— Gluposti! To je poznanik moje porodice. Čovek koga neobično cenim i volim kao starijeg brata.

— Ja sam mu to kazala, ali on ne veruje — pričala je Vojka dalje. — Hoće čovek da se provodi s vama, pa mu čudno zašto vi ne pristajete. Slušajte, ako novi sudija bude simpatičan, ostavite ga meni.

— Što se tiče mene, budite spokojni — reče Anđelka.

— Ti hoćeš odmah da ga kapariše. Čekaj da vidimo kakav je.

— Predosećam da će biti interesantan.

„On će im se dopasti", mislila je Anđelka. „A ja ću mu odmah staviti do znanja da ne želim da iko zna da je bio moj muž. Ali, otkud baš ovamo da dođe?", ta misao ju je mučila neprestano i stvarala nervozu, pisala je i grešila stalno, uzela aspirin. Celo jutro prošlo joj je u grozničavosti. Mučilo ju je i drugo pitanje: Gojko Marić! Šta će Toma reći ako dozna da je to njen zavodnik? Pomisliće još gore o njoj: došla ovamo da nastavi ljubav s njim! O, kako se u njenom životu splIću i komplikuju stvari, iako ništa nije kriva!

„Da nije Toma promenio mišljenje o meni, pa se pokajao? Da li bismo mogli nastaviti život?" Ne! To je raskinuto, raskrvavljeno joj je srce, ostao je samo dubok ožiljak. Kad se grubost umeša u lepotu i nežnost ljubavi, napravi mutljag od osećanja. Jest, on je uprljao njena časna osećanja, ispljuvao ih, zgazio. To se ne može nastaviti. „Biću hladna i ponosna, ali ću mu pokazati kakva sam!" Osećala je potajnu radost što će mu se osvetiti svojim čistim životom i možda izazvati grižu savesti što ju je tako nemilosrdno ostavio, probuditi ponovo ljubav u njemu, ali će ona ostati ravnodušna. Samo to da doživi: da se Toma kaje, iako ga neće ni tada pogledati. On je umro za nju, kao i Gojko Marić!

— A kako će Bogdanovićka da čuva muža u Nišu? Ona je mnogo ljubomorna — prekide tišinu Zagorka. — I na mene je bila. A tamo ima još lepših činovnica.

— Ja je sažaljevam, jer je on veliki mangup — dodade Anđelka. — Nije lako ženama koje imaju takve muževe.

— Neka se i ona malo dotera i ulepša, pa će je muž više gledati — podsmehnu se Zagorka.

— Da mu je supruga najlepša i najelegantnija, ipak će muž pogledati i druge žene.

— Moj muž, vala, ne bi smeo ni da zvirne! — uzviknu Vojka.

— Nemoj da se zaričeš.

— More, neka ja samo dobijem muža, pa da vidiš kako će on mene gledati. Ali gde da ga nađem? Bogami, treba da tražimo premeštaj, da idemo u neko drugo mesto, da budemo i mi došljakinje, jer nas ovde svi znaju, dosadili i oni nama i mi njima! Da budemo i mi nove kao Anđelka. Blago vama! Za vama bi svi trčali samo da malo popustite.

— A šta bih imala od toga? Ogovaranje i ismevanje.

— Dok mi mudrujemo, druge se nauživaju. Htela sam da vam kažem: onoj vašoj Donki recite da je Nišlija veliki zavodnik. To devojče izgleda zaludelo za njim.

— Ona ga hvali da je dobar i karakteran.

— Otreznite vi nju, jer mi je žao, dobra je devojka, može da nagraiše.

Kad je, posle kancelarije, stigla kući, Donka je dočeka s novostima:

— Razija se isprosila za jednog Bosanca.

— Jel' istina? A kako se upoznala s njim?

— Letos, na Ilidži.

— Pa one su išle u Sloveniju.

— Prvo u Sloveniju, pa posle i do Ilidže. Evo Razije, ona će vam ispričati.

Lepa devojčica utrča kroz kapidžik. Nosila je fotografiju.

— Da vam pokažem mog Bosanca. Vidite što je sladak!

— Zbilja je simpatičan — pohvali ga Anđelka. — Ostvarila ti se želja da se udaš za Bosanca.

— Jeste! O, koliko sam srećna! Na Ilidži smo se upoznali. On je trgovac, drži manufakturnu radnju, ovako kao Safet. Ima majku i sestru. Sestra mu uči trgovačku akademiju i ne nosi zar i feredžu. I ja ću skinuti. Kazao je da neće dozvoliti da njegova žena bude pokrivena, što se radujem! Živeću u Sarajevu. Divno je Sarajevo!

— A kako ste se upoznali?

— U parku. Sve ću vam ispričati. To je kao u feljtonu!

Kad Razija ode, pošto je do sitnica ispričala šta se sve dogodilo, Donka uzdahnu:

— Ona ima i lep miraz. Otac je svakoj ostavio pedeset hiljada u gotovom. To su lepe pare, a dobiće još. Teško je nama devojkama koje nemamo ništa.

— Kako nemaš? A zar ove kuće ne vrede?

— To nije u gotovom. Ako ih prodamo, od čega će mama živeti? Ona ne može da se rastane od ovih kućica.

— Udaćeš se i ti lepo, nemoj se sekirati.

— Neću se ja lako udati.

— Zašto si sad pala u melanholiju?

— Tako! Ne marim ni da živim!

— Gle, sad! Tako lepa devojčica, pa ne mari da živi. Nešto te nasekirao Nišlija, sigurno. Kad bi mene poslušala, ti bi ga zaboravila.

— Kad bih mogla! Kriva je mama. Sinoć nisam smela da izađem da šetam s njim zbog mame.

— Bolje. Možda te on nije ni dostojan.

— Nemojte i vi kao mama — ljutnu se Donka.

— Moram ti nešto reći, Donka. Jutros sam u kancelariji čula nimalo pohvalne reči o tom Nišliji. Moja koleginica kaže da te upozorim da je on veliki zavodnik i da ga se čuvaš.

— Lažu svi! On je baš dobar.

— Onda lažem i ja! Dobro, nek ti on bude veći prijatelj od mene.

— Nemojte se ljutiti — povrati se Donka. — Ali svi su toliko protiv njega, a on nije rđav nego je ovde svet zatucan, pa sve izokreće i svakog je u stanju da nagrdi — govorila je kroz plač, jer su u njoj osećanja bila nadvladala razum i došao je opasan trenutak: da mu slepo veruje, da je niko ne može razuveriti, da su svi neprijatelji.

Vešt i iskusan mladić, Nišlija je umeo da zaludi žensko srce i Anđelka se bojala za Donku, htela da je ubedi i dokaže kako je u zabludi, da je neće uzeti, već je samo obmanjuje da bi se proveo s njom. A majka je Donku ogradila svojim starinskim predrasudama kao bedemom i on se sad upinjao da je prevuče preko tog bedema. Zato se Anđelka rešila da joj pomogne.

Obukla je topliju haljinu, jer beše zahladnelo, i otišla u kancelariju, neprekidno glavobolna od te vesti koja ju je potresla: Toma starešina sreskog suda i njen starešina!

Dva-tri dana prođoše. Bogdanović se spremao za Niš, vrlo raspoložen što odlazi. Dirnuo je Anđelku:

— Ostaće mi samo žao što vi ostajete ovde, gospođo. Gledajte da i vi dođete u Niš.

— Hvala, zadovoljna sam ovde.

— Pravo da vam kažem, vi glupo živite. Zar da vam tako prođe mladost! Šta imate od života?

— Svoje spokojstvo i svoju kućicu.

— Onda treba nekog da imate u toj kućici — poče on bljutavo, pa nastavi s banalnim komplimentima. Ona se udalji uvređena.

Iz kancelarije je pošla u šetnju da se malo osveži. Izašla je izvan varoši. Veče je bilo prijatno. Kiša beše pokupila prašinu, pa je vazduh bio svež, a planine čiste, mrke i divnih kontura na sivkastom nebu.

Jedan auto dojuri, cijuknuše kočnice, i zaustavi se iza nje. Za volanom je bio Gojko Marić. Ona odskoči u stranu čak do jarka.

— Kako ste me uplašili! — prošaputa pobledevši.

— Zašto se vi uvek plašite mene, kao da sam neki kriminalni tip? Ja osetim ogromno zadovoljstvo kad vas vidim i velikodušno vam praštam sve kaprice, kao onda u onom selu, kad me niste hteli ni pozdraviti. Uvredilo me vaše držanje i hteo sam da vam to kažem.

— Čini mi se da ja imam više prava vas da pitam: otkud vi u tom selu? — reče Anđelka hladno.

— Sasvim slučajno. Vraćao sam se iz Beograda, udario na Aranđelovac, bio tamo jedan dan, pa sam morao tuda proći u povratku.

— Niste znali da sam tamo?

— Nisam, časti mi!

— Ja sam Vukici kazala gde ću letovati.

— Ništa mi nije rekla. To je čista slučajnost. Vidite li kako se naši životni putevi neprestano ukrštaju. Zar ne osećate da u tome ima nečeg sudbonosnog... Možda ja stalno mislim na vas i telepatijom vam to prenosim, pa se nađete uvek tamo gde i ja. Kuda ste sad pošli?

— Šetam.

— Zašto ne biste seli u auto da se provozamo. Posle bih vas odvezao do moje kuće i Vukica ne bi u tome videla ništa sumnjivo. Hoćete li, Anđelka?

— Hvala. Vi za mene ne postojite, gospodine Mariću, i želim da to uvek imate na umu!

— Ako sam jednoga dana morao da nestanem, evo me sad vaskrslog, sa istim osećanjima kao onda na moru.

— Žalim, ali vaša osećanja neće naći odziva kod mene. Nikad više!

— Zašto ste tako neumoljivi? Zašto ne shvatite život? Eto, ja želim sve da popravim, a vi odbijate.

— A na drugoj strani da srušite sve i ubijete jednu ženu i dete!

— Za moju ženu raskid braka ne bi predstavljao veliku tragediju. Ona se već miri s tim. Možda sam joj i dosadan. Prilično je prepatila pored mene.

— Pa sad tražite nove žrtve!

— Vi ne biste bili žrtva, već moja životna sreća, inspiracija, energija. Ja izigravam mirnog i učtivog čoveka, ali vi me dovodite do besa i ja zaista ne znam šta se sve može odigrati do kraja. Nemojte me ljutiti tom svojom ravnodušnošću. Hajdete u kola!

— Zbogom. Ja sam dovoljno jaka da se ne plašim vašeg gneva!

Okrenula mu je leđa, a on pođe žurno dva koraka za njom da je dočepa, baci u auto i odjuri s njom, ali zastade, namrgođen i kivan, pa odmahnu glavom i uđe u auto...

Taj susret pokvario je Anđelki šetnju. Obuzimale su je svakakve misli.

„Šta će biti ako Toma dozna za Marića? Ali od koga bi doznao? Ona neće reći, a Marić je toliko korektan da nikom nije pomenuo šta je bilo između njih. Jadna Vukica! Čudo da je i ovoliko godina sačuvala svoj brak!"

Kad se vratila, u bašti zateče Safeta, Raziju i Fatimu. Safet se srdačno rukova s njom, ali je bio nešto tužan. Njegove sestre su pričale, on je ćutao. Mučila ga je čežnja za Anđelkom. Dokle će samo snevati o njoj, a ne ispovediti joj svoju žarku ljubav!

Anđelka je videla njegove tužne poglede i pitala se: „Zašto me muškarci vole? Da li da bi mene usrećili ili sebi pružili uživanje? U stvari, niko me istinski ne voli!", uveravala je sebe po ko zna koji put, a duboko u srcu čeznula za ljubavlju, čeznula za Nenadom.

Te večeri napisala mu je lepo pismo i molila da se ne ljuti na nju. Kad je pročitala, pokajala se. „On se ženi, šta imam da mu pišem! Izjavio je preda mnom da će uzeti Nevenku. Šta sam onda ja za njega? Dama iz Malinske, žena za provod i ništa više! Njega nije obradovalo što je u Aniti pronašao Anđelku!" Oseti se uvređenom i htede da iscepa pismo, ali je nešto u njoj savlada i pobedi, pa ujutro spusti koverat u poštansko sanduče.

Dani su prolazili u iščekivanju Nenadovog pisma i Tominog dolaska.

Jedne večeri sedela je posle kancelarije i pisala teti pismo, kad začu bat koraka uza stepenice.

— Anđelka! — vikala je Vojka.

— Otvorite! — dodavala je Zagorka.

„Što li se tako žure?", čudila se Anđelka otključavajući vrata.

One upadoše zadihane:

— Jao, što je divan. Videle smo ga! Visok, crnomanjast, a tek oči!

Anđelku nešto štrecnu, ali upita hladno:

— Ko to?

— Starešina suda Toma Đurović. Srce, što je sladak! Bolan, niko da mi ga ne dira. Ostavite ga meni. Ja sam se već zaljubila. Moj tip!

— Baš si luda, Vojka! Možda je čovek zauzet. Šta se zanosiš toliko?

— Ćuti, ti! Predosećam da će biti fatalan za mene. Nešto mi govori — udarila je u smeh, jer je u stvari terala šegu, a potom poče ozbiljnije: — Znate, stvarno izgleda lepo i muževno. Zgužvaće sve ovdašnje momke. I onog policijskog pisara što uobražava da je najlepši. Dakle, sutra ćemo imati čast da se upoznamo s novim starešinom suda. Ja oblačim onu bordo haljinu, hoću da napravim lep utisak na njega. Neka vidi da mi nismo palančanke. Vas dve ne morate mnogo da se udešavate. Ostavite da mu se ja dopadnem — govorila je veselo Vojka, koja je bila uvek dobre volje i čeznula za pravom i velikom ljubavlju, koju nikako nije nalazila.

Otišle su razdragane, a Anđelka zagnjuri glavu u ruke i dođe joj da plače. Šta je to tako rastužuje? Da li sve one divne uspomene u vezi s

Tomom, da li njen usamljenički život, da li izgubljeno devičanstvo i ono prvo bolno razočaranje koje joj se sveti kroz ceo život?...

Ustala je, umila se i večerala, i to ju je umirilo. „Dakle, sutra ću se videti sa svojim bivšim mužem", mislila je.

# Bacil ljubavi

Ujutru, čim se probudila, uveravala je sebe da je potpuno mirna, ali je ubrzo po nervoznim pokretima i rasejanosti osetila da joj i protiv volje nešto zauzima sve misli. Pođe u kuhinjicu, pa zastane ne zna zašta je pošla. Hoće nešto da kaže tetka-Saveti pa nikako da se seti. „Neću, valjda, pošašaviti zato što je on došao", grdila je sebe. „Reći ću mu čim se sretnemo nasamo: 'Gospodine' da, tako ću mu se obratiti: 'želela bih da nikome ne kažete da sam bila vaša žena!'"

Pođe da se obuče i htede da uzme drugu haljinu, pa je ostavi. „Da se udešavam za njega? Vojka će se jutros obući. Neka je, želim joj sreću... Imaću prilike da ga proučavam u odnosu prema ženama. Kandidat je za ženidbu, a ovo je malo mesto, zapaziće ga svi!"

Ispitivala je sebe, ali nije osećala tugu. Više uznemirenost i neku radoznalost. Tetka Saveta joj donese mleko:

— Hoćeš da ti kupim nešto na pijaci?

— Ja vam stalno dosađujem, ali vi umete bolje da kupite od mene.

— Umem da se cenkam. Moram. Uvek sam teglila da sastavim kraj s krajem. Po dva-tri puta idem na pijac. Bila sam jutros oko pola šest, pa mi nešto skupo. Nisu došle moje seljanke. Idem ponovo u osam.

— Dobro, evo vam novac, pa mi kupite — nabrojala je šta da joj uzme, izašla iz kuće i zaključala vrata, pa zastala u bašti.

— Baš su lepe ove hrizanteme! Poslednji jesenji cvet, ali tako živopisan i svežeg mirisa.

— To moja Donka neguje. A ja volim šeboj, muškatle i bosiljak.

— Baš ću jednu da otkinem da se zakitim! — uzbrala je belu hrizantemu i stavila na teget mantil, koji joj se pripijao uz stas. Na glavi je imala teget šеširić sportskog oblika, ispod koga se videla njena crna talasasta kosa.

— Zbogom, tetka Saveta.

— Zbogom, sine.

Simidžija je nosio simite i uzvikivao ulicom. Kupila je jedan i stavila ga u tašnu. Simit je makedonski specijalitet. U Beogradu ga nema, ali se sećala da je teta pričala kako je pre rata bilo simita i u srbijanskim varošima, marjaš jedan, pa njena majka ode i kupi svoj deci po simit za užinu.

Išla je lagano, jer je bilo još vremena. „On je odseo u hotelu”, razmišljala je. „Najbolje da ga odmah sretnem. Ali, ne! Onda bi svi videli da se poznajemo.”

Safet je stajao pred dućanom i nadgledao kako pomoćnik uređuje izlog i stavlja jesenje novitete. Pozdravi Anđelku i htede joj nešto reći, ali ona minu. I magistar farmacije proviri za njom, čudeći se, kao i Safet, zašto ta lepa raspuštenica živi u takvoj samoći, kad su svi muškarci spremni da na jedan jedini njen mig polete.

„Sigurno hoće da se uda”, nalazio je razlog, „pa se drži na ceni!”

Anđelka je prošla drugim sokačetom, da zaobiđe hotel u kome je odseo Toma.

Koleginice su već bile u kancelariji. Vojka je buktala u bordo haljini. Narumenela se malo jače, da bude u skladu s haljinom.

— Nije još došao. Da li će biti bolji od Bogdanovića?

— Nije Bogdanović bio rđav — branila ga je Zagorka.

— Dobar je bio i kao pravnik — pohvali ga Anđelka. — Znao je svaki paragraf.

— Vredan je i ambiciozan. Njegova žena je jednom kazala: „Nije moj muž za ovaj sud, on treba da dobije Beograd.”

— A zašlo ne bi bio za ovaj sud? Kao da se drukčije sudi u Beogradu i da su drukčiji prestupi. Nego, ona voli Beograd.

— Lepo će mu biti i u Nišu. Kažu da je to fino uređena varoš.

— Nisam bila — reče Anđelka.

— Čujete li korake? To je sigurno on!

— Dobro jutro, gospodine! — čuše pozivara u hodniku.

— Dobro jutro! — otpozdravi dubok muški glas.

— Ovo je vaša kancelarija — saopštavao je pozivar.

— Trebalo je da ga mi dočekamo i odvedemo u kancelariju — šalila se Vojka. Anđelka je ćutala, ali je osećala kako je poduzima trema. Da se on ne izda kad uđe? Ona će već umeti da savlada sebe. Otvori fioku svoga stola kao da nešto traži, da bi skrila uznemirenost.

U hodniku se čuše koraci i glasovi. Izbi i neka svađa među parničarima. Pozivar ih ućutka i izgrdi. Nastade ponovo tišina. Tek zvrknu zvonce i do njih dopre glas sudije Neškovića:

— Tu su naše činovnice. Izvolite ovamo.

„Da li će se odati kad me vidi?”, strepela je Anđelka. „Ja ću biti kao stena. Prošlo je moje uzbuđenje. Vi ste, gospodine Đuroviću, za mene stranac i starešina suda!”

Koraci se približiše vratima. Nešković otvori vrata i propusti Đurovića. On uđe i zastade. Prvi pogled pade mu na Anđelku. I ona je njega gledala, netremice ali pribrano, ne odajući se. Učini joj se kao da mu se oči zamračiše i malo se promeni. Onda se brzo okrete Vojki, jer mu ona beše bliža, rukova se s njom i predstavi. Priđe i Zagorki. Anđelka ustade, pruži mu ruku, on promrmlja svoje ime, izgovori i ona svoje. Zastade na sredini prostorije.

— Lepa je zgrada. I svetla kancelarija.

— Skoro je zidana, pre tri godine. Ranije smo bili u jednoj turskoj kući.

— Jesu li gospođice odavde?

— Gospođica Stanković — pokaza Nešković na Vojku — i gospođica Obradović — okrete se Zagorki — odavde su. — A gospođa je Beograđanka — predstavi najzad Anđelku.

Toma je hladno pogleda, skrivajući uzbuđenje koje je osetio u prvi mah, pomislivši: „Ah, ona bitanga! Znao je da je ona ovde!"

Izašao je iz kancelarije i otišao u svoju, ne mogavši da se povrati od iznenađenja. Bio je besan i uvređen. Da ga dovede ovde gde je Anđelka i da ona uobrazi kako trči za njom, ne može da je prežali, pa potegao da bude u istom sudu! „Danas ću mu napisati pismo i izgrditi ga na pasja usta. Reći ću mu da se vara ako misli da ću promeniti mišljenje. Ona za mene više ne postoji!... Da li se hvalila da sam bio njen muž", pitao se. „Sigurno je time htela da napravi sebi reklamu. Pa kako se udesila, prolepšala, pustila kosu prava boginja!"

Jedak i nervozan, on pozva sudiju da mu donese sva dosijea i upozna ga sa svim predmetima koji su na redu. Slušao ga je i razgovarao s njim, ali mu je Anđelka neprestano bila u pameti. Sve je mogao verovati, ali da će se njih dvoje naći u istom sudu — nikad! „Gospođa bi sigurno želela da se izmirimo. Da nije to izjavila mome rođaku? Ah, da mi je sad ovde!" Imao je želju da se raspita o njoj, ali se nije usuđivao, da ne bi izazvao sumnju. Ako je kome već kazala da je bio njen muž — čuće. Malo kasnije, kad se povela reč o činovnicima, zapita sudiju Neškovića:

— Jesu li one tri pravnice?

— Bojanićka je pravnik.

— Jel' udata?

— Ne, raspuštenica je.

— A ko joj je bio muž?

— Ne znam. Ona o tome nikad ne priča. Vrlo je ozbiljna i povučena.

Njemu laknu. Dakle, ne znaju. Nije htela da se hvali time. „Ozbiljna i povučena! Čudo da se tako povukla? Što nije bila ozbiljna i povučena pre braka!", uplitale su se jetke misli, dok mu je sudija referisao o poslovima.

Jutro je prošlo. Dvanaest iskuca na velikom zidnom časovniku. Žurni koraci činovnika odjeknuše kroz popločani hodnik. Jedan ženski glas progovori ispred Tomine kancelarije:

— Zagorka, čekaj da ti kažem nešto!

„Nije ona!", reče Toma u sebi. Anđelka je ćutke prošla pored njegove kancelarije, koja beše sa ulice, a njihova iz dvorišta. On ustade i priđe prozoru, želeći da je vidi. Tri činovnika iziđoše. Spazi je u zagasitom teget mantilu, visoku i vitku. Išla je lagano, ne osvrćući se. One dve pogledaše u njegov prozor.

— Eno ga, nije još izašao — brbljala je vesela Vojka. Toma se povuče s prozora. — Divan je! Tako nešto da nađem za muža. Ali, jutros sam se ožalostila. Prvo je pogledao vas, Anđelka. Opazila sam kako vas je nekoliko trenutaka iznenađeno i netremice posmatrao. Ne vredi nam ništa da se udešavamo. Vi ste najlepša!

— Meni se čini da sam ga videla dva-tri puta u Beogradu. Sećam se, jednom u tramvaju, sedeo je preko puta mene. Ja sam ga se setila, a možda i on mene — nalazila je Anđelka objašnjenje, misleći: „Umeo je da se savlada. Ni za trenutak nije ništa pokazao. Pa se predstavlja kao da nikad u životu nije sa mnom ni reči progovorio!", ipak joj nešto gorko ostade u grlu.

Uveče je Toma sedeo pred kafanom. Bilo je blago jesenje vreme i stolovi su još stajali napolju. Tu je bio i gradski korzo, mladići i devojke su šetali i čavrljali. On ih je posmatrao i tražio pogledom Anđelku, ali je nije spazio. Priđe mu Nešković i poruči pivo. Toma se raspitivao o varoši, meštanima, životu, ali je stalno poglédao na korzo. „Povukla se u samoću", seti se šta su mu rekli.

— Vi niste oženjeni? — zapita ga Nešković.

— Bio sam... pa sam se razveo. A vi?

— Nedavno sam se oženio. Taze bračni par! Ona je ovdašnja učiteljica. Dve plate, pa se lepo živi. Izvolite kod nas u posetu.

— Hvala.

Nešković posede malo pa ode, a Đurović se diže da prošeta kroz varoš. Išao je sokačićima, zavirivao u bašte, gledao požutele osmanluke i male doksate, turske kućice pored novih zgrada, koje su pokazivale dolazak novog u ovaj stari grad. Ušao je u jedno lepo sokače. Stare muslimanske kuće imale su velike kapije i visoke zidane ograde, pa se ništa nije videlo unutra, a ostale su provirivale iz bokora cveća, dudova, oraha i kajsija. U jednoj baštici neka ženska prilika se beše sagla kraj hrizantema i otkidala suvišne pupoljke. On zastade uzbuđen, jer mu se učini poznata crna talasasta kosa i beli vrat. I ona se trže, ču da su zastali koraci, pa se ispravi i nađe se licem u lice sa svojim bivšim mužem. Toma je stajao kao ukopan, a ona ga je uzbuđeno gledala: „Ovo je trenutak da mu kažem ono što želim!" Prišla je ogradi i govorila šapatom, ali brzo i uzbuđeno:

— Gospodine Đuroviću, htela sam da vas nešto zamolim. Ovde niko ne zna da ste bili moj muž, pa bih želela da tako i dalje ostane. Vi ste za mene starešina suda, a ja činovnica!

— U redu, gospođo. Neću ništa reći. I meni to ne bi bilo prijatno, tim pre što sam svestan toga da vi nikad niste bogzna koliko želeli da budem vaš muž i da vam je razvod dobrodošao!

— Nisam očekivala da ćete mi uzvratiti uvredom kad sam vas ovo zamolila. Ali, to je vaš manir. Vi uvek vređate! — okrenula mu je leđa i ušla u kuću, uzbuđena i rastužena kao da je razgovarala s neprijateljem.

„Ne bih bila srećna s njim", mislila je. „Možda je zaista moja sreća što sam se razvela!" Osetila je neko olakšanje i utehu, gledajući svoju kućicu, stvari i knjige. „Ipak sam ja sredila svoj život. Žena može biti srećna i bez muškarca! Dobro je što sam mu ono kazala. Nek zna da mi nije stalo do njega!"

Otvorila je radio, ali se razvuče neka sevdalinka i muški glas pun ljubavnih treptaja i jada, pa se tuga uvuče u njeno srce i suze joj ovlažiše oči. Ipak je ostao još pokoji bacil ljubavi u njenom srcu!

Cele večeri joj se neprestano nametao u mislima, pa se naljutila na sebe i sela da piše tetki. Saopštiće joj za Tomu i kako je razgovarala s njegovim rođakom i kako ne zna da li je Toma želeo da dođe ovamo ili se to dogodilo slučajno.

A Toma je šetkao po hotelskoj sobi i kajao se što joj nije rekao: „Nemojte misliti, gospođo, da sam ovo mesto tražio zbog vas. Nisam imao pojma da ste ovde, niti sam se uopšte interesovao gde ste sa službom!" Kako je ohola kad govori da ne želi da iko dozna da je on bio njen muž. Kao da je on niko i ništa! Mora da je pronašla nekog, pa ne želi da se on predstavlja kao njen bivši muž. Onde, sigurno, stanuje. Ona je uvek maštala o kućici i bašti. Udesila život i prima kavaljere! Doznaće on već kakva je. Ali, šta ga se tiče!

Sedmica dana minu. Svake večeri ju je Toma očekivao na korzou, ali nije nije bilo. Išao je u bioskop ni tu je nema. U kafanu uopšte nije dolazila. „Ide li kuda? Šeta li s kim?", pitao se. Viđao ju je samo u kancelariji.

Jednom mu donese nekakav dosije.

— Pa, kako živite, gospođo? — pitao je blaže.

— Vrlo lepo, gospodine Đuroviću.

— Ne viđam vas nigde, ni na korzou ni u bioskopu.

— To nije za mene. Nisam mnogo korzirala ni kao devojka, a sad pogotovu.

— S kim stanujete?

— Sama sam. Imam lepu sobicu i kuhinju.

— A imate li kakvu ljubav?

— Ne. Imala sam jednom ljubav i dosta mi je zauvek!

— Čini mi se da ste imali više ljubavi!

— U pravu ste. Dve. I obe su me razočarale.

— Niste li, možda, vi koga razočarali?

— Verovatno... ali i ako sam razočarala nekog, nisam zaslužila poniženja i uvrede. Izvolite, tu vam je dosije koji ste tražili.

— Uvek ste gordi i nepokolebljivi, i uvek u pravu!

— Ako ne bih bila gorda, ljudi bi bili u stanju da me zgaze, ja znam svoju vrednost i to ne dopuštam.

— I verujete da sam se ja pokajao i poleteo za vama? Ne! Nisam ni slutio da ste ovde. Jednog uticajnog rođaka sam zamolio da me premesti i iznenadio se kad sam vas ugledao.

— Verujem vam jer vas poznajem. Vi ste u stanju pre život da izgubite nego da prelomite sebe i promenite jednom stečeno mišljenje.

— Zar biste želeli da promenim mišljenje o vama? — upita je, stojeći i gledajući je pravo u oči.

— Ono što se prekine nikad se ne nastavlja, gospodine Đuroviću.

— Tako je! Ja već pomišljam na ženidbu.

— Želim vam mnogo sreće.

— Hvala, gospođo Bojanić.

Izašla je uzdignute glave, a on ostade zamišljen. Malo posle zapali cigaretu: „Tako je to kad se čovek ženi intelektualkom i samostalnom ženom. Ja sam, glupak, bio oduševljen time da imam ženu koja je završila fakultet i koja će mi biti drug u životu!”

Uzeo je dosije, prelistavao ga i trudio se da je zaboravi, ali su ga misli, jedna za drugom, kljucale: „Obukla tanku bluzu da joj se vide grudi. Da, to sam voleo... Zategla suknju preko bedara da joj se vidi svaki mišić! Zna ona čime se zaluđuju muškarci!”

Njegov ponos se još jače suprotstavi njenom. Hladno ju je gledao kad je bila zapisničar. Jednom joj je i nešto oštro zamerio, a na ulici se ravnodušno javljao. Čak je odlučio da se i on malo zabavlja, ali je želeo da ona to vidi.

# Na žuru

Sudija Nešković pozvao ga je na žur koji je priređivala njegova žena Zora. Napomenuo mu je da će biti i Anđelka i jedna mlada učiteljica, koleginica njegove žene, koju je ona pozvala kao i još jednog kolegu mladića. Đurovića je interesovalo da se nađe u društvu svoje bivše žene i vidi kako se ponaša.

Učiteljica Branka bila je simpatična i inteligentna devojka, veselih crnih očiju. Volela je pesmu i svirala na violini, a važila je kao dobra učiteljica, pa su se roditelji otimali da im deca uče kod nje.

Zora je priredila žur najviše zbog nje, da je upozna i zbliži s novim starešinom suda. Anđelku je pozvala da ne bi bilo samo učiteljsko društvo, mada je u potaji bila malo ljubomorna na nju, iako joj je muž pričao da je ozbiljna žena. Pozvala je i učitelja Vojina, pametnog i sposobnog mladića, koji je imao već deset godina službe a još se nije oženio. Bio je malo probirač, pričalo se da traži miraz, ogovarali su ga da je uobražen. Dopadao se devojkama, jer je bio društven i duhovit, a polagao je i na odevanje, što su koleginice posebno hvalile, zato što se mnogi učitelji brzo zanemare i proaljkave. Njemu se sviđala Branka, ali ona je imala slabosti prema oficirima, jer je i sama oficirsko dete, otac joj je bio major u penziji, pa je snevala o poručnicima. Spadala je među one učiteljice koje su se još u učiteljskoj školi zaricale da se neće udati za kolegu i dosad je stvarno mnoge odbila. Vojin ju je peckao i ismevao zbog toga, a pomalo je bio i uvređen, pa je stalno izlazio s meštankama, želeći da joj dokaže kako ni njemu nije mnogo stalo do učiteljica.

Došli su na žur pre pravnika, pa se poveo prosvetarski razgovor o školi i upravitelju. Zora se ljutila:

— Raširio se u onolikom stanu! Šta će njemu tri sobe? Ona jedna mogla bi biti naša kancelarija, a ne da se tiskamo u onom mračnom sobičku. Treba da zahtevamo od njega da tu sobu ustupi za zbornicu.

— Taj matori nek traži penziju, a vi, kolega, da budete upravitelj— reče Branka Vojinu.

— Ja sam to već kazala, ali onaj neće u penziju. Lepo mu u školskom stanu: drva, osvetljenje, posluga. Poslužiteljka Draga je i kuvarica njegove žene.

Neko zakuca. Pojavi se Toma.

— Da vas upoznam. Ovo je moja koleginica i kolega — reče domaćica. Branka lako pocrvene, a učitelj Vojin se osmehnu i ispitivački osmotri sudiju.

Odmah za njim naiđe i Anđelka. Rukova se sa svima i sede do Vojina. Njemu bi prijatno da malo trucira Branki, ali ona nije bila nimalo ljubomorna, već pogleda lepu sudsku pripravnicu. „Što je morala Zora nju da zove?", pomisli, odmerivši je od glave do pete. Anđelka je bila elegantno obučena: teget haljina, teget šeširić, teget cipele. „Otkud joj para da se ovako oblači?", razmišljala je Branka. Toma baci kratak pogled na Anđelku i okrete glavu. Poznao je tu haljinu. Sećao se kako mu je kazala: „Ti ćeš biti u teget i ja u teget. Baš smo lep par!" A on baš danas obukao teget odelo!

— Kako ste, gospođo? — okrete se učitelj Anđelki i pogleda je zavodnički.

Poznavao ju je, ali do sada nije imao prilike da razgovara s njom. Ta lepa žena mu se dopadala, ali nije pokušavao da joj se približi, jer je verovao da kad učiteljice ne gledaju učitelje, još manje će ih gledati univerzitetski obrazovane žene.

— Zahvaljujem, dobro sam. Čula sam nedavno vaš školski hor. Lepo ste ga spremili. Iznenadilo me kako imate dobre altove.

— Ovdašnja deca imaju sluha i vole pesmu. — Toma je osluškivao razgovor, a Zora se umeša:

— Naš Vojin i divno svira na violini. Vrlo je muzikalan.

— U učiteljskoj školi uči se violina — dodade Branka, pogleda Đurovića i spazi kako posmatra Anđelku. „Ta raspuštenica će njega uhvatiti", pomisli. Kao mnoge neudate devojke, i ona je mrzela lepe udate žene i raspuštenice. A ova je još u sudu, svakog dana s njim.

— Jeste li vi odavno ovde, gospođice? — zapita Toma Branku.

— Ima dve godine.

— Vi ste skoro završili?

— Pre pet godina. A odakle ste vi rodom?

— Ja sam Crnogorac.

— Vidiš, Zoro, da sam pogodila. Kazala sam da ste vi sigurno Crnogorac, tako visok i crnomanjast.

— Jeste li vi odavde? — zapita Anđelka Vojina.

— Ja sam Šumadinac.

— Kragujevčanin?

— Ne, seljački sin.

— Kažu da šumadijski seljaci dosta školuju svoju decu.

— To čine ili imućniji ili oni koji nemaju dovoljno zemlje.

— Kako školuju decu kad nemaju sredstava?

— Deca odu u grad i sama se izdržavaju služeći po kućama ili na neki drugi način. Uče školu i rade... A vi, gospođo, retko izlazite. Nikad vas ne viđam u bioskopu ni na korzou.

— To prepuštam mladima.

— Zar ste vi stari?

— Čim sam završila univerzitet, nisam više tako mlada.

„Koketuje ona sa svakim", mislio je Toma, čuvši to „nisam mlada". „Voli ona da joj muškarci prave komplimente!"

— To mi muškarci treba da kažemo — prošaputa učitelj i pogleda je značajno.

Branka se okrete Vojinu i spazi kako posmatra Anđelku. „Još će se zaljubiti u nju", podsmehnu se. — Dopada li vam se ovde, gospodine Đuroviću? — okrete se brzo sudiji.

— Varoš je lepa. Ima raznolikosti, i Orijenta i Zapada. Vidim da se prilično izgradilo. Ranije sam jednom prošao ovuda i sad zapažam razliku.

— Gde stanujete? — zapita ga Zora.

— Još sam u hotelu.

— Ima jedna žena koja izdaje sobu samcima. Baš me pitala za vas, da li biste uzeli stan kod nje. Vrlo je čista.

— Nemam ništa protiv, ako je soba lepa. Nisam ni mislio da ostanem u kafani. Uveče je larma, pa se ponekad zasede, piju i pevaju, a ja bih hteo malo mira.

— Tamo će vam biti lepo — dodade sudija Nešković.

— A vi, gospođo Anđelka, zaista imate lepu kućicu — pohvali je sudinica.

— Vrlo mi se dopalo kad sam bila u poseti kod vas.

— Gospođa Anđelka je prava domaćica — pohvali je i sudija. — Samo je suviše usamljena.

— Meni prija samoća. A imam i radio, pa nikad ne osetim dosadu.

Svi je pogledaše a Tomine se oči zaustaviše na njenim cipelama. „Ima malu nogu", nesvesno mu prolete kroz glavu, pa se naljuti na sebe što misli na te detalje. Ali, uspomene iz prošlosti okomiše se na njega kao da mu se svete i izazivaju ga, i on je vide u sobi hotela na Sušaku, kad je stajala pred njim u dugoj svilenoj košulji, lepa kao vila, a on je bezumno dohvatio u naručje...

— Hoćete li doći, gospodine Đuroviću, kad budemo davali koncerat? — trže ga učiteljica Branka.

— Vrlo rado, gospođice.

— To je u korist siromašnih đaka. Ja sam spremila s đacima jedan pozorišni komad.

— O, Branka je prava glumica!

— Koja žena nije glumica? — dirnu sudija svoju ženu.

— Ja mislim na talenat, a ti na lukavstvo. Nismo mi žene ni lukave ni pritvorene već prava jagnjaščad. Možeš li se štogod požaliti na mene? — pitala je muža i gledala ga zaljubljeno.

— Još je rano, gospođo — dirnu je kolega. — Ljudi se nikad ne žale prve godine.

— Druga je najopasnija — prihvati sudija. — Ali ja sam vrlo popustljiv.

— O, kako vas ona voli! — uzviknu Branka. — U kolegijumu samo o vama priča.

Neko opet zakuca. Uđe advokat Živković sa ženom, debeljušni čovek s punačkom ženicom, veliki veseljak, pun šale i zadirkivanja.

— Gle, prosveta i pravo! — uzviknu s vrata. — Ko će koga nadgovoriti. O, tu je i gospođa Anđelka. Baš lepo da i vas vidim u društvu. Ona je, inače, prava monahinja. Na vama je, kolega Đuroviću, da ovu lepu ženu izvedete malo u društvo.

— A šta će u društvu? — reče Živkovićka. — Da je vi muškarci gledate i ogovarate! Znate, gospodine Đuroviću, ovde više ogovaraju muškarci nego žene.

— Nemoj, ženo, da me vučeš za jezik. Što se tiče ogovaranja, tu smo mi nemoćni da se takmičimo s vama. Jedino što mi advokati moramo biti nešto govorljiviji, ali to nam je posao. Gospođice Branka, kako naša Lelica? Ona vas obožava. Po ceo dan priča u kući: moja gospođica, moja gospođica najlepša!

— Srećna sam što je kod vas. Bojala sam se da ne bude kod one Nikolićke. Ta žena nema metoda — govorila je Živkovićka. — Šta sve zadaje deci! Žalila mi se popadija. Ima ćerkicu kod nje, pa subotom im zada za nedelju toliko da siroto dete po ceo dan uči, a pop i popadija s njom.

— Ja sve obrađujem s decom u školi — reče Zora — a i Branka isto tako.

— I učitelja Vojina hvale roditelji.

— Nemojte da nas ostavite. Baš sam mislila da moj Vlada bude kod vas dogodine.

— Ko zna, gospođo, da li će se to ostvariti. Za Beograd treba imati veliku protekciju.

— To je tačno — reče tiho Anđelka.

— Eto, i gospođa je iz Beograda, pa došla u Makedoniju.

— Treba i mi nešto lepo da vidimo — našali se advokat i pogleda u Anđelku.

„Zar ona nema nikakvu ljubav?", pitao se Toma.

— Gospođu ćemo da udamo. Lepa i mlada žena treba da se uda — govorila je Živkovićka, misleći na starešinu suda: on raspuštenik, ona raspuštenica, oboje mladi i lepi, prava prilika!

— Imamo mi ovde dosta kandidata za ženidbu. Onaj pisar vas nešto mnogo gleda — dirnu Živković Anđelku.

— Taj svaku gleda — poče da ga ogovara Živkovićka.

Devojka donese čaj i kolače. Učiteljica Zora je volela gospodski život u kući. Kućnoj pomoćnici stavila je belu keceljicu i namestila mašnu u kosu. Htela je da i time pokaže kako ume da bude dama. S vremena na vreme održavala je žureve za svoje i muževljeve kolege i koleginice. Bili su oboje vrlo društveni.

Čaj se prelivao kao zlato u tankim porcelanskim šoljama, koje je dobila za mladence. Učiteljica Branka se sva zarumenela od toplog čaja i Đurovićeve blizine. Današnji dan joj je bio vrlo prijatan. Njena koleginica Zora predloži:

— Jednom ćemo, Branka, doći kod tebe na čaj.

— Vrlo ću se radovati.

Veče se spuštalo i upališe elektriku. Na blesku crvenog abažura zablistaše svi, a Anđelkina lepota i tamne plave oči postadoše još lepše. Ona i Toma krišom su se pogledali, ali uvek okretali glavu jedan od drugog.

— Koliko ste bili u braku, gospodine Đuroviću? — lupi iznenada Živkovićka.

— O pokojniku se, ženo, ne govori u kući, a razvedena žena je kao pokojna — našali se advokat.

— Nisam bio dugo — procedi Toma.

— Vas žene kopka da sve saznate. Ima vremena, ženo. Biće on dovoljno dugo u braku. Sad nek se malo nauživa zlatne slobodice!

— Ne valja kad se dugo bećari. Čudim se, gospodine Vojine, što se vi ne ženite. Ima ovde lepih učiteljica.

— Nažalost, gospođo, učiteljice ne gledaju učitelje.

— Kad je posredi ljubav, mi smo nemoćne, ali to ne znači da ne cenimo svoje kolege — branila je Zora svoje koleginice.

— Ko pre devojci onom i devojka! — šalio se advokat. — Ovaj naš Sava dosta je zavodljiv, pa kažem ženi: uhvatiće on onu malu učiteljicu. I vidim ga jednom na suđenju, nešto mi mnogo ošamućen. „Verio sam se!", kaže. „E, zato si se tako ošamutio!"

Razgovor se produži veseo i raznovrstan. Anđelka pogleda u sat.

— Treba da idem — reče domaćici.

— Zašto ne sedite još?

— Već je pola osam.

— Smete li sami? — upita Vojin.

— Čega da se plašim?

— Ako hoćete, ja ću vas otpratiti.

— Nemojte, mogu sama.

„Zašto ne pristane!", ljutnu se Branka. Onda bi mene otpratio Đurović. Ovako će mi se utrapiti Vojin.

Anđelka ode.

— Fina žena! — pohvali je Zora.

— Vrlo ozbiljna — dodade Nešković.

— Oparila se s nekim u braku, pa joj se više niko ne mili — reče Zora.

— Lepa i mlada, naći će ona opet muža! Viđala sam je u društvu Marića i njegove žene. Taj Marić je veliki lola. Šta li će s njima?

Toma naćulji uši: „Marić? Ko li je taj?"

— E, gospođo, Marić je industrijalac i bogataš! Takvo se društvo danas traži! — dodade jetko Vojin.

— On je inteligentan čovek — umeša se Branka. — I mnogo je putovao.

— Žene mu sve zavide što je obišao toliko sveta i što ima auto.

— Čudna mi čuda: auto — podsmehnu se Branka. — Kako vi, kolega, uopšte možete misliti da jednu devojku oduševljava auto? Devojka traži karakter, inteligenciju, dobrotu.

— Ali jedan Marić s njegovom lepotom, bogatstvom i autom kod vas se proteže i nad najkarakternijim mladićem!

— A zašto ste vi tako kivni na njega? — zapita Đurović.

— Nemam ja ništa protiv njega, ali s kojom god sam devojkom šetao, svaka me pitala da li poznajem Marića!

— On je ovdašnja znamenitost i čitava legenda se splela oko njega.

— Kakva legenda?

— Pričaju da je njegov otac ili deda sin nekog paše, pa ga je majka donela u brak kao što kukavica snese jaje u tuđe gnezdo.

— Slušaš ti šta svet priča — prekori ga žena. — Vidiš da vi muškarci ogovarate više od žena.

— Izvini, zaboravio sam da je Marić i tvoja slabost.

— E, da smo sami, sad bih ti nešto kazala! Taj čovek je pravi Evropejac, izdvaja se od ovdašnjeg sveta, pa ti pričaj šta hoćeš!

— Dobro, dobro, nećemo ga vređati kad ga žene vole. A kako onaj vaš lepi Safet? — okrete se Živković Branki. — Ama sve sam se nešto uplašio da ne pređete u islam.

Branka pocrvene i bi joj neprijatno što je dira za Safeta, jer se neko vreme bila zagrejala za njega, pa prebaci na Anđelku:

— On ima komšiku lepšu od mene. Čula sam da je zaljubljen u gospođu Anđelku.

„Ovo je drugi”, uštinu nešto Tomu. „Hoću li čuti za još koga?”

— Safet je solidan mladić i ima lepih stvari u trgovini — dodade Živkovićka.

— Otkud znate da je zaljubljen u gospođu Anđelku? — pitao je podsmešljivo Vojin, znajući da je Branka često trčkarala u Safetovu radnju. To ga je ljutilo. Svaki mladić joj je simpatičniji od njega učitelja!

— Čula sam. Ovde se sve zna. Vide ga kako je svako jutro sačekuje kad ide u kancelariju.

— Jeste li bili malo ljubomorni? — dođe mu zgoda da je pecne.

— Ne dirajte moju Branku! Ona je ozbiljna devojka — uze da je brani Zora, kojoj nije išlo u račun da Vojin to priča pred Đurovićem, mada je i sama znala za Safeta i Branku.

„Biće da je to ona trgovina preko puta hotela?”, mislio je Toma. „Sutra ću paziti kad ona prođe u kancelariju!”

Vetar zafijuka, lupi u prozor i ču se kotrljanje suvog lišća po ulici.

— Hajde, može kiša — pozva Živkovićka muža.

Ustadoše svi.

— Što ne sedite bar vi, kolega Đuroviću? — zadržavao ga je sudija. Žena ga stisnu za ruku.

— Vreme je da idem. Već je pola devet.

— Što ti mene stežeš za ruku? — pitao je posle muž.

— Zato da ga ne zadržavaš. Neka isprati Branku. On joj se dopada. Ona bi bila dobra prilika za njega.

— A kako mu se dopada Anđelka?

— Nisam ništa primetila, ali ona je raspuštenica, može ga lako uhvatiti. Nego, pohvali ti Branku tu i tamo. Pa ćemo ih jednom pozvati na ručak. Volela bih da se ona uda za njega.

— A šta bi joj falio Vojin?

— On bi nju rado uzeo, ali ona neće.

Toma je otpratio Branku do kuće, jer se Vojin oprostio, znajući da je njoj više stalo do sudija i oficira nego do njega, a nije hteo da joj se nameće. Ali, dugo nije zaspao, misleći na lepe Anđelkine oči.

Nije zaspao ni Toma. Šetao je po sobi, a prošlost je oživljavala u njemu. „Hvale je svi! Otkuda ta ozbiljnost kod nje? Ume ona sve da zavara, kao što je i mene zavarala! Ko li je taj Marić? Pričaju i za Safeta. Neka je, nek se provodi. Pritvorna je! Pravi se kao da me ne vidi. Gordi se ženska! Propala kao devojka, pa se pravi uzvišena!" Pušio je cigaretu za cigaretom. Jedva ga je san uhvatio.

Ujutru je odlučio da čeka dok ona ne prođe. Posmatrao je tu trgovinu i spazio pred njom jednog crnomanjastog mladića bujne talasaste kose. „To je taj!" stajao je iza zavese i očekivao Anđelku. Onda se naglo odmače. „Ala sam glup! Šta se mene tiče Anđelka i tamo neki Safet. Ona je to i želela: da se razdvoji i nalazi Safete!" Htede da izađe iz sobe, ali kao da ga nešto beše prikovalo za prozor. Najzad je spazi. Išla je svojim gracioznim hodom. Safet je stajao na pragu. Poklonio joj se. Ona prođe. Mladić je gledao za njom sve dok se nije izgubila. „Hoće li se okrenuti?", raspinjalo ga je. Motrio je za njom, ali je ona išla ne osvrćući se ni desno ni levo.

Izašao je, popio kafu u kafani i uputio se u sud. „Ko li je taj Marić?" mislio je sad. „Možda ona voli bogataše i automobile? Da li hvata oženjene? Oni su sigurniji. Plaćaju i diskretni su!"

To jutro dobio je pismo od Olge Nešić. Beše joj javio za ovaj premeštaj, ali je pisao reda radi, ne osećajući neku simpatiju prema toj devojci, jer je predosećao da je to razmaženo i samovoljno devojče, koje će mužu stalno priređivati iznenađenja u braku.

# Suparnici

Jedne večeri sedelo je u kafani muško društvo: advokat Živković, apotekar, sreski poglavar, jedan narodni poslanik i Toma Đurović.

U kafanu uđe čovek otmene spoljašnosti, elegantna lica i lepo obučen. Živković mu mahnu:

— Hajd' ovamo!

Čovek priđe njihovom stolu. Živković se okrete Đuroviću:

— Da vam predstavim jednog Evropejca, kako to lepo kaže moja žena. Ovo je Gojko Marić, čovek u koga su zaljubljeni svi ovdašnji devojčići.

„Dakle, to je taj", pomisli Toma, pa ustade i pozdravi se. Pogledao ga je pažljivo, setivši se Anđelkinih reči: „Ja ne gledam lepotu muškarca, ali sviđa mi se što si ti, slučajno, i lep. Samo, ništa ti ne bi vredela spoljašnost da nemaš takav karakter!" Uverio se ovoga časa da žena živi u stalnoj samoobmani. Obmanjuje sebe i druge. I njena je svaka reč bila lažna. „Ne voli lepotu!" A ovaj je i lep i bogat.

— Je li, Gojko, kad ćemo ponoviti tvoj auto? Ded, raspali, pa svi džumle da krenemo, onako, na jedan muški izlet, bez žena — govorio je advokat.

— Kad god hoćeš. Zašto mi nisi kazao ranije? Istina, više ne dam nikome auto na poslugu, ali sa mnom može svako.

— A što ti ne kupiš auto? — upita narodni poslanik Živkovića.

— Nije advokatska kesa za auto, dragi moj.

— Zgrnuo si ti ovde dosta para.

— Bije me ta glasina, pa će još svet i poverovati — branio se advokat. — Ovo je gazda čovek! — pljesnu Gojka po ramenu.

— To je moj otac mogao reći — odvrati Marić — a sad sve odnese porez, prirez i svakakve takse. Vi ste novi starešina suda? — okrete se Tomi.

„Da li mu je to ona kazala?", sevnu njemu kroz mozak.

— Ama, šta ovo znači: dolaze nam u sud sve neki raspuštenici i raspuštenice — umeša se u razgovor advokat. — Samo, ona vaša raspuštenica mnogo je ozbiljna. Ne smeš ni komplimenat da joj napraviš. Nego, čini mi se da ti, Gojko, pariš oči na njoj. Otkud se poznajete?

— Školska drugarica moje žene. Mnogo ozbiljna — pogledao je Đurovića, kao da i njemu odgovara, a potajna ljubomora ga obuze: „Ovaj je pravi muškarac! Da li će joj se dopasti? Sigurno voli svoju struku!"

— A čuste li da oni u onom sokačetu ne daju da se ruše njihove udžerice? To ruglo bih ja sravnio sa zemljom. Ruši, brate, sve to staro tursko. Ja sam ovdašnji, ali nemam sentimentalnosti za straćare. Očitaću predsedniku opštine dobru lekciju! — ljutio se narodni poslanik.

— Što se čudiš? Tast mu ima u tom sokačetu tri kuće, koje treba da nasledi njegova žena. Opština nema para da isplati placeve kako oni traže, pa se svi zainatili.

— Ne bih se ja pogađao s njima, nego bih jedne noći sve to potpalio. Izgorela bi ta starudija kao luč. Drugog načina ovde nema, nego pali ono što je trulo — govorio je Marić.

— U Beogradu se ne pita hoćeš-nećeš, nego uđu vatrogasci pa ti dižu krov s glave i ruše — pričao je apotekar.

— Gle, naš gazda Janaćko uzeo novu kapelu. Ima li kakva lepa pevačica? — pitao je Živković.

— Neće više pevačice. Bune se žene — žalio se apotekar. — Kažu, propadoše im muževi s pevačicama.

— More, i kafanske pevačice se propoštenile! Hoće ženske brak, a ne ljubav. Ti, Gojko, znaš što živiš. Dresirao si gospa-Vuku, pa te pušta kud god hoćeš.

— Džabe me ogovaraš, ja sam besprekoran muž. Ponekad se izludiram, ali sam legao na bračnu rudu. Ne gledam nikog više. Ima li večeras kakav film?

— Kako da nema. Moja polovina mi poručila da se vratim kući ranije da večeramo, jer je večeras njen Tejlor. Zaljubljena je u njega. Poludelo danas i staro i mlado, pa trči da gleda filmske glumce.

— I ja volim da pogledam glumice — priznade apotekar — naročito kad je nešto golišavo kao Doroti Lamur. Ona naša raspuštenica u sudu podseća na filmsku glumicu.

— Nemoj ti da štucaš za raspuštenicom. Tu je ovaj đido — pokaže na Đurovića.

Gojko ga pogleda, procenjujući da li govori istinu, pa mu bi simpatičan.

Advokat Živković se diže.

— E, vi, ako hoćete ostanite još, a ja žurim da dovedem moju polovinu da gleda Tejlora. Ne bi mi oprostila gospa Slavka tri meseca kad je ne bih doveo!

— Idem i ja — ustade apotekar, a za njim narodni poslanik.

— Hoćeš kući, Gojko?

— Neću. Večeraću pa ću ostati u bioskopu.

Tako je on često radio, kao da nema kuće i žene. A ona navikla, predala se detetu i trpela, jer nije bila spremna da otpočne samostalan život.

— Mogu li da večeram za vašim stolom? — zapita Đurovića.

— Izvol'te! Biće mi prijatnije u društvu.

Upustiše se u prijateljski razgovor. Gojko mu je pričao o mestu i ljudima, o svemu što bi trebalo uraditi u ovim krajevima, pričao kao inteligentan čovek koji je mnogo putovao i mnogo sveta video, mnogo čitao. Što god je više govorio, Toma je sve više dolazio do ubeđenja da se on dopada Anđelki. Razgovarali su dugo, ne sluteći da su imali doživljaje sa istom ženom, da je jedan prvi a jedan drugi. A koliko bi se mrzeli, kao muškarci, da su znali ko je pre dograbio a ko nasledio izgubljeno devičanstvo!

Svet je dolazio u bioskop, i Toma je poglédao čim se otvore vrata, pomišljajući da će naići Anđelka, ali nje nije bilo. Uđe sudija Nešković sa ženom i učiteljicom Brankom. Došli su najviše zbog Tome, znali su da se on tu hrani, pa sedoše za njegov sto. Neškovićka je nastojala da skovitla Đurovića za Branku. A ona se obukla lepo, imala je tesnu bluzicu koja je isticala njenu bistu, uvila lokne i došla bez šešira, napuderisala se i namazala nokte, pa joj se činilo da je večeras naročito lepa. Strepela je da ne bude tu Anđelka i umirila se videći da je nema.

I Gojko Marić je bio za njihovim stolom, ali nije obraćao pažnju na učiteljicu. Nije njega interesovala svaka žena. I on je očekivao Anđelku, jer ju je retko viđao, a ponekad sačekivao kad se posle šest vraća iz kancelarije, sedeći u kafani, ali tako da ga ona ne vidi. U njemu je stalno tinjala strast za njom.

Dođe i Safet sa svojim drugovima. Branka ne htede da mu se javi, pravila se da ga ne primećuje. Osećala je malo stid zbog toga što se zaletela čim je ovde došla, pa šetala i zabavljala se s njim, čak se i ljubila. Safet se dva-tri puta okrenuo njihovom stolu, a Đurović je to zapazio i pošto je znao da se Branka zabavljala s njim, malo je motrio. Počeo je da stiče predstavu o njoj i izveo zaključak da se ne bi mogao zaljubiti u nju. Ali je ostao ljubazan, zabavljao je, pitao šta želi da pije i nudio je baklavom, tako da se Branka raspalila od sreće i likovala što sve to vidi Safet, kome će ona već pokazati da više vredi od Anđelke.

Sedeo je za jednim stolom i učitelj Vojin, ironično posmatrajući Branku. „Udesila se za starešinu suda!", podsmevao se i priželjkivao da se i s njim izigra kao sa Safetom, jer u palanci malo treba da se devojka kompromituje.

Film je bio vrlo dobar i žene su raznаženo gledale Roberta Tejlora, uzdišući što njihovi muškarci nisu nežni i zaljubljivi kao taj na filmu.

Živković dirnu ženu:

— No, jesi li se nagledala svog ljubimca?

— Bome, jesam. Baš je divan!

— Da si nešto mlađa, pa da mu pišeš i tražiš sliku s autogramom.

— Nisam ja baš tako stara da ne bih mogla to učiniti.

— Šta vi pravite gospođu Slavku starom? To su najbolje godine — uze je u odbranu Nešković́ka.

— Njegova najomiljenija tema su ženske godine. On misli da njega gledaju devojčići.

— Balavice nemaju šarma — progovori Marić. — To je zeleno voće. Žena vredi tek od dvadeset pete!

„Zato mu se sviđa Anđelka", pomisli Toma.

Bilo je već jedan po ponoći kad je ušao u hotelsku sobu. Još dva dana, pa će preći u privatni stan, kod žene koju mu beše preporučila Nešković́ka.

Marić je otišao autom. Branku je otpratila koleginica s mužem.

— Doseliće ti se Đurović u komšiluk — dirnula je Branku.

— On je divan — uzdahnu učiteljica. — Ali, možda traži miraz.

— Sumnjam. Jednom se izrekao da je njegov prvi brak bio iz ljubavi i da nije tražio miraz — uteši je Nešković.

Branka dugo nije zaspala, misleći na Tomu. Jedila se što je malo kompromitovana sa Safetom, baš joj nije trebalo da se zaleće. Može taj da priča svašta o njoj. Dosad nije ništa čula, ali ko zna. A Safet joj se bio stvarno dopao, pa je pomišljala da bi se mogli venčati građanskim brakom. Religija za nju nije predstavljala nikakvu prepreku. Sad se ljutila i na Živkovića, koji je pomenuo Safeta, pa je zamolila Zoru da mu skrene pažnju na to. Zora je obećala i napomenula da će i Živkovićku nagovoriti da se založi za nju kod Đurovića. Tako se oko Tome stvarala čitava ženidbena zavera. Branka se jedino pribojavala Anđelke, kao da je nekim šestim ženskim čulom predosećala da Đurović misli na nju.

I on je zaista mislio. Kopkalo ga je da vidi njenu kućicu. Zašto ne bi otišao? Željan žene, jer ovde nije bilo slobodnih žena kao u većim gradovima, on je počeo da čezne za Anđelkom. „Mogla bi mi biti ljubavnica! I to se događa. Razdvoje se, u braku vadili oči, pa se sreli ponovo i postali ljubavnici. Možda je bračna forma neprijatelj ljubavi! Okuje ljubav i uništi je, oduzme čoveku slobodu i unizi ga, nametne mu stotinu sitnica zajedničkog života i banalizuje osećanje ljubavi. Otkrije mu sve tajne ženine i uništi privlačnost!?” A Anđelka je za njega ostala tajna. Tek što beše okusio njenu slast, morao je da je ostavi. Posle razočaranja, borbe sa samim sobom i razvoda umirio se, iščezlo je sve ono bljutavo i neprijatno, i ona se opet pojavila kao prvih dana lepa, nežna i ozbiljna. Osetio je da nju svi muškarci priželjkuju i to je u njemu probudilo taštinu, ljubomoru, čak i kajanje: da je prenaglio, izgubio ludo, ostavio da drugi uživa s njom.

Ali mogao bi sada! Tako bi čak dokazao da joj kao supruzi nije oprostio grešku devojačkog života, ali joj kao ljubavnici sve prašta. Ponekad bi, u takvim razmišljanjima, ustajao protiv samoga sebe. Ono gorštačko u njemu bunilo se. Nije to karakterno. Napustio ju je znači da ne vredi, a sad treba da porekne sve! Karakter mu to nije dopuštao, pa bi po nekoliko dana bio miran, ravnodušan, čak i strog, samo starešina suda, a ona činovnica.

Ali jedne večeri nešto ga ponese njenoj kući. Bila je novembarska noć, sveža, mrkla i tiha, s toplim povetarcem, kao da se priroda raznežila u predzimske dane. Večerao je u kafani i pošao da prošeta. Uputio se njenom sokačetu. Sijalice su bile razređene i tmina se vukla ulicama, a kroz prozorčiće se probijala bledunjava svetlost. Palanka je rano legala i stišavala se. Čulo se još ponegde kloparanje nanula i detinji plač.

Lagano je koračao da ne naruši tišinu ulice. Eno njenog sokačeta. Ali, šta se ono crni pred njenom kućom? Auto! „Marićev auto", riknu u njemu i on se opet zgadi na nju, otpljunu kao da nju pljuje, pa se vrati natrag. A to behu gosti iz Skoplja kod Safetovih, zbog Razijinog venčanja i tek što su stigli autom i zastali pred Anđelkinom kućom.

Sutradan je izašao na korzo, potražio Branku, prišao joj i šetao s njom, očekujući da naiđe Anđelka, da ga vidi, da joj pokaže kako je ona potpuno iščezla iz njegovog života. Nije je video, ali je Anđelka čula za njegovo flertovanje. Kad je sutradan ušla u kancelariju, dočeka je Vojka, sva snuždena:

— Ništa nećemo učiniti s našim raspuštenkom! Branka ga već uhvatila. Sinoć su dugo šetali po korzou i otpratio je do kuće. Stanuje u njenoj ulici. Videćete da će ga uhvatiti. I Neškovića je spetljala učiteljica. Ne znam što se ovi naši pravnici zanose učiteljicama. Što su one bolje od nas?

— Neka ih, nemojte se sekirati.

— Nikad se mi nećemo udati — jadala se Vojka. — A sve žurimo da svršimo školu, mislimo vredeće nešto za udaju, a ono ništa. Bez miraza nema udaje!

Sutradan, pošto je otpratio Branku kući, Toma se vratio da večera, kivan što nije naišla Anđelka. Počela je da ga ljuti njena ravnodušnost. Baš je gledao u jelovnik šta da poruči, kad u kafanu uđe Marić. Prišao je njegovom stolu kao poznanik.

— Izvolite, gospodine Mariću — ponudi ga Toma, osećajući da mu nešto zastaje u grlu.

— Hvala. Jutros sam došao iz Beograda, pa čekam ovde jednog trgovca.

— Bili ste u Beogradu? — obradova se on, pitajući se: „Pa čiji je ono onda bio auto?" — Koliko ste dana bili u Beogradu?

— Četiri.

„Baš sam nepravičan!", pokaja se Toma. „Možda sam i ranije bio isto tako nepravičan. Ja sve primam u afektu!" — Kako je tamo? — pitao je.

— Košava da ne možete oči otvoriti. Meni se nekoliko puta desilo da upadnem baš u beogradsku košavu. Imao sam posla zbog nekih mašina, a svratio sam malo i u operu. Kako vi?

— Zahvaljujem, dobro.

— Imate dosta posla u sudu.

— Prilično.

— A, evo moga trgovca. Izvinite, moram da idem — ustade Marić.

„Dakle, nije bio on", mislio je Đurović, večerajući s apetitom.

Jedne večeri je opet pošao i stigao do kapije. Preko ograde se moglo videti u njenu sobu. Žbunovi ogoleli, pa se njen prozor crveneo od crvenog abažura. Toma zastade. Premirao je kao gimnazijalac. Najednom začu razgovor. Tri ženske prilike pojaviše se u bašti i pođoše stepenicama Anđelkine kuće.

— Gospođo Anđelka — vikao je jedan ženski glas. — Mogu li Razija i Fatima do vas? Safete, hodi i ti — muška prilika pođe stepenicama, a Toma se opet razbesne.

„Safet! Ja sumnjam na Marića, a ona našla Safeta. Komšija! Divna zgoda! Kako se nisam ranije setio? Zato nigde ne izlazi! Idila! On momak, ona raspuštenica, a u sudu svetiteljka."

Da je mogao, sasuo bi joj sad u oči najgore uvrede. Ali, zašto ga ona uvek nervira? I zašto uvek oseti želju da je vređa čim posumnja u nju? Postajao je nekoliko minuta pred kapijom i video ženske glave i Safetovu, pa otišao, još bešnji na samog sebe nego onda kad je video onaj auto.

Jednoga dana ona mu donese neka akta.

— Kako ste, gospođo? — pitao je ironično.

— Hvala na pitanju, vrlo dobro. Zadovoljna sam, a to je najvažnije.

— Nemate nikakve patnje ni griže savesti?

— Zašto bih imala? Nikoga nisam uvredila, nikoga ubila, živim povučeno i u tome sam našla sreću.

— Ne bih rekao da ste sasvim usamljeni!

— Kako to mislite?

— Primate vi i posete, samo kad niko ne vidi.

Ona sva pocrvene.

— Ko vam je to pričao?

— Nije mi niko pričao, video sam svojim očima.

— Videli ste posete mojoj kući?

— Jeste... i to noću!

— Vi prolazite pokraj moje kuće... noću?

— Šetao sam jednom i slučajno prošao.

— I šta ste videli?

— Video sam lepog Safeta!

Ona se nasmeši:

— Sećam se. To je bilo pre tri-četiri dana. Došao je sa sestrama. Jedna se udaje, pa su me molile da vidim njene haljine.

— A lepi Safet ih pratio. Dolazi li ponekad i sâm?

— Zašto vi, Tomo, mene uvek vređate? — progovori ona oslovivši ga imenom prvi put otkako su se ponovo sreli.

— Možda ste mi zadali suviše razočaranja, pa još ne mogu da zaboravim!

— Ne izgledate mi neutešeni, jer vas viđaju na korzou u društvu. Možda ste vi ženskaroš, samo ja to nisam znala, ali sad počinjem da verujem u to.

— Ženskaroš nisam bio, ali me život naučio da drukčije shvatam žene i drukčije se ponašam prema njima... Ali, mi ne moramo biti neprijatelji.

— Nisam vas nikad ni smatrala neprijateljem, već samo čovekom koji svoje predrasude nije mogao da dovede u sklad sa životom i da shvati da u životu postoje događaji koji se odigraju iznenada i neželjeno, ali da žena uvek ostaje čista. Vi mi to nikad niste hteli verovati.

— Ne verujem vam ni sada!

— Pa zašto me onda ispitujete ko je bio kod mene?

— To me se ne tiče, ali... kad drugi imaju prava da vas posete, mogao bih i ja. Da li biste me primili?

— Možda bih vas primila ako iznenada naiđete, ali ako biste me pitali, odbila bih vas. Vaša poseta bi me kompromitovala.

— A dolazi li vam Gojko Marić?

Ona zastade ukočena i bleda, a on spazi promenu na njenom licu i opet se uzburka sve u njemu, dođe mu da je uhvati za ruku, stegne i prodrmusa, ali se savlada i ironično zapita:

— Nešto ste promenili boju?

— Čini vam se. Ali vređa me vaše pitanje. On je muž moje drugarice.

Njoj najedared dođe da mu baci u lice: „To je ta avet moje prošlosti, čoveče!", ali se uzdrža, iako je preseče misao da on nije možda nešto doznao.

— Otkuda vi poznajete Marića?

— Nedavno smo se upoznali. Inteligentan čovek. Pričali su mi da se vozite s njim autom.

— S njim i njegovom ženom.

— Da, tako sam i čuo.

— Počinjete da upadate u palanačke intrige.

— Vi vodite računa o sebi, oko vas nema intriga.

— Nije potrebno da me opominjete. Ja sam samostalna žena.

— I to je današnje najveće zlo, što su žene samostalne.

— Nema više pokornosti i poniznosti prema muževima!

— Ali nema ni bračne sreće.

— Za to su krivi muškarci.

— Jest, i ja sam krivac.

— Možda...

— Je li vam još žao na mene?

— Bilo nekad! Sad sam izlečena.

— Onda možemo biti prijatelji. Mogu li, dakle, doći jednom k vama?

— Sad ste kao svaki muškarac. Svi postavljaju isto pitanje... zato što sam raspuštenica.

— Možda ste vi za mene još ona Anđelka.

— To nikako nisam!

Pobledela je i usne joj zadrhtaše. Osećala je da bi mogla briznuti u plač, pa brzo izađe.

Zastala je u hodniku da se pribere. „Zašto mi to govori? Da nisu Marić i on štogod razgovarali o meni? Ali, kazao bi mi!" Ni u snu nije sanjala da bi se ta dva čoveka ikad mogla sresti. „Hoće da dođe. Dobra sam za ljubavnicu, ali za suprugu nisam bila! Ah, pokazaću ti, Tomo Đuroviću, ko je Anđelka."

Bila je strahovito uzrujana i jedva se umirila. Uveče je bila na oprezu, zaključavala je kapiju, ali je u podsvesti želela da dođe. Interesovalo ju je šta bi se odigralo između njih, kako bi se on ponašao.

Tomu je mučila želja za njom. Anđelka mu je pune dve godine ispunjavala celokupno biće, svaki nerv. Znao ju je bolje nego ijednu ženu, voleo kao nikad dotle. Ni danas se to nije ugasilo. Ako je mužjak bio uvređen, ono uzvišeno osećanje prema ženi ostalo je kao čežnja u njemu, a ta čežnja je rasplamsala nagon muškarca. Želeo ju je, hteo da je osvoji, jer nije bio sit nje, tek je beše okusio... Sećanje na ono malo zanosnih i slatkih trenutaka zaluđivalo ga je. Silno je želeo da je opet ima.

Odlučio se jedne večeri i pošao. Ući će po svaku cenu!

Sijalice su bile retke u njenoj ulici. Nigde žive duše. Negde je lupkalo na prozoru i šuškalo lišće koje je nosio vetar. Išao je lagano. Jedan čovek prođe, okrete se za njim i nastavi put. Došao je do njene kuće i polako pritisnuo kvaku na kapiji. Zaključano. Pokušao je da dohvati rezu iznutra, ali nije uspeo, bila je nisko. Njen prozor bio je osvetljen i zavesa spuštena. Jedna senka pređe preko prozora. „E, neću da se vratim! Preskočiću!” Obazre se desno i levo. Nigde nikoga. On opkorači ogradu i nađe se u bašti. „Da li imaju psa?”

Tišina. Prikradao se kao lopov. Zaškripaše stepenice pod njim. Zastade. Pođe na prstima i jedva čujno kucnu na vrata. Iza vrata ona koraknu pa stade. „Uplašila se!” Kucnuo je ponovo. Nije se javila. On je pozva:

— Anđelka!

— Ko je? — upita ona drhtavim glasom.

— Toma.

— Vi? — prigušeno uzviknu. Zatim se ču okretanje ključa, vrata se otvoriše i on uđe. Anđelka je stajala zaprepašćena i bleda nasred kuhinje, ne mogavši da dođe k sebi.

— Kako ste ušli? Kapija je zaključana!

— Preskočio sam plot.

— Starešina suda preskače plotove? — zgranu se ona.

— Šta je to strašno? Niko me nije video.

— Kako ste se uopšte usudili? Zar vam nimalo nije stalo do toga šta će svet misliti o meni ako se sazna da muškarci preskaču moju ogradu?

— Nemojte se ljutiti, nisam mislio ništa ružno. Samo sam smatrao da imam malo prava da vas posetim. Baš ste lepo udesili stan. Gle, šta je ovo? Za koga ste mesili?

— Za koga bih!

Na stolu je stajala lepa torta, prelivena čokoladom i ukrašena bademom i crvenim žele-bombonama.

— Sećam se kako ste mi pričali da ste dobra domaćica. Vidim da je tačno.

— Izvolite u sobu.

— Primate me?

— Moram, kad ste već ušli. Ali, da vas je videla tetka Saveta, zvala bih policiju!

— Ko vam je ta tetka Saveta?

— Moja gazdarica.

— A koga ima još ovde? Bojao sam se psa.

— Psa nemamo. Stanuje tetka Saveta s ćerkom.

Šetao je po sobi i zastajkivao ispred svake stvari. Jedno vezeno jastuče i sitan goblen sa žutim i crvenim ružama behu mu poznati, vezla ih je ona. Spazi još jedan goblen dvoje zagrljenih. O tom goblenu mu je jednom pisala.

Svuda se osećala njena ženstvenost. Jer, ona je bila intelektualka i žena, žena celim bićem. Sad je bila u domaćoj haljini od plavog flanela, koja se zakopčavala spreda, i u plavim papučama s ćubom. Bila je čista i lepa i kad radi. On je pogleda.

— No, zašto ste došli? — upita ona sedajući na stolicu.

On se spusti na kauč.

— Došao sam da porazgovaramo.

— Zar mi nismo završili sve naše razgovore, i to s puno pakosti i uvreda?

— Nažalost, jesmo! Ali... večeras mi je bilo dosadno, pa sam pošao nasumce, slučajno prošao pored vaše kuće. Hoću da vidim kako živite.

— Eto, videli ste.

— Vi se ne hranite u kafani?

— Ne, sama kuvam. Ovako, uveče, kad dođem kući.

— Ne izlazite nikuda?

— Šetam, ali ne idem na korzo. Vidim da vi još korzirate kao student.

— Iz dosade. Nemam šta da radim.

— Kako vam je u stanu? — pitala je kao da razgovara s običnim poznanikom o svakidašnjim stvarima.

— Imam lepu i čistu sobu, to je najvažnije. Ne mora biti elegantna.

— Znam da ste voleli udobnost. Kod vas mi se sviđalo i to što ste čisti.

— Prvi utisak o čoveku stiče se kad mu vidite odeću, a drugi kad progovori.

— Izvinite, ja sam u domaćoj haljini.

— Zar je ovo prvi put da vas vidim u domaćoj haljini? Prava lepota se može videti tek kad je žena u kući i nedoterana.

— Bolje je kad se žena malo dotera.

— Vi ste uvek lepi! — reče on iznenada.

— Zbilja, jeste li me zaboravili?

— Nisam vas se često sećao — odgovori s osmehom.

— A i kako biste! Jednom ste kazali da me mrzite i prezirete. Kako ste sad mogli doći ovamo kad ste s mržnjom otišli?

— U afektu se kaže svašta. Najzad, zašto da vas mrzim? Lepa žena ne može se mrzeti. Ona naljuti čoveka, izazove ljubomoru, ali njena lepota je uvek živa.

— Jeste li se mnogo iznenadili kad ste me videli u sudu?

— Priznajem da jesam. Mogao sam se čak lako odati da vas poznajem, ali vidim da dobro odigravamo svoje uloge. Vi ste tada bili savršena glumica.

— Sami ste mi kazali da je u mom životu sve gluma!

— Kako pamtite sve neprijatno što sam rekao! Jeste li, možda, zapamtili nešto lepo?

— Čuvam vaša pisma.

— Što vam ona danas znače?

— Sećanje na jedan divan deo mog života.

— Imali ste i lepših uspomena!

— To je bila iluzija... Zbilja, htela sam nešto da vam kažem — počela je pa se prekinula. — Ne, neću!

— Zašto? Kad ste me zainteresovali, recite.

— Cenićete me još manje.

— Dosad niste pogoršali moje mišljenje o sebi.

— Zbilja? A jesam li nešto popravila?

— Nisam o tome razmišljao.

— Očito niste imali vremena. Kazali ste mi da imate nameru da se ženite.

— Krajnje je vreme da učinim kraj svom bećarskom životu. Već sam mator momak.

— Vi ste raspuštenik.

— O njima se rđavo misli, kao o tiranima žena. Hajde, recite mi ono što ste maločas počeli.

— Sećate li se kako ste mi kazali u jarosti: „Povampiriće se taj koji te upropastio!” I tačno, povampirio se. Videla sam ga. On je bio oženjen kad me upropastio, i potom poslao ono pismo da je umro, kako bi me se oslobodio. Shvatate li tu bedu! Htela sam to da vam kažem, da bih bar malo opravdala sebe.

— Nije to nikakvo opravdanje. Muškarac se dovija na sve načine da osvoji ženu. A današnje devojke nisu naivne da ne znaju sve muške trikove. Nego, i one vole da žive i svesno upadaju u vrtlog kao mušica u slatko.

— Kod žena nije to želja za životom, mislim u seksualnom pogledu, već ljubav, više romantična.

— Ostavite, molim vas! Vi ste pravnik, a govorite o romantičnoj ljubavi.

— Vi ste nepopravljiv skeptik. Pravi neverni Toma.

— Imao sam iskustva sa ženama.

— O tome mi niste pričali. Uveravali ste me da ste bili veoma ozbiljni, čak idealni. A verovatno ste i vi upropastili neku devojku.

— Nisam! To me najviše i razbesnelo. Em nisam nijednu, em i svojoj ženi da budem drugi! No, ostavimo te razgovore. Hoćete li mi dati jedno parče torte?

— Razume se. Hoćete li i kafu?

— Vi znate da ja volim kafu... mogao bih je ovde i češće piti.

— To vam zabranjujem!

— Zašto? Ja vama nisam nepoznat muškarac ili neki laskavac. Mislim da ste dosad stekli uverenje da sam ozbiljan čovek.

— Znam sve to, ali ne želim da dolazite.

Ona ustade i ode u kuhinju da stavi kafu. Toma pođe za njom.

— Zbog komšije? — reče ironično.

— Kakvog komšije?

— Lepog Safeta.

— Ko vam je to kazao?

— Sve se čuje! Lep i bogat momak.

— Volite da peckate.

— To mi čini zadovoljstvo.

Približio joj se. Ona se odmače.

— Bojite me se?

— Zašto bih se bojala?

On joj dotače kosu.

— Ostavite me! Mogu prosuti špiritus i zapaliti se.

— Nekada smo oboje plamteli od ljubavi.

— Kod vas je to bila slama koja se brzo ugasila.

— Lepši ste nego ikad — uzdahnu on.

— A vi ste meni smešni.

— Zašto?

— Uzdišete kao svaki donžuančić!

— Ja sam i rešio da budem donžuan.

— Kakvu ono kafu beše pijete: gorču ili slađu? Čini mi se gorču.

— I to ste zaboravili! Vi me se, uopšte, više nikad niste setili?

— Zar da vas se sećam posle svih onih uvreda? Da li ste ikad pomislili kako je to uticalo na moju dušu, na dušu jedne devojke koja, sem tetke, nikog nije imala u životu. Vi ste prema meni postupili i nesocijalno. Samohrana devojka, čak i da propadne, treba da ima zaštitu i društva i pojedinca.

— To je teorija! U praksi nijedan muškarac ne prašta. Žene teoretišu o toj seksualnoj jednakosti a za muškarca žena je ženka i mora biti ispravna ako traži da joj on pokloni svoj život i svoje ime! — uhvatio ju je opet za kovrdžu. — Voleo sam vašu kosu.

— Ostavite me! — naljuti se ona.

— Vaša blizina je opasna. Nemojte više nositi na suđenjima onu pletenu bluzicu koja vam ističe grudi. Zbunjujete sudije.

— Nisam zapazila da ste se ikad zbunili.

— Zato što sam uporan gorštak! Torta vam je izvrsna. Kad ćete me opet pozvati?

— Ovo vam je prvi i poslednji put. Idite učiteljici Branki. Ona je lepa devojka.

— Vi ste lepši od nje.

— Ali ja sam rđava žena. Tako ste jednom kazali. Verovatno ste to mislili i maločas, kad ste preskakali tarabu! Je li tako, gospodine Đuroviću?

— Hteli biste da mi presedne torta, ali ja ću u inat uzeti još jedno parče!

— Sa zadovoljstvom. Time dokazujete da ipak cenite nešto u meni.

— Žena je uvek svesna svoje vlasti nad muškarcem.

— Ja nemam više nikakvu vlast, niti prava.

— Kako da ne! Mi smo bili muž i žena. Niko nam ne bi zamerio kad bismo išli zajedno.

— Ali biste ispali smešni. Svet bi se čudio zašto smo se razdvojili kad sada idemo zajedno.

— A vi ne idete ni s kim?

— Ne. Ostajem ovde do kraja godine, pa ću tražiti premeštaj. Gledaću da dobijem Beograd.

Nasula je kafu i donela mu. On zapali cigaretu.

Zamišljeno je gledao i ćutao, ispuštajući dim. Beše ga obuzela neka slatka obamrlost. Ućuta i ona. Njena domaća haljina se slučajno rastvori i ukaza se ružičasti kombinezon — oblo koleno. Ona spazi Tomin pogled upravljen na njeno koleno, pa brzo priklopi haljinu. Zatim pogleda na sat.

— Deset. Treba da idete.

— Zašto me terate? Ne spava mi se.

— Ali meni se spava. Ja rano ustajem, a sutra sam zapisničar... Neću više obući onu bluzu.

— Ja bih voleo da vas uvek gledam u toj haljini — reče on, gaseći cigaretu u pepeljari. Naslonio se na jastuče i posmatrao je. Ona se zbuni i pocrvene.

— Treba da idete. Ključ je u kapiji. Ja ću posle izaći da zaključam.

On je ćutao. Zatim ustade, diže se i ona, misleći da on odlazi.

— Šta li će biti s onim nesrećnikom što je pucao na ljubavnika svoje žene? — zapita ona.

— Ne znam — progovori on muklo i priđe joj. Ona mu pruži ruku da se rukuju.

— Zbogom — prošaputa.

Dve snažne muške ruke dočepaše je u zagrljaj i pritisnuše na grudi.

— Tomo, to nije lepo od vas! — viknu ona uvređeno. — Zar ste zato došli?

— Anđelka! — šaputao je on strasno. — Daj mi tvoja usta! Neću te pustiti.

Ona izvi glavu i odupre mu se o grudi.

— Ne! Vi ste mene toliko vređali... sad je sve kasno! Pustite me!

— Želim te, Anđelka — zadihano je govorio, vukući je na kauč.

Ona se otimala iz njegovog naručja, ali on ju je stezao i privlačio sebi.

— Odvratni ste mi! Za suprugu vam nisam bila dobra, ali sam dobra da mi se noću uvlačite u kuću! Bedni ste! Nisam ja ono što mislite! Nikad neću zaboraviti ona poniženja i uvrede. Vi ste ponizili moja najčistija osećanja!

Nije imala više snage, briznula je u plač, sve je oživelo, podsetilo je na one mučne časove.

— Nisam mislio da vas vređam — progovori Toma. — Zašto ste takvi? Zašto larmate toliko?

— Nemate vi, Tomo, pojma o osetljivosti ženske duše. Žena se ne daje telom, žena se daje dušom, a vi ste jednom zgazili moju dušu, pa sad hoćete i da me ponizite!

— Zahvaljujem na lekciji, gospođo. Baš je kao iz knjige! A ja intelektualke ne trpim. Ne bojte se, neću vam više doći... Odavno znam da me mrzite i da sam vam odvratan. Ja sam vama bio sredstvo a ne cilj! Učinio sam vam željenu uslugu i sad mogu doći na red Safeti, Marići i drugi! Zbogom, gospođo!

Izašao je, a ona je i dalje stajala na istom mestu, ogorčena i uvređena, ali i duboko uzbuđena, na izmaku snage, jer je kroz dodir njegovih ruku oživela sva prošlost, poljupci, zagrljaji i strast da mu umalo nije obavila ruke oko vrata i kriknula: „Tvoja sam. Uzmi me!"

Zaključala je vrata, ušla u sobu i legla na kauč. Svaki nerv joj je drhtao. Nikako nije mogla da dođe sebi. Pokušala je da se smiri radom, raspremala je po kuhinji, oprala šoljice i pribor za kafu, pa naposletku osetila potajnu radost što nije popustila. Polako je sve minulo i ostala je samo znatiželjna kako će se Toma dalje ponašati.

A on je sutradan bio važan i ozbiljan, kao muškarac kad ga odbije žena koju je hteo da osvoji. Nije je udostojio pogleda, mada je u njemu kipeo gnev. Za njeno ponašanje pronašao je objašnjenje. „Ima nekog! Mene ne trpi, jer je podsećam na njen poraz i sramotu! Ko li je? Safet ili Marić?" Bilo mu je krivo što je tako lepo udesila svoju kućicu, što uživa u njoj, mesi torte. To je trebalo da bude njegov život s njom, a ona ga je obmanula, bila je ortak koji je izvukao sav novac, ostavivši njega na cedilu. Da, ona mu je pokrala poverenje u ljubav i brak, pa se sad pravi idealna. E, neće ni on biti više idealan!

Jedne večeri je šetao s učiteljicom. Na pitanje kad može da je poseti, ona ga je pozvala. Otišao je kod nje, pokušao da je poljubi i ona mu je uzvratila. Da je hteo, mogao ju je i osvojiti toga dana, tako mu se činilo, ali se uzdržao. Ostali su samo na poludevičanskim nežnostima. Gotovost s kojom je primila njegova milovanja pokazala mu je njen karakter. Na Anđelku je i dalje bio ljut, a ona je svakim danom bivala sve lepša u kancelariji...

Marić je lumpovao. O njegovom bančenju se pričalo. Jedne večeri Toma uđe u kafanu. Marić ga pozva za sto. Iako nije voleo da sedi s pijanim ljudima, nešto ga privuče. Pijan govori što trezan misli. Čuće nešto o Anđelki. Ona mu je neprekidno na pameti.

— Sedite, gospodine Đuroviću — ponudi ga Marić. — Eto, dođe mi tako da se proveselim. Život je besmislen! Radi, melji brašno, računaj... Nije to za mene! Ja sam bio večiti putnik, volim svet, volim žene! Šta radi vaša lepa raspuštenica u sudu? Jeste li se već zaljubili u nju?

— Ja sam na dužnosti uvek korektan prema ženskom osoblju. To je moj princip.

— Hvala vam! To je žena koja se meni dopada. Ali je nepristupačna, đavo je odneo! Znate li ko je bio njen muž?

— Ne znam — procedi Toma.

— Ala je taj bio glupačina! Da ostavi onakvu ženu! — Marić uzdahnu i iskapi čašu. — A šta će onaj lepotan onde? — reče malo posle pogledavši Safeta. — Njemu se sviđa vaša koleginica. Pokazaću ja njemu ko je Gojko Marić! A onda sam ga dobro raspalio. Mogao sam mu sva rebra polomiti!

— Zašto ste se tukli s njim? — upita sudija.

— Zato što... taj balavac svuda zavlači nos!

„Mora da je bio kod Anđelke!", prolete Tomi kroz glavu. „Zato sam joj ja odvratan!" Pogleda Safeta. Lep mladić, vatreni južnjak. Sigurno je obojica posećuju. „Sve je tačno što sam mislio o njoj!" Ustade da ode.

— Zašto ne sedite. Nisam ja pijan, samo malo zagrejan. Potrebno je to... Prigušiti, zaboraviti! Kuća mi dojadi. Glupa je stvar ženidba. I ja bih se razveo Đuroviću, kao vi. I poslušajte moj savet: nemojte nikad više da se ženite!

Đurović se pozdravi i izađe iz kafane. Video je da može doći do okršaja. Sutradan su mi pričali da je Marić gađao Safeta čašom i da su ih jedva rastavili.

„Oni su ljubomorni jedan na drugoga. Da li im je ona dala povoda? U palanci ništa ne može da se sakrije, doznaću ja!"

Učiteljici je išao opet. Ona mu je priznala da nije nevina. Bilo je to prve godine, kad je učiteljevala u selu, s upraviteljem, oženjenim čovekom.

Postala je njegova ljubavnica. Sa Safetom nije htela. Nadala se da će se udati za Đurovića, pa je popustila, ali je sad bila ljubomorna i očajna, očekujući njegovu prosidbu, koja nikako nije dolazila.

# Savremena devojka

Kiša ujednačila, a promiče i pokoja pahuljica snega. U kafani toplo i Tomi je bilo prijatno dok je ručao. Razmišljao je da li da ode kući ili ostane ovde do popodnevnog rada u kancelariji. Bi mu dosadno da dreždi stalno u kafani. Dokle će ovako? Zamišljao je kako je lepo doći kući na ručak, skinuti kaput, obući pidžamu, raskomotiti se, a soba topla, sto postavljen. Ovako večito kafanski gost, konobari, čačkalice, pljuvaonice, ušmrkivanje gostiju, sve one neprijatnosti kafanskog života. Najzad se seti da mu treba jedna knjiga, pa pođe kući.

U predsoblju ga dočeka gazdarica:

— Doputovala vaša rođaka.

— Rođaka? — iznenadi se Toma.

— Eno je u vašoj sobi.

Toma otvori vrata. Jedna devojka stajala je okrenuta prozoru. Trže se, okrete i nasmeši. On se zgranu: Olga Nešić!

— Otkud vi, gospođice?

— Pst! Nemojte me tako nazivati, ja sam vaša rođaka — prošaputa i pruži mu ruku. — Zašto me gledate tako čudno? Zar je mnogo strašno što sam se usudila da uđem u vašu sobu. Ne bojte se! Odsela sam u hotelu i noćas nastavljam put. Svratila sam samo da bih vas videla.

— Hvala na pažnji — pribra se Toma, ne mogavši da dođe k sebi od smelosti ove devojke. — Kuda putujete?

— Pošla sam u Kosovsku Mitrovicu, pa produžila dalje, ali ću se noćas vratiti. Tamo imam tetku i teču.

— Kako ćete im objasniti?

— Reći ću da ovde imam jednu drugaricu.

On se zbuni pred tim lako izgovorenim lažima. Ona kao da oseti da gubi u njegovim očima, pa se malo ožalosti što on ne uviđa kolika je njena ljubav prema njemu, i poče ozbiljno, kako ne bi pomislio da mu je upala u sobu samo da bi mu pala u zagrljaj.

— Znate da sam napustila medicinu. Nemam nerve za to. Tata je srećan, jer nijedan otac ne voli da mu dete bude iste profesije. Postalo mi je dosadno, pa me pustio da putujem i razonodim se malo. Nisam imala sreće da me prati lep dan. Pogledajte, počeo je sneg. Vaša gazdarica je zlatna, odmah mi je naložila sobu i poslužila me kafom.

Tomo je posmatrao pažljivo. „Da li me ovo devojče istinski voli? Ili je u pitanju slobodna i raskalašena devojka, koja je u stanju da dojuri za muškarcem čak u drugo mesto?"

— Zašto ćutite? — upita ona snuždeno. — Kakvo mišljenje imate o meni u ovom času?

On podiže obrve, ali ne odgovori odmah, pa ona nastavi:

— Biću iskrena. Možete me osuditi ili mrzeti, što god hoćete, ali ja priznajem: došla sam da vas vidim.

— Zašto? — upita je on živo i nagnu se prema njoj.

— Protumačite sami!

— Zar me niste zaboravili?

— Ja nisam od onih koji zaboravljaju. No, sad mi tek pada na pamet: da niste slučajno vereni?

— Nisam... i ne mislim.

— I dalje se sećate svoje žene?

— Po čemu sudite?

— Ne možete je zameniti drugom.

— Ili se plašim da i druga ne bude kao ona. Prvi put sam se mogao razvesti, a drugi put bih morao trpeti.

— Zar niste sreli nijednu koja bi vam odgovarala?

— Verovatno da sam je sreo, ali se nismo upoznali.

Ona ućuta. Njegov odgovor je uvredi. Nju je upoznao, ali nije hteo da oseti njenu ljubav.

— Vi ste, izgleda, stalno neraspoloženi prema ženama i ne trpite ih.

— Naprotiv. Žene mi se dopadaju.

— A kakvu ženu najviše volite? Oh, postavljam vam detinjasto pitanje!

— Vi ste još dete.

— Tako ste me uvek gledali, mada sam u stvari vrlo ozbiljna, sem ako ovaj moj dolazak ne smatrate neozbiljnim.

— Ne mogu vas pohvaliti.

— Drugim rečima: osuđujete me! A šta je tu za osudu? Sišla sam s voza, ostaću do večeri i nastaviti put. — Gledala ga je nežno kao da želi da on oseti kako ona nije rđava. Tiho je nastavila: — Ja imam puno poverenje u vas. Ne bih nikad ušla u sobu jednom muškarcu, ali sam u vašu ušla sasvim slobodno.

— A da li biste smeli imati takvo poverenje? — stajao je ispred nje i posmatrao je. — Nisam ja više onaj isti čovek, promenio sam se!

— Nisam to osetila. Kako se možete promeniti kad živite u jednoj palanci? Ili možda imate neku ljubav?

— Onako kako je ja shvatam, ljubav je veliki problem.

— A ja mislim da je ljubav nešto najlepše u životu i da od toga ne treba stvarati problem — smešila se i gledala ga.

— Shvatate li vi ljubav moderno?

— Ne. Ljubav je uvek starinska. I u pradavnim vremenima volelo se kao danas!

Gledali su se nekoliko trenutaka netremice, a onda se ona lagano poče približavati njegovim grudima, već ga dodirivaše, očekujući da je njegove ruke obuhvate, privuku sebi... On htede da se odmakne, da pobegne od tog zavodljivog devojčeta, ali oseti njen parfem, vide njene poluotvorene vlažne usne, bujnu kosu i dva velika crna oka, pa mu se zamagli u svesti, talas krvi jurnu u glavu i on je zagrli, pomamno upi svoje usne u njene...

A onda je pusti, na samom izmaku snage, opomenut razumom. A ona mu je ležala na grudima, polusvesna i malaksala, topla, potpuno prepuštena, spremna na sve.

Zapalio je cigaretu i seo na stolicu, a ona mu priđe otpozadi, provuče mu glavu na svoje grudi, nežno ga ljubeći po kosi, licu, očima. On pruži ruku, spusti cigaretu u pepeljaru i privuče je opet sebi.

— Voliš li me? — šaputale su devojačke usne.

Nije odgovorio, jer nije znao šta da odgovori. Ovo nije ljubav, činilo mu se, ovo je trenutna strast, i to devojče se bacilo njemu u naručje raspaljeno samo instinktom, tražeći prvog muškarca, jer jedan mora biti prvi...

— Jesi li dosad imala koga? — upita je grubo, a ona se diže iznenađeno i uvređeno, pa uzviknu prigušeno:

— Ne! Zaklinjem ti se da nisam! — obavila mu je strasno ruke oko vrata i šaputala izbezumljeno: — Biću tvoja! Tebi žrtvujem sve! Uzmi me! Ne moraš se oženiti sa mnom, ali ja sam se zaklela da će prvi u mom životu biti onaj koga volim!

On joj obuhvati glavu i zagleda joj se u oči kao da želi da pronikne nju i kroz nju sve devojke novog doba, savremene i nesputane bilo kakvim starinskim obzirima, devojke kakvih se, u suštini, plašio.

— Ne! Olga, neću. Budi pametna. Kasnije bi patila... nije žena isto što i muškarac. Ti si dobra devojčica i ostani takva.

Ona se diže, gorda i uvređena, pa mu odgovori dostojanstveno:

— Savetujete me kao neka staramajka. Vi, Tomo, ne razumete ni život ni današnje žene.

— Priznajem da ne razumem. Biće da sam ja čovek starinskog kova.

— Ali kao čovek starinskoga kova trebalo bi bar da shvatite šta je ljubav, a vi to ne osećate... Idem!

— Naljutili ste se?

— Mislila sam da ste više muškarac!

On ustade naglo i steže joj ramena.

— Više muškarac?!

— Možda ni u braku niste bili dovoljno muškarac, pa ste se zato razveli — ujede ga ona.

On zadrhta. „Dakle tražiš da budem muškarac? E, pa dobro, biću!" Dočepa je u naručje kao zver koja hvata plen. Zašto da je štedi! Došla mu je u stan, vređa ga, mami, raspaljuje, a on, budala, čuva njenu nevinost! U tom trenutku budilnik na stolu zazvrja. On se trže i pusti je, oznojen i bled, malaksao.

— Dođavola! Ko je navio to čudo!

Gazdarica kucnu na vrata.

— Ja sam ga navila, gos'n Tomo, da me opomene da ne zaboravim nešto — otvorila je vrata. — Kad se ostari, popusti glava, pa sam postala zaboravna. Baš vam je lepa rođaka. A kako ste rod?

— Moja i njegova majka su sestre — odgovori Olga.

— Vidi se da ste bliski rod. Imate dobrog brata, gospođice. Ali moramo da ga ženimo. Bogami, lepa je učiteljica Branka. Gledam vas neki dan kad ste šetali, pa mislim: baš su par. Ali, lepa je i gospođa Anđelka u sudu. Pričaju za nju da je raspuštenica, pa biste se mogli uzeti.

Olga je ukočeno gledala gazdaricu, sva bleda. „Anđelka? Činovnik u sudu? Raspuštenica? I njegova žena se zvala Anđelka!" Htede da se obavesti pobliže, pa upita gazdaricu:

— Koja je lepša, Branka ili Anđelka?

— E, Anđelka je lepša. Visoka, lepo razvijena i vrlo ozbiljna žena. Hvali je njena gazdarica, moja kuma. Hoćete li, gos'n Tomo, da vam skuvam kafu?

— Nemojte, kasno je. Treba da idem u kancelariju. Hoćeš ti, Olga? — okrete se njoj.

— Hvala, neću.

Gazdarica izađe iz sobe, a Olga je stajala na istom mestu, sva bleda, klonula, razočarana.

— Sad su mi neke stvari jasnije! Budite iskreni i priznajte: ta raspuštenica u sudu, ta Anđelka, to je vaša bivša žena?

— Zar vas to zanima?

— Više nego što mislite. To je ona, jelda?

— Jeste. Ali to niko ovde ne zna.

— I vi ste zbog nje došli u ovo mesto, jer je volite.

— Nisam, verujte! Ni u snu nisam snevao da može biti ovde.

— Kako ste pritvorni — govorilo je uvređeno i rashlađeno devojče. — Imate i neku učiteljicu! A ja sam vas uvek idealizovala. Kako sam bila glupa! Tako mi i treba. — Iscepkala je čipkanu maramicu koju je držala u ruci. Oči joj se napuniše suzama.

— Olga, nemojte biti nervozni. Nije to tako kako mislite.

— O, ne, ne spadam ja u one koje dobijaju nervne napade, ne bojte se! Videla sam vas i sad idem — ona uze mantil i šešir.

— Zajedno ćemo. Kuda ćete?

— Idem u hotel, pa ću sedeti u sobi do mraka i onda otići na stanicu.

— Možemo večerati zajedno.

— Neću silaziti u kafanu, nemojte se truditi. Prevarila sam se. Vi ste još zaljubljeni u svoju ženu. Da, ona je lepa, vrlo lepa, a ja sam derište koje vi nikad niste gledali... ali derište koje je umelo da voli, to niste zapazili. No, priča je završena! Udajem se za jednog inženjera.

Zato sam i došla ovamo. Da vas pitam hoćete li vi da me uzmete ili da se udam za inženjera. Bila sam spremna na sve... Ali, bolje ovako. Vama nije stalo do mene, to sam najzad shvatila. Zbogom! — završila je u suzama.

— Čekajte, Olga, umirite se malo. Kako ćete tako uplakani na ulicu — privuče je na grudi, skinu joj šeširić s glave i poče je milovati po kosi i licu, tešeći je kao dete.

Ona je jecala na njegovim grudima, ispovedajući se detinjski:

— Toliko sam te volela! Zbog tebe sam napustila studije. Meni su svi uvek ugađali i činili, i tata i mama, samo ti nisi hteo — jadikovala je, a on ju je umirivao i tešio, pa je najzad izbrisala suze i izašli su zajedno.

Znao je da ga Branka vreba iza zavese, jer poslepodne nije išla u školu. Videće ga i pitati ko je ta devojka. Bila je preterano ljubomorna, mrzela Anđelku i patila zbog nje, nabeđivala ga da se udvara i njoj, tako da mu je već postala dosadna.

Prošao je pored njene kuće ne gledajući u prozor, ali ga je ona videla, stajala je zgranuta, a zatim otvorila prozor i gledala za njima. Brzo se obukla, otišla do Zore i ispričala šta je videla. Srce joj se kidalo od ljubomore i bola. Koleginica ju je tešila, ali ni sama nije verovala da će Branka nešto uspeti, jer je bila malo lakomislena. Sigurno se već upustila s njim u odnose i time izgubila vrednost u njegovim očima.

Olga je otputovala razočarana i utučena. Đurović je došao na stanicu da je isprati. Hladno se oprostila s njim, ušla u kupe i tu najzad zaplakala kao da je izgubila nešto najlepše u životu...

Đurović je bio sav pometen. To devojče mu nikako nije bilo jasno. Da li bi se smeo oženiti s njom? Ona ne krije da ga voli, ne krije ni da bi mu žrtvovala sve, ali je li to njena računica da ga obaveže i natera da se oženi njome, ili je u pitanju stvarna ljubav? Olga je savremena devojka, ali njena ljubav može biti i kapric. Ne, nije ona za njega. Njegova patrijarhalna priroda bunila se zbog njenog postupka. Nije nikad dosad imao zadovoljstvo da oseti sve vrline jedne žene onako kako želi. Svaka je imala nešto što mu smeta: Anđelka ga je razočarala, Branka mu se lako dala, Olga juri za njim!

„Brak je najveća glupost", zaključio je. „Neću se više nikad oženiti!"

Iz kafane je pošao kući. Prolazio je kraj Brankine kuće, kad se prozor otvori. On zastade.

— Hoćeš da svratiš?

— Mogu.

Ostao je kod nje do ponoći. Izlazeći, seti se Anđelke. Da li je ona, zaista, uvek sama, pitao se. To ga je neprestano mučilo, ali više nije hteo da proverava. Još je osećao uvredu, koju joj nije mogao oprostiti.

# Kraljice zabave

Jedne nedelje popodne Anđelka je čitala novine. Prelistavala je sve, pa došla do rubrike o venčanjima i veridbama. Pogled joj se ukoči na tekstu: „Gospođica Nevenka Mitrović i gospodin Nenad Aleksić, vazduhoplovni kapetan, vereni...”

Spustila je novine i zaklopila oči. Nešto beskrajno bolno razli joj se po celom telu. „Moj bata se verio. Nije me ni obavestio. Anđelka njemu ne znači ništa! Nevenka je bogata, dobiće miraz. A zašto mi je onda pričao sve ono u onom voćnjaku?” To iznenadno osećanje, koje se javilo u njoj, konačno joj otkri tajnu: ona je batu, duboko u sebi, volela. U njoj je postojala potajna nada da će se opet sresti i razgovarati, da će osetiti šta se skriva u oboma. Sad je sve svršeno: bata je izgubljen za nju... Ostaje opet sama. „Kako je kod mene sve komplikovano”, mislila je. Prosto je zavidela maloj Donki. Donka se brzo utešila. Volela je podoficira Borislava, pa činovnika Svetu, a kad su obojica otišli odavde, zaljubila se u jednog trgovca i opet je srećna!

Bilo je posle Božića i priređivala se velika zabava. Anđelka je rešila da ide. Poći će i Donka. Zaželela je da jednom bude žena, da se zabavlja i osvaja, da nikom ne pokloni srce. Toma uveliko ide s Brankom. Čula je sve. Htela je i njemu da pokaže kako je lepa i zavodljiva, kako se dopada muškarcima. Hoće i ona svoj dan uspeha! Neka to bude na zabavi. Biraće i kraljicu zabave. Htela je da bude lepa. Imala je divnu večernju plavu haljinu, koju joj je kupila teta. Uzela je crne svilene cipele i plavo cveće za kosu, koje je sama napravila od tila.

Došlo je i to veče. Donka je imala ružičastu haljinu. Bila je vrlo lepa. Anđelka je izgledala bajno. Nisu žurile prve da stignu. Kad su otišle i pojavile se u sali, svi pogledi se upraviše na Anđelku. Njene nage bele ruke, obla pleća i ramena blistali su pod svetlošću.

Bila je tu i Vukica Marić. Ona joj mahnu rukom i Anđelka joj priđe.

— Što si večeras divna! — polaska joj iskreno. — I Donka je slatka.

Zabava je bila vrlo posećena. Anđelka se divila toaletama žena. Gledala je po sali i spazila Marića, koji ju je netremice posmatrao. Videla je i Tomu, bio je tu i Safet, u smokingu koji mu je vrlo lepo stajao. Branka je bila u beloj haljini i iz prikrajka ljubomorno posmatrala Anđelku, videći kako je Đurović gleda.

Zabava je počela kolom, a zatim su se ređale moderne igre. Safet je prvi prišao Anđelki. Marić steže zube. U njemu se odigravalo nešto čudnovato i zlokobno. Bio je spreman na svašta. U poslednje vreme postao je ćutljiv, izbegavao društvo. Mučila ga je jedna strahovita misao i bojao se da ne postupi po njoj. Safet je već treći put igrao s Anđelkom. Bio je opijen njome, šaputao joj o ljubavi. Toma nijednom nije prišao. Nije smeo od Branke, ali ga je to jedilo. Kako se ta mala učiteljica usuđuje njemu da sudi!

Anđelka je blistala. Bila je srećna. Kavaljeri su se otimali oko nje. Udate žene su je ogovarale: „Gle, raspuštenica, digla barjak! Svi se slomiše oko nje!"

Marić joj priđe za jedan tango.

— Sa Safetom više ne smete igrati — muklo joj reče za vreme igre.

— S kakvim pravom zahtevate to od mene?

— Ništa više neću reći, samo ponavljam: zabranjujem vam da igrate s njim!

— Niko nema prava da mi išta uskraćuje! Ja sam samostalna žena.

— Ja imam prava i opet vam kažem: neću više da vas vidim sa Safetom!

Ona zastade, smešeći se kao da nešto prijatno razgovaraju:

— Šta vam je večeras? Kako se usuđujete da razgovarate tako sa mnom?

— Zato što vas volim.

— To je smešno! Vi ste za mene pokojnik. Umrli ste i vi i vaša ljubav. Otkud sad to vaskrsenje?

— Ja sam živ i moja ljubav je živa... više nego ikada!

— Idem do Vukice, a vi uzmite neki špricer, pa ćete zaboraviti ljubav.

On je mračno pogleda i udalji se.

Birala se kraljica zabave. I Anđelka stavi broj. Danas je žena, samo žena, obična i koketna. Njen broj dobi najviše karata. Anđelka je kraljica zabave!

Vratile su se kući, obe raspoložene. Bio je na zabavi i Donkin trgovac, divno se provela. Anđelka uze da pregleda karte. Na jednoj je pisalo: „Najlepšoj!" To je Tomin rukopis. Potražila je njegova pisma i sravnila. Jest, njegov je. Safet joj je poslao najviše karata. Po svaku cenu je hteo da ona bude kraljica. Vratio se kući omamljen od njene blizine, njenih belih ramena i ruku.

Posle dva dana dobila je pismo od Vukice. Pisala je da će doći kod nje oko osam uveče, nek je čeka, pošto Gojko ima neku sednicu, pa će doći po nju posle, a njih dve dotle da porazgovaraju.

Pismo je bilo lažno. Pisao ga je Marić, podražavajući rukopis svoje žene. Morao je otići do Anđelke. Ona zlokobna misao nikako ga nije napuštala. Obukao se, kazao ženi da ima sednicu, pa iz fioke uzeo revolver i stavio ga u džep. Poljubio je sinčića i pošao Anđelki...

# Krvavi događaj

Kad je Anđelka otvorila vrata, ustuknula je ugledavši Gojka Marića. Potajni strah je obuze. „Šta će on sad?!" Stajala je nepomično, a on joj priđe, pruži ruku, uhvati njenu i poljubi je. Ona mu nesvesno dade ruku, u prvi mah uplašena, ali posle prikupi hrabrost, smelo ga pogleda i zapita oštro:

— Šta ovo znači, gospodine Mariću? Opet laž.

— Zar ceo moj život nije laž! Neprekidno obmanjujem i sebe i druge.

— Ne znam kakav je vaš život, ali mene ste mogli poštedeti! Kao da vam je baš stalo do toga da me kompromitujete i svesno zadate bol Vukici.

— Kad se jedna žena ceni i voli, ne može se kompromitovati.

— A mislite da manevri koje izvodite ne mogu izazvati sumnju kod Vukice, pa čak ni kod ove moje dobre Savete.

— Ovo je moj poslednji manevar.

— Čisto sumnjam! Zbilja, čudim se kako nemate nimalo ponosa.

— Ponos i ljubav se sukobljavaju. Ljubav je sposobna na sve, ali u tome je i njena veličina... A kakvog biste me vi želeli?

— Ja nemam nikakvih želja u vezi s vama. Moje želje su uništene onoga dana kad sam dobila vaše poslednje pismo.

Zastala je kraj police s knjigama, pa uze jednu i poče je prelistavati, a onda je nervozno ostavi. On sede na stolicu.

— Nikad ne zaboravljate i neprekidno mrzite!

— Ne mislim više o vama. I zaborav je uteha.

— Analizirajte svoja osećanja prema meni.

— Nemam nikakvih osećanja prema vama. Ravnodušna sam, ako hoćete da znate. U ovom trenutku mi je neprijatan vaš dolazak i želim da se što pre udaljite iz moje kuće.

— Niko me nije video kad sam ušao, tiho sam otvorio kapiju, niko ne zna da sam kod vas. A ovde je tako lepo, kao u nekom toplom gnezdašcu... Jeste li i dalje uvek sami?

— S kim bih mogla biti?

— Komšija je u blizini. Možda biste se mogli zaboraviti sa Safetom.

— Jednom u životu sam se zaboravila i nikad više! Zato se gorko kajem.

— A ja sam srećan što sam tada kad ste se zaboravili doživeo najlepšu radost u životu. Čini mi se kao da je to bilo pre mesec dana.

Ona je neprekidno stajala, naslonjena na zid.

— Zašto ne sednete?

— Čekam da vas ispratim i zaključam vrata.

— To ćete dugo čekati... Hoćete li zvati policiju u pomoć?

— Vi ste neosetljiv čovek. Grub i bezobziran. Vama je lako. Bogati ste, imate slobodno zanimanje, nikakvu odgovornost ni prema kome, a ja sam sirota žena koja mora da vodi računa o svom ugledu i o svojoj službi društvu u kome živim.

— Treba se uzdignuti iznad svih... tada ste jači. Moja grubost, kako rekoste, to je u stvari ravnodušnost prema svetu. Da se obazirem na ove palančane? Pa zbog njih sam i vas izgubio! Takvi su bili i moji roditelji. Nisu mi dopustili razvod braka i ja sam popustio. To ne mogu prežaliti. Kivan sam na samoga sebe!

— Zašto? Učinili ste plemenito delo što se niste razveli. Ma koju ženu da ste uzeli, bila ona i najveće savršenstvo, vi biste i njoj zadavali bol. Takva je vaša priroda. Nestalni ste! Vi ste bili večiti turista, pa ste i u brak ušli kao turista, da se zadržite kratko vreme i potom nastavite put. Iznenađuje me kako volite svoje dete i kako ste ponekad pažljivi prema Vukici. Ona, sirota, veruje da je volite.

— Ja volim svoga sina i trpim ženu. Zbog deteta ublažavam srdžbu prema njoj.

— Zašto biste se srdili na nju?

— Ona je žena jake volje, a ja to ne podnosim. Meni je potrebna nežna i osećajna žena, u kojoj bih gledao dete i voleo je kao svog sinčića. Takvi ste vi bili na moru... Mislim da je to vaša prava priroda, a sve što sad govorite, neprirodno je. Mučite sebe i zapovedate da me mrzite, a verujem da to nije istina. Zar niste u ovom času uzbuđeni. Nas dvoje sami u ovoj toploj sobici, ja vas volim, a vi me mučite! Nije li vaša mržnja reakcija tog unutrašnjeg sukoba, koji s jedne strane zahteva da me zaboravite, a s druge ne zaboravlja naše časove ljubavi, tako beskrajno lepe i pune pravih iskrenih osećanja?

— Govorite kao pesnik!

— U ljubavi svaki muškarac može postati pesnik, kad ućutka u sebi životinju. Kako da ne budem pesnik kad gledam vas! Vi ste savršeno stvorenje, ali i opasno. Raspirujete strast kod svih, a izmičete svima. Ja vas u ovom trenutku želim. Želim tako silno da neću izaći iz kuće.

— U tom slučaju izaći ću ja!

Pošla je u kuhinju, ali on skoči kao panter, dohvati je za ruku i uvuče u sobu.

— Vi ste strašni! — prošaputa ona muklo.

— Ali umem da budem i nežan. Ja bih mogao poginuti za svog sinčića, ubiti svakog ko bi mu naneo zlo. Isto osećanje imam i za vas. Moj sin i vi, to su dve najveće ljubavi u mom životu, istinske i iskrene. I ja hoću da spojim ta dva bića, svog sina i vas, da budete uvek kraj mene, da vas oboje volim, da upotpunite moj život, da vi budete njegova mati...

— Ne pomišljate na to da biste raskrvavili srce njegove majke i da li bi ona uopšte dopustila da uzmete dete.

— Sin pripada ocu!

— Ocu koji ga zaslužuje! Ali ako vi gazite svoje prave očinske obaveze, gazite i detinju ljubav prema majci, kome je ona potrebna.

— On je naslednik mog imena i ja ću ga vaspitavati.

— Niste umeli ni sebe da vaspitate.

— Krivo je društvo i moji roditelji. Nemojte misliti da ja ne znam svoje mane, ali neću dopustiti da se to nastavi u mom sinu. On neće biti turista kao ja, on mora biti čovek u punom smislu reči.

— A zar vi niste?

— Ja sam neko nedonošče. Samo me jedna velika ljubav može preobraziti. A to ste vi! Ali, vi nećete ni da pokušate.

— Vi ste imali tu priliku i... otišli ste.

— Otišao sam da bih vam se vratio! I tek kad nisam uspeo da ostvarim ono što sam želeo, umro sam za vas.

— Nije vam bilo žao umreti.

— Bilo mi je toliko žao da bih danas mogao istinski umreti.

— Zašto da umrete?

— Zato što je život besmislica! Sit sam ga. Sit onog mlina, mašina, poslova. Sve jedno isto, od jutra do mraka. Ja mlinar! Pa to je potpuno nezamislivo!

— Šta biste želeli da budete?

— Sad ne želim ništa. Kad bih vas imao za ženu, možda bi se i moj život razbistrio. Ovako sam u magli ili, pomeljarski rečeno, čovek pobeleo od brašna, koji ni sâm ne vidi svoj pravi lik. Došao sam da mi u tome pomognete. Hoćete li?

— Hoću. Reći ću vam odmah: idite kući! Istina, mesečine nema i napolju je lapavica, ali možete uzeti fijaker.

— To ste mi više puta kazali. Možete li da izmislite nešto novo?

— Zašto bih? Nije moja dužnost da dajem odgovore na vaša životna pitanja. Imate pametnu ženu, koja je dosta sredila i vaše finansijsko stanje, pa se njoj obratite.

On je pogleda mračno i ustade.

— Anđelka, hoćete li da budete moja žena?

— Nikad! Molim vas, nemojte to više ni izgovoriti. To me ljuti i razočarava. Budite prema meni onaj korektni gospodin kakav umete da budete.

— Ne! — jeknu Marić. — Trpeo sam i savlađivao se, ali više neću. Večeras se mora sve rešiti.

— Pa šta hoćete od mene? Da me osvajate nasiljem?

— Hoću da mi dragovoljno priđete, da budete moja zauvek!

Naslonjena na zid, osećala je kako joj noge klecaju i kako je gotova da se sroza na pod. Ali, pred tim upornim i odlučnim čovekom morala je i ona biti odlučna. Potajni strah koji ju je ispunjavao i nekakva slutnja uskomešaše je, i ona se primora na osmeh, želeći da ohrabri sebe i pokoleba njega:

— Večeras mi izgledate kao dramski glumac. Volite li pozorište?

— Ne volim ništa što je imitacija i laž. Volim život i ljubav, volim vas... Mislite li da se udate za onog avijatičara ili za posednika? Hoću da znam.

— Avijatičar se verio.

— A posednik?

— On je samo prijatelj moje porodice.

— Dakle, ne mislite da se udate? I ne volite nikog?

— Zašto me ispitujete?

— Hoću da saznam sve o vašem životu.

— A da li ću vam sve reći? Možda imam neku tajnu!

— Tajnu u vezi s nekim muškarcem?

— Tako nešto.

— Da ne mislite u islam?

— O, ne!

— Zašto sad koketujete i izazivate me. Anđelka, ja sam žestok i nervozan. Morate mi reći!

— Neću, niste istražni sudija!

— Ja sam više nego istražni sudija! Vi ste bili moja žena i ja imam pravo nad vama.

— Nikakav zakon vam ne daje to pravo.

— Ja ga sebi dajem! I sudiću i vama i sebi. Dakle, kakva je to tajna? Govorite odmah.

— Šta je vama, gospodine Mariću?

— Nervozan sam.

— Jeste li normalni u ovom času?

— Nisam, jer ovakva ljubav, kad me izazivate a bežite od mene, nije normalno osećanje. Znate li vi našta je sve tada muškarac sposoban? Recite kakva je to tajna. Volite nekoga? Je li to?

Ona se bespomoćno sruši na kauč. On joj priđe. Stajao je iznad nje, pa onda sede i progovori nežno.

— Anđelka, zašto ste toliko nemilosrdni? Zašto mučite sebe? Zar ne osećate kako bismo bili srećni?

— Ne! Idite od mene. Vi ste užasan čovek.

— Zašto sam užasan? — pitao je bledeći i naginjući se prema njoj.

Ona ustade. On je steže za ramena i privuče na grudi. Otimala se iz njegovih ruku, ali su one bile jake kao mengele. Strasno ju je pritiskivao uz grudi, da je osećala kako malaksava. Njegovi poljupci klizili su joj po licu. Najzad ona jeknu, gurnu ga i otrže se.

— Uzalud pokušavate, nikad neću biti vaša! — uzviknu gnevno.

— Ja volim, jest, volim, i to svog muža. On je bolji od vas... možda ćemo se izmiriti. I vi ga znate. On je dobar, savršen.

— Ko je vaš muž? Je li to vaša tajna?

— Jeste. Neću vam reći ko je, ali ovde je. Zato me ostavite na miru. Jednom ste me mogli osvojiti, drugi put nećete.

— Ko je vaš muž?

— To se vas ne tiče! Zbog vas sam izgubila njega, pa sad hoćete da ga opet izgubim — lagala je da bi ga uvredila i da najzad ode, ne sluteći da se u njegovoj duši događa nešto strašno. On kroči dva-tri koraka prema njoj.

— Je li to vaša poslednja reč? Vi me ne volite!?

— Ne volim vas! I dosta ove komedije! Ostavite me jednom zauvek na miru!

Okrenula se, pojurila vratima i istrčala na doksat. Marićev glas odjeknu:

— Nećeš ni drugog voleti!

Odjeknu revolverski pucanj, zatim drugi... Anđelka kriknu:

— U pomoć! Tetka Saveta! Donka! U pomoć! — i sruši se na doksat.

Marić izađe iz kuće i pođe kroz baštu. Kapija se otvori. Utrča Safet u pidžami. Tetka Saveta zakuka.

— Ubi je! Kuku! U pomoć! Policija!

Safet polete na Marića.

— Ti si je ubio, nitkove!

Pucanj ponovo odjeknu i metak očeša rame Safetu. Uprkos tome, on polete na Marića, ali ovaj se izgubi, tresnu kapijom. Na ulici odjeknu još jedan pucanj. Svi priletеše Anđelki.

— Mrtva je! — vriskala je Donka.

— Nije! Unesite je u kuću — govorio je Safet pepeljastim glasom.

Podigoše je. Haljina je na leđima bila sva krvava.

— Donka, javi teti! — šaputala je Anđelka jedva čujno.

Odjeknuše koraci. Svet je jurio, otvoriše se prozori, lupiše vrata. Muškarci istrčaše na ulicu. Neko je vikao:

— Policija!

— Evo ga mrtav čovek!

— Ko je to?

— Gojko Marić.

Žandarmi dojuriše. Dođe i policijski pisar. Bolnička kola odnesoše Marića. Lekar je konstatovao smrt. Pristigoše kola i za Anđelku. Vriskale su i Safetove sestre. Rukav na pidžami njihovog brata bio je sav krvav.

Cela ulica se probudi. Za jedan sat čitav grad je brujao: Marić ubio Anđelku, činovnicu u sudu, pa izvršio samoubistvo...

Anđelka ipak nije bila mrtva, već teško ranjena. Kuršum nije prošao kroz srce, nego samo povredio pluća. Drugi je promašio. Rana je bila opasna, nije se znalo da li će ranjenica preživeti. Izgubila je mnogo krvi. Policija je htela da je sasluša, ali lekari nisu dopustili. Donka je odmah poslala telegram tetki.

Toma je čuo za događaj ujutru, čim je ustao.

— Sebe ubio, a nju teško ranio — reče mu gazdarica. — Takve su danas žene, navode muškarce na zločin. Lepa, al' bolje da nije bila lepa. Upropastila i sebe i njega. A on ima ženu i dete.

„Dakle, sve je istina! Ona je živela, hvatala industrijalca. To je njoj bilo potrebno", kivno je mislio Toma. Nije osetio ni trunku sažaljenja prema njoj. Strahovao je da se ne sazna da je bio njen muž. To će izaći u novinama, pa nije želeo da mu se ime povlači po listovima. Smejali bi mu se svi: dojurio za ženom, a ona živela sa industrijalcem! Ipak je otišao da je vidi, kao njen starešina. Anđelkino stanje bilo je još vrlo opasno i nikoga nisu puštali k njoj. Pitao je lekare, oni slegnuše ramenima.

— Nadamo se.

Na njihovim licima videlo se da ni sami ne znaju hoće li ostati u životu.

I Vukici javiše strašnu vest. Pala je u nesvest. Svirepa istina puče pred njom: njena najbolja drugarica bila mu je ljubavnica, oboje su je varali. To je bio udarac koji nikako nije očekivala. Jaukala je nad svojom zlom sudbinom, nad neiskrenošću svoje drugarice, jaukala što ga je volela, patila zbog njega i trpela ga, a tako je završio. Voleo ju je, dakle, kad je bio u stanju da se zbog nje ubije, voleo više nego nju i dete! A ona je poverovala da se u njihovom životu sve stišalo i da je došlo prijateljstvo, kad se već ljubav ugasila.

Cela varoš bila je uzrujana. Učiteljica Branka je likovala. Eto, sad je Toma video kakva je ona! Bojala se Anđelke, bila ljubomorna na nju, ali sad je sve svršeno. Pokvarenuša, hvatala je oženjene! Ako, zaslužila je ono što joj se dogodilo!

Jedni su sažaljevali Marića. Smrću je, na neki način, popravio svoj ugled. Pričalo se: „Nije on bio rđav. Kulturan čovek. Svako ga je mogao iskoristiti, ko je god zatražio na zajam, davao je." Drugi su ga osuđivali: „Zbog žene da se ubije? Budala! A imao ih je koliko god je hteo. Svaka bi se polakomila na njegov novac!"

Sažaljevali su i njegovu ženu: „Jadnica, oslobodila se. Nije ona imala nikakav život pored njega. Lumpovao, provodio se, skitao celog života. Ona je i onaj mlin održala. Da je ostao u životu, sve bi proćerdao. Ovako će ona dobro da živi. Koliko samo vredi mlin. Da ga proda, pa celog života da ne brine!"

Mladići su se pitali: „Da li je on nju ubio zbog Safeta? Bio je u pidžami kad ga je ranio Marić. Mora da se našao u krevetu kod Anđelke!" Te priče čuo je i Toma, pa ga sad više niko nije mogao ubediti da ona nije nevaljalica.

Safet je saslušan. On je ispričao kako je čuo dozivanje u pomoć i poleteo da je spase. Tetka Saveta nije ništa krila pred policijom. Kazala je da je Marić dolazio jednom pijan i lupao na njena vrata. Ispitivali su i Vukicu. Ona se setila kako je Anđelka pala u nesvest kad je prvi put ugledala njenog muža, i rekla kako joj je to bilo sumnjivo.

Tražili su po fiokama da nije Marić ostavio kakvo pismo, ali nisu ništa našli. Revolver je nosio sa sobom, znači da se spremao na ubistvo. Ali im motiv nije bio jasan. Safet je dopunio svoju izjavu, ispričavši ono kad je trčala drumom. Izrazio je sumnju da je Marić nju domamio u vinograd, a ona pobegla.

Kad je Anđelka mogla da govori, saslušali su i nju. Zašto je pala u nesvest? Zašto je bežala drumom? Zbog čega je Marić dolazio kod nje? Ona je ćutala, malaksala i bleda. Trebalo bi da sad kaže sve, počev od toga ko joj je bio muž... Odlučila se na ćutanje. Ne mora ništa reći, niko je ne može prisiliti: niti je optužena niti tužilac.

Malaksala je i slaba. Kuršum je izvađen, ali je izgubila mnogo krvi. Tražila je da pozovu starešinu suda. Tomi će reći sve, odlučila je. On je došao uzbuđen, ali skrivajući to. Hteo je da se sažali na nju, ali nije mogao.

Ona započe svoju ispovest. Nije izostavila ni najmanju pojedinost. — Hoću da verujete, Tomo, da ništa nisam imala s njim — reče na kraju. — Gnušala sam ga se. Volela sam njegovu ženu kao sestru. Živela sam idealno i povučeno kao monahinja. On me osvojio prvi, vi ste bili drugi, i nikog više nisam imala u životu. Verujete li, Tomo?

On je ćutao.

— Znači, ne verujete! I dalje me mrzite! A ja sam nevino nastradala u životu. Ako umrem, zaboravite mržnju. Najlepše sam mislila o našoj budućnosti, verovala da ćete mi oprostiti. Niste mogli, to je bilo jače od vas. Oprostite mi bar sad... teško mi je... Nađite se ponekad tetki kad ja umrem...

On je ukočeno sedeo na stolici pored njene postelje, a onda se prignuo, uzeo njenu samrtnički bledu ruku, poljubio je i prošaputao:

— Oprosti ti meni, Anđelka!

# Jedan život je ugašen

Crkvena zvona su brujala. Opelo je bilo završeno. Ulicom se kretao Marićev sprovod. Za mrtvačkim kolima išla je Vukica, skrhana bolom, razočaranjem i poniženjem. Pridržavao ju je Gojkov rođak, koji je došao iz Skoplja. Morali su posebno moliti crkvene vlasti da dopuste opelo, jer je u pitanju bio samoubica. Jedva su dobili odobrenje. Na pločnicima je stajala masa sveta, a za kovčegom se otegla duga povorka.

Pričalo se svašta. Stare žene su govorile: — Ceo život jurio za ženama, pa mu žena i dođe glave!

Marićka je bila najčešće predmet razgovora.

— Jadnica, ubi se od plača.

— A što da plače? Valjda je imala neki život s njim! Varao je gde god je stigao.

— Dete je naslednik, njegova familija ne može ništa da potražuje.

— Jel' vodio ljubav s tom činovnicom?

— Raspuštenica ga hvatala i vukla za nos!

— Što nije gledala onog lepog sudiju, nego hvatala oženjene!

— Para je u pitanju!

— Sudija je našao učiteljicu!

— Hoće li je uzeti?

— Hoće, kao mene i tebe!

Pratnja stade kod porodične grobnice Marićevih. Tu mu behu sahranjeni i otac i mati.

Vukica zakuka. Sinčić pisnu:

— Tatice!

Dečji plač potrese sve unaokolo.

— Gospod je ubio! Da natera čoveka da se ubije! Trebalo je nju da ubije! — grdile su stare žene.

Vukicu i dete odvedoše. Svet ostade kraj groba. Limari su lemili metalni sanduk, a zatim grobari spustiše kovčeg u raku. Tešku betonsku ploču položiše odozgo. Svet se poče razilaziti. Marić je sahranjen. Nestao je jedan uzburkan, neuravnotežen život. Pričaće se jedno vreme svašta o njemu, pa će ga zaboraviti.

Ali njegova žrtva je živa. Raspituju se o njoj:

— Hoće li ostati u životu?

— Hoće. Izvadili su joj kuršum, ali je još u bolnici.

— A šta je sa Safetom?

— Ništa, rana mu već zarašćuje, jer kost nije slomljena.

Čitavu sedmicu cela varoš prepričavala je samo taj događaj. Postepeno se, kao i uvek, sve stišalo.

Anđelka se oporavljala. Tetka beše došla iz Beograda sutradan posle tragedije. Knežević se našao tamo, pa ju je dopratio da ne bi putovala sama, jer je to za nju bio strahovit potres. Mislila je da će poludeti, zamišljala najgore. „Zar i nju da izgubim? Pa šta će mi onda život!"

Bolničarka joj je skrenula pažnju na to da se bolesnica ne uzbuđuje. Tetka steže srce, smeši se, hrabri je. Anđelka šapuće:

— I vi ste došli, gospodine Kneževiću. Hvala vam. Teto, nemoj da se potreseš. Sve ću ti ispričati. Ništa nisam kriva, kunem ti se! Ako si ti štogod kriva, to sam i ja. A šta ćete vi, gospodine Kneževiću, misliti o meni?

— Ono što i dosad.

— A šta ste dosad mislili? — nasmeši se ona slabašno.

— Najlepše. Da ste jedna dobra, inteligentna i hrabra žena.

— Jest, nastradala sam zato što sam bila hrabra, to je tačno.

Dani su prolazili, Knežević je otputovao, a tetka ostala. Anđelki je bivalo sve bolje. Lekar se osmehivao ulazeći u njenu sobu:

— Gospođa je junak. Mlada je i zdrava, sve je izdržala. Nijednom nije jauknula. Popraviće se brzo, pa će sve zaboraviti.

— Teto, ja ću tražiti premeštaj odavde — reče Anđelka jednog dana. — Nemoguće je da ostanem ovde.

— I ja ti ne dam. Ako ne možeš da dobiješ Beograd, daćeš ostavku, pa ćeš se uposliti kod advokata. Baš su me pitali za tebe, on i njegova žena. Kaže da si bila vrednija od muškaraca.

— O, teto, živećemo zajedno kao i pre! Ja sam bila srećnija s tobom nego neka deca u roditeljskoj kući. Ti si umela da razumeš generacije novog doba... Kako je gospa Ruža?

— Dobro je. Zaprepastila se i ona kad je pročitala za ovo.

— Zar je bilo u novinama?

— Neko je poslao dopis.

— Je li pisalo nešto ružno o meni?

— Ne, samo je opisan događaj.

— Šta kaže gospa Ruža?

— Uplašila se za tebe. Nije dala da dođem sama, ona je predložila Uglješi da me prati. Dobra je to žena.

— A Nenad? Kad će se venčati?

— Majka njegove verenice se razbolela, jedva je živa ostala, pa su odložili venčanje.

— Je li gospa Ruža srećna sa snahom?

— Mnogo je hvali.

— Nenad voli verenicu?

— Izgleda. Donosi mu i lep miraz.

— Kako je mala Olivera?

— Vodi i ona ljubav.

— Šta kažeš? A s kim?

— Žalila mi se gospa Ruža: zaljubilo se dete u nekog medicinara, brata njene drugarice, pa je majka više ne pušta toj drugarici, a ona plače, ubledela, neće da jede.

— Teto, hoćeš li da odeš do Vukice? Biću nesrećna ako ona baci krivicu na mene.

— Ići ću. Gde stanuje?

— U vili iznad varoši. Uzmi fijaker, pa će te odvesti.

Tetka je otišla isto poslepodne i dugo se zadržala. Anđelka je s nestrpljenjem očekivala i svaki čas poglédala u vrata. Bolničarka je ulazila i izlazila. Bila je to nežna i mila sestra, koja je Anđelki mnogo olakšala ozdravljenje. Lekari su, takođe zavoleli Anđelku i razumeli njenu dramu. Nešto kasnije dođoše Donka i Fatima. Razija se beše već udala i otišla u Bosnu. Doneli su joj pomorandže, banane i ratluk.

— Baš se radujem što ćete brzo izaći iz bolnice — iskreno je govorila Donka, koja je volela Anđelku kao sestru. — Tužno mi je kad vidim vašu kuću zatvorenu i mračnu. Ali, čujem da idete odavde. Zašto, bolan? Ja bih u inat ostala.

— Bolje da idem. A i teta je u Beogradu sama. Kako je Safet?

— Dobro. Rana mu je zacelila. Pozdravio vas. Ali mama nam je opet slaba.

— Dopada li se Raziji u Bosni?

— Presrećna je. Piše kako je vole i svekrva i zaova. Ne nosi više zar i feredžu. Oni tamo nisu verski zatucani. Slažu se divno u kući, muž je mnogo voli. Vi lepo izgledate, gospođo Anđelka. Kao da niste bolesnik.

Spremale su se da odu, kad uđe tetka. Bila je raspoložena.

— Kako te primila?

— U početku je bila uzdržana. Počela je da plače i govori kako to nije mogla očekivati od tebe, kako ti je verovala kao sebi. A ja sam joj onda ispričala sve.

— Jesi li zaista sve kazala?

— Ama sve! I ono što je bilo na moru, kako se predstavljao kao momak, zaprosio te i upropastio, pa njegovo pismo o tobožnjoj smrti.

— A ona?

— Plakala je, jadnica. Kazala je da bi došla da te poseti, ali ne sme zbog sveta, jer u varoši ne znaju prave uzroke, pa bi se čudili i ogovarali. Ali je molila da je posetimo čim ozdraviš.

— Sad mi je lakše, teto.

— Dobra je Vukica. Pričala mi je o svim njenim borbama s njim. Ostavio je dosta i duga. Izgleda da će prodati mlin. Ja sam je savetovala da proda imanje i kupi kuću u Beogradu, pa tamo nek živi s detetom.

— Jeste li se lepo rastale?

— Vrlo lepo. Poljubile smo se. Sinčić joj je zlatan. Vidi se da je onoga trpela zbog deteta. I promenila se dosta. Ne bih je nikad poznala. Priča i ona kako ga je ludo volela, zaljubila se, pa on ili nijedan. Umeo je da osvaja žene. Nego, znaš koga sam srela? Tomu.

— Zbilja?

— Kad sam pošla da potražim fijaker, on naiđe. Pošao je u kancelariju.

— Je li ti prišao?

— Jeste. Pita za tebe. Kaže da je jednom bio. Kad sam sela u fijaker, vidim razgovara s jednom devojkom i kao da se nešto objašnjavaju.

— To je učiteljica Branka. Skovitlao ga jedan sudija i njegova žena da se njome oženi.

— Nek se ženi. Da nisi možda, pomišljala na izmirenje s njim?

— Ni govora! Otkako je došao ovde i one večeri kad mi je upao u kuću, pa i ovo što sad čujem za njega, sve je to tako uticalo na mene da je iščezlo i ono malo lepih uspomena koje sam imala.

— Kad ozdraviš, spakovaćemo sve tvoje stvari, pa idemo za Beograd — planirala je tetka. — Tražićeš prvo odsustvo, pa ako posle ne dobiješ premeštaj za Beograd, daćeš ostavku. Kad ti, ratno siroče, i s ona naša tri groba iz rata ne možeš da dobiješ Beograd, a viđam neke devojke u Beogradu koje imaju žive i dobrostojeće roditelje, ne moraš ni da budeš u državnoj službi, bar dok sam ja živa! Uzeću i ja odsustvo, pa idemo u Dubrovnik da se ja malo odmorim, a ti da ojačaš. Imamo još gotovine od tvoje invalide. Dobro je što sam to izdvajala na stranu.

Tetka se sutradan vratila u Beograd, završila za svoje i Anđelkino odsustvo, pa posle nekoliko dana došla da je preseli. Otišle su i do Vukice. Susret je bio tužan i prijateljski. Prvi potres je prošao i Vukica se smirila. Nadgledala je posao u mlinu, ali tražila je kupca.

— Hoću da odem odavde. Ništa me prijatno ne vezuje za ovo mesto. Znam sve, Anđelka, pričala mi je gospođica Nada.

Anđelka je plakala i sve joj ponovo ispričala.

— Što je pogan svet! Šta mi sve ne pričaju: kako nije izbijao od tebe, kako su ga viđali.

— Eno žive tetka-Savete, ona će ti reći kad je dolazio. Bio je samo triput. Jednom posle moje nesvestice, dugi put pijan i treći put kad se sve ovo dogodilo. Namamio me jednom u vinograd.

— Jest, takav je bio. Nečista krv! I njegovi roditelji su krivi. Bio je jedinac, pa su mu sve činili. Trošio je, putovao, razbacivao novac, lumpovao. Bog da ga prosti, dosta mi je jada zadao. Ipak ga žalim, muž mi je bio, otac moga deteta. Čudna je to priroda bila. Kad se naljuti, sve razbija po kući, a kad ga slušaš kako govori u društvu, misliš najbolji čovek na svetu. Neke čudne kontradikcije bilo je u njemu. A ti ideš odavde, Anđelka?

— Idem. Došla sam da se oprostimo. Hoću da mi veruješ da sam ti bila najiskrenija drugarica.

— Verujem ti, Anđelka. I ti stradala od njega.

Ispratila ih je, vratila se i zagrlila sinčića. Osetila je, ipak, neko olakšanje. Iščezlo je nešto što ju je mučilo celog života i zamračivalo budućnost. Živeće za svoga sina. Ožaliće muža kao svaka čestita žena. Dok ga je za života osuđivala, sad ga sažaljeva, i u tom sažaljenju nalazi utehu za sebe i opravdanje za Anđelku.

Saveta i Donka su plakale što Anđelka odlazi. Safet je sa svog prozora gledao kako pakuje stvari i utovaruje u kola. Nešto mu se kidalo od srca. Stradao je zbog nje, a ni poljubio je nije! Čeznuo za njom, a pomilovao je nije! Prošla je kroz njegov život kao pesma, kao miris, kao divno nadzemaljsko biće.

Anđelka ga pozva da se pozdrave. Tetka je bila kod Savete, pa je mogla slobodno da mu kaže:

— Hvala vam, Safete. Vi ste bili moj zaštitnik. Pošli ste mi u pomoć, a mogli ste poginuti. Ne bih želela da o meni rđavo mislite. Hoću da vam kažem: Marić me hteo ubiti zato što nisam htela da pođem za njega. Ja sam volela svoju drugaricu, njegovu ženu, i nikad ne bih razorila tuđi brak. Vi ste me sreli kad sam trčala drumom i posumnjali ste u njega. Jeste, on me namamio u vinograd i ja sam pobegla od njega.

— Znao sam ja to, gospođo. Mi smo njega svi poznavali, ja sam ga mrzeo, a i on je mene mrzeo. Možda zbog vas. Bio je ljubomoran, mislio je da svaku ženu može osvojiti. Samo vas nije mogao! Ali zašto idete odavde?

— Hoću da budem s tetkom.

— I nikad se više nećete vratiti?

— Nikad.

Safet je gledao Anđelku očima punim tuge. Uhvatio ju je za ruku.

— Nikad vas neću zaboraviti!

Oči su mu bile pune suza kad je izašao iz sobe. Zaplakala je i Anđelka.

Sutradan je otputovala.

Te večeri Toma se vraćao kući iz kafane. Branka ga pozva da dođe kod nje, ali nije hteo. Bio je strahovito sumoran i neraspoložen. „Da li ja Anđelku još volim?", pitao se po hiljaditi put, ali odgovor nije dolazio. Samo mu je sve bilo tužno i zauvek izgubljeno, kao da su i poslednje iluzije nepovratno nestale.

# ČETVRTI DEO

# Amajlija

Februar je bio hladan, sa snegom i mrazom. Beograd se beleo. Na drvarama se tiskao svet čekajući red i trupćući nogama od zime. Ljudi su se svađali s momcima, tražili bolje cepanice i tačnu meru, a drvarski trgovci besneli kao da poklanjaju drva.

Anđelka je sedela u sobi i očekivala tetku, koja beše otišla da kupi metar drva, jer tog jutra nije imala predavanja, a Anđelki nije još dozvoljavala da izlazi. Anđelka je izgledala vrlo dobro. Posle onog krvavog događaja provela je s tetkom mesec dana u Cavtatu, gde ju je blago jadransko sunce okrepilo. Rana je zarasla, osećale su se još male posledice, ali nije bilo više nikakve opasnosti. Jutros je pokupila da iskrpi sve čarape, i njene i tetkine, što je ona vešto i strpljivo radila.

Dok je provlačila iglu, ceo njen život se rasplitao, tužan i tragičan. Vukica Marić pisala joj je jedno pismo, ali ona nije odgovorila. Donkina pisma bila su najlepša. Baš je juče dobila jedno, i u njemu mnoge novosti: Safetova mati je umrla i Fatima plače po ceo dan. Marićka je još ovde i mlin radi. Videla ju je jednom u automobilu sa sinčićem. „Svi kažu da će sad bolje proživeti bez muža!" Žalila se kako onaj njen trgovac traži veliki miraz. „Ne može da se oženi bez sto hiljada, i to u gotovu, jer mu treba kapital za radnju. Nikad se ja neću udati, slatka moja gospođo Anđelka!" Pisala je i o učiteljici Branki, kako svakog dana ide sa starešinom suda. I još dosta novosti, o celoj varoši.

Pred kućom se zaustaviše kola i malo posle uđe tetka.

— Baš je hladno napolju! A svet navalio na drvaru, pa nikad da dođem na red. Čekala bih još, nego mi ustupi mesto otac moje učenice. Što su drvarski trgovci derikože! Jedna žena traži četvrt metra, a on joj ne da. Pa kako sirotinja da se ogreje? Izvikala sam se na njega: „Zašto ženi ne date četvrt metra? Sirotinja treba da skapa od zime, a bogatima dajete koliko hoće!” Svuda vidiš samo nepravdu...

Devojka uđe noseći punu korpu grabovine.

— Grabovinu si kupila?

— To je najbolje drvo.

Zvonce zazvoni i pojavi se gospa Ruža, razgovorna kao uvek.

— Kaže mi Olivera da ste se vratili s mora, a nikako vas nema, pa dođoh ja do vas. Gle, kako se Anđelka popravila! I ti, Nado, lepo izgledaš. Baš pametno da i ti jednom uzmeš odsustvo.

— Ovo joj je prvi put otkako je profesorka da je na odsustvu.

— Nisam nikad imala nikakve protekcije, nego sve sama, pa sam se trudila da budem što bolja na poslu.

— Zato te cene đački roditelji.

— Ne znam baš da li me cene, jer matematičare niko ne voli mnogo. Nego, kako tvoja snaha? Kad će venčanje?

— Tek posle Uskrsa. Majka joj je bila slaba, pa se posle razbolela i ona.

— Je li Nenad srećan sa svojom verenicom?

— Mislim da jeste. Zašto ne bi bio? Ona je tako zlatna. Da vidite kako je majka lepo sprema. Sašila joj najfiniji veš, a na jorganskim čaršavima sve ručni rad. Jorgan od najfinijeg atlasa. Bogata je i jedinica, imaju oni dosta, pa mogu tako. Volim što je Nevenka umiljata prema svima. Mene mazi, Oliveru miluje, svaki čas joj kupuje poklone, donela joj nedavno teget štof za haljinu. Samo je prilično ljubomorna na Nenada. To joj ne valja. Kad on dođe u Beograd, pa se zadrži i ne ode odmah do nje, smesta u plač. Čula kako je u Novom Sadu šetao s nekom devojkom pa se raspekmezila: „On mene ne voli!" A neka udovica, đavo da je nosi, čim se Nenad verio, napisala pismo kako je on bio njen ljubavnik. Tešili smo je i ja i njena majka: „Misliš, drugi nemaju ljubavnice? Ali, njima se ne žene, nego traže poštene devojke!" Mlada i zaljubljena, pa na svaku ljubomorna. Kad se uda smiriće se.

— A kako je gospodin Uglješa? — upita Anđelka.

— Vrlo dobro. Pisao je da će ovih dana doći. Nije bio od onda kad je s Nadom išao u Makedoniju. Tada smo se svi uplašili. Pomišljali smo na najcrnje. Bogu hvala, kad si samo ostala u životu. Jel' svraćala Olivera do vas?

— Nije.

— A kazala je da će vam se požaliti što je grdim za onog medicinara: „Šta gledaš studenta! Kad će on postati doktor? Ima da završi, pa da bude na stažu i tek onda polako da stiče klijentelu!" A ono ludo, zaljubilo se. Bojim se i za njeno učenje. Čim učenica počne da se zaljubljuje, škola joj postane poslednja briga. Vidim jednu preko puta nas: svakog dana dopraća je mladić. Stoje po čitav sat pred kućom i razgovaraju. „Hoćeš i ti tako?", kažem Oliveri. „E, nisam ja od onih majki kojima kćeri sude, nego ću ja da sudim!" Muka je danas velika i sa ženskom decom. Nego, idem ja. Doći će Olivera iz škole, a ja sam odnela ključ od kuće. Pa, navratite! Dođi i ti, Anđelka, jednom kad bude i moja snaha tamo. Nada ju je videla. Jedva čekam da se Nenad oženi.

Tetka je isprati do vrata.

— Svaka majka voli bogatu snahu — govorila je Anđelki. — Videla sam tu Nevenku. Na mene je ostavila utisak razmažene i malo uobražene devojke, koja naginje pomodarstvu. Sve vreme je pričala samo o toaletama, šeširima, žurevima, otmenom svetu. Ne čuh je ništa ozbiljno da izgovori. Daje utisak bogatog derišta koje se pravi mondenkom. Ruža je uticala na sina da se njome oženi. Voli bogatstvo.

— A Nenad je zaista divan. Znaš li ko je ona udovica što je pisala pismo? Ona Anka bakalka iz dućana na uglu.

— Otkud ti znaš?

— To je, teto, čitava priča. Da čuješ, samo, koga je Nenad tražio a koga našao. Ja sam u Malinskoj bila Anita... — Sve je ispričala teti.

— Da li je Nenad tebe simpatisao?

— Ko zna. Jer, kad je doznao da je Anđelka Anita, on se izgubio. Jest, bio je malo ljut, ali me, prosto, zaprosio za svoga ujaka. Bolje reći: ustupio me ujaku, a on je posle toga odmah isprosio tu Nevenku.

— Ruža više ne pominje tebe i svoga brata.

— Ko zna šta ona sad misli o meni.

— Ja sam joj sve ispričala za Marića.

— Ako si! Šta je kazala?

— Ništa, samo da žensku decu treba čuvati.

— Čuvala si i ti mene! Ja nisam bila lakomislena, niti avanturistkinja. Može se isto dogoditi i njenoj Oliveri, pa ne treba bacati svu krivicu na devojku. Svet je zlurad. Prosto mi je gadno, teto, da izađem na ulicu. Kako sretnem koju prijateljicu, odmah se razrogači: — „Gle, ti, Anđelka! Kako si? Dobro izgledaš. Čitali smo ono. Pa što je to bilo?" Čitam im iz očiju neku zluradost.

— Svet voli da vodi tuđu brigu. Šta te se tiče... Gledaću da dobiješ Beograd. Ako ne može, idi kod advokata. On je dobar čovek. Čim malo otopli, otići ćemo u posetu njegovoj ženi. Da li je gotov ručak?

— Jeste. Ja sam kuvala.

Ručale su, tetka je pohvalila Anđelkine kuvarske sposobnosti, pa prilegla malo i posle otišla u školu.

Ostavši sama, Anđelka oseti tugu. Nema više nikog u životu. Toma je sasvim izbrisan iz njenog života, Nenad ju je potpuno zaboravio, Knežević ne piše. Taj čovek je već doživeo jednu dramu, pa očito ne želi da uzme za ženu onu koja je takođe doživela krvavu dramu. Njoj, istina, nije bilo stalo do udaje za njega, nego do njegovog dobrog mišljenja. Sigurno da se i on razočarao u nju. To je u Anđelki stvaralo setu, onu setu koja dolazi posle velikih razočaranja, pa zato nije želela nikuda da izlazi. Najviše je volela da sedi kod kuće. Posluje po kući, radi ručni rad i sluša radio.

„Šta mene očekuje u životu?", pitala se često. „Da li ću ikad naći bar zrnce sreće? Ili ću biti tetine sudbine i ostati usedelica..."

Već je pet sati, a još je svetlo. Oseća se da je dan odužao. Neko zvoni.

„Ko li je to?", trže se Anđelka i pođe da otvori. Pred njom se ukaza Nenad. Ona uzviknu od iznenađenja:

— Bato! Vi? Kako ste me prijatno iznenadili! Mislila sam da ste me sasvim zaboravili.

— Zar bih mogao zaboraviti Anđelče iz okupacije, moju malu drugaricu. I Anitu iz Malinske? — govorio je ljubeći joj ruku. Ona pocrvene, ulazeći u sobu. Na peći je dogorevalo cveće i smola „hiljadu cvetova", pa je sva soba bila ispunjena mirisom slatkim kao izmirna.

— Kad ste došli? Jutros je dolazila gospa Ruža, a ne kaže da ste ovde.

— Ja sam u Novom Sadu. Doputovao sam iznenada.

— Nisam vas videla od letos. Čujem da ste vereni. Jeste li srećni? Vaša mama je vrlo zadovoljna, kaže da imate umiljatu verenicu.

— Pa... sve su devojke umiljate, bar dok su verenice.

— Kad je dobar muž, verenica se ne menja.

— Ne znam hoću li biti dobar muž.

— Zašto da ne. I vi i ona imate sve uslove da budete srećni.

— Ima i defekata koji se kasnije osvete u braku, a postoje i lepe uspomene koje nikad ne iščezavaju. Vaša slika je i danas moja amajlija.

— Jel' istina? E, bato, nije lepo da više držite moju sliku u svom beležniku.

— Zašto?

— Zato što je može naći vaša buduća supruga. Svakoj bi bilo neprijatno da nađe sliku druge žene.

— Ona nema prava da mi zabrani da nosim amajliju.

— Ima, ako ta amajlija predstavlja jednu ženu!

— Lepu i tajanstvenu ženu, koju nisam nikad zaboravio i na koju sam još pomalo ljut.

— Pa vi ste se utešili, imali ste rezervnu Anitu — našali se ona.

— Nemojte me ljutiti! Vi ste mi sve napravili s tom Anitom, pa je čak pisala pismo mojoj verenici. Bio je čitav skandal.

— Kako se završio skandal?

— Udala se.

— Zaboravila vas. Je li mogućno?

— Drugo joj nije ni ostajalo. Njoj je bio potreban muškarac. Ja ili drugi, sasvim svejedno. Ali zašto uopšte govorimo o tome. Pričajte mi vi o sebi.

— Nemam šta da pričam. Pročitali ste isto što i ceo svet, a možda ste me i osudili kao mnogi što su. A ja bih tako želela, bato, da saznate sve. Imam utisak da biste me vi razumeli.

— Verujem, ali nikako nisam mogao da odgonetnem otkud taj Marić u vašem životu?

— To i hoću da čujete.

— Baš sam radoznao.

Sedoše i ona započe svoju priču od onog doživljaja u Petrovcu na moru. Iznela mu je ceo svoj život, razvod braka, susret s Marićem u Makedoniji, njegova nasrtanja, tragičan rasplet.

— Eto, bato, tako je bilo. Recite, jesam li kriva? Kad razmišljam, osuđujem sebe samo za ono na moru.

— To je obična pojava danas.

— A da se vi oženite, pa žena da vam ne bude nevina, da li biste postupili kao Toma prema meni?

— Ne znam. Najverovatnije da ne bih primio ravnodušno, ali se možda iz taštine ne bih razvodio, da mi se ne podsmevaju kako nisam umeo da izaberem devojku. Ako bih umeo da se savladam i pričekam da savladam svoju ženu, sve bih zaboravio.

— Sva sreća da žene nemaju takve probleme s muškarcima!

— Zato nas proganjaju svakodnevnom ljubomorom.

— Čujem da je i vaša verenica malo ljubomorna.

— Ne malo nego mnogo. To je njena velika mana. Ne smem nijednu ženu da pogledam. Na svaku sumnja.

— Onda mi morate vratiti sliku.

— Ni govora! To je moja amajlija i ja ću je čuvati.

— Dobro. Ali budite oprezni. Nemojte da padne u ruke vašoj verenici.

— Ona ne sme da dira moj beležnik. Evo vaše slike. Uvek je pokraj moga srca.

Anđelka pocrvene i obori oči. Ćutala je, sva zbunjena. „Zašto govori to?" Diže pogled i susrete se s njegovim toplim očima.

— Zašto me tako gledate, bato?

On uzdahnu i prošaputa:

— Ne znam! Ili, bolje reći: znam, ali ne mogu da kažem — podlaktio se o sto i ćutao. Malo posle nastavi: — Biću iskren, mala drugarice, priznaću vam sve. Kad sam vas video u Malinskoj, silno ste mi se dopali. Lepa, interesantna, zagonetna žena. Ali samo toliko. Vaše fizičko biće me osvojilo. Zarekao sam se da ću vas pronaći, a ja sam energičan. Tražio sam vas svuda i uvek ste mi izmicali. Vaša slika uvek mi je lebdela pred očima. Počeo sam da bivam sujeveran. Verujem u moć vaše slike i volim vas, a ne poznajem vas. Da li ste dobri ili rđavi, plemeniti ili zli, ne znam. Ali vas volim, jer uobražavam da me štitite. Od vas, kao Anđelke, dobijam pisma. Dopadaju mi se, divim se vašem stilu. To nepoznato psihičko biće me raznežava. Vi ste mi pisali najlepša pisma, ali ja vas ne poznajem, i sve to duhovno lebdi oko mene kao magla i gubi se. Anita je jača od Anđelke, ali onda u selu Anđelka najednom dobija fizičko obličje, odnosno Anita dobija dušu. Bio sam poražen! Verujem da vas ujak voli... zar da postanem njegov suparnik?! Morao sam pobeći. Preostalo mi je samo da se verim i oženim. Ali, Anita je još u mom životu. Veren sam, treba da odem verenici, ona me čeka, a ja dolazim kod vas. Osuđujete li me što varam svoju verenicu?

Anđelka ga je gledala tužnim i nežnim očima. Prošaputala je:

— Osudila bih vas ako biste ucveleli tu devojku. Ona vas voli.

— Ja je neću ostaviti. Neću da ožalostim ni svoju majku. Oženiću se, Anđelka. Moram vas zaboraviti, ali sam ipak morao doći da vas vidim.

— Da nećete opet da me prosite za ujaka? — setno se osmehnu Anđelka.

— On ne misli više na ženidbu. Postao je asketa. Žao mi ga, ali drugačije ne može biti. To me ohrabrilo da dođem da vas vidim. Neću se ogrešiti o ujaka, a sebi sam pričinio ogromno zadovoljstvo... možda i tugu.

Zaćutaše oboje. Malo posle on progovori, sa skrivenim uzbuđenjem u glasu:

— Anđelka, jeste li me se ikad sećali?

— Zašto da vam govorim o tome... nije potrebno... bilo bi izlišno.

Ustala je, uzbuđena, i prišla peći. Spustila je jedan panj i varnice prsnuše. Suton se uvlačio u sobu. Ona priđe zidu i upali sijalicu.

Ustade i Nenad.

— Niste hteli da mi kažete. Zašto?

— Zato što je sećanje na vas suviše lepo. Vi ste već kao pilot simpatični, a miliji ste mi kao bata iz detinjstva. Osećala sam da ste mogli postati moj drug, više drug nego kavaljer, bila sam oduševljena kad sam saznala da ste vi onaj dečak iz okupacije, koga sam se sećala kao kroza san... Eto, sad ste čuli šta mislim.

— Nisam sve! Hteo bih da čujem od vas i toplije reči.

— Ne. Vi ste verenik, neka vam ih izgovori vaša mala verenica. Ona ima pravo na to. Ona, jedna jedina.

— A ako njene reči ne bi imale isto dejstvo kao vaše?

— Ja bih je sažaljevala. Ali da bih joj uskratila patnju, neću ništa reći. Ne želim ni sebi da stvaram bol. Poštedite me, bato. Vi ćete večito ostati moj dragi mali drug iz detinjstva. A sad idite svojoj verenici!

— Da, idem! Zbogom, Anđelka...

Pružila mu je ruku. Držali su se jedan trenutak za ruke i gledali se.

— Zaboravite me, bato! — prošaputa ona, a oči joj se napuniše suzama. On je gledao u njene duboke plave oči, u njeno lice i tamnu kosu. Lik verenice iščeze. Naže se prema njoj, a ona se ne odmače. Prejaka sila ih je privlačila. I ona mu najzad klonu na grudi, osetivši kako joj njegove usne klize po licu, očima i čelu, spuštajući se do usana.

Jedan bezumni, ludi poljubac zatamni sve oko njih.

A onda se Anđelka istrže iz zagrljaja:

— Idite, bato! Idite, molim vas! Idite svojoj verenici, ona vas čeka... zaboravite me!

On izađe gotovo posrćući i teškim koracima se spusti niza stepenice.

Nevenka ga je nervozno očekivala. Stigao još jutros, a nema ga! Gde li je? Da nije otišao nekoj ženi? Možda onoj udovici? Otvarala je svaki čas prozor i pogledala na ulicu.

— Šta ti je, što si tako nervozna? — grdila ju je mati.

— On mene ne voli, mama.

— Šta ti pada na pamet! Ne bi te isprosio da te ne voli.

— Sumnjam ja, mama. On je lep, njega vole sve žene. Avijatičar je, a za avijatičarima najviše luduju.

— I ti si ludovala za njim.

— Jesam! Zato sada i patim.

— Doći će, možda je kod majke.

— Uh, da oni imaju telefon ja bih već znala da li je tamo. Baš sam luda što ga čekam. E, neću! Pola sedam, a njega nema. Idem da prošetam.

— Baš si pametna!

— Pametnija nego što misliš. Neka gospodin mene čeka. O, imam i ja kavaljere. Koliko njih obleće oko mene. Znaju da imam kuću i rentu. Nema to svaka. Samo gospodin avijatičar neće to da zna.

— Ama jel' ti to ozbiljno govoriš, dete? Kuda ćeš?

— Da prošetam i nađem kavaljera!

— Pa, idi. Uvek si bila samovoljna. Vidim da će muž muku mučiti s tobom. Celog me života jedeš, a pred svetom melem: umiljata, slatka, maza. Što nisi i prema majci takva, nego se svađaš i inatiš.

— Onakva sam kakvu me zaslužuješ! Ako gospodin dođe, reci mu nek priček. Naučiću ja njega pameti!

Nevenka se stresla kad je izašla na ulicu. Da li od zime ili ljubomorne grozničavosti? Mučilo ju je gde je Nenad. Zašto ga nema celo popodne? Zar mu ona nije najpreča? Išla je besciljno ulicama i odmicala sve dalje od kuće. Htela je da se zadrži, da se on dobro načeka kad dođe. Želela je da je ugleda s nekim mladićem, da ona njega napravi ljubomornim. To ju je jedilo: zašto nije ljubomoran na nju? Nije mogla ni zamisliti ljubav bez ljubomore. „Ne voli on mene kao ja njega, zato nije ljubomoran!"

Jedna drugarica je viknu:

— Nevenka!

Išla je s bratom. „Baš volim što je i on s njom", pomisli Nevenka, jer joj se on i ranije udvarao. Bio je lekar.

— Zašto si sama? Gde ti je verenik? — čavrljala je drugarica. — Ja sam ga poslepodne videla na Slaviji.

Nevenka pretrnu: „Šta će na Slaviji? Koga ima tamo? Da nije ona udovica u tom kraju?"

— Znam, imao je posla — stade da ga opravdava. — Ja požurila nešto da kupim, on je sigurno već stigao kući. Izvini, moram u radnju.

— Nikad nemam sreće da porazgovaram s vama — jadikovao je mladi doktor Vladimir.

— Ona je verena i zaljubljena — pobuni se njena drugarica. — Da znaš, samo, što je zlatan njen verenik.

— Čim je avijatičar, mora biti zlatan — podsmehnu se lekar. — Mi civili smo u senci njihove slave!

„Ah, što me sad on ne vidi i ne čuje šta govori Vladimir!", sekirala se Nevenka.

Oprosti se s njima i ode dalje. Prsti su joj zebli, po ušima ledeno i ona podiže krznenu kragnu. „On je došao i čeka me", misli. „Neka čeka. Šta li će tek biti u braku ako me bude jedio ovako kao danas. Još ja ne znam sve njegove tajne!"

Došlo joj je da zaplače, ali se iz prkosa uzdržala. Požurila je kući. Prsti na nogama kao da nisu njeni. „Ah, te tanke čarape!" Ustrčala je uza stepenice. Imala je ključ, pa nije morala da zvoni. U predsoblju ugleda njegov šinjel.

„Tu je!", obradova se, ali se pripremi da bude ozbiljna i hladna. Ništa ga neće pitati. Zar bi joj i rekao istinu? Skida kaput i okači ga o čiviluk. „Da nema kakvo pismo u šinjelu?", zakopka je ženska radoznalost. Zavuče ruku u jedan džep: rukavice. Zavuče u drugi: tramvajska karta i ulaznica za bioskop. „Ovo je bioskop u Novom Sadu! Dakle, on posećuje bioskope. A jednom je kazao da nikud ne ide!" Raširi šinjel: „Gle, beležnik! Šta li tu ima?" Dočepala ga je kao ptica grabljivica. „Ovde ne mogu da pregledam. Idem u sobu!” Pošla je na prstima do svoje sobe. Nervozno je preturala.

— Ah! — prigušeno ciknu. — Žena!

Anđelkina slika se smešila, lepa i slatka, s dugim loknama, malim ustima i bisernim zubima. Nevenki ruke zadrhtaše, a nervni potres je tako prodrma da je mogla zaplakati, pocepati sliku, pasti na sofu i urlati od jada.

„On nosi sliku jedne lepe žene, a vajni verenik! To su njegove momačke veze. Ona je njegova ljubavnica, on nju nije zaboravio, on je i danas išao njoj!” Oči joj gore, lice užareno, usta suva. U grudima je nešto pritiskuje i steže, nestaje joj daha. Gorko u ustima, tako gorko kao da je ispila kinin.

„Sliku ću sakriti. Neću mu sada ništa reći, ali hoću da vidim da li će me pitati i sme li uopšte da me pita!”

Na prstima se vrati u predsoblje i vrati beležnik u džep. Sliku je sakrila u fioku svoga stola. Zastala je da prikupi hrabrosti, da uravnoteži osećanja koja su se sukobila u njoj: ljubav, ljubomora, nepoverenje, bes. Ne veruje mu više, a voli ga. Ah, samo da se venčaju! Posle će već ona motriti na njega. Neće se maći bez nje!

Ušla je mirno i pitala bez ikakvog iznenađenja:

— Stigao si?

— Došao je čim si ti izašla — užurba se mati. — Znaš, morala je da ide u trgovinu — pokušavala je da nađe opravdanje.

— Nisam išla u trgovinu. Izašla sam da prošetam.

— Nije ti bilo hladno? — upita je verenik spokojno, poljubivši joj ruku.

— Nisam zimljiva. Napolju je prijatno. Šteta je sedeti u sobi. Srela sam i svoju drugaricu Olgu, išla je s bratom, onim doktorom, pa smo šetali zajedno.

— Ona inače nikad ne šeta i ne mari da ide sama — zaplitala je majka.

— Kako da ne šetam? Neću valjda sedeti kod kuće po ceo dan!

— Ti voliš kuću i voliš da posluješ po kući.

— Volim kuću, ali volim i provod. Zar ti, Nenade, nisi za provod? Ideš li u bioskop? — Iskušavala ga je, želeći da čuje hoće li reći istinu.

— Bio sam pre neki dan. Davao se dobar film pa smo išli major Kostić i ja.

— A kad si stigao danas? — pitala je mirno, ali bura besa dizala se u njoj zato što je on tako spokojan, što nije nimalo ljubomoran i što bi joj bilo lakše da napravi scenu.

— Negde pre podne. Ručao sam kod mame.

— Dabome, prvo moraš otići svojoj mami. Ona te mnogo voli i jedva čeka da te vidi — govorila je Nevenkina majka.

— A verenici se dolazi tek predveče!

— Imao sam posla.

— Jeste, rekla mi je drugarica: videla te na Slaviji.

— Da, tamo sam išao, tu je jedna porodica, mamina poznanica još iz okupacije, pa sam ih morao posetiti.

— Ženska ili muška porodica?

— Šta ti to, Nevenka, ispituješ? U svakoj porodici ima i muškaraca i žena.

— Znam da ima, ali mi nikad nisi govorio o toj porodici.

— Baš ne mora sve ni da ti kaže — stišavala je majka. — Ja tvog oca nisam nikad pitala kud ide i šta radi.

— Ti si starinska žena, a mi moderne devojke doživljavamo mnogo veća razočaranja, pa moramo voditi više računa o verenicima. Nažalost, oni nam ne dozvoljavaju da uđemo u sve tajne njihova života.

— Je nemam nikakvih tajni.

Ona se osmehnu ironično, setivši se slike, a mati požuri:

— Hoćeš da večeraš kod nas, Nenade?

— Mogu.

— Nemoj da ga zadržavaš. Možda ne želi da ostane.

— Šta je tebi, Nevenka? — iščuđavala se mati.

— Ja sam navikao na ovakve dočeke — reče Nenad. — Prvo nastaju ispitivanja i saslušanja.

— Što je tebi vrlo neprijatno, ali ne vidiš pravi razlog. Uostalom, nećemo više o tome. Pričaj mi nešto lepo.

— Ti mi ne daješ da dođem do reči.

— Šta ćeš, takva sam! Dosadna, naravno, kad ti dođeš tek predveče, pošto napraviš druge prijatnije posete.

— Ne slušaj je, Nenade — nežno je govorila majka, a u sebi besnela: „Ama, to treba tući! Da sam je u detinjstvu strože držala, ne bi bila ovakva. Sve je radila po svom ćefu. I njega je našla sama, pa on ili niko drugi!"

Verenici ostadoše sami. Ona je ćutala, očekujući da će joj prići, zagrliti je i poljubiti, ali se on nije micao sa stolice. Izvadio je tabakeru i uzeo cigaretu, pa zapalio i mirno pušio, zanesen mislima o Anđelki, sasvim ravnodušan na to što se ovo razmaženo devojče duri. I ona je ćutala, jogunasta i ljubomorna, smišljajući šta da kaže, kako da počne, da li da mu baci u oči za onu sliku ili da ćuti.

On je pogleda i nasmeši se:

— Ti si ozbiljno ljuta?

— Ni najmanje! Po čemu sudiš?

— Po izrazu tvoga lica.

— Ako si dobro proučio moje lice, onda se potrudi da me više ne žalostiš. Nijednoj verenici ne bi bilo prijatno da bude poslednja. Ja mislim da se prvo verenicama dolazi, a kod tebe sam opazila da uvek ideš najpre majci, pa tek posle meni.

— To je razumljivo. Uostalom, ona me bar ne obaspe kišom prekora.

— Kao ja jel'?

— Ti me bezrazložno napadaš.

— Bezrazložno — ponovila je ironično. — Vidiš, ja počinjem da stičem uverenje da ti mene ne voliš.

— Zašto bih se ženio tobom ako te ne volim?

— To se i ja pitam. Sumnjala sam uvek u muškarce, ti si bio jedini kome sam poverovala i obožavala ga, ali sad počinjem da uviđam svoju zabludu. Ti si za mene veća tajna od svih drugih. To je žalosno! — nije mogla više da izdrži i briznula je u plač.

— Jel' ti to sve ozbiljno govoriš? — nasmeja se on dobroćudno.

— Ozbiljnije nego što misliš! Ja toliko patim otkako sam verenica. Najlepše doba vereništva prolazi mi u suzama.

— Čime sam te to ožalostio?

— Znaš ti dobro! Ti nisi iskren, imaš svoju tajnu, znam... čula sam i videla!

Nije mogla više da izdrži — izletela je iz sobe, briznuvši u plač.

Nenad je ostao sâm, pušio i razmišljao, osećajući kako ga sve to ostavlja ravnodušnim. Nije ni poželeo da je uteši i razuveri, pomazi. Bilo mu je sve dosadno. Kako ta devojčica ne ume da shvati čime se osvaja muškarac! Zamišlja da će ga tronuti ljubav koja se izražava kroz suze, ovakve scene, sumnjičenja, ljubomoru. A to sve, u stvari, ruši ljubav. Pred oči mu iziđe Anđelka, lepa i bajna, dubokih plavih očiju u kojima se nazirao čitav tajanstveni svet, u koji je on čeznuo da prodre, da ga osvoji...

Mati uđe i zastade.

— Šta je Nevenki? Eno je u sobi, plače. Jeste li se štogod zavadili?

— Ja se nisam svađao, ali ona je uvrtela sebi nešto u glavu i stalno me sumnjiči.

— Mnogo je osetljiva. Takva je bila od detinjstva. A jedinica, mazili smo je i voleli, pa bi htela da i ti budeš takav. Ožalostilo je što nisi došao prvo ovamo. Celo poslepodne izvirivala je kroz prozor. Nego, sve će to proći. Bićete za ceo život zajedno. Idem da je zovem. Neno, sine, 'odi! Nemoj biti luda.

— Ako još plačeš, ja odoh — izgovori Nenad, kome već sve beše dojadilo.

— Kuda ideš? Ostani, imamo lepu večeru. Idem da je zovnem. Neno! Nenad hoće da ide.

On priđe vratima.

— Još plačeš? Pravo si derište! Nisam znao da si takva plačljivica. Ako nastaviš, ja idem, pa ću doći sutra.

— Možeš slobodno ići!

— Dakle, da idem?

— Idi! Ja te ne zadržavam — reče ona jetko. — Nemoj ni ti, mama, da ga zadržavaš. Ja imam svoj ponos i ne tražim od tebe milostinju!

— E, ovo ne mogu da shvatim! — naljuti se mati.

— Ništa, večeras joj očito nisam simpatičan.

— Kao ni ja tebi. Imaš ti svoju ljubav. Videla sam je.

— Kakvu ljubav? — upita on oštro.

— Hoćeš da ti je pokažem?

On se promeni u licu.

— Ćutiš, znaš da je istina!

Više nije mogla da se savlađuje. Skočila je sa sofe, pritrčala fioci i dograbila Anđelkinu sliku.

— A šta je ovo? U tvom beležniku sam je našla! Verenik, tobož mene voli, a ovu sliku nosi sa sobom!

— Gde si to našla? — pitao je muklo, ne želeći ni da se opravda. — Daj mi tu sliku! To je moja amajlija, ništa drugo.

— Tvoja amajlija?! — rasplaka se ona. — A zašto moja slika nije tvoja amajlija? Njoj si ti išao na Slaviju. To je ona što je meni pisala, tvoja ljubavnica. Evo ti, evo ti! — poče da cepa i kida sliku, da je gazi, a zatim pade na sofu u histeričnom napadu.

On je stajao namršten i bled. Posmatrao je parčiće Anđelkine slike, posmatrao svoju amajliju iskidanu, posmatrao ono besno i drhtavo klube na krevetu, koje se treslo, jecalo, grčilo. Mati joj pritrča, poče da je umiruje, razočarana i ona zbog te slike, a on izađe, obuče šinjel i spazi beležnik u njemu, pa izgrdi sebe: „Budalo, gde to ostavljaš! Izvadio sam stotinarku u tramvaju, pa zaboravio da vratim u džep na bluzi!" Metnu šapku na glavu i izađe.

Otputovao je sutradan, a posle dva dana imao je letenje. Bilo je sivo i tmurno jutro. Dok je čekao da avion bude pripremljen, Nenad je zakopčavao kombinezon i nameštao kasku. Uvek je sa sobom nosio i mali Anđelkin noteščić i njenu sliku. I sad je noteščić bio tu, ali bez slike. „Rastrgla je kao kakva besna mačka!", mislio je gnevno. Mehaničar uđe i reče da je aparat spreman za poletanje. Nenad pogleda u nebo. Sivi i mestimice tamnosivi olujni oblaci. Od juče beše naglo popustila zima i nestabilno vreme, nalik na martovsko, vladalo je u celoj zemlji. Ali, on je često leteo kroz oluju, pa će leteti i sada. Uvek je osećao zadovoljstvo kad se posle borbe sa stihijom pobednički spusti na zemlju.

Obuhvati pogledom svoju srebrnu pticu i lako uskoči u sedište. Dobio je dozvolu za dekoliranje i uzleteo. Ubrzo je bio na dve hiljade metara. Na pravcu leta ukaza se ogroman olujni oblak. Nenad povuče palicu i avion se pope na tri hiljade. Uzalud. Oblak je bio viši. Našao se u tamnom uzburkanom moru, u kome je njegov laki biplan podrhtavao kao uznemireno konjče. Kao da beše upao u središte oluje, avion poče opasno da propada, bacan desno i levo naletima vetra. Žice su zlokobno zujale, komande postajale nemoćne. „Moram dole!", pomisli i stade polako gurati palicu. Avion poče da ponire, a onda se u oštrom pikeu ustremi prema zemlji. Orijentaciju beše sasvim izgubio, ali će pikirati do pet stotina metara. Sve je hučalo oko njega u tom crnom vrtlogu iz koga se nije video izlaz. Visinomer pokaza pet stotina. Nenad povuče palicu sebi, ali komande nisu slušale. Četiri stotine metara... tri stotine... „Momče", obrati se on svom avionu kao živom stvoru, „budi dobar!" Dvesta metara... krila kao da se poviše od siline pritiska, Nenad gurnu ručicu za gas do kraja i avion se ispravi. Istoga časa ugleda kroz trenutni prosek u pomahnitalim oblacima delić zemlje. „Dobro je", pomisli „njive su poda mnom!" Krete u ateriranje. Zemlja se približavala velikom brzinom, ali mladi pilot beše priseban i spreman na prinudno spuštanje. Iznad samog tla nalet vetra poduhvati mašinu, Nenad očajnički stisnu komande, ali krilo zakači meku zemlju...

U profesorskoj zbornici zazvoni telefon.

— Nado, telefon — pozva je koleginica. Ona uze slušalicu i preblede čuvši prve reči: „Molim vas, recite Oliveri Aleksić da odmah dođe kući. Dođite i vi s njom. Njenom bratu dogodila se nesreća."

— Dolazim smesta! — uzviknu profesorka. — Ah, crna Ruža!

Brzo obuče kaput, stavi šešir i reče poslužitelju da zovne Oliveru. Devojčica dotrča.

— Zvali ste me?

— Jesam, Olivera — reče što je mogla mirnije. — Tvojoj mami nije dobro, pa ćemo otići zajedno do kuće.

— Šta je mami? — vrisnu devojčica.

— Nemoj da se plašiš, izgleda da joj je samo malo pozlilo. Hajde, obuci se, pa ćemo požuriti.

— Vi krijete nešto, tetka Nado. Recite mi, preklinjem vas — a onda joj sinu kroz glavu: — Jao, da nije bata... ja ću se ubiti!

— Smiri se, dete, sve će biti dobro — uzalud ju je tešila Nada.

Olivera je drhtala i cvokotala zubima, jedva zadržavajući grcanje. Stigoše do kuće. Olivera ustrča uza stepenice, vrata behu otvorena. Začu majčin jauk:

— Nenade, kuku Nenade!

Vriska Oliverina razleže se po celoj kući.

— Mama! Šta je s Nenadom?

Jedan avijatičar, Nenadov drug, hitro priđe Oliveri, obgrli je oko ramena i smireno reče:

— Gospođice, nemojte plakati, Nenad je imao kraksu, ali je samo ranjen, noga mu je povređena. Moglo je biti mnogo gore.

— Nogu su mu odsekli do kolena, dete moje! — plakala je mati.

— Smiri se, Ružo. Neka je i s jednom nogom, samo nek je živ. Kamo lepe sreće da su i moja braća tako prošla. Jelte, gospodine — obrati se avijatičaru — on će ostati u životu?

— Hoće, gospođo. Zahvatila ga je oluja, ali je uspeo da izbegne najgore, on je iskusan pilot. Sva sreća da se avion nije zapalio.

— Što mi niste odmah javili da dođem? Zar on te muke izdržao u bolnici, a ja ništa nisam znala! — kukala je majka.

— Zahtevao je da ne javljamo dok se ne operiše.

— Moj lepi bata — jecala je Olivera. — Mama, zna li Nevenka?

— Telefoniraj joj. Komšinica je najpre tebe tražila. Hvala ti, Nado, što si došla.

— Zvala sam i vašu snahu — reče susetka — ali nikog nema kod kuće. Idem ponovo.

— Zovite je. Da čuje šta je s njenim Nenadom! O, teško nama, da bude, mučenik, sakat celog života! Kako će on to preboleti?

— Bez teškoća, gospođo. Nismo mi avijatičari sentimentalni.

— Kad ima voz za Novi Sad? Idem odmah! Sačekaćemo Nevenku da dođe, pa neka krene i ona, ako hoće.

— I ja ću, mama, s tobom.

— Ako hoćeš, Ružo, mogu i ja.

— Nemoj, Nado. Nas tri ćemo.

Vrata se naglo otvoriše i ulete Nevenka s majkom. Opet nastade vriska. Nevenka pade svekrvi na rame, jecajući.

— Je li, Neno, ti ćeš voleti Nenada iako nema nogu? — reče kroz plač gospa Ruža. Verenica se gušila u suzama. — A ja, jadna, mislim o vašem venčanju, pa se Olivera i ja dogovaramo šta da šijemo. Zamišljam kako ćeš biti lepa mlada mom Nenadu! Je li, Neno, ti ćeš ići s nama da ga vidimo. Ja ću ostati, a vas dve se vratite. Olivera može da bude kod Nade ili kod prije dok sam ja u Novom Sadu. Neću da se maknem od njegove postelje dok ne prezdravi. Nado, molim te, pošalji telegram Uglješi. Neka odmah dođe, ako već nije krenuo, jer je nešto javljao da će ovih dana doći. Neka produži za nama u Novi Sad.

Sedeli su dugo, pa se počeše razilaziti. Gospa Ruža se spremala za put, pa i Nevenka otrča kući da se spakuje. Kad se nađoše sami na ulici, njena majka uzdahnu:

— Eh, crni Nenad!

— Sad je bogalj — prošaputa Nevenka i seti se one lepe slike koju je pocepala. „Gde li je ta? Hoće li i ona dotrčati da ga vidi? Možda je nju više voleo nego mene? Zašto da ja sad trčim njemu? Ima li smisla? Hoće li mi se iskreno obradovati? Ipak ću ići! Nek vidi kakva sam! Da ga volim više od sviju!"

— Teto, gde si dosad? — uzviknu Anđelka kad Nada stiže kući. — Znaš da sam se uplašila. Imala si časove do dvanaest. Šta ti je? Ti si plakala?

— Ne pitaj! Nenadu se dogodila nesreća.

— Šta je bilo? — izusti Anđelka pobledevši kao smrt.

— Srušio mu se avion... živ je, ali su mu odsekli desnu nogu do kolena!

Anđelka klonu bez glasa.

# Prava ljubav

Zrak sunca pade mu na lice i on otvori oči. Još pomalo bunovan, protegli se i opruži noge, a onda se najedared sav strese. Osetio je dodir osakaćene noge, koju je stalno izbegavao i da pogleda. Strašno je privikavati se na misao da si nepotpun čovek. Nenad zatvori oči. Pomiriće se s tim da je invalid, ali nikad da više neće sesti u avion. Voleo je avione kao živa bića koja imaju srce i udove, koja misle i kreću se. Kroz godine letenja postali su nerazdvojni drugovi, doživljavali zajednički najlepše časove u visinama. A sad? Sad je privezan za zemlju, osećao se nemoćan, pobeđen, zauvek ranjen. On koji je bio neustrašiv, on koji je prkosio svemu, uživao u akrobacijama dok su mu se sa zemlje svi divili, sad je kao slabašno dete, kome je svakog trenutka potrebna nečija pomoć i štaka!

Eto, i sad bi ustao, ali štaka nije na domaku ruke. Treba da se digne, da skakuće na jednoj nozi... bogalj! Oseća prste kojih više nema. Oni kao da se pokreću, podsećaju ga na to da su nekad postojali, da je njima gazio po zemlji, da nikad nije ni pomislio da će jednoga dana ležati odsečeni.

Ženski glas pevuši. To mala kućna pomoćnica peva. Srećna je i stalno peva. I on je bio srećan. Sad tek shvata koliko je bilo sreće u njegovom životu. Snaga, zdravlje, smelost to je bila njegova moć. Seti se pisma jedne devojčice: „Najviše volim plave orlove, a vi ste jedan od najlepših među njima. Divim vam se!” Da li bi mu se i danas divila kad bi ga videla ovako nemoćnog? Ili bi se uplašila bogaljastog čoveka, zauvek prikovanog uz blatnjavo tlo!

Seti se i supruge jednog hrabrog pilota iz starije generacije. On je poginuo, ona dobila kauciju i udala se. Da li ijedna ostaje dostojna slave svoga muža? To je sudbina pilota. Da se oženio Nevenkom i poginuo, sad bi bila udovica... u tim godinama! Njena sreća što se nisu venčali. „Ne, kao bogalj neću joj se nikad nametati za muža", mislio je s nekim čudnim ogorčenjem. „Ona je iscepala sliku!... Da li će i danas doći?", poleteše mu misli ka Anđelki.

Začu majčin i Oliverin glas:

— Nemoj da ga budiš, nek spava.

— Budan sam, mama.

Majka uđe nasmejana, da bi ga oraspoložila, ali tamni kolutovi oko njenih očiju, upale oči i seda kosa, koja je do njegovog pada bila proseda, govorili su jasno o svemu što je propatila.

— Kako si spavao, sine? — pomilova ga po kosi.

— Lepo, mama.

— Bato, htela sam da te pitam nešto: dve moje drugarice žele da se upoznaju s tobom. Smem li da ih dovedem?

— Zar sam ja još interesantan za tvoje drugarice?

— Tek sad si interesantan!

— Lepo lažeš, sestrice!

— Nemoj, bato, da me žalostiš. Nisu moje drugarice površne, one cene tvoju hrabrost. Ti više vrediš nego sve one dase na korzou. Šta vrede muškarcu dve noge ako nema pameti!

— Kako ti je noga, sine?

— Sasvim dobro.

— Kad dobiješ protezu, ništa se neće poznati — reče Olivera.

— Nevenka će doći. Sinoć se izvinila preko ove naše komšike telefonom, imali su goste, neke rođake. A znaš kako je i ona potresena, jadnica!

— Verujem — kiselo se osmehnu Nenad.

— Ja sam se, mama, u nju razočarala! — uzvikne Olivera. — Da se mom vereniku dogodilo ono što se dogodilo bati, ja se ne bih makla od njegove postelje! A ona jednog dana dođe, drugog se izvinjava gostima. I sprema se, gospođica, na letovanje u Grčku. Njen verenik još leži, a ona da se provodi u Grčkoj!

— Nemoj tako da govoriš — branila ju je mati, misleći da će Oliverine reči ožalostiti Nenada. — Mnogo se potresla, ona voli Nenada još kako, plakala je i oslabila, omalokrvila, pa treba da ide negde na letovanje. Neka, pa kad se vrati venčaće se.

— Mama, molim te — reče Nenad — nemoj da govoriš s njom o našem venčanju, niti da utičeš na nju u tom smislu.

— Ne navaljujem ja, ona želi!

— Jest, želi! — ljutila se Olivera. — Nemoj, mama, da je hvališ i precenjuješ, kad ona to ne zaslužuje. Sad se pokazala u pravoj boji.

— Šta brbljaš koješta!

— Ima pravo Olivera — reče Nenad. — Znam ja nju bolje nego vi.

Olivera ode u školu, a majka i sin ostadoše sami.

— Hoćeš da ti pomognem da se obučeš?

— Mogu i sâm. Prinesi mi samo štaku.

Ona dohvati štaku, pa se okrete da sin ne vidi i teško uzdahnu.

Kad se umio, obrijao i obukao, donese mu slatko i kafu.

— Ovo mi je treća kafa od jutros, ali s tobom volim da popijem. Željna sam bila da dođeš, pa da ovako zajedno pijemo kafu.

— Bolje da me ovakvog nisi dočekala.

— Ćuti, sine, samo kad si ostao u životu!

On odmahnu glavom i pogleda tužno kroz prozor.

— Dobro te nam stan nije visoko, nego prvi sprat, moći ćeš lakše da se penješ i silaziš. Ali, na jesen ću uzeti stan u parteru — pogledala ga je nežnim materinskim očima. — Baš lepo izgledaš. Popravio si se.

— Ti me hraniš i gojiš, a ne krećem se.

— Ako, odmori se malo i ti.

— Dosadno je ovako. Da imam bar nekih knjiga za čitanje.

— Otići ću do Nade i potražiti od nje. Ona ima lepu biblioteku. Divne su obe, i Anđelka i Nada. Anđelka je stupila kod nekog advokata.

— Pričala mi je.

— Bolje nego da opet negde samuje u unutrašnjosti.

— Je li, mama, želiš li ti još da se ujka oženi Anđelkom?

— Neće on ni da čuje! Mlada je ona za njega. Žalio mi se prošlog puta da mu leva noga nešto trne, pa se podsmeva: „Hoćeš da me ženiš mladom ženom, a ja već osećam reumatizam, pa za koju godinu, ona sva rascvetala, a ja reumatični starac!" Trebalo je da se oženi u svoje vreme. Nego, nemoj ti da slušaš šta Olivera priča za Nevenku.

— Mama, reći ću ti iskreno: meni se Nevenka ne dopada i ja ne bih bio srećan s njom. To je razmaženo i samovoljno devojče, koje meni ne odgovara.

— Preda mnom je uvek pravi anđeo...

— Ja za nju sada ne predstavljam ništa. Bedni invalid! Misliš li da bi se ona mogla žrtvovati i udati se za mene? A ni ja nemam više prava da vezujem njen život za svoj obogaljeni. Ona je mlada, zdrava i bogata, nek se uda kako joj odgovara.

— Ti govoriš pod Oliverinom sugestijom.

— Ne, mama. Razmišljao sam o tome i ranije, pre udesa. Ja ću raskinuti veridbu. Tebi za ljubav verio sam se s njom.

— Šta? Da raskineš veridbu? Nemoj, sine.

— Ti misliš, mama, da bi me ona volela i negovala kao ti. Varaš se. Za tako nešto mora da postoji mnogo više ljubavi nego što je Nevenka ikad može imati! Ostavi ti nju nek putuje kud hoće, neka se provodi. Ima ona i kavaljera, a voli taj mondenski svet, pa će lako naći muža. Ja čak verujem da je ona srećna što se nije venčala sa mnom.

— Ona plače i kaže: „Žao mi je što se nismo venčali!"

— Utešiće se!

— Sad... kako bude. A znaš šta mi kaže Uglješa, kad je onomad bio ovde: „Ja bih najviše voleo kad bi Nenad došao da živi na selu, pa da zajedno radimo imanje, da ga ja za života uputim u sve poljoprivredne poslove."

— To nije rđava zamisao.

— Ali prvo da se oženiš. Zar da obojica kao bećari živite na imanju! Nemoj, sine, da me žalostiš i ostaneš sam-samcat kao tvoj ujak. Ti bi osetio pravu sreću i zaboravio sve jade kad bi imao dobru ženu kraj sebe.

— Možda će i to doći.

— E, tako mi kaži i uteši me. Naći će se žena i za tebe. — Gospa Ruža pokupi šoljice i džezvu da iznese, kad se začu zvonce i u predsoblju odjeknuše glasovi.

— A, ti si, Nevenka, dušo!

— Kako je mom Nenadu?

— Jutros se oseća vrlo dobro. Eno ga u sobi, čita novine.

Nevenka uđe u elegantnoj toaleti od kestenjastog štofa, sa šeširićem iste boje, zelenim rukavicama i zelenim antilopskim cipelama.

Nenad ustade i poljubi joj ruku.

— Ti si jutros požurila. Tek je devet.

— Pošla sam u kupovinu, a moram i do krojačice, pa sam došla da vidim kako si. Dobro izgledaš, popravio si se.

— Kao svaki zadovoljan čovek — primeti Nenad ironično. — A mama mi jutros priča šta planira moj ujak: da pređem u selo i živim na njegovom imanju. Jel' bi ti mogla živeti u selu?

Ona ga pogleda začuđeno.

— Šta ćeš u selu? Tamo bi ti bilo dosadno. Ti si varošanin, nisi seljak.

— A šta ću ovako sakat u gradu? Da šantam po korzou?

— Ne moraš na korzo! — odvrati Nevenka pomalo uvređeno. — U Beogradu ima dosta razonode: opera, bioskop. Tu su i tvoji drugovi, društvo u kome si odrastao. Ja ne bih mogla živeti na selu. Mesec dana, leti, još bi se i moglo izdržati.

— Ja tebe ne obavezujem.

— Meni se čini da si ti o tome razmišljao i ranije... bar sudeći po slici koju si nosio u svom bележniku.

— Hoćeš da te upoznam s njom?

— Jel' te ona nagovorila da mi ovo kažeš?

— Ne, nego ne želim da se iz sažaljenja udaš za mene. Ti si me volela zdravog, ja sam bio tvoj plavi orao, ali sad sam bogalj.

Ona je ćutala oborenih očiju, pa tek malo posle progovori:

— Meni je tebe vrlo žao, a žao mi je i što tako govoriš. Ti nisi srećan.

— Zašto ne bih bio? Da sam unakazio lice bilo bi gore.

— Ovako si još lep i možeš se dopadati ženama.

— Kad ne bi bilo ženske sujete, ja bih i poverovao u to.

— Zar sam i ja sujetna?

— Prilično. A kada putuješ? — pređe on na drugu temu.

— Ne znam ni sama. Teško mi je da te ostavim. Kako ćeš sâm?

— Kao što sam uvek dosad bio. Nemoj misliti na mene. Ako ti je potrebno more, idi slobodno.

— Ti kao da baš veoma želiš da odem? — pitala je uvređeno, a ljubomora je ubode.

— Mama mi kaže da si malokrvna.

— Jest... doktor kaže. Nemoj suditi po mome ružu. Jutros sam se malo više narumenela.

— Lepo izgledaš. I vrlo si elegantna.

Ona pogleda u sat.

— Žuriš? Moraš kod krojačice? — upita on s lakom dozom ironije.

— Ako odocnim dođu druge, pa ne stignem na red do podne. Zakazala sam za deset. Izvini što ne dolazim svakog dana. Eto, i večeras imamo goste. Došli su neki rođaci iz unutrašnjosti, nisu kod nas na stanu, ali dolaze na večeru, pa treba da ih vodim u operu, nisu nikad bili. Je li, a misliš li ti na mene? — upita nežno i zaljubljeno.

— Mislim, razume se... Ali požuri krojačici, propustićeš red.

Ona ustade i pogleda ga prekorno:

— Reci mi kako se zove devojka čiju si sliku nosio?

— Anđelka.

— A, to je ta raspuštenica o kojoj mi je pričala Olivera! Znači, ona mi je pisala ono pismo. Bila je tvoja ljubavnica.

— Ne, nije ona — odgovori on oštro.

— Znači da si imao više njih. Dobro, nećemo se objašnjavati. Zbogom!

Pružila mu je ruku i on ustade. Ona ga pogleda i strese se. Videla je samo jednu nogu u pantalonama, a druga nogavica je visila prazna. Jeza je poduze, zgrozi se i protiv svoje volje.

Silazila je niza stepenice a pred očima joj beše neprestano ona prazna nogavica.

„On je bogalj! Zar ću celog života gledati tu polovinu noge i strašni ožiljak. Oh!" Pred očima joj iskrsnuše sakati prosjaci koji su razgolićavali svoje patrljke i od kojih je uvek s grozom bežala, samo da ne vidi tu nakaznu nogu, zaboravljajući da im udeli milostinju, zgađena i ogorčena što celom svetu pokazuju svoju nesreću. A ona da ima takvog muža! Njegove reči, koje su nagoveštavale raskid veridbe, primila je s olakšanjem većim nego što je očekivala. Od prvoga dana njegovog udesa ona je pomišljala na to, ali se nije usuđivala da pomene. Nije htela da potekne s njene strane, već je potajno pomišljala da odugovlači udaju, da ode u Grčku i ređe mu piše, pa će on shvatiti. Zaista je pošteno s njegove strane što je razrešava date reči. U brak treba stupiti s ljubavlju i oduševljenjem. Ona ga još simpatiše, ali njena ljubav je pomešana sa saučešćem i sažaljenjem, a to ne valja. Trebalo bi da se žrtvuje, a da li je to pravo kad se nisu ni venčali.

Žurila je sa sve većim olakšanjem u duši, osećajući zadovoljstvo što je muškarci gledaju, dobacuju, okreću se za njom. Gledala je i ona njih, nesvesno zaustavljajući pogled na nogama, zdravim i stabilnim. „A on bi pao da nema štake! Kako se drži na jednoj nozi?", prolete joj kroz glavu.

Vratila se kući raspoložena, jer su joj haljine divno stajale, šila je tri, spremala se za more, da bude lepa i elegantna. Telefon zazvoni.

— Ah, to ste vi!... Da, izlazila sam jutros, bila sam kod krojačice. Idem u Grčku.

S drugog kraja žice odgovarao je glas mladog lekara:

— Zašto idete u Grčku? Ja ću u Split. Dođite i vi.

— Ne znam, mi smo već rešili. Trebalo bi s mamom da razgovaram.

— Biću vrlo žalostan ako ne dođete.

— Zaista?

— Dokazaću vam! Ali bih želeo da me malo ohrabrite.

Majka uđe u sobu i razgovor se prekide.

Jedne večeri Nevenka je došla da obiđe Nenada i tu zateče divnu ženu dubokih plavih očiju i duge crne kose. Zadrhtala je, poznavši je po slici.

— Ovo je gospođa Anđelka Bojanić, moja drugarica još iz okupacije — reče Nenad.

— Milo mi je — procedi Nevenka i pogleda je pažljivo. Ono malo ljubavi prema Nenadu što se beše zadržalo u njoj, više sažaljenje nego ljubav, namah iščeze pred pojavom te lepe žene, i ona donese odluku: „Idem u Split!" A to je značilo raskid veridbe, jer će u Splitu biti mladi doktor.

Osluškivala je razgovor između Nenada i Anđelke, ljubomorna i podrugljiva. Niko je ne bi mogao razuveriti da oni nisu imali intimne odnose. Da je on bio onaj negdašnji sjajni i zdravi plavi orao, ko zna šta bi bila u stanju da uradi, ali ovako je sve u njoj bilo stišano, čak se u podsvesti već radovala što neće ceo život provesti uz jednog invalida.

— Došla sam da se pozdravimo — reče — sutra putujem u Split.

— Zar nećeš u Grčku? — začudi se Olivera.

— Ne. U Splitu će nam biti lepše.

— Jesi li spremila lepe toalete? — upita je Olivera, besna na nju.

— Nešto sam malo šila.

— Ako, i treba da se provodiš — govorila je sestra, gotova da brizne u plač.

— Ne mislim da se povodim, nego moram da se sunčam. Lekar mi je naredio.

Olivera je isprati do izlaza i ne mogade da otrpi, već joj skresa:

— Razočarala sam se u tebe, Nevenka!

— Zašto?

— Bata još leži, a ti ideš da se provodiš! Zar je to tvoja velika ljubav prema njemu? On je razočaran u tebe.

— Možda sam i ja u njega! Uostalom, on ima tu lepu damu, ona će ga tešiti.

— To je njegova drugarica. Ona je idealna žena i voli ga kao ja.

— Baš si naivna! A ja sam u njegovom beležniku našla njenu sliku.

— To nije istina!

— Pitaj ga.

— Pa... ako i jeste, oni su samo drugovi.

— Drugovi? Raspuštenica i drugarica! — Olivera je pogleda mrsko.

— Ti si cinik! Pred nama si se uvek pretvarala.

— Sad budi srećna što si me upoznala!

— I biću, jer bi ti unesrećila moga brata!!!

— Hvala ti na iskrenosti, a njemu eno drugarice raspuštenice, pa neka ga usreći!

Izašla je, a Olivera beše toliko uzbuđena da je nekoliko minuta ostala u predsoblju da se smiri. Ušla je u sobu i pogledala Anđelku. I tek tada joj kroz glavu prolete misao:

„Pa ona možda voli batu i on nju! Kako da mi to ranije ne padne na pamet? Šta će njemu ona luckasta Nevenka!"

Pažljivo ih je posmatrala i slušala. Videla je toplinu u Nenadovim očima kad gleda Anđelku, nežnost u njenima kad su upravljene prema njemu. Radost joj ispuni sestrinsko srce. Ipak ju je kopkalo: „Otkud bati njena slika? Ah, moram ga ispitati. Reći će mi, neće kriti!" Htela je da se uveri koja ga od njih dve više voli. Sad će se pokazati koja je bolja i čija su osećanja prava, sad kad je on nemoćan i potišten, a ne više blistavi plavi orao za kojim se sve devojke okreću!

Nedelja. Anđelka je kod kuće. Ujutru je spremila sobe, a posle ručka prilegla i čitala novine. Obećala je Nenadu da će danas doći ranije, ne kao obično, posle kancelarije. Išla je, inače, skoro svakog drugog dana, da ga malo oraspoloži. Bio je vrlo potišten, mada se hrabrio da to ne pokaže, ali je u njegovim lepim crnim očima Anđelka videla duboku tugu. Patila je i ona zbog toga, pogotovu što ga nikako nije mogla ubediti da je on za nju isti kao i ranije. Njegova veridba nije bila i formalno raskinuta, a Anđelka je dolazila često, možda češće nego što bi trebalo, ali u njoj je bilo nečeg višeg i plemenitijeg. Volela ga je i to je osećala svim bićem. Volela ga je sad još više zato što je bio nemoćan, osakaćen. Volela ga je s istim onim oduševljenjem i obožavanjem kao nekad ratne devojke svoje verenike amputiranih nogu ili ruku. Ona je u Nenadu videla junaka, kao što su bili oni u ratu, čoveka koji je časno i svesno žrtvovao jedan deo svoga tela u službi avijacije. Nije to bilo u njoj sažaljenje, već ljubav žene prožete i plemenitim i materinskim osećanjima. Bila je spremna da ga neguje i hrabri kao nežna drugarica, koju će on baš zbog te svoje nemoći sad sagledati u pravoj boji, upoznati njena istinska osećanja i karakter. Zdravi i snažni ljudi, puni samopouzdanja, ne trude se mnogo da upoznaju ženu. Oni su svesni svoje moći i zato obesni, kao što su bili obesni i Marić i Toma, koji su je lako odgurnuli, znajući da će im se potom druge žene diviti, potrčati za njima, nuditi im se. I Nenad je išao kroz život na sličan način, ali danas pripada samo njoj. Ono pobedonosno i osvajačko u njemu kao muškarcu potamnelo je malo i izbrisalo bojazan kod Anđelke. Jer sve žene strahuju za onoga koga vole, pribojavaju se zbog današnjeg tempa života, mnogih iskušenja, preotimanja i konkurencije.

„Kako ona šašava Nevenka nije sve to shvatila?", pitala se Anđelka i bila pomalo ljubomorna na nju, ali i ljuta, misleći da je Nenad nije zaboravio. A on je ćutao, bio rezervisan i potišten, pa je ona to njegovo duševno stanje pripisivala Nevenki u korist. Potom bi ga iskušavala, pa dva-tri dana ne bi dolazila, da vidi da li je on očekuje i oseća li tugu što je nema. I kad bi videla njegove tužne oči i čula prekor: „Tako, moja drugarica iz detinjstva me zaboravila. Nisam više plavi orao nego invalid ili, bolje reći, ranjeni orao!", ona bi se razveselila, obećavala da će i sutra doći, uzbuđivala se kad joj drži ruku, spremna da ga zapita: „Zašto ste me, bato, onda poljubili?"

Nije zaboravila taj poljubac. Slatko sećanje razvijalo se i raslo u njoj, obuzimalo je svu.

„Volim ga", šaputala je u sebi. „Kad bismo se nas dvoje uzeli ja bih i dalje mogla raditi ili bih ga negovala. On može ostati aktivan avijatičar, samo bi prešao u kancelariju. Ili da se penzioniše, pa nek ode ujaku na selo. Da li bi se uopšte mogao odvojiti od aerodroma?" Sećala se kako je u zoološkom vrtu gledao orlove, one snažne, velike i ponosite planinske orlove. Bili su u kavezu i stalno se čuo njihov krik, očajan i zlokoban. Kao da su jaukali za slobodom, visinom, planinama, oblacima. Tako joj je sada i Nenad izgledao kao zarobljeni orao lišen neba, oblaka, visine. Neće se on pomiriti s tim da gleda kako nad njim kruži njegova srebrna ptica!

Sat iskuca tri.

— Hoćeš li ti da ideš kod Nenada? — upita tetka iz druge sobe.

— Hoću, obećala sam da ću danas otići ranije.

— Pa hajde, idi. Bože, što mi se juče žali Ruža na njegovu verenicu. Plakala je, znaš koliko! Čula je kako je otišla u Split, a tamo je i nekakav doktor koji joj se udvara.

— A zašto plače? Zar žali za takvom snahom?

— Njoj je žao Nenada. On ranjen, amputirana mu noga, a ona odmah drž, da se povodi, kao da mu poručuje: „Nisi ti više za mene!" Ja sam tešila Ružu i iznela joj svoje mišljenje o njegovoj verenici. To nije ni bila devojka za Nenada. On je blagorodan i lepo vaspitan mladić, a ona kaćiperka, misli samo na toalete i provod.

— A tuguje li Nenad za njom?

— Rashladio se, kaže Ruža. To je teši.

— Možda je i Nevenka osetila da on nju ne voli.

— Ko će ga znati. Je li, a kako se tvoj advokat sad ponaša prema tebi?

— Otkako sam mu očitala lekciju, postao je ozbiljniji.

— To nisam mogla verovati: on da nasrne na tebe!

— Nisam mogla sebi da dođem od iznenađenja. Stariji čovek, oženjen, ima velikog sina i kćer, gledala sam u njemu oca, takav je bio ranije prema meni, a onoga dana tako gnusan! Prosto mi je više odvratno da radim kod njega. Potražiću drugu službu. Mogla bih kao pravnik da dobijem i neku banku, oni lepo plaćaju. Ali, nemamo protekcije, a bez toga danas teško ide.

— Imam ja jednu učenicu u šestom razredu, čini mi se da joj je otac direktor ili prokurista neke banke. Raspitaću se, pa ću lično otići kod njega. Neće me odbiti, kad mu je kćer moj đak. Možda ću nešto i uspeti.

— Pokušaj — reče Anđelka, ne baš mnogo zainteresovano.

— Idem sad do gospa-Ruže. Poneću i goblen da vezem. Hoćeš li doći kasnije?

— Neću. Dolazi mi Ljubica, idemo nas dve u bioskop.

Anđelka poljubi tetu i ode. Zazvonila je i pričekala. Niko nije otvarao. Ču se Nenadov glas:

— Uđite, otvoreno je!

— Šta, vi ste sami?

— Izvinite, nisam mogao da požurim da vam otvorim. Mama i Olivera su otišle u bioskop. Prosto sam ih naterao. Mama nikud ne izlazi. Očekivao sam da ćete doći. Četiri i četvrt, a ja vas čekam od tri!

— Mislila sam da je rano.

— Vama je rano, ali ja sve brojim minute kad ćete stići, kao kakva šiparica kad iščekuje sastanak.

Stajao je kraj velikog trpezarijskog stola, visok i snažan, a nije se videlo da je invalid. To je bio onaj isti sjajan plavi orao, u svojoj lepoj uniformi, kao da se spustio s neba u kuću.

— Zar toliko volite da me vidite? — upita ona koketno, a rumen joj pređe preko lica.

— Od onoga trenutka kad sam vas ugledao u Malinskoj, neprestano želim da vas vidim. Kaže se da svaki čovek ima svoju zvezdu vodilju u životu. Možda ste vi moja zvezda!

Ućutao je i seo, pošto se ona spustila na stolicu. Malo posle on reče:

— Da vam nije dosadno što ste došli ovamo? Možda biste radije išli u bioskop ili pozorište?

— Ne smete me to više nikad pitati! Ja sam iz svog rečnika izbacila reč dosadu. Pogotovu kad je u pitanju moj bata!

— Šta je vaš bata danas? Pola čoveka! Sedim po ceo dan u sobi, čitam i šetuckam sa štakom od balkona do spavaće sobe. To je sve! Moj život je ništavan...

— Ne hulite na sebe! Vama nedostaje jedan deo tela, ali kad dobijete protezu, sasvim ćete se osećati kao ranije.

— Najstrašnije mi je što nemam stabilan oslonac. Osećam se kao dete koje je tek počelo da korača. Vi mi nećete verovati, ali jutros sam bio tako slab da sam zaplakao. Bolje da sam poginuo! Pilot treba da umre, on nije stvoren da živi kao bogalj.

— Sebični ste! Ne pomišljate na one koji vas vole i koji bi patili.

— Patili bi moja majka i Olivera. Drugi bi me brzo zaboravili.

— Ne verujete da bi vas iko drugi žalio? Volim što sam to čula! — izvadila je ručni rad i raširila ga, a potom ga pogledala prekorno: — Postali ste skeptik, ali ja neću dopustiti da ostanete takvi. Vi nemate više samopouzdanja.

— Kako da ga imam, kad ne mogu ni da stanem čvrsto na zemlju!

— Čovek ne misli nogama nego mozgom. Vi ste ostali isti, to je važno. A da li ćete leteti ili raditi u kancelariji, svejedno je.

— Za mene nije svejedno.

— Još i više — nastavi ona kao da ga nije čula — konstatujem da ste sada lepši. Jesu li vam to kazale Oliverine drugarice? Pričala mi je da vas dve posećuju i da su zaljubljene u vas.

— To su deca. Volim da slušam njihovo brbljanje, jer mi rasteruje dosadu, ali mene šiparice nikad nisu privlačile. To je cveće koje jako zamiriše, ali se miris brzo izgubi. A vi ste, Anđelka, kao miris tuberoze.

— Otkud znate za taj miris?

— Mama je u unutrašnjosti imala u bašti tuberoze. Znam, kad sam odlazio tamo, da je to cveće tako silno mirisalo da sam još dugo osećao taj miris i kad bih otišao.

— Danas je to retko i skupo cveće.

— Kao što ste i vi, Anđelka. S najvećim nestrpljenjem očekujem vašu posetu. Volim što smo danas sami. Ja volim, a ko zna šta vi osećate. Možda me sažaljevate. Najviše me plaši sažaljenje.

— Ja vas ne sažaljevam. Divim vam se. Vi ste za mene isto što ste oduvek bili.

— Smem li u to da verujem?

— Ako me ne smatrate površnom, verovaćete mi.

— Kažu da svako zlo ima i svoje dobro. Da nisam pao, ja bih danas bio oženjen čovek. I to protiv svoje volje, odnosno vašom voljom. Da, da, ja sam hteo da se oženim da bih zaboravio vas. Bio sam prkosan, hteo i sebe da kaznim... U jednom trenutku slabosti došao sam onda k vama. Sećate li se?

— Sećam se... — prošaputala je, naginjući glavu goblenu.

— Iste večeri moja verenica našla je vašu sliku u beležniku. Bila je besna, dobila nervni napad, a ja sam ostao ravnodušan.

— To mi niste kazali. Šta ona misli o meni?

— Ne tiče me se.

— A šta ste joj vi kazali?

— Da ste moja mala drugarica iz detinjstva, iz okupacije. Jeste li to i danas, Anđelka?

Pružio je ruku preko stola i dohvatio goblen, pa ga lagano primicao da bi približio njenu ruku. Ona je opusti i on dotače njene prste. Saže se, ljubeći ih i govoreći molećivo:

— Hodite, sedite na ovu stolicu do mene.

— Ne — proslovi ona, sva uzbuđena.

— Ne volite me? Da, ja sam dosadan čovek. Tražim od jedne lepe, mlade i zdrave žene da me voli!

— Opet ste nepravični — progovori ona. — Sve tumačite pogrešno. Treba razumeti i mene.

— Vi volite nekog?

— Jeste... volim.

On povuče ruku, podlakti se i gledaše je tužno. Zvonce zazvoni.

— Ja ću otvoriti — reče Anđelka i ustade, pa mu brzo priđe s leđa, zagrli ga nežno, prisloni svoje lice uz njegovu tamnu talasastu kosu i prošaputa:

— Jeste, volim... volim mnogo!

On nasloni glavu na njene grudi, zatvori oči, dohvati joj obe ruke i stade ih ljubiti.

Zvonce je zvonilo još jače. Anđelka se odvoji od Nenada i požuri u predsoblje da otvori vrata. Dva avijatičara, Nenadova druga, stajala su pred njom. Jedan je bio veoma visok i razvijen, kao kakav spomenik, a drugi mali, sitan i mršuljav. Dva kontrasta.

— Zdravo, Nenade! Dobro izgledaš, matori! — uzviknuše drugovi.

— Ne može biti bolje.

— Jesi li dobio protezu?

— Nisam još, ali su mi uzeli meru.

— Mi te očekujemo na aerodromu!

Anđelka uđe za njima.

— Da vam predstavim gospođu.

Ovaj visoki pogleda je užagreno i radoznalo, kao svaki snažan i zdrav mladić koga uzbuđuju lepe žene.

„Divna je!", pomisli. „Da li mu je kakav rod ili prijateljica? Izgleda da su sami!"

— Gde su ti majka i sestra? — reče glasno.

— Otišle su u bioskop, a gospođa je moja drugarica još iz okupacije. Istina, ja sam stariji, ona je onda bila mala, a uz to sam bio i rđav prema njoj.

— Ne, moj bata je bio dobar. Brao mi je voće i pucao ladolež, samo nije voleo da se igra sa mnom.

„Može on sad lepo da se poigra", pomisli onaj mali i pogled mu usjakti. Imao je crne oči, oštre i nemirne. Gledao je u Nenada, ali svaki čas poglédao je i Anđelku.

— Kako tamo?

— Kao i obično. Čuo si za Pokornog?

— Jesam. Na kom aparatu je leteo?

— Imao je probni let na prototipu onog lovačkog niskokrilca. Nije se izvadio iz pikea. Identifikovali su ga po burmi, jer se ruka otkinula i pala dalje... Ostalo se sve pretvorilo u pepeo!

— Kako vi to ravnodušno izgovarate! — zaprepasti se Anđelka. — Govorite o takvoj smrti kao o najobičnijem događaju!

— To nas uvek čeka, gospođo. Ako bismo strepeli od smrti, ne bismo ni seli u avion. Jednom se mre. A bolje mlad nego star. Avijacija je mladost.

— Anđelka, da li biste nam skuvali kafu — prekide Nenad taj razgovor. — Mama je sve spremila u kuhinji na poslužavniku. Imate i špiritus.

— O, vrlo rado.

Ustala je, a oni je svi otpratiše s neskrivenim oduševljenjem. Znao je da su ženskaroši, osobito onaj mali, Kosta.

— Je li — upita — kakva ti je to gospođa. Udata?

— Ne, razvedena.

— A tako! Tvoja ljubav?

— Ne... to je porodično prijateljstvo.

— Čovek je veren, šta ga diraš — reče krupni. — Gde ti je verenica?

— U Splitu. Otišla je da se odmori i provede.

— Što si joj dopustio?

— Nemam više prava da je zadržavam.

„Ovo je njegova prijateljica", zaključi Kosta. „Nismo došli u zgodan čas. Treba da se čistimo!"

Anđelka donese slatko i kafu. Soba je bila puna duvanskog dima, mladi avijatičari su veselo razgovarali i kriomice posmatrali lepu ženu.

— Kod kog advokata radite, gospođo? — raspitivao se Kosta. Ona mu reče.

— A ima li kod nas žena advokata? — zapita krupni.

— Ima, ali su uglavnom bez velike klijentele, jer naš svet ima više poverenja u muškarce.

— To i nije za žene — primeti on. — Žena je za kuću, ovako da služi slatko i kafu, da radi goblene, da bude nežna.

— Verovatno — odgovori mu Anđelka s malo ironije u glasu — ali žene advokati imaju veći procenat dobijenih sporova od muškaraca!

Nenad je pogleda nežno i s divljenjem, ali pomisli: „Ti nećeš biti advokat, bićeš samo moja... i živećemo u selu, a ne da oko tebe oblecu ovakvi ženskaroši. Eno, Kostu već vidim kako planira strategiju! Čim odu, poljubiću je, moram je poljubiti i reći sve! Pitaću je hoće li biti moja!"

Avijatičari ustadoše da idu, ali se na vratima pojaviše gospa Ruža i Olivera.

— Gle, puno društva! Baš lepo što ste došli.

— Mi smo gledale divan film — reče Olivera. — Morate i vi, Anđelka, da ga vidite.

Avijatičari odoše, a Nenada opet obuze tuga.

„Imam li ja prava da zahtevam da se žrtvuje udajom za mene? Ne, ne bih smeo da tražim to od nje. To bi bila prevelika žrtva!"

I tako opet zaćuta, uvuče se u svoj tužni unutrašnji svet, a kod Anđelke se pojaviše sumnje: „Šta je Nenadu? Voli li mene ili tuguje za verenicom? Neću dolaziti nekoliko dana!"

I održa reč.

Ta sedmica protekla joj je tužno, ali se beše uzjogunila i nije otišla. Ali zašto se on ne javlja? Nema ni Olivere ni gospa-Ruže. Uzalud se ponadala, on ipak ostaje uz Nevenku. I druga sumnja je tišti: ko zna kako je on uopšte primio onaj događaj s Marićevim samoubistvom pred njenom kućom. On je lepo vaspitan, neće ništa reći, ali je to sigurno loše uticalo na njegovo mišljenje o njoj. Htela bi da to dokuči, samo ne vidi kako. A ako je došla Nevenka? Da, zato njega nema, zato nije dolazila ni Olivera. Nevenka je bogata, a bogatstvo nikome nije na odmet. Pogotovu njemu sad, u takvoj situaciji, s neizvesnom budućnošću. Jer, šta je ona? Činovnica, devojka bez roditelja, žena bez društvenih veza. U današnjem društvu niko i ništa!

U subotu, tetka je upita, tobož ravnodušno:

— Hoćeš li danas do Nenada?

— Ne — odgovori ona, praveći se što ravnodušnija.

— Zašto?

— Hoću da se odmorim.

— Mogle bismo u bioskop. Ja sam nešto u poslednje vreme baš zavolela bioskop.

— Ja bih radije u pozorište. Hajdemo u *Manjež*.

— Kako hoćeš. Ako se tebi ide, uzmi karte.

U nedelju je očekivala da se Olivera pojavi, ali nje ne bi. Iz Nenadove kuće niko se nije javljao. „Gospa Ruža ne može da prežali bogatu snahu", tužno zaključi Anđelka.

Bila je već sreda druge sedmice. Anđelka se vraćala kući s posla. Tetka je imala sednicu i zadržala se u školi. Brinula se za nju, jer joj ni danas nije dobro. Izgleda da joj se povećao krvni pritisak. Radi mnogo u školi. Moraće da pripazi na dijetu, a Anđelka će joj u tome pomoći. Teta stari, njih dve će celog života ostati same, ali sad će sve više ona morati da se stara o njoj. Vraćaće joj time, bar malo, onaj večiti dug za sve dosadašnje žrtvovanje.

Istuširala se i presvukla čim je došla, kao i svakog dana, pa obukla jednu staru belu haljinu, koju zbog kratkoće nije nosila na ulici. Stavila je i plavu mašnicu u kosu, jer je spadala u one žene koje nikad nisu aljkave.

Zvonce zazvoni.

„Da nije teti pozlilo?", zapita se odmah. „Pre neki dan imala je i nesvesticu!"

Otvori vrata i gotovo kriknu, jer je pred njom stajao Nenad. Stajao je obema nogama, lep i visok, u uniformi, onakav kakvog ga je oduvek znala!

— Vi, bato?! Pa... vi koračate! — mucala je, ne mogavši da dođe sebi od iznenađenja, gledajući čas u oči, čas u noge, uzbuđena i potresena do suza, presrećna... a onda mu se baci na grudi, zagrli ga, briznu u plač. Sve se izli kroz te suze: tuga, sumnje, ljubomora, ljubav, radost, ushićenje što ga vidi...

— Zašto si me ostavila tako dugo samog? — šaputao je on, ljubeći joj kosu, čelo, oči, obraze, usplamtele usne. — Zašto plačeš, reci? — pitao je gotovo drhteći. — Da nije to sažaljenje prema meni? Ne smem da se nadam, da verujem! Anđelče, voliš li me?

Ona se pripi uz njega, milujući ga i šapućući najslađe reči ljubavi, one iskrene i tople reči koje se izlivaju u času najveće sreće i uzbuđenja:

— Ti si moja ljubav, moje sunce, moja sreća... Oh, kako mi je bilo tužno bez tebe, kako sam te želela... želela te i strahovala da ti mene ne želiš, mili moj!

On je još jače privi uza se, a njegovi poljupci kao plaha letnja kiša osuše njenu kosu, obraze, vrat, usne... Bio je toliko željan nje, željan prave ljubavi, željan iskrenosti i topline koju mu je ona tako štedro nudila...

Veče se spuštalo i tama se uvlačila u sve kutove sobe, a oni su sedeli jedno uz drugo, zagrljeni i srećni, zaboravivši sve svoje patnje, svu svoju prošlost.

— Hajdemo negde na večeru, gde ima i muzike, da slušamo sevdalinke — reče tiho on. — Hoćeš li? Nisam toliko vremena izlazio, pa želim da moj prvi izlazak bude s tobom. Hteo sam danas da te iznenadim, zamišljao sam kako ćeš izgledati kad me vidiš da stojim na obe noge i koračam. Strašne su mi bile one štake! S njima sam se osećao kao pravi bogalj. A ovako sam čovek, tvoj čovek, srce moje — šaputao joj je kroz poljupce.

Zvono zazvoni.

— Nenade, to je tetka, idi otvori joj ti. Da vidiš kako će se iznenaditi.

Teta kriknu od radosti kad ga je ugledala i zagrli ga. Opet nastade čitava bura radosti i ushićenja. Morao je da korača pred tetom, da se okreće i trupće nogama. Slatko su se smejali, sve troje ispunjeni nekom dubokom radošću, jer je i tetka odmah osetila da se među njima dogodilo nešto krupno i divno.

Ispratila ih je kad su pošli.

— Silaziš li lako niza stepenice? — upita.

— Nisam se još sasvim navikao, ali ide — smejao se Nenad.

U kafani su dugo sedeli, večerali i slušali muziku. On je bio prosto ushićen i nutkao je da jede, ali ona je bila sita od osećanja, kao da prvi put voli. Gotovo se čudila kako je to ljubav iznova novo osećanje. Devojka misli da ako jednom voli nikad više neće voleti. Ali, eto, nije tako. Anđelka se osećala kao da je sva zasuta prolećnim cvećem. Da, ova njena ljubav je prolećno cveće, jer u njoj ima nečeg uzvišenijeg nego u onoj prema Tomi. U ovoj ima razumevanja i praštanja, bez čega ljubav ne može opstati duže od prolazne strasti. On joj nije postavio otvoreno pitanje hoće li biti njegova, nije izgovorio zvanične reči prosidbe, ali su oboje znali da ih više ništa neće razdvojiti...

Vraćajući se kući, Nenad je razmišljao: „Na leto idem u selo. Oporaviću se sasvim, kupiću komadić zemlje i tražiti penziju, pa ćemo sazidati kuću i na jesen preći tamo zauvek. Stvorićemo svoj sopstveni svet! Da, žena, samo žena je u stanju da udahne novu snagu, povrati veru u život i uzdigne iz ponora, ohrabri. Žena i njena velika nesebična ljubav." Takvu ljubav našao je u Anđelki.

Iste večeri doputovao je Uglješa. Sestra mu je pisala da će Nenad dobiti protezu, pa je došao da i on uzme učešća u toj tužnoj porodičnoj radosti. Doneo je, kao i uvek, dosta namirnica. Olivera je od svega probala, te večeri je imala apetit, a nekoliko dana nije ništa mogla da jede, jer je videla medicinara Rajka na korzou s jednom devojkom. U razočaranju, batin hod ju je obradovao i svu ljubav prenela je na njega. Stigla je sve da ispriča ujki: i kako se Nevenka neljudski pokazala prema bati, i kako je Anđelka divna, i kako ona misli da su njih dvoje kao stvoreni jedno za drugo. A onda, naizgled naivno, upita ga, želeći da sasvim osigura sreću svome bratu:

— Reci mi iskreno, ujko, jesi li stvarno mislio da se oženiš Anđelkom? Ja znam da ti je mama govorila za nju.

— A šta da joj budem, dete moje: muž ili deda? — nasmeja se Uglješa. — Da li bi se ti udala za nekog čiču?

— Pa ti nisi čiča, ujko!

— Prema Anđelki jesam. Njoj odgovara Nenad, a ja bih bio srećan da se to svrši, pa da pređu u selo, da budemo zajedno.

— Divno je što tako misliš, ujkice! Znaš, ja sam toliko zavolela zemlju da bih studirala agronomiju.

— Šta, ne misliš više na medicinu?

— Ne — izgovori mala, ljuta i na svog bivšeg Rajka i na medicinu uopšte.

Gospa Ruža se pojavi.

— Stigao si, Ugo! — povika grleći brata.

— Gde si dosad? — prebaci joj kćer. — Sreća te sam ja bila kod kuće. Zašto si se zadržala?

— Svratila me prija, Nevenkina majka.

— Zašto ideš kod njih? — uzviknu Olivera. — Znaš da će se bata ljutiti?

— Srela me, pa me prosto odvukla kući. Htela je da mi se Nevenka potuži na Nenada.

— Šta ima ona da se tuži?

— Kaže kako je zaljubljen u Anđelku.

— Jeste — potvrdi Olivera bez dvoumljenja.

— Sa Anđelkom će Nenad biti srećniji nego s Nevenkom — dodade brat.

Ona ih pogleda začuđeno.

— Otkud ti to znaš?

— Samo ti nisi videla da se oni vole, Ružo. Ako Anđelka bude htela da se uda za Nenada, znaj da srećnijeg braka neće biti!

— Ujka i ja smo sve udesili: oni će živeti na selu, ujka će proširiti imanje, a ja ću studirati agronomiju, pa ćemo svi biti zajedno.

— Radite kako znate, neću se protiviti. Ali zar ti, Uglješa, da se nikad ne oženiš nego da ostaneš kao bećar?

— O, ja ću i ujku da oženim! Našla sam mu devojku, divnu ženu. To je gospođica Nada. Ja sam, ujkice, uvek mislila da biste vi bili vrlo harmoničan bračni par.

— Što je ovo šašavo čeljade — nasmeja se Uglješa.

— Videćemo već ko je šašav ko pametan. Ide bata! Da vidiš kako lako korača — istrčala je da otvori vrata.

— Gledaj ti njega — uzviknu ujak — već skita!

— Dočepao sam se nogu, pa da malo vidim sveta.

— Gde si bio?

— Kod Anđelke... pa smo posle izašli u kafanu.

Olivera pogleda značajno ujaka, a ovaj se nasmeja i pljesnu Nenada po ramenu:

— Znamo mi sve! Olivera i ja već smo napravili plan.

— Kakav plan?

— Čućeš!

Tako se, posle teških potresa, život postepeno smirivao. Ostale su jedino u majčinoj kosi, ranije samo progrušenoj, sede vlasi simbol roditeljske patnje.

Sutradan Uglješa ode kod Anđelke. Hteo je da ispita voli li ona stvarno Nenada i da joj izloži svoj plan: da žive na selu i bave se zemljom.

Bila je kod kuće, čitala je neku knjigu. Iznenadila se i čak malo uplašila: „Da nije došao da mi izjavi ljubav?" To bi joj bilo vrlo neprijatno, jer je njeno čisto srce bilo potpuno na drugoj strani. Ali on poče bez okolišanja:

— Anđelka, ja bih bio najsrećniji kad biste vi hteli da usrećite Nenada.

Ona pocrvene, zbuni se i ostade bez glasa. Pa to je prosidba, i to s njegove strane, čime joj očito pokazuje da nikad nije pomišljao na nju. Kako je to divno! On je zaista veliki čovek. Pogleda ga toplo i zahvalno, pa reče tiho:

— Jeste li sami došli na to ili vas je Nenad inspirisao?

— Ja sam po Nenadu zaključio da on to želi celim svojim bićem, ali hoću da se uverim da li ga vi volite i takvog kakav je sada.

— On je za mene isti kao i prvoga dana kad smo se videli... Znate li kada je to bilo?

— Znam, sve mi je ispričao. I to me baš ohrabrilo da dođem i zapitam vas da li biste mogli živeti na selu.

— Šta imam od ovih zidina — reče Anđelka. — Nigde zelenila, drveta, cveća, nigde trave. Selo je za mene pravi život.

— Onda ću biti miran, jer verujem da će i Nenad tamo naći svoju pravu sreću... s vama. Volite li ga, Anđelka?

— Volim ga — reče ona jednostavno, a onda nezadrživo zaplaka od radosti, raznežjenosti i sreće...

— Ja ću — jedva izgovori od ganuća — sve svoje imanje ostaviti Nenadu i vama. Voleo bih da vas dvoje nastavite ono što sam ja tamo započeo.

— Da li je on prihvatio taj plan? — reče Anđelka kad je malo došla sebi. — Avijacija je kao ljubavnica koje se ne može osloboditi.

— Vi ćete pobediti avijaciju. Njegovo dojučerašnje polje rada bilo je na nebu, a sad neka se skrasi na zemlji, među narodom. To nije ništa manje značajno. A u vama će imati vernog saradnika.

Ustao je da krene kući, kad naiđe tetka.

— Kuda ćete? — uzviknu. — Ne dam da idete! Zar ja tek došla, a vi da odete, da ne progovorimo ni reč! Ostaćete kod nas na večeri, ne puštam vas. Vi mene onoliko gostili i častili, a nikad niste ni prezalogajili kod mene — govorila je veselo i užurbano, istinski ceneći tog finog čoveka iz onih predratnih generacija, koje su još imale poštovanja prema ženama.

Uglješa se i nehotice seti Oliverinih reči, pa pogleda pažljivije Nadu. Visoka i držeća žena, uščuvane mladosti devojaka koje nisu doživljavale avanture, lepo izvajanih usana, zdravih zuba i prosede kose, koja joj je lepo pristajala uz plave oči i belo lice.

Ostao je, a kad se Anđelka u jednom trenutku udalji, reče Nadi:

— Nadam se da nemate ništa protiv Anđelkine udaje za Nenada.

— Ja sam odavno slutila da se njih dvoje vole — reče ona — ali oboje su krili. Mogu biti samo srećna da moja Anđelka stekne muža kao što je Nenad i da uđe u vašu porodicu. Ne bih žalila da umrem tada, verujte mi. Ovako stalno brinem za nju kako će sama kad mene više ne bude... Umorna sam od brige i borbe. Tolike godine sam radila, već mi je dojadila i škola i matematika. Da mi je da se odmorim jednom!

— Tražite penziju pa dođite i vi na selo.

— Tako ću nešto i uraditi. Ili možda stan u Beogradu, pa dolaziti povremeno.

Anđelka se vrati.

— Jelte, i tetu ćemo povesti na selo? — reče raspoloženo.

— Videćemo — odgovori Nada umesto Uglješe. — Ja ću svakako zadržati stan u Beogradu, da imate gde da svratite kad doputujete, pa još kad dođu deca — stade se raznežavati. — Bože, je li sve ovo istina?

Moje Anđelče da nađe svoju sreću! Ja sam, Uglješa, ostala usedelica silom okolnosti, ali to ne znači da sam ikad bila protiv braka.

— Nisam ni ja. Dakle, večeras proslavljamo njihovu svadbu!

Anđelka nije mogla da jede od uzbuđenja. Gledala je čas tetu čas Uglješu, onda joj najedared dođe ista misao kao i Oliveri: oni bi bili srećni da se uzmu, pa ako i ne budu veliki ljubavnici, biće izvanredni drugovi. A to je najvažnije u poznijim godinama.

Tako se pred Anđelkom ukazivao novi životni put, u čistoj prirodi, među livadama i njivama, kraj zelenih zabrana, novi put s čovekom koji ju je istinski voleo, s čovekom koga je beskrajno obožavala...

# Godine prolaze

Julska zora blaga i osunčana u šumadijskom selu. Cveće je vlažno od sinoćnog zalivanja i još malo će odisati svežim mirisima. Velika kajsija je opustila duge grane, a jedan mlad orah izlaže svoju krunu jutarnjem suncu, pa se svaki listić cakli kao posrebren. Na ružama se pomaljaju novi pupoljci, a s jedne, već procvetale, otpadaju latice na rosnu travu kao ružičaste školjke. Oko bunara gaču plovke, a kokoške se muvaju po živinarniku, očekujući hranu.

Sunce se diže i obasjava novu kuću, obojenu ciglasto, sa zelenim prozorima i vratima. Stakleni krov pokrio je terasu, a puzavice se viju, mada još nisu uzele maha. Kuća je sazidana pre četiri godine, one jeseni kad su se venčali Nenad i Anđelka.

Na terasi, u blesku sunca, pojavi se mlada žena u ružičastoj domaćoj haljini, koja se meko spuštala niz bedra. Zastade, nasmeši se mačencetu i pogleda u voćnjak, pa spazivši ujaka kako otuda dolazi, siđe niza stepenice i dođe do kajsije, ispod koje beše sto pokriven čaršavom s crvenim i zelenim kockama, što je dopunjavalo živopisnost bašte.

— Ujko, ti si uvek vredniji od nas — dočeka ga Anđelka. — A ja sam mislila da ću bar danas poraniti pre tebe. Ali, Jelkica je noćas nešto kenjkala, valjda je muči stomačić.

— Pa šta si joj dala?

— Ništa, uvila sam joj trbuščić. Zaspala je ponovo.

— Nenad spava?

— Sinoć je dugo čitao, pa neka ga. Jesi li pio kafu?

— Nisam.

— E, sad ćemo zajedno. Gle, eno Nenada! Što nisi još spavao?

— Treba iskoristiti jutarnju svežinu. Bojim se da ne bude vrućine kao juče. Šta kaže tvoj barometar, ujko?

— Pa da, biće kiše. Nije mi za kišu, nego da ne bude grȁda.

— Gospođo, hoćete li vi da zakuvate kafu, vri lonče? — pozva devojka Anđelku.

— Evo me, Maro.

Otišla je u letnju kuhinju, a Nenad je gledao za njom. Išla je lako i gipko kao devojčica... a njega je sinoć tištila noga, ali joj nije kazao. Uvek je ustajao ili pre ili posle nje, izbegavajući da ona vidi kad stavlja protezu. Ona se ljutila: „Zašto bi to meni smetalo? Vrednost čoveka nije u tome da li će imati obe noge čitave, nego da li ima duše i pameti!"

Uglješa je uživao u njihovoj ljubavi i slozi. Nikad se zavadili nisu, bar on nije čuo, mada nisu ni imali zašto da se svađaju. Jedan mali anđelak, kćerkica Jelkica, već u trećoj godini, ispunio je beskrajnom srećom njihov dom. Pa je i ujka uživao kad bi ga grlila svojim nežnim ručicama i tepala: uko. Uz njihovu sreću istopila se i njegova samoća i osobenjaštvo, osećao se kao član te male ali vesele porodice, u ulozi dede i domaćina. Uživao je u tome što je Anđelka umela da shvati život na selu, što su je zanimali poljski radovi, što je volela voćarstvo i gazdinstvo, čitala poljoprivredne knjige i zajedno s mužem podizala divno poljoprivredno dobro.

Nenad je čitave dve godine tugovao za avijacijom. Orao nije mogao lako da se pomiri s tim da više nikad neće uzleteti u nebo. Ali postepeno, privikavajući se na protezu, privikao se na život na čvrstom tlu.

— Baš se radujem što mama i teta danas dolaze — reče Anđelka donoseći kafu. — Žao mi je što Olivere nema.

— Ona više voli more. Otišla je s ferijalcima.

— Neka je, to su godine kad se najviše voli putovanje.

Kad Uglješa ode, Anđelka i Nenad ostadoše sami za stolom.

— Ti si nešto neraspoložen? — upita ga ona, dodirnuvši mu blago ruku.

— Ne, nisam... koleno me malo bolelo.

— To je na promenu vremena.

— Možda — poćutao je, a onda reče najednom: — Šta si ti ono sinoć sa Zlatom nešto u poverenju pričala, a kad sam ja naišao ućutale ste?

— Nisi, valjda, zbog toga neraspoložen?

— Nisam, ali me začudio razgovor koji se prekida kada se ja pojavim.

Anđelka se nasmeja:

— To su Zlatina posla. Ona misli da ja pred tobom imam tajni! Pričala mi je o mom bivšem mužu Tomi. Sad je sudija u mestu gde su oni i upoznala se s njim.

— I šta radi tvoj Crnogorac?

— Samuje, još se nije oženio, živi tako, čas s jednom čas s drugom. Zlata je stekla utisak da je nekako namćorast.

— Tata! — ču se glasić sa terase i pojavi se Jelkica u pidžami, bosih nožica i razbarušene svilene kose, pa potrča niza stepenice.

— Nemoj bosa — uzviknu Anđelka — trava je još mokra.

— 'Oću kod tatice!

Nenad je uze u naručje, a ona ga zagrli i priljubi ustašca uz njegov obraz. On poče da se igra njenom kosom.

— Ne dilaj mi loknice, tata! — uzviknu ona.

— Poješću ih, gladan sam! — mazio ju je otac.

— Evo, imaš mleka ako si gladan!

Roditelji se slatko nasmejaše. Na kapiji se pojavi seoski poštonoša i dade Nenadu nekoliko pisama.

— Gle, ko nam ovoliko piše. Ovo je za tebe — pruži joj jedno, a ona ga radoznalo otvori, jer nije odmah poznala rukopis.

— Donka! Otkud ona, a nije se javila više od godinu dana. Gle, gle, dobila ćerku. Prošli put mi je pisala pred udaju. Udala se za jednog trgovca. I Safet se najzad oženio... vidi, Marićka prodala mlin i imanje, pa se odselila u Skoplje.

— Godine prolaze — osmehnu se Nenad pomalo setno.

Naiđe Uglješa.

— Ujko, mama i tetka Nada dolaze. Kako ćemo rasporediti goste? — upita Nenad, smeškajući se dvosmisleno. — Ja mislim da mama bude kod nas, a Nada u tvojoj kući.

— Kako vi naredite, gos'n kapetane! — nasmeja se ujak. — Hoćemo li do vršaja?

— Hajdemo — diže se Nenad.

Njih dvojica odoše, a Anđelka se zabavi oko živine.

Kako tetka i svekrva siđoše s kola, Anđelka uzviknu:

— Teto, obojila si kosu! Baš divno! Pogledaj, Nenade, zar ne izgleda mlađa za dvadeset godina? Dopada li se vama? — okrenu se svekrvi.

— Ja sam je i naterala da se ofarba. Šta će joj te sede vlasi kad ima mlado lice.

— Kad nisam bila luda na vreme, moram sad — smejala se tetka.

— Pa i ova haljina ti je po poslednjoj modi. Lepše ti stoji nego one dugačke.

— Sad se vidi kako imaš lepu nogu — dodade gospa Ruža.

— More, ostav'te se vi hvaljenja — zbuni se malo Nada i pocrvene kao šiparica, pa pogleda u Uglješu: — A vi mi se u sebi sigurno podsmevate ovako matoroj?

— Ako bih se podsmevao vama, činio bih to i sebi. Nego, ja sam ljubomoran. Dosad smo nas dvoje važili kao predratna generacija, a sad vi začas pređoste u posleratnu! Ispadoste, bome, mnogo mlađi od mene.

Svi se nasmejaše, a Nada je bila ozarena.

„Biće tu ipak nešto", pomisli Anđelka, ljubeći svoju tetu. Neki preobražaj se dogodio u njoj, rađalo se nešto dotad nedoživljeno, ali lepo, nešto od čega je ponekad bivala smešna sama sebi, a ponekad se stidela kao šiparica.

— Mama, ja sam namestila sobu za vas i tetu — reče Anđelka. — Vas dve ćete zajedno.

— Ja glasam protiv — umeša se Uglješa, osmehujući se. — Jedna mora biti moja gošća. Neka one odluče koja će!

— Evo ti Nade — dočeka odmah gospa Ruža — pa se natenane, u četiri oka, dogovorite koliko će tamo ostati!

Uglješa i Nada se pogledaše toplo, oboje divni i plemeniti u zrelosti svojih smirenih godina, ozareni poznom ljubavlju, koja ih je činila mladima kao da tek sad počinju život...

Uveče se okupiše svi u bujnoj bašti Uglješine kuće. Večerali su, smejali se i razgovarali, dok se veliki mesec izdizao iznad tihog sela, budeći tajnovite šumove noćne prirode. Da ih je neko pitao, možda ne bi umeli to da izraze, niti da kažu zašto, ali su svi osećali da u njima i oko njih struji novi život.

Milica Jakovljević, jedna od najpopularnijih i najčitanijih srpskih književnica međuratnog perioda u Kraljevini Jugoslaviji i svakako najznačajniji ženski autor istog perioda, rođena je 1887. godine u Jagodini u mnogočlanoj porodici. Otac Jakov, kao udovac sa osmoro dece iz prethodnih brakova, u treći je ušao sa Simkom Jakovljević sa kojom je imao još troje dece, ćerke Milicu i Zoru, i sina Stevana. Stevan Jakovljević, mlađi brat Milice Jakovljević, takođe je bio poznati srpski pisac, autor čuvene „Srpske trilogije".

Zbog očeve činovničke službe, porodica se često selila po Srbiji. Detinjstvo i mladost, Milica je provela u Kragujevcu. Tu je završila osnovnu i pet razreda Više ženske škole.

Pošto je želela da postane seoska učiteljica, i bila odličan đak, roditelji su je poslali na dalje školovanje u Beograd gde je pohađala Žensku učiteljsku školu. Diplomirala je na isturenom odeljenju ove škole u Kragujevcu u koji se vratila zbog neizvesne finansijske situacije njene porodice.

Ubrzo po diplomiranju, dobija mesto seoske učiteljice u istočnoj Srbiji, u mestu Krivi Vir u podnožju planine Rtanj. Posle pet godina, premeštena je u selo Obrež kod Varvarina.

Po završetku Prvog svetskog rata u kojem je izgubila oba roditelja, odlučuje da okonča rad u državnoj službi i preseli se u Beograd. Tu počinje da radi kao novinar, najpre pet godina u listu „Novosti", a zatim neprekidno sledećih petnaest u „Nedeljnim ilustracijama".

Po savetu kolega novinara, autorske tekstove sve vreme piše pod pseudonimom Mir-Jam, a ovo umetničko ime odabrala je u znak poštovanja prema autorki romana na čijem prevodu je u tom trenutku radila — Mirjam Hari. Pseudonim je zadržala i kad je počela da piše romane.

Pošto su novine za koje je radila prestale da izlaze 6. aprila 1941. godine, i pošto je odmah zatim, iako egzistencijalno ugrožena, odbila da radi tokom nemačke okupacije zemlje, posle Drugog svetskog rata gubi status člana Udruženja novinara Jugoslavije, uprkos činjenici da je prethodno bila njegov član gotovo 20 godina. Zbog nemogućnosti zaposlenja, sve do kraja života živela je u velikoj bedi, potpuno ponižena i zaboravljena. Nije pomoglo ni to što je bila rođena sestra Stevana Jakovljevića, u tom trenutku prvog rektora Beogradskog univerziteta i narodnog poslanika.

Preminula je 1952. godine od posledica upale pluća. Sahranjena je na Novom groblju u Beogradu, a vest o njenoj smrti nisu prenele nijedne novine.


*Ranjeni orao* najpoznatiji je ljubavni roman Milice Jakovljević. Kroz sentimentalnu priču o mladoj ženi koja traži istinsku ljubav, ovaj roman, koji obiluje neočekivanim obrtima, detaljno i realistično prikazuje život i moralne vrednosti građanske klase u međuratnoj Jugoslaviji. Život glavne junakinje Anđelke Bojanić protkan je uzbuđenjima i neizvesnošću. Tražeći svoje mesto u društvu posle kratkog i neuspešnog braka, suočena sa konzervativnim shvatanjima patrijarhalne sredine, mlada pravnica, svojom dobrotom, nežnim osećanjima i plemenitošću, polako krči put ka sopstvenoj sreći.

# SADRŽAJ

# SADRŽAJ